DAS BUCH

Das Leben des attraktiven Schattengleiters Vittorio Ferraro ist geprägt von strengen Regeln. Meditation, Selbstkontrolle und Sport bestimmen seinen Alltag. Ganz oben auf seiner Prioritätenliste steht jedoch die Loyalität zum Ferraro-Clan: Für seine Geschwister und deren Familien würde Vittorio alles tun, dabei wünscht er sich nichts sehnlicher als selbst die große Liebe zu finden, Kinder zu haben. Als er eines Abends in einem Club, der den Ferraros gehört, Grace Murphy begegnet, kann er sein Glück kaum fassen. Grace ist nicht nur schön und klug, sie versteht auch, was es bedeutet, das Leben eines Schattengleiters zu führen, denn sie ist selbst im Besitz dieser magischen Gabe. Doch Grace, die eine schwierige Kindheit hatte, steht noch immer unter dem Einfluss ihres gewalttätigen Bruders Haydon. Und als dieser erfährt, dass sich seine Schwester in Vittorio verliebt hat, gerät der gesamte Ferraro-Clan ins Visier des Psychopathen …

DIE AUTORIN

Christine Feehan wurde in Kalifornien geboren, wo sie heute noch mit ihrem Mann und ihren elf Kindern lebt. Sie begann bereits als Kind zu schreiben und hat seit 1999 mehr als siebzig erfolgreiche Romane veröffentlicht, die in den USA mit zahlreichen Literaturpreisen ausgezeichnet wurden und regelmäßig auf den Bestsellerlisten stehen. Auch in Deutschland ist sie mit ihrer *Schattengänger*-Serie, der *Leopardenmenschen-Saga*, den *Drake-Schwestern* und der *Sea Haven-Saga* äußerst erfolgreich. *Vittorio* ist der vierte Band einer aufregenden neuen Paranormal-Romance-Reihe.

Mehr über Christine Feehan und ihre Romane finden Sie auf:
www.christinefeehan.com

CHRISTINE FEEHAN

SHAD⊕WS
VITTORIO

Roman

WILHELM HEYNE VERLAG
MÜNCHEN

Titel der amerikanischen Originalausgabe
SHADOW WARRIOR
Deutsche Übersetzung von Antonia Zauner

Verlagsgruppe Random House FSC® N001967

2. Auflage
Deutsche Erstausgabe 01 / 2020
Redaktion: Catherine Beck
Copyright © 2019 by Christine Feehan
Copyright © 2020 der deutschsprachigen Ausgabe by
Wilhelm Heyne Verlag, München,
in der Verlagsgruppe Random House GmbH,
Neumarkter Str. 28, 81673 München
Printed in Germany
Umschlaggestaltung: Nele Schütz Design, München,
unter Verwendung von Shutterstock / LStockStudio
Satz: Greiner & Reichel, Köln
Druck und Bindung: GGP Media GmbH, Pößneck

ISBN 978-3-453-32040-6

www.heyne.de

Für Katie,
meine wunderschöne Nichte,
die ihr kompliziertes Leben
mit Anmut und Würde bestreitet.

I

Vittorio Ferraro stand in den Schatten, seine Haut kribbelte, und er hatte das Gefühl, dringend etwas tun zu müssen. Irgendwas stimmte nicht. Ganz und gar nicht. Was es auch war, das seinen Magen rumoren ließ, noch nie hatte er ein so drängendes Bedürfnis empfunden, die Quelle eines Problems ausfindig zu machen.

Er war erschöpft von der Arbeit zurückgekommen. Dieses Mal hatte sie ihn nach Los Angeles geführt. Er war schon viele Male dort gewesen, doch gerade heute hatte es ein Blutbad gegeben. Er war ein Schattengleiter, einer von sehr wenigen auf der ganzen Welt. Das war mit enormer Verantwortung und absoluter Geheimhaltung verbunden. Seit er zwei Jahre alt war, trainierte er jeden Tag seines Lebens für diese Aufgabe. Nun, nachdem er in Los Angeles der Gerechtigkeit zum Sieg verholfen hatte, sehnte er sich nur noch nach seinem Zuhause. Das Haus war seine Zuflucht, und wenn er es betrat, überkam ihn normalerweise ein Gefühl des Friedens und nicht diese schreckliche Vorahnung drohenden Unheils.

Er hatte das Gefühl nicht abschütteln können, also hatte er sich angezogen und war dem dunklen Grauen gefolgt, das immer intensiver wurde, je näher er dem Nachtclub seiner Familie kam.

Im Club Ferraro war die Party in vollem Gange, die Musik war laut, und das Gelächter und die Unterhaltungen verschmolzen mit der Energie der Musik.

Der Nachtclub war der beliebteste in ganz Chicago, und für die Chance hineinzukommen, standen die Leute manchmal mehrere Stunden in langen Schlangen an. Stars besuchten den Club regelmäßig, und es bestand immer die Möglichkeit, dass man einen Blick auf eines der Mitglieder der berühmten Familie Ferraro erhaschte. Heute Nacht war der Club zum Bersten voll.

Seine Familie mischte sich grundsätzlich nicht in die Geschäftsführung des Clubs ein – sie hatten Manager, die das besser erledigten, als sie alle es jemals könnten –, aber sie schauten von Zeit zu Zeit vorbei, wenn sie sich sehen lassen mussten. Dabei wurden sie ständig von Paparazzi umschwärmt, die ihnen bessere Alibis für ihre Arbeit verschafften, als irgendetwas sonst es könnte. Doch in diesem Moment war gesehen zu werden das Letzte, was Vittorio wollte. Das drängende Gefühl wurde stärker und nicht schwächer, und das bedeutete, dass er herausfinden musste, was nicht stimmte, und es in Ordnung bringen sollte, ehe es zu spät war. Und dieses Etwas befand sich hier. In seinem Club. Ganz in der Nähe.

Ungesehen bewegte er sich von Schatten zu Schatten. Es ging nur langsam voran, und sein Körper war noch immer wund, nachdem er genau das hier schon in Los Angeles getan hatte. Doch hier ging es nicht um seine Arbeit. Es ging nicht darum, Kriminelle zur Strecke zu bringen, an die niemand sonst herankam. Es ging um die Knoten in seinem Bauch, die sich immer enger zusammenzogen, und es fühlte sich privat an. Sehr privat. Und das allein war erschreckend.

Vittorio war der größte der Ferraro-Männer. Er war hochgewachsen, breitschultrig und sehr durchtrainiert, wie alle Schattengleiter es sein mussten. Außerdem war er ein Mann, der sich selbst sehr gut kannte. Jede Stärke. Jede Schwäche.

Was er vom Leben wollte, was er brauchte – beides war unmöglich, und er hatte sich damit abgefunden, dass er nie eine Frau und Familie haben würde, wie seine Brüder Stefano, Ricco und Giovanni sie hatten. Selbst Taviano hatte bessere Chancen, als er jemals haben würde. Es war nur so, dass dieses zunehmende Gefühl drohenden Unheils etwas mit ihm persönlich zu tun zu haben schien.

Er war ein Außenseiter – selbst innerhalb seiner Familie war er ein Einzelgänger. Vielleicht waren sie das alle. Möglicherweise verstärkten ihre Frauen die Verbindung zwischen ihnen auf irgendeine Weise. Francesca, Stefanos Frau, tat das definitiv. Vittorio mochte sie sehr – wie sie alle –, doch gleichzeitig machte sie ihm nur noch mehr bewusst, wie einsam er war.

Er wusste, dass es nahezu unmöglich war, eine Frau zu finden, die er so lieben konnte, wie sie lieben musste. Allein eine Frau zu finden, die durch die Schatten gleiten konnte, war unglaublich schwierig, doch eine zu finden, die zu seinen Eigenheiten passte, war wirklich zu viel verlangt. Er wusste, wie seine Chancen diesbezüglich standen.

Schattengleiter waren verpflichtet, Kinder in die Welt zu setzen. Das bedeutete, wenn sie bis zu einem bestimmten Alter nicht mit einer passenden Frau verheiratet waren – und Vittorio näherte sich diesem Alter –, würde man eine Ehe für sie arrangieren. Für einen Mann wie Vittorio wäre das die reinste Katastrophe.

Einen Moment lang stand er in den Schatten und sah den tanzenden Frauen zu, wohl wissend, dass keine von ihnen ihn je als ihren Lebensgefährten akzeptieren würde. Er musste eine Frau finden, die die genetischen Voraussetzungen erfüllte, Kinder zu gebären, die durch die Schatten gleiten und damit ihre Arbeit fortführen konnten. Das war seine

Pflicht. Er konnte sich nicht einfach verlieben; er musste sich in die Richtige verlieben. Und die Wahrscheinlichkeit, dass das passierte, war so gering, dass die meisten Schattengleiter nicht glaubten, dass es jemals geschehen würde.

Für Vittorio standen die Chancen noch schlechter. Er wollte keine normale Beziehung. Er brauchte eine Frau, die ihm vorbehaltlos vertraute und ihm erlaubte, sich um sie zu kümmern. Um jeden Aspekt ihres Lebens. Wo sollte man in der heutigen Welt eine solche Frau finden? Auch das war eine unmögliche Aufgabe. Zwei unmögliche Dinge bedeuteten, dass er den Rest seines Lebens in einer arrangierten Ehe ohne Liebe verbringen musste.

Er seufzte und wandte seine Aufmerksamkeit wieder dem Flüstern drohenden Unheils zu, das ihn hierher gelockt hatte. Der Club verfügte über drei Etagen. Die oberste war extrem teuer, doch dort hatte man auch die meiste Privatsphäre. Der Großteil der Stars feierte dort. Bodyguards waren allgegenwärtig, und auch die perfekt ausgebildete Security war präsent. Die dritte Etage war deshalb kein Ort, an dem Vittorio ernsthaften Ärger vermutet hätte, und doch drängten ihn seine Instinkte in diese Richtung.

Er wartete, bis die Musik wechselte und die Lichtshow einsetzte. Die tanzenden Farben warfen die verschiedensten Schatten durch den riesigen Club und gaben ihm eine große Auswahl. Er suchte sich einen Schatten aus, der durch die Bar zum Treppenabsatz der zweiten Etage führte, und bahnte sich im Zickzack einen Weg nach ganz oben, wo die Ferraros stets einen Tisch für die Familie reserviert hatten.

Er trat in einen dünnen, dunklen Streifen, und sein Körper wurde sofort in den Tunnel gezogen, auseinandergerissen und dann zwischen Tischen und Stühlen hindurch zwei Wendeltreppen nach ganz oben geschleudert. Als er am Ende des

Tunnels zum Stehen kam, brauchte er ein paar Sekunden, bis sich sein Körper wieder vollständig anfühlte. Da war immer diese Übelkeit, wenn man schnell durch die Schatten reiste, auseinandergerissen und wieder zusammengesetzt wurde.

Kaum dass Vittorio die oberste Etage betreten hatte, war das Gefühl von Verschwörung, von Gefahr, überwältigend geworden. Er verschloss sich vor dem Lärm um ihn herum und konzentrierte sich ganz auf dieses Gefühl bevorstehenden Ärgers. Schicksalhaften Verderbens. Drei Tische von dem Privattisch der Ferraros entfernt saßen drei Männer. Zwei davon erkannte er als Vollstrecker der Familie Saldi. Allein sie hier in seinem Club zu sehen brachte die Knoten in seinem Bauch dazu, sich zusammenzuziehen.

Es war unmöglich, Drogen aus einem Club rauszuhalten, doch sie erlaubten nicht, dass hier damit gehandelt wurde. Die Saldis, eine berüchtigte Verbrecherfamilie, schmuggelten Drogen ins Land und verkauften sie auf der Straße und in Gassen an die Privatpartys der Reichen. Sie boten jede Droge an, die man sich nur vorstellen konnte. Aber nicht in einem Ferraro-Club.

Es trotzdem zu tun bedeutete einen Krieg mit den Ferraros anzuzetteln, und das wussten die Saldis.

Die Saldis waren ein Zweig der größten kriminellen Familie der Staaten. Giuseppi Saldi war ihr anerkannter Anführer und mit Sicherheit der größte Verbrecherfürst Chicagos. Diese Männer dort arbeiteten für seinen Bruder, Miceli Saldi. Die große Frage war, warum zwei Saldi-Schläger hier in einem Nachtclub der Ferraros saßen und Geschäfte mit einem heruntergekommenen Junkie machten. Es war unverkennbar, dass sie irgendeine Art Deal abwickelten. Die Saldi-Vollstrecker fielen mit ihren teuren Anzügen und Rolex-Uhren kaum auf, aber der Mann ihnen gegenüber trug vergleichsweise schlampige Kleider, die definitiv schon bessere Tage gesehen hatten.

Vittorio würde sich die Bänder der Überwachungskameras ansehen müssen. Es gab hier Regeln. Jeder Türsteher, jeder Rausschmeißer und jeder von der Security musste in der Lage sein, die Saldis und ihre Angestellten zu erkennen. Wenn sie den Nachtclub betraten, musste der Familie Ferraro augenblicklich Bericht erstattet werden. Und das war nicht geschehen.

Die Tatsache, dass die beiden Vollstrecker sogar auf der dritten Ebene im VIP-Bereich saßen, ohne dass jemand von der Familie informiert worden wäre, bedeutete einen zusätzlichen Verstoß gegen die Sicherheitsmaßnahmen des Clubs – oder dass die Saldis jemanden im Management des Nachtclubs bestochen hatten, der genug Einfluss hatte, sie durchschlüpfen zu lassen. Wenn das der Fall war, wen hatte derjenige sonst noch reingelassen?

Vittorio musste sich in Bewegung setzen und die Unterhaltung belauschen. Der Verkauf von Drogen würde immer ein Problem sein, in allen Clubs der Welt, aber dass die Saldis ungeniert in einem Ferraro-Nachtclub damit dealten, würde einen Krieg entfachen, den niemand wollte, und das ergab einfach keinen Sinn.

Vittorio blieb in den Schatten und näherte sich dem Tisch so gut es ging, um die Unterhaltung über dem dröhnenden Rhythmus der Musik hören zu können. Er erkannte Ale Sarto und Lando Gori, die obersten Vollstrecker Miceli Saldis. Wenn man einen von beiden auf seiner Türschwelle vorfand, war die Wahrscheinlichkeit hoch, dass man die Begegnung nicht überleben würde. Sie trugen Anzüge und sahen gepflegt und attraktiv aus, doch Vittorio hatte das Ergebnis ihrer Arbeit mit eigenen Augen gesehen. Da war nichts auch nur annähernd Zivilisiertes oder Wohlwollendes an dem, was sie menschlichen Wesen antaten. Männer wie sie wurden nicht einfach auf einen kleinen Botengang geschickt. Niemals.

»Sie ist jeden Cent wert«, versicherte der Fremde in den unordentlichen Kleidern. Er zuckte einige Male, doch er hielt den Augenkontakt.

Jeder, der mit Sarto und Gori an einem Tisch saß, wäre eingeschüchtert, vor allem wenn es sich dabei um einen zweitklassigen Zuhälter handelte, der über seine Prostituierte zu sprechen schien.

Ale Sarto ruckte nach vorne. »Du überstrapazierst dein Glück, Haydon. Ihre Dienste begleichen die Schulden, die du schon hast, nicht die, die du machen willst.«

Vittorio unterdrückte ein verärgertes Aufstöhnen. Die Saldis hatten wirklich ihren absoluten Tiefpunkt erreicht, wenn sie in einem Ferraro-Club über Prostituierte verhandelten. Er wandte sich nicht ab, sein Bauchgefühl schrie ihn noch immer an. Nichts an dem kleinen Austausch, den er belauscht hatte, ergab Sinn. Erstklassige Vollstrecker wie Sarto und Gori gaben sich nicht mit so profanen Angelegenheiten ab, wie eine weitere Prostituierte für die Ställe der Saldis einzukaufen.

»Ich kann sie dazu bringen, dass sie zur Vernunft kommt und mit euch geht, ohne Ärger zu machen«, antwortete Haydon. »Sie wird tun, was immer ihr sagt.« Er versuchte überzeugend zu klingen. »Das ist doch sicher weitere Zweihundertfünfzigtausend wert.«

Lando Gori lehnte sich zurück und fixierte Haydon mit kalten, toten Augen. »Du forderst wirklich dein Glück heraus. Wir nehmen sie heute Nacht mit, und dieser neue Scheiß, den du da gerade versuchst abzuziehen, wird dich umbringen. Die Dienste der Frau gegen deine bisherigen Schulden. Nimm den Deal und hau ab. Wir brauchen dich nicht. Wir können sie uns jederzeit schnappen und dich aus dem Handel ganz rauslassen.«

Sofort lehnte Haydon sich zurück und warf die Hände in einer Geste der Kapitulation in die Luft. »Also gut. Okay. Aber lasst mich wenigstens mit ihm reden, ob er mir einen Kredit über zweihundertfünfzigtausend geben kann. Ich hab ihm schließlich den Deal besorgt.«

Lando erhob sich und beendete damit die Unterhaltung. »Du hast ihm den Deal nicht besorgt. Er hat dir keine Wahl gelassen. Gib uns die Frau, oder wir brechen dir jeden Knochen, den du im Leib hast. Wenn es nach mir ginge, würde beides passieren, aber er ist ein gutherziger Mann.«

»Wo ist sie?« Auch Ale Sarto erhob sich jetzt.

Haydon grinste und enthüllte dunkle, fleckige Zähne. »Sie war nicht so kooperativ, wie ich gehofft hatte, und ich dachte, dass sie sicher nicht ruhig danebensitzen würde, während wir übers Geschäftliche reden, also habe ich sie an einem sicheren Ort untergebracht.«

»Du bist ein dreckiger Lügner, Haydon! Eben hast du uns noch erzählt, dass sie alles für dich tun würde. Jetzt ist sie plötzlich nicht kooperativ. Was ist denn nun Sache?«, fuhr Landon ihn an.

Vittorio versteifte sich. Das klang nicht so, als wüsste die Frau von dem, was die Männer hier vereinbart hatten. Schlimmer noch, es klang nicht so, als ob sie in irgendeiner Weise damit einverstanden wäre.

»Du versuchst besser keine Spielchen, Haydon«, warnte Ale ihn. »Lass uns gehen, ich will sie jetzt sehen.«

Haydons übermütiges Lächeln verschwand, und er erhob sich ebenfalls. »Ihr versteht nicht. Grace würde praktisch alles für mich tun, aber manchmal ist sie stur. Manchmal muss sie ein bisschen überzeugt werden.«

Lando Gori packte Haydon am Kragen und zog ihn zu sich. »Hör auf, Zeit zu schinden, und setz dich in Bewegung. Wir können äußerst überzeugend sein, wenn es sein muss.«

Vittorio glitt durch die Schatten die Wendeltreppe hinab zur Haupttanzfläche, wobei er die drei Männer immer im Blick behielt. Sie waren eindeutig auf dem Weg zum nächsten Ausgang. Er bahnte sich einen Weg durch die Schatten und beschloss, das Gebäude durch einen Privateingang zu verlassen, der in die dunkelste Ecke des Parkplatzes hinausführte. Direkt vor ihm befanden sich die privaten Stellplätze der Familie, die selbstverständlich leer waren, weil er durch die Schatten hierhergekommen war, um niemanden von seiner Anwesenheit wissen zu lassen.

Die drei Männer, die er verfolgte, hatten den Parkplatz zu seiner Linken halb überquert und blieben schließlich neben einem alten, verbeulten Honda stehen. Haydon öffnete den Kofferraum.

Vittorio stieß zischend den Atem aus. Er war kein Mann, der leicht wütend wurde. Das entsprach nicht seiner Natur. Er war der Friedensstifter, der immer eine Lösung fand. Er sah zu, wie Haydon zurücksprang. Ein kleiner Ball aus wirbelnder Wut sprang explosionsartig aus dem Truck und traf den Mann direkt an der Brust.

Die Parkplatzbeleuchtung war aus, etwas, das in keinem der Parkhäuser oder Parkplätze der Ferraro geduldet war, deshalb waren die Gestalten für ihn kaum mehr als dunkle Silhouetten, als er sich ihnen näherte.

»Was stimmt nicht mit dir, Haydon? Lass mich los.«

Die Frau schubste den Mann, doch er umfasste ihre beiden Handgelenke und zerrte heftig daran. »Stopp, Grace. Hör mir nur mal eine Minute zu. Ich hab Ärger am Hals.«

»Du hast *immer* Ärger am Hals. *Immer,* Haydon. Ich habe

dir schon beim letzten Mal gesagt, dass du auf dich selbst gestellt bist, wenn du nicht aufhörst zu spielen. Ich kann keine weiteren Kredite aufnehmen. Ich kann nicht noch mehr arbeiten. Du hast Mist gebaut, und du wirst die Sache selbst wieder in Ordnung bringen.«

Vittorios Atem entwich in einem langen, erschrockenen Stoß. Etwas Enges in seiner Brust löste sich. Eine verletzliche Stelle. Eine geschützte und bewahrte Stelle. Er presste die Hand auf genau diesen Punkt. Es war, als wäre ihre Stimme ein Schlüssel gewesen, der sich perfekt in das Schloss eingefügt und gedreht hatte, ehe er noch die Gelegenheit hatte zu reagieren – und seine Reflexe waren blitzschnell.

»Ich bin fertig mit dir. Mit deiner Spielerei und den Schulden. Ich habe damit nichts mehr zu tun, Haydon, das meine ich ernst. Du hattest mehr Chancen, als irgendwer im Leben erwarten sollte.« Grace warf die Arme in die Luft und wandte sich ab.

Sie war klein. Vittorio wäre überrascht gewesen, wenn sie größer als eins fünfzig oder eins fünfundfünfzig gewesen wäre. Sie hatte eine gute Figur, volle Brüste und einen sehr netten Hintern. Das gefiel ihm. Er konnte verstehen, dass sich Männer für sie interessierten. Ihre Haut war sehr hell, und ihr Haar wies ein natürliches Rot auf. Sie hatte es zu einem langen Pferdeschwanz zusammengefasst. Etwas an dieser dichten Mähne berührte ihn. Diese Frau, die so klein war und sich der Bedrohung durch die beiden Saldi-Vollstrecker dennoch mutig entgegenstellte, ließ Hitze durch seine Adern strömen.

Lando stellte sich ihr in den Weg, ein großer Muskelberg direkt vor ihr. »Du wirst mit uns kommen müssen. Das Auto ist da drüben.« Er wies auf eine Limousine mit getönten Scheiben.

16

Sie schüttelte den Kopf. »Ich werde nirgendwohin gehen. Ich habe mit seinen Schulden nichts zu tun. Gar nichts.«

»Du bist seine Schwester. Schulden werden von der Familie beglichen.«

»Ich bin *nicht* seine Schwester«, widersprach Grace und warf Haydon einen wütenden Blick zu. »Wir sind in der gleichen Pflegefamilie aufgewachsen. Daher kennen wir uns. Was immer er auch am Hals hat, er muss allein damit klarkommen.«

»Wirklich?« Ale zog eine Pistole und presste sie gegen Haydons Schläfe. »Soll ich ihn jetzt sofort umbringen? Das ist nämlich die zweite Option.«

»Gracie«, quiekte Haydon.

Vittorio konnte sehen, dass Haydon sich nicht im Geringsten sorgte, dass Ale ihn wirklich umbringen würde. Vittorio wusste es besser.

Grace erstarrte, als sie die Waffe sah, und drehte sich langsam zu Ale um. »Was tun Sie da? Sind Sie irre?« Sie flüsterte es. »Stecken Sie die ein.«

Lando und Ale grinsten einander an. »Ich glaube, sie kapiert es langsam. Dein Freund Haydon hat einen Deal mit uns. Du zahlst seine Schulden für ihn ab. Du kommst mit und arbeitest für uns. Ein guter Freund von unserem Boss will dich als Begleitung für einige Wochen. Vielleicht auch für länger. Mach ihn glücklich, und die Schulden sind weg. So einfach ist das.«

Graces Blick wanderte zu Haydon. »Du hast mich in die Prostitution *verkauft*? Um deine Schulden zu begleichen?«

Lando umfasste Graces Arm. »Los, rein mit dir in den Wagen.«

»Ich bin keine Prostituierte.« Sie weigerte sich standhaft, sich vom Fleck zu bewegen.

»Mir ist scheißegal, was du bist. Der Boss hat gesagt, wir sollen dich zu ihm bringen, also gehst du zu ihm«, sagte Lando. Seine Finger schlossen sich wie ein Schraubstock, und er zerrte sie in Richtung Wagen.

Vittorio glitt durch den Schatten, der ihn direkt zu Ale Sarto bringen würde. Er entrang Sarto die Waffe und schleuderte sie weg, sodass sie über den Parkplatz schlitterte und unter einem BMW in einiger Entfernung zum Liegen kam. Er rammte den Ellbogen gegen Ales Kiefer und brach ihn dabei, dann schlug er gegen seine Beine, um ihm den Boden unter den Füßen wegzuziehen, und trat gegen seine Rippen, um ihn unten zu halten.

Er hechtete auf den Schatten zu und ließ sich direkt zu Lando tragen. Er war so schnell bei ihm, dass Lando gar nicht erst auf den Anblick seines am Boden liegenden Kumpans reagieren konnte. Vittorio entwand ihm Grace und stieß sie hinter sich aus der Gefahrenzone, ehe er angriff. Vittorio, der stets eine gewaltfreie Lösung suchte, kannte keinen Mittelweg. Entweder er führte logische Argumente auf, oder er handelte; und wenn er handelte, dann sorgte er dafür, dass jeder Schlag saß.

Er würde Lando Gori nicht töten, aber er wollte ihn am Boden und unschädlich haben. Jeder Schlag, jeder Tritt, jeder Hieb war eine Bestrafung. Vittorio war stark, und wie alle Schattengleiter trainierte er täglich. Sie trainierten gemeinsam, und zwar sowohl Geschwindigkeit als auch Stärke und Technik. Sie alle hatten sich mit der Anatomie des Menschen vertraut gemacht, deshalb wussten sie genau, wo sie hinschlagen mussten, um den größten Schaden zu verursachen. Wenn er zuschlug oder zutrat, dann brach er Knochen, und innerhalb von Sekunden war Lando am Boden und tastete in seinem Jackett nach seiner Waffe.

Grace versuchte ihn zu warnen, doch Vittorio war schon bei ihm und trat ihm die Waffe aus der Hand.

»Du hörst besser auf, solange du noch kannst, Lando«, warnte Vittorio ihn und wählte dabei seine beschwichtigende Stimme. Mit dieser Stimme konnte er Menschen beruhigen, und genau das tat er jetzt. »Du weißt, dass der Club tabu ist. Ihr habt eine Grenze überschritten, und auf unserem Grund werdet ihr nicht Hand an eine Frau legen. Ihr habt aufs Maul bekommen, und ihr hattet es verdient.«

Grace stieß einen Schrei aus: »Haydon, nicht! Er hat uns geholfen.«

Vittorio wirbelte herum und sah gerade noch, wie die Frau auf ihn zustürmte, um sich zwischen ihn und Haydon zu werfen. In der Hand des Mannes befand sich die Waffe, die unter den BMW geschlittert war, und er zielte damit auf Vittorio. Die Kugel schmetterte Grace gegen Vittorio, und er fing sie auf und drehte sich so, dass er sie mit dem Körper gegen einen weiteren Schuss abschirmte.

Haydon warf die Waffe weg und floh. Vittorio fiel auf ein Knie und zog Grace mit sich auf den Asphalt. Sie war bei vollem Bewusstsein und sah ihn an. Sie hatte grüne Augen in der Farbe von Juwelen. Er sah, dass der Schock langsam nachließ und quälender Schmerz einsetzte.

»Nicht bewegen. Lass mich das regeln«, befahl er ihr, ohne weiter darüber nachzudenken, während er bereits seiner Familie eine Textnachricht schrieb und einen Krankenwagen rief. »Ich werde mir die Wunde jetzt mal ansehen. Sieh mich an. Sieh mir ins Gesicht.« Er konnte erkennen, dass die Kugel Schaden angerichtet hatte. Seine größte Angst war, dass sie eine Arterie durchtrennt hatte und Grace verbluten würde, noch bevor Hilfe kam.

Sie schluckte hart. Ihre Lider flatterten, aber sie war tapfer.

Tränen schwammen in ihren Augen. Er beugte sich näher zu ihr, während er weiterhin die Hand über der Wunde behielt.

»Das ist nichts, was wir nicht in Ordnung bringen könnten. Ich bin Vittorio Ferraro. Und du?«

Ihre Lippen bebten. Bei dem Versuch, Worte zu formen, öffnete sie zweimal den Mund. Er wollte ihr sagen, dass sie nicht reden solle, aber er hatte Angst, dass sie dann das Bewusstsein verlieren würde. »Grace. Grace Murphy.«

»Ein Krankenwagen ist auf dem Weg. Ich werde ihnen sagen, dass du meine Verlobte bist, um die Dinge in der Notaufnahme zu vereinfachen. Dann geht alles etwas schneller. Lass mich die Sache übernehmen und alles regeln.«

Vittorio blickte in ihre Augen, drängte sie, bei Bewusstsein zu bleiben, am Leben zu bleiben. Er brauchte sie lebend, brauchte sie mehr, als er das Atmen brauchte. Ganz sanft wischte er ihr das Haar, das ihr in die Augen fiel, aus dem Gesicht, sein Daumen so beruhigend wie seine Stimme.

»Bleib bei mir, Süße. Ich steh das mit dir durch.«

Sie wand sich, ihre Füße traten gegen den Asphalt, sie versuchte dem Schmerz zu entkommen. Jede Bewegung machte es nur noch schlimmer.

»Du musst stillhalten, Grace. Du kannst es. Ich weiß, dass es schwer ist, aber sieh mich an. Ich bin hier bei dir. Du kannst es, weil ich dich darum bitte. Lieg einfach still. Beweg dich nicht.«

Jedes ihrer Nervenenden musste sie anschreien. Da waren gebrochene Knochen. Und seine Hand, die er auf die Wunde gepresst hatte, machte es sicher auch nicht erträglicher. In der Ferne hörte er das Kreischen von Sirenen, aber der Krankenwagen war nicht schnell genug.

Ihr Blick suchte seinen und blieb dort. Sie schluckte erneut, aber er konnte sehen, dass sie den tapferen Versuch unternahm, den Fluchtinstinkt ihres Körpers niederzukämpfen. Er lächelte ihr zu. »Gutes Mädchen. Atme weiter. Tu es für mich. Sie sind auf dem Weg.«

Sein ältester Bruder Stefano löste sich als Erster aus den Schatten, sah sich kurz um und kam dann an Grace' andere Seite, wo er sich mit seinem Ferraro-Lächeln und seiner Wirkung auf Frauen über sie beugte.

»Das ist Grace«, sagte Vittorio. »Meine Verlobte.« Das sollte seinem Bruder alles sagen, und das tat es tatsächlich. Stefano warf ihm einen scharfen Blick zu und sah dann die Frau an, die dort am Boden lag und verzweifelt versuchte, sich trotz der quälenden Schmerzen nicht zu bewegen, weil Vittorio sie darum gebeten hatte.

»Was zur Hölle haben die Saldis hier zu suchen? Die Polizei wird jeden Moment hier sein.«

Ricco und Taviano kamen aus verschiedenen Richtungen über den Parkplatz auf sie zu. Beide musterten zuerst aufmerksam ihren Bruder, um sicherzugehen, dass Vittorio nicht verwundet war, und sahen sich um.

»Waren sie das?«, fragte Ricco.

Vittorio schüttelte den Kopf. »Es war seine Waffe.« Er nickte in Ale Sartos Richtung. »Ihr Ziehbruder, Haydon – seinen Nachnamen kenne ich nicht –, hat versucht sie im Austausch gegen seine Spielschulden zu verkaufen. Er hatte sie im Kofferraum seines Wagens eingesperrt. Sie wollten sie mitnehmen. Nachdem ich Ale und Lando unschädlich gemacht hatte, hat Haydon auf mich geschossen. Sie hat sich zwischen uns geworfen. Ihr Nachname ist Murphy. Sie ist in der gleichen Pflegefamilie aufgewachsen wie dieser Haydon. Sucht im Kofferraum des Hondas nach ihrer Tasche und gebt die Informationen sofort an Rosina weiter. Als ihr Verlobter wird man von mir erwarten, dass ich alles über sie weiß.«

Taviano hatte bereits sein Handy in der Hand und eilte zu dem Honda, wo er Grace' Tasche fand. Unterdessen unterbrach Vittorio den Blickkontakt zu Grace kein einziges Mal. Ein Beben durchlief ihren Körper. Mehrere Male begann sie sich zu bewegen, doch kaum dass er ihr sanfte Worte zuflüsterte, bekämpfte sie den Drang.

»Gutes Mädchen. Bleib bei mir. Du machst das super. Sie sind schon da.«

Sie wirkte verzweifelt. Er fühlte sich ebenso. Er hatte nicht vor, sie zu verlieren. »Egal, was passiert, ich bin bei dir«, versprach er. Er sah zu seinem Bruder. Stefano setzte Dinge in Bewegung, selbst unmögliche.

Sein ältester Bruder telefonierte gerade mit Giuseppi Saldi, und die Unterhaltung lief nicht gerade freundlich ab. Stefano war mächtig angepisst, und der kalte, knappe Tonfall, in dem er mit Giuseppi sprach, machte dem Mann klar, dass die heutige Nacht Folgen haben würde.

»Hier sind zwei deiner Männer auf meinem Parkplatz. Die Verlobte meines Bruders hat einen Schuss aus einer ihrer Waffen abbekommen, und die Cops sind schon überall in meinem Club. Was zur Hölle, Guiseppi? Willst du dich mit meiner Familie anlegen?«

Stille folgte. Vittorio sprach weiterhin leise mit Grace, während der Krankenwagen heulend auf den Parkplatz fuhr.

»Irgendein Arschloch hat sie in den Kofferraum seines Autos geworfen, ihr Ziehbruder oder so, und diese beiden Clowns wollten sie als Bezahlung für seine Spielschulden mitnehmen. Seit wann läuft das schon? Nur damit du Bescheid weißt: Die beiden werden jetzt erst mal ins Krankenhaus gebracht und landen im Gefängnis, und wenn ich sie hier noch einmal auf der Straße sehe, sind sie tot. Verstanden, Giuseppi? Wenn du meiner Familie was antust, tun wir dir und deiner Familie was an. Und dann kannst du dich auf was gefasst machen.«

Stefano beendete den Anruf und kam zurück zu Grace und Vittorio. Die Rettungssanitäter hatten bei Grace eine Infusion gelegt. Stefano hatte bereits wieder das Handy am Ohr und telefonierte mit ihrem Chirurgen, den er anwies, sein Team zusammenzutrommeln, sodass sie bereit für Grace waren, wenn sie gebracht wurde. Dann kümmerte er sich um die Polizisten, während Taviano und Ricco eine lockere Barriere zwischen Vittorio und jedem, der den Parkplatz betrat, bildeten. Jetzt kamen auch ihre Bodyguards. Drei Wagen voll, angeführt von Emilio und Enzo Gallo, strömten sie aus und sicherten den ganzen Platz.

Zwei Detectives tauchten auf, und Stefano winkte sie durch die Sicherheitsabsperrung. Art Maverick und Jason Bradshaw hatten schon mehr als einmal gegen die Ferraros ermittelt. Vittorio und der Rest seiner Familie betrachteten sie als faire und anständige Männer. Sie waren nicht egoistisch und blieben stets höflich, selbst wenn sie frustriert waren. Die Familie versuchte so gut es ging mit ihnen zu kooperieren. Wenn die Ferraros an Beweise eines Verbrechens kamen, die sie weitergeben konnten, dann sorgten sie stets dafür, dass die Hinweise in die Hände von Maverick und Bradshaw gelangten.

»Wer hat Gori und Sarto denn so vermöbelt?«, fragte Art Maverick. Da war eine Spur Belustigung in seiner Stimme, die er so gut es ging zu verbergen versuchte. Sanitäter kümmerten sich um die beiden Männer.

»Vittorio«, antwortete Stefano sofort. »Als er auf den Parkplatz kam, zerrte Grace' Ziehbruder sie gerade aus dem Kofferraum des Hondas.« Er wies auf den Wagen mit dem offenen Kofferraum. »Offenbar hatte Haydon vor, sie an die beiden Idioten zu verkaufen, um so seine Spielschulden zu begleichen. Oder anders gesagt, er wollte sie in die Prostitution verkaufen.«

Art und Jason wechselten einen langen Blick, in dem schwelender Zorn lag. »Sicher?«, fragte Jason.

»Vittorio hat sie belauscht, und Grace kann es bestätigen, falls sie das hier überlebt.«

»Wer hat auf sie geschossen?« Art richtete diese Frage an Vittorio.

Vittorio, der aufgestanden war und der Trage zum Krankenwagen folgte, war froh über die Informationen, die man ihm so schnell auf sein Handy geschickt hatte. »Haydon Phillips, ihr Ziehbruder. Ale hat Haydon eine Pistole an den Kopf gehalten, um Grace gefügig zu machen. Ich habe sie weggeschleudert, ihm eine Tracht Prügel verpasst und mich dann auf Lando konzentriert, weil er Grace festhielt. In der Zwischenzeit hat Haydon die Pistole aufgehoben und wollte mich erschießen, und sie ging dazwischen und hat die Kugel abbekommen.« Er schob sich an dem Detective vorbei und glitt in den Krankenwagen. Niemand versuchte ihn aufzuhalten.

Als die Tür geschlossen wurde, sah er kurz seine Schwester Emmanuelle, die über den Parkplatz auf den Krankenwagen zurannte. Dann knallte die Tür zu, und der Wagen raste durch die Straßen Chicagos zum Krankenhaus. Sein Handy explodierte fast unter den Nachrichten mit Informationen über seine Frau. Er sah nicht nach, noch nicht. Ihr Blick war wieder auf ihn gerichtet, und er würde sie nicht im Stich lassen.

»Ich bin bei dir, Baby«, sagte er leise. »Der Operationssaal ist bereit, und unser Chirurg ist auch schon da. Er ist der Beste, und sein Team vollbringt wahre Wunder. Alles wird gut.«

Sie versuchte, etwas zu sagen, doch er beugte sich tief hinunter, wobei er versuchte, auf dem engen Raum den Sanitätern nicht in die Quere zu kommen. »Nicht sprechen, Grace. Spar dir deine Kräfte auf. Ich habe alles unter Kontrolle. Alles, was du tun musst, ist, am Leben zu bleiben. Um alles andere kümmere ich mich. Tust du das für mich? Einfach am Leben bleiben?«

Ihr Nicken war kaum wahrnehmbar, aber es war da. Er war ein vollkommen Fremder für sie, doch er wusste, dass die Verbindung zwischen ihnen dort auf dem Parkplatz begonnen hatte, als ihre Schatten sich berührt, sich ineinander verwoben hatten, als ihre Blicke sich das erste Mal begegnet waren. Seine Hände im Blut der schlimmen Wunde an ihrer Schulter. Seine Stimme verband sie. Seine verführerischen Versprechen. Er meinte jedes Wort, wie er es sagte, und sie spürte das bestimmt. Das war alles, was er ihr geben konnte, ehe sie allein in den Operationssaal musste.

Ihr Ziehbruder hatte sie verraten. Obwohl sie gewusst hatte, dass er ein Spieler und Drogensüchtiger war, hatte er ihr doch etwas bedeutet. So viel war klar gewesen. Sie hatte Kredite aufgenommen, um seine Schulden abzubezahlen. Zusätzliche Stunden gearbeitet. Das hatte er ganz deutlich gehört. Sie war eine Frau, die wusste, wie man treu war, und doch wollte jemand, der ihr so nahestand, sie in die Prostitution verkaufen. Er wollte den Mann in Stücke reißen.

Der Krankenwagen raste auf den Parkplatz und hielt an den Doppeltüren. Dort wartete bereits ein Team auf sie, und dann rannte er mit ihnen zum Operationssaal, wo der beste Unfallchirurg, den seine Familie hatte auftreiben können, und sein Team schon bereitstanden, um ihre Schulter wieder zusammenzuflicken. Vittorio hatte keine Ahnung, ob die Arterie etwas abbekommen hatte, aber es war gut möglich. Er hatte so gut es ging Druck ausgeübt, bis die Sanitäter übernommen hatten.

»Bleib am Leben, Grace.« Er legte einen Befehlston in seine Stimme, während ihr Blick an seinem hing.

Einen Herzschlag lang starrte sie ihn einfach nur an, dann nickte sie. Oder zumindest bildete er sich das ein. Die Türen schwangen zu, und er blieb allein zurück, mit Blut an den Händen und am Hemd. Sein Herz schlug zu schnell. Er hatte immer gewusst, dass er keine Chance hatte, die Frau für sich zu finden, eine, die ihn lieben könnte, mit ihm leben würde, doch im Bruchteil einer Sekunde hatte sich das geändert. Und genauso schnell wurde sie ihm wieder genommen.

»Mr. Ferraro?« Eine Krankenpflegerin gab ihm zu verstehen, ihr zu folgen.

»Das ist ihr Blut, nicht meines«, erklärte Vittorio. Er wollte für sich sein, um seine Nachrichten lesen zu können. Er würde Haydon Phillips, so der Name, den ihm Rosina, die Ermittlerin der Ferraros, geschickt hatte, finden und ihn umbringen. Er führte alle möglichen Kriminellen der Gerechtigkeit zu. Doch eine Regel war ihm wieder und wieder eingebläut worden: *Niemals* etwas persönlich werden lassen. Und das hier war so persönlich, wie etwas nur sein konnte.

Die Pflegerin wies ihm den Weg zu einem kleinen privaten Badezimmer, das an ein Wartezimmer angeschlossen war, zu dem die Öffentlichkeit keinen Zugang hatte. Die Familie Ferraro hatte dem Krankenhaus mehrere Millionen Dollar für einen neuen Flügel und Ausstattung gespendet. Wenn sie sich dort aufhielten, verbarg man sie vor den Augen der Öffentlichkeit. Und die meiste Zeit entgingen sie der Aufmerksamkeit der Paparazzi, es sei denn, jemand vom Pflegepersonal wollte sich etwas dazuverdienen. Ein Foto war oft Tausende Dollar wert.

Als er aus der privaten Toilette kam, kam seine Schwester Emmanuelle auf ihn zu. Sie wartete, während er sich das blutige Hemd vom Leib riss und durch eins ersetzte, das sie ihm gebracht hatte, dann umarmte sie ihn innig. »Vittorio! Du hättest getötet werden können. Warum wollte diese miese Kröte dich erschießen, nachdem du ihm das Leben gerettet hattest?«

Er legte die Arme enger um sie, zog Trost aus ihrer Gegenwart. »Mir geht es gut, Liebes. Grace hat sich zwischen uns geworfen, als ich mich umdrehte. Sie wurde getroffen, nicht ich. Phillips wollte, dass sie seine Spielschulden abarbeitet, und ich bin dazwischengegangen. Das ist die Kurzversion.«

»Aber mit Leuten wie Sarto oder Gori kann man nicht verhandeln. Das weiß jeder.«

»Phillips hat nicht daran geglaubt, dass Sarto ihn wirklich erschießen würde. Er dachte, das sei alles nur Show, damit sie mit den Männern der Saldis geht.«

»Ich kann nicht glauben, dass sie so etwas tun würden. Stefano hat mir erzählt, weshalb sie dort waren. Das ist abstoßend.«

Er war dankbar, dass sie nicht widersprach. Sie war seit ihrem sechzehnten Lebensjahr in Valentino Saldi, Giuseppis Adoptivsohn, verliebt, und sie hatten für eine Weile eine On-Off-Beziehung gehabt. Vittorio war überzeugt, dass Emmanuelle ihn wirklich liebte, und das war tragisch. Die Beziehung hatte von Anfang an unter keinem guten Stern gestanden. Ihre Brüder hatten versucht, zu ihr durchzudringen, sie zu beschützen, doch bis vor Kurzem hatte sie nicht auf sie gehört. Sein Herz schmerzte für sie. Er konnte ehrlichen Kummer und Sorge in ihren Augen sehen.

»Ja, das ist es. Sie haben dort im Club keinen Hehl daraus gemacht. Wie sie hineingekommen sind, ohne dass man uns Bescheid gesagt hat, und wie Haydon an den Türstehern vorbeischlüpfen konnte, kann ich mir nicht erklären.«

»Erzähl mir von ihr«, forderte Emme ihn auf. »Wann hast du sie kennengelernt? Stefano sagt, dass du sie als deine Verlobte bezeichnest. Rosina schickt uns Informationen, so schnell sie sie bekommt, damit wir alle Fragen beantworten können, die uns die Polizei oder irgendjemand anderes stellt.«

Vittorio rieb sich die Brust. Er spürte sie noch immer dort. Tief drin. Ihre Stimme hatte etwas Weiches in ihm offengelegt, das bis jetzt weggesperrt gewesen war. »Heute Nacht habe ich sie das erste Mal gesehen. Es war … unerwartet.«

»Bist du sicher, dass sie die eine ist?«, flüsterte Emme. »Weißt du es ganz einfach, Vittorio? In deiner Seele, dort, wo du wohnst, weißt du es da ganz einfach?«

Er warf ihr einen scharfen Blick zu, musterte ihr Gesicht. Langsam nickte er, weil sie eine Antwort verdiente – vor allem, wenn ihr Tränen in den Augen standen, während die Familie des Mannes, den sie liebte, in die Entführung einer Frau verwickelt war und sie in die Prostitution zwingen wollten.

»Sie ist es. Ich hätte nicht gedacht, dass es möglich ist. Immer wenn ich im Club war und die ganzen Frauen dort gesehen habe, war ich sicher, dass es da draußen keine geben würde, die zu mir passt … und vielleicht gibt es sie auch nicht. Vielleicht ist sie eine Schattengleiterin und wäre für jemand anderen gut. Es ist nicht leicht … mich zu lieben.«

»Sag so was nicht«, wies Emme ihn energisch zurecht. »Sag so was niemals, Vittorio, denn es stimmt nicht.«

»Ich habe dich lieb, Süße«, sagte Vittorio. Er löste sich von ihr und warf einen Blick auf die Frau, die geduldig darauf gewartet hatte, dass er ihr die Daten seiner Verlobten mitteilte. »Ich habe sie für mich beansprucht, aber sie hat keine Ahnung, wer ich bin. Wenn sie alles über die Ferraros herausfindet …«

»Jeder, der nicht unter einem Stein gelebt hat, weiß über

unsere Familie Bescheid«, gab Emmanuelle zurück. »Sie weiß es. Vielleicht kümmert es sie nicht, aber sie weiß es.«

»Ich bin kein guter Fang, Emme. Ich brauche Dinge von einer Frau, die die meisten Männer nicht brauchen. Sie hat sich diesen Männern entgegengestellt.« Er musste bei der Erinnerung, wie sie sich aus dem Kofferraum heraus auf Haydon gestürzt hatte, lächeln. »Das Rot ist ihre natürliche Haarfarbe.«

»Das ist schön für sie.«

»Ja, das ist es.« Er fand es großartig, dass sie sich gewehrt hatte, dass sie sich nicht so leicht unterkriegen ließ. Das war nicht das, was er bei einer Frau suchte, aber vielleicht war es genau das, was er brauchte.

Zum Teufel, er wusste es nicht. Im Moment war ihm einfach nur übel, und in seinem Inneren krampfte sich alles zu schrecklichen Knoten zusammen. Er hatte sein Bestes getan, sie am Leben zu halten, mit den Händen den Blutstrom aufzuhalten, der aus ihrer schrecklichen Schulterwunde kam.

»Sie wird leben, Vittorio«, versicherte Emmanuelle ihm. »Das muss sie, wenn sie die Deine ist. Schattengleiter sind Kämpfer. Sie weiß vielleicht noch nicht, dass sie durch die Schatten gleiten kann, aber sie hat die Stärke in sich. Sie schafft es, und danach wird sie jede Menge Hilfe brauchen.«

Darin war er gut. »Ich muss gehen und den Papierkram für sie ausfüllen. Rosina hat mir alle möglichen Informationen geschickt, das meiste wird also einfach sein.« Er strich mit dem Daumen über ihre Wange. »Was ist mit dir, Liebes? Das ist sicher nicht leicht für dich.«

Emmanuelle tat nicht so, als wüsste sie nicht, worüber er sprach. »Ich habe vor einigen Wochen mit Val Schluss gemacht. Ich denke jede Minute an ihn, aber ich habe Disziplin. Ich habe mit eigenen Ohren aus seinem Mund gehört, dass sein Vater ihm befohlen hat, mich zu verführen. Das hat er einer anderen Frau erzählt. Einer anderen Frau, mit der er ganz eindeutig schläft.«

Vittorio schloss noch einmal die Arme um sie und zog sie an seine Schulter. Er wollte ihr den Schmerz nehmen. »Es tut mir leid, Emme. Wirklich, wirklich leid.«

»Es ist gut, dass ich es jetzt herausgefunden habe, bevor ich eine noch größere Idiotin aus mir machen konnte.« Sie schwieg einen Moment. »Ich hätte das Schattengleiten für ihn aufgegeben. Ich hätte alles, was ich bin, für ihn aufgegeben, und das ist er nicht wert.«

»Nein, das ist er nicht.« Vittorio wollte den Mann schütteln, bis jeder Knochen in seinem Körper zu Staub zerfiel, aber er sprach es nicht laut aus. Emme wäre nur noch aufgebrachter, wenn sie dachte, dass er Val etwas antun wollte. Er wollte ihr keine Gelegenheit geben, Valentino Saldi zu verteidigen.

»Val war der *eine* für mich. Das zeigt, dass man auch mal danebengreifen kann. Sei dir sicher, dass diese Frau zu dir passt, Vittorio. Wenn sie es nicht tut, dann lass die Finger von ihr. Lass nicht zu, dass du zu tief fällst. Der Weg zurück ist lang, und jeder Schritt tut weh.«

Vittorio wollte seine Schwester in einen Kokon hüllen. Sie verdiente nicht, was Val ihr angetan hatte. Sie hatte viele Male mit ihm Schluss gemacht, und er hatte sie jedes Mal dazu gebracht, zu ihm zurückzukehren – bis vor Kurzem.

»Rosina versucht alles über Haydon Phillips herauszufinden.« Emmanuelle wechselte das Thema. »Stefano hat ein Meeting bei sich zum Frühstück angesetzt. Hoffentlich ist deine Frau bis dahin aus dem OP, und du kannst dich uns anschließen.«

»Ich habe ihr versprochen, da zu sein, wenn sie aufwacht.«

»Frag den Chirurgen, wann das sein wird«, schlug Emme

vor. »Dann können wir unser Meeting abhalten, und du kannst zurück ins Krankenhaus, sobald wir uns einen Schlachtplan überlegt haben. Wenn die Saldis in unseren Club kommen, ist definitiv etwas faul.«

Da hatte sie recht. »Wir müssen uns die Bänder ansehen. Irgendjemand hat sie reingelassen. Sie müssen jemanden bestochen haben, damit er sie in die dritte Etage schmuggelt.«

»In dem Fall wissen wir dann ja auch, wo all die Drogen herkommen«, sagte Emmanuelle.

Er nickte. »Wir können von unseren Handys aus auf die Aufnahmen zugreifen. Die Manager wissen, dass wir das normalerweise nicht tun, wenn sie also die Aufzeichnungen gelöscht haben, haben wir vielleicht Glück, und sie haben dieses Detail übersehen.«

»Das werden sie aber nicht mehr lange. Jetzt nach dem Schuss auf Grace, der Verhaftung der beiden Saldi-Angestellten, und nachdem wir uns eingemischt haben, werden sie Schadensbegrenzung betreiben wollen. Ich kümmere mich gleich darum.« Emme löste sich von ihm und machte sich auf den Weg zur Tür. »Versuch, zu dem Meeting zu kommen, Vittorio. Es hilft keinem von euch beiden, wenn du an ihrer Seite sitzt, während sie bewusstlos ist. So oder so sollten wir gut vorbereitet sein, wenn wir gegen eine der größten Verbrecherfamilien in den Krieg ziehen.«

Dass Emmanuelle Valentinos Familie als Verbrecher bezeichnete, war ein riesiges Zugeständnis.

»Wenn es mir irgendwie möglich ist, werde ich da sein«, versprach er. Das Meeting würde nicht leicht für seine Schwester werden, und er wollte für sie da sein. Wenn Grace bis dahin aufwachte, würde er im Krankenhaus bleiben, aber wenn nicht, würde er definitiv für Emme da sein.

2

Vittorio nahm den Privataufzug in die Penthouse-Suite der Ferraros. Die Hotelkette der Familie war bekannt für ihre opulente Ausstattung und die besondere Aufmerksamkeit für jeden Komfort und die Details. In den meisten nächtigten Stars und Politiker, Schauspieler und Schauspielerinnen, Sänger und Bands, die Reichsten der Reichen. Die Hotels waren genau auf diese Gruppe ausgerichtet, sie verwöhnten sie und versorgten sie mit jedem Luxus.

Stefano Ferraro bewohnte die Penthouse-Suite mit seiner Frau Francesca. Francesca war die Frau, die der ganzen Ferraro-Familie, einschließlich ihrer Cousins in New York, San Francisco und Los Angeles, Hoffnung gegeben hatte. Bevor Stefano Francesca gefunden hatte, hatte niemand von ihnen geglaubt, dass sie in der Lage wären, ihre perfekte Partnerin zu finden, die zudem noch in der Lage war, Schattengleiter zur Welt zu bringen. Dass sie und Stefano sich so sehr ineinander verliebt hatten, war noch das Sahnehäubchen. Stefano war der Anführer der Ferraros in Chicago, aber Francesca war ihr Herz.

Der Aufzug führte direkt in Stefanos Foyer. Die Suite war elegant, das war sie immer gewesen, doch als Stefano noch allein hier gelebt hatte, war sie kalt gewesen. Jetzt war sie warm und einladend, und es duftete wie im Himmel. Das war Francescas Einfluss. Sie konnte aus einer Höhle ein Zuhause machen. Bei einem Frühstück bei Stefano gab es kein

Hotelessen, obwohl sie Fünf-Sterne-Köche hatten. Francesca bestand darauf, selbst zu kochen, und für gewöhnlich half ihr sein jüngster Bruder, Taviano, in der Küche. Ihre Kreationen hatten etwas Besonderes an sich, vermutlich lag es an der Liebe, mit der sie sie zubereiteten.

»Hey, du«, begrüßte Francesca ihn und beugte sich vor, damit sie ihm einen Kuss auf die Wange hauchen konnte. »Wie geht es Grace?«

Etwas besorgt bemerkte Vittorio, dass sie müde aussah. »Sie war fast die ganze Nacht im OP. Der Doc sagt, dass sie viel Blut verloren hat. Es wird eine Weile dauern, bis die ganzen zerschmetterten Knochen verheilt sind, aber er sagt, dass es gut aussieht. Meinte, ich solle ein wenig schlafen und gegen Mittag wiederkommen. Sie wollen sie so lange wie möglich bewusstlos halten, weil der Schmerz kaum auszuhalten sein wird.«

Seine Familie hatte in der Zwischenzeit ihre angeregte Unterhaltung unterbrochen und hörte zu. »Frühstück ist fertig«, sagte Taviano. »Wir warten alle nur noch auf dich.«

Das war kein Tadel, doch Vittorio wollte nicht, dass Francesca dachte, er hätte sie ohne Grund aufgehalten. »Der Doc hat eine ganze Reihe von Anweisungen zu ihrer Pflege gegeben, und ich wollte das hören.« Er trat an den großen Tisch, der mit weißem Porzellan mit Goldrand gedeckt war.

Wenn sie bei Stefano aßen, was oft vorkam, hatte in der Regel jeder seinen Stammplatz. Sie hatten nie zur Schule gehen dürfen wie andere Kinder. Sie hatten gemeinsam trainiert. Sie hatten mit Tutoren gelernt, und man erwartete von ihnen, dass sie sich mehrere Sprachen aneigneten und alles, was sie brauchten, perfekt beherrschten, vor allem wenn es um die Handhabung von Waffen ging oder darum, ihren Körper in eine Waffe zu verwandeln.

Die Familie musste unter allen Umständen beschützt werden. Vor etwa einhundert Jahren hatten die Saldis versucht, die Ferraro-Familie auszulöschen.

Freundschaften außerhalb der Familie waren so nicht möglich. Was sie taten, passierte im Geheimen, und das musste auch so bleiben. Es gab andere Schattengleiter auf der Welt, aber nicht viele. Sie stellten Regeln für sich auf und waren stets besonders vorsichtig.

Jeder Schattengleiter hatte persönliche Bodyguards, ob sie es nun wollten oder nicht. Das war eines der Dinge, die zu ihrem Leben gehörten, und sie hatten es akzeptiert. Die meisten Menschen dachten, sie seien eine Verbrecherfamilie, so wie die Saldis. Sie waren oft das Ziel von Ermittlungen, doch man hatte sie nie eines Verbrechens überführt. Nach außen hin mussten sie vorgeben, einen verschwenderischen, extravaganten Lebenswandel zu haben, um ihr Image als Playboys mit viel zu viel Geld aufrechtzuerhalten.

Sie spielten Polo. Fuhren Autorennen und spielten. Wer unverheiratet war, hatte immer eine andere Frau am Arm, wenn er zu Charity-Veranstaltungen und in Clubs ging. Sie flogen von einem Land zum anderen, scheinbar nur um Party zu machen. Gleichzeitig besaßen sie eine Menge legaler Unternehmen, darunter internationale Banken und ihre Hotels.

»Hat sich jemand die Aufzeichnungen der Sicherheitskameras angesehen?«, fragte Vittorio, während er sich mehrere selbst gemachte Gebäckstücke aus einem Korb nahm, der herumgereicht wurde.

»Mariko und ich«, sagte Ricco und wies auf seine Frau. »Da hat definitiv jemand daran herumgepfuscht, aber ich habe sie Rigina geschickt, vielleicht kann sie etwas retten. Sie arbeitet gerade dran.«

Wenn es um Angelegenheiten der Schattengleiter ging, arbeiteten nur Familienmitglieder für sie. Rigina und Rosina Greco waren Cousinen und Ermittlerinnen. Beide Frauen waren Genies bei allem, was mit Computern und elektronischer Ausstattung zu tun hatte.

»Ich habe zweimal mit Giuseppi gesprochen«, sagte Stefano. Er nippte an seiner Latte. »Er schwört, dass sie keine Geschäfte aus unserem Club heraus am Laufen haben. Er hat mit seinem Bruder Miceli gesprochen, und der behauptet, keine Ahnung zu haben, was Sarto und Gori in unserem Club zu suchen hatten. Er behauptet außerdem, dass er nicht wusste, dass zwei seiner äußerst loyalen Soldaten in so etwas Abscheuliches wie Menschenhandel, Prostitution und Entführung verwickelt waren. Keiner von beiden wusste, in welcher Beziehung Grace zu unserer Familie steht, was vermutlich die einzige wirklich wahre Behauptung war.«

»Leonardo Saldi war lange das Oberhaupt der Familie«, erklärte Giovanni, um Francesca, Mariko und Sasha, Giovannis Frau, auf den gleichen Stand wie die anderen zu bringen. »Er hatte drei Söhne: Giuseppi, Miceli und seinen Jüngsten, Fons. Als Leonardo starb, wurde der Älteste, Giuseppi, das neue Familienoberhaupt. Sie beanspruchen die gesamte Ostküste als ihr Territorium und regieren es mit einer eisernen und äußerst blutigen Hand.« Er spießte Würstchen auf und legte sie sich auf den Teller.

Ricco ergriff das Wort. »Als Valentino, der jetzt der Thronfolger zu sein scheint, acht Jahre alt war, explodierte eine Autobombe, die seinen Vater, Fons, und seine Mutter tötete und ihn zur Waise gemacht hat. Giuseppi und seine Frau Greta waren immer ein Teil von Vals Leben gewesen. Angeblich vergötterten sie ihn und waren sein Lieblingsonkel und seine Lieblingstante. Greta hatte selbst nie Kinder, und es gibt nicht mal den Hauch eines Gerüchts, dass Giuseppi sie je betrogen hätte. Sie nahmen Val bei sich auf und adoptierten ihn später auch offiziell. Da war er etwa zehn Jahre alt.« Giovanni setzte seine Ausführungen fort: »Miceli hat einen unehelichen Sohn, Dario. Er heiratete seine Mutter nie, doch nach ihrem Tod zog der fünfzehnjährige Dario zu ihm. Mit seiner aktuellen Frau hat Miceli zwei Söhne, Tomaso und Angelo. Da Giuseppi Val offiziell adoptiert hat, ist er jetzt der offizielle Thronfolger der Saldis, obwohl er sonst erst nach Miceli und seinen drei Söhnen an der Reihe gewesen wäre.«

Vittorio schob die Hand unter den Tisch und legte sie auf Emmes. Sie hatte die Hand fest auf ihren Oberschenkel gepresst. Er fühlte sie zittern und wartete, bis sie zu ihm aufsah, ehe er sie anlächelte. »Wir haben keinen blassen Schimmer, was hier vorgeht, und wie bei jeder Ermittlung handeln wir erst, wenn wir uns sicher sind.« Er gab seiner Stimme einen beruhigenden Klang. Sanft. Ließ sie tröstend, sogar friedlich klingen.

Emmanuelle entspannte sich sichtlich. »Ich kann bestätigen, dass Giuseppi Val wie seinen eigenen Sohn behandelt und dass er Greta abgöttisch liebt. Sie hat Bauchspeicheldrüsenkrebs im Endstadium, und Giuseppi weicht nicht von ihrer Seite.«

Stefano hob alarmiert den Kopf, und seine dunklen Augen fixierten seine Schwester. Vittorio schüttelte den Kopf und ging sofort dazwischen. »Danke, Emme. Rosina soll sehen, was sie über Gretas momentanen Gesundheitszustand herausfinden kann. Möglicherweise weiß Giuseppi wirklich nicht, was da gerade in seinem Territorium vor sich geht.«

»Das wäre das erste Mal«, meinte Taviano. »Nicoletta wurde im Blumenladen von so einem Saldi-Abschaum belästigt.

Ich habe mich drum gekümmert, aber der Bastard hat sie angetatscht. Und Vals Bodyguard, Dario, ihr wisst schon, Micelis ältester Sohn, hat Nicoletta schon zweimal angerufen. Nur für den Fall, dass das jemanden interessiert.«

Nicoletta war eine junge Frau, die sie gerettet hatten, als sie noch ein Teenager war. Sie lebte als Pflegetochter bei Amo und Lucia Fausti und war vor Kurzem achtzehn geworden. Das machte den Schattengleitern, die auf sie aufpassten, das Leben schwer. Sie war eine der wenigen Frauen, die ein Kind zur Welt bringen konnten, das durch die Schatten gleiten und für Gerechtigkeit sorgen konnte.

Emmanuelle versteifte sich. »Wie bitte? Wann ist das passiert? Warum hast du mir nichts davon gesagt?«

Taviano, der sich gerade einen Scone in den Mund stecken wollte, hielt in der Bewegung inne. »Was ist, Emme?« Sie hatte seine ganze Aufmerksamkeit.

»Die Saldis haben ihre jüngeren Männer angewiesen, Frauen aus unserer Familie zu verführen, mich eingeschlossen. Wenn sie es jetzt auf Nicoletta abgesehen haben, muss ich mit ihr sprechen. Auf mich wird sie hören. Taviano, du bist doch hoffentlich nicht zu ihr gegangen und hast ihr Vorwürfe gemacht?«

»Wenn du damit meinst, dass ich ihr gesagt habe, dass sie sich verdammt noch mal von den Saldis fernhalten soll, dann ja, das habe ich gemacht. Ich habe ihr gesagt, dass ich, sollte ich sie mit einem von ihnen erwischen, ihm den verdammten Hals brechen werde.«

Alle vier Frauen am Tisch stöhnten im Chor auf.

Taviano starrte sie an. »Was? Das würde ich wirklich tun. Sie musste die Wahrheit hören. Ich mache ihre Spielchen nicht mehr mit. Ich habe es satt. Sie ist so verdammt wild, ich verliere den Verstand, wenn ich nur daran denke.«

Stefano schüttelte den Kopf. »Du bist so ein Hitzkopf, Taviano. Du handhabst das Mädchen vollkommen falsch. Wenn du ihr sagst, dass sie etwas nicht tun soll, was denkst du, wird sie tun? Du bist doch eigentlich klüger. Denk mal mit deinem Gehirn statt mit deinem Schwanz.«

Vittorio lachte leise, und die anderen schlossen sich an. Selbst Taviano musste lächeln und zuckte die Achseln, ein Eingeständnis, dass sein älterer Bruder vermutlich recht hatte.

»Ich werde mit ihr sprechen«, sagte Emmanuelle, als das Gelächter sich legte. »Keine Sorge, sie wird sich weder Dario noch einem der anderen Saldis mehr nähern.«

»Das Letzte, was wir brauchen, ist, dass Nicoletta entführt und verkauft wird«, sagte Taviano, in dessen Stimme Verzweiflung und Ärger miteinander kämpften. »Und glaubt mir, das könnte ihr passieren. Sie hat schon beinahe alles andere durch. Vielleicht sollten wir ihr ja einen Peilsender anheften, wenn sie zum Unterricht kommt.«

»Wage es nicht.« Francesca schnappte entsetzt nach Luft, und alle Augen richteten sich auf sie. »Das meine ich ernst, Taviano. Das ist einfach falsch.«

»Nichts ist falsch, wenn man es mit widerspenstigen Frauen zu tun hat«, behauptete Taviano und stieß unter dem Tisch gegen Vittorios Fuß.

Vittorio bemühte sich, nicht zu lächeln, während Taviano darum kämpfen musste, sich ein Grinsen zu verkneifen. Die Frauen in ihrer Familie zu verärgern war wie in ein Vipernnest zu stoßen, aber es war immer witzig.

Francesca starrte den jüngsten Ferraro-Bruder finster an. Mariko legte die Gabel weg, und ihre mandelförmigen grünbraunen Augen verengten sich, als sie sich zu ihm vorbeugte. Ricco lachte und legte ihr beschwichtigend die Hand auf die Schulter.

Sasha, Giovannis Frau, knüllte ihre Serviette zu einem Ball und warf ihn mit tödlicher Präzision. »Du kannst froh sein, dass das kein Seil ist.« Sie spielte auf die Kunst des Shibari an, die Ricco und Mariko praktizierten.

Taviano fing die Serviette in der Luft auf und lachte. »Euch drei kann man so leicht ärgern. Seht euch Emmanuelle an. Sie sitzt einfach nur da.«

»Ich plane meine Rache«, sagte sie mit ausgesuchter Freundlichkeit und nippte an ihrer Latte.

Taviano verging das Grinsen. »Scheiße, Emme, du weißt verdammt gut, dass ich nur Spaß gemacht habe.«

»Und pass auf, wie du dich ausdrückst«, sagte Francesca. »Du wirst in Gegenwart des Babys keine solchen Worte gebrauchen.« Sie beugte sich zu Stefano hinüber.

Sofort legte er die Hand auf die kleine Rundung ihres Bauchs. »Dieses Mal schaffen wir es«, sagte er. »Francesca schont sich, wie der Arzt es verordnet hat. Wir gehen mehrere Male am Tag spazieren, aber nur für ein paar Minuten. Den Rest der Zeit soll sie die Füße hochlegen.«

Taviano richtete sich auf. »Warum hast du dann geholfen, das Frühstück zu machen? Stefano, das ist nicht die Füße hochlegen. Sie sollte nicht in der Küche sein.«

»Ich liebe die Küche«, sagte Francesca. »Und ich muss keine Bettruhe wahren. Einfache Arbeiten sind in Ordnung.«

»Der Arzt kommt dreimal die Woche«, sagte Stefano. »Ich habe versprochen, mich an seine Regeln zu halten. Er sagte, sie muss keine Bettruhe wahren, also …« Er zuckte die Achseln.

Giovanni stupste Sasha mit der Schulter an und grinste dann. »Er könnte bestochen worden sein, Stefano, hast du daran schon mal gedacht?«

Sasha versetzte ihm unter dem Tisch einen Tritt. »Versuch

das, und ich bringe Emme dazu, mir bei einem Racheplan zu helfen. Sie arbeitet bereits an einem gegen Taviano. Wäre nicht viel Aufwand, dich mit einzuschließen.«

Alle lachten. Als es wieder ruhig wurde, wandte Stefano sich Vittorio zu. »Erzähl uns, was auch immer du weißt.«

Vittorio wusste, dass Rosina jede Nachricht, die sie an ihn geschickt hatte, auch Stefano hatte zukommen lassen. Als Familienoberhaupt war er in alles eingeweiht, was irgendein Familienmitglied betraf. Sein Wort war Gesetz. Er hörte den anderen zu, doch am Ende war er es, der die Entscheidung traf. Sie waren daran gewöhnt, dass Stefano das Oberhaupt war. Er war der Einzige gewesen, der ihnen in ihrer Kindheit positive Aufmerksamkeit geschenkt hatte.

»Ihr Name ist Grace Murphy. Sie ist dreiundzwanzig Jahre alt. Wuchs in verschiedenen Pflegefamilien auf. Am Anfang war sie eine der Glücklichen. Die Familie, bei der sie untergebracht war, wollte sie behalten, doch dann starb der Vater bei einem Autounfall, und die Mutter ertränkte ihren Kummer im Alkohol. Die Adoption platzte, und Grace durchlief eine ganze Reihe von Pflegefamilien.«

Er hielt seine Stimme neutral. Ruhig. Das war so seine Art. Er reagierte nicht auf die Dinge, nicht einmal, wenn es um die Vergangenheit seiner Frau ging oder das, was sie als Kind durchgemacht hatte.

»Als sie dreizehn war, landete sie in derselben Familie wie Haydon Phillips. Ihre Pflegeeltern, Owen und Becca Mueller, waren ein besonders grausames Paar. Sie hatten einen leiblichen Sohn, Dwayne. Sie taten ihnen alles Mögliche an, angefangen bei Schlägen bis hin zum Verweigern von Essen. Haydon bekam das meiste ab, und er hat Narben davongetragen, obwohl es auch Fotos von Grace gibt, auf denen sie Verbrennungen hat.«

Emme legte Vittorio die Hand auf den Arm. Er ruhte noch immer in sich und ließ nicht zu, dass irgendeine negative Energie nach außen dringen konnte. Vittorio bemühte sich immer um Disziplin. Und gerade jetzt musste er ruhig bleiben. Tief in ihm jedoch stand der Vulkan kurz vor dem Ausbruch. Rosina hatte ihm die Bilder geschickt, die bei der Verurteilung des Pärchens zum Einsatz gekommen waren, bevor man Grace und Haydon anderweitig untergebracht hatte. Doch die Ermittlungen waren erst viel zu spät ernsthaft aufgenommen worden, und in der Zwischenzeit waren schreckliche Dinge geschehen.

»Nachbarn haben sich beschwert. Es vergingen jedoch Monate, bis jemand handelte. Viermal war die Polizei dort. Weitere sechs Male eine Sozialarbeiterin. Die Ermittlungen kamen zu einem plötzlichen Stillstand, als Dwayne gefoltert und ermordet wurde und man seine Leiche mehrere Meilen von seinem Elternhaus entfernt in einem Graben am Highway fand. Aus den Untersuchungen wurde eine Mordermittlung, deren Hauptverdächtiger Owen war, ehe er entlastet wurde.«

»Hat man die Kinder wenigstens aus der Familie geholt?«, fragte Sasha.

Vittorio schüttelte den Kopf. »Es war fast, als wären alle Vorwürfe gegen das Pärchen einfach verschwunden. Vielleicht taten sie der Sozialarbeiterin leid, oder sie war überarbeitet. In jedem Fall blieben sie weitere vier Monate dort. Eines Nachts betrank Owen sich. Laut den Nachbarn kam das regelmäßig vor. Seine Frau sperrte ihn aus, auch das war nicht ungewöhnlich. Er ging in die Garage, um dort zu schlafen, und beschloss, an seinem Auto zu arbeiten. Es fiel auf ihn und zerquetschte die untere Hälfte seines Körpers. Er lag die ganze Nacht auf dem Betonboden mit dem Auto auf ihm, ehe Becca ihn am nächsten Morgen fand. Er sitzt im Rollstuhl und kann nicht mehr viel aus eigener Kraft.«

»Manchmal findet die Gerechtigkeit auf seltsame Weise ihren Weg«, sagte Taviano und erhob sein Glas mit frisch gepresstem Orangensaft.

Die anderen taten es ihm gleich, lediglich Sasha zögerte etwas. Sie hatte sich noch nicht an diese Welt gewöhnt. Vittorio sah, wie Giovanni den Arm um sie legte und ihr etwas ins Ohr flüsterte, das sie lächeln ließ. Vittorio fiel auf, dass es seinem Bruder nie entging, wenn Sasha sich unwohl fühlte.

»Grace war vier Jahre bei dieser Pflegefamilie, ehe ernsthafte Ermittlungen eingeleitet wurden und das Paar verhaftet und verurteilt wurde.« Er hatte die Hände so fest zu Fäusten geballt, dass die Knöchel knackten. »Vier Jahre in der verdammten Hölle, bevor man das Paar endlich verhaftet hat. Der Mann kam wegen seiner Verletzungen mit einer Bewährungsstrafe davon, die Frau wurde zu zwei Jahren verurteilt, trat die Strafe aber niemals an. Seither hat sie mehrere Male eine Zulassung als Pflegemutter beantragt, die ihr allerdings jedes Mal verweigert wurde. Rosina hat jedoch herausgefunden, dass sie eine nicht angemeldete Tagesstätte betreibt.«

»Was zur Hölle?«, rief Ricco. »Das ist doch irre.«

»Wo sind sie?«, fragte Giovanni.

»Upstate New York«, sagte Vittorio mit einiger Genugtuung. »Unser Territorium. Wir können die Ermittlungen unseren Cousins dort übertragen und sehen, was sie finden. Ich kann mir nicht vorstellen, dass sie sich geändert haben, nicht nachdem sie praktisch mit einem Klaps auf die Finger davongekommen sind.«

Stefano nickte. »Schon erledigt. Der New Yorker Zweig unserer Familie ist dran.«

»Das ist alles so schrecklich, Vittorio«, sagte Francesca.

»Ich kann sie nicht im Krankenhaus besuchen, aber bitte bring sie so bald wie möglich zu uns.«

»Dr. Arnold meinte, dass er sie über längere Zeit in der Intensivpflege mit 24-Stunden-Betreuung haben will«, sagte Stefano sanft, »aber sobald er uns das Okay gibt, bringen wir sie hierher.«

»Sie ist in unserer Privatstation untergebracht und steht die ganze Zeit über unter Beobachtung. Eine Arterie musste geflickt werden, und ihre Schulter ist kaputt. Der Knochen ist praktisch zersplittert. Dr. Arnold will sie nicht bewegen. Während der ersten Tage will er sie möglichst lange betäubt halten. Danach soll sie sich möglichst nicht bewegen, bis die Knochen anfangen zu heilen. Sie hat jetzt schon überall Metallplatten und Nägel, die sie zusammenhalten sollen. Es wird lange dauern, bis sie sich erholt, Liebes«, erklärte Vittorio Francesca, »aber ich werde sie definitiv zu dir bringen, sobald es möglich ist. Und in der Zwischenzeit muss ich sie davon überzeugen, dass ich der Richtige für sie bin.«

»Zweifellos wird sie dich großartig finden«, sagte Emme überzeugt.

Die anderen Frauen nickten. »Sie wird so froh sein, dass du bei ihr bist«, sagte Mariko.

Sasha sagte nichts, doch ihr Blick traf auf Vittorios, und er konnte das Wissen in ihren Augen sehen. Sie durchschaute ihn. Sie wusste, was für ein Mann er war. Was er brauchte und worauf er bestehen würde. Seine Frau musste sehr mutig sein – und ihm vollkommen vertrauen. Letzteres war keine typische Eigenschaft eines Menschen, der aufgewachsen war wie Grace und dann auch noch von dem einzigen Menschen verraten worden war, den sie als Familie betrachtet hatte. Diese Frau für sich zu gewinnen würde eine Menge Arbeit werden.

»Was weißt du sonst noch über sie?«, fragte Giovanni.

»Sie arbeitet für eine Eventmanagerin, eine Frau namens Katie Branscomb.«

Alle vier Frauen am Tisch nickten. »Katie gehört KB Events, und sie ist die gefragteste Eventmanagerin hier in der Gegend«, sagte Emme. »Jeder, den wir kennen, engagiert sie.«

»Grace ist ihre persönliche Assistentin, und laut Katie ist sie die treibende Kraft hinter dem eigentlichen Planungsaufwand. Sie sorgt dafür, dass die Dinge funktionieren. Die Kunden schätzen sie so, weil Grace ihnen immer liefert, was sie sich wünschen.«

»Wie kommen die Saldis auf die Idee, sie könnten eine Frau mit so einer Reputation kidnappen?«, fragte Taviano. »Ihre Chefin würde doch sicher nach ihr suchen. Sie hatte Kunden, denen alles Geld der Welt zur Verfügung steht. Diese Kunden würden Katie Branscomb doch sicher bei der Suche nach ihrer verschwundenen Assistentin helfen.«

»Denkst du, dass sie hinter ihr im Speziellen her waren oder dass sie das Einzige war, was Phillips anzubieten hatte, um seine Spielschulden zu begleichen?«

»Es klang mehr so, als ginge es tatsächlich um sie im Speziellen und als hätten sie sie in jedem Fall mitgenommen. Phillips war zu benebelt, um ihre Absichten zu durchschauen. Sie hätten ihn umgebracht, sobald sie sie im Auto gehabt hätten«, sagte Vittorio mit vollkommener Überzeugung. Er hatte sein ganzes Leben damit verbracht, andere zu lesen. Er wusste, dass Sarto und Gori vorhatten, Haydon Phillips umzubringen. »Miceli schickt die beiden niemals ohne Grund. Und ich fürchte, dass diesmal der Grund Grace war.«

»Sie fällt auf«, sagte Stefano. »Obwohl sie blutüberströmt und weiß wie die Wand war, konnte ich noch sehen, wie schön sie ist. Sie muss jemandem aufgefallen sein. Vielleicht Miceli oder jemandem, dem er einen Gefallen schuldet. Wenn Grace dieser Gefallen war, ist sie es vielleicht immer noch?«

Gute Frage. Vittorio musste sich im Klaren sein, dass selbst jetzt, da Sarto und Gori im Krankenhaus und unter polizeilicher Aufsicht waren, Grace noch in Gefahr sein könnte.

»Wenn sie wirklich verschwunden wäre, dann wäre Haydon der Letzte gewesen, der sie gesehen hat. Niemand hätte auch nur einen Schimmer, dass die Saldis sie entführt haben«, sagte Emme.

Vittorio wusste, welche Überwindung es sie kostete, das auszusprechen. Er legte eine Hand in ihren Nacken und massierte sie sanft, damit die Anspannung nachließ. Er konnte ihr nicht ihr Herz zurückholen, aber er konnte sie wissen lassen, dass er voll und ganz hinter ihr stand.

»Ich weiß, dass Grace die eine ist, obwohl sich unsere Schatten zunächst nicht verbunden haben. Jemand hatte die Lichter auf dem Parkplatz zerstört, vermutlich Sarto und Gori. Oder Phillips. Das werden uns die Kameraaufzeichnungen sagen, wenn Rigina das wiederhergestellt hat, was wir brauchen.«

»Wir haben eine Online-Datensicherung für alle Aufzeichnungen«, merkte Stefano an. »Was ist damit?«

»Rigina hat Zugang dazu, obwohl das Original gelöscht wurde«, sagte Ricco. »Zum Glück weiß niemand außer der Familie von diesem Back-up. Wenn sie die Aufzeichnung findet, die wir benötigen, wird derjenige, der uns an die Saldis verkauft hat, nicht wissen, dass wir ihm auf die Schliche gekommen sind, und das können wir vielleicht zu unserem Vorteil nutzen.«

»Vielleicht«, sagte Vittorio mit sanfter Stimme. »Aber um wen auch immer es sich dabei handelt, er hat Beihilfe zum

Menschenhandel geleistet, und die Frau, bei deren Entführung er geholfen hat, war die meine. Das macht die ganze Sache sehr persönlich.« Er achtete nicht darauf, dass Stefanos Kopf mit einem Mal hochgeruckt war und er ihn plötzlich scharf musterte. Beharrlich fuhr er fort: »Die Tatsache, dass es ihm gelungen ist, die Aufzeichnungen der Sicherheitskameras zu löschen und die Saldis und einen Junkie in den Club zu schmuggeln, bedeutet, dass es sich um jemanden weit oben im Management handeln muss. Jemanden, dem wir vertrauen.«

»Wir kümmern uns darum, Vittorio«, versicherte Stefano ihm. »Als Francescas Leben in Gefahr war oder Marikos oder Sashas, haben wir uns jedes Mal selbst um das Problem gekümmert. Wir finden heraus, wer dahintersteckt, ohne zu übereilten Schlussfolgerungen zu kommen.« Sein Blick streifte kurz Emmes Gesicht. »Dieses Mal machen wir keinen Fehler.«

Emmes Finger krampften sich um Vittorios. Er wusste, dass sie Val Saldi liebte, und das würde sich auch nicht so bald ändern, obwohl sie wusste, dass seine Familie kriminell war. Wenn Ferraros liebten, dann liebten sie mit ganzem Herzen, und sie liebten nur einmal. Genau diese Situation war es, die er um Emmanuelles willen am meisten gefürchtet hatte – dass die beiden Familien gegeneinander in den Krieg ziehen würden.

»Wer war letzte Nacht für den Club zuständig?«, fragte Ricco.

»Martin Shanks«, sagte Stefano. »Er ist seit sechs Jahren einer unserer Manager und hat vier weitere im Club gearbeitet. Rosina nimmt gerade seine Finanzen unter die Lupe. Shanks ist gegen Mitternacht krank nach Hause gegangen. Es gibt Zeugen, die bestätigen können, dass es ihm sehr schlecht ging. Sein Assistent, Timothy Vane, hat für ihn übernommen. Vane hatte etwa drei Jahre für den Club gearbeitet, als man ihn zum Assistant Manager beförderte. Das war vor zwei Jahren. Also arbeitet er seit über fünf Jahren für den Club. Das waren keine neuen Angestellten. Sie verdienen sehr gut, bekommen Bonuszahlungen und arbeiten seit Jahren für die Familie, was bedeutet, dass sie auch Gewinnbeteiligungen erhalten.«

»Wer stand an der Tür?«, wollte Emme wissen.

»Clay Pierson. Er gehört seit zehn Jahren zu unseren Türstehern«, sagte Stefano. »Emilio und Enzo haben ihn ausgebildet. Auch er ist seit Langem bei uns angestellt, verdient gutes Geld und profitiert von Gewinnbeteiligungen.«

»Ich habe Peter Franks gesehen«, sagte Vittorio. »Er ist kaum zu übersehen. Er hatte auch letzte Nacht Dienst. Nicht an der Tür, aber im Inneren.«

»Ich kenne ihn nicht«, sagte Francesca.

Sasha und Mariko deuteten an, ihn auch nicht zu kennen.

»Franks arbeitet bei der Security. Er steht an der Tür, wenn er dafür eingeteilt wird, aber wie Clay Pierson wurde auch er von Emilio und Enzo ausgebildet«, informierte Stefano sie.

Taviano war aufgestanden, und Vittorio reichte ihm seine Kaffeetasse und deutete auf die Küche, wo sich die Espressomaschine befand. Er musste alles hören, was hier gesagt wurde, aber er wollte zurück ins Krankenhaus. Er hatte Grace versprochen, bei ihr zu sein, wenn sie aufwachte, und er hatte fest vor, dieses Versprechen einzuhalten.

Er war seit bald achtundvierzig Stunden wach, und er musste wirklich bald schlafen. Giovanni, Sasha, Taviano und Ricco waren in ihrem Privatjet nach Los Angeles geflogen. Er war durch die Schatten zum Flughafen gereist und hatte dort direkt unter der Nase der Paparazzi im Geheimen das Flugzeug betreten. In Los Angeles angekommen, hatten seine Brüder und Schwägerinnen den nächstbesten Nachtclub aufgesucht, um dort mit ihren Cousins aus LA die Nacht durchzufeiern. Sich in der Öffentlichkeit sehen zu lassen, beim Trinken und Tanzen fotografiert zu werden verschaffte ihren Cousins Alibis für den Fall, dass jemals der Verdacht aufkam, sie könnten Dreck am Stecken haben. Niemand wusste, dass auch Vittorio in Los Angeles war. Ihrem Wissen nach war er noch immer zu Hause in Chicago, weit entfernt von der Stadt in Kalifornien.

»Was ist mit der Kellnerin oder dem Barkeeper?«, fragte Sasha. Früher hatte sie als Bedienung auf der obersten Ebene des Clubs gearbeitet.

Giovanni schüttelte den Kopf. »Jemand, der sich in der zweiten oder dritten Etage aufhält, wurde bereits überprüft. Diese Art Verantwortung haben wir noch nie einem Barkeeper oder einer Bedienung überlassen.«

»Nur das Management und die Security haben derartige Berechtigungen«, sagte Vittorio. Er rieb sich erneut über die Brust. Seine Muskeln schmerzten, genau über seinem Herzen. »Trotzdem hätte es im Grunde jemandem auffallen müssen. Ich muss bald zurück zu Grace. Ich will nicht, dass sie aufwacht und ich nicht da bin.« Er griff nach der Latte, die Taviano ihm reichte, und war dankbar für das Koffein, das seine Batterien wieder auflud.

Stefano nickte zustimmend. »Ja, geh zurück zu Grace. Sie ist jetzt am wichtigsten.«

Vittorio nickte. »Rosina hat einiges über sie herausgefunden. Ich weiß nicht, warum sie uns bis jetzt nie aufgefallen ist. Als Angestellte von Katie Branscomb hat sie in unseren Kreisen verkehrt. Wir hatten sie nicht auf dem Radar, aber jemand anders. Und derjenige ist entweder Teil der Saldi-Familie oder steht in Beziehung zu ihr, und Miceli oder Giuseppi schulden ihr etwas.«

»Ist sie im Krankenhaus sicher?«, fragte Francesca. »Mir wäre es lieber, sie wäre bei jemandem von uns zu Hause, und der Arzt würde sie besuchen.«

»Machen wir, Baby«, sagte Stefano. »Nur im Moment wollen sie sie nicht bewegen.«

»Meine Bodyguards passen auf sie auf«, versicherte Vittorio. »Und ich werde die meiste Zeit bei ihr sein. Ich habe vor, sie zu mir nach Hause zu bringen, sobald sie sie aus dem Krankenhaus entlassen. In ihrer Wohnung würde sich niemand um sie kümmern, und wenn sie bei mir ist, bekommt sie alles, was sie braucht.«

Stefano grinste. »Guter Trick, Bruder. Mach Eindruck auf sie, solange sie wehrlos ist.«

Francesca rollte die Augen. »Du bist so schlimm, Stefano, obwohl ich in diesem Fall zustimme. Es ist gut, dass du Grace mit zu dir nach Hause nimmst, Vittorio. Es klingt nicht so, als hätte sie jemanden, der sich um sie kümmert.«

»Denkst du, sie hat jetzt Ruhe, oder glaubst du, dass jemand kommen wird, um es noch einmal zu versuchen?«, fragte Mariko. »Glaubst du wirklich, die Saldis würden ihretwegen einen Krieg mit uns anfangen?«

Vittorio zuckte die Achseln und nippte an der heißen Latte, um sich etwas Zeit zu verschaffen, in der er überlegen konnte, wie er sich ausdrücken wollte. Er hasste es, Emme zu verletzen, und allein die Erwähnung eines Kriegs zwischen ihren Familien würde ihr das Herz brechen. »Wenn Grace ein spezifisches Ziel war, und es klingt, als wäre sie das gewesen, dann ja, ich glaube, dass sie noch immer in Gefahr schwebt. Wir wissen nur noch nicht, aus welcher Richtung diese Gefahr kommen wird, und wie Stefano gesagt hat, wir werden bei dieser Sache Sorgfalt walten lassen. Es richtig machen. Dennoch will ich Haydon erwischen und mir anhören, was er zu sagen hat, bevor ich …« Er verstummte und zuckte erneut die Achseln.

Stefano warf ihm einen durchdringenden Blick zu, sagte aber nichts.

Ricco stellte seine Latte ab und blickte Vittorio direkt in die Augen. »Ich denke, ich kann für uns alle sprechen, wenn ich sage, dass es uns nicht viel anders geht, Vittorio. Nicht nur, weil sie deine Frau ist, sondern weil sie *eine* Frau ist. Es hätte jede treffen können. Wärst du nicht in den Club gegangen, dann hätten wir nie herausgefunden, dass sie dort ihren Handel abwickeln.«

»Sie wollten uns definitiv vorführen«, stimmte Taviano zu.

»Vielleicht«, meinte Stefano. »Aber wir sind uns einig, dass wir nichts Dummes tun werden. Wir gehen damit um wie mit jedem anderen Job.« Bei diesem Satz streifte sein Blick Vittorios. »Wir stellen Untersuchungen an, und wir rufen unsere Cousins aus New York, damit sie Gerechtigkeit walten lassen. Die Cops sind an der Sache dran. Wir brauchen gute Alibis und müssen sichergehen, dass wir jede Minute des Tages irgendwo gesehen worden sind. Wenn die ersten Toten auftauchen, wollen wir in keiner Weise mit ihnen in Beziehung gebracht werden. Nachdem das alles in unserem Club angefangen hat und dazu noch mit Vittorios Verlobter, dem bestgehüteteten Geheimnis aller Zeiten, wird man uns Fragen stellen.«

Vittorio wusste, dass Stefano recht hatte, aber es gefiel ihm nicht, Grace in Gefahr zu wissen und nichts dagegen zu unternehmen. Er wusste, dass er das nicht würde aushalten können. Nur Sasha und Francesca, die Einzigen unter ihnen, die keine Gleiter waren, würden Stefanos Versicherung glauben, dass niemand etwas Übereiltes unternehmen würde – zum Beispiel Haydon finden und ihn umbringen. Vittorio hoffte, dass seine eigenen Absichten ihm nicht von der Stirn abzulesen waren – denn er würde dieses Arschloch definitiv aufspüren und ihn dauerhaft aus dem Verkehr ziehen.

Vielleicht sollte er Mitleid mit Haydon empfinden, denn wenn er Grace so viel bedeutete, musste er einmal ein akzeptabler Mensch gewesen sein, doch Vittorio fühlte nichts dergleichen. Grace hatte das Gleiche durchgemacht wie Haydon, obwohl laut dem, was Rigina bislang ausgegraben hatte, Haydon versucht hatte, Grace zu schützen, indem er den Hauptteil der Misshandlungen auf sich nahm. Nach allem, was ihre Ermittler in der kurzen Zeit herausgefunden hatten, war sie ein guter, fleißiger und ehrenhafter Mensch. Ein Mensch, der zu viel Liebe und Treue für ein Arschloch aufgebracht hatte, das keines von beidem verdiente.

»Die Presse wird Nachforschungen anstellen«, sagte Ricco. »Niemand hat Vittorio je mit Grace gesehen. Waren sie zeitglich bei demselben Event? Wir müssen eine glaubhafte Geschichte für sie konstruieren.«

Emme nickte. »Ich arbeite bereits daran. Rigina hat geholfen und mir eine Liste aller Benefizveranstaltungen geschickt, die Vittorio in den letzten eineinhalb Jahren besucht hat.« Sie blickte zu ihm auf. »Du warst bei dreizehn großen Events, über die umfassend berichtet wurde, und bei drei kleineren. Bei vieren ging es um Schädel-Hirn-Traumata, bei sechs um Krebsforschung, vier für Frauenhäuser, und bei den drei kleineren ging es darum, Geld für Tierrettungen zu sammeln. Eloisa war die Veranstalterin der meisten größeren Events.«

»Tiere?«, fragte Giovanni. »Seit wann das, Vittorio?«

Vittorio zeigte ihm den Mittelfinger.

Sasha sah zu ihrem Mann auf. »Giovanni, warum versuchst du, deinen Bruder aufzuziehen, wo du mir doch erst heute Morgen von dem Gnadenhof erzählt …«

Giovanni legte seiner Frau die Hand auf den Mund und lachte mit funkelnden Augen. »Schlechter Zeitpunkt, Frau. Was denkst du dir nur dabei?«

Vittorio lachte, und die Männer und Frauen um den Tisch stimmten ein. So waren sie, wenn sie zusammen waren. In einer Minute sprachen sie noch über wichtige Angelegenheiten, in der nächsten brachen sie in lautes Gelächter aus. Er wollte, dass auch Grace das haben konnte. Dem, was Rosina ihm geschickt hatte, entnahm er, dass sie nie eine Familie gehabt hatte – nun, abgesehen von diesem Loser Haydon. Vittorio konnte ihr wenigstens das geben. Er wusste nur nicht, ob das genug sein würde, um den Ausgleich zu einem Zusammenleben mit ihm zu schaffen.

Der Gedanke ließ sein Lächeln sofort verschwinden. Er war einsam. Er wollte eine eigene Familie. Eine Frau. Kinder. Jemanden, zu dem er nach Hause kommen konnte. Jemanden, um den er sich rundum kümmern konnte. Er brauchte eine Bestimmung. Sein Lebensstil kannte keine Balance. Er brauchte jemanden, der seine Mitte, sein Anker sein würde. Er kannte jede seiner Schwächen und stand zu ihnen. Er arbeitete jeden Tag daran, ein besserer Mann zu sein. Mit der Zeit fand er es immer schwerer, er selbst zu bleiben, wenn da niemand war, der zu ihm gehörte. Niemand, der sein Leben mit ihm teilte und ihm verdeutlichte, dass seine Arbeit einen Sinn hatte.

»War Grace bei einer der Veranstaltungen, Emme?«, fragte Stefano.

Emmanuelle nickte. »KB Events hat neun der Veranstaltungen organisiert, die er besucht hat. Katie Branscombs

Ruf ist perfekt. Jeder versucht es erst einmal bei ihr, und sie ist so ausgelastet, dass man über ein Jahr im Voraus buchen muss. Grace hat bei allen neun hinter den Kulissen gearbeitet. Wenn man Katie Glauben schenken darf, dann hätte sie das alles niemals ohne Grace geschafft.«

Grace war bei *neun* Veranstaltungen der letzten eineinhalb Jahre gewesen, und er hatte sie nie gesehen? Warum hatte sein sechster Sinn sich bis gestern Nacht nie gerührt? Sein Radar hätte sich melden müssen. Wenigstens sein Schatten hätte sich mit ihrem verbinden müssen. In einer Gruppe konnte es schwierig sein, einzelne Personen auseinanderzuhalten, doch die Erregung, die ihn durchzuckt hatte, als sein Schatten auf Grace' gestoßen war, war so stark gewesen, dass er es in jedem Fall bemerkt hätte.

»Damit können wir arbeiten«, sagte Taviano. »Du hast sie bei einem dieser Events getroffen und dich sofort in sie verliebt. Sie war misstrauisch – immerhin bist du als Playboy verschrien, Bruderherz, also hast du sie auf die traditionelle Weise jenseits des Blitzlichtgewitters umworben.«

Francesca lachte. »Was soll das heißen, Taviano? Traditionell? Dass man eine Frau ausführt, statt sofort über sie herzufallen?«

»Über sie herzufallen?«, wiederholte Stefano. Er zog Francescas Hand an seinen Mund und saugte für einen langen Augenblick an ihren Fingern. »Sag doch nicht solche Sachen, Baby. Sonst komme ich auf dumme Ideen.«

»Als ob du die nicht vierundzwanzig Stunden am Tag hättest«, protestierte Francesca lachend und beugte sich zu ihm.

»In der Tat«, gab Stefano zu. »Vittorio hat sich sehr viel mehr zusammengerissen, als ich es an seiner Stelle gekonnt hätte. Er ist ein Heiliger.«

Wieder lachten seine Brüder und Schwestern. Der Klang

ihres Lachens ließ Vittorio das Herz etwas leichter werden. Er wusste, dass mit Grace ein langer Weg vor ihm lag, aber wenn er einmal ein Ziel hatte, wenn er sich etwas in den Kopf gesetzt hatte, dann arbeitete er unerbittlich darauf hin. Er wollte Grace, er wollte ihr all die Dinge geben, die sie niemals gehabt hatte, und sie vor dem Schlechten in der Welt schützen. Er war hart im Nehmen und wusste, dass es nur wenig gab, was ihn verletzen konnte – von seiner Familie abgesehen. Er wollte nicht, dass Grace wurde wie er. Sie durfte weich und sensibel bleiben. Er würde ihre Rüstung sein.

»Ich bin ein Heiliger, weil ich hier sitze und mir diesen Unsinn anhöre, wenn ich eigentlich bei ihr sitzen könnte«, verkündete Vittorio und lehnte sich zurück. »Hat sie sich mit jemandem getroffen?« Rosina hatte ihm bislang nichts geschickt, das darauf hindeutete, dass es so etwas wie einen zurückgewiesenen Verehrer gab, der sich nun rächen wollte.

»Rosina hat nichts dergleichen herausgefunden«, sagte Emme. »Wenn, dann haben sie sich im Stillen getroffen.«

»Wie sieht es mit der Beziehung zu Haydon Phillips aus?«, fragte Taviano.

Vittorios Magen verkrampfte sich. »Was ist damit? Sie sind in der gleichen Pflegefamilie aufgewachsen. Sie hat eindeutig versucht, ihn von den Drogen und vom Spielen abzubringen.«

»Sie hat zwei Mal seine Spielschulden gezahlt, Vittorio«, sagte Taviano. »Möglicherweise ging ihre Beziehung tiefer, als nur gemeinsam in derselben Pflegefamilie festzusitzen.«

Vittorio schüttelte den Kopf. Er wusste mit absoluter Sicherheit, dass die beiden keine intime Beziehung hatten. »Niemals. Da war nichts dergleichen.«

»Er hat sie im Kofferraum seines Wagens eingesperrt«, sagte Ricco. »Er hat sich die Frau geschnappt, sie irgendwie überfallen – freiwillig ist sie in jedem Fall nicht hineingeklettert – und sie dann zu einem Club gefahren, in der Absicht, sie im Austausch für seine Schulden als Sklavin zu verkaufen.«

»Er sagte immer wieder, ihm würde ein Zweihundertfünfzigtausend-Dollar-Kredit zustehen«, sagte Vittorio. »Wer bei den Saldis verleiht Geld?« Er schüttelte den Kopf. »Lasst uns die Sache auf Micelis Leute beschränken. Ich bezweifle, dass Giuseppi die beiden geschickt hätte, um Nachrichten zu übermitteln oder eine potenzielle Prostituierte abzuholen.«

»Ich bin noch immer baff, dass Miceli sie eingesetzt hat, um seine Nachricht zu übermitteln«, sagte Ricco.

»Nie im Leben hätte Phillips die Nacht überlebt«, sagte Vittorio. »Sie waren dort, um ihn umzubringen. Wenn sie Geld von ihm gewollt hätten, dann hätten sie nicht Sarto und Gori geschickt. Sie wollten, dass er stirbt, weil Grace ihnen wichtiger war als das Geld.«

»Wer auch immer ihm das Geld geliehen hat, muss bereit gewesen sein, darauf zu verzichten«, schlussfolgerte Stefano. »Das schränkt den Kreis ein, oder?«

Für einen Moment herrschte Schweigen. »Setzen wir Rosina darauf an«, fügte Stefano hinzu.

»Wir suchen also jemanden, der nicht bloß ein paar Groschen, sondern richtig große Geldbeträge verleiht«, sagte Vittorio. »Es muss jemand sein, dem Miceli etwas schuldet, einen Gefallen oder so was in der Art.«

Stefano tippte bereits eine Nachricht an seine Cousine. »Sie wird die Person finden, Vittorio. Du weißt, dass sie bis jetzt noch jeden aufgespürt hat.«

»Wer kümmert sich um die Mädchen?«, fragte Emme. »Das wäre eine weitere Spur. Das klingt nach Edelprostitution. Sie würden nicht mit derartigen Beträgen herumwerfen und dann jemanden wie Grace in irgendeinen Stall stecken. Sie ist etwas Besonders, und das wissen sie.«

»Marco Simoncini«, sagte Ricco. »Er hat alle Arten von Mädchen, angefangen beim Straßenstrich bis hin zu High End Escorts. Wenn man feiern will, ruft man bei Marco an.«

»Woher weißt du das denn?«, fragte Mariko sehr leise. Ihre großen Augen waren auf das Gesicht ihres Mannes gerichtet.

»Ja, Ricco, woher weißt du das?«, wollte Giovanni wissen.

Ricco warf ein Blätterteigteilchen nach seinem Bruder, der es auffing, bevor es ihn am Kopf traf. »Jeder weiß, dass Marco die Mädchen für Miceli managt.«

»Ich wusste das nicht«, sagte Mariko. Sie wandte sich an Sasha. »Wusstest du das?«

»Nein, mir hat man das nicht mitgeteilt. Was ist mit dir, Francesca? Wusstest du davon?«

»Nein, aber ich wette, dass Stefano es wusste.«

»Das liegt daran, dass das so gut wie jeder weiß«, sagte Stefano und beugte sich vor, um seiner Frau das Lachen mit einem Kuss vom Mund zu stehlen.

»Wusstest du das, Emme?«, beharrte Mariko.

»Leider ja«, gab Emmanuelle zu, und ihre Lippen zuckten. »Marco tönt sehr laut von seinen Mädchen. Und nicht nur das, einmal hat er sogar versucht, mich zu rekrutieren. Ricco, Stefano und Vittorio haben ihm dann einen Besuch abgestattet. Danach hat er aufgehört, mich zu belästigen. Ich hätte das auch ohne sie hingekriegt, aber sie meinten, es würde zu viele Fragen aufwerfen, wenn eine Frau einen der Saldis verprügelt.« Sie schniefte leise.

»Du hättest das auch hinbekommen«, sagte Vittorio mit Stolz in der Stimme. Er hauchte ihr einen Kuss aufs Haar. »Marcos Ego hätte eine Vergeltung verlangt. Es hätte Krieg gegeben.«

Emmanuelle schüttelte den Kopf. »Val hätte sich darum gekümmert.« In dem Moment, in dem sie die Worte ausgesprochen hatte, presste sie zwei Finger auf die Lippen, als hätte sie sie zurückhalten können.

»Hat jemand von Eloisa gehört?«, fragte Vittorio und lenkte damit die Aufmerksamkeit von seiner kleinen Schwester ab. Seine Mutter war bekannt für ihre kalten, beißenden Bemerkungen. Sie hatte Francesca so sehr das Leben schwer gemacht, dass Stefano ihr den Zutritt zu seinem Haus verboten hatte. »Weiß sie, dass Francesca schwanger ist?«

»Nein«, meinte Stefano. »Francesca soll so wenig Stress wie nur möglich ausgesetzt sein, und wir alle wissen, dass das Stresslevel durch die Decke geht, sobald Eloisa auftaucht. Sie hat noch immer keinen Zutritt. Ich fürchte ja, dass sie jetzt, wo sie nicht an Francesca herankommt, durchdrehen wird, wenn sie hört, dass du mit Grace Murphy verlobt bist – einem Mädchen, das in einer Pflegefamilie aufgewachsen ist.«

Vittorio seufzte. »Ich sollte es ihr selbst erzählen, aber ich muss zurück ins Krankenhaus.«

»Du bist völlig durch, Vittorio«, sagte Stefano. »Du brauchst Schlaf. Die Neuigkeiten haben sich vermutlich ohnehin schon herumgesprochen.«

»Ich erzähle es Eloisa«, bot Emme an. »Geh du zu deiner Verlobten, und sobald ich von dir höre, komme ich sie besuchen. Wir alle müssen so wirken, als wären wir mit ihr vertraut, damit die anderen uns abkaufen, dass du schon eine Weile mit ihr zusammen bist. Und mit den ›anderen‹ meine ich die Saldis.«

Das war typisch Emme. Vittorio drückte ihre Hand. »Haltet mich auf dem Laufenden, wann immer ihr oder Rosina und Rigina etwas herausfindet. Die Cops werden sich weiterhin für uns interessieren, also sorgt dafür, gesehen zu werden und Alibis zu haben, für den Fall, dass Phillips, Gori oder Sarto plötzlich tot aufgefunden werden.«

Stefano bedachte ihn mit einem weiteren durchdringenden Blick, sagte jedoch nichts. Vittorio schenkte ihm ein gelassenes Lächeln, das signalisierte, dass er alles unter Kontrolle hatte. Herauszufinden, dass Grace existierte, hatte ihn aus der Bahn geworfen, doch das Zusammensein mit seiner Familie hatte ihn wieder geerdet. Seine Familie würde Phillips hoffentlich noch vor den Saldis finden. Sie brauchten ihn lebend, damit er ihnen sagen konnte, wer Grace wollte. Niemand würde sie Vittorio wieder wegnehmen, und Stefano, alle seine Brüder und Emmanuelle wussten das.

3

Natürlich musste sie den heißesten Mann der Welt unter den schlechtesten Umständen treffen, die man sich nur vorstellen konnte. Grace Murphy wünschte sich, dass die Erde sich auftun und sie mitsamt dem Krankenbett und allem Drum und Dran verschlucken würde. Die Ferraros schienen ihre Verantwortung sehr ernst zu nehmen, wenn es darum ging, dass jemand auf ihrem Parkplatz angeschossen wurde. Selbst das war peinlich. Wer hatte schon einen Ziehbruder, der versuchte, sie im Austausch gegen seine Spielschulden in die Prostitution zu verkaufen?

Wie alle anderen verfolgte sie das Leben der Ferraros in Zeitschriften, die sie im Supermarkt kaufte oder im Schönheitssalon durchblätterte. Sie hatte sich schon immer von Vittorio angezogen gefühlt, hatte alles über ihn gelesen, was sie fand. Und jetzt war er hier, in Fleisch und Blut, in Lebensgröße ausgestreckt in einem Stuhl und schöner, als Fotos es einfangen konnten. Es faszinierte sie, wie groß er war, wie viel Raum er mit seinen breiten Schultern und den langen Beinen einnahm.

Sie stöhnte laut auf und bedeckte ihr gerötetes Gesicht mit einer Hand. Er war jeden Tag hier gewesen. Genau dort. Auf dem Stuhl. Er war durch das Zimmer getigert. Hatte mit seinem Handy telefoniert. Es spielte keine Rolle, was er gerade tat, er kümmerte sich um jedes ihrer Bedürfnisse. Er merkte noch vor ihr, wenn die Schmerzen wieder stärker wurden, und kümmerte sich darum. Er war nicht einverstanden mit dem Essen, das man ihr brachte, und sie bekam von einem Catering-Service gehaltvolle Kost zu Frühstück, Mittagessen und Abendessen geliefert. In den ersten Tagen war sie nicht in der Lage gewesen, selbst zu essen, und er hatte an ihrer Bettkannte gesessen und sie gefüttert.

In der ersten Woche nach dem Schuss und der Operation hatte sie solche Schmerzen gehabt, dass sie kaum atmen konnte, und sie war nicht in der Lage gewesen, voll und ganz zu begreifen, wer er war. Die meiste Zeit schlief sie und dachte, sie würde träumen. Eine der Krankenpflegerinnen hatte ihn als ihren Verlobten bezeichnet, und sie war verwirrt gewesen. Sie hatte sie berichtigen wollen, doch dann hatte sie Vittorio Ferraro hinter der Frau entdeckt.

Ihre Blicke hatten sich gekreuzt. War ihr je bewusst gewesen, dass es solche Augen wirklich gab? Diese Augen hatten sie fasziniert. Gefesselt. Sie war unfähig, einen klaren Gedanken zu fassen. Diese Augen hatten ihr Gehirn in Brei verwandelt. Das Herz hatte ihr bis zum Hals geschlagen. Grace hatte das Gefühl, als dränge er sie, nicht zu reden, der Krankenpflegerin nicht zu widersprechen – also hatte sie es nicht getan. Dann hatte das Morphin zu wirken begonnen, und der Schmerz hatte genug nachgelassen, dass sie wegdösen konnte.

»Grace?«

Seine Stimme. Sie war wunderschön. Tief. Beruhigend. Zugleich schwang eine vollkommene Autorität darin, als herrschte er über die ganze Welt und wäre sich dessen auch bewusst. Sie hatte diese Stimme auf dem Parkplatz gehört, als jeder bei ihrem Klang erstarrt war, was ihm die Gelegenheit verschafft hatte, sie vor den beiden Männern zu retten, an die Haydon sie im Austausch für seine Schulden verkaufen wollte.

Vittorio sagte einfach nur ihren Namen und schwieg dann. Sie konnte nicht anders, sie musste ihn ansehen, sein Tonfall drängte sie, den Blick zu heben und seinem zu begegnen, ganz egal, wie sehr es ihr widerstrebte. Sie brauchte einige Momente, ehe sie den Mut aufbrachte, sich diesen Augen zu stellen. Dunkelblau wie die tiefste, klarste See. Wenn sie in seine Augen sah, fühlte sie sich, als würde sie ertrinken.

Sie fuhr sich mit der Zunge über die Lippen – die Lippen, auf die er selbst Lippenbalsam aufgetragen hatte – und hob die Lider. Plötzlich hatte sie das seltsame Gefühl zu fallen, rettungslos in diese dunklen Tiefen zu stürzen. Ihr Herz pochte wie wild, und Hitze rauschte durch ihre Venen und breitete sich in ihrem Körper aus wie ein Flächenbrand.

»Sag mir, was los ist.«

Sie hatte keine Ahnung, wie er es anstellte, aber sie wollte ihm die Wahrheit sagen, obwohl sie sie gleichzeitig um jeden Preis vor ihm verbergen wollte. Sie wollte nicht zugeben, dass er das Problem war, die Fantasie, die sie jeden Abend mit ins Bett genommen hatte, und dass es zu viel für sie war, ihn jetzt in Lebensgröße hierzuhaben. Sie hatte ihn bei jeder Benefizveranstaltung beobachtet und manchmal beinahe ihre Arbeit darüber vergessen – die von ihr verlangte, hinter den Kulissen zu bleiben, damit alles reibungslos ablief.

»Grace.«

Schon wieder ihr Name. Er klang anders, wenn er ihn aussprach. Sie hatte ihren Namen immer für gewöhnlich gehalten. Altmodisch. Wenn Vittorio ihn in diesem fesselnden Ton aussprach, mochte sie seinen Klang.

»Ich bin ziemlich verwirrt«, gab sie zu.

Er schwieg, sein Blick hielt sie in seinem Bann. Wie hätte sie ihm nicht ausführlicher antworten sollen, wenn er sie so direkt ansah? Wenn der tiefe, befehlende Tonfall, mit dem er ihren Namen aussprach, ihr das Gefühl gab, dass sie ihm die Wahrheit erzählen musste, um ihn nicht zu enttäuschen? Der Gedanke, ihn zu enttäuschen, war schlimmer als alles, was sie sich in diesem Moment vorstellen konnte.

»Ich weiß, ich wurde auf Ihrem Parkplatz angeschossen, aber Sie müssen nicht hier sein. Sie sind ein sehr beschäftigter Mann, trotzdem sind Sie jeden Tag hier, und die Pflegerinnen und Ärzte besprechen alles mit Ihnen statt mit mir. Sie denken …« Sie unterbrach sich, weil sie es nicht laut aussprechen konnte. *Verlobter.* Allein dieses Wort in Gedanken mit ihm in Verbindung zu bringen jagte erneut Hitze durch ihre Adern.

»Es gibt niemanden, der wichtiger für mich ist als du, Grace«, antwortete Vittorio.

Noch mehr Hitze. Es klang so ehrlich. Sie konnte nicht sprechen, fühlte sich, als wäre sie in einem alternativen Universum aufgewacht, vielleicht in einem ihrer Träume.

Er kam näher und sah dabei noch größer und muskulöser aus. Seine Schultern waren sehr breit, seine Brust ausgeprägt, und unter dem engen Hemd schienen seine Muskeln kein Ende finden zu wollen. Die Paparazzi hatten die gebieterische Ausstrahlung des Mannes nie wirklich einfangen können, und sie hatten ihn Tausende Male fotografiert.

»Erinnerst du dich an alles, was bis zu diesem Moment mit dir passiert ist?«

Sie nickte. »Ich glaube schon. Haydon kam zu mir und wollte, dass ich mit ihm in den Club gehe. Ich sagte Nein. Er tat so, als würde er es akzeptieren, aber dann meinte er, dass ich meinen Pulli in seinem Wagen vergessen hätte, und bat mich, mit ihm nach draußen zu gehen, was ich dann auch getan habe.«

Sie sah weg, fürchtete, er könnte sonst bemerken, dass sie ihn in die Irre führte – was sie tat. »Als wir auf der Straße waren, ging er zum hinteren Teil seines Wagens. Er redete mit mir, und ich folgte ihm, weil ich dachte, der Pulli sei im Kofferraum. Er öffnete ihn, während er weiterhin mit mir plauderte, als sei alles ganz normal. Und im nächsten Moment stieß er mich in den Kofferraum, knallte den Deckel zu und schloss mich darin ein.« Sie hatte schreckliche Angst gehabt, aber ein Teil von ihr war ganz ruhig geworden, denn die Schreckensherrschaft würde nun endlich ein Ende haben.

Er griff nach ihrer Hand, als ob er wüsste, dass ihr Herz bei der Erinnerung wie wild schlug. Sein Daumen glitt über ihre Fingerknöchel und begann dann leicht auf ihrem Handrücken hin und her zu streichen. Jede Berührung fühlte sich an wie eine Liebkosung, und sie spürte ihren Puls wild flattern. »Danke, dass du mir das erzählt hast, Grace. Ich weiß, das war nicht leicht für dich. Du bist jetzt in Sicherheit.«

Wieder jagte diese seltsame Hitze durch ihren Körper, die sie mit ihm in Verbindung zu bringen begann. Er sorgte dafür, dass sie sich großartig fühlte, obwohl sie nicht mehr getan hatte, als seine Fragen zu beantworten. Es war seine Stimme, wenn er ihr ein Kompliment machte; sie strich über ihre Nervenenden wie schwarzer Samt.

Grace konnte ihn nicht in dem Glauben lassen, alles sei in Ordnung. Sie täuschte ihn, und das könnte dazu führen, dass er dachte, es bestünde keine Gefahr mehr. »Ich bin nicht in Sicherheit. Sie sind nicht in Sicherheit. Er hat eine Pistole auf Sie gerichtet, auf den Menschen, der mein Leben retten wollte, nicht auf die beiden, an die er mich verkaufen wollte. So weit ist es mit ihm gekommen.« Sie machte abrupt den Mund zu und presste die Lippen zusammen, hatte das Gefühl, ohnmächtig werden zu müssen.

Das war mehr, als sie je zuvor jemandem über Haydon anvertraut hatte, und sie war auch nur deshalb damit herausgeplatzt, weil sie bereits wusste, dass ihr Ziehbruder ihn umbringen wollte. Wie sollte sie einem Mann wie Vittorio erklären, wie Haydon war? Die Unterschiede zwischen ihnen waren so groß, dass Vittorio das nie im Leben verstehen würde.

»Was ist, *gattina bella*?« Er zog ihre Hand an seinen Mund und knabberte an ihren Knöcheln. Die ganze Zeit über hielten seine blauen Augen Blickkontakt. Sie liebte seine Augen. Wie befehlend sie waren. Wie sehr sie sie in ihren Bann zogen. Er musste sie nur ansehen, und sie fühlte sich von ihnen eingefangen und unfähig wegzusehen. Die Verbindung zwischen ihnen war so intensiv, dass es schon fast unangenehm war, aber das lag daran, dass sie das Gefühl hatte, er wisse alles über sie, wenn sie in seine Augen blickte. All ihre Stärken und Schwächen.

Sie zögerte. Als Kinder in einer gewalttätigen Pflegefamilie hatten Haydon und sie sich gegenseitig beschützt. Doch irgendwann war es notwendig geworden, zu ihrem eigenen Schutz mit niemandem über ihn zu sprechen. Niemals. Egal, worum es ging. Ein kleines Schaudern durchlief ihren Körper. Sie wünschte sich, das Morphin würde Wirkung zeigen, und sie könnte einfach nur einschlafen, aber sie hatten nach und nach die Schmerzmedikation zurückgefahren, damit sie bald entlassen werden konnte. Es fiel ihr schwer, Schlaf zu finden, wenn die Schmerzen sie ständig quälten.

»Du musst jemandem vertrauen, Grace.«

Grace wollte verzweifelt den Blick abwenden. Die Augen schließen und wieder in den Schlaf gleiten, wo sie sich sicher fühlte. Tagelang hatte sie sich in einem Kokon befunden, und dort wollte sie bleiben. Ein klarer Kopf brachte die Realität mit sich, und das war im Moment einfach zu viel für sie. Sie konnte sich kaum bewegen, sich kaum selbst versorgen.

Stille breitete sich im Raum aus, und sie hasste das. Die Enttäuschung war ihm nicht vom Gesicht abzulesen, aber sie spürte sie. Es war, als ob die Schatten selbst sie verbanden und sie seine Gefühle spüren könnte. Er war enttäuscht, dass sie ihm nicht vertrauen konnte. Vielleicht war er auch gar nicht enttäuscht, und sie projizierte lediglich ihre eigenen Gefühle auf ihn.

»Haydon ist nicht wie die meisten anderen Menschen.« Sie konnte ihre Hand nicht am Zittern hindern und versuchte, sie ihm zu entziehen, damit er es nicht spüren konnte.

Sie hasste es, vor ihm so schwach zu erscheinen. Sie hatte einen anspruchsvollen Job, einen, in dem sie verdammt gut war. Dort hatte sie keine Probleme, auf jedes Detail zu achten und die richtigen Leute zu engagieren, aber in ihrem Privatleben sah es ganz anders aus. Es war das totale Chaos, sie hatte die Kontrolle verloren und war unfähig, einen Ausweg aus der Misere zu finden. Wann immer sie entschlossen gehandelt hatte, hatte es sich später gerächt.

Vittorios lange Finger umfassten die ihren enger, und sein Daumen glitt über ihren Handrücken, während er ihre Handfläche auf sein Herz presste. »Erzähl mir, warum du so viel Angst vor diesem Mann hast.«

Niemand wusste, dass sie Angst vor Haydon hatte. Niemand. Ihre Chefin dachte, sie wären wie Bruder und Schwester. Die meisten anderen Menschen dachten das Gleiche. Niemand hatte je hinter ihre sorgsam aufgesetzte Maske geblickt, nicht die Sozialarbeiter, Pflegeeltern oder Polizisten.

Sie schüttelte den Kopf, noch während sie versuchte, die richtigen Worte zu finden. Sie konnte Vittorio nichts abschlagen, wenn er sie so ansah. Sie wollte ihn nicht enttäuschen, und er musste wissen, dass er noch immer in Gefahr schwebte, vermutlich mehr denn je.

Vittorio sagte nichts und erlaubte es der Stille, sich so lange auszubreiten, bis sie fürchtete, schreien zu müssen. Sie hatte kein Problem mit Stille, aber die Art, wie diese blauen Augen über ihr Gesicht glitten, das Verlangen, ihm alles zu erzählen, war so stark, dass sie beinahe mit der ganzen Geschichte herausgeplatzt wäre, nur Jahre des Schweigens ließen sie standhaft bleiben.

»Haydon ist nicht wie andere Menschen. Er gibt nicht auf. Sie haben seine Pläne durchkreuzt, und das lässt er nicht zu.« Grace biss sich heftig auf die Lippe. Sie wagte es nicht. Sie hatte Vittorio gewarnt, weil er es verdiente, gewarnt zu sein, aber ein größeres Risiko konnte sie nicht eingehen.

Sein Finger glitt über ihre Lippe, strich über die Stelle, wo ihre Zähne sich eingegraben hatten. Unglaublich zärtlich. Wie ein Hauch. »Du bist ihm auch in die Quere gekommen«, erinnerte er sie.

Ihre Lippen kribbelten. »Ja, das weiß ich.« Ihr Blick löste sich von seinem, und sie blickte über seine Schulter zur Tür. Sie versuchte nicht daran zu denken, wie Haydon reagieren würde, aber sie kannte ihn besser als jeder andere. Sie kannte das dunkle Drängen, das seinen Geist antrieb, das ihn verschlang.

Vittorios langer Finger verharrte sanft auf ihrem Kinn und drehte ihr Gesicht zu ihm, sodass sie ihm wieder in die Augen blickte. »Du bist hier sicher. Es stehen Bodyguards vor der Tür, und sie haben sehr viel Erfahrung.«

Er war so unglaublich schön. Alles an ihm. Sein Gesicht war perfekt geschnitten, jede Linie, jede Fläche. Seine Augen waren atemberaubend. Absolut atemberaubend. Blau. Aber mehr als blau – Indigo war das Wort, das ihr in den Sinn kam. Mit seinen dunklen Wimpern, die dieses Blau umrahmten, raubte er ihr den Atem. Sie wollte nicht, dass er starb, und Haydon war jetzt bestimmt auf ihn fixiert.

»Wir werden ihn finden. Die Cops suchen nach ihm. Meine Leute suchen nach ihm. Er hat kein Geld und kaum Freunde. Wir werden Haydon finden.«

Grace schüttelte den Kopf. Sie musste ihm Dinge anvertrauen, die sie noch nie jemandem erzählt hatte, wenn sie wollte, dass er am Leben blieb. Sie sahen sich lange Zeit an.

Sein Daumen strich über ihr Kinn. »Ich weiß, das ist schwer für dich, Grace. Du musst jemandem vertrauen. Du musst mit mir über diesen Mann sprechen. Du zitterst. Du siehst verängstigt aus, und ich will nicht, dass du dich fürchtest.«

»Ich kenne Sie nicht«, protestierte sie, aber sie wusste, dass sie nur versuchte, sich Zeit zu verschaffen, versuchte, einen Weg zu finden, wie sie ihn beschützen konnte, ohne ihm die Dinge zu verraten, die sie über Haydon Phillips wusste.

»Du kennst mich«, widersprach er.

Der Anflug eines Lächelns stahl sich auf seine Lippen, und ihr Herz reagierte mit einem seltsamen Flattern.

»Schließlich bin ich dein Verlobter.«

»Warum denken das alle?«, wollte sie wissen.

»Ich habe es dir auf dem Parkplatz gesagt, nachdem du angeschossen wurdest, aber vermutlich hast du es vergessen. Um sicherzugehen, dass die Ärzte mir Auskünfte erteilen würden, musste ich dein Verlobter sein. Unser erstklassiger Chirurg hat die Knochensplitter entfernt und den Schaden repariert, aber du hast noch einen langen Weg vor dir. Sie geben dir Antibiotika, um jegliche Infektion zu verhindern, und du wirst noch einige Wochen hierbleiben müssen.«

»Jedes Mal, wenn ich aufwache, sind Sie da.« Obwohl sie wegen der Schmerzmedikamente die meiste Zeit schläfrig war, hatte sie sich daran gewöhnt, ihn hier zu sehen, es war fast, als gehörte er zur Zimmerausstattung. Mittlerweile war er das Erste, wonach sie sich umsah, ein schneller, prüfender Blick, während sie den Atem anhielt. Dann sah sie ihn, und die Panik in ihr legte sich.

»Ich will nirgendwo sonst sein. Wenn du entlassen wirst, muss sich jemand um dich kümmern. Ich habe ein Zimmer für dich vorbereitet und alles für die Physiotherapie eingerichtet, sodass du dorthin kannst, sobald der Arzt sein Okay gibt.«

»Ein Zimmer für mich?«, wiederholte sie schwach.

Er nickte und hielt ihren Blick fest. »Bei mir. In meinem Haus. Meine Schwester Emmanuelle und meine Schwägerin Mariko können in deine Wohnung gehen und alles holen, was du brauchst. Du kannst ihnen eine Liste zusammenstellen.«

Sie schüttelte den Kopf. »Nein, bloß nicht.«

Er hatte wieder diesen Gesichtsausdruck, den sie hasste. Enttäuschung. Als ob sie ihn mit ihrem Nein irgendwie verletzt hätte. Sie musste das klarstellen. »Sie verstehen nicht. Niemand darf in meine Wohnung. Es ist nicht sicher, und schon gar nicht für jemanden, den Sie lieben oder der Ihnen wichtig ist. Sie würden dann ebenfalls in Gefahr sein.«

Er blickte eine Weile auf sie herab, die ihr wie eine Ewigkeit vorkam, dann verlagerte er sie wie beiläufig zur Seite des Betts. Mühelos. Er schob einfach nur die Arme unter ihren Körper, hob sie an und legte sie am Rand wieder ab, sodass er ganz darauf sitzen konnte. Seine Arme glitten um ihre Hüfte. Sie saß halb und war von einem dünnen Laken und einer Decke bedeckt, aber seine Hitze drohte sie zu versengen.

»Und da sind wir wieder bei Haydon, *il mia bellissima gattina*. Denkst du nicht, es ist Zeit, mir zu erzählen, warum du dich so sehr vor ihm fürchtest? Der Gedanke, dass er versuchen könnte, einem Mitglied meiner Familie zu schaden ... ist beunruhigend. Ich werde sie natürlich warnen, aber wenn wir alle Zielscheiben sind, dann muss ich wissen, warum.«

»Weil er ernsthaft krank ist. Er hört niemals auf, und niemand wird ihn je schnappen. Sie werden das nicht und die Polizei auch nicht. Er kann sich in das Haus von Leuten einschleichen und auf ihrem Dachboden leben, ohne dass sie merken, dass er da ist. Er beobachtet sie. Er beobachtet mich. Er weiß alles, was ich sage und tue. Wenn er wüsste, dass ich mit Ihnen über ihn spreche ...« Sie brach schaudernd ab. »Er tut schreckliche Dinge, und keiner weiß, dass er es war.«

»Du weißt es.«

Sie nickte und wünschte, sie könnte das Beben, das ihren Körper ergriffen hatte, unter Kontrolle bekommen. »Ich bin nicht feige, aber bei ihm fühle ich mich so.« Sie wollte nicht, dass Vittorio dachte, sie sei schwach, obwohl sie ihm die Führung über ihr Leben überließ. Sie hatte sich gesagt, dass sie kaum eine andere Wahl hatte, sie konnte nicht zurück in ihre Wohnung, bis man Haydon gefunden hatte – und sie wusste, dass das nicht geschehen würde. Sie würde nie wieder sicher sein, andererseits war sie das seit Jahren nicht mehr gewesen.

»Ich habe ihn in einer der Pflegefamilien getroffen, in die ich geschickt wurde. Ich bin nicht sehr groß, deshalb hatten andere Kinder immer leichtes Spiel mit mir.« Sie wusste nicht, ob sie das ihrer Geschichte voranstellte, weil ihr peinlich war, dass sie sich nicht hatte wehren können, oder weil sie wollte, dass er begriff, wie dankbar sie Haydon zunächst gewesen war.

Er nickte, die dunklen, leuchtend blauen Augen weiterhin auf sie gerichtet. Sein Daumen strich zärtlich über die Innenseite ihres Handgelenks, direkt über ihrem Puls, und beruhigte sie. Er hatte eine natürliche Sanftheit an sich, der sie sich nicht entziehen konnte. Er strahlte Ruhe aus, seine friedliche Energie umfing sie wie ein Kokon der Gelassenheit. Er gab ihr ein Gefühl von Sicherheit, sie beide in ihrer eigenen Welt, obwohl sie wusste, dass keiner von ihnen sicher war.

»Grace, schau mich an und atme. Wenn du es mir erzählt hast, ist Haydon mein Problem und nicht mehr deins. Du hast diese Last schon viel zu lange allein getragen.«

Grace musterte sein Gesicht. Ihm zu vertrauen war ein großer Schritt. Sie vertraute niemandem, und schon gar nicht nach dem, was sie über Haydon wusste. Ein Teil von ihr wollte Vittorio beschützen, ein anderer Teil jedoch wollte die Last ihres Wissens teilen.

Und wenn sie ehrlich mit sich war, dann wollte sie Vittorio auch zufriedenstellen, diesen Ausdruck sehen, wenn seine blauen Augen aufleuchteten. Sie wollte ihm etwas zurückgeben, nachdem er ihr bereits so viel gegeben hatte. Er hatte ihr direkt nach der Schussverletzung beigestanden, als so viele andere sie allein gelassen hätten. Wenn sie allein gewesen wäre, hätte Haydon zugeschlagen. Sie hatte panische Angst, dass Vittorio wirklich versuchen würde, Jagd auf Haydon zu machen, denn das wäre ein schrecklicher Fehler. Er musste die Wahrheit wissen.

Vittorio sagte nichts mehr, versuchte sie in keiner Weise zu drängen. Er war geduldig und strich weiter mit dem Daumen über ihr Handgelenk, seine Bewegungen hypnotisch, sein Blick fesselnd. Dann traf sie eine Entscheidung und platzte einfach mit der Wahrheit heraus.

»Haydon Phillips ist ein Monster, eines, das so furchterregend und so unbesiegbar ist, dass niemand ihn je wird aufhalten können.« Sie hatte es laut ausgesprochen. Diese Tatsache einem anderen menschlichen Wesen zu erzählen war befreiend. Sie fühlte sich, als hätte sie ihr halbes Lebens lang nur flach geatmet und könnte jetzt einen tiefen Atemzug nehmen, ihre Lunge bis zum Anschlag füllen.

Zu ihrer Überraschung beugte Vittorio sich zu ihr und hauchte ihr einen Kuss auf die Schläfe. »Er wird dir nie wieder wehtun, Grace.«

»Glauben Sie mir?«, fragte sie herausfordernd. Die meisten Menschen sahen in Haydon einen Drogensüchtigen, einen schwachen Menschen. Er war dünn und wirkte ausgezehrt. Doch er war so viel mehr.

»Du kennst ihn besser als irgendjemand sonst. Ich habe einige Nachforschungen angestellt, und es scheint, dass ihr beide seit der Pflegefamilie auf die eine oder andere Art miteinander verbunden wart. Deshalb, ja, wenn du sagst, er ist ein Monster, tendiere ich dazu, dir zu glauben.«

Erleichterung durchströmte sie. Als sie das erste Mal versucht hatte, es den Cops zu erzählen, hatten sie Haydon im Geheimen überprüft und dann verkündet, dass es keinerlei Beweise gebe und er nicht im Geringsten gewalttätig wirke. Nachdem sie weg waren, hatte sie Haydons Zorn über sich ergehen lassen müssen. Sie hatte nie wieder versucht, jemanden zu überzeugen.

»Er macht dir Angst«, stellte Vittorio fest.

»Weil ich weiß, was er tut, und noch schlimmer: Er weiß, dass ich es weiß.«

Wieder wartete er ab. Er versuchte nicht, sie zur Eile anzuhalten. Wenn er Ungeduld verspürte, zeigte sie sich nicht in seiner Miene, und er strahlte sie auch nicht aus. Sie fühlte sich, als hätte er eine Art sicheren Kokon um sie gesponnen. Das machte es leichter für sie, die Dinge, die sie über Haydon wusste, mit ihm zu teilen.

»Als ich in die Pflegefamilie kam, war Haydon bereits dort. Das Pärchen, Owen und Becca Mueller, hatte einen Sohn, Dwayne. Er war ein schrecklicher Junge und stieß unsere Teller vom Tisch, wenn seine Eltern nicht hinsahen, obwohl sie wussten, dass er es war. Jedes Mal wurden wir sofort dafür verprügelt und gezwungen, die Sauerei wegzumachen, während seine Mutter oder sein Vater uns schlug und trat. Er tat boshafte Sachen wie in unsere Betten zu pinkeln, und das brachte uns einen Ausflug in den ›Bestrafungsraum‹ ein.«

Vittorios Blick wurde gefährlich. Seine Ausstrahlung ebenfalls. Sie spürte die Veränderung sofort, obwohl sie es nicht in seinem Gesicht sehen konnte.

»Sprich weiter, *bella*.«

Da war er wieder, dieser tiefe, faszinierende Tonfall. Sie war sich ziemlich sicher, dass er in der Lage war, einen ganzen Raum voller Menschen zu hypnotisieren, bis sie alles taten, was er wollte.

»Ich hatte schreckliche Angst, und alle drei, Becca, Owen und Dwayne schlugen und traten uns immer wieder. Je länger ich dort war, desto schlimmer wurden die Prügel. Haydon begann dazwischenzugehen, sie abzulenken, wenn sie mich bestraften. Er steckte schreckliche Schläge ein, manchmal so schlimm, dass er nicht mehr aufstehen konnte. Dann brachte ich ihm Wasser und Essen, das ich zu ihm schmuggeln musste. Dwayne war misstrauisch und lauerte mir auf, und dann schlug er mich vor Haydon, um ihn zu verspotten. Es war ziemlich fürchterlich.«

Vittorio nickte. »Hat keine Sozialarbeiterin mal nach dem Rechten gesehen?«

Sie schüttelte den Kopf. »Ich glaube, sie war zu überarbeitet und dachte, es wären gute Leute. Nach außen hin wirkten sie so. Ich weiß nicht, ob Haydon schon so geboren wurde, oder ob sie ihn dazu gemacht haben, aber er ist ein Planer, und es macht ihm nichts aus, dass niemand je erfahren wird, dass er seine Rache bekommen hat, solange er sie bekommt.«

Aus dem Pochen in ihrer Schulter wurde zunehmend quälender Schmerz. Sie blickte auf die Uhr. Bald war es Zeit für ihre Schmerzmittel, und wenn sie nach dem sich ausbreitenden Schmerz ging, würde sie es auch nicht hinauszögern können.

»Tut es weh?« Vittorio streckte die Hand nach dem Gerät neben ihrem Bett aus, noch bevor sie ihm antwortete, doch er verabreichte ihr nicht ihre Dosis Morphin, ließ einfach nur die Hand dort ruhen.

»Ich habe versucht, die Zeitspannen zwischen den Dosen ein wenig zu strecken. Aus irgendeinem Grund macht es mich benommen, und ich will wachsam bleiben.« Aber sie würde bestenfalls noch eine halbe Stunde durchhalten.

»Dafür gibt es keinen Grund«, sagte Vittorio. Seine Stimme war so sanft wie immer, doch es lag ein Unterton vollkommener Autorität in ihr. »Du musst nicht wachsam sein, weil ich hier bin und auf dich aufpasse. Der Chirurg meinte, dass du deine Schmerzmittel immer nehmen musst, Grace. Er sagte, es bestehe keine Gefahr, dass du süchtig wirst, und ich weiß, dass das deine größte Sorge ist. Der Arzt weiß, wovon er spricht. Ich habe ihm versprochen, dass du den Plan genau einhalten wirst.«

Er schenkte ihr dieses leichte Lächeln, das ihr Innerstes nach außen kehrte. »Du willst mich doch nicht zum Lügner machen, oder?«

Grace schüttelte den Kopf und sah zu, wie er die Dosis entließ, die ihr den Schmerz nehmen und sie bald fortschweben lassen würde.

»Danke, *gattina bella,* ich schätze es sehr, dass du die Schmerzmittel nimmst, obwohl es dir so schwerfällt.«

Sie nahm die Schmerzmittel, weil Vittorio sie darum gebeten hatte. Bei jedem anderen hätte sie aufbegehrt. »Ich werde bald einschlafen. Ich weiß, dass manche Leute bei klarem Verstand bleiben und nicht müde davon werden, aber nach Morphin stehe ich immer ein bisschen neben mir.«

»Das ist in Ordnung. Wenn du schläfst, kann dein Körper heilen. Willst du, dass ich das Bett für dich tiefer stelle?«

Ein Teil von ihr fragte sich, woher Vittorio Ferraro wusste, wie man ein Krankenhausbett verstellte. Sie hatte die Ferraros bei zahllosen Events gesehen und in Klatschzeitschriften über sie gelesen. Sie wirkten wie verantwortungslose Playboys. Vielleicht war sie auf einen von ihnen scharf, aber die Frauen in ihrem Leben taten ihr immer etwas leid. Und nun lag sie hier und wünschte sich, eine dieser Frauen zu sein.

»Noch nicht. Mir ist wichtig, dass Sie verstehen, wie Haydon ist, damit Sie Ihrer Familie klar machen können, dass sie in ernsthafter Gefahr schwebt.«

Er nickte und nahm erneut ihre Hand. Dieses Mal hob er sie an seine Brust und presste ihre Handfläche auf sein Herz. Überdeutlich spürte sie das Spiel seiner Muskeln unter dem dünnen Stoff seines Hemds. Sie nahm sein Nicken als Aufforderung weiterzusprechen.

»Ein paar Tage, nachdem Dwayne mich geschlagen hatte, fand man seine Leiche in einem Graben in dreizehn Kilometern Entfernung vom Haus. Er war nackt, und jemand hatte ihn gefoltert. Ich habe die Cops belauscht, als sie mit seinen Eltern sprachen, und sie sagten, dass jeder Knochen in seinem Körper gebrochen war. Er war nur wenige Monate älter als Haydon, ein großer Junge, wie sein Vater. Sehr stämmig und stark. Sie haben Haydon gesehen. Als Kind war er sehr dünn. Er wirkte beinahe zerbrechlich.«

»Man hat ihn nie dafür belangt?«

»Nein. Er hat nie ein Wort darüber mit mir gesprochen. Ich versuchte, nicht glücklich darüber zu sein, dass Dwayne nicht mehr da war, aber ich schäme mich zuzugeben, dass ich es insgeheim doch war. Mir gefiel nicht, wie er gestorben ist, und die Cops kamen immer wieder vorbei, um zu ermitteln, aber wir hatten Angst, mit ihnen zu sprechen, und sie näherten sich uns auch nicht. Anfangs hörten die Schläge auf, doch eines Tages hat Becca mich in der Küche angegriffen. Sie warf Teller nach mir und sagte, sie wünschte, ich wäre genauso tot wie Dwayne. Ich glaube, das war das Signal für ihren Mann, dass es in Ordnung war, ihren Frust, ihre Trauer und ihren Zorn an uns beiden auszulassen.«

Sie zitterte beim Gedanken an jene Tage, ohne Essen, eingeschlossen in kleinen, engen Räumen. Sie hatte keine Platzangst und Haydon auch nicht, aber es war nicht angenehm so ohne Toilette. Haydon schuf auf einer Seite einen kleinen Durchgang am Boden, und sie schmuggelten so oft es ging Essen und Wasser zueinander.

Vittorio hob ihre Fingerknöchel an seinen Mund und küsste sie, während er sie weiterhin ansah, sie in seinem Bann hielt, bis sie glaubte, in ihm ertrinken zu müssen. Sofort war sie abgelenkt. Ihr Magen drehte sich, und Millionen Schmetterlinge flogen auf. Sie hätte ihre Hand zurückreißen sollen, nie hatte jemand so etwas mit ihr gemacht. Aber selbst wenn sie gewollt hätte, hätte sie sich nicht bewegen können, nicht während er wieder ihre Handfläche auf sein Herz presste und mit seinem Daumen auf diese beruhigende, hypnotisierende Art über ihren Handrücken strich. Er konnte sie dazu bringen, dass sie alles tun wollte, um ihn glücklich zu machen – und sie mochte es, wenn er ihre Hand hielt. Dann fühlte sie sich, als ob sie wirklich zusammengehörten, und als würde er sie vor jeglichem Schaden bewahren.

»Sprich weiter, *gattina*.«

»Eines Tages kam Owen von der Arbeit und war ziemlich betrunken. Er geriet in einen schrecklichen Streit mit seiner Frau. Ich hörte Becca schreien und wusste, dass er sie geschlagen hatte, und als ich nachsehen wollte, ließ Haydon mich nicht gehen. Wir hörten Owen den Flur herunterkommen. Haydon öffnete mir ein Fenster, aber er erwischte uns, ehe wir entkommen konnten. Er verprügelte Haydon so schlimm. Ich versuchte ihn aufzuhalten, indem ich ihn mit einem Stuhl schlug. Das war das Einzige, was mir in dem Moment einfiel. Er ließ Haydon los und stürzte sich auf mich.«

»Der Mann verdient seine eigene Hölle«, sagte Vittorio ruhig. »Es tut mir leid, dass du derart Böses erfahren musstest, Grace.«

Etwas in Vittorios Blick verriet ihr, dass unter der Oberfläche eine Menge mehr vor sich ging, aber er strahlte weiterhin diese beruhigende Energie aus, die sie mittlerweile mit ihm verband.

»Owen war ein schlechter Mann, aber er war nicht böse. Ich habe das wahre Böse gesehen. Das ist Haydon. Zwei Wochen später kam unser Pflegevater wieder betrunken nach Hause, und Becca sperrte ihn aus, weil er sie immer misshandelte, wenn er etwas getrunken hatte. Seit Dwaynes Tod war er immer häufiger betrunken. Er ging hinaus, um in der Garage in seinem Auto zu schlafen. Am nächsten Morgen fand man ihn unter dem Wagen. Er war noch am Leben, aber das Auto war auf ihn gefallen und hatte sein Bein und seine Leiste zerquetscht. Den Großteil der Nacht hatte er unter Schmerzen dort gelegen.«

»Es war kein Unfall?«

Sie schüttelte den Kopf. »Die Ermittler meinten, dass ihm jemand etwas in den Drink getan hatte, kurz bevor er in die Garage gegangen war. Sie fanden ein umgekipptes Glas in der Küche, in dem sich noch Reste eines mit Whiskey gemischten Schlafmittels befanden. Becca nahm Schlaftabletten, und sie dachten, dass sie es war, aber während sie sprachen, sah ich Haydon ins Gesicht.« Grauen kroch ihr Rückgrat hinauf. Ihr ganzes Leben lang würde sie diesen Gesichtsausdruck nicht mehr vergessen. »Er hat es getan, aber man konnte es ihm nicht nachweisen. Es wäre einfach für ihn gewesen, heimlich etwas von Beccas Pillen zu nehmen und Owen einen Drink hinzustellen. Das Auto war mit voller Wucht fallen gelassen worden, um so viel Schaden wie möglich anzurichten.«

»Es fällt schwer, Mitleid mit Owen zu haben, nachdem er zwei Kinder verprügelt hat, die sich in seiner Obhut befanden.«

»Ich hätte vielleicht kein Mitleid gehabt, wenn er direkt gestorben wäre, aber er musste über Stunden leiden. Ich bin nicht sicher, ob man das Gerechtigkeit nennen kann. Haydon hat ihn nicht einfach getötet, er wollte, dass Owen leidet. Er überlegte sich, wie er das anstellen wollte, und machte dann einen Plan. Ich hatte keine Beweise, und zu wem sollte ich schon etwas sagen? Owen hat uns ständig geschlagen. Haydon hat mich verteidigt. Ich hatte vor ihnen allen Angst, und ich wusste nicht, was ich tun sollte.«

Vittorio nickte. Er legte ihre Hand mit der Handfläche nach unten auf seinen Oberschenkel. Das fühlte sich … sehr intim an. Das Morphin zeigte bereits Wirkung, und sie spürte, wie sie benebelt wurde. Sie begriff nicht, warum sie, die jedem Menschen misstraute, sich plötzlich so verbunden mit

Vittorio fühlte. Sie spielte nicht einmal annähernd in seiner Liga.

»Becca sagte der Sozialarbeiterin, dass sie sich nicht länger um uns kümmern könne. Zunächst hatte sie Haydon nicht im Verdacht, doch er saß da und starrte sie an, und als sie einmal die Hand gegen ihn erhob, sagte er, er hoffe, dass ihr nicht das Gleiche passieren würde wie ihrem Sohn und ihrem Mann. Sie begann uns im Auge zu behalten. Ich glaube, zu diesem Zeitpunkt hatte sie einfach Angst vor uns und wollte uns loswerden. Bevor sie uns aus der Familie geholt haben, haben sie Ermittlungen eingeleitet, und sie wurde verhaftet und wegen Misshandlung angeklagt. Sie wurde zu zwei Jahren verurteilt, wobei ihr die Zeit in Untersuchungshaft angerechnet wurde. Zu meinem Pech nahm uns dann eine sehr nette Pflegemutter beide zusammen auf, weil man ihr gesagt hatte, dass wir uns nahestünden.«

»Ich nehme an, es hörte damit nicht auf.«

Sie schüttelte den Kopf. Eine Welle der Müdigkeit überspülte sie. »Ich habe in den letzten Jahren nie viel geschlafen, ich hatte zu viel Angst, Haydon an meinem Bett vorzufinden, wenn ich aufwache. Das tut er häufiger. Ich weiß, dass er mir damit zeigen will, dass er in meine Wohnung gelangen kann, ganz egal, wie oft ich das Schloss austausche. Einmal schickte er mir ein Bild von Katie Branscomb, schlafend in ihrem Zuhause. Er war auch in dem Bild, stand grinsend neben ihr. Er hat sie nie mit Worten bedroht, er ließ mich lediglich auf seine wenig subtile Art wissen, dass Katie in Gefahr war, sollte ich nicht mehr tun, was er will. Also nahm ich weitere Kredite auf, verschuldete mich bis zu einem Punkt, an dem es unmöglich wurde, das alles zurückzuzahlen. Das habe ich ihm mitgeteilt, und das Ergebnis haben Sie gesehen.«

Vittorio rieb sich mit ihren Fingerspitzen das Kinn. Sein Bartschatten war nur schwach, aber sie konnte die Stoppeln spüren, und aus irgendeinem Grund schoss dieses Gefühl aus ihren Fingerspitzen direkt zwischen ihre Beine. Etwas Derartiges hatte sie noch nie erlebt. Er hatte eine natürliche Sinnlichkeit und schien es nicht einmal zu merken, während sie in ihrem benebelten Zustand Angst hatte, dass sie gleich damit herausplatzen würde, wie heiß sie ihn fand. Wie sollte es ihm auch auffallen, während sie ihm von Haydon und den Dingen, die er getan hatte, erzählte, ohne Beweise dafür zu haben?

»Abgesehen von seinem Gesichtsausdruck, als die Detectives Owens Unfall untersuchten, gab es da noch etwas anderes, das ihn mit der Sache in Verbindung brachte?«

»Nicht ganz, aber er hat normalerweise in meinem Schlafzimmer an der Tür geschlafen. Wir hatten uns angewöhnt, das Fenster offen zu lassen, damit wir fliehen konnten, sollte es nötig sein. Wir wussten, dass Owen sich rächen würde, nachdem ich ihn mit einem Stuhl geschlagen hatte. Es war die erste Nacht seit diesen schrecklichen Schlägen, in der Haydon nicht dort schlief.«

»Was passierte bei eurer neuen Pflegefamilie? Was waren das für Leute?«

»Ihr Name war Julie Vaughn, ihr Mann hieß Kyle. Sie waren gute Menschen. Sie haben uns tolle Zimmer gegeben. Jeder von uns bekam einen Laptop, und als Haydon um einen iPod bat, haben sie ihm einen gekauft. Ich fand sie toll. Aber Haydon beschwerte sich oft über sie. Er mochte es nicht, die Aufgaben zu erledigen, die sie uns übertrugen, und meinte, dass sie uns aufgenommen hatten, damit wir ihre Slaven sind. Es waren einfache Aufgaben und keineswegs unangemessen. So was wie unsere eigenen Zimmer aufzuräumen oder unsere Wäsche zu machen. Er weigerte sich, und ich übernahm für gewöhnlich seinen Anteil, weil ich Angst hatte, dass er sie dazu bringen wollte, dass sie ihn irgendwie bestraften.«

Vittorio glitt vom Bett. »Ich werde jetzt das Bett für dich tiefer stellen, *gattina bella*.«

Grace war dankbar, dass er bemerkt hatte, dass sie müde wurde. Sie machte nicht gern auf sich aufmerksam. Sie hatte festgestellt, dass die Dunkelheit ihr half und die Schatten ihr Schutz boten. Haydon hatte auf so vielgestaltige Weise Einfluss auf ihr Leben genommen.

»In der Schule wollte Haydon nicht, dass ich noch andere Freunde habe. Am ersten Tag an der neuen Schule freundete ich mich mit einem Mädchen an, und er war fuchsteufelswild. Auf dem Heimweg beschuldigte er mich, eine Verräterin zu sein, dass ich nur beliebt sein wolle und ihn nach allem, was er für mich getan hatte, fallen lassen und wie alle anderen nicht beachten würde. Ich habe mich verteidigt, aber am nächsten Tag kam meine neue Freundin nicht zur Schule. Jemand hatte ihre Katze an ihrer Haustür erhängt.«

Sie entzog Vittorio ihre Hand und presste die Finger an die Lippen, weil sich ihr für einen Moment die Kehle zusammenzog und sie dagegen ankämpfen musste, sich schuldig zu fühlen. »Den ganzen Tag über war er furchtbar nett zu mir, begleitete mich zu meinen Unterrichtsräumen. Ich ließ es zu.«

Vittorio rückte ihre Kissen zurecht, als wüsste er, dass sie unbequem für sie waren. Er zog die Decke hoch. »Ich weiß, dass es schwer für dich sein muss, diese Dinge noch einmal zu durchleben.« Seine langen Finger glitten in ihr Haar, massierten ihre Kopfhaut. »*Mia bella ragazza, sei così coraggiosa*«, murmelte er.

»Was heißt das?«

»Nur, dass du sehr mutig bist.«

Sie sah sich selbst nicht als mutig. »Ich wusste nicht, wie ich Haydon aufhalten sollte«, fühlte sie sich gezwungen zu sagen. »Alle hielten ihn für einen Nerd, und eines Tages schubsten ihn ein paar Leute aus dem Football-Team in der Schule herum. Einer nach dem anderen hatten sie Unfälle. Einer brach sich beinahe das Genick, weil sein Skateboard entzweibrach, als er einen gefährlichen Hügel hinunterraste, von dem er geprahlt hatte, dass niemand außer ihm dort skaten könne. Letztlich brach er sich den Oberschenkel und das Knie. Das Bein war so kaputt, dass er nie wieder Football spielen konnte. Ein anderer Spieler hatte ein Auto, das er mehr als alles andere liebte. Er hatte Jahre darauf hingespart und es selbst in der Garage seines Vaters wieder hergerichtet. Eines Tages, nachdem er Haydon in der Schule gestoßen hatte, versagten die Bremsen. Das Auto hatte einen Totalschaden und er nur mit Glück den Unfall überlebt.«

»Könnten diese Unfälle Zufall gewesen sein?«

Grace schüttelte den Kopf und zuckte zusammen, als ihre Schulter auf die Bewegung mit einer Schmerzwelle antwortete. »Die Cops meinten, er müsse einen Fehler gemacht haben, als er die neuen Bremsen montierte, aber der Typ war ein passionierter Schrauber. Er hätte niemals so einen Fehler gemacht. Ich habe selbst versucht, mir einzureden, dass es Zufall war, aber ich wusste es besser.«

»Willst du aufhören und schlafen? Wir können uns später unterhalten.«

Seine Stimme war so sanft, beinahe wie eine samtene Liebkosung auf ihrer Haut. Mitfühlend. Beinahe zärtlich. Sie hatte noch nie so eine Stimme gehört. Sie hätte wissen müssen, dass ihm aufgefallen war, dass ihr Gesicht jedes Mal an

Farbe verlor, wenn der Schmerz einsetzte. Sie hasste es, sich zu bewegen, aber sie musste ihre Erzählung über Haydon zu Ende bringen. Wenn es ihrem Ziehbruder gelang, an sie heranzukommen, musste es jemanden geben, der Bescheid wusste und ihr glaubte. Vittorio Ferraro war ein Mann, dem jeder zuhören würde.

»Ich möchte, dass du mich anhörst, bevor mich der Mut verlässt«, sagte sie. Er presste ihre Hand noch einmal auf seinen Oberschenkel, und sein Daumen beschrieb wieder jenen beruhigenden Rhythmus, der irgendwie die Anspannung aus ihren sich verkrampfenden Muskeln vertrieb.

»Haydon war wütend auf Kyle, weil er darauf bestand, dass er sich selbst um seine Aufgaben kümmerte, nachdem Julie ihm erzählt hatte, dass ich alles für ihn machte. Sie hatten einen wunderschönen Labrador, der plötzlich verschwand. Kyle liebte diesen Hund. Sie suchten wochenlang danach. Jemand fand seine Überreste im Park. Er war gequält worden.«

»Grace, es besteht kein Zweifel, dass der Mann auf dich fixiert ist. Geht es um Geld? Hat er versucht, eine romantische Beziehung zu dir aufzubauen?«

Seine Stimme war unverändert, freundlich und tief, aber irgendwas brachte sie dazu, seinem Blick zu begegnen, obwohl sie gerade begonnen hatte, die Augen zu schließen, weil ihre Lider mit einem Mal so schwer waren. Allein, dass er es laut ausgesprochen hatte, ließ ihr Herz verrücktspielen.

»Er hat nie versucht, mich zu küssen oder so, aber er mag es nicht, wenn jemand mir nahekommt. Ich gehe nicht mit Freunden aus, nicht mal mit Katie. Sie vermutet, dass ich einen Stalker habe, aber ich tue immer so, als wäre Haydon mein Freund. Ich lasse mir nie anmerken, dass ich Angst vor ihm habe. Das würde schrecklich für sie enden. Er war wütend auf mich, weil ich keinen weiteren Kredit aufgenommen habe, und ich bin mir sicher, dass der Deal, den er mit diesen Männern geschlossen hat, nur auf Zeit war. Er hätte vermutlich jeden in meiner Nähe getötet. Das wäre typisch für ihn.«

»Gibt es weitere Leichen? Andere, von denen du glaubst, dass er sie getötet hat?«

Sie schloss die Augen. »Ich vermute es, aber ich habe keine Beweise. Es gibt nie eine Verbindung zu ihm. Er lässt Zeit vergehen, ehe er zuschlägt. Und wenn er Vergeltung übt, dann meistens grausam. Ich habe über drei Tote gelesen, die auf die gleiche Weise wie Dwayne ermordet wurden, oder zumindest so ähnlich, dass ich meine Vermutungen hatte. Einer war mein erster Vermieter, der mir nicht erlaubte, Besucher zu empfangen, auch Haydon nicht. Der Mann verschwand drei Monate nach meinem Auszug. Sie fanden seine Leiche in einer Gefriertruhe am anderen Ende der Stadt. Es war schrecklich. Sie sagten, er wäre über Stunden am Leben gehalten worden.«

»Die drei, von denen du annimmst, dass er sie getötet hat, standen alle in irgendeiner Beziehung zu dir?«

Sie nickte. »Einer war ein Polizist, der mir einen Strafzettel ausstellte. Haydon war im Auto, und er war wütend auf mich. Er hatte auf meinen Fuß auf dem Gaspedal getreten, um mir Angst zu machen. Er sagte, er würde uns direkt in den entgegenkommenden Verkehr lenken. Als der Cop uns zu verfolgen begann, lachte er und hörte damit auf, damit ich rechts ranfahren konnte. Der Cop hat mir eine Strafpredigt gehalten und gemeint, wenn ich so etwas noch einmal tun würde und er es mitbekäme, würde er dafür sorgen, dass ich im Gefängnis lande. Der Cop starb auf ähnliche Weise wie mein ehemaliger Vermieter. Es passierte nicht hier in

Chicago. Ich war in eine andere Stadt gezogen, um von Haydon wegzukommen, aber er ist mir gefolgt.«

»Und der dritte?«

Ein leichtes Zittern durchlief sie, und sie wusste, dass er es sah, obwohl sie versuchte, die Sache nicht zu nah an sich heranzulassen.

»Einer meiner Nachbarn in dem Wohnhaus, in das ich nach meiner Rückkehr nach Chicago einzog. Ich bin zufällig mit ihm im Treppenhaus zusammengestoßen. Er bewahrte mich vor einem Sturz, indem er mich bei den Armen packte, und wir lachten beide. Danach grüßte er mich immer. Das war es, mehr nicht. Aber Haydon war wütend auf mich, weil ich ihn nicht bei mir einziehen ließ. Der Mann, Howard Bennet, verschwand. Die Leute kamen an meine Tür und klingelten, fragten mich, ob ich ihn gesehen hätte. Haydon war im Flur. Er lehnte da mit diesem Grinsen, und ich wusste, dass Howard tot war. Einen Monat später fanden sie seine Leiche. Es war sehr schlimm.« Sie wollte nicht mehr an Haydon Phillips denken. Nicht, wenn sie im Begriff war einzuschlafen.

Seine Finger in ihrem Haar waren wie Magie. So beruhigend. Sie wollte einfach nur die Augen schließen, sich dem Medikament ergeben, sich von ihm wegtragen lassen. Sie drehte das Gesicht zur Seite, sodass es an seinem Arm ruhte, und atmete den berauschenden Duft seiner Haut ein. Es war eine Mischung aus verführerischem Sandelholz und Vetiver, aber so schwach, so flüchtig, dass sie das Gefühl hatte, dem Duft hinterherjagen zu müssen. Die Kombination war männlich und kräftig und wirkte sehr sinnlich auf sie. »Sie riechen so gut.«

»Danke, *bella*. Ich hoffe, dass du mir immer sagen wirst, was du magst und was nicht. Du warst heute so unglaublich tapfer. Ich weiß dein Vertrauen zu schätzen, und ich weiß, dass es sehr schwer für dich war.«

Es war schwer gewesen, ihm das zu erzählen. Sehr schwer. Sie hatte gelernt, niemandem zu vertrauen, aber noch viel wichtiger, sie hatte sich angewöhnt, niemals jemandem zu nahezukommen. Haydon hatte Vittorio ohnehin schon ins Visier genommen. Vermutlich auch seine Familie, und sie schuldete ihnen die Warnung.

»Er ist in der Lage, überall zu sein, Vittorio.« Sie nuschelte ein wenig und wusste, dass sie gleich wegnicken würde. »Kleine Räume, Dachböden. Schlösser können ihn nicht aufhalten. Er kann durch die Lüftungsschächte in diesen Raum gelangen. Möglicherweise ist er gerade hier und hört uns zu.«

4

»Haben sie ihn gefunden?«, fragte Vittorio und fuhr sich mit der Hand durchs Haar. Er war es müde, immer wieder die gleiche Antwort zu bekommen.

»Haydon Phillips ist ein durchtriebenes kleines Wiesel«, sagte Ricco. »Nach allem, was wir bislang in Erfahrung gebracht haben, sind wir uns darin einig. Er hat sich in ein kleines Loch verkrochen und versteckt sich dort. Er weiß, dass er gejagt wird, und wir sind nicht die Einzigen, die nach ihm suchen.«

»Grace stehen viele Wochen Physiotherapie bevor. Der Arzt meinte, dass sie froh sein kann, den Arm noch benutzen zu können. Er hätte nicht damit gerechnet, dass sie ihre Hand noch gebrauchen kann, aber sie ist in der Lage, die Finger zu bewegen, und das ist ein gutes Zeichen. Ich hole sie zu mir nach Hause, aber wir müssen ihn finden.«

»Ist dein Haus sicher?«

Vittorio warf seinem Bruder einen strengen Blick zu. »Du kennst mich.«

Ricco antwortete ihm mit einem schwachen Lächeln. »Und sie?«

»Sie lernt mich gerade kennen. Wir hatten gerade mal zwei Wochen zusammen. Ich kann sie zum Lachen bringen, sie von dem Gedanken ablenken, dass Haydon Phillips jemanden aus meiner Familie töten wird. Die Hälfte der Zeit sorgt sie sich, er könnte in den Lüftungsschächten hier sitzen.

Ich weiß, dass sie versucht, wach zu bleiben. Der kleine Bastard kostet sie seit Ewigkeiten den Schlaf. Der Arzt sagt, sie muss schlafen, damit sie gesund werden kann.«

Es war ihm unmöglich, einen scharfen Unterton zu vermeiden. Er sollte dort draußen in der Stadt auf der Jagd sein, aber er sollte auch bei Grace sein, und er konnte sich nicht zweiteilen.

Ricco legte ihm eine Hand auf die Schulter. »Er wird sich nicht ewig verstecken können.«

»Sie sagt, dass er geduldig ist. Dass er Wochen oder Monate wartet, ehe er zum Schlag ausholt.«

Stefano wandte sich ihnen zu. Er hatte aus dem Fenster gestarrt, aber Vittorio schenkte seinem Bruder sofort seine volle Aufmerksamkeit, und Ricco tat es ebenfalls.

»Wir werden ihn nicht auf die Weise finden, auf die wir sonst Leute aufspüren. Er hat kein Bankkonto, es gibt also keine Transaktionen, denen wir folgen könnten. Er hat kein eigenes Haus und wohnt auch nicht zur Miete. Er hat kein Auto. Wenn er Geld braucht, stiehlt er es. Er wohnt auf dem Dachboden von Häusern ganz normaler Familien, und wenn er irgendwo hinmuss, knackt er sich ein Auto. In großen Menschenmengen ist er nahezu unsichtbar. Er ist klein genug, um durch Lüftungsschächte zu passen, und es bereitet ihm keine Schwierigkeiten, durch verschlossene Türen ein und aus zu gehen.«

Vittorio massierte sich den Nacken. Er wurde bereits wieder unruhig, alles in ihm drängte ihn, zu Grace zurückzukehren. »Wir sollten unser Treffen hier beschleunigen.«

»Sie ist nicht allein«, erinnerte Stefano sie. »Sie hat einen Bodyguard im Zimmer, und zwei stehen vor der Tür. Mariko und Emmanuelle werden auch gleich da sein.«

Es half, seine Schwester und seine Schwägerin mit Grace

in einem Raum zu wissen. Beide waren Schattengleiterinnen und mindestens so fähig wie er selbst. Genau wie er hatten sie seit ihrem zweiten Lebensjahr jeden Tag ihres Lebens trainiert, und wenn sie an der Reihe waren, sorgten auch sie für Gerechtigkeit. Sie waren effizient und erledigten ihre Arbeit ohne zu zögern. Grace war in guten Händen, und doch hatte er noch immer diese drängende Unruhe in sich, die einfach nicht verschwinden wollte.

»Was denkst du über Phillips?«, gab Vittorio zurück, bevor er sich zu genau mit dem Grund für seine Nervosität auseinandersetzen konnte. Er ruhte stets in sich. Das hatte er sich beigebracht: in jeder Lebenslage vollkommen ruhig zu sein.

Grace war seit zwei Wochen im Krankenhaus … und sie litt. Die Kugel hatte ihre Schulter zertrümmert. Zum Glück war der Chirurg in der Lage gewesen, die Teile wieder zusammenzusetzen, aber sie würde ihr Leben lang Probleme haben. Die Verletzung war extrem schmerzhaft. Der Chirurg hatte den Arm gerettet, aber ihre Genesung würde viel Zeit in Anspruch nehmen, und sie würde ihr Leben lang Schmerzen haben. Er hasste es. Sie kam langsam wieder zu Kräften, und er musste sie mit nach Hause nehmen, ehe sie zu viel darüber nachdenken konnte. Ihre Chefin, Katie Branscomb, hatte sie besuchen wollen, aber er hatte sie auf später vertröstet. Er hatte ihr gesagt, sie solle warten, bis Grace bei ihm war und sich eingelebt hatte, aber er befürchtete, dass Katie darauf bestehen würde, dass Grace mit ihr nach Hause ging.

»Ich bin mir ziemlich sicher, dass Phillips nicht aufgeben wird. Grace kennt ihn besser als irgendjemand sonst, und wenn sie sagt, dass er dich und unsere Familie ins Visier nehmen wird, sollten wir besser auf der Hut sein. Ich vermute, dass Grace die einzige Bezugsperson ist, die er auf dieser Welt hat. Er wird sie vielleicht bestrafen, wenn sie nicht tut, was er will, aber er wird sie nicht töten. Er kann es nicht riskieren, sie zu verlieren, und er ist klug. Ein durchgeknallter Killer, ja, aber ein sehr gerissener. Die Saldis haben keine Ahnung, was sie da losgetreten haben«, meinte Stefano.

Ricco nickte. »Rigina und Rosina haben eine Karte mit einer Spur von Morden angelegt, die dem ersten ähneln, von dem Grace weiß – dem Dwayne Muellers. Sie sind über eine große Fläche und zwei Städte verteilt. Die beiden arbeiten jetzt daran, Phillips zum jeweiligen Todeszeitpunkt im entsprechenden Gebiet zu verorten. Es ist mühsam, aber sie sind hartnäckig. Wenn er Spuren hinterlassen hat, werden wir sie finden.«

»Unsere Cousins in LA haben die Sache mit Owen und Becca Mueller geklärt. Vor einigen Tagen wurden sie beide mit gebrochenem Genick tot in ihrer Wohnung aufgefunden«, sagte Stefano.

Statt befriedigt oder erleichtert zu sein, spürte Vittorio seine Unruhe wachsen. Der kleine Konferenzraum, den das Krankenhaus ihnen zur Verfügung gestellt hatte, befand sich zwei Stockwerke unter Graces Privatsuite. Sie wurde heute entlassen, und er wusste, dass er sie in seinem Haus besser beschützen konnte. Er wollte sie so schnell wie möglich dort haben.

»Wir können nichts wegen Phillips unternehmen, bis er sich zeigt und wir seiner Spur folgen können. Wann immer er in einen Schatten tritt, wird er einen ›Abdruck‹ hinterlassen, dem wir folgen können, aber bis dahin sollten wir die Ermittler ihre Arbeit machen lassen. Wir bleiben in Alarmbereitschaft und haben zusätzliche Wachen für Grace organisiert.« Es gab immer eine Spur, Hautzellen, Geruch, Wärmebildaufklärung, Dinge, die zurückblieben und von den Schattengleitern »Abdrücke« genannt wurden. Manchmal erwiesen diese Dinge sich als nützlich, wenn es darum ging, jemanden ausfindig zu machen, vor allem, wenn sie noch frisch waren.

»Passt ihr auf unsere Frauen auf?«, fragte Vittorio.

Stefano bedachte ihn mit einem Blick, bei dem andere zusammengeschrumpft wären. »Natürlich. Bei Emme ist das schwierig, weil sie es ohnehin hasst, Leibwächter zu haben. Sie weiß, dass es eine Grundvoraussetzung für einen Schattengleiter ist, aber zusätzliche Bodyguards gehen ihr richtig auf die Nerven.«

»Wie geht es ihr?« Vittorio hasste es, seine Schwester leiden zu sehen.

»Sie liebt Val«, antwortete Stefano ehrlich. »Ich wünschte, er wäre kein Saldi. Mir ist es egal, dass er kein Gleiter ist. Ich weiß, dass Eloisa einen Anfall bekommen würde, genau wie der Internationale Rat, aber für mich ist das Wichtigste, dass Emme glücklich ist. Wenn er nicht der Erbe der größten kriminellen Familie Chicagos wäre, dann hätte ich den beiden erlaubt, zusammen zu sein. Aber als Oberhaupt der Familie hier in Chicago kann ich nicht zulassen, dass genau das, wogegen wir kämpfen, in unser Haus einzieht, und ich will meine Schwester auch nicht in der Nähe ihrer Machenschaften wissen.«

»Sei nicht zu hart zu ihr, Stefano«, warnte Vittorio. »Emme leidet, und das macht sie unberechenbar. Im Moment hat sie eine Entscheidung für sich selbst getroffen. Wenn wir etwas Negatives zu ihr sagen, könnte sich das ändern.«

Ricco nickte. »Ich musste Taviano schon einige Male zurückpfeifen. Vielleicht solltest du mal mit ihm reden.«

Stefano seufzte. »Das ist meine Schuld. Ich will immer ihr Vater und nicht ihr Bruder sein. Giovanni steht ihr am nächsten, und er macht sich auch Sorgen. Selbst Francesca ist um Emmanuelle besorgt. Aber du hast recht, Vittorio. Ich werde vorsichtig sein und Taviano daran erinnern, dass dies eine Situation ist, die eine diplomatische Herangehensweise erfordert und nicht unser sonstiges Vorgehen.«

Erleichterung durchströmte Vittorio, doch sie konnte das drängende Gefühl in ihm nicht vertreiben. »Ist Sarto noch im Krankenhaus? Ich hörte, er wird bald entlassen. Ich weiß, dass Gori letzte Woche entlassen wurde.«

»Sarto sollte schon vor über einer Woche entlassen werden«, sagte Ricco, »aber du hast ihm den Oberschenkel gebrochen, sodass man ihm einen Streckverband anlegen musste, und es hat sich eine Infektion gebildet.«

Die drei Männer wechselten ein Lächeln.

»Ich war ziemlich sauer«, gab Vittorio zu. »Es hilft, genau zu wissen, wo man hinschlagen oder -treten muss.«

»Deshalb hat man Gori auch für eine Weile einen Streckverband am Arm angelegt. Die Cops haben ihn mit dem eingegipsten Arm ins Gefängnis gesteckt«, sagte Ricco. »Wir haben beide überprüft. Bei Sarto steht eine Wache der Polizei. Gori befindet sich in Einzelhaft, und der Einzige, der sie sehen darf, ist ihr Anwalt. Weder Miceli noch seine Söhne haben sich ihnen auch nur genähert. Tatsächlich behauptet Miceli immer noch, dass er nichts von den ganzen Vorgängen gewusst hat.«

»Die beiden Männer behaupten, dass sie einfach nur im Club feiern waren und dass du sie dann auf dem Parkplatz überfallen hast, als sie am Gehen waren«, sagte Stefano.

Vittorio zuckte die Achseln. »Dachten sie etwa, dass wir nicht überall Kameras haben?«

»Ich denke, dass ihnen von ihrem Helfer im Club – im Moment besteht der Kreis der Verdächtigen nur noch aus drei Männern und einer Frau – gesagt wurde, dass die Aufzeichnungen gelöscht werden würden. Glücklicherweise haben wir das Material noch in derselben Nacht gesichert, bevor sich jemand daran zu schaffen machen konnte. Giovanni hat sich sofort darum gekümmert.«

»Wir lassen die Saldis beobachten, obwohl sowohl Giuseppi als auch Miceli behaupten, nichts mit der Sache zu tun zu haben. Giuseppi will sich mit uns treffen«, fügte Stefano hinzu.

»Wann?« Vittorio wollte bei dem Treffen dabei sein.

»Nächste Woche. Seiner Frau geht es schlecht, und er hat um mehr Zeit gebeten. Deshalb ist es jetzt Mittwoch um fünf im Konferenzraum des Hotels. Val wird dort sein. Miceli und seine Söhne ebenfalls. Wir sollten Lügen erkennen können, aber das werden sie nicht wissen«, sagte Stefani.

»Bist du sicher?«, fragte Vittorio mit gesenkter Stimme. Nicht nur Taviano hatte ein hitziges Gemüt. »Sie sind direkte Nachkommen der Saldi-Linie aus Sizilien. Du weißt, dass man sich erzählt, dass mehr als nur eine unserer Frauen sich damals in einen Saldi verliebte.«

»Oder von ihnen entführt wurde«, sagte Stefano. »Aber niemals eine Schattengleiterin.«

»Es besteht dennoch die Möglichkeit, dass sie eine andere Gabe haben, Stefano«, beharrte Vittorio. »Ich will damit nur sagen, dass wir auf der Hut sein sollten. Vielleicht können sie Lügen erkennen.«

»Was ist mit Emme?«, fragte Ricco. »Wird sie zu dem Treffen kommen?«

»Ich wollte, dass Emmanuelle fernbleibt, aber sie meinte, sie sei eine Schattengleiterin, ein Mitglied unserer Familie, und dass sie die Saldis besser kennt als wir alle. Das konnte ich nicht bestreiten«, antwortete Stefano.

»Wenn sie sie auch nur schief ansehen …« Ricco ließ den Rest des Satzes unausgesprochen.

Vittorio sah seinen Bruder an und schüttelte den Kopf. »Wir müssen bei dieser Sache gelassen bleiben. Möglicherweise versuchen sie, Emmanuelle zu benutzen, um uns zu provozieren. Wenn sie es aushalten kann, können wir das auch.«

»Du bist wie immer die Stimme der Vernunft«, sagte Stefano. »Lasst uns hoffen, dass wir auf dich hören.«

»Ich muss zurück zu Grace. Ich werde dieses üble Gefühl nicht los«, gab Vittorio zu. »Und wenn mein Bauchgefühl sagt, dass etwas nicht stimmt, dann ist das auch meistens der Fall.«

Stefanos Augen verengten sich. »Du hättest etwas sagen sollen.« Er war bereits auf dem Weg zur Tür.

»Ich dachte, dass es daran liegt, dass ich nicht bei ihr bin«, erklärte Vittorio, ohne sich darum zu kümmern, was seine Brüder aus diesem Geständnis schließen konnten. Sowohl Ricco als auch Stefano waren mit Frauen verheiratet, die sie sehr liebten. Sie konnten es also vermutlich verstehen, aber Vittorio hatte einfach nie erwartet, Grace zu finden, und auch nicht, dass die Chance bestand, dass sie bei ihm blieb.

»Vermutlich nicht«, sagte Ricco, während sie durch den Flur auf den Aufzug zueilten. »Ich habe selbst ein ungutes Gefühl.«

Ungeduldig klopfte Stefano mit dem Finger auf seinen Oberschenkel und wartete darauf, dass die Aufzugtüren sich öffneten, ohne darauf zu achten, dass sie angestarrt wurden und Smartphones Bilder von ihnen schossen. »Ich habe Emme, Mariko und den Bodyguards Textnachrichten geschrieben. Sie sind auf der Hut.«

Gerade als sie in den Aufzug getreten waren, heulte der Alarm in dem Stockwerk auf. Vittorio rammte die Hand gegen die Tür und hinderte sie mit Körperkraft daran, sich zu schließen. Alle drei Männer stürmten hinaus und schrieben an Emme und Mariko, um sicherzugehen, dass es ihnen gut ging.

Kein Alarm hier, schrieb Emme ihnen allen zurück.

Die Krankenpflegerinnen und Ärzte rannten auf eines der Zimmer zu.

»Das ist Sartos Zimmer«, sagte Ricco.

Bleibt wachsam, wies Vittorio sie an. *Könnte ein Ablenkungsmanöver sein.*

Eine Krankenpflegerin stürmte aus dem Raum und übergab sich auf den Boden, ihr folgte ein Mann vom Sicherheitsdienst. Vittorio, Ricco und Stefano blieben abrupt im Türrahmen stehen.

»Sie verunreinigen den Tatort«, sagte Vittorio ruhig, aber bestimmt. »Sie können nichts mehr für ihn tun. Raus hier jetzt. Die Polizei wird Ihre Namen wissen wollen.«

Stefano war bereits dabei, die Cops zu rufen.

Vittorio blickte hinauf zu dem Lüftungsgitter. Es schien noch an Ort und Stelle zu sein, aber das hieß nicht, dass Phillips nicht durch das Belüftungssystem gekrochen war. Er könnte sich auf alle möglichen Arten Zutritt zu dem Zimmer verschafft haben, als Krankenwärter, als Phlebologe oder sogar als Krankenpfleger oder Arzt. In dem Fall hätte der Polizist seinen Ausweis überprüft und wäre ihm dann ins Zimmer gefolgt. Vittorio konnte den Polizisten sehen. Er war tot, ihm war die Kehle durchgeschnitten worden, doch seine Leiche war nicht so zugerichtet wie die Ale Sartos. Der Saldi-Vollstrecker sah beinahe so aus, als hätte man ihm bei lebendigem Leib die Haut abgezogen. Einem kurzen Blick auf die Leiche entnahm er, dass man ihm mit Klebeband den Mund zugeklebt und die Augen offen gehalten hatte.

Vittorio blickte zu Stefano, der nickte. Sofort liefen er und Ricco zur Treppe und überließen es ihrem älteren Bruder, den Tatort abzusichern und sich um die Polizei zu kümmern. Sobald sie außer Sichtweite waren, suchten sie sich Schatten, die sie direkt die Treppen hinauf und in den Privatflügel bringen würden, wo sich Graces Suite befand. Der Schatten, den Vittorio wählte, transportierte ihn wie der sprichwörtliche geölte Blitz.

Alle drei Brüder trugen ihre typischen dreiteiligen Anzüge. Grau mit Nadelstreifen, aus einem speziellen Material, das einer ihrer vielen Cousins entwickelt hatte. Die Streifen erlaubten es dem Schattengleiter, sofort mit den Schatten zu verschmelzen, sodass sie weniger leicht entdeckt werden konnten. Doch noch wichtiger war, dass der Anzug sich auflöste, wenn sie auseinandergerissen und in die Schattentunnel gesaugt wurden.

Die dünneren, schmaleren Tunnel setzten dem Körper stark zu, brachten einen jedoch viel schneller ans Ziel. Doch der Gleiter war oft desorientiert, wenn er am anderen Ende ankam. Dieser Schatten traf auf den Boden, glitt die Wand entlang und verband sich mit mehreren anderen Schatten, die von der Beleuchtung über ihnen und Objekten in den Fluren erzeugt wurden.

Vittorio glitt durch einen Schatten direkt zur Tür von Grace' Krankenzimmer. Er wartete am Ende der Röhre, bis er wieder ganz in seinem Körper angekommen war, und sah sich dann um, um sicherzugehen, dass nur seine Bodyguards ihn heraustreten sahen, ehe er den Flur betrat. Emilio, sein Cousin und der Leiter der Security der Ferraros, begrüßte ihn mit grimmiger Miene. »Ich habe Enzo reingeschickt, Vittorio.« Er blickte über Vittorios Schulter und nickte Ricco zu. »Für den Moment sind sie sicher.«

»Behaltet die Lüftungsgitter im Auge«, warnte Ricco ihn. »Der Bastard ist hier ins Krankenhaus gekommen und hat

Sarto geschnetzelt. Die Tür war nicht verschlossen. Jeder konnte einfach hineinspazieren, aber Phillips hat sich Zeit gelassen. Er schien sich keine Gedanken zu machen, erwischt zu werden. Der dreiste kleine Hurensohn.«

»Traut keinem Arzt, Pfleger oder Techniker. Er könnte praktisch ein Chamäleon sein, das sich unauffällig zwischen den Angestellten hier bewegt«, fügte Vittorio mit einer Hand auf der Tür zu Grace' Zimmer hinzu. Er spreizte die Finger weit, als ob er sie berühren könnte.

Er sah Emilio nicht an, sondern blickte durch das kleine Fenster zu Grace. Sie schien zu schlafen. Emmanuelle saß neben ihr, und ihr Kopf lag auf dem Bett, als hielte auch sie ein kleines Nickerchen.

Sofort jagte Schrecken Vittorios Rückgrat hinunter. Er rammte die Handfläche gegen die Tür, sodass sie direkt gegen den Türstopper knallte. Mariko saß in einem Stuhl und sah kaum auf, als er mit Ricco auf den Fersen in den Raum stürmte.

»Er leitet irgendein Gas in das Zimmer«, sagte Vittorio. »Raus hier, Enzo. Mariko. Beide sofort raus.«

Ricco hatte seine Frau bereits auf die Füße gezogen und hob sie nun auf seine Arme und rannte aus dem Zimmer. Emilio schnappte sich Emme und trug sie hinaus. Vittorio nahm den Beutel mit Flüssigkeit von dem Ständer und legte ihn in Grace' Schoß, und dann ruhte sie in seinen Armen, und ihr Kopf fiel gegen seine Brust, während er mit ihr hinausrannte. Erst jetzt fiel ihm auf, dass Drago und Demetrio Palagonia abgewartet hatten, bis er seine Frau hatte, bevor sie ihm folgten, obwohl das bedeutete, dass sie dem Gas länger ausgesetzt waren.

Er sah sich nach ihnen um. Ihre Gesichter waren grau, aber ihre Hände ruhig, und sie hatten ihre Waffen gezogen, während sie Vittorio, Ricco und Emilio folgten, die die Frauen trugen.

»Wir brauchen Sauerstoff«, rief Vittorio den beiden Krankenpflegerinnen zu, die die Privatsuite rund um die Uhr betreuten. »Schnell.«

Die Pflegerinnen kamen angerannt.

»Der kleine Bastard«, murmelte Vittorio. Er legte Grace auf ein anderes Bett in einer der Suiten. »Ihr braucht alle so schnell wie möglich Sauerstoff.« Er blickte hinauf zum Lüftungsgitter und dann zu seinem Bruder.

»Ich kümmere mich darum«, sagte Emilio. »Los. Schnappt euch das verdammte kleine Wiesel.«

Vittorio presste bereits eine Sauerstoffmaske auf Grace' Mund und Nase. Sie war nicht bewusstlos, aber eindeutig benommen. Immer wieder hob sie ihre gute Hand ans Gesicht, und er hatte Angst, dass sie die Maske abnehmen würde. Mariko hielt ihre eigene Maske, ebenso die Bodyguards, aber Emilio half Emme. Emmanuelle und Grace waren dem Lüftungsgitter am nächsten gewesen.

»Los jetzt«, sagte Ricco.

Mehrere Krankenpflegerinnen waren dem Hilferuf gefolgt, und Enzo, Drago und Demetrio identifizierten sie gerade, wobei sie keine männlichen Krankenpfleger ins Zimmer ließen. Als Vittorio sicher war, dass alle in Sicherheit waren, eilten er und Ricco zurück zu Grace' Suite. Tomas und Cosimo Abatangelo folgten ihnen. Sie waren Cousins und beide vor einigen Monaten angeschossen worden, als auch Giovanni sich eine Schussverletzung zugezogen hatte. Beide arbeiteten wieder, und Vittorio gefiel nicht, dass sie sich gleich wieder einem Verrückten stellen mussten.

Vittorio zog die Vorhänge zu, um den Raum zu verdunkeln, dann schaltete er das Licht an. Sofort krochen Schatten die Wände hoch und ergossen sich in den Lüftungsschlitz. Er trat in einen davon, und sofort löste sein Körper sich in kleinste Teilchen auf, Moleküle, die die Wand hinaufjagten, durch die Schlitze der Öffnung glitten, hinein in den dunklen Irrgarten aus Lüftungsröhren.

Sobald er drin war, wurde er etwas langsamer, weil das Licht, das die Schatten warf, abnahm, und er sah sofort den Zylinder. Kohlenmonoxyd. Das erklärte, warum andere in dem großen Krankenzimmer weniger betroffen gewesen waren als Grace und Emme. Er war sich sicher, dass die anderen Kopfschmerzen haben würden, aber sie hatten nicht einmal annähernd die gleiche Dosis abbekommen wie die beiden Frauen direkt unter dem Lüftungsgitter. Haydon musste auch irgendwie den Alarm abgestellt haben, denn sonst würde er jetzt heulen.

Vittorio blieb in dem Schattentunnel, damit er nicht auf Händen und Knien kriechen musste, und begutachtete den Schacht und den Zylinder mit dem Schlauch. Phillips hatte ihn mehrere Meter hinter dem Lüftungsgitter platziert, vermutlich, damit er ganz langsam sein Werk verrichten konnte, ohne dass jemand misstrauisch wurde. Vittorio war sich sicher, dass er einen ähnlichen Behälter hinter dem Lüftungsgitter von Sartos Zimmer finden würde.

Keine Chance, dass Phillips sich noch in den Röhren aufhielt. Er hatte Sartos Zimmer vermutlich durch die Tür betreten und sich als Krankenpfleger oder Techniker ausgegeben. Der Polizist war ihm gefolgt, und Phillips hatte ihm die Kehle durchgeschnitten. Sarto war von dem Gas benommen gewesen und hatte vermutlich nicht geschrien oder nach Hilfe geklingelt. Phillips hatte in aller Ruhe die Sache zu Ende gebracht, hatte den Vollstrecker gefoltert und war einfach hinausspaziert. Da musste Blut gewesen sein. Eine Menge.

Möglicherweise hatte er sich im Bad gereinigt oder einen zweiten Satz Kleider mitgebracht und sich dann umgezogen. Phillips war ein Stratege. Er plante für jede Eventualität.

Nur um sicherzugehen, benutzte Vittorio die Spezial-lampe, die sie alle bei sich trugen, um weitere Schatten zu werfen, und folgte dem Lüftungsrohr bis zum Ende. Phillips hatte sich gar nicht erst die Mühe gemacht, das Gitter am anderen Ende zu schließen, sondern es einfach nur nach au-ßen gestoßen, wo es an einer Schraube hing. Vittorio kehrte durch die Rohre zurück in das Zimmer und trat direkt vor Tomas heraus.

»Wo ist dein Bruder?«, wollte Cosimo wissen.

Ricco hatte ebenfalls den Lüftungsschacht betreten, sich dann aber hinunter in den zweiten Stock gewandt, um sicher-zugehen, dass Phillips sich nicht irgendwo versteckte und voll heimtückischer Freude die Reaktion der Leute am Tatort auf seinen grausamen Mord beobachtete oder, noch schlimmer, Grace und seine Familie in dem Zimmer gegenüber der Suite.

»Er sieht sich etwas um. Müsste bald wieder da sein.« Vittorio blickte auf die Uhr. Er würde seinem Bruder einige Minuten geben, ehe er sich auf die Suche nach ihm machte. Es war nicht so, als ob Philipps Ricco entdecken könnte, aber sie gaben grundsätzlich aufeinander Acht.

Gerade als Vittorio wieder in den Schacht wollte, kam Ric-co heraus. Er schüttelte den Kopf. »Er ist längst weg, Vitto-rio. Lass uns unsere Frauen hier raubringen. Ich würde gern sehen, wie der Bastard in mein Haus oder deines einbrechen will. Er würde es keine zwei Meter weit in den Lüftungs-schacht oder den Dachboden schaffen, ohne dass es uns auf-fällt.«

Vittorio wollte Grace nach Hause bringen. Sie war jetzt bei vollem Bewusstsein, obwohl sie noch immer starke Schmerzmittel nehmen musste. Der Arzt sagte, dass sie das auch noch ein oder zwei weitere Wochen tun sollte. Sie versuchte immer, die Zeit zwischen den Einnahmen etwas zu strecken, doch Vittorio drängte sie jedes Mal, der Empfehlung des Arztes zu folgen.

Als er ins Zimmer kam, saß Grace aufrecht im Bett und hatte die Sauerstoffmaske noch immer am Gesicht. Sofort richtete sich ihr Blick auf ihn. Sie hatte Angst gehabt, er könnte die Sorge und den Schrecken in ihrem Gesicht sehen. Ihr Blick wanderte zu Ricco, um sich zu versichern, dass er nicht verletzt war, und dann konzentrierte sie sich ganz auf Vittorio.

Er schenkte ihr ein beruhigendes Lächeln und kam zum Bett, wobei er auf dem Weg seiner Schwester noch einen Kuss auf die Stirn drückte. Sie war noch immer blass, als sie zu ihm aufsah, und schüttelte den Kopf.

»Ich kann nicht glauben, dass ich auf so was reingefallen bin«, sagte Emmanuelle. »Gas. Und Grace hat uns noch gewarnt, dass er gern in Häuser eindringt und auf dem Dachboden haust. Er kriecht durch Rohre und Schächte wie eine Ratte. Ich hatte Kopfschmerzen, und eigentlich neige ich nicht dazu. Das hätte mich alarmieren müssen.« Sie lächelte Grace kurz zu. »Ich habe mich gefreut, deine Verlobte kennenzulernen.«

Grace stöhnte auf und nahm die Maske ab. »Nenn mich nicht so. Schlimm genug, dass die Pflegerinnen es die ganze Zeit tun. Sie zeigen mir den Daumen nach oben und ziehen wilde Grimassen hinter Vittorios Rücken. Sie sind alle vollkommen vernarrt in ihn.«

Vittorio beugte sich zu ihr und küsste sie auf das Kinn und die Schläfe, ehe er ihr die Maske aus der Hand nahm und sie wieder auf ihr Gesicht setzte. »Auf den Schrecken hätten wir alle gut und gern verzichten können. Das hat mich sicher zehn Jahre meines Lebens gekostet.« Er stupste sie an, bis sie zur Seite rutschte, und sofort ließ er sich neben ihr nieder und nahm ihre Hand. »Du bist meine Verlobte, deshalb ist es ganz normal, wenn meine Familie dich so nennt.«

Sie entzog ihm ihre Hand, nahm die Maske wieder ab und kniff die Augen zusammen. »Haha. Fangen Sie langsam an, die Lügen zu glauben, die Sie allen erzählt haben?« Sie sah an ihm vorbei zu seiner Familie. Sie wechselten Blicke und lächelten. »Das ist nicht witzig. Ihr wisst, dass die Presse sich darauf stürzen und berichten wird, dass Vittorio verlobt ist. Seine ganzen Freundinnen tragen sicher bereits Trauer oder schmieden zusammen mit Haydon Pläne, mich um die Ecke zu bringen.«

»Ich habe keine Freundinnen«, sagte Vittorio und setzte ihr die Maske wieder aufs Gesicht. »Ich habe nur dich. Und wenn du erst einmal gesund bist, werden wir uns deutlich näher kommen, also benimm dich. Ich freue mich schon darauf.«

Er genoss es zu sehen, wie sie rot wurde. Er grinste ihr zu, es gefiel ihm, dass sie sich entspannte und ihn selbst unter diesen Umständen aufziehen konnte. Sie entzog ihm nicht einmal die Hand, als er erneut danach griff und ihre Finger an seinen Mund zog.

»Die Detectives sind auf dem Weg nach oben«, warnte Ricco sie leise, nachdem er eine eingehende Textnachricht gelesen hatte. »Stefano hat Vinci angerufen. Er ist unterwegs.«

Vittorio verzichtete darauf, sein Telefon herauszuholen, um die Nachricht zu lesen, die Stefano ihnen allen geschickt hatte. »Vinci ist unser Anwalt, Grace.« Er gab seiner Stimme einen freundlichen Klang und hielt ihren Blick fest. »Lass mich mit ihnen reden. Wenn sie dich etwas fragen, bei dem du dich nicht wohlfühlst, dann schau zu mir, und ich übernehme die Sache.«

Er hasste es, wie das Lächeln aus ihren Augen verschwand und Anspannung ihren Körper erfasste. Sie zog sich in sich selbst zurück, wie sie es immer tat, wenn sie sich verletzlich fühlte.

Grace nickte, und er verlagerte seine Position, um sich klar zwischen sie und die Tür zu schieben. In diesem Moment traten Art Maverick und Jason Bradshaw ein. Die Ferraros kannten die beiden Detectives gut. Anfangs hatten sie in den Ferraros eine kriminelle Vereinigung gesehen, wie die Saldis eine waren, aber jetzt, nachdem sie sie mehr als einmal überprüft hatten, waren sie sich da nicht mehr so sicher.

Ricco begrüßte die beiden Männer, wobei er sich ein wenig vor seiner Frau positionierte. »Wir hatten nicht erwartet, Sie hier zu sehen, bei alldem, was im zweiten Stock vor sich geht. Wir haben gemeldet, dass jemand versucht hat, Grace und Emme mit irgendeiner Art Gas zu töten, aber wir sind alle in Sicherheit. Dort unten gibt es einen Tatort.«

Graces Hand zuckte in seiner. Vittorio schenkte ihr sofort seine volle Aufmerksamkeit. Er strich mit dem Daumen über ihren Handrücken und drückte ihre Finger sachte auf seinen Oberschenkel. Er hatte noch keine Gelegenheit gefunden, ihr vorsichtig beizubringen, was mit Ale Sarto passiert war. Sie war klug, und obwohl sie nicht wusste, was die Polizisten in den zweiten Stock geführt hatte, ahnte sie doch sicher, dass es nicht zufällig zur gleichen Zeit geschehen war wie Haydons Anschlag auf sie.

»Grace und Emme brauchen Ruhe«, sagte er. »Vielleicht sollten wir in einem anderen Raum darüber reden.«

»Wir müssen mit Miss Murphy sprechen«, sagte Art.

Vittorio runzelte die Stirn. »Sie sind sich bewusst, dass sie angeschossen wurde und die Operation … kompliziert war? Sie hat Schmerzen, und es wurde ein weiterer Anschlag auf ihr Leben unternommen. Sie muss mit Sauerstoff versorgt werden, um dem Gas entgegenzuwirken. Das hier ist kein guter Zeitpunkt.«

»Vittorio.« Jason Bradshaw stieß ein leises Seufzen aus. »Wir würden sie nicht behelligen, wenn es nicht wirklich wichtig wäre. Wir haben gehört, dass Sie im zweiten Stock ein Meeting mit Ihren Brüdern abgehalten haben, als die Leichen entdeckt wurden. Man sagte uns, Stefano habe den Tatort abgesichert und jeden festgehalten, der das Zimmer betreten hatte. Sie und Ricco gingen nach oben, um sich zu überzeugen, dass es Miss Murphy und Ihrer Schwester gut geht. Das war eindeutig nicht der Fall. Wir müssen alles unternehmen, um diesen Mann zu fassen.«

»Ich kann Ihnen sagen, dass Haydon Phillips ein Serienmörder ist, und dass er schon seit Jahren tötet. Leider habe ich keine Beweise.«

Arts Blick richtete sich auf Grace. Man sah ihm an, dass er ein gerissener, intelligenter Mann war, der die Teile eines Puzzles blitzschnell zusammensetzen konnte. »Erzählen Sie mir alles, was Sie wissen.« Er richtete das direkt an Grace und umging damit bewusst Vittorio, von dem er wusste, dass er sich unnachgiebig zeigen würde. »Wir müssen ihn aufhalten, Miss Murphy, und ich glaube, dass wir das mit Ihrer Hilfe schaffen können.«

Vittorio spürte, dass ein Beben durch Grace' Körper lief, als sie nickte. Ihr Blick hing beinahe verzweifelt an seinem. Jetzt wusste sie, dass Haydon im zweiten Stock des Krankenhauses jemanden getötet hatte. Er hatte nicht nur sie, sondern auch Emme, Mariko und ihre Bodyguards angegriffen. Und das alles am helllichten Tag. Sanft zog Vittorio sie näher zu sich und drehte sie so, dass sie ihre verletzte Schulter und den Arm von allen abwenden konnte, während er sich zwischen sie und die Detectives schob. Er war es, der ihr die Maske abnahm und dann ihre Hand festhielt.

»In fünf Minuten braucht sie wieder Sauerstoff«, sagte Vittorio. »Ich habe ihrem Arzt geschrieben, ob das Probleme verursachen könnte. Sollte das so sein, wird sie die Maske sofort wieder aufsetzen.« Er sah zu seiner jüngeren Schwester, um sicherzugehen, dass sie weiterhin den Sauerstoff verwendete.

Emme zwinkerte ihm zu, hielt das Gesicht aber weiterhin von den beiden Detectives abgewandt. Sie wollte keine Fragen beantworten oder mit ihnen sprechen. Die beiden Männer warteten, bis Vittorio ihnen das Okay gab, Grace zu befragen. Grace drängte sich näher an ihn. Er wusste, dass sie sich dessen nicht bewusst war, aber ihr Beben hatte sich verstärkt.

»Jemand hat Ale Sarto und den Polizisten getötet, der ihn bewacht hat. Sarto wurde vor seinem Tod gefoltert. Es war nicht schön.«

Grace versuchte, ihre Hand wegzureißen, doch Vittorio hielt sie weiterhin fest umschlossen, presste ihre Handfläche in seinen Oberschenkel und glitt mit dem Daumen tröstend über ihre Hand. Er drehte den Kopf, um sie anzusehen, um ihr deutlich zu machen, dass er bei ihr war. Sie musste das hier nicht allein durchstehen wie alles andere in ihrem Leben. Er war da, um ihr zu helfen, wenn sie ihn brauchte, aber jemand, der so mutig war, sich für einen vollkommen Fremden in die Schusslinie zu werfen, half der Polizei, wenn er die Chance dazu bekam.

Er hielt ihren Blick so lange fest, wie es nötig war. Es war ihm egal, dass die Detectives warteten. Ihm war wichtig, dass es Grace gut ging. Wenn die Ferraros Haydon Phillips nicht finden konnten, dann würde es auch die Polizei nicht schaffen, nicht heute Nacht. Die Detectives konnten warten, bis sie stabil war. Er sah es zuerst in ihren Augen. Sie begann ihm zu vertrauen. Das war es, was er von ihr brauchte. Um die Art von absolutem Vertrauen, die er brauchte, von ihr zu bekommen, musste er ihr auf jede nur erdenkliche Art zeigen, dass er immer für sie da sein würde. Dieses Vertrauen durfte er niemals als selbstverständlich nehmen oder missbrauchen.

Er nickte ihr aufmunternd zu, als er sah, wie sie die tiefsitzende Furcht vor Haydon überwand. Ihre ruhelosen Finger gruben sich nicht mehr in seinen Oberschenkel, doch sie drückte die Handfläche fester in seine Muskeln, eine ganz instinktive Reaktion, derer sie sich nicht bewusst zu sein schien.

»Ich kenne Haydon Phillips seit zehn Jahren, und die meiste Zeit hatte ich Angst vor ihm. Ich glaube, dass er ein Serienmörder ist und jeden verletzt, der ihm in die Quere kommt. Das tut er schon, seit er ein Kind war. Ich habe versucht, von ihm loszukommen. Als das nicht klappte, habe ich vorgegeben, seine Familie zu sein, um an Beweise zu kommen. Nichts davon hat funktioniert. Ich weiß, dass er auf den Dachböden der Häuser normaler Familien mit Kindern wohnt, und er beobachtet sie Tag und Nacht. Er wurde noch nie erwischt. Er behauptet, dass niemand je Verdacht geschöpft hat, und er ist in ihre Schlafzimmer eingedrungen und hat ihnen Messer an die Kehle gehalten, selbst den kleinen Kindern. Er hat ihr Essen gegessen und sich mit den Haustieren angefreundet. Das ist immer gefährlich für die Tiere.«

»Inwiefern?«

»Er foltert und tötet sie und lässt sie dann oft auf der Türschwelle liegen, wo die Familie sie finden soll.«

»Woher wissen Sie das?«

»Wenn ich mich weigere, seine Spielschulden zu zahlen, zeigt er mir Fotos davon.«

Jetzt gruben sich ihre Finger wieder in seinen Oberschenkel. Er drückte seinen Körper weiterhin gegen sie, stützte sie etwas. Grace zitterte so sehr, dass es den Polizisten vermutlich nicht entging.

»Ich verstehe, dass das schwer für Sie sein muss, Miss Murphy«, sagte Art und ließ seine Stimme etwas sanfter klingen.

Das überraschte Vittorio. Die Detectives waren anständige Kerle, aber gnadenlos, wenn sie nach Antworten suchten. Grace wirkte zerbrechlich mit dem Arm in der Schlinge, dem Gips und den gepolsterten Verbänden um die Schulter. Sie hatte Metallplatten und Nägel in der Schulter. Mehr als eine Krankenpflegerin hatte gemeint, es sei ein Wunder, dass der Chirurg sie wieder zusammenflicken konnte. Sie alle sorgten sich, dass eine falsche Bewegung alles wieder zerstören würde.

»Ich habe Angst um jeden in diesem Raum. Er liebt es, mir vor Augen zu halten, dass er den Menschen, die mir wichtig sind, etwas antun könnte. Ich habe ziemlich wenig Kontakt zu meinen Mitmenschen gehabt, um ihn zu besänftigen. Ich mache mir Sorgen um Katie Branscomb. Einmal, als ich mich geweigert habe, einen Kredit aufzunehmen, um seine Spielschulden zu bezahlen, zeigte er mir ein Foto, auf dem sie schlief und er neben ihr stand.«

Vittorio sah zu Emme hinüber. Sie benutzte die Sauerstoffmaske und saß still und unauffällig in ihrer Ecke. In der Hand hatte sie ihr Mobiltelefon und schrieb mit irrsinniger Geschwindigkeit und nur einem Daumen eine Textnachricht, um keine Aufmerksamkeit zu erwecken. Wenn Haydon gern spielte, und zwar so viel, dass er bereit war, seine einzige wirkliche Bezugsperson zu nötigen, seine Schulden zu bezahlen, dann würde er sich nicht lange davon fernhalten können. Das konnten sie nutzen, um ihn aufzuspüren.

»Er hat auch Drogen genommen, oder?«, fragte Ricco.

Sie schüttelte den Kopf. »Wenn er will, kann er aussehen wie ein Junkie. Wenn er das tut, ignorieren die Leute ihn. Die meisten Menschen verachten Süchtige und sehen nicht einmal in ihre Richtung. Er beherrscht es perfekt, sich so zu präsentieren. Manchmal kifft er, aber nicht besonders oft. Er will den Geruch nicht an sich haben. Er sagte, dass es seine Wohnsituation in Gefahr bringen könnte, wenn jemand ihn in seinem Zuhause roch.«

Vittorio musste zugeben, dass er entsetzt war. Er hätte geschworen, dass Phillips süchtig nach Meth war. Er warf seiner Schwester einen weiteren kurzen Blick zu. Sie berichtete bereits ihrer Familie davon. Wenn Phillips kein Drogenabhängiger war, dann war das Spielen seine Sucht. Spielen und Töten. Von beidem war er besessen.

»Er gibt sich also als Meth-User aus«, murmelte Jason stirnrunzelnd. »Das ist ungewöhnlich. Und schlau. Er verschmilzt mit der Masse. Er kann sich auf der Straße aufhalten oder in Notunterkünften und sich dort mit Leuten anfreunden. Menschen, die auf der Straße leben, sprechen nicht gern mit Gesetzeshütern, und das weiß er. Wie kommt er von A nach B?«

»Die meiste Zeit geht er zu Fuß oder nutzt öffentliche Verkehrsmittel. Wenn er weite Strecken zurücklegen will, stiehlt er ein Auto, aber das ist nicht seine bevorzugte Methode, weil immer die Gefahr besteht, dass das Auto als gestohlen gemeldet wird. Wenn er es tut, holt er es sich von einem Langzeitparkplatz.«

»Wie konnte er Sie dazu bringen, mit zu seinem Auto zu gehen, wenn Sie doch wussten, dass es gestohlen war?«, fragte Art in trügerisch mildem Ton.

In diesem Moment schritt Vinci Sanchez in den Raum. Er trug den typischen dreiteiligen Anzug der Ferraros, doch seiner war schiefergrau ohne die dünnen Nadelstreifen. Seine Krawatte war in einem leicht dunkleren Blau gehalten. »Verzeihen Sie, dass ich spät komme, Gentlemen, aber ich musste zunächst in Erfahrung bringen, wie es Grace, Emme und Mariko geht. Und was sie für ihr Wohlbefinden tun sollten.« Seine klugen braunen Augen sahen sich im Raum um und streiften für einen Moment Emme und die Sauerstoffmaske, die sie trug. »Sollte Grace nicht auch mit Sauerstoff versorgt werden? So wurde es mir zumindest gesagt.«

Als Grace die Stirn runzelte und sich sichtlich fragte, wer Vinci war und warum er über ihren Gesundheitszustand Bescheid wissen sollte, drückte Vittorio warnend ihre Hand.

»Danke, dass du gekommen bist, Cousin«, begrüßte er ihn. »Ich weiß, wir sollten eigentlich keinen Anwalt brauchen, aber es ist immer gut, einen zu haben, nur zur Sicherheit.«

Grace richtete Events aus, die Hunderttausende Dollars kosteten. Sie war intelligent und hatte eine schnelle Auffassungsgabe, deshalb konnte ihr seine Warnung gar nicht entgehen. Er wollte, dass sie vorsichtig war mit dem, was sie den Cops sagte. Kooperativ, aber vorsichtig. Er wollte nicht, dass Art und Jason auch nur für einen Moment glaubten, dass sie etwas anderes sein könnte als Haydons Opfer.

»Grace erzählte uns gerade, wie Phillips sie zu seinem Auto lockte, obwohl sie wusste, dass es gestohlen war«, half Art aus.

Vinci runzelte die Stirn. »Das klingt wie eine Frage, die dazu gemacht ist, meine Klientin in eine Falle zu locken.«

»Seit wann ist Grace Murphy Ihre Klientin, Sanchez?«, wollte Jason wissen.

»Sie gehört zur Familie. Jedes Mitglied der Familie ist mein Klient. Grace, vielleicht sollten Sie diese Sauerstoffmaske anlegen.«

Sie schüttelte den Kopf. »Ich will ihnen helfen, ihn zu schnappen, sofern das überhaupt möglich ist. Ich hatte mich geweigert, einen weiteren Kredit aufzunehmen. Ich habe bereits drei große offene Kredite, und das habe ich ihm gesagt. Er tat so, als würde er es verstehen, aber ich wusste, dass er etwas tun würde. Ich versuchte ihm zu erklären, dass es nicht daran lag, dass ich nicht wollte, sondern dass ich schlicht keinen weiteren Kredit aufnehmen konnte. Es war ohnehin schon mehr, als ich je zurückzahlen kann. Er sagte, ich hätte einen Pulli bei einer Veranstaltung vergessen, und dass er ihn mitgenommen habe. Ich hatte den Pulli schon einige Wochen vermisst, und Haydon tauchte manchmal bei von KB organisierten Events auf, um mir einen Schrecken einzujagen. Er bat mich, mit ihm zu seinem Auto zu kommen.«

»Sind Sie auf den Gedanken gekommen, dass Ihnen Gefahr drohen könnte?«

»Mir drohte immer Gefahr. Immer. Jede Minute fühlte ich mich, als würde ich auf einem Drahtseil balancieren und könnte jeden Moment den Halt verlieren, jeden Tag. Ein Teil von mir wollte einfach nur, dass es endlich vorbei war.« Sie sah Vittorio an, und in ihrem Blick lag ein Flehen um Verständnis, aber auch eindeutige Scham.

»*Il mia bellissima gattina.*« Vittorio sprach leise, während er ihre Hand drehte und sie an seinen Mund hob, damit er einen Kuss in ihre Handfläche pressen konnte. »Du bist sehr tapfer. Nur wenige Menschen hätten all diese Jahre voller Angst durchgestanden.«

Ihr Blick hing für einen Moment an seinem, als schöpfte sie Kraft aus ihm, und er hoffte, dass es wirklich so war. Er wollte derjenige sein, der ihr Stärke gab. Er konnte sich nicht vorstellen, wie es sein musste zu wissen, dass der Junge, der einen beschützt hatte, ein Serienkiller war.

»Ich wusste keinen Ausweg. Vor langer Zeit habe ich einem Cop erzählt, dass Haydon etwas mit einem Mord zu tun hatte, einfach, weil ich mir sicher war. Der Cop lachte mich praktisch aus und deutete an, ich sei nur eifersüchtig, weil er sich mit einer anderen Frau traf. Haydon hat das gar nicht gefallen.« Ein Schauder durchlief sie. »Ich musste Beweise haben, und ich habe sie nie bekommen. Kein einziges Mal gab er zu, dass er etwas Falsches getan hatte.«

Sie blickte Art direkt in die Augen. »Ich dachte, dass Mörder gern mit ihren Taten angeben. So werden sie immer in den Filmen dargestellt. Das hat er nie getan. Manchmal sagte er so unheimliche Dinge; dass es schrecklich wäre, wenn einem etwas passieren würde, oder einer anderen Person oder diesem Hund da, aber er sagte nie etwas, das ich hätte aufnehmen können, und gestand auch nichts, womit ich die Polizei von seiner Schuld hätte überzeugen können. Ich hätte ihnen ja nicht mal sagen können, wo sie ihn finden.«

Vittorio konnte sehen, dass sie die Kräfte verließen. Die Schmerzmittel ließen nach, und sie hatte Probleme mit dem Atmen, obwohl er vermutete, dass das mehr mit ihren Gefühlen, als mit dem Gas zu tun hatte, dem sie ausgesetzt gewesen war. Sie hatten sie schnell rausgeholt. Phillips hatte das Gas freigesetzt, und als der Alarm losging, musste er das Krankenhaus verlassen haben. Vinci hatte Vittorio bereits zweimal ein Zeichen gegeben, dass er Grace davon abhalten solle, noch mehr zu sagen. Sein Cousin wollte zuerst mit ihr sprechen und dann alles mit ihr durchgehen und ihr Hinweise geben, wie sie es sagen sollte.

»Grace muss sich jetzt ausruhen.« Er stellte das Sauerstoffgerät an und stülpte die Maske über Mund und Nase. »Sie darf heute nach Hause.«

Arts Augenbrauen schossen nach oben. »In ihre Wohnung?«

»Natürlich nicht. Sie kommt zu mir nach Hause«, sagte Vittorio. »Wir hatten ohnehin bereits geplant, irgendwann zusammenzuziehen. Jetzt beschleunigen wir das eben ein wenig. Wir wussten, dass wir unsere Beziehung nicht ewig vor der Klatschpresse geheim halten würden können, aber wir haben es genossen, etwas für uns zu sein.« Erneut schloss er die Finger um ihr Handgelenk und zog ihre Fingerknöchel an seinen Mund, um die beiden Detectives abzulenken. »Dr. Arnold rät dringend, dass sie sich nicht zu viel bewegen soll, obwohl sie später intensive Physiotherapie brauchen wird. Er will, dass sie noch eine weitere Woche wartet, ehe sie aktiver wird, und das bedeutet, dass sie nur schlecht zu Ihnen auf die Dienststelle kommen kam, um Fragen zu beantworten, aber Sie sind jederzeit herzlich in mein Zuhause eingeladen.«

»Das ist gut, Vittorio, denn der Killer hat ein Foto von Ihnen zurückgelassen. Er hat es direkt in die Mitte von dem gelegt, was noch von Ale Sartos Brust übrig war.«

Grace schnappte nach Luft, ein Laut, wie es ein verwundetes Tier auf der Flucht machen würde. Vittorio erhob sich, und Ricco tat es ihm gleich. Alle Bodyguards waren bereits auf den Beinen.

»Das war unnötig«, sagte Vittorio, »und Sie haben gerade jegliche Kooperation verspielt. Sie können über Vinci mit uns kommunizieren. Und jetzt möchten wir Sie bitten zu gehen. Diese Unterhaltung ist hiermit beendet.«

Art zögerte, aber Vittorio weigerte sich, den Blick abzuwenden. Das war ein Arschlochmanöver gewesen, und das wusste der Detective. Jason ging zuerst durch die Tür hinaus, und Art folgte ihm. Zurück blieb eine verstörte Grace.

5

»Diese Unterhaltung ist hiermit beendet«, hatte Vittorio entschieden gesagt. Seine Stimme war leise gewesen, doch es
hatte ein Befehl darin gelegen, der die Detectives dazu gebracht hatte zu gehen, und Grace wagte es nicht, die Sache
noch einmal anzusprechen. Sein Anwalt war den Detectives
gefolgt, und dann ging alles ganz schnell. Der Chirurg, Dr.
Arnold, hatte ihre Entlassungspapiere unterschrieben und
mit Vittorio über ihre Pflege gesprochen. Dann fuhr man sie
in einem Rollstuhl hinaus, umgeben von der Familie Ferraro
und zahlreichen Bodyguards. Auf dem Weg zu dem warten-
den Auto hörte sie das Klicken von Kameras und das Rufen
von Menschen, aber mitten in der Gruppe, die sie vor allem
schützte, sah sie nicht viel.

Grace blickte zu Vittorio hinüber. Sie saß genau da, wo er
sie abgesetzt hatte, in dem kühlen Ledersitz eines sehr teuren Autos, und irgendwie hatte sie ihm einfach die Führung
überlassen. Sie wusste genau, was dieses Foto auf der Brust
eines toten Mannes bedeutete – es war eine Warnung an sie.

»Mr. Ferraro.« Sie begann mit seinem Namen. Sie musste
wieder das Kommando über ihr Leben übernehmen. Ihr war
noch immer etwas schwindelig, und ihre Schulter schmerzte
mehr als alles, was sie je gespürt hatte. Sie hatten ihre Schulter
und ihren Arm so bewegungsunfähig gemacht, dass sie sich
unbeholfen und schwerfällig fühlte, beinahe so, als wäre sie
eingefroren und könnte sich nicht bewegen, und das mach-

te es schwer, einen klaren Gedanken zu fassen. »Wir müssen darüber reden, was ich tun werde.« Sie legte Bestimmtheit in ihre Stimme, auch wenn es sie Mühe kostete und sie sich lieber hätte treiben lassen. »Und wir müssen über Haydon sprechen und darüber, was dieses Foto bedeutet.«

Grace zwang sich, zu ihm aufzusehen. Seinem Blick zu begegnen war ein Fehler, und das wusste sie in dem Moment, in dem sie in dieses tiefe Indigoblau schaute. Sie fiel in flüssige Hitze, in der sie ertrank. Keine Chance auf Rettung. Er lächelte, seine Lippen krümmten sich und entblößten perfekte, weiße Zähne. Es brachte sie dazu, sich zu fühlen, als wäre sie die einzige Frau auf der ganzen Welt, und das war ein berauschendes Gefühl, vor allem, weil sie gerade richtig schlimm aussah. Für einen Moment setzte ihr Denkvermögen aus, und sie konnte ihn einfach nur anstarren.

Wo war ihr scharfer Verstand? Sie verließ sich auf ihr Gehirn. Sie konnte schnell denken und war gut, wenn es um Details ging. Wenn Vittorio bei ihr war, waren die einzigen Details, an die sie sich erinnerte, sein schönes Lächeln und der Klang seiner Stimme, die so sanft und doch zwingend war. Sie musste wieder das Kommando über ihr Leben übernehmen, und das bedeutete, dass sie ihr Gehirn wieder zum Arbeiten bringen musste. Ihr graute davor, wieder die Verantwortung zu haben. Viel lieber hätte sie sich auf ein kühles Laken gelegt, die Augen geschlossen und gebetet, dass der Schmerz in ihrer Schulter nur für ein paar Minuten nachließ.

»Was ist, *bella*?«

Seine Stimme glitt über sie wie eine Liebkosung. Sie hüllte sich in ihren Klang ein und zwang sich, das Richtige zu tun, obwohl es so viel einfacher gewesen wäre, jemand anderen sich um sie kümmern zu lassen.

»Haydon hat Sie bedroht.«

»Ja, das hat er.« Er lächelte. »Das haben wir schon erwartet. Vielleicht nicht so bald, aber du meintest ja, dass er es nicht mag, wenn jemand dir zu nahekommt. Die Nachricht von unserer Verlobung ist ziemlich eingeschlagen. Die Aufregung hat sich in den letzten beiden Wochen nicht gelegt, vor allem, weil meine wunderschöne Verlobte im Krankenhaus lag. Ich vermute mal, dass er nicht besonders glücklich darüber ist, dass ich die ganze Zeit an deiner Seite war.«

»Nehmen Sie ihn bitte nicht auf die leichte Schulter.«

»Warum glaubst du, dass ich das tue?«

»Sie lächeln mich an.« Er hatte ein traumhaftes Lächeln, und es war irritierend, vor allem, wenn sie gerade dabei war, ihn vor Haydon zu warnen. Es war noch irritierender, weil er erneut ihre Hand in der seinen hielt, mit dem Daumen über die Innenseite ihres Handgelenks strich und damit ihre Fähigkeit, klar zu denken, vollkommen zerstörte.

»Es ist nahezu unmöglich, dich anzusehen und nicht zu lächeln, Grace.«

Sie seufzte und versuchte, sich aufrechter hinzusetzen, obwohl sie ihm nicht ihre Hand entzog, wie sie es hätte tun sollen. Im nächsten Moment jagte Schmerz durch ihren Körper, der von ihrer Schulter ausstrahlte. Sie schnappte nach Luft und erstarrte.

Sofort verdunkelten sich seine Augen, und von seinen weißen Zähnen war nichts mehr zu sehen. »Hast du nicht gehört, wie der Arzt gesagt hat, du sollst keine plötzlichen Bewegungen machen? Er will, dass du dich in der kommenden Woche so ruhig wie nur möglich hältst.«

»Ich hatte es vergessen.« Es war eine lahme Entschuldigung, aber die Wahrheit. Sie wusste, dass Dr. Arnold auf einer Röntgenaufnahme bestanden hatte, bevor sie das

Krankenhaus verlassen durfte. Sie hatte das Gefühl, dass er sie gern in einem winzigen Raum ohne Tageslicht eingesperrt hätte, wo sie sich in den nächsten Wochen nicht bewegen konnte. Zum Glück hatte Vittorio darauf bestanden, dass sie mit ihm nach Hause ging.

»In den kommenden Tagen werden wir Folgendes tun, *gattina bella*: Du lässt zu, dass ich mich um dich kümmere, bis es dir besser geht, und du wirst dir keine Gedanken über Haydon Phillips, die Polizei oder irgendetwas sonst machen.«

»Das klingt, als ob Sie die Kontrolle über mein Leben übernehmen. Ich kann nicht zulassen, dass Sie alle Entscheidungen für mich treffen.«

»Warum nicht? Wäre das so schlimm?« Seine tiefe, samtige Stimme strich über ihre Haut. »Ich habe die ganzen letzten zwei Wochen Entscheidungen für dich getroffen.«

Das stimmte. Sie war sich sicher, wäre Vittorio nicht gewesen, dann hätte sie keinen Arm mehr. Wäre es so schrecklich, ihm noch eine weitere Woche die Führung zu überlassen, solange sie sich erholte? Der Gedanke war sehr verlockend. Aber da war noch immer Haydon Phillips.

Sie stählte sich, damit sie das Richtige tun konnte. »Sie wissen, dass Sie nicht wirklich mein Verlobter sind. Sie sind nicht im Geringsten für mich verantwortlich. Tatsächlich haben Sie weitaus mehr getan als jeder andere unter diesen Umständen, und ich bin dankbarer, als Sie sich vermutlich vorstellen können. Aber ich kann das nicht weiter zulassen, ganz egal, wie gern ich es möchte. Haydon Phillips wird Sie umbringen, wenn ich bei Ihnen bleibe.«

»Grace, du denkst nicht klar. Ich war zwei Wochen bei dir. Ich bin kaum von deiner Seite gewichen. Er hat es so oder so auf mich abgesehen, ob du nun bei mir bist oder nicht. Das stimmt doch?«

Seine tiefblauen Augen blickten direkt in die ihren, und sie konnte nicht wegsehen. Sie nickte, weil es die Wahrheit war. Ihr Herz begann schneller zu schlagen, einfach nur, weil sie, wann immer sie ihn so ansah, beinahe das Gefühl hatte, ihm zu gehören. Für eine Frau, die ihr ganzes Leben allein verbracht hatte, isoliert und voller Angst, war das ein erschreckendes, beängstigendes und gleichzeitig berauschendes Gefühl.

»Dann, *la mia ragazza molto coraggiosa,* sei noch ein wenig länger mutig und schenk mir dein Vertrauen. Mein Zuhause ist eine Festung. Er kann es gern versuchen, mich dort zu kriegen, aber er wird es nicht schaffen. Schenk mir das Privileg, mich um dich zu kümmern, bis es dir gut genug geht, wieder selbst für dich zu sorgen.«

»Ich will nicht, dass Ihnen etwas passiert.« Sie platzte damit heraus, weil sie Angst hatte, sonst nachzugeben. Es dem Prinzen zu erlauben, sie mit in sein Schloss zu nehmen wie in irgendeinem lächerlichen Märchen.

»Mir wird nichts passieren.«

Er wirkte unbesiegbar.

»Ich kenne Sie doch gar nicht.«

Er beugte sich nach unten und hauchte ihr einen Kuss auf die Stirn. »Du kennst mich, *gattina,* man hat dir nur beigebracht, dass du niemandem vertrauen kannst. Das hat er dir angetan. Lass nicht zu, dass er zwischen uns kommt. Du hast ein Recht, dein Leben zu leben, Grace. Lass nicht zu, dass er dir noch mehr davon wegnimmt, als er ohnehin schon getan hat. Du bist sicher bei mir. Ich gebe dir mein Wort, und ein Ferraro bricht sein Wort nicht. Schenk mir weiterhin dein Vertrauen. Ich schwöre, du wirst es nicht bereuen.«

Ihre wilde Fantasie deutete diese Aussage sofort um: dass er sie für sich beanspruchte, sie zu der Seinen machte, sie wissen ließ, dass er unter allen Umständen für sie einstehen würde. Eine Million Schmetterlinge waren bei der Berührung seiner Lippen in ihrem Bauch aufgeflattert, trotz der Schmerzen, die sie zu überwältigen drohten. Er konnte das. Sie vergessen lassen, und wenn es nur für wenige Sekunden war. Sie konnte nicht anders – mit einem langsamen Nicken stimmte sie zu. Erleichterung durchströmte sie. Sie ließ den Kopf in den Sitz sinken und schloss die Augen. Sie musste nicht mehr denken.

Seine Hand legte sich auf ihren Kopf, und seine starken Finger massierten sie langsam. Und irgendwie hielt das den pochenden Schmerz genug unter Kontrolle, dass sie den Rest der Fahrt überstand, ohne sich übergeben zu wollen. Keiner von ihnen sagte etwas, bis sie spürte, dass der Wagen langsamer wurde.

Sie öffnete die Augen und sah, wie das Gefährt eine schätzungsweise dreißig Meter lange Auffahrt mit Wald zu beiden Seiten entlangfuhr. Sie setzte sich auf, um besser sehen zu können. Sie hatte gehört, dass es am Lake Michigan solche Orte gab, aber sie hatte noch nie eines der wunderschönen Anwesen gesehen. Bei der Bewegung schoss ein unerträglicher Schmerz von ihrer Schulter in den Rest ihres Körpers. Ihr drehte sich der Magen um, und sie konnte nicht verhindern, dass sich ein Laut aus ihrer Kehle löste, obwohl sie sich bemühte, nicht aufzuschreien.

Sofort umfing Vittorio ihren Körper und gab ihr Halt. »Du darfst dich noch nicht bewegen, Grace. Dr. Arnold hat sich sehr klar ausgedrückt, als er meinte, dass die Fahrt reibungslos verlaufen muss. Keine Erschütterungen. Das heißt, wenn du deine Sitzposition verändern willst, solltest du es sehr langsam tun. Lass es mich vorher wissen, dann kann ich dir helfen.«

Sie biss sich auf die Lippe und bemühte sich, nicht zu weinen. Sie wollte sich vor ihm nicht wie ein Baby verhalten. Sie war erschöpft und wollte sich hinlegen. Und nicht nur das, sie wollte, dass der Schmerz aufhörte, nur für ein paar Minuten, gerade lange genug, damit sie zu Atem kommen konnte.

»Hier ist es wunderschön, Mr. …« Sie zögerte. Sie war sich nicht sicher, wie sie ihn ansprechen sollte. »Mr. Ferraro« klang ein wenig förmlich für Verlobte – selbst wenn ihre Verlobung rein erfunden war.

»Vittorio«, half er ihr aus, und seine Hand glitt in ihren Nacken, um ihr die Anspannung wegzumassieren. »Fällt es dir so schwer, mich mit meinem Namen anzusprechen, *gattina*?« Die Belustigung sprang von seinen lachenden Augen auf seine Stimme über. »Ich warte schon die ganze Zeit darauf zu erfahren, wie mein Name aus deinem Mund klingt.«

Sie hatte wirklich keine Ahnung, wie er so sexy aussehen, klingen und sogar *riechen* konnte und ihr dennoch das Gefühl gab, schön zu sein. Begehrenswert. Wie schaffte er das, wo sie doch so vollkommen fertig aussah?

»Das Anwesen ist wunderschön, Vittorio. Ich wollte es besser sehen.«

Er lächelte auf sie herab und beugte sich erneut zu ihr, um ihr einen Kuss auf die Schläfe zu hauchen. »War gar nicht so schwer, meinen Vornamen auszusprechen, nicht wahr?«

Der Wagen kam zum Stehen, aber sie war von seinen Augen gefangen. Sie blickte zu ihm auf und fühlte sich, als würde sich die Erde um sie drehen, mit ihm als ruhiges Zentrum. »Schon ein wenig«, gab sie ehrlich zu. »Ich habe das Gefühl, dich zu kennen, aber in Wirklichkeit …«

Wieder beendete sie den Satz nicht. Die Wahrheit war, dass er schon so lange Teil ihrer Fantasien war, dass sie das Gefühl hatte, in einem bizarren Traum gefangen zu sein.

Und die Kombination aus Schmerzmedikamenten und ihrer übereifrigen Fantasie ließ sie fürchten, dass sie mit irgendetwas herausplatzen könnte.

Bei seinem Lächeln verkrampfte sich ihr Inneres in freudiger Erwartung. Sie liebte dieses Lächeln. Wie es sein Gesicht veränderte. Von rauer, gefährlicher, äußerst männlicher Schönheit zu etwas, das viel weicher und zugänglicher war. Sie konnte vorgeben, dass er ihr allein gehörte und dass dieser Bick nur ihr galt. Aber sie war sich noch immer des Unterschieds zwischen Fantasie und Realität bewusst und hatte nicht vor, so albern zu sein und etwas zu glauben, das so fern aller Realität war. Aber in der Zwischenzeit konnte sie ja so tun, als wäre der Traum real.

»Nicht bewegen, Grace. Warte, bis ich bei deiner Tür bin und dich herausheben kann. Wenn du möchtest, beschreibe ich dir Haus und Grundstück.«

Er glitt über den Sitz und brachte Abstand zwischen sie, während einer der Bodyguards, den sie erkannte – Emilio –, die Tür für ihn öffnete. Sie kannte einige der Ferraro-Bodyguards, weil sie die Familienmitglieder immer zu den Benefizveranstaltungen begleiteten, die KB Events für ihre Klienten organisierte. Ihre Namen waren immer auf den Listen, und damit hatte sie sich notwendigerweise auch ihre Gesichter eingeprägt.

Als Vittorio über den Sitz zur Tür rutschte, fühlte sie sich plötzlich labil und allein. Der Schmerz in ihrer Schulter und ihrem Arm drohte sie zu überwältigen, als ob allein seine Nähe ihr etwas von der Qual genommen hätte. Sie sah ihn um das Auto herumgehen, und dann öffnete er ihre Tür und beugte sich herein. Seine unglaublichen Augen wanderten über ihr Gesicht, schätzten ab, wie viele Schmerzen ihr allein diese Fahrt nach Hause bereitet hatte.

»Ich bin froh, aus dem Krankenhaus raus zu sein«, versicherte sie ihm, weil sie etwas von der Sorge in seinem Blick vertreiben wollte.

»Du musst mir gegenüber nicht so tun, als wäre alles in Ordnung, Grace.«

Ganz vorsichtig löste er ihren Gurt. Sie versuchte, sich nicht wie ein Kind zu fühlen, weil sie wollte, dass er sie als Frau und nicht als etwas Kaputtes sah, um das er sich kümmern musste. Sie atmete seinen Duft ein, betörende Nadelhölzer und Gewürze, die förmlich Kraft und Gefahr schrien. Grace presste die Lippen zusammen, um nicht damit herauszuplatzen, wie gut er roch. Stattdessen atmete sie noch einmal tief ein, versuchte, sich ganz auf ihn zu konzentrieren, und darauf, wie gut es sich anfühlte, wenn sich jemand um einen kümmerte, denn sie wusste, wenn er sie aus dem Auto hob, würde es sehr schmerzhaft werden.

»Nicht verkrampfen, *bella*. Lass mich das machen. Schling einfach nur den Arm um meinen Hals, und ich hole dich raus. Wir wollen nicht, dass deine Schulter in irgendeiner Weise erschüttert wird. Doc meinte, er hat sie sehr gut stabilisiert, aber du sollst sie noch nicht bewegen.«

»Ich kann nicht glauben, dass du ihn Doc nennst.« Sie musste etwas sagen. Irgendetwas. Sie wollte nicht spüren, was gleich kommen würde.

»Sieh mich an.«

Er wartete, bis sie es tat, sein Arm lag um ihren Rücken, der andere unter ihren Beinen, sein Gesicht war ihrem ganz nahe. Wenn er ihr so nahe war, dann wirkte er … einschüchternd. Beruhigend.

»Atmen, *gattina*. Ich werde dir nicht wehtun.«

Beinahe automatisch folgte sie seiner Anweisung. Sie hatte sich daran gewöhnt, ihm zu vertrauen, obwohl sie sonst niemandem vertraute, und sie wusste nicht einmal, wie es dazu gekommen war. Kaum dass er sie angewiesen hatte zu atmen, sich zu entspannen, gehorchte ihr Körper auch schon. Die Anspannung wich aus jedem Muskel, und Luft füllte ihre Lunge und wurde wieder ausgestoßen. Sein Lächeln ließ eine vertraute Hitze durch ihren Blutstrom wirbeln. Es war wie eine Belohnung, eine großartige Belohnung.

Er hob sie aus dem Auto, als wäre sie das zerbrechlichste Stück Porzellan auf der ganzen Welt. Noch bevor ihr bewusst wurde, dass er sie bewegte, war sie schon draußen und blinzelte in den klaren blauen Himmel. Sie hatte sich in seinem Lächeln verloren. In seinen Augen. In dem Schatten an seinem Kinn, all den wunderbaren dunklen Stoppeln, die sie nur zu gern angefasst hätte.

Grace hätte es nicht für möglich gehalten, dass man sie aus dem Auto holen könnte, ohne ihre Schulter zu erschüttern, aber irgendwie war es Vittorio gelungen. Er bettete sie an seine Brust und drehte sie so, dass sie das Haus sehen konnte. Sie wusste, dass ihr der Mund offen stand, aber es war ihr nicht einmal peinlich.

Das Äußere des Gebäudes bestand aus graublauem Stein. Ein zweistöckiges Haus im New-England-Stil, mit einem runden Türmchen, das es wie ein Schloss aussehen ließ – zumindest für sie. Es war ein riesiges Herrenhaus mit einer Garage, die Platz für fünf Autos bot.

»Hier wohnst du?« Ihre Stimme war ein Quieken. »Allein?« In diesem Haus konnte man sich ja verirren.

»Das tue ich. Ich mag Ruhe und meine Privatsphäre, und dieses Haus bietet mir beides.«

»Es ist riesig.«

»Ich habe Personal.«

»Personal?«, wiederholte sie schwach, und ihre Finger

krümmten sich unbewusst um seinen Nacken. Sie kamen dem Vordereingang nun näher, wo eine äußerst kunstvoll verzierte Tür ihre Aufmerksamkeit auf sich zog. Das Auto war auf der kreisförmigen Zufahrt bis ans Haus gefahren, damit Vittorio möglichst nahe an der Tür war. Sie konnte es vor ihnen aufragen sehen, und plötzlich hatte sie das Bedürfnis, aus seinen Armen zu springen und zu fliehen.

»Stimmt etwas nicht?« Er blieb sofort stehen. »Grace? Sprich mit mir.«

Der runde Turm befand sich zu ihrer Linken, und in diese Richtung wandte er sich, als er sie auf eine private Terrasse brachte, die groß genug war, um nicht eine, sondern gleich zwei Doppeltüren aus Glas aufzuweisen, zwischen denen mehrere Meter lagen. Er brachte sie zu einem der Stühle, die auf der in blaugrauen Stein eingefassten Fläche standen. Er nahm auf einer breiten verstellbaren Liege Platz, die auf den Wald hinauswies.

Die Geräusche von Vögeln und Wasser drangen an ihr Ohr. Der Wind raschelte in den Blättern der Bäume und ließ sie silbrig tanzen. Ihr war unglaublich bewusst, dass das hier in einer ganz anderen Liga spielte als sie, aber wie sollte sie das jemandem sagen, der so wundervoll zu ihr war?

»Grace, rede mit mir! Etwas beunruhigt dich. Wenn du mir nicht sagst, was es ist, kann ich es nicht in Ordnung bringen. Sieh mich an, *gattina*.«

Sie liebte und hasste diese Aufforderung. Es spielte keine Rolle, dass er leise und sanft mit ihr sprach, es war eindeutig eine Aufforderung, und es war eine, der sie sich offenbar nicht entziehen konnte. Sie wusste auch, dass sie verloren wäre, sobald sie in das flüssige Blau seiner Augen blickte.

»Wenn ich es tue, dann bekommst du, was du willst.« Sie unternahm einen kleinen Versuch, sich zu retten. Sie war in

Gefahr, sich rettungslos in Vittorio Ferraro zu verlieben, und das würde ihr das Herz zerschmettern. Vielleicht auch die Seele.

»Vermutlich, aber wäre das denn so schlimm? Was wäre das Schlimmste, was passieren kann? Du siehst mich an und sagst mir, was dich beunruhigt, und ich kümmere mich darum. Das kann doch nicht so schlecht sein.«

»Ich gehöre nicht hierher, Vittorio. Ich wüsste gar nicht, was ich in einem Haus wie diesem tun soll. Es ist einschüchternd.«

Eine kurze Stille entstand, und ihr Blick sprang zu seinem. Er musterte ihr Gesicht mit Augen, die tief in sie hineinzublicken schienen, die alles sahen, jede ihrer Ängste. »Häuser sind einfach nur Häuser, Grace. Ein Ort, an dem man wohnt. Das hier hat mich angesprochen, und ich glaube, wenn du ihm eine Chance gibst, wirst du es auch mögen.«

War da Schmerz in seinen Augen? Das Letzte, was sie wollte, war, ihn zu verletzen. »Es geht nicht darum, ob ich es mag, Vittorio. Es ist wunderschön.« Es war nicht das Haus, und das wussten sie beide. Sie war es gewohnt, mit reichen Kunden und ihrem Personal zu arbeiten.

Er musterte ihr Gesicht, und sie hatte das Bedürfnis, es an seiner Schulter zu vergraben, doch sie weigerte sich, feige zu sein.

»Schüchtere ich dich ein?«

Tat er das? Sie nickte langsam.

»Weil ich bin, wer ich bin? Wegen meines Geldes? Dieses Hauses? Was ist es?«

Das war eine gute Frage. Eine berechtigte. Sie würde keine vorschnelle Antwort geben, er verdiente etwas Besseres. Es war schwierig, einen klaren Gedanken zu fassen, während ihre Schulter pochte und brannte und Schmerz durch ihren ganzen Körper schickte, aber sie war fest entschlossen, sich die Fragen durch den Kopf gehen zu lassen. Schüchterte sie sein Geld ein? Nein. Sie war es gewohnt, Benefizveranstaltungen zu organisieren, und Frauen und Männer, die sich in Vittorios Kreisen bewegten, waren die Zielgruppe ihrer Firma. Sie betreute sie, entwickelte Essen, Trinken und Mottos rund um ihre speziellen Vorlieben und Abneigungen.

»Es ist nicht dein Geld«, sagte sie bestimmt. »Ich denke nicht einmal viel darüber nach. Wenn es mir in den Sinn kommt, dann vergesse ich es gleich wieder, weil du nichts für das kannst, was du hast, und ich spiele nicht in dieser Liga und werde es auch nie tun. Es spielt keine Rolle.« Ihre Welt würde sich niemals um Geld drehen. »Ich könnte mich in dem Haus verlaufen, aber es ist wunderschön.«

»Und einschüchternd, hast du gesagt. Also bin ich es. Du findest mich einschüchternd.«

Sie nickte. »Tut das nicht jeder?«

Er schenkte ihr ein kleines Lächeln. »Ist es so schlimm, eingeschüchtert von mir zu sein?«

»Es bringt mich aus dem Gleichgewicht.«

»Das könnte auch einfach nur an dem Metall in deiner Schulter liegen.«

Sie blinzelte. Sie brauchte ein paar Sekunden, bis ihr klar wurde, was er gesagt hatte, und sie musste lachen. Ehrlich lachen. In der einen Minute hatte sie noch Angst gehabt hineinzugehen, doch jetzt war die seltsame Anspannung verschwunden, und sie freute sich darauf, die Einrichtung zu sehen, obwohl es irgendwie war, als würde sie sich ihm schenken.

»Wie machst du das? Du sorgst so mühelos dafür, dass alles wieder in Ordnung kommt ...« Sie stockte, als sie seinen Namen aussprechen wollte.

»Vittorio«, sagte er bestimmt.

Sie zog eine Grimasse. »Auf der Gästeliste bist du immer ›Mr. Ferraro‹.« Es kostete sie Mühe, nicht vor Schmerzen das Gesicht zu verziehen.

Er streifte ihre Schläfe mit seinem Mund. »Dieses Mal bist du mein Gast, und ich werde dich ganz bestimmt nicht Miss Murphy nennen.«

Die Berührung seiner Lippen ließ ihr Herz stocken. »Hoffentlich nicht. Ich ziehe Grace vor.« Oder wie auch immer er sie auf Italienisch nannte. Aus seinem Mund klang das alles sexy. Wie eine Liebkosung.

Er stand auf, obwohl es mehr war, als würde er aufwärts fließen – keinerlei ruckartige Bewegungen, und das, obwohl er sie auf den Armen trug. Es schien ihm keine Mühe zu bereiten, sich mit ihr in den Armen zu erheben. »Lass uns reingehen. Du musst dich ausruhen.«

Das Innere des Hauses war genauso atemberaubend wie das Äußere. Sie blickte hinauf an die hohe Spitzgiebeldecke und die funkelnden Böden.

»Es gibt eine sehr große Suite mit dem Hauptschlafzimmer«, teilte er ihr mit. »Außerdem gibt es sieben weitere Schlafzimmer, also genug Platz für eine Familie und Gäste. Ich bringe dich in einem der Gästezimmer unten unter, dann musst du keine Treppen steigen, obwohl es auch einen Aufzug gibt.«

»Natürlich gibt es einen Aufzug«, murmelte sie schwach und sah sich um. Große offene Räume, ein steinerner Kamin, der riesig war, aber zur Größe des Gebäudes passte. Sie wollte das Haus sehen, aber sie wollte sich auch hinlegen und ausruhen. Der Schmerz in ihrer Schulter ließ sich nur schlecht ignorieren.

»Achthundert Quadratmeter Wohnfläche und dazu eine

temperierte Garage. Der Pool ist natürlich geheizt, und der Blick auf den See ist außergewöhnlich. Ich habe die Grundstücke zu beiden Seiten von diesem gekauft, wir haben also vollkommene Ruhe, und auch das Personal hat eigene Häuser, in denen es wohnen kann.«

Sie war sich plötzlich nicht mehr so sicher, ob Geld sie nicht doch einschüchterte. Er sagte das alles so beiläufig, als könnte jeder sich ein Multimillionen-Dollar-Anwesen leisten. Das Problem war, dass sie an ihre Grenzen gelangt war. Wenn er sie nicht irgendwo hinbrachte, wo sie sich hinlegen und ihre Schmerzmittel nehmen konnte, würde sie sich mitten in sein wunderschönes Haus übergeben.

»Vittorio.« Das war alles, was sie herausbrachte, ehe sie die Lippen zusammenpressen musste.

Er warf nur einen Blick auf ihr blasses Gesicht und beschleunigte das Tempo. Mit langen Schritten trug er sie durch einen sehr großen Flur zu einem Zimmer. Es gelang ihr, sich umzusehen, als er sie zum Bett brachte.

Ihr Schlafzimmer war riesig und auf einer Seite verglast, sodass sie eine unglaubliche Aussicht auf den See hatte. Als Vittorio sie auf das Bett legte, erhaschte sie einen Blick auf das funkelnde Blau auf der von der Sonne beschienenen Wasseroberfläche. Sie wollte eigentlich nichts mehr als sich hinlegen, aber sofort wurde ihr klar, dass sie in Schwierigkeiten steckte. Etwas hilflos blickte sie zu ihm auf und berührte ihre Oberlippe mit der Zunge.

»Ich muss dringend auf die Toilette.« Sie hatte keine Ahnung, warum es ihr so peinlich war, das zuzugeben. Jeder musste hin und wieder auf die Toilette, aber es war eine der weniger glamourösen Körperfunktionen. Und das dem attraktivsten Mann, den sie je getroffen hatte, zu gestehen, verstärkte ihr zunehmendes Elend nur noch.

»Daran hätte ich denken sollen«, sagte er sofort und hob sie wieder an.

Grace legte einen Arm um seinen Hals, und in ihrem Gehirn arbeitete es fieberhaft. Sie trug einen Rock und ein Oberteil, dem man einen Ärmel abgetrennt hatte. Es war nicht leicht gewesen, in die Kleidungsstücke zu schlüpfen, und sie wollte sie eigentlich nie wieder ausziehen. Auf die Toilette zu gehen würde auch nicht einfach werden, und sie hatte es noch nicht allein versucht.

Vittorio setzte sie direkt vor der Toilette ab, und sie stellte fest, dass sie ihn nicht ansehen konnte, und ihr Gesicht nahm eine ausnehmend unattraktive rote Färbung an. Er raffte ihren Rock mit einer Hand und schob ihn in ihre Faust. »Steh still und warte, bis ich dir helfe. Ich will nicht, dass du deine Schulter belastest. Du bist völlig fertig.«

»Du kannst mir nicht helfen.«

Er kniete bereits vor ihr und schob die Finger unter das Bündchen ihres Slips. Sein Blick traf auf den ihren, und erneut vollführte ihr Magen einen seltsamen Salto. »Jemand muss es tun, und ich bin der Einzige, der da ist. Ich mag es, dir zu helfen, Grace. Ich betrachte es als Privileg. Das ist einfach nur ein Teil des Lebens. Dafür solltest du dich nicht schämen.«

»Es ist nicht sehr sexy«, murrte sie, ehe sie sich bremsen konnte. Wenn sie eine Wahl gehabt hätte, hätte sie darauf bestanden, es selbst zu erledigen, aber sie wusste, dass sie auf die Nase fallen würde. Sie musste sich so bald wie möglich hinlegen, und sie wollte es einfach nur hinter sich bringen.

Er zog ihr Höschen nach unten und half ihr, sich hinzusetzen. »Es gibt nicht viel an dir, das nicht sexy ist, *bella*, aber ich verstehe, was du meinst.« Er ging weg und ließ sie allein auf der Toilette zurück, schloss jedoch die Tür nicht. Der Rest des Badezimmers war riesig, so riesig, dass sie sich ziemlich sicher war, dass ihr ganzes Apartment hineinpasste. Sie erspähte einen Doppelwaschtisch, überall glänzender Marmor und goldene Armaturen.

Sie hatte keine Wahl. Wenn sie genauer darüber nachgedacht hätte, dann hätte sie sich geweigert, in sein Haus zu kommen, aber sie war einfach so dankbar gewesen, dass jemand anderes die Führung übernommen hatte. Das hier war eine riesige Lektion. Sie versuchte, nicht zu weinen, weil sie wusste, dass es ein langer, schrecklicher Tag gewesen war, mit all den Enthüllungen über Haydon und die schrecklichen Dinge, die er getan hatte. Die Tatsache, dass er wie befürchtet in den Lüftungsrohren des Krankenhauses herumkroch, ließ sie um Vittorios Familie fürchten. Wenn es Haydon gelang, ins Krankenhaus einzudringen, warum sollte er es dann nicht in ihre Behausungen schaffen?

Es gelang ihr, auf wackeligen Beinen aufzustehen, schwankend und mit dem Gefühl, jeden Moment umzukippen, aber das Abwischen war ein Desaster, bis sie herausfand, wie sie sich den Rock unter den Arm klemmen konnte, während sie den Rest erledigte. Wie machten Menschen das, wenn sie keine Hilfe hatten? Wenn sie in ihre Wohnung zurückgekehrt wäre, hätte sie ein echtes Problem gehabt. Sie sollte dankbar sein und sich nicht um ihr Schamgefühl sorgen.

»Bist du fertig, *il mia gattina*?«

»Ja. Ich muss mir nur noch die Hände waschen. Also die Hand. Ach, egal.«

»Du wirkst erschöpft. Es tut mir leid, dass es so eine lange Fahrt war. Ich hatte Angst, dass die Landung zur hart für deine Schulter sein würde, wenn wir den Helikopter nehmen.«

»Du hast einen Helikopter?«

»Ja, natürlich. Manchmal muss ich schnell an einen bestimmten Ort. Wir haben alle einen zur Verfügung.« Er hob sie hoch und brachte sie zu den beiden Waschbecken, damit sie sich die Hand waschen konnte. Die andere war fixiert, um ihren Arm stabil zu halten. Sie wusste, dass er spüren musste, wie sie zitterte. Jede Bewegung schmerzte jetzt, ganz egal, wie vorsichtig und sanft er war. Sie biss die Zähne zusammen, um kein Geräusch zu machen.

»Tu das nicht, Grace. Wenn du Schmerzen hast, musst du mir das sagen. Ich wäre froh, wenn du dich bemühen würdest, mir mitzuteilen, wie du dich fühlst, egal, ob gut oder schlecht. Ich werde es umgekehrt auch tun. Wenn wir ehrlich miteinander kommunizieren, wird die Sache mit uns funktionieren.« Er setzte sie aufs Bett und ging auf ein Knie, um ihr die Schuhe auszuziehen.

»Ich wäre die größte Heulsuse der Geschichte.«

»Weil du mir ehrlich sagst, was du brauchst?« Sein Blick fand den ihren. »Nein. Ich denke, das nennt man Kommunikation. Ich bitte dich, es zu versuchen. Für mich. Das ist alles, was ich von dir will. Ehrlich.«

»Ich dachte, du hättest Personal, eine Haushälterin, jemanden, der das hier erledigt, während du arbeitest.« Winzige Schweißperlen bildeten sich auf ihrer Stirn und rannen ihre Brust hinunter. Sie wollte die Augen schließen und einfach nur schlafen, aber der Schmerz überflutete sie bis zu einem Punkt, an dem er in ihren Ohren rauschte und ihren Geist ins Chaos stürzte.

»Wäre dir das lieber?«

Und da war er wieder, dieser Ausdruck in seinen Augen. Vielleicht Schmerz. Oder so etwas. Traurigkeit. Das war es. Sie hasste diesen Ausdruck. Er sollte niemals unglücklich aussehen. Im Moment wirkte er mehr als unglücklich. Trostlos, als wäre er vollkommen allein, und sie hätte ihm die letzte Freude genommen. Aber es traf ohnehin nicht zu. Natürlich war es ihr lieber, wenn er ihr half. Wenn es ihm so wichtig war, welche Rolle spielte da ihre Scham? Was hatte sie sich nur gedacht? Dass er sie sexy finden und den Rest seines Lebens mit ihr verbringen wollte? Sie fing wohl langsam an, die Lüge mit der Verlobten zu glauben.

Sie atmete tief ein und schüttelte den Kopf. »Nein, Vittorio. Ich möchte dir nur einfach keine Umstände machen. Ich bin mir sicher, du hast wichtigere Dinge zu tun, als mich ins Bad zu tragen.« Sie versuchte, ein wenig Witz in ihre Aussage zu legen, aber ihre Stimme war zu angespannt.

»Glaub mir, dir zu helfen ist im Moment das Wichtigste für mich.«

Er gab ihr eine Tablette zusammen mit einer kühlen Flasche Wasser, die bereits auf dem Nachttisch gestanden hatte. Sie hatte Kondenswasser gebildet, was bedeutete, dass noch jemand im Haus sein musste. Sie erschauderte und blickte hinauf zu den Rohren der Klimaanlage.

»Er kommt hier nicht rein«, beschwichtigte Vittorio sie. »Wir haben hier alle möglichen Alarme, die ihn überraschen würden. Nur um sicherzugehen, habe ich meine Leute alle Lüftungsschächte überprüfen und weitere Absicherungen anbringen lassen. Du musst dich jetzt hinlegen. Lass uns diesen Rock ausziehen.«

Zuerst wollte sie protestieren, aber sie war zu erschöpft, und der Rock war schwer. Alles fühlte sich schwer an. Sie wollte sich einfach nur hinlegen. Je schneller sie das tun konnte, desto früher hatte sie die Chance einzuschlafen. Sie presste die Füße auf die Matratze und hob die Hüften, damit er den Rock nach unten schieben konnte, sodass sie in dem halb durchsichtigen, tief sitzenden Boyshort-Höschen zurückblieb, das seine Schwester ihr mitgebracht hatte. Sie hatte sie in jeder Farbe. Es waren die einzigen Slips, die sie bei sich hatte. Hinten waren sie etwas höher geschnitten, um ihre Pobacken zu betonen, und es waren kleine Streifen aus Spitze eingearbeitet, die ihnen einen korsettartigen Effekt verliehen und viel von ihrem Hintern zeigten.

Sie wurde nicht einmal rot. Sie hatte nicht die Energie dafür. Er hatte die Decken zurückgezogen und elfenbeinfarbene Laken enthüllt. Sie glitt mit beiden Beinen zwischen die kühlen Laken und ließ es zu, dass er ihr half, sich hinzulegen. Der Wechsel von einer aufrechten zu einer liegenden Position ließ die Ränder ihres Sichtfelds schwarz werden, sodass sie fürchtete, tatsächlich ohnmächtig zu werden. Es fühlte sich so an. Schwindel überkam sie, und ohne darüber nachzudenken, griff sie nach ihm, um Halt zu finden. Einen Anker. Sie begann bereits, ihn auf diese Weise zu sehen.

Er hatte seine Hand gedreht, um ihre aufzufangen, starke Finger schlossen sich um ihre gesamte Hand, hüllten sie ein, und dann war sein Daumen da und liebkoste wieder ihre Haut. Sie konzentrierte sich ganz auf die Gefühle, die diese Bewegung in ihr auslöste, ließ zu, dass sie sie beruhigten, ließ sie den Schwindel vertreiben.

»Danke, Vittorio.«

»Gern geschehen, Grace. Ich habe eine Sprechanlage einbauen lassen. Du musst nur auf den Knopf drücken.« Er legte etwas, das eine Fernbedienung sein musste, neben ihre Hand auf die Matratze. »Solltest du mich aus irgendeinem Grund brauchen, bin ich sofort hier.«

Sie nickte, aber sie wollte nicht, dass er ging. Ihr Körper gewöhnte sich gerade an die neue Position, sodass der schreiende Schmerz genug zurückgegangen war. Sie würde einschlafen können, wenn sie nicht so darauf programmiert wäre, Angst zu haben, dass Haydon sie finden und ihr etwas antun könnte. Sie blickte erneut hinauf zu den Rohren. Sie verliefen die hohen Decken und am Boden entlang. Überall. Es gab zu viele Wege, auf denen er eindringen konnte. Sie sagte sich, sie solle kein Baby und keine Nervensäge sein, aber …

»Ich werde hierbleiben, Grace«, versicherte Vittorio ihr plötzlich. »Ich werde nicht gehen, während du schläfst. Er kommt nicht an meinen Wachen vorbei, und er kommt nicht an mir vorbei. Er kann uns nicht irgendeinem Gas aussetzen, ohne den Alarm auszulösen, und die Alarmanlage hat Back-up-Batterien, sodass er nicht einfach das ganze System lahm-legen kann. Du bist hier sicher. Ich werde dich nicht verlas-sen, *bella*, also schließ die Augen und schlaf ein.«

Sie spürte seine Finger hauchzart über ihre Lider gleiten, dann ihre Schläfe entlang und wieder zu ihren Augen. Vit-torio machte es ihr leicht, sich bei ihm sicher zu fühlen. Sie verstand nicht ganz, warum, wo sie doch seit ihrer Kindheit niemanden an sich herangelassen hatte, aber sie vertraute Vittorio Ferraro. Es war seltsam, aber er gab ihr ein Gefühl von Sicherheit, wie es ihr noch nie jemand gegeben hatte. Sie ließ zu, dass sich ihre Wimpern senkten, und driftete in einem Meer aus Schmerzen ab, doch sie träumte von einem Mann, der vor ihr stand und nicht zuließ, dass Haydon Phil-lips ihr weiterhin Angst machte.

Grace erwachte im Dunkeln und hatte das Gefühl zu ersti-cken. Irgendetwas hielt sie auf dem Bett fest, und sie kämpf-te, schlug und trat um sich. Ihre Beine hatten sich in den La-ken verheddert. Ihr Körper war schweißgebadet, sodass ihr das Haar am Kopf klebte. Ihr Herz schlug wild, und ihre Lunge versagte ihr den Dienst. Sie hörte Schluchzen und wusste, dass sie es war, die weinte, aber es fühlte sich so fern an, dass sie nicht wusste, wie sie es stoppen sollte.

»Grace, alles ist gut, ich bin da.«

Eine Stimme erklang in der Dunkelheit. Leise. Sanft. Ruhig. Sie hörte sie kaum über dem Tosen des Bluts in ihren Ohren, und doch fing sie die Laute ein und klammerte sich daran wie an einen Anker in einem Sturm.

»Öffne die Augen, *gattina*. Ich bin hier bei dir. Ich werde die Hand auf deine Schulter legen. Ich will, dass du meine Berührung spürst, dass du weißt, dass ich es bin.«

Vittorios Stimme und seine Berührung würde sie immer wiedererkennen. Seine Stimme war wie Samt und fegte jede schlechte Erinnerung hinfort. Ihr Klang füllte jene Orte in ihr, die leer und angsterfüllt waren, ein Kind, das in seinem Zimmer kauerte und darauf wartete, dass der Dämon es zerstörte. Es war, als wäre Haydon immer dort gewesen, lauernd wie etwas Böses, bereit, sie in Stücke zu reißen. Vittorio hatte einen Weg gefunden, diese gnadenlose Furcht, die man sie zu empfinden gelehrt hatte, in den Hintergrund zu drängen.

Seine Hand strich sanft über ihre gesunde Schulter, und auf einmal spürte sie, wie seine Ruhe sich in der Panik ausbreitete, die sie ergriffen hatte. Sie kämpfte gegen das Gefühl an, ersticken zu müssen, und erkämpfte sich einen Atemzug, damit seine Gelassenheit sie beruhigen konnte. Seine Fingerspitzen glitten über ihre Wangen und wischten über die Tränen dort.

»Er ist nicht hier, Grace. Ich bin hier. Er kommt nicht an dich heran.« Er betätigte den Schalter einer gedämpften Lampe, deren Licht ihr nicht in den Augen wehtat, aber es ihr erlaubte, sich im Raum umzusehen. »Ich will, dass du mich ansiehst, *bella*. Mich wirklich siehst. Ich will nicht, dass du bezüglich meiner Identität irgendwelche Illusionen hegst.«

Ihr Blick huschte ängstlich in jede Ecke, dann zu den Lüftungsgittern, ehe er sich auf Vittorios Gesicht richtete. Es war ein starkes Gesicht, von einer männlichen Schönheit, als ob ein Bildhauer an ihm sein Meisterwerk vollbracht hätte. Sie zwang sich, sein Gesicht wirklich zu betrachten, hinter seine Schönheit zu blicken, um zu sehen, wer er wirklich war, Vittorio, der Mann. Da war etwas Gnadenloses. Gefahr. Macht. Er wirkte unbesiegbar. Unversöhnlich. Da waren so viele Dinge, die etwas Negatives bedeuten konnten. Aber sie sah auch seine positiven Seiten. Seine Fürsorge. Sein Verantwortungsgefühl. Vittorio Ferraro war ein geheimnisvoller Mann, aber sie begann, ihn langsam als den ihren zu betrachten. Vermutlich hätte sie Angst vor ihm haben sollen, aber er gab ihr so ein gutes Gefühl, dass es unmöglich war, ihn zu fürchten.

»Ich werde jetzt diese Laken wegnehmen und dich zu dem Sessel dort tragen.«

Sein Ton deutete an, dass er die Sache im Griff hatte und man ihm vertrauen konnte, dass er jedes Problem lösen würde. Sie erkannte das, weil es die Rolle war, die sie in ihrem Job spielte – die Problemlöserin –, und sie war sehr gut darin. Sie stellte fest, dass es sehr verführerisch war, nicht denken zu müssen und ihn alles für sie erledigen zu lassen. Ihre Gedanken waren ein einziges Chaos, und sie wollte sich einfach nur in seinen Schutz einhüllen, nur bis sie ihre Kraft und ihren Kampfgeist zurückgewann.

Vittorio schlug die Laken zurück, löste sie von ihren Beinen und nahm das oberste Laken vom Bett. Er ließ sich von der Matratze gleiten und hob sie mühelos hoch, sodass sie an seiner Brust ruhte.

»Ich brauche eine Dusche.«

»Alles gut. Darum kümmern wir uns morgen.«

»Du wirst aber nicht mit mir duschen?« Sie war ein wenig erschrocken über sich selbst. Ihn sich nackt in der Dusche mit ihr vorzustellen war ... verführerisch.

Sein Lachen war leise, und da war ein sinnlicher Unterton, der unter ihre Haut zu gleiten schien, um ihre Nervenenden in Aufruhr zu versetzen.

»So verführerisch der Gedanke auch ist, damit warte ich, bis du wieder gesund bist.«

Sie hätte einfach lachen und es ignorieren sollen, aber sie stellte fest, dass ihr Blick den seinen fand. »Wir werden zusammen duschen?«

»Ja, Grace. Wir werden definitiv zusammen duschen.«

Ihr Herz raste. »Wir sind nicht wirklich verlobt, Vittorio.«

»Doch, wir *sind* wirklich verlobt, aber das wäre gar nicht nötig, um zusammen zu duschen, mein kleines Unschuldslamm. Aber da wir es nun einmal sind, brauchst du mich gar nicht so schockiert ansehen.«

»Warum bestehst du darauf zu behaupten, dass wir verlobt sind?«

»Weil ich vorhabe, dich zu heiraten.«

»Warum?«

Er setzte sie in einen äußerst bequemen Sessel, der sich direkt vor einem in die Wand eingelassenen Kamin befand. »Weil ich von dem Moment an, in dem ich dich sah, wusste, dass du diejenige bist, nach der ich gesucht habe. Ich war schon auf der ganzen Welt, habe alle möglichen Frauen getroffen, und ich weiß, dass du die Richtige für mich bist.«

Sie sah zu, wie er das Bett frisch bezog. Er erledigte es mit sicheren Händen, als würde er all das schon seit Jahren tun, obwohl sie wusste, dass er vom Tag seiner Geburt an Leute gehabt hatte, die seine Betten bezogen hatten.

»Ich kenne dich nicht.«

»Du hast einen sehr guten Instinkt, Grace. Was sagt er dir?«

»Dass du sehr sexy bist und ich im Moment sehr verletzlich bin.«

Er blickte von den Kissen auf. »Immerhin findest du mich sexy. Das ist ein Anfang. Gib uns einfach etwas Zeit, bevor du eine Entscheidung triffst.«

Sie blieb stumm, fürchtete, etwas Falsches zu sagen; fürchtete, es ihrem Gehirn zu erlauben, auch nur irgendeine Entscheidung zu treffen, egal ob falsch oder richtig, wenn sie unter Medikamenteneinfluss stand und in so einem schlechten Zustand war.

6

»Komm rein, Vittorio«, sagte Grace, als es klopfte, und drehte sich nach der Tür um. Der Sessel am Fenster war einladend, aber sie weigerte sich, dem Bedürfnis, sich zu setzen, nachzugeben. Ihre Schulter fühlte sich sehr schwer an. Sie war erschöpft, obwohl sie nicht mehr getan hatte, als zu duschen und sich anzuziehen. Letzteres war selbst mit Emmanuelles Hilfe noch anstrengend gewesen, aber sie war entschlossen, es sich vor Vittorio nicht anmerken zu lassen. Sie war dankbar für die Schlinge, die ihr Handgelenk oben hielt, um die Bewegung ihrer verletzten Schulter einzuschränken.

Als sich die Tür öffnete, machte ihr Magen einen kleinen Salto, wie so oft, wenn Vittorio den Raum betrat. Jedes Mal erwischte sie sich dabei, wie sie seine breiten Schultern und die definierte Brust anstarrte. Er bewegte sich, wie sie sich einen Panther auf der Pirsch nach Beute vorstellte: Kraftvoll und elegant. Er strahlte Gefahr aus, obwohl sie wusste, dass er sanft und freundlich war.

Er schenkte ihr ein Lächeln, bei der ihr das Herz stehen blieb, und seine indigoblauen Augen wanderten über ihren Körper und nahmen jedes Detail zur Kenntnis. Sie wusste, dass er alles an ihr wahrnahm, weil er immer wusste, was sie wollte oder brauchte. Eigentlich brauchte sie sich keine Mühe geben, um zu verbergen, dass schon Anziehen sie erschöpfte, er würde es ohnehin sehen. Es war verstörend und beglückend zugleich.

»Guten Morgen, *gattina*. Du siehst besser aus heute Morgen. Deine Gesichtsfarbe ist gut.«

»Guten Morgen, Vittorio.« Sie wusste, dass er es mochte, wenn sie seinen Gruß erwiderte. Und es war nur eine kleine Geste, die keine Mühe bereitete, im Vergleich zu allem, was er für sie tat. »Ich glaube, es hat geholfen, die Schmerzmittel noch mehr zu reduzieren. Ich fühle mich viel wacher und besser in der Lage, die Dinge anzugehen.« Ihr war wichtig, das hervorzuheben. Sie wollte ihm nicht zur Last fallen. Sie hatte ohnehin bereits drei Wochen seiner Zeit in Anspruch genommen.

»Das ist gut. Ich dachte, du würdest vielleicht gern in der Küche frühstücken. Du hattest kaum Zeit, dich umzusehen, und ich will, dass du dich hier zu Hause fühlst.« Er bot ihr seine Hand an.

Grace versuchte ihr Bestes, die Frau zu sein, die half, ein Unternehmen mit einem Multimillionen-Dollar-Umsatz pro Jahr am Laufen zu halten, aber wenn sie in seiner Nähe war, mochte sie das Gefühl der Fürsorge, das er ihr vermittelte. Sie hatte nie jemanden gehabt, der sich wirklich um sie gekümmert hatte. Jeden Tag sagte sie sich, dass sie sich das nicht wünschen sollte, dass sie unabhängig war und auf eigenen Beinen stehen konnte – aber bislang hatte sie sich nicht überzeugen können.

Bei ihrer Arbeit kümmerte sie sich hinter den Kulissen eines Events um jedes Detail und hatte Selbstvertrauen. Sie gab Bestellungen auf und bestand darauf, genau das zu bekommen, was ihre Klienten wollten – und zwar pünktlich. Sie hatte sich einen Ruf als starke, penible Geschäftsfrau erarbeitet, die sich von nichts und niemandem aufhalten ließ, wenn es darum ging, die Veranstaltungen von KB zu den besten zu machen, die jeden Cent wert waren, den sie dafür verlangten.

Aber in Vittorios Gegenwart war alles anders. Bei ihm war sie ganz und gar Frau, fühlte sich unglaublich von ihm angezogen, und nicht nur das: Sie erblühte förmlich in seiner Fürsorge. Dass sie es mochte, wenn ein Mann sich um sie kümmerte, schockierte sie. Sie wollte sich nicht noch mehr an so viel Zuwendung gewöhnen. Es machte süchtig. Er hatte schon jetzt jeden anderen Mann für sie ruiniert. Sie würde sie stets mit ihm vergleichen – und keiner könnte gegen ihn bestehen.

Vittorio stand in der Tür, die Hand nach ihr ausgestreckt, und sah zu, wie sie den Raum durchquerte. Er nahm den Blick nicht von ihrem Gesicht, und sein Ausdruck ließ Hitze durch ihren Körper wirbeln, die sich weit unten sammelte. Seine Finger schlossen sich um die ihren, und diese erste Berührung seiner starken Hand beschleunigte ihren Herzschlag. Es fühlte sich fürsorglich an, wie er sie sanft an sich zog. Er beugte den Kopf langsam zu ihrem hinab, ließ ihr wie immer genug Zeit, sich ihm zu entziehen – was sie, wie sie wusste, tun sollte, aber niemals tat.

Sie verharrte. Voller Erwartung. Seine Lippen waren sinnlich. Perfekt. Seine schönen Augen waren von langen, dichten schwarzen Wimpern eingerahmt. Er war – *atemberaubend* war das einzige Wort, das ihr in den Sinn kam. Sie hätte sich beinahe auf die Zehenspitzen gereckt. Sie hatte genug Stolz, es nicht zu tun, aber sie hob ihm ihr Gesicht entgegen. Sein Mund streifte ihre Lippen. Ein Hauch von einer Berührung. Aber es spielte keine Rolle, dass es nur ein flüchtiger Kuss war, er hatte einen sofortigen Effekt auf sie.

Ein Feuerwerk explodierte in ihren Adern – in ihrem Bauch. Ein elektrischer Stoß durchzuckte sie, sodass jedes Nervenende heiß und unkontrolliert Funken schlug. Flüssige Hitze raste durch ihren Körper und breitete sich aus wie eine

Feuersbrunst. Nach nur einer Berührung. Einer einzigen Berührung. Sie konnte ihn nicht ansehen, als er den Kopf hob. Sie senkte die Wimpern, um ihren Ausdruck zu verschleiern. Vittorio umfasste ihr Kinn und hob ihr Gesicht, sodass entgegen ihrer Absichten ihr Blick seinem begegnete. Sofort hatte sie das Gefühl, in dem dunklen, wunderschönen Blau zu ertrinken. Sie konnte sich nicht vor ihm verstecken. Das ließ er nicht zu.

»Was ist, Grace?«

Selbst jetzt klang seine leise Stimme sexy in ihren Ohren. Wie sollte sie ihm das erklären? Sie musste sich bemühen, nicht aufzustöhnen, und kam sich ein wenig albern vor. Sie hatte ihm das Leben gerettet, und er kümmerte sich im Gegenzug um sie. Dass sie sich so schnell in ihn verliebte, lag nüchtern betrachtet sicher daran, dass noch nie jemand ihr so ein Gefühl von Sicherheit und Fürsorge vermittelt hatte. Er hatte ihr beides geschenkt, und darüber hinaus gab er ihr das Gefühl, eine wunderschöne, begehrenswerte Frau zu sein.

Ihr gingen eine Million Möglichkeiten durch den Kopf, ihn zu täuschen, aber ihr gefiel der Gedanke nicht. Er war gut zu ihr gewesen. Hatte sich um sie gesorgt. Die Art, wie er verhindert hatte, dass weiter über das Foto gesprochen wurde, das Haydon zurückgelassen hatte. Sie entschied sich dafür, die Wahrheit zu sagen, egal, wie beschämend sie sein mochte – und sie war beschämend.

Sie zwang sich, ihm in die Augen zu sehen. »Es ist nur … Es ist so einfach, mit dir zusammen zu sein. Du tust alles, gibst mir alles und verlangst nichts im Gegenzug. Das ist nicht richtig. Ich nutze dich aus, und das gefällt mir nicht.«

Er musterte ihr Gesicht für eine gefühlte Ewigkeit, dann glitt sein Daumen über ihr Kinn. Diese flüchtige Liebkosung hätte beinahe ihren Entschluss, ihm zu sagen, dass sie gehen musste, ins Wanken gebracht. Es war an der Zeit. Wenn sie jetzt blieb, würde sie nicht mehr gehen wollen. Nie mehr. Er hatte gesagt, dass er das mit der Verlobung ernst meinte, aber das ergab einfach keinen Sinn, und sie hatten nicht noch einmal darüber gesprochen. Sie ertrank hier in seiner Gegenwart. Je mehr Zeit sie mit ihm verbrachte, desto mehr wollte sie bei ihm bleiben.

»Grace, ich möchte, dass es einfach für dich ist, mit mir zusammen zu sein. Ich mag es, dich hier zu haben und Dinge für dich zu tun. Aber du liegst falsch, wenn du sagst, dass ich nichts im Gegenzug verlange. Ich verlange so einiges, und ich werde noch etwas mehr verlangen. Ich verlange, dass du mir vollkommen vertraust. Ich will, dass du mit jeder Faser deines Daseins weißt, dass ich dich nie im Stich lassen werde. Niemals. Dass ich alles, was ich tue, für dich tue. Für deine Gesundheit, dein Glück, dein Wohlbefinden und dein Vergnügen.«

Hitze raste durch ihre Adern und breitete sich wie ein Lauffeuer durch ihren Körper aus, wo sie jedes Nervenende entfachte. »Vittorio.« Grace fehlten die Worte. Deshalb hatte sie die Schmerzmittel reduzieren wollen – wegen dieser Unterhaltungen. Sie musste wissen, was die Realität war und was nicht.

Vittorio Ferraro hatte mehr Geld, als man sich vorstellen konnte. Er war ein in der Öffentlichkeit stehender Playboy mit teuren Spielzeugen und einem Jetset-Lifestyle. Und doch erschien er ihr vollkommen anders, als die Klatschpresse ihn darstellte. Niemand aus seiner Familie kam ihr so vor, und sie hatte echte Schwierigkeiten, diese beiden vollkommen verschiedenen Männer in Einklang zu bringen.

Er tauchte sowohl in Hochglanzmagazinen und schmierigen Klatschblättern als auch in Zeitungsartikeln und Fernsehreportagen auf, meistens mit einem attraktiven Sternchen oder berühmten Model am Arm. Man stellte ihn als Schürzenheld dar, der Frauen nach ein oder zwei Dates abservierte, und doch hatte er in den letzten drei Wochen 24 Stunden am Tag mit ihr verbracht.

»Ich konnte nicht zulassen, dass Haydon dich erschießt. Du hast mich vor diesen schrecklichen Männern gerettet, wir sind also quitt.«

Er kümmerte sich um sie. Er hatte niemanden kommen lassen, damit er sie pflegte, er übernahm es selbst. Er war anders als jeder, den sie kannte. Er war ruhig und immer selbstsicher, gab ihr das Gefühl, dass er jedes Problem mit seiner entspannten Effizienz handhaben konnte – und würde.

»Willst du, dass ich dich trage, oder möchtest du versuchen zu gehen? Es ist eine ziemliche Strecke.«

Er hatte bereits den Arm um sie gelegt und vermittelte ihr ein Gefühl von Sicherheit. Manchmal, wenn sie durch den Raum ging, hatte sie das Gefühl, dass das Gewicht in ihrer Schulter sie zur Seite zog.

»Ich würde gern gehen.«

Welche Frau würde bitte nicht gern von Vittorio getragen werden? Das Gefühl, wenn er sie an seine Brust bettete, war unbeschreiblich. Wenn er sich bewegte, dann war es, als würde sie durch die Luft schweben. Aber sie musste vernünftig sein und einige Dinge wieder selbst erledigen – zum Beispiel Laufen. Sie wollte auch das Haus sehen und Vittorio aufmerksamer beobachten – seine Vorlieben und Abneigungen wirklich kennenlernen. Sie hatte das Gefühl, dass er sehr speziell war, wenn es um Dinge ging, die ihm wichtig waren, und wollte alles über ihn wissen. Es war an der Zeit, dass sie ihm etwas zurückgab, vor allem, wenn er ernst meinte, was er über die Beziehung zwischen ihnen gesagt hatte.

Manchmal dachte sie, sie hätte sich die Unterhaltung nur eingebildet.

Vittorio akzeptierte ihre Entscheidung, selbst zu laufen, blieb aber auf der Seite ihrer gesunden Schulter, eine Hand in ihrem Kreuz. Das war so typisch für ihn. Sie liebte es, dass er ihr immer das Gefühl gab, nicht allein zu sein. Indem er in ihrer Nähe war, vermittelte er ihr die Illusion von Sicherheit. Sie blickte auf den Boden hinab, wunderschönes Kirschholz, das einen Kontrast zu den hohen Decken, dem vielen Glas und den weißen Wänden bildete. Zum ersten Mal wurde ihr klar, dass er barfuß war.

Ihr stockte der Atem. Vittorio Ferraro war barfuß. Sie hatte ihn bislang immer nur in seinem dreiteiligen Anzug und teuren polierten Schuhen gesehen – zumindest konnte sie sich an nichts anderes erinnern. War sie so sehr mit sich selbst beschäftigt gewesen, dass ihr nicht aufgefallen war, dass er sich zu Hause leger kleidete? Sie blickte auf ihre eigenen Füße hinab. Dank ihm hatte sie Kleider im Schrank, aber an Schuhe hatte sie nicht gedacht. Bei der Arbeit trug sie normalerweise Pumps, aber zu Hause bevorzugte sie es, barfuß zu laufen. Nach einem Tag in hohen Absätzen ertrug sie einfach nichts an ihren Füßen.

Vittorio trug eine ausgeblichene Jeans mit einigen abgewetzten Stellen, die weich wirkte und aussah, als hätte er sie schon sehr lange. Statt eines Reißverschlusses wurde sie mit Knöpfen geschlossen, und der oberste stand offen. Sie saß tief auf seinen Hüften und betonte seine beeindruckenden Oberschenkel. Sein Hemd war eng und spannte über seiner mächtigen Brust, als ob jeder Muskel sich daraus befreien wollte.

Sie suchte nach etwas Sinnvollem, das sie sagen konnte, damit sie nicht damit herausplatzte, wie sehr sie seine legere Kleidung mochte. »Ich muss meine Chefin anrufen.«

»Das ist eine gute Idee. Katie hat mehrmals angerufen, meistens, um sich zu erkundigen, wie es dir geht, aber das letzte Mal konnte ich in ihrer Stimme hören, dass es wichtig war.«

Es gefiel ihr, dass er ihrem Wunsch, ihre Chefin zu kontaktieren, nicht widersprach. Sie wollte nicht denken müssen, dass er versuchte, die Kontrolle über ihr Leben zu übernehmen. »Ich werde sie nach dem Frühstück anrufen.«

Sie achtete darauf, wohin sie gingen. Das Haus war so riesig und hatte so viele Türen, dass sie wirklich Angst hatte, dass sie sich allein verirren würde. Sie konnte bereits den frisch gebrühten Kaffee riechen.

»Ich habe schon die Hälfte der Räume verpasst, an denen wir vorbeigekommen sind, weil ich deine Füße angeschaut habe.« Wenn er ihre Hand nicht über seinen Rippen festgehalten hätte, hätte sie sich vor den Mund geschlagen. *So viel dazu, nicht mit peinlichen Sachen herauszuplatzen.*

»Ich sehe mir deine an. Ich glaube, meine Füße sind bestimmt zweimal so groß wie deine. Vielleicht sogar mehr.« Da war Belustigung in seiner Stimme.

Seine Fähigkeit, immer etwas Amüsantes in den Dingen zu finden, war eine seiner einnehmendsten Eigenschaften. Sie schenkte ihm ein Lächeln und betrachtete ihre Füße, während sie über den glänzenden Boden liefen. Er hatte recht, ihr Fuß war vielleicht halb so groß wie seiner. »Wie groß bist du?«

»Mindestens dreißig Zentimeter größer als du«, merkte er an.

Sie zog eine Grimasse. »Ich fürchte, damit hast du nicht ganz unrecht. Darüber lässt sich nicht streiten.«

»Du streitest nie mit mir.« Vittorio drehte ihre Hand und presste einen Kuss auf ihre Handfläche. »Ich mag, dass du nicht aus Prinzip mit mir streitest.«

»Es wäre etwas schwierig, das mit dir zu tun. Du bist ziemlich vernünftig, Vittorio.«

Er führte sie in eine sehr große Küche. Es gab einen kleinen Tisch, der bereits gedeckt war. Er führte sie direkt dorthin und zog einen Stuhl für sie heraus. »Es gibt drei Essbereiche. Der hier, der perfekt für uns beide ist, um morgens zu frühstücken«, erzählte er, während er ihr half, sich zu setzen. »Die beiden größeren haben jeder eine andere Aussicht. Der eine ist etwas größer, oder anders gesagt: Das ist der Raum, den wir nutzen, wenn die Familie zu Besuch kommt.« Er schenkte ihr ein Grinsen.

Sein Lächeln war warm und unmöglich zu übersehen, und es stellte etwas mit ihrem Inneren an, es machte sie glücklich. Glück war etwas, an das sie nicht gewöhnt war, und das erschreckte sie ein wenig. »Du hast eine sehr große Familie.« Die Frauen kamen und gingen morgens immer sehr schnell, halfen ihr beim Duschen und Anziehen, und dann waren sie plötzlich wieder weg, als wären sie niemals da gewesen.

»Wir sind laut und mischen uns ständig gegenseitig in unsere Angelegenheiten ein«, sagt er. »Aber wir stehen immer füreinander ein.«

Die Art, wie er es sagte, ließ in ihr die Frage aufkommen, warum sie füreinander einstehen mussten – als hätten sie Probleme, die mit ihren vergleichbar waren. Sie bezweifelte, dass ein Serienmörder hinter ihnen her gewesen war, bis sie einen zu ihnen geführt hatte.

Ehe sie ihn daran erinnern konnte, dass Haydon sie alle stalkte, brachte er die Unterhaltung wieder auf ihr vorheriges Thema. »Du denkst wirklich, ich bin vernünftig? Nicht jede würde das denken, weil ich das absolute Bedürfnis habe, mich um meine Frau zu kümmern. Tatsächlich glaube ich, dass die meisten es nicht mögen würden, Grace.«

Sie blickte ihm ins Gesicht. Da war ein Ausdruck von Sorge, der sie überraschte. Vittorio war der selbstbewussteste Mann, dem sie je begegnet war, und in ihrem Geschäft traf sie ständig die CEOs mächtiger Unternehmen. Männer wie er sorgten sich nicht, was andere über sie dachten. Sie taten, was sie für das Beste hielten, und erwarteten von allen anderen, sich anzupassen. Und doch sagten ihr Vittorios Augen, dass er zumindest ihr gegenüber verletzlich war – dass es ihm wichtig war, dass sie gut über ihn dachte. Und mit dieser Erkenntnis kam das sofortige und unwiderstehliche Bedürfnis, ihm zu versichern, dass sie nicht schlecht über ihn dachte, jeden Hauch eines Zweifels auszulöschen.

»Vittorio, ich mag es, wie du mit mir umgehst. In meinem Geschäft treffe ich jeden Tag Entscheidungen, ich streite mit Lieferanten und mache ständig Druck, um das zu bekommen, was ich für meine Klienten haben will. Wenn ich dann nach Hause gehe, habe ich das Gefühl, dass mein Gehirn Matsch ist. Dann will ich nichts mehr entscheiden oder über irgendetwas nachdenken. Ich glaube, die meisten Menschen sind so. Du hast mir die Gelegenheit verschafft, mich wirklich zu entspannen, und dafür bin ich dir dankbarer, als du es dir vorstellen kannst. Mir ist klar, dass das unrealistisch ist und dass ich früher oder später wieder Entscheidungen treffen und die Kontrolle über mein Leben übernehmen muss, aber für den Moment waren das trotz der Schmerzen in meiner Schulter die besten drei Wochen meines Lebens, ich danke dir also dafür.«

Vittorio hatte die Speisewärmer auf dem Tisch geöffnet und goss ihr Kaffee ein. Langsam richtete er sich auf und blickte auf ihr Gesicht herab. Er wollte ihr Gesicht mit den Händen umfassen und sie besinnungslos küssen. Sie hatte keine Ahnung, was für ein Geschenk sie ihm gerade gemacht hatte. Sie war diejenige, nach der er gesucht hatte. Sie war diejenige, von der er nicht geglaubt hatte, dass sie existierte. Sie war stark, hatte ein Rückgrat aus Stahl, und dennoch konnte sie sich in seine Hände legen und ihm das geben, was er in ihrer Beziehung brauchte.

Er konnte nicht anders. Er beugte sich hinab und küsste sie leidenschaftlich auf den Mund, eine Hand in ihrem Haar, wo er die seidige Masse in seine Faust ballte. Bei der ersten Berührung seiner Lippen, der ersten Forderung seiner Zunge, öffnete sie sich für ihn, und er schmeckte alles, was er jemals brauchen würde. Er hatte viele Frauen geküsst, mehr, als er jemals zugeben würde, aber so etwas hatte er noch nie gefühlt. Nie. Nicht diesen erschreckenden Hunger, der ihn vollkommen vereinnahmte. Nicht dieses Begehren, das niemals gestillt werden konnte.

Sie schmeckte einzigartig, und alles daran gefiel ihm. Sie hatte kaum Erfahrung, vielleicht gar keine. Er hätte niemals gedacht, mit einer unerfahrenen Frau zusammen zu sein. Seine Bedürfnisse waren zu extrem, seine Leidenschaft zu überwältigend, und doch konnte er sich nicht vorstellen, jemals wieder einen anderen Menschen zu küssen.

Er war vorsichtig mit ihr, beschränkte sich auf leichte Küsse, obwohl er sie förmlich verschlingen wollte. Nur sehr widerstrebend ließ er ihr Haar los und löste seinen Mund von ihrem. Ihre Wimpern hoben sich, und er blickte ihr in die Augen. Sie waren wunderschön. Groß, in einem bezaubernden Grün, das umrahmt war von dichten, langen Wimpern, die an den Enden geschwungen waren. Er konnte der Versuchung, einen Kuss über ihre Augenlider zu hauchen, nicht widerstehen. Widerstrebend ließ er sie danach los.

»Warum soll das unrealistisch sein?« Er bedeutete ihr, sich etwas zu essen auszusuchen.

Sie starrte ihn an, und ihr Blick war noch immer bezaubernd verschleiert. »Unrealistisch?«

Er musste sich ein Lächeln verkneifen. »Ja, *gattina*. Du sagtest, es sei unrealistisch, nicht zu viel über die Dinge nachdenken zu müssen. Warum soll das unrealistisch sein?«

Sie runzelte die Stirn und wies auf Rührei und Toast. Er lud ihr eine kleine Portion auf den Teller. Sie hatte in den letzten Wochen nicht viel gegessen, deshalb wollte er sie nicht gleich mit Unmengen von Essen überfordern.

»Ich kann mich nicht bei allem auf dich verlassen, Vittorio. Ich komme langsam wieder zu Kräften und muss anfangen, mich um die Dinge zu kümmern.«

Er hob die Kaffeesahne an, und sie schüttelte den Kopf. Es überraschte ihn, dass sie keine Sahne in ihrem Kaffee wollte. »Warum nicht? Ich mag es, wenn du dich auf mich verlässt.«

»Nicht auf Dauer.«

Er nahm sich eine ordentliche Portion Ei, Speck und Kartoffelpuffer. »Warum nicht? Ich würde wollen, dass du in unserem Zuhause das Gefühl hast, dich auf mich verlassen zu können. Wir beide wissen, dass du in der Lage bist, selbst zu entscheiden, aber warum solltest du es tun, wenn es dir lieber wäre, wenn ich sie für dich treffe?«

Sie sah aus, als wollte sie widersprechen, doch dann spießte sie ein kleines Stück Ei auf ihre Gabel und schob es sich unbeholfen in den Mund. Ihre Haupthand war definitiv die an der zerschmetterten Schulter. Sie kaute und schluckte, ehe sie den Kopf schräg legte und ihn ansah. »Du hättest das bestimmt schnell über.«

»Manche Männer brauchen es, sich um ihre Frauen zu kümmern. Es ist nicht politisch korrekt, dass ein Mann der Herr im Haus sein will. Das ist mir bewusst, aber ich bin einer dieser Männer. Ich will, dass meine Frau weiß, dass sie sich auf mein Urteil verlassen kann. Ich will, dass sie mir so sehr vertraut, dass sie mich die Entscheidungen treffen lässt.« Er teilte ihr seine Vorlieben mit einer gewissen Vorsicht mit, in dem Wissen, dass sie nicht besonders populär waren, aber er konnte nun einmal nicht ändern, wie er tickte.

Sie runzelte die Stirn, wirkte aber eher nachdenklich als verurteilend. Das mochte er an ihr. »Vittorio, willst du etwa blindes Vertrauen?«

»Natürlich nicht. Das wäre dumm, und du bist viel zu intelligent dafür. Vertrauen muss man sich erarbeiten. Ich hoffe, dass sich das zwischen uns mit der Zeit entwickelt. Mir ist klar, dass ich zu viel verlange, aber ich hoffe trotzdem, dass du darüber nachdenkst. Ich habe bereits die ganzen letzten drei Wochen die Entscheidungen getroffen.«

»Weil es notwendig war, und ich bin dir ehrlich dankbar. Ich wüsste nicht, was ich ohne dich getan hätte …« Sie verstummte und blickte auf ihre Eier hinab, als würde ihr langsam einiges klar werden.

Er sah zu, wie sie beinahe behutsam ihr Frühstück aß. Es kostete sie Mühe, es nicht von der Gabel fallen zu lassen. Er konnte sie nicht weiterkämpfen sehen. »Ich denke nicht, dass du unfähig bist, ich genieße es einfach, sie dir abzunehmen.« Er nahm ihr die Gabel weg und zog seinen Stuhl näher heran.

»Ich fühle mich etwas albern, wenn du mich fütterst.«

Er beugte sich herab und hauchte ihr einen weiteren Kuss auf die Lippen, damit sie aufhörten zu beben. »Grace, ich möchte diese Dinge mit dir besprechen, aber du musst dabei offen bleiben. Ich will, dass unsere Verlobung echt ist, und ich möchte, dass auch du sie so siehst. Du musst ohnehin eine Weile hierbleiben, und wir könnten diese Zeit nutzen, um uns wirklich kennenzulernen. Du kannst meine Familie kennenlernen.«

»Du bist zu schnell, Vittorio. Für einen Mann mit einem so starken Beschützerinstinkt muss es schwer gewesen sein zuzusehen, wie ich mich in die Schusslinie geworfen habe.«

Er sah, dass sie jedes Wort mit Bedacht wählte, als ob sie Angst hätte, ihn zu kränken.

»Aber ich glaube, wenn du einen Moment innehältst und wirklich darüber nachdenkst, wirst du sehen, dass unsere Lebensstile nicht zueinanderpassen. Ich liebe meine Arbeit, und ich bin gut darin. Sie ist der Grund, warum ich in all den Jahren nicht den Verstand verloren habe. Dein Leben bestand bis jetzt aus Reisen, Adrenalin und Frauen.«

Er hatte gewusst, dass die Frauen ein Thema werden würden. »Ich gebe zu, dass meine Familie ihr Leben der Klatschpresse preisgibt – aber das ist alles nur Show. Ich habe nie einer dieser Frauen mein wahres Ich gezeigt. Warum auch? Damit sie es dem nächstbesten Käseblatt verkaufen kann? Denk darüber nach, Grace. Stell dir vor, wie viel Schaden du meinem Ruf zufügen könntest, wenn das, was ich dir anvertraue, in allen Zeitungen und Medien breitgetreten würden. Ich bin Geschäftsmann. Meine Familie besitzt internationale Banken. Hotels. Nenn mir eine Sorte von Unternehmen, wir haben es. Ich bin ein sehr zurückgezogener Mann, und ich erwarte, dass alles, was wir uns hier erzählen, privat bleibt.«

Ihr Blick wanderte über sein Gesicht, suchte nach etwas. Er hatte ihr die Wahrheit gesagt und hoffte, dass sie das sah, denn er beabsichtigte, immer ehrlich zu ihr zu sein. Es würde Stolpersteine geben, aber er hoffte, dass er ihr sicher über jeden hinweghelfen konnte. Misstrauen hatte sich in ihren Blick geschlichen. Sie begriff langsam, dass er keine normale Beziehung suchte.

»Bist du dagegen, das mit der Verlobung zu versuchen?«

Sie wandte den Blick ab, aber nicht, bevor er die Angst sah. Er konnte es ihr nicht verdenken. Er verlangte verdammt viel Vertrauen von ihr. Sie war in seinem Zuhause, und sie konnte nicht weg. Sie war nicht direkt eine Gefangene, aber wenn sie ging, dann würde Haydon Phillips an sie herankommen, und ihr Zustand erlaubte es ihr nicht, sich gegen ihn zur Wehr zu setzen.

Sie nahm einen tiefen Atemzug, und er musste dem Drang widerstehen, sie in seine Arme zu ziehen und zu trösten.

»Der Gedanke macht mir Angst«, gab sie zu.

»Grace.« Er wartete ab, ließ zu, dass sich Stille zwischen ihnen ausbereitete. Schließlich seufzte sie und begegnete wieder seinem Blick. Er lächelte, stolz darauf, dass sie ihre unnachgiebige Stärke zeigte. Er wusste, sogar besser als sie selbst, dass sie sehr mutig war. »Sag mir, was dir Angst macht.«

Sie berührte ihre Oberlippe mit der Zungenspitze und biss sich dann auf die Unterlippe. Sie schluckte einmal. »Du bist alles, was ich mir bei einem Mann nur erträumen könnte, aber das ist nicht real. Männer wie du sind nicht real. Den Mann aus der Klatschpresse, den kenne ich seit Jahren, aber diesen hier habe ich erst vor drei Wochen unter extremen Umständen kennengelernt. Du wirst mir das Herz brechen, und ich glaube nicht, dass ich stark genug bin, das zu ertragen.«

Er wartete geduldig ab, weil er sehen konnte, dass da noch mehr war, was sie nur ungern zugab.

»Ich weiß, es klingt albern«, fügte sie hastig hinzu. »Ich hatte nie ein Zuhause oder eine Familie. Ich musste immer jedes Problem selbst lösen und irgendwie überleben. Ich war immer allein. Haydon ist die einzige Konstante in meinem Leben und definitiv keine positive. Wenn ich zulasse, dass ich mich in dich verliebe, etwas, das so unglaublich leicht wäre, und du dich dann als der Mann aus der Klatschpresse herausstellst, vor allem, während ich vollkommen abhängig von dir wäre … Ich glaube, das würde mich so sehr zerstören, dass nichts mich wieder in Ordnung bringen könnte.«

Vittorio war so unfassbar stolz auf sie, und er wusste, dass man es ihm ansah. Sie war unglaublich. Es musste ihr so schwergefallen sein, ihm das zu gestehen, und er wusste, dass die meisten Frauen es niemals getan hätten. Ihr Geständnis sagte ihm, dass sie ihm bereits jetzt mehr vertraute, als sie dachte.

»*Grazie, a mia ragazza molto coraggiosa.* Du wirst zunehmend zu *mia vita.* Ich kann mir gar nicht vorstellen, wie viel Mut du aufbringen musstest, um mir das zu erzählen, und ich schätze es wirklich sehr. Ich will, dass wir ehrlich miteinander reden können. Das ist die einzige Art, auf die eine Beziehung, wie wir sie haben würden, funktionieren kann. Ich muss wissen, was du denkst, und du musst wissen, was ich denke. Ich kann verstehen, dass du nervös, vielleicht sogar ängstlich bist. Ich habe ein bisschen Sorge, dich zu verlieren, wegen dem, was ich bin und was ich brauche. Ich hoffe, dass deine Bedürfnisse mit meinen harmonieren.«

Er fütterte sie mit mehreren Bissen Ei und beobachtete die Empfindungen, die über ihr Gesicht huschten. Als sie fertig war mit den Eiern, setzte er sich wieder auf seinen Stuhl, um ihr etwas Freiraum zu geben. Wenigstens ergriff sie nicht sofort die Flucht. Sie dachte ernsthaft über die Dinge nach, die er gesagt hatte.

Grace trank einen Schluck von ihrem Kaffee und griff nach dem Toast. »Das gefällt mir nicht. Dass du Angst hast, mich zu verlieren wegen dem, wer und was du bist. Du bist ein guter Mann, Vittorio. Ganz egal, was es ist, du bist ein guter Mann.«

»Bin ich das? Ich bin ein Mann, der von meiner Frau möchte, dass sie mich in unserem Haus dominant sein lässt.« Er benutzte dieses Adjektiv bewusst, in der Hoffnung, dass sie die Zusammenhänge erkennen würde.

Die meisten würden echte Dominanz, auch zu Hause, eher von seinem Bruder Ricco erwarten, der die Kunst des Shibari praktizierte. Aber das stimmte nicht. Auch nicht Stefano, der ein geborener Anführer war. Als Oberhaupt der Ferraro-Familie trug er die Verantwortung für ihre Leben. Vittorio war dominant geboren worden. Er hatte immer gewusst, dass es das Kreuz war, das er zu tragen hatte. Seine Bedürfnisse würden es ihm schwer machen, eine Frau zu finden, die Schattengleiter zeugen konnte und mit einem Mann wie ihm leben wollte.

»Daran ist nichts falsch, Vittorio. Nichts ist falsch zwischen zwei Erwachsenen, die beide ihr Einverständnis geben.«

Er legte seine Gabel weg. »Sieh mich an.« Er legte Autorität in seine Stimme, und sie blickte augenblicklich auf. »Tu das nicht. Wirf nicht mit Plattitüden um dich. Ich will, dass du genau weißt, worauf du dich einlässt, wenn du bei mir bleibst. Es ist nicht wie in den Geschichten oder wie sie es in Filmen darstellen. Es geht nicht direkt um Peitschen. Aber durchaus um Bondage. Vor allem aber geht es darum, wer ich bin und wie wir in diesem Haus zusammenleben würden. Das ist die Art, wie ich leben muss. Ich will nicht einfach nur die Kontrolle übernehmen, Grace, ich muss sie haben. Ich brauche es, mich um meine Frau zu kümmern und zu wissen, dass sie mir vertraut, das Beste für sie im Sinn zu haben. Ich brauche es, derjenige zu sein, der die Entscheidungen für uns beide trifft. Und im Schlafzimmer werde ich die absolute Kontrolle übernehmen. Ich würde wollen, dass du mir vertraust, dass ich mich auch dort um dich kümmere. Um glücklich in einer Beziehung zu sein, Grace, muss ich wissen, dass du auch glücklich bist. So funktioniert das.«

Sein Herzschlag beschleunigte sich, und er atmete tief ein, um sich zu erden und seine Gefühle in den Griff zu bekommen. Er wollte sie nicht verlieren, aber er wollte auch nicht, dass sie hier bei ihm blieb und dann feststellte, dass sie seine Art zu leben ablehnte. Er hatte ihr alles dargelegt. Wer er war. Was er brauchte. Was er von ihr erwarten würde.

Es wäre besser, wenn er sie aufgeben und einen anderen Schattengleiter sein Glück finden lassen würde. Kaum dass er den Gedanken geformt hatte, erfüllte er ihn auch schon mit dunkler Aggression. Es war ein blutroter Wirbel in seinem Geist, der sich in seinem ganzen Nervensystem ausbreitete. Das durfte nicht sein, nicht mit seinen Gaben. Er wusste es besser. Er wusste, dass er in seinem Haus zu jeder Zeit Harmonie brauchte. Er brauchte einen Zufluchtsort, an dem er seinen Frieden finden konnte, ganz egal, welche Schrecken er sah und was er tun musste, um jene, die anderen Leid zufügten, der Gerechtigkeit zuzuführen.

»Wäre es so schlecht, weiterhin so zu leben wie jetzt?«

Sie trank einen weiteren Schluck Kaffee; ganz eindeutig wollte sie Zeit gewinnen, während sie über alles nachdachte. Das war typisch sie. Immerhin war sie nicht schreiend aus dem Raum gelaufen oder hatte verlangt, dass er ihr ein Taxi rief.

»Wenn du meine ehrliche Meinung hören willst, Vittorio, ich habe keine Ahnung. Der Gedanke an Bondage kommt mir sowohl ein wenig unheimlich als auch reizvoll vor.«

»Wir würden uns den Dingen annähern, die ich mit dir im Schlafzimmer tun möchte, damit du Vertrauen aufbauen kannst. Wir würden nicht gleich voll loslegen. Aber was sagt dir dein Instinkt, *gattina*?«

»Ich habe nicht viel Erfahrung, deshalb weiß ich nicht, ob es mir gefallen würde, aber der Gedanke ...« Sie beendete den Satz nicht.

Sie brauchte nicht mehr zu sagen. Er konnte ihre Körpersprache lesen. Die Beschleunigung ihres Atems. Wie ihre Brustwarzen sich durch den dünnen Stoff der Bluse drückten. Die unruhigen Bewegungen auf ihrem Stuhl.

»Ich werde dich dieses Mal nicht bitten weiterzureden, weil das hier eine schwierige Unterhaltung ist, aber Kommunikation und ehrlich zu dir selbst und mir zu sein ist mir enorm wichtig. Deinem Körper gefällt der Gedanke, nicht wahr?«

Sie nickte.

Er wartete ab.

Grace presste die Lippen zusammen. »Ja, Vittorio.«

Er lächelte und strich mit dem Daumen über ihre Fingerknöchel. »Ich danke dir, Grace. Ich weiß, über solche Dinge zu sprechen, ist nicht leicht, aber irgendwann wird es automatisch gehen. Und was ist mit dem Punkt, dass ich die Entscheidungen treffe? Wäre es so schlimm, wenn es so weitergehen würde wie bisher?«

»Fühle ich mich von dir angezogen? Definitiv ja. Mag ich es, wie du dich um mich kümmerst? Ich hatte noch nie jemanden, der sich um mich gekümmert hat, und es ist ein wundervolles Gefühl, dass jemand mich behandelt, als wäre ich etwas Besonderes. Wenn ich mit dir zusammen bin, habe ich das Gefühl, dass du voll und ganz auf mich konzentriert bist. Andererseits konntest du kaum anders, als dich um mich zu kümmern. Ich war nicht stark genug, um das selbst zu tun. Ich will weiterhin arbeiten. Das ist mir wichtig ...«

»*Bella,* ein Teil davon, dich in meiner Obhut zu haben, ist es zu wissen, was dir im Leben wichtig ist und dafür zu sorgen, dass du glücklich bist. Wenn etwas für dich Priorität hat, gilt das auch für mich.«

Sie hob das Kinn und sah ihm direkt in die Augen. »Und wenn wir einmal anderer Meinung sind?«

»Dann sprechen wir miteinander. Diskutieren es aus. Machen das nicht die meisten Paare so? Ich habe Stefano und Francesca genau beobachtet. Sie gibt ihm nicht immer nach. Sie lässt Dinge durchgehen, die ihr nicht wichtig sind, aber wenn sie etwas wirklich will, mit dem er nicht einverstanden ist, hat sie kein Problem, sich ihm entgegenzustellen. Er weiß, wann er nachgeben muss.«

»Und was wäre, wenn du nach der Diskussion noch immer nicht einverstanden bist?«, forderte sie ihn heraus.

Er seufzte. »Dann würde ich vorschlagen, dass wir das Thema vertagen, eine Nacht darüber schlafen und noch einmal darüber sprechen. Und wenn wir am Ende immer noch keinen Kompromiss finden, würde ich von meiner Frau erwarten, dass sie mir das letzte Wort bei der Entscheidung überlässt. Das Einzige, was ich tun kann, ist, dir mein Wort zu geben, dass ich mir alles, was du sagst und fühlst, zu Herzen nehmen werde und bei der Entscheidung dein Glück und deine Gesundheit im Fokus habe.«

Grace reagierte nicht sofort, und ihm fiel wieder auf, dass er das an ihr mochte. Nachdenklich sah sie ihm ins Gesicht. »Und wenn ich dir das nicht geben kann?«

»Dann würde ich das verstehen. Ich habe nie erwartet, eine Frau zu finden, mit der ich mein Leben verbringen möchte, und schon gar nicht, dass ich jemals jemandem gestehen würde, wie ich wirklich bin. Du sagtest, dass du mir nichts zu geben hättest im Austausch für die Dinge, die ich für dich tue, aber jetzt dürftest du merken, dass das nicht der Fall wäre.«

»Ich kann nicht in einer einseitigen Beziehung leben, in der ich immer nehme und du immer gibst.« Sie stellte die Kaffeetasse ab und blickte aus dem Fenster. »Und so würde sich das für mich anfühlen.«

Erneut klopfte sein Herz, dieses Mal mit einem kleinen Funken Hoffnung. Sie hatte weder ihn noch seine Bedürfnisse abgelehnt. Sie dachte über alles, was er gesagt hatte, nach. Er hatte überlegt, ihr mehr Zeit zu geben, sich an seine Fürsorge zu gewöhnen und ihr dann von seinen Bedürfnissen zu erzählen, aber das wäre ihr gegenüber nicht fair gewesen – und auch ihm selbst gegenüber nicht. Sie bedeutete ihm bereits zu viel. Er liebte es bereits zu sehr, ihr ein Lächeln zu entlocken. Zu sehen, wie ihre Miene sich trotz der Schmerzen erhellte. Besonders schön war es für ihn zu sehen, wie sie sich in seinem Zuhause entspannte.

»Grace, sieh mich an.«

Sie wandte sich ihm langsam wieder zu, und ihre Augen begegneten seinen, und er spürte es im ganzen Körper, als hätte sie einen Pfeil abgeschossen, der ihn irgendwo in der Herzgegend getroffen hatte. Er musste dem Drang widerstehen, sich die Hand auf die Brust zu pressen.

»Es bleibt dir überlassen, was du von unserer Beziehung willst. Was du zurückgeben möchtest. Ich würde mir wünschen, dass nicht nur ich mich um dich, sondern du dich auch um mich kümmerst.«

Zum ersten Mal erhellte sich ihre Miene etwas. »Der Gedanke gefällt mir, Vittorio.«

Es lag etwas Schüchternes in ihrer Stimme, obwohl sie ihm nie schüchtern erschienen war. Nur weil sie die treibende Kraft hinter KB Events war und sich im Hintergrund hielt, musste sie nicht schüchtern sein. Er wusste, dass sie daran dachte, dass er die volle Kontrolle im Schlafzimmer wollte.

Er presste einen Kuss in die Mitte ihrer Handfläche. »Wenn wir Sex haben, *bella,* bin ich mir vollkommen sicher, dass du mir alles geben wirst, was ich brauche oder will.«

Sie errötete, protestierte aber nicht. »Ich habe keine Ahnung von Beziehungen, Familien oder davon, jemandes Verlobte zu sein.«

»Ich kenne mich mit Familien aus, *gattina,* aber ich hatte nie eine Beziehung oder eine Verlobte.«

Sie wirkte entsetzt. »Du hattest Unmengen Beziehungen. Ich habe die Klatschblätter gelesen, die Nachrichten, alles über dich. Ich habe dich bei Events beobachtet. Du hattest immer eine wunderschöne Frau am Arm, meistens sehr große, elegante Models, und das bin ich definitiv nicht.«

Grace hatte keine Ahnung, was sie ihm gerade verraten hatte. Sie hatte ihn in der Presse verfolgt, hatte alles gelesen, was seine Familie den Paparazzi lieferte. Sie hatte sich schon vor ihrem ersten Treffen von ihm angezogen gefühlt. Überwältigende Freude erfüllte ihn.

»Wenn wir Benefizveranstaltungen besuchen, geht es darum, so viel Geld wie möglich für die Sache zu generieren. Um das zu erreichen, sorgen wir für Publicity. Ein populäres Model oder eine Schauspielerin mitzubringen hilft dabei. Manche dieser Frauen sind Freundinnen, andere einfach nur einmalige Verabredungen. Das ist noch keine Beziehung.«

»Es fällt mir schwer zu glauben, dass du in all den Jahren keine andere Frau gefunden hast, mit der du eine Beziehung wolltest.«

Er hatte nicht die Freiheit, es ihr zu erklären. Er war ein Schattengleiter, und das bedeutete, dass niemand, *niemand* außer der Familie, und auch dann nur die enge, die Wahrheit über ihn wissen durfte. Sie musste vollkommen überzeugt sein, bei ihm bleiben zu wollen. Die Anziehung war für ihn unmittelbar und stark gewesen. Er bemühte sich, ihre Schatten getrennt zu halten, aber nachdem sie sich in den letzten drei Wochen so nah gewesen waren, dass er sogar in ihrem Zimmer übernachtet hatte, begannen ihre Schatten sich ineinander zu verschlingen.

»Und doch, Grace, ist es die Wahrheit.«

Sie nickte und runzelte plötzlich leicht die Stirn. »Ich dachte, du hast gesagt, dass du nicht kochen kannst. Das hier ist unglaublich lecker.«

Sie wechselte das Thema, um sich Zeit zum Nachdenken zu verschaffen. Das gefiel ihm nicht, aber sie sollte sich wohlfühlen, und er würde sie nicht noch mehr drängen, als er es bereits getan hatte. Er war ihr für ihre Reaktion dankbar, und für die Tatsache, dass sie sich nachdenklich gezeigt hatte, statt sofort Antworten zu geben, noch bevor sie die Zeit hatte, sich alles durch den Kopf gehen zu lassen.

»Du hast kaum was gegessen.«

»Ich habe gegessen. Wer hat gekocht?«

Er lächelte. »Merry Dubois. Sie ist meine Cousine. Während ihrer Ausbildung zur Köchin heiratete sie Marcellus Dubois. Er arbeitete in dem Gebäude, in dem der Unterricht abgehalten wurde. Marcellus war der Hausmeister der Anlage, und das war ein enormes Stück Arbeit. Sie wohnen nebenan, es sind unsere nächsten Nachbarn.«

Er mochte das Paar. Sie waren ruhig und respektierten sein Bedürfnis, sein Zuhause als Zuflucht zu betrachten. Wenn es Reparaturen zu machen gab, plante Marcellus sie immer so, dass Vittorio gerade nicht zu Hause war. Merry kochte nicht nur, sie leitete auch das Reinigungspersonal an. Das Paar kümmerte sich wirklich um ihn und sein Zuhause, und er schätzte die beiden mehr, als er es ihnen je sagen könnte.

»Ich habe ein Reinigungsteam, das ab und zu kommt und sich um das Haus kümmert, aber Merry überwacht es.« Er schenkte ihr ein weiteres Lächeln in dem Bewusstsein, dass sie sich von ihm angezogen fühlte. In dem Wissen, dass er ihr schamlos sein Zuhause und seinen Lebensstil anpries, um sie zum Bleiben zu bewegen.

»Abgesehen von der Tatsache, dass ich meinen Arm nicht benutzen kann, fühlt sich das hier an wie im Märchen.«

»Das Zusammenleben mit mir wird nicht immer ein Märchen sein, aber ich kann dir versprechen, dass ich immer mein Bestes tun werde, dich glücklich zu machen. Das ist mir wichtig, Grace.«

»Nur solange es in Ordnung ist, dass ich es zu meiner Priorität mache, dich glücklich zu machen.«

Sein Herz machte einen Sprung, aber wollte sich nicht glauben lassen, dass sie sich ihm schenken würde. Er verlangte Dinge, die sie noch nicht verstand, und er weigerte sich, sie blind in eine bindende Beziehung mit ihm laufen zu lassen, bis ihr genau bewusst war, auf was sie sich einließ. Sie musste die gleiche Art von Beziehung wollen, sonst war er nicht der Richtige für sie. Er wusste bereits, dass sie diejenige war, die er wollte, und das hatte nichts mit der Verbindung ihrer Schatten zu tun.

Er mochte sie. Er mochte ihren Mut. Er bewunderte sie. Sie hatte viele Jahre in Angst und unter der drohenden Gefahr schrecklicher Gewalt gelebt, und doch hatte sie immer weitergemacht, war jeden Tag zur Arbeit gegangen und hatte ihre Integrität bewahrt, während sie versucht hatte, die Menschen um sich herum zu beschützen.

»Das wäre schön.«

Ihre Augen verdunkelten sich vor Sorge. »Vittorio, bist du nicht glücklich?« Ihr Blick schweifte durch den Raum, über die hohen Decken, den atemberaubenden Blick auf den See, und richtete sich wieder auf sein Gesicht.

Er würde ihr nichts weniger als die Wahrheit geben, nicht, wenn er so viel von ihr verlangte. »Geld zu haben macht niemanden glücklich, *bella*. Das ist ein Mythos. Ich zeige der Welt ein Gesicht, und dann kehre ich in ein leeres Haus zurück. Es ist wunderschön und friedlich hier, aber es ist auch sehr leer. In den letzten Wochen hast du mir einen Grund gegeben, morgens aufzustehen und mir das Gefühl eines erfüllten Lebens vermittelt.«

Grace versuchte zu verarbeiten, was Vittorio ihr gesagt hatte, was er ihr anbot. Glücklich war sie bislang nur bei der Arbeit gewesen, sie hatte sich ganz auf KB Events konzentriert, war jedes Detail angegangen wie ein General, der den perfekten Feldzug anführte. Sie hatte keine Freunde, das wagte sie nicht. Sie ging nicht aus, auch das wagte sie nicht. Der einzige Ort, an dem sie sich relativ sicher fühlte, war bei der Arbeit, und sie arbeitete oft von zu Hause aus, verhandelte Geschäfte über das Telefon. Manchmal tauchte Haydon bei einem ihrer Events auf, um ihr so viel Angst zu machen, dass sie seinen Forderungen nachkam – und für gewöhnlich funktionierte das auch.

Als Vittorio ihr gestanden hatte, dass er im Schlafzimmer die volle Kontrolle übernehmen wollte, hatte sie darin kein Problem gesehen. Tatsächlich hatte ihr Körper verrücktgespielt, als er es ausgesprochen hatte. Und ihr gefiel der Gedanke, dass er sich Zeit lassen würde, um sie an diesen Punkt zu bringen. Sie wollte die notwendige Zeit investieren, um herauszufinden, ob sie zueinander passten. Er war es wert.

Sie war glücklich mit Vittorio und fühlte sich die meiste Zeit sicher. Er vermittelte ihr die Illusion, dass er unbesiegbar war und niemand ihn übertreffen konnte. »Bei dir fühle ich mich sicher«, gab sie zu, »und glücklich. Ich glaube, bis jetzt war ich mir dessen nicht einmal bewusst. Ich sehe jetzt, dass allein mit dir zu sprechen mich glücklich macht. Ich habe sogar eine Nacht durchgeschlafen, obwohl ich ein schlechtes Gewissen habe, dass du nicht in einem Bett schläfst.«

»Ich mag es, über dich zu wachen, Grace«, versicherte er ihr. Er trank den Rest seines Kaffees aus und erhob sich. »Du kannst Katie anrufen und sie für euer Meeting hierher einladen. Ich glaube, sie würde gern mit eigenen Augen sehen, dass du am Leben bist und es dir gut geht. Sie hat mehrmals am Tag nachgefragt, und zwar jeden Tag, seit du verletzt wurdest.«

Es hätte sie nicht überraschen sollen, aber das tat es. Katie hatte sie oft gefragt, mit ihr auszugehen, zum Essen oder Tanzen. Katie feierte gern in Clubs, aber Grace hatte zu viel Angst gehabt, außerhalb der Arbeit Zeit mit ihr zu verbringen. Und nachdem Haydon sie bedroht hatte, war sie froh gewesen, diesen Fehler nicht begangen zu haben. Er hätte wirklich seine Aufmerksamkeit und seine Drohungen auf Katie fokussiert.

Und jetzt hatte er ein echtes Ziel – Vittorio.

Der Gedanke brachte ihr Herz zum Rasen, und ihre Hände verkrampften sich in plötzlicher Furcht. Sie konnte nicht einfach danebenstehen und zulassen, dass Vittorio ihretwegen verletzt wurde. Sie wollte ihn mit jedem Atemzug. Sie wollte das Leben, das er ihr anbot. Sie wollte ihn – Vittorio Ferraro. Aber da gab es noch Haydon, und Haydon gewann immer.

Grace atmete tief ein. Zwang ihre Hände, sich zu entspannen. »Ich bin dir dankbar für alles, was du für mich getan hast, Vittorio, und für alles, was du mir anbietest. Aber ich denke, dass es besser ist, wenn wir diese Verlobung nicht fortsetzen.«

»Wir haben doch bereits darüber gesprochen, *gattina*. Du hast schon wieder Angst. Die Ankündigung wurde bereits offiziell von der Familie bestätigt und war in den Nachrichten. Das kann man nicht mehr zurücknehmen. Ich weiß, dass du denkst, dass du mich beschützen kannst, aber so funktioniert das nicht. In meiner Welt bin ich derjenige, der beschützt.« Vittorio legte eine Hand unter ihren guten Arm und half ihr aus dem Stuhl. »Merry wird sich um das Geschirr kümmern«, fügte er hinzu, weil sie aussah, als würde sie jeden Moment anfangen, den Tisch abzuräumen.

Grace hätte auf ihrer Ablehnung beharren sollen, und sie fühlte sich feige, als sie es nicht tat. Sie fühlte sich einfach so behütet. Es war in seiner Stimme. Seiner Haltung. In allem an ihm. Sie fand es sehr schwer, ihm zu widerstehen, und wenn sie ehrlich mit sich selbst war, dann versuchte sie es auch nicht wirklich.

7

Die Räume des Hauses gingen direkt ineinander über, und jeder hatte geräumige, hohe Decken. Das Foyer führte direkt in eine Bibliothek, einen Aufenthaltsraum und ein Wohnzimmer, das ein wenig gemütlicher für das Zusammensitzen mit Freunden und Gästen war als die anderen Bereiche des Hauses. Es gab mehrere Wohn- und Familienzimmer, und Vittorio führte Grace an der Bibliothek vorbei in sein liebstes.

Das Wohnzimmer ging direkt auf den Pool hinaus und hatte einen großen, offenen Eingang, der mit Glastüren und lichtundurchlässigen Vorhängen geschlossen werden konnte. Möbliert war es mit tiefen, unglaublich gemütlichen Sesseln, der Boden war kühl gefliest, und die Wände wiesen eine Seegras-Textur auf. Eine überdachte Veranda zog sich die Länge des Swimmingpools entlang, den man durch die offenen Türen sehen konnte und der zu der friedlichen Stimmung beitrug, die Vittorio immer am Wasser empfand.

Im Schatten des Vordachs waren mehrere Tische und Stühle neben einer Kombination aus Outdoor-Küche und Grill aufgestellt. Ehe sie sich setzte, ging Grace direkt zu der offenen Glastür und ließ den Ausblick auf sich wirken. Er stand hinter ihr und sah ebenfalls hinaus. Der Pool erstreckte sich als lange, blaue Einladung, und dahinter erhob sich ein mit Gras bewachsener Hügel mit einzelnen Zierbäumen und dem See. Die Sonne schien auf seine Oberfläche und verwandelte ihn in ein blaues Juwel, eingebettet zwischen den Bäumen.

»Das ist wunderschön. Ich verstehe, warum du diesen Ort so sehr magst. Ich kann gar nicht anders, als mich entspannt und glücklich zu fühlen, wenn ich hinausblicke und den Klang des Wassers höre.«

Er hatte über dem Pool einen Whirlpool einbauen lassen, sodass sich das Wasser in kleinen Wasserfällen in das Schwimmbecken ergoss. Das Geräusch war beruhigend, und wenn er gerade daran arbeitete, nicht alles, was er auf den Grill legte, zu verbrennen, half es ihm, seine Mitte zu finden.

»Das hier ist einer meiner Lieblingsorte. Ich verbringe viel Zeit hier.« Er legte seine Finger in ihren Nacken. Sie zu berühren und zu fühlen, wie sie sich unter seiner Hand entspannte, machte ihn glücklich.

Sie sah über die Schulter zu ihm hoch. »Kannst du grillen?«

Er beugte sich nach unten, um einen Kuss über das spöttische Lächeln auf ihrem Gesicht zu hauchen. »Ich komme mit dem Grill zurecht, aber ich muss zugeben, dass Kochen nicht meine Stärke ist. Was ist mit dir?«

»Ich hatte viel Zeit, mich mit allen möglichen Dingen zu befassen, wenn ich mich nicht getraut habe, das Haus zu verlassen, aus Angst, Haydon könnte mich verfolgen und jedem etwas antun, mit dem ich spreche. Kochen gehörte dazu. Ob ich gut bin? Definitiv nicht, aber ich kann backen.«

»Du willst also sagen, dass wir von Keksen leben müssen?«

Er hätte nie gedacht, dass er einmal die Chance haben würde, das hier zu tun. Mit einer Frau scherzen, sein Innerstes offenlegen und als der akzeptiert werden, der er war. Sie hatte sich noch nicht voll und ganz auf ihn eingelassen, aber er spürte, dass sie es wollte.

»So in der Art, ja.«

Das Lachen in ihrer Stimme wärmte ihn. Er führte sie hinaus, und sie blieb stehen, um den weiß gestrichenen Giebel und die Stützpfeiler zu bewundern. »Vittorio, dein Zuhause ist wirklich unglaublich.«

Wieder ein Punkt für ihn – sie mochte sein Haus. »Bis jetzt ist es einfach nur ein Haus, Grace, aber es hat das Potenzial, ein Zuhause zu sein.« Er wollte, dass sie es für ihn zu einem Zuhause machte, für sie beide.

Sie sah zu ihm auf, und als er aufmunternd die Hand gegen ihren Rücken drückte, ging sie auf einen der gemütlich wirkenden Stühle zu. Er half ihr, sich zu setzen, dann holte er ihr Handy hervor. »Ich dachte, du möchtest vielleicht deine Chefin anrufen.«

Grace nahm ihr Handy entgegen, doch sie wich seinem Blick aus. Sofort wusste er, dass sie sich mit etwas, das er gesagt hatte, unwohl fühlte.

»*Gattina,* ich habe dein Handy an mich genommen, weil ich nicht wollte, dass die Polizei es konfisziert. Niemand konnte es finden, und sie haben mich nicht danach gefragt, also musste ich auch nicht lügen. Ich habe Nachrichten von Katie Branscomb ankommen gesehen, aber ich habe nicht versucht, sie zu lesen.« Er wollte ihre Privatsphäre wahren. Das war wichtig, damit sie lernte, dass sie ihm vertrauen konnte. Er wollte nicht ihr Leben übernehmen, er wollte, dass sie sich ihm ergab. Ihre Privatsphäre zu verletzen war etwas ganz anderes, als wenn sie ihm freiwillig erzählte, was in ihrem Leben vor sich ging.

»Katie ist meine Partnerin, nicht meine Chefin«, platzte Grace heraus. »Die Firma gehört uns beiden zu gleichen Teilen.«

Vittorio schwieg und musterte ihr abgewandtes Gesicht.

Die Finger ihrer guten Hand kneteten nervös den Stoff ihres Shirts. Er wollte seine Hand auf ihre legen, um sie zu beruhigen. Außerdem wollte er seine Mutter erwürgen. Sie musste es gewusst haben. Sicherlich hatte sie die beiden Frauen durchleuchtet, bevor sie die Firma engagiert hatte. Sie gab vielleicht vor, es nicht zu wissen, aber sie hätte ihnen so einiges über Grace erzählen können. Sie hatte nur beschlossen, es nicht zu tun.

»Ich wollte dich nicht anlügen, aber als wir das Unternehmen gegründet haben, wusste ich, dass Haydon mich zwingen würde, einen Kredit auf KB Events aufzunehmen, wenn er davon erfahren würde. Es war meine Idee, die Firma so zu nennen. Katie ist ihr Gesicht. Sie kann gut mit Menschen, und ich fühle mich nicht wohl unter ihnen. Nun, so ganz stimmt das nicht, aber ...« Sie ließ den Satz unbeendet, eindeutig unzufrieden mit sich.

»Du fühlst dich nicht wohl, weil du dir Sorgen machst, dass jeder, mit dem du freundlichen Kontakt hast, ins Visier geraten könnte«, half er aus und setzte sich in den Sessel ihr gegenüber. »Ich verstehe, warum du deine Geschäftspartnerin beschützen willst. Wie hast du sie davon überzeugt, keinem davon zu erzählen?«

»Ich habe ihr gesagt, dass ich ihre Partnerin sein würde, solange sie niemandem davon erzählt. Sie wollte die Zusammenarbeit, deshalb war es letztlich kein Problem. Haydon ist nicht der Typ, der Geschäftslizenzen überprüft. Er belauscht Unterhaltungen, aber er stellt keine Nachforschungen an, dafür gab es nie einen Grund. Über die Jahre dachte er, er hätte mich komplett eingeschüchtert.« Sie zog eine Grimasse. »Was leider auch stimmt.«

»Du bist zu streng zu dir selbst, *bella*.« Er wies auf das Handy. »Ruf sie an.«

Sie gab das Passwort ein, und sofort ploppten Nachrichten auf. »Ich habe mehrere Sprachnachrichten.«

Ein Hauch Sorge lag in ihrer Stimme, und sofort streckte er die Hand nach dem Telefon aus. Ohne darüber nachzudenken, legte Grace es in seine Handfläche. Fünf Nachrichten, alle von der gleichen Nummer. Er sah ihr ins Gesicht. Ihr Ausdruck brach ihm das Herz. Sie wirkte erstarrt und ängstlich. Sie vermutete, dass die Nachrichten von Haydon stammten.

Er hob das Telefon ans Ohr, griff nach ihrer zitternden Hand und begann wie beiläufig, mit ihren Fingern zu spielen. Seine Berührung schien sie sofort zu beruhigen, genau, wie er es gehofft hatte.

»Du Schlampe. Glaubst du, ich lasse dich damit davonkommen? Ich werde dem Bastard das Herz rausschneiden und dich verdammt noch mal zwingen, es zu essen. Aber zuerst werde ich seine Schwester und dann die anderen Schlampen in seiner Familie umbringen. Eine nach der anderen. Ich werde ihm jeden nehmen, den er liebt. Du hast genau eine Chance, du kleine Hure. Komm zurück in deine Wohnung.«

Jede der anderen Nachrichten enthielt weitere Beschimpfungen und Drohungen, einschließlich Ausweiden und weitere Folter. Er seufzte, drückte auf den »Aus«-Kopf und steckte das Handy ein. Er gab ihr sein Telefon und nannte ihr das Passwort. »Benutz meins, um sie anzurufen.«

»Ich hatte recht. Das war er. Was hat er gesagt?«

»Den gleichen Scheiß, den er vermutlich immer sagt, wenn er dich einschüchtern will. Er wird jeden um dich herum umbringen. Derlei Nettigkeiten.« Er schenkte ihr ein kleines, beruhigendes Lächeln und ließ den Daumen über den heftig pochenden Puls ihres Handgelenks gleiten. »War nicht anders zu erwarten, oder?«

»Vittorio.« Sie klang unsicher, als sie seinen Namen aussprach. Da war große Furcht in ihren Augen.

»Du bist in Sicherheit, *bella*. Er kann hier nicht rein.«

»Ich sorge mich nicht um mich, Vittorio. Du hast eine wundervolle Familie. Ich habe sie noch nicht alle getroffen, aber diejenigen, die ich kennenlernen durfte, waren so nett zu mir. Sie haben mich behandelt, als würde ich zur Familie gehören …«

Er hob die Fingerspitzen an ihre Lippen und hielt ihren Blick fest. »Das liegt daran, dass du für sie tatsächlich zur Familie gehörst. Für mich ist diese Verlobung real.« Sein Daumen glitt über ihren leeren Ringfinger. »Ich schätze, solange der hier so nackt ist, wird sie für dich nicht real sein.« Über ihre Verlobung zu sprechen hatte zwei positive Effekte. Zum einen lenkte sie das von ihrer Sorge um seine Familie ab, und er konnte ihr noch einmal versichern, dass er es ernst meinte, dass er sie wirklich für immer in seinem Leben haben wollte.

Eine leichte Röte stieg von ihrem Hals in ihr Gesicht auf und verlieh ihrer blassen Haut einen gesunden, rosigen Ton. Ihre Augen leuchteten smaragdgrün. Das Verlangen, sie zu küssen, war so stark, dass er jedes Quäntchen Disziplin, die er in sich hatte, aufwenden musste, um es nicht zu tun.

»Ich brauche keinen Ring.«

»Meine Verlobte soll einen Ring haben. Ich muss der Welt mitteilen, dass sie mir gehört.« Er küsste ihre Fingerspitzen, denn wenn er es nicht getan hätte, hätte er sie auf den Mund geküsst. Ihre vorgeschobene Unterlippe erweckte in ihm das Bedürfnis, seine Zähne in sie zu versenken. Er nahm ihren Finger in den Mund, saugte daran und umspielte ihn mit der Zunge. Sie wand sich in ihrem Sessel. Ihr Mund formte ein perfektes kleines O, und ihre Augen weiteten sich erschrocken, aber sie entzog sich ihm nicht.

»Ich denke, ich rufe jetzt besser Katie an. In drei Wochen findet Midnight Madness statt. Das ist eine Spendengala, bei der Ansässige den Alten helfen. Bis dahin müssen wir noch einige Details klären. Ich glaube, du stehst auch auf der Gästeliste.«

»Tue ich das?«

Sie hob das Kinn. »Du und eine sehr bekannte Schauspielerin. Anne Marquis. Du erinnerst dich sicher an sie: blond, schön, schlank, in allen Zeitschriften. Ich glaube, sie war letztes Jahr für den Oscar nominiert. Ich habe den Film nicht gesehen, habe mir aber sagen lassen, dass sie eine einmalige Vorstellung abgeliefert hat.«

Er hatte das starke Bedürfnis zu lächeln, aber es gelang ihm, eine ausdruckslose Miene zu wahren. Er wollte sie, wie sie da in dem Stuhl saß, mit der verbundenen Schulter und dem Arm, den sie nicht benutzen konnte. Er wollte sie mit jedem Atemzug. Seine Hand fiel auf ihren Oberschenkel, und er strich zärtlich darüber. Es war schwer, dem Drang zu widerstehen, sie auszuziehen und sich zu nehmen, was ihm gehörte.

»Du wusstest die ganze Zeit über, dass du an Eloisas großem Event arbeitest.«

Sie nickte. Ihre anklagende Miene wandelte sich zu Belustigung. »Ja.«

»Und du wusstest auch, dass ich und Anne auf der Gästeliste stehen, nicht wahr?« Seine Stimme war weiterhin gelassen, aber er verlieh ihr einen Unterton, der Rache versprach.

»Du hast also nur auf den perfekten Moment gewartet, diese Informationen gegen mich zu verwenden?«

Grace presste die Lippen zusammen, um nicht in Lachen auszubrechen, aber ihre Augen funkelten dennoch belustigt. »Vielleicht«, gab sie gespielt widerstrebend zu.

»Dafür werde ich dich jetzt küssen.«

Er umschloss ihr Gesicht mit beiden Händen und beugte

sich zu ihr, um seinen Mund auf ihren zu legen. Hitze explodierte in seinem Bauch und jagte wie ein Feuerball durch seinen Körper. Seine Zunge glitt in ihren Mund, ergriff Besitz von ihr, und dann schwelgte er einfach in ihr, übernahm die Kontrolle und verlangte ohne Worte, dass sie sich seiner Führung unterwarf, dass sie sich ihm hingab, sich ihm voll und ganz schenkte. Er fragte nicht. Er nahm.

Vittorio zeigte ihr, wer er war, ihr Mann, er war dominant, übernahm die Kontrolle, bestand darauf, dass sie ihm folgte. Er küsste sie, bis sie beide kaum mehr atmen konnten. Bis sein Körper so hart war, dass er glaubte, platzen zu müssen. Bis er sich sicher war, dass alles zu spät wäre, wenn er jetzt nicht aufhörte und er all seine sorgfältigen Planungen zunichtemachen würde. Er zwang sich, den Kopf gerade weit genug zu heben, dass er die Stirn gegen ihre drücken und ihr in die Augen sehen konnte, während er nach Atem rang.

Ihr Atem war wie seiner, unregelmäßig und schwer. Ihre Augen leuchteten so hell, dass ihn die Farbe zu blenden schien. Sie wirkte hinreißend weggetreten, die Lippen geschwollen und sehr geküsst, die Haut leicht gerötet von dem Bartschatten an seinem Kinn.

»Du sorgst dafür, dass ich mich lebendig fühle, Grace. Jede Zelle in meinem Körper erwacht in deiner Gegenwart zum Leben. Mein Herz. Wer hätte gedacht, dass das überhaupt möglich ist? Ich will, dass du ganz mir gehörst, ich will, dass du dich mir so hingibst, wie du mich küsst. Und noch wichtiger, ich muss dein Mann sein. Der, der dir Schutz bietet, auf dich aufpasst und dir alles gibt.«

Sie entzog sich ihm nicht, und er las Zustimmung in ihren Augen. Grace schien langsam in Betracht zu ziehen, dass sie diese Art zu leben mögen könnte, und das war eindeutig ein

Fortschritt. Der Gedanke gefiel ihr, ob sie es nun zugeben wollte oder nicht.

»Ich weiß nicht, ob es wirklich fair ist, wenn du mich küsst.«

Er strich mit dem Daumen über ihre Lippe, und sein Herz fühlte mehr, als er es jemals für möglich gehalten hätte. Sie kehrte sein Inneres nach außen, ohne es darauf anzulegen. »Warum?«

Ihre Lider flatterten und verbargen ihre smaragdgrünen Augen.

»*Gattina*, sieh mich an.« Er ließ seine Stimme zärtlich klingen. Sie verdiente Zärtlichkeit. Er wusste, dass sie nicht wollen würde, dass er sie als verlorenes Kätzchen sah, aber er konnte nicht anders. Er hatte sie auf dem Parkplatz gerettet, fauchend und kämpfend, umgeben von Wölfen, die sie hatten verschlingen wollen, und nun musste er ihr Vertrauen gewinnen, damit er sie bei sich behalten konnte.

Er setzte schamlos seine Stimme ein. Sie war seine Gabe, und als sich jetzt ihre langen Wimpern wieder hoben, war er mehr denn je froh, dass er mit seiner Stimme Menschen dazu bringen konnte zu tun, was er wollte. Er wartete ab, drängte sie innerlich, ihm zu erzählen, was sie sich nicht auszusprechen traute.

»Wenn du mich küsst, kann ich nicht denken.«

Ihr Geständnis versetzte sein Herz in Aufruhr, und er lächelte. Er führte ein Leben, das seit jeher aus Pflichten und Arbeit bestand, aus immerwährendem Training mit nur wenigen Dingen, die ihm echte Freude bereiteten. Ihm war nicht bewusst gewesen, dass da noch so viel mehr war – nicht, bis sein Bruder Francesca gefunden hatte. Er hatte die Veränderung in Stefano sofort gesehen und das, was er hatte, sofort auch für sich selbst gewollt. Jemanden, dem er wichtig war. Jemanden, der sein Lebensmittelpunkt war. Jemanden, der ihm das Gefühl gab, lebendig zu sein und in ihm die Freude am Leben weckte.

Er strich über ihr Haar, einfach weil er sie berühren musste. »Ich kann auch nicht besonders gut denken, wenn ich dich küsse, aber ich mag das Gefühl.«

Ihre Lippen krümmten sich zu einem leichten Lächeln. Sie streckte die Hand aus, und für einen Moment glaubte er, sie würde mit den Fingerspitzen seinen Mund berühren, und er hielt den Atem an, in der Erwartung, dass sie endlich den ersten Schritt auf ihn zugehen würde. Doch im letzten Moment ließ sie die Hand wieder in ihren Schoß fallen.

»Ich mag es auch. Ein wenig zu sehr.«

Dieses Geständnis war beinahe so schön wie das Wissen, dass sie ihn hatte berühren wollen. Ihn zu berühren wäre der erste Schritt gewesen, mit dem sie ihn für sich beanspruchte, aber er nahm, was er kriegen konnte. Er wusste, dass er zu schnell vorging. Er musste geduldig sein, sich mehr Zeit lassen, sonst würde er sie vertreiben.

Vittorio zwang sich, sich zurückzulehnen. »Nur damit du Bescheid weißt: Als du im Krankenhaus warst und ich mir sicher war, dass du die perfekte Frau für mich bist, habe ich bei der ersten Gelegenheit Anne angerufen. Ich sagte ihr, dass ich meine Verlobung öffentlich gemacht habe und nicht will, dass jemand denkt, sie wäre ›die andere Frau‹, die versucht, uns auseinanderzubringen. Anne ist eine Freundin der Familie. Wir kennen sie schon seit ihrer Kindheit, und zufälligerweise ist sie noch immer sehr in ihren Ex-Mann verliebt. Auch er wird bei dem Event sein, und sie wollte ihm nicht allein begegnen.«

Es gefiel ihm, dass er sofort einen Ausdruck des Mitgefühls in Grace' Miene entdeckte.

»Du kannst ihr nicht absagen, Vittorio. Ich muss hinter den Kulissen arbeiten und kann dich ohnehin nicht begleiten. Diese Veranstaltung ist sehr wichtig. Wir bekommen das hin. Ich spreche mit Katie. Ich bin mir sicher, wir können die Tatsache, dass ihr gemeinsam kommt, für irgendeine Promotion nutzen. Lass mich darüber nachdenken.«

Er hörte die Sicherheit in ihrer Stimme und wusste, dass ihr Gehirn mit einer Million Kilometer in der Stunde an dem Problem und seiner Lösung arbeitete. Er wusste es besser. Die Geschichten der Klatschblätter waren unvermeidlich. Sie würden ihn darin auseinandernehmen, genau wie Anne. Grace hatte keinen der Artikel über sie beide gesehen. Er hatte sie mit Absicht von ihr ferngehalten, aber die Geschichte von der mutigen jungen Frau, die angeschossen wurde, und ihrem Verlobten, der sich weigerte, im Krankenhaus von ihrer Seite zu weichen, war ein gefundenes Fressen für die Klatschpresse gewesen. Und dann war da noch die Tatsache, dass die kriminellen Saldis in die Angelegenheit verwickelt waren, und das hatte die Medien förmlich vor Spekulationen explodieren lassen. Gehörten auch die Ferraros zur Mafia, und gab es so eine Art Krieg zwischen den beiden Familien?

»Wir haben schon eine Lösung gefunden, aber danke, dass du dir Gedanken um sie machst«, sagte er und griff nach ihrer Hand, um sie auf die Fingerspitzen zu küssen, weil er sie sonst gleich noch einmal auf den Mund geküsst hätte. »Taviano geht mit ihr zu dem Event.«

Statt froh darüber zu sein, runzelte sie die Stirn. »Du musst hingehen, Vittorio. Es ist wichtig. Diese Sache bedeutet deiner Mutter viel. Sie hat ziemlich viele der Details persönlich festgelegt.«

Er seufzte. Wann immer der Name Ferraro mit einer Veranstaltung in Verbindung gebracht wurde, arbeitete Eloisa mit den Eventplanern. Sie wusste genau, was sie wollte, und wenn sie es nicht bekam, war die Hölle los.

»Eloisa kann etwas schwierig sein«, gab er zu. »Ich entschuldige mich, falls sie irgendwie unfreundlich zu dir war.«

Grace tat gar nicht erst so, als wäre ihr Eloisas Temperament nicht bewusst. »Wir haben mit vielen Kunden zu tun, die das Unmögliche erwarten, und wir liefern es ihnen. Deshalb sind wir als die führenden Eventplaner in der Gegend bekannt. Katie ist eine tolle Frau, und wir sind stolz darauf, dass wir unseren Kunden genau das liefern, was sie haben wollen.«

»Heißt das, Katie spricht mit den schwierigen Kunden?«

Für einen Moment presste sie die Lippen zusammen und antwortete vage: »Meistens.«

»Bella.« Er ließ seine Stimme leise und freundlich klingen, weil ihm bewusst war, dass er sich auf gefährlichem Terrain bewegte. »Ich muss wissen, wie viel du mit Eloisa zu tun hattest. Meine Familie hat den Reportern erzählt, dass wir beide bereits seit Monaten ausgehen und die Beziehung geheim gehalten haben. Während dieser Zeit war ich mit anderen Frauen bei Benefizveranstaltungen, aber für jede gibt es eine gute Erklärung. Ich habe mehr als sonst gearbeitet, weil Giovanni verletzt war, deshalb war ich nicht so viel im Rampenlicht wie meine anderen Brüder.«

Er wählte seine Worte mit Bedacht. Er konnte ihr schlecht sagen, dass er inkognito von einer Stadt zur anderen geflogen war, um Verbrecher, an die das Gesetz nicht herankam, ihrer gerechten Strafe zuzuführen. Wie würde das bei ihr ankommen? *Eins nach dem anderen*, erinnerte er sich.

»Deine Mutter spricht lieber mit Katie«, sagte Grace, die eindeutig versuchte, diplomatisch zu sein.

»Ich kenne Eloisa«, sagte Vittorio. »Sie ist sehr schroff, aggressiv und unfreundlich. Sie reißt die Leute in Stücke, wenn sie nicht ihren Willen bekommt. Sie ist ein Bulldozer, wenn man nicht weiß, wie man sie nehmen muss.«

»Katie kommt sehr gut mit ihr zurecht«, sagte Grace.

Liebevoll strich er über ihren Handrücken. »Wir sprechen über dich, *gattina,* nicht über Katie. Wie viel Kontakt hattest du zu meiner Mutter? Ich hätte gern eine klare Antwort.«

Einige Momente lang breitete sich Stille zwischen ihnen aus. Er ließ es zu, wandte jedoch den Blick nicht ab. Er konnte in ihren Augen sehen, dass sie zögerte, und wusste sofort, dass seine Mutter sie bei mehr als einer Gelegenheit zur Schnecke gemacht hatte. Natürlich. Sie versuchte die Leute einzuschüchtern, um ihren Willen zu bekommen, und Grace war für die Details zuständig. Sie war diejenige, die Ärger bekam, wenn etwas schiefging. Und anders als Katie Branscomb stammte sie nicht aus einer »guten« Familie.

»Ich versuche, so viel wie nur möglich im Hintergrund zu bleiben«, gab sie zu. »Aber manchmal, bei großen Veranstaltungen, gibt es eine Katastrophe mit dem Catering, um die man sich kümmern muss, und ich bin diejenige, die das übernimmt. Natürlich ist der Kunde dann verärgert, das erwarte ich gar nicht anders.«

»Grace.« Er sorgte dafür, dass man seiner Stimme die Enttäuschung anhörte. »Du weißt genau, was ich dich frage.«

Ihre Wimpern senkten sich. »Ich will nichts sagen, das deine Mutter in ein schlechtes Licht rückt, Vittorio. Diese Events sind für die Veranstalter immer sehr stressig, und sie ist äußerst penibel, was auch richtig so ist. Sie bittet ihre Freunde, große Summen Geld für eine Sache zu spenden, an die sie glaubt. Wenn sie wütend wird und herumschreit, ist sie nicht viel anders als ein Dutzend anderer, die das Gleiche tun, wenn nur eine Kleinigkeit schiefgeht. So etwas passiert einfach.«

Er blieb stumm, er wollte, dass sie ihm gab, wonach er gefragt hatte.

Sie seufzte. »Ich hatte mehrere Male mit deiner Mutter zu tun, und ich könnte nicht behaupten, dass auch nur eines davon angenehm gewesen wäre. Sie hat mir deutlich zu verstehen gegeben, dass sie mich für inkompetent hält. Sie schreit mich an, wenn sie glaubt, ihren Willen nicht zu bekommen. Es spielt keine Rolle, wie ich ihr erkläre, dass das, was sie will, nicht möglich ist. Einmal wollte sie unbedingt, dass eine bestimmte Sängerin auftritt, die dann aber leider einen Tag vor der Veranstaltung starb, und irgendwie war auch das meine Schuld.«

Sie wollte ihm ihre Hand entziehen, doch er hielt sie fest. Er verstärkte seinen Griff, drehte ihre Hand und presste seine Lippen auf die Innenseite ihres Handgelenks. »Ich sehe schon, ich werde Überstunden einlegen müssen, wenn ich dich für mich gewinnen will, *mia bellissima gattina*, um die Tatsache, dass Eloisa so unglaublich bissig und schwierig ist, auszugleichen. Das ist etwas, das ich nur dir und meiner Familie gegenüber zugeben würde. Versprich mir nur, dass du, wenn du deine Pro-und-Contra-Liste schreibst, daran denkst, dass ich mich schon seit meiner Geburt mit ihr herumschlagen muss, und hab ein wenig Mitleid.«

Ihre Finger schlossen sich um seine. »Ich hatte nie eine Mutter.«

»Ich auch nicht, Grace«, gab er zu. »Aber ich hatte Stefano, und er hat es wieder ausgeglichen, obwohl er nur ein Junge war. Er hat sich um uns gekümmert und dafür gesorgt, dass wir geliebt wurden.«

»Stefano scheint ein sehr guter Mann zu sein. Ihr seid alle nicht sehr nahbar, aber Katie hat nur gute Erfahrungen mit Stefano zu berichten.«

»Wie kommt es, dass niemand von uns dir je begegnet ist? Das ist ziemlich unwahrscheinlich, immerhin haben wir viele eurer Events besucht.«

Seine Mutter war ihr begegnet. Sie musste gewusst haben, dass sie eine Schattengleiterin war, und sie hatte es bewusst der Familie vorenthalten.

Erneut flatterten ihre Wimpern, und mittlerweile wusste er, dass das bedeutete, dass sie ihm etwas verschwieg. Er wartete und drückte ihre Hand auf die Hitze seines Oberschenkels. Sie seufzte und gab nach.

»Ich habe mich im Hintergrund gehalten. Das war nicht besonders schwer. Ich arbeite hinter den Kulissen, und ich wollte nicht wie die anderen sein. Ich habe euch beobachtet, und auch wenn ihr es alle gut verborgen habt, konnte ich sehen, dass das ständige heuchlerische Heischen um Aufmerksamkeit und die Schwärmereien anstrengend für euch waren.«

Abrupt setzte er sich auf. Soweit er wusste, war niemand je auf den Gedanken gekommen, dass sie sich bei ihren äußerst medienwirksamen Auftritten nicht amüsieren könnten. Sie hatten ihre Mienen, ihr Lächeln, ihren charmanten Ausdruck geübt. Es war äußerst wichtig, glaubwürdig zu erscheinen, und doch war Grace ihnen ferngeblieben, nicht, weil sie eingeschüchtert gewesen wäre, sondern weil sie ihr leidgetan hatten.

»Also, ich meine«, sagte sie schnell, als hätte sie Angst, seine Gefühle verletzt zu haben, »wegen Haydon wollte ich nicht, dass man mich dabei sieht, wie ich mit jemandem in einem anderen Zusammenhang als der Arbeit spreche. Wenn er auf falsche Ideen kommt, geht es meistens schlecht für irgendjemanden aus.«

»Mir gefällt, dass dir aufgefallen ist, dass es nicht immer leicht ist für meine Familie.« Er wollte, dass sie dazugehörte. »Sei einfach nur darauf gefasst, dass Eloisa einige äußerst hässliche Dinge zu dir sagen wird. Sie hat das bislang sowohl bei Francesca als auch bei Mariko und Sasha getan. Sie sagt sie ständig zu Emmanuelle, und, wenn sie erst einmal in Fahrt ist, auch zu uns anderen. Es ist nie leicht, mit ihr auszukommen, und das wird es niemals sein, aber sollte sie hier auftauchen, werde ich mich darum kümmern. Wenn sie dann erst einmal einen Zusammenstoß mit mir hatte, wird sie dich vermutlich bei der Arbeit aufsuchen. Sollte das passieren …«

»Dann kümmere ich mich darum«, sagte sie entschieden.

Er umfasste ihr Kinn mit einem ehrlichen Lächeln. Glücklich. Weil sie dafür sorgte, dass er sich so fühlte. »Genau das wirst du tun.« Und dann küsste er sie und schwelgte in ihrem Geschmack. Schwelgte in dem Feuer, das ihn verbrennen konnte. Aber vor allem hüllte er sich in die Tatsache, dass sie ihn akzeptierte. Als er den Kopf hob, nahm er eine kleine Schmuckschatulle aus der Tasche.

»Ich habe einen Cousin in New York, der Schmuck herstellt. Er hat das Talent, für jeden von uns den perfekten Ring zu finden. Er macht die Ringe, ohne die Frauen, die uns annehmen, überhaupt zu kennen.«

»Vittorio.«

Er hörte ihre Nervosität, die Warnung in ihrer Stimme. Sogar Furcht. Er zog ihre Fingerspitzen an seinen Mund, als sie versuchte, die Hand wegzuziehen. »Du hast versprochen, ohne Vorbehalte über mein Angebot nachzudenken. Wir haben die Verlobung auf der ganzen Welt bekannt geben lassen, in jedem Land, in dem wir Geschäfte machen. Wir können nicht einfach sagen, dass wir einen Fehler gemacht haben.«

»Doch, das können wir. Das sollten wir.«

Sofort atmete sie schwerer, und er konnte sehen, dass sie kurz vor einer Panikattacke stand. Sie versuchte noch einmal, ihre Hand wegzuziehen, doch er umschloss ihr Handgelenk mit seinen langen Fingern.

»Grace, sieh mich an. Jetzt. Atme tief durch und schau mich an.« Er legte Autorität in seine Stimme.

Ihre grünen Augen richteten sich auf seine. Hingen an ihnen, als wären sie ihr Anker. Er sah zu, wie sie tief einatmete und wieder ausatmete. Die Panik ließ so weit nach, dass sie nicken konnte.

»Das ist gut so. Einfach weiteratmen. War das ein Nein? Denn ich frage dich, ob du mich heiraten willst. Ganz offiziell. Ich will, dass unsere Verlobung echt ist.«

»Es ist wegen Haydon …«, sagte sie schwach, Ihre Stimme war so leise, dass er sie kaum verstehen konnte.

»Das ist eine Ausrede. Scheiß auf ihn. Was willst du? Sag mir, was du willst, Grace. Willst du mir wenigstens eine Chance geben?«

Sie schluckte. Ihr Blick löste sich von seinem, doch dann zwang sie sich, ihm weiterhin in die Augen zu blicken. Es dauerte eine Weile, bis sie sehr langsam nickte, aber das Nicken war da. »Ja. Wenn ich tun könnte, was ich wollte, würde ich dich wählen, aber …«

»Das ist alles, was wichtig ist. Haydon bestimmt nicht mehr über dein Leben. Grace.« Er öffnete die Schatulle und wartete erneut ab, während sein Puls anstieg, obwohl er sich vorgenommen hatte, ruhig zu bleiben.

Ihr Blick hing an seinem und fiel dann auf die Schatulle, in der der Ring steckte. Damian Ferraro hatte ein Meisterwerk geschaffen, einen Ring, der dem seiner Brüder in nichts glich. In der Mitte saß ein taubenblutroter burmesischer Rubin, eingerahmt von Diamanten im Schildschliff in einer Fassung aus Platin. Die Diamanten zu beiden Seiten des Rings wiesen die Form des Familienwappens auf.

Er betrachtete ihr Gesicht, ihren Ausdruck. Sein Cousin galt als Genie, wenn es darum ging, den perfekten Ring für seine Kunden zu finden. Und genau das hatte er auch für Vittorios Frau getan, noch bevor irgendjemand von ihnen gewusst hatte, dass sie existierte. Sie atmete langsam aus.

»Vittorio, er ist wunderschön. Das ist der schönste Ring, den ich je gesehen habe.«

Er steckte ihn ihr an den Finger. Er passte perfekt. Sie mussten ihn nicht anpassen lassen. Das war Damian. Irgendwie wusste er immer genau, was zu tun war, lange bevor die anderen Schattengleiter ihre zukünftigen Ehefrauen fanden.

Sie streckte die Hand aus, um sich den Ring anzusehen. »Im Ernst, ich habe noch nie einen so schönen Ring gesehen. Ich trage generell nicht viel Schmuck. Ohrringe, aber das war es dann auch schon, und niemals echte Steine.«

Das würde sich ändern, aber das sagte er nicht laut. Sie würde ihn an Orte begleiten, die eine bestimmte Kleidung, Schuhe und Accessoires voraussetzten. Das sollte vielleicht nicht so sein, aber so war es. Er wollte nicht, dass sie das Gefühl hatte, irgendwo nicht dazuzugehören. Die Frauen seiner Familie würden sich schützend vor sie stellen, aber er wusste, dass sie noch vielen Eloisas begegnen würde, die nur auf eine Gelegenheit warteten, ihr Selbstbewusstsein in Stücke zu reißen.

»Ich bin froh, dass du ihn magst, *gattina*. Er steht dir.«

Ihre Augen strahlten so hell, dass er sich nicht zurückhalten konnte und sie küssen musste. Dieses Mal küsste sie ihn sofort zurück und überließ ihm die Führung. Ließ zu, dass er den Kuss vertiefte und akzeptierte, als er die anfängliche Sanftheit aufgab und ihren Mund ohne jede Zurückhaltung vereinnahmte. Wie zuvor kapitulierte sie vor ihm, gab sich ihm hin, und dieses Mal spürte er ihre vorsichtige Erwiderung, den Vorstoß ihrer Zunge, die die seine jagte, an seiner entlangglitt. Wirbelnde Hitze raste sein Rückgrat hinab, sammelte sich zwischen seinen Beinen und jagte durch seine Blutbahnen. Sie war die Seine. Sein Ein und Alles. Das wusste er mit jeder Faser seiner Existenz.

Vittorio saß in einiger Entfernung zu den beiden Frauen und gab Grace den Abstand, den sie brauchte, um übers Geschäft zu sprechen und sich mit ihrer Freundin zu unterhalten. Er musste nah genug sein, um abschätzen zu können, wie sehr Grace die Unterhaltung ermüdete oder ob sie das Meeting beenden wollte. Ihr war nicht klar, wie aktiv sie bereits gewesen war, einfach nur, indem sie aufgestanden war, sich geduscht und angezogen hatte. Sie war bereits seit mehreren Stunden auf den Beinen.

Das würde ihr erster Test sein. Grace wusste nicht, was ihr bevorstand, dass sie eine Entscheidung treffen musste, ob sie es ihm erlaubte, ihr um ihrer Gesundheit willen Vorschriften zu machen. Er hatte sich gleich etwas Größeres ausgesucht, denn wenn sie nicht in der Lage war, ihm zu glauben, dass er ihr Bestes im Sinn hatte, wenn sie es wirklich brauchte, würde sie ihm auch bei kleineren Dingen kein Vertrauen schenken.

Merry brachte ein Tablett mit frischer Erdbeerlimonade und ging dann mit einem kurzen freundlichen Lächeln in Grace' Richtung. Katie sah zu ihm herüber, doch er saß bei den Glastüren und überließ ihnen die Aussicht auf den Pool und den See, während er die beiden Frauen im Blick hatte.

»Ich habe mir solche Sorgen gemacht, Grace«, sagte Katie. »Ich habe jeden Tag einen Zwischenbericht bekommen, aber dich nicht sehen zu können hat mir Angst gemacht. Es gab so viele Falschinformationen.« Sie sah noch einmal zu Vittorio hinüber. »Überall die Schlagzeilen, dass ihr beide verlobt seid. Er hat zwei Wochen durchgehend im Krankenhaus verbracht. Jetzt bist du hier. Warum wusste ich nichts davon?«

Grace blickte etwas hilflos zu ihm. Sofort stand Vittorio auf, kam zu ihnen und lenkte so Katie ab, damit seine Frau nicht antworten musste. Er setzte sich auf die Lehne von Graces Stuhl und hob ihre Hand mit dem Ring. »Ich habe Grace gesagt, es auf keinen Fall jemandem zu erzählen, nicht einmal ihrer besten Freundin. Wir hätten im Rampenlicht gestanden, und du weißt, wie störend sich das auf eine frische Beziehung auswirken kann. Ich wollte nicht riskieren, sie zu verlieren.«

Katie schnappte nach Luft, als sie den Ring sah, doch als sie den Blick zu Vittorio hob, konnte er Misstrauen in ihrer Miene sehen. »Ich bin Grace' Partnerin, nicht nur ihre Freundin. Ich passe auf sie auf. Es ein Jahr lang nicht bekannt zu geben hatte den praktischen Nebeneffekt, dass Sie zusammen sein konnten, mit wem auch immer Sie wollten.«

»Katie«, sagte Grace warnend.

»Nein, *bella*, sie hat recht. Die Presse schreibt alles Mögliche über meine Familie. Sie lassen es sogar verdächtig wirken, wenn zwei Bekannte nur einen Flur hinunterlaufen. Aus einem Abendessen mit einer Freundin kann sofort eine Affäre werden. Das ist es, worauf du dich gefasst machen musst, wenn du mit mir zusammen bist. Jeder Augenblick deines Tages, alles was du tust, steht unter Beobachtung. Ich wollte dich so lange wie nur möglich davor bewahren, und ich bin froh, dass du eine Freundin hast, die auf dich Acht gibt.«

Katie schien ihm nun etwas weniger misstrauisch gegenüberzustehen, und Grace brauchte sie nicht anlügen. Er küsste ihre Fingerspitzen. »Ich lasse euch beide jetzt in Ruhe. Ich habe noch etwas Arbeit, aber ich bin gleich da drüben.« Er schlenderte zurück zu seinem Platz, griff nach seinem Handy und gab vor, komplett auf das Display konzentriert zu sein.

»Ich wollte nicht zu früh in Panik geraten, aber ich hatte keinen Zugriff auf deine Notizen für das ›Midnight Madness – Wir helfen den Alten‹-Event«, sagte Katie. »Wir haben noch drei Wochen, und ich muss wissen, ob wir noch Platz für ein paar weitere Sponsoren haben. Drei große Restaurants haben mich vor einigen Tagen kontaktiert. Haben alle Sponsoren bereits ihre Logos für das Programmheft abgegeben?«

Grace nickte. »Natürlich haben wir noch Platz, aber wir brauchen ihre Logos sofort. Die Deadline für den Druck ist übermorgen. Ich habe noch mal genau geprüft, ob die Sponsoren ihre Logos abgegeben haben, das ist also schon erledigt. Audrey soll die drei Restaurants persönlich nach den Logos fragen. Wir haben das Budget niedrig gehalten, damit mehr von den Geldmitteln der Organisation zugutekommen, und ich will keine Last-Minute-Komplikationen wie einen zu spät in Auftrag gegebenen Druck.«

Vittorio mochte es, wie sicher seine Frau war, wenn sie sprach. Sie hatte absolutes Selbstvertrauen, man hörte es in ihrer Stimme. Es gelang ihm, eine ausdruckslose Miene zu wahren und weiterhin vorzugeben, sich mit seinem Handy zu beschäftigen.

»Wie viele Programmhefte drucken wir?«

»Mrs. Ferraro hat darauf bestanden, es klein und persönlich zu halten, deshalb gehen fünfhundert Einladungen raus. Jede eingeladene Person kann einen Gast mitbringen, also drucken wir zur Sicherheit eintausendundfünfzig Programmhefte. Nur wenige lehnen eine Einladung der Ferraros ab. Ich habe zusätzliche Security engagiert, aber das war schon im Budget berücksichtigt. Die Programmhefte sind nummeriert, sodass wir die Nummern für die Auktion vor Ort nutzen können.«

Katie machte sich Notizen. »Was ist mit dem Auktionator? Wurde er engagiert?«

Grace nickte. »Ich habe denselben beauftragt, der es auch im letzten Jahr gemacht hat. Er war ziemlich beliebt und verlangt nicht mal annähernd so viel wie dieser aufgeblasene Fred Manson. Der Mann hat mehr Zeit damit verbracht, nach den Frauen zu schielen, als zu arbeiten.«

Katie lächelte. »Das ist wahr. Je mehr er getrunken hatte, desto zudringlicher wurde er. Wie viele Auktionsstücke haben wir?«

»Wir haben sieben sehr nette Pakete, ein großes, sehr attraktives, das eine ziemliche Summe einbringen wird, und zwei kleinere, die immer noch nette Beträge einspielen dürften. Die kleineren sind zuerst dran, das große am Ende. Wir wollen, dass die Leute Geld ausgeben, Katie. Deshalb sind sie da.«

»Sie sind da, um sich zwischen den Ferraros zu tummeln«, flüsterte Katie. »Und jetzt nach deiner Verlobung werden sie alle kommen, um dich mit Vittorio zu sehen.«

»Nun, das werden sie nicht. Ich arbeite. Am Tag des Events muss ich bereit sein, mich um alle Probleme zu kümmern.«

Er wusste, dass die beiden Frauen ihn ansahen, deshalb blickte Vittorio weiterhin konzentriert auf das Display.

»Hast du Eloisa gesehen?« Katie sprach nun noch leiser.

Grace schüttelte den Kopf. »Nein.«

»Sie hat mich mehrere Male angerufen, und ich weiß, dass es nicht um die Benefizveranstaltung geht. Ich konnte es vermeiden, mit ihr zu sprechen, aber das kann ich nicht für immer. Sie wird eine Bestätigung wollen, dass du mit Vittorio zusammen warst.«

»Falls sie fragt, dann sagst du ihr einfach, dass wir die Sache geheim gehalten haben, um der Klatschpresse zu entgehen.«

»Ich beneide dich nicht, dass du jetzt jeden Tag mit ihr zu tun hast. Ich fürchte, sie wird bei dem Event richtig fies zu dir sein. Du weißt, wie sehr sie es mag, jemanden öffentlich zur Schnecke zu machen. Das wird sie tun, Grace. Ich weiß es.«

»Vittorio wird das nicht zulassen«, sagte Grace.

Vittorio gefiel, wie überzeugt sie klang, aber sie schien langsam müde zu werden. Er blickte auf. Ihre Haut glänzte leicht. Sie schwitzte. Ihr Gesicht war nicht mehr nur blass, sondern hatte eine beinahe gräuliche Färbung angenommen.

»Eloisa ist seine Mutter. Jungs halten immer zu ihren Müttern«, sagte Katie mit Überzeugung in der Stimme.

»Ich habe bereits mit den Spendern über jedes Stück gesprochen, damit wir sicher sein können, dass Interesse besteht und lebhaft geboten wird«, sagte Grace, um Katie wieder zum Thema zu bringen. »Und die ganzen Sachen für die Tische sind nummeriert, sodass man sie der Reihe nach auslegen kann.«

»Wir müssen überlegen, was wir tun, sollte Eloisa bei dem Event eine Szene machen«, warf Katie ein. »Du kannst nicht einfach so tun, als bestünde diese Möglichkeit nicht. Sie kann ziemlich bösartig werden, und das wird die Veranstaltung ruinieren …«

»Es ist ihre Veranstaltung, wenn sie sie ruiniert …«

»Sie wird uns auf die schwarze Liste setzen, Grace. Es wird niemanden interessieren, dass es nicht deine Schuld ist.«

»Es gibt so viele Dinge, die wir noch besprechen müssen.«

Vittorio erhob sich und schob sein Handy in die Tasche. »Katie, Grace ist müde und muss sich jetzt ausruhen. Es tut mir leid, aber ich denke, wir müssen jetzt Schluss machen. Wenn du möchtest, kannst du morgen wiederkommen. Sag Merry einfach eine Uhrzeit, dann planen wir dich ein.«

»Wir sind noch nicht einmal annähernd fertig«, sagte Grace.

»Ich weiß, *gattina*, aber *du* bist fertig.« Er umfasste ihre Taille. »Leg die Hand auf meine Schulter. Wenn du aufstehst, wird es höllisch wehtun.«

»Vittorio.« Da war Protest in ihrer Stimme, aber sie gehorchte und legte die Hand auf seine Schulter.

Jetzt, da er ihr so nahe war, konnte er sehen, dass ihr Schweißperlen über die Haut rannen. Sie sah aus, als wäre sie den Tränen nahe. Er hätte früher einschreiten sollen. »Nächstes Mal, *bella*, sorgen wir dafür, dass du vor dem Meeting nicht schon so viel auf den Beinen bist. Wenn du uns jetzt entschuldigst, Katie, Merry wird dich zur Tür begleiten. Ich muss Grace ins Bett bringen.«

Katie stand auf und sah ihre Partnerin das erste Mal richtig an. »Natürlich. Ich warte einen Tag, bevor ich wiederkomme.«

»Katie«, protestierte Grace, doch ihre Stimme war schwach.

Vittorio ließ sie die Terrasse entlanggehen, doch im Haus hob er sie auf seine Arme und trug sie in ihr Zimmer zurück.

8

»Phillips hat Grace eine ganze Reihe Textnachrichten geschrieben, eine bedrohlicher als die andere«, erzählte Vittorio seiner Familie. Er reichte Grace' Handy an Stefano weiter, weil er wollte, dass seine Brüder und Schwestern die Nachrichten mit eigenen Augen sahen. Er wartete geduldig, bis das Telefon wieder bei ihm angekommen war.

»Er verliert definitiv langsam die Kontrolle«, sagte Stefano. »Da brauche ich keinen Psychiater, um über seinen Geisteszustand Bescheid zu wissen.«

»Sehe ich auch so.« Ricco legte den Arm um Marikos Schultern. »Er verliert den Verstand, und das bedeutet, dass er Fehler machen wird.«

»Aber es macht ihn auch gefährlicher«, warf Mariko ein.

Emmanuelle griff nach dem Glas Wasser vor ihr auf dem Tisch. »Ich bewundere Grace so sehr, Vittorio. All die Jahre musste sie mit diesem Monster leben. Sie muss Angst gehabt haben, nachts die Augen zu schließen.«

Vittorio lächelte seiner Schwester zu. Sie war ihnen allen so wichtig. In ihrer Jugend, als Eloisa ihnen das Leben so schwer gemacht hatte, war sie immer ihr persönlicher Sonnenschein gewesen. Sie hatte Mitgefühl und Empathie für andere, und das liebten alle an ihr. »Ich bewundere sie auch, Emme. Sie ist eine großartige Frau.«

»Hast du sie schon dazu gebracht, die Verlobung anzuerkennen?«, wollte Giovanni wissen.

»Sie trägt den Ring am Finger, aber nichts ist endgültig. Sie will sich mit der Entscheidung noch etwas Zeit lassen. Ich bin viel zu schnell für sie, aber ich überlasse nichts dem Zufall. Phillips kommt hier nicht an sie heran, deshalb will ich, dass sie bleibt, und ich möchte nicht riskieren, sie zu verlieren, indem ich ihr zu viel Raum gebe. Ach übrigens, bevor ich es vergesse, Phillips hat Grace' Handy mit einer Überwachungssoftware präpariert.«

»Das überrascht mich nicht«, sagte Stefano. »Er kann sie nicht jede Minute des Tages beobachten, und er will wissen, mit wem sie spricht oder schreibt. Vermutlich hat er es auch geklont.«

»Das können wir gegen ihn verwenden«, sagte Vittorio.

»Gibt es Hinweise, dass Phillips in Grace' Wohnung war?«, fragte Taviano.

Vittorio nickte. »Emilio war dort. Das Wohnhaus verfügt über eine Tiefgarage, und eines der Gitter über einem Lüftungsschacht in der untersten Etage war lose. Als er es untersucht hat, fand er Kratzer um die Schrauben herum. Er war zu groß, um reinzupassen, also hat er Leone geschickt. Das ist einer von den Palagonia-Jungs, der seine Ausbildung bei Emilio begonnen hat, aber er ist erst sechzehn. Er hat alle möglichen Beweise dafür gefunden, dass Phillips Zeit damit verbringt, die Bewohner des Hauses auszuspionieren. Er hat Verpackungen und anderes Zeug zurückgelassen.«

Stefano runzelte die Stirn. »Leone ist noch ein Kind. Warum zur Hölle lässt Emilio ihn so was Gefährliches machen? Phillips hätte noch irgendwo in den Schächten sein können. Wenn der Junge über ihn gestolpert wäre, hätte Phillips Hackfleisch aus ihm gemacht.«

»Das habe ich ihm auch gesagt«, stimmte Vittorio zu. »Er behauptet, dass er sich sicher war, dass Phillips nicht anwesend war. Hat irgendwas damit zu tun, wie er die Gitter weder zumacht, wenn er drin ist. Entweder vertrauen wir Emilio, dass er weiß, was er tut, oder nicht. Er hat uns noch nie enttäuscht. Nicht ein einziges Mal.«

»Ich habe noch mehr schlechte Nachrichten«, sagte Stefano. »Wir haben gerade erfahren, dass Lando Gori tot aufgefunden wurde. Er war in kleine Teile zerstückelt, und ihm wurden Augen und Nase entfernt, vermutlich, als er noch am Leben war. Der kleine Bastard ist wirklich ein irres Arschloch. Wie deine Grace es geschafft hat, am Leben zu bleiben, obwohl sie das über ihn wusste, ist mir ein Rätsel.«

Kurz herrschte Stille. Lando Gori galt als erstklassiger Vollstrecker. Brutal. Gefährlich. Ein sehr beängstigender Mann. Dass Phillips ihn überwältigen, sich ihm überhaupt nähern und ihn dann foltern könnte, bevor er ihn tötete, hätte niemand für möglich gehalten.

»Lando hatte Wachen vor seiner Wohnung. Er hatte auch eine in seinem Wohnzimmer, persönlich ausgewählt von Miceli Saldi«, fuhr Stefano fort. »Irgendwie ist es Phillips gelungen, sich Zutritt zur Wohnung zu verschaffen und in Landos Schlafzimmer zu gelangen, während die Wache vor der Tür Pornos schaute. Die Detectives sagen, dass Phillips sich die halbe Nacht Zeit gelassen hat, und zu keiner Zeit hat der Wachposten auch nur einen Mucks gehört. Bradshaw meinte, die Saldis seien tierisch nervös.«

»Verdammt.« Giovanni erschauderte und rieb sich die Arme. »Bei dem Mann kriege ich Gänsehaut. Er ist wie eine Ratte, die überall geräuschlos rein- und rauskommt.«

»Hast du noch einmal mit Grace über ihn gesprochen?«

»Nein, aber sie meinte, dass die Fotos, die er ihr gezeigt hat, oft die Leute zeigten, bei denen er wohnte. Ich habe die Fotos unseren Ermittlern geschickt, die sie durch die Gesichtserkennungssoftware jagen, um herauszufinden, ob es auf den Bildern Hinweise auf seinen Aufenthaltsort gibt. Vielleicht verraten uns auch die Metadaten der Fotos etwas.« Vittorio steckte Grace' Telefon zurück in seine Tasche. »Wenn uns das gelingt, können wir ihn jagen. Aber im Moment stecken wir in der Sackgasse.«

»Ich habe mir Landos Wohnung angesehen«, sagte Ricco. »Mariko und ich haben die Lüftungsschächte genau untersucht. Zu Landos Unglück führte der größte davon direkt zu seinem Appartement. Phillips hat es sich dort bequem gemacht, und es gibt Hinterlassenschaften, die belegen, dass er den ganzen Tag dort war. Er hat die Kunst, in engen Räumen, Dachböden und Rohren zu leben, perfektioniert.«

Emmanuelle hob die Hand und rümpfte die Nase. »Igitt. Ich will gar nichts mehr davon hören. Ich weiß, was du sagen willst. Das ist widerlich. Er lässt das vermutlich zurück, wenn er geht, sonst würde der Geruch sofort jemanden aufmerksam machen.«

»Was ich sagen will, ist, dass die Morde für ihn keine große Sache sind. Er ist in den Stunden zuvor nicht nervös. Er ist geduldig«, sagte Ricco.

»Habt ihr Eloisa gewarnt?«, fragte Vittorio.

Stefano nickte. »Ich habe persönlich mit ihr gesprochen. Sie hat wegen deiner Verlobung Gift und Galle gespuckt und Grace praktisch beschuldigt, wissentlich einen Kriminellen beherbergt zu haben. Seit ich Francesca geheiratet habe, ist es schlimmer statt besser geworden. Nach ihrem letzten Angriff auf Francesca habe ich ihr den Zutritt zu unseren Räumlichkeiten komplett verboten. Ich will nicht, dass Francesca sich aufregt, und nachdem wir jetzt erwachsen sind und ihren Scheiß nicht mehr mitmachen, hat Eloisa sich sie als ihr Hauptziel herausgepickt.«

Er sah Vittorio an. »Ich empfehle dir, dasselbe zu tun, zumindest bis Grace wieder auf den Beinen ist.«

»Sie sind sich bereits begegnet. Ich habe ihre Unterhaltung mit Katie Branscomb mitgehört. Es hat sich herausgestellt, dass die beiden Geschäftspartnerinnen sind.«

»Diese Information haben wir gerade erhalten«, sagte Giovanni. »Würdest du deine Textnachrichten lesen, hättest du es gesehen.«

»Ich habe so viele Updates kurz hintereinander bekommen, dass ich noch keine Zeit hatte, jeden Bericht ausführlich zu lesen. Zuerst dachte ich, dass Eloisa Grace vielleicht telefonisch heruntergeputzt hat, weil sie sonst ja hätte wissen müssen, dass sie in der Lage ist, die Kinder zu zeugen, die sie so unbedingt will.«

Stefano schüttelte den Kopf. »Nein, Vittorio. Sie hat es niemandem von uns erzählt.«

Eine Ranke von etwas Rotem glitt durch die ansonsten ruhigen Farben in seinem Geist. Vittorio hatte es gleich gewusst. Er hatte gehofft, dass sein großer Bruder ihm versichern würde, dass es nicht so war. »Warum zum Teufel sollte Eloisa uns vorenthalten, dass da eine untrainierte Gleiterin ist, die uns Kinder schenken könnte? Was zur Hölle hat sie davon, wenn wir es nicht wissen? Das ergibt einfach keinen Sinn. Gar keinen.«

»Sie hat Francesca Vorwürfe gemacht, weil sie noch keine Kinder zur Welt gebracht hat«, merkte Emmanuelle an.

»Ich hätte sie früher finden und sie vor all dem Leid bewahren können.« Vittorio hatte Grace leiden gesehen. Sie hatte sich nicht über den Schmerz in ihrer zertrümmerten Schulter beschwert, aber er konnte die Qual sehen, die sich in ihre Züge eingegraben hatte. Sie war so weiß gewesen, dass sie beinahe grau erschienen war. Hin und wieder konnte er stumme Tränen rinnen sehen. Sie war nicht in der Lage gewesen, im Liegen zu schlafen, und der Schmerz hatte sie immer wieder aufgeweckt. »Sie wäre in Sicherheit vor Phillips und den Saldis gewesen.«

»Wir wissen nicht sicher, ob Eloisa erkannt hat, dass sie eine Gleiterin ist«, warnte Emmanuelle. Sie legte ihm eine Hand auf den Arm. »Sie ist im Moment ziemlich verzweifelt. Sie erträgt es nicht, dass Stefano ihr den Kontakt verwehrt. Das ist wirklich schlimm für sie.«

»Sie wusste es«, sagte Vittorio mit absoluter Sicherheit. »Sie hat sie persönlich getroffen. Sie wusste es. Und was wirklich schlimm für sie ist, ist, dass sie Francesca nicht mehr als Prügelknaben benutzen kann.«

Mariko senkte für einen Moment den Kopf und hob ihn wieder. »Deine Mutter leidet. Sie ist nicht verzweifelt, aber sie leidet. Ich sehe es in ihren Augen. Sie greift jeden an, weil sie seelische Schmerzen hat. Es ist traurig.«

Ricco beugte sich zu ihr und hauchte einen Kuss auf ihr blondes Haar. »Du bist so nachsichtig, *farfallina mia*.«

»Wir sind es nicht«, sagte Stefano.

Vittorio sah das genau wie sein älterer Bruder. Es war schwer, ihre Kindheit zu vergessen und noch schwerer, Eloisas Angriffe auf ihre Frauen hinzunehmen. Emmanuelle war diejenige, die stets versuchte, sie zu beschwichtigen, aber meistens schien Eloisa es zu genießen, sie zu traktieren. Sie fand immer einen Grund, sich zu beschweren, sie zu verspotten und sich über sie lustig zu machen. Nichts, was Emmanuelle tat, war je richtig oder gut genug, und dennoch half sie ihrer Mutter immer wieder. Ihre Brüder nahmen Eloisa die Art, wie sie ihre geliebte kleine Schwester behandelte, übler als alles andere.

»Konzentrieren wir uns wieder auf Phillips. Es ist fruchtlos, Eloisa und ihr Verhältnis zu ihren Schwiegertöchtern verstehen zu wollen. Wir wissen, dass Phillips nicht an Francesca oder Stefano herankommt«, sagte Vittorio. »Er hat auch keine Chance, Eloisa zu erwischen, alle Vorkehrungen sind getroffen, wie in allen unseren Häusern. Was ist mit Lucia, Arno und Nicoletta? Möglicherweise weiß er nichts von ihrer Verbindung zu uns, aber wir dürfen kein Risiko eingehen.«

»Ich habe sie nach Italien geschickt«, sagte Taviano. »Sobald ich wusste, dass ihre Familie wieder in Gefahr sein könnte, dachte ich, es wäre das Beste, sie aus der Schusslinie zu nehmen. Arno und Lucia wissen nur, dass wir wollten, dass sie Nicoletta mit nach Italien und Sizilien nehmen. Sie waren hocherfreut, sie mit einer langen Reise überraschen zu können.«

»Ich sorge dafür, dass mein Personal geschützt ist«, sagte Vittorio. »Und Katie Branscomb. Er war bereits bei ihr zu Hause. Ich habe Tomas und Cosimo letzte Woche zu ihr geschickt, damit sie ihr die Gefahr erklären. Ich habe ihr angeboten, in unser Hotel zu ziehen, und sie hat eingewilligt, dort zu wohnen, bis die Gefahr vorüber ist. Sie sind jetzt bei ihr.«

Vittorio warf seiner Schwester einen Blick zu. Tomas und Cosimo Abatangelo waren normalerweise Emmanuelles Bodyguards, aber in letzter Zeit setzte man sie immer wieder als Springer ein, die da stationiert wurden, wo man sie am dringendsten brauchte. Emmanuelle schenkte ihm ein kleines Lächeln, als wollte sie sagen: kein Grund zur Sorge. Jedes anwesende Familienmitglied war durch die Schatten hierhergereist, und das bedeutete, dass sie ihre Leibwächter hatten zurücklassen müssen.

»Wir sorgen dafür, dass jemand auf sie aufpasst«, sagte Stefano.

»Danke. Grace wird erleichtert sein, sie in Sicherheit zu wissen. Wenn er nicht in unseren Häusern an uns herankommt, dann wird er wahrscheinlich versuchen, uns auf andere Weise zu kriegen«, sagte Vittorio.

»Graces Wohnung steht unter Beobachtung, also fällt es uns hoffentlich auf, wenn er sich dort aufhält«, sagte Taviano. »Wir haben es die ganze Zeit so aussehen lassen, als wäre Grace immer mal wieder dort gewesen. Lasst uns ihr Handy in die Wohnung legen, sobald die Grecos die Fotos haben, die sie brauchen.«

»Schon erledigt«, meinte Vittorio. »Ihr könnt das Handy haben.«

Ricco grinste Vittorio zu und nahm das Smartphone an sich. »Es wird ihn wahnsinnig machen, dass er sie verpasst hat. Er wird das dringende Bedürfnis haben, dort in den Lüftungsschächten zu liegen und in ihre Wohnung zu starren.«

»Vielleicht«, sagte Vittorio. »Er ist schlau. Es gelingt ihm schon seit einer ganzen Weile, sich dem Gesetz zu entziehen, das bedeutet, er ist intelligent.«

»Das stimmt«, meinte Stefano, »aber diese Textnachrichten beweisen, dass er die Fassung verliert. Und das wiederum bedeutet, dass er einen Fehler machen wird. Wenn das passiert, müssen wir da sein, um ihn festzunageln.«

»Was ist mit dem Treffen mit den Saldis?«, fragte Vittorio. »Steht das noch auf dem Plan?« Er wünschte sich beinahe, es wäre abgesagt worden, obwohl er wusste, dass sie es hinter sich bringen mussten. Wenn es zu einem Krieg zwischen den beiden Familien kommen sollte, mussten sie rechtzeitig Bescheid wissen.

»Definitiv. Sei morgen um vier im Hotel.«

»Ich werde Grace mitbringen. Dann kann sie sich mit

Francesca treffen, falls Francesca das möchte. Es klingt, als hätte sich in den letzten Tagen einiges geändert.«

Stefano nickte. »Doc möchte, dass sie so wenig wie möglich auf den Beinen ist. Er meinte, dass es dem Baby gut geht, aber dass da ein bisschen zu viel Aktivität ist, ein paar Kontraktionen. Er hat sich in unserem Zuhause einen Raum mit allen Geräten eingerichtet, die er braucht. Wenn die Kontraktionen nicht aufhören oder schlimmer werden, wird er ihr etwas dagegen geben. Die Medikamente würden sie stark beeinträchtigen.«

Vittorio konnte nachvollziehen, warum Stefano Eloisa mit ihrer schroffen Persönlichkeit den Kontakt zu Francesca verboten hatte. Er erhob sich. »Ich freue mich, wenn ihr alle kommt. Der Doc meint, dass Grace bald mit der Physiotherapie anfangen kann, das bedeutet, dass ich mir keine Sorgen mehr machen muss, dass sie den Arm verliert.«

»Eher verliert sie den Verstand, weil sie sich so nutzlos fühlt«, sagte Giovanni und erhob sich ebenfalls. »Für mich war das das Schlimmste.«

»Stimmt, Gee«, sagte Vittorio. »Du kannst nicht durch die Schatten reisen wie jeder normale Mensch, du musst fahren.«

»Normale Menschen gleiten nicht durch die Schatten«, erklärte Ricco das Offensichtliche. »Sie fahren. Weißt du, zu was dich das macht, Bruderherz?«

»Sag es nicht«, sagte Giovanni und zeigte seinem Bruder den Mittelfinger.

Vittorio wartete, bis seine Familie gegangen war und sah dann nach Grace. Sie saß an ihrem Lieblingsplatz im Garten und blickte auf den See hinaus. Sie sah zu ihm auf, als sein Schatten über sie fiel und sich mit ihrem Schatten verband. Ihn durchlief ein körperlich spürbarer Ruck der Erregung, der sie ebenso hart traf wie ihn.

Sie legte den Kopf in den Nacken und lächelte ihn an. Allein das, nur das Lächeln, beschleunigte seinen Herzschlag. Ihre miteinander verbundenen Schatten ließen ohnehin bereits das Blut heiß durch seine Adern rauschen. Er hatte vorgehabt, einen Teil von sich zurückzuhalten, bis sie ihre Entscheidung getroffen hatte. Sich das Herz brechen zu lassen stand nicht auf der Liste von Dingen, die er erleben wollte. Aber die Wirkung ihres Lächelns machte ihm klar, dass es längst zu spät war. Er hatte sich bereits in sie verliebt.

»Ich glaube, in den ganzen letzten vier Wochen war ich nie so lange von dir getrennt«, begrüßte sie ihn. »Das ist seltsam, weil ich mein ganzes Leben allein verbracht habe, aber jetzt musste ich feststellen, dass ich auf dich gewartet habe. Ist das nicht merkwürdig?«

Er schüttelte den Kopf. »Mir gefiel es auch nicht besonders, von dir getrennt zu sein.« Er ging neben ihrem Stuhl in die Hocke und umschloss ihr Gesicht mit beiden Händen. »Ich vermisse dich, wenn wir nicht zusammen sind.«

Und dann küsste er sie. Ihre Lippen waren weich, ihr Mund ein heißer Funke, der eine Stange Dynamit entzündete, sodass das Feuer unkontrolliert in ihm tobte, obwohl sonst alles an ihm stets kontrolliert war. Sie versetzte ihn in eine andere Welt, in der es nichts als Fühlen gab. Elektrische Funken sprühten und knisterten zwischen ihnen, erweckten seine Haut zum Leben, während in seinem Inneren das Blut zu einem Lavastrom wurde, der voller Verlangen brannte. Sein Herzschlag pulsierte durch seinen Schwanz, bis er so dick und prall war, dass er bezweifelte, dass irgendetwas ihn aufhalten könnte, wenn er jetzt weitermachte.

Er presste seine Stirn gegen ihre. »Wir müssen aufhören.«

»Ich will nicht wirklich.«

Er lächelte, obwohl sein Körper schmerzhafte und drängende Forderungen stellte. »Ich auch nicht, aber wir müssen. Der Doc hat noch kein grünes Licht für irgendetwas anderes als Erholung gegeben.«

Ihre Augen wurden groß, und er löste sich von ihr. »Du hast ihn das gefragt? Mit ihm besprochen, ob wir Sex haben dürfen?«

»Natürlich. Oralsex, wilden Sex, Sexspiele, Toys, verschiedene Stellungen, jede Art von Sex. Ich will nicht, dass du Schmerzen hast.«

»Ich werde ihm nie wieder in die Augen sehen können.« Die Aussage wurde begleitet von einem rosigen Hauch, der von ihrem Hals in ihre Wangen aufstieg.

Er lachte leise, ihm war aufgefallen, dass sie den Gedanken, Sex mit ihm zu haben – und zwar so bald wie möglich –, nicht ablehnte. »Er ist Arzt, *gattina*. Er weiß, dass Frauen und Männer Sex haben.«

Sie stieß den Atem aus. »Was hat er gesagt?«

Er konnte nicht anders, er musste sie noch einmal küssen, selbst wenn es gefährlich für seine bröckelnde Selbstkontrolle war. Seine Frau wurde zu einer gefährlichen Verführerin. Sie lernte schnell, und jeder Stoß ihrer Zunge schickte Blitze durch seine Adern direkt zwischen seine Beine. Trotzdem, seine Aufgabe war es, ihre Gesundheit vor sein Vergnügen zu stellen. Er hätte sich ja um ihr Vergnügen gekümmert, wenn der Arzt sein Okay gegeben hätte, aber selbst das hatte er für eine weitere Woche verboten. Und selbst danach würde er vorsichtig vorgehen müssen.

»Er sagt immer noch Nein?«, fragte sie, als er den Kopf wieder hob. Da war ein neckender Unterton neben der offensichtlichen Verführung.

»Ich sehe schon, du bist ein ziemliches Stück Arbeit.« Er

liebte es, dass sie sich an Verführung versuchte, obwohl er ihr nicht erlauben durfte, erfolgreich zu sein. Es wurde zunehmend schwieriger, mit ihr zusammen zu sein und nicht an Sex zu denken.

Er stand auf, um sich eine kleine Atempause zu verschaffen, aber schon im nächsten Moment wurde ihm klar, dass das eine dumme Idee gewesen war. Sein Schwanz befand sich auf ihrer Augenhöhe, und ihr Blick richtete sich direkt auf die beträchtliche Beule. Ihre Hand folgte, mit den Fingerspitzen strich sie über den Stoff, der seine Erektion bedeckte.

»Ich könnte …«

»Nein, das könntest du nicht«, sagte er entschieden. Aber er bewegte sich nicht von der Stelle. Die Art, wie sie ihn berührte, war elektrisierend.

Sie berührte ihre Oberlippe mit der Zunge und befeuchtete dann die Unterlippe, sodass ihr Mund einladend glänzte. Er unterdrückte ein Stöhnen.

»Tatsächlich hatte ich noch nie den Mund auf einem …«

»Schwanz?«, ergänzte er. »Nie?«

»Da war immer Haydon. Ich hatte nie die Chance herauszufinden, ob ich mit einem Mann intim werden wollte.«

Ihre Finger bewegten sich weiter. Sie spielte mit dem Schieber seines Reißverschlusses und begann dann wieder, mit den Fingern über das verzahnte Metall zu gleiten. Sie sah ihn aus ihren grünen Augen an, und er konnte sich gerade noch zurückhalten, nicht laut zu stöhnen.

»Ich will auf diese Weise intim mit dir sein.«

Seine Grace. Sie war nicht schüchtern. Je länger diese hypnotisierenden Finger ihn durch die Jeans streichelten, desto mehr fühlte sein Herz sich an, als würde es von einer Hand immer enger zusammengepresst. Heißes Blut pulsierte durch seinen Schwanz. Bei ihrem Geständnis brannte ein Hunger nach ihr durch seinen Körper. Disziplin war das einzige, was er zu ihrer Rettung hatte.

»Grace, ich will dich mehr als alles andere. Jetzt. Aber der Arzt sagt Nein, also ist es ein Nein.«

»Wäre es denn so schlimm, wenn du mir helfen würdest herauszufinden, wie ich dir Vergnügen bereite? Es ist nicht so, als ob ich wirklich gut darin wäre. Du müsstest mir eine Schritt-für-Schritt-Anleitung geben.«

Ihre grünen Augen ließen nicht von den seinen ab, und ein leises Lächeln trug nur noch zu der Verführung in ihrem Blick bei. »Ohne mein Handy kann ich schließlich auch kein Ratgebervideo auf Youtube suchen.«

Sie war wunderschön. Und sie gehörte ihm. »Ich verdiene dich nicht, *il mia bellissima gattina*. Du wirst zunehmend zu *vita mia*. Ich kann nicht sagen, was passieren wird, wenn du beschließt, dass du nicht ohne mich leben kannst.«

Ihre Wimpern senkten sich, und sie schüttelte den Kopf. Sehr langsam und merklich widerstrebend zog sie die Hand zurück. Die Wimpern hoben sich, sodass er in ihre unnachgiebigen grünen Augen blickte. »Ich will nicht vorgeben, dass es immer einfach sein wird, aber ich kann mir nicht vorstellen, je wieder ohne dich zu sein.« Sie zog eine kleine Grimasse. »Es ist ein wenig ärgerlich, wenn einem etwas abgeschlagen wird, das man sehr, sehr gerne haben möchte.«

Die Erleichterung durchströmte ihn wie ein Fluss mit starker Strömung. »Was genau willst du, *gattina?*« Sie begann, seinem Blick auszuweichen, doch er ergriff sie am Kinn. »Schau mich an, wenn du es mir sagst, Grace. Es gefällt mir, wenn du mir sagst, was du möchtest, egal, ob es etwas Sexuelles oder etwas anderes ist. Wenn du mich ansiehst, während du es mir erzählst, fühlt es sich so viel besser an.«

»Ich wollte wissen, wie es ist, deinen Schwanz im Mund

zu haben.« Da war kein Zögern. Sie hob das Kinn, ihre Augen funkelten wie Zwillingsjuwelen, und der Hunger darin weckte in ihm den Wunsch, sich die Jeans von den Hüften zu schieben und ihr alles zu geben, was sie sich wünschte. »Ich will dir Lust bereiten.«

»Das ist genau das, was ich in diesem Moment auch will, Grace.« Er strich mit dem Daumen über ihre Lippen. »Noch ein paar Tage, dann bekommen wir beide, was wir uns wünschen.«

Er ließ sich in den Stuhl neben ihr sinken und war dabei deutlich vorsichtiger als sonst. Er würde nicht so bald aufhören, Grace zu wollen. Er streckte die Beine aus, um den Druck in seinem Schwanz etwas abzumildern. »Auf deinem Telefon war eine Tracking-Software, Grace. Wir legen es in deine Wohnung.«

Sie war entsetzt. »Nein, Vittorio. Du hättest mich vorher fragen sollen. Ich brauche es für die Arbeit. Du kannst nicht einfach entscheiden …« Sie brach ab, als ihr offensichtlich klar wurde, dass er hin und wieder eigenmächtig Entscheidungen treffen würde, die sich darauf gründeten, was er hinsichtlich ihrer Sicherheit oder Gesundheit für richtig hielt. Er hatte sie viele Male gewarnt. Mit ihm zusammenzuleben würde nicht einfach werden.

Er wartete stumm ab.

Sie drehte den Kopf, um über die bunten Blumen hinüber zum See jenseits von Garten und Strand zu blicken. »Meine Notizen für das kommende Event und noch ein paar andere Sachen waren auf dem Handy.«

»Das ist mir bewusst«, sagte Vittorio.

Grace ruckte so schnell zu ihm herum, dass ihr ein kleiner Schrei entfuhr und er sie zusammenzucken sah. Er ergriff ihren Arm, um ihr Halt zu geben.

»Nicht, Grace. Du wirst deine Schulter verletzen.«

»Du hast die Daten für mich kopiert, nicht wahr?«

»Die Daten und deine Kontakte. Ich musste vorsichtig vorgehen. Ich habe alles zu meinen Computerexperten geschickt, um sicherzugehen, dass ich nicht irgendetwas übertrage, das dein neues Handy infizieren könnte.«

Er holte das Smartphone aus der Tasche und gab es ihr. »Es ist schon für dich eingerichtet, und deine Kontakte und Notizen sind genau dort zu finden, wo sie auch bei deinem alten Telefon waren.«

»Es tut mir leid. Ich hätte Vertrauen haben sollen, dass du das getan hast.«

»Warum? Vertrauen kommt nicht über Nacht, Grace, und ich erwarte nicht, dass du es mir blind schenkst. Die Notizen waren wichtig. Ich habe die Tracking-Software nicht gefunden. Ich bin kein Technikexperte, aber ich habe Cousinen, die es sind. Ich habe dein Handy mit zu ihnen genommen, damit sie die Fotos sichern konnten, die Haydon dir von den Leuten geschickt hat, bei denen er wohnte. Wir dachten, dass wir darüber vielleicht herausfinden könnten, wo er sich aufhielt. Sie haben die Software gefunden. Ich wollte auf keinen Fall, dass du es weiterhin benutzt, deshalb habe ich ein neues besorgt und ihnen gesagt, dass sie das, was mit deiner Arbeit zu tun hat, kopieren und sichergehen sollen, dass alles sauber ist.«

»Danke. Ich hätte es wissen müssen. Er hat mir mehr als einmal das Handy weggenommen und mein Passwort verlangt. Ich dachte, er will meinen Terminplan sehen, damit er mich bedrohen kann, indem er dort auftaucht, wo ich arbeite.«

»Er kommt nicht mehr an dich heran, Grace«, versicherte er ihr.

Sie blickte auf das Handy in ihrer Hand. »Er wird sehr wütend, wenn er nicht weiß, wo ich gerade bin. Ich hatte mich daran gewöhnt, dass er meinen Kalender sehen wollte.«

Vittorio runzelte die Stirn. »Ich will, dass du dich erinnerst, *cara*. Selbst als ihr noch Kinder wart, war er da immer bei dir? Brauchte er dich, um irgendetwas für ihn zu tun?«

Sie antwortete nicht sofort. Seine nachdenkliche Grace. Er mochte das an ihr. Diese Ruhe, die sie an sich hatte. Sie verlieh ihrer Umgebung etwas Friedliches. Seit sie herausgefunden hatte, was Haydon wirklich war, lebte sie jede Minute in einer potenziell gewalttätigen Welt. Trotzdem, und vielleicht sogar deswegen, hatte sie diese Ruhe entwickelt, einen Ort in ihrem Inneren, an den sie sich zurückziehen konnte, wenn alles um sie herum sich in Chaos verwandelte.

»Er ist ein paar Jahre älter als ich, aber er hat nicht viel gesprochen. Als ich in die Pflegefamilie kam, war er bereits da. Er war dünn und sehr klein. Damals war ich winzig, und ich glaube, es gefiel ihm, dass ich kleiner war als er. Neben mir hatte er das Gefühl, groß zu sein. Mein anderer Ziehbruder, Dwayne, war fies. Er liebte es, uns herumzuschubsen. Ich habe Haydon verteidigt, als Dwayne ihm immer wieder ein Bein stellte. Da begann das mit uns.«

»Vermutlich war es das erste Mal, dass jemand für ihn eingetreten ist.«

Sie legte das Handy auf den Tisch und griff nach der Kanne eisgekühlter Erdbeerlimonade, die Merry neben ihr Glas auf den kleinen Tisch gestellt hatte. Vittorios Hand erreichte sie zuerst. Er würde mit Merry darüber sprechen müssen, dass sie erwartete, dass Grace eine Kanne voll Eis und Fruchtsaft hob. Sie war zu schwer. Er goss ihr ein Glas ein und ging dann zu der kleinen Bar, um sich auch ein Glas zu holen.

»Mr. Ferraro?« Merrys Stimme klang angespannt, und er drehte sich um. Sie stand da, rang die Hände und wirkte nervös. »Mrs. Ferraro ist hier.«

Aus dem Augenwinkel sah er, wie Grace sich versteifte. Er fragte sich, ob sie dachte, dass er verheiratet war und es vor ihr verborgen hatte. Der Gedanke brachte ihn zum Lächeln. In dem Moment, in dem er die Frau sah, die mit grimmiger Miene und zornigem Gesichtsausdruck über sie hereinbrach, verschwand das Lächeln. Instinktiv schob er sich zwischen seine Mutter und Grace.

»Das ist doch lächerlich. Da soll ich im Foyer warten wie irgend so ein Versicherungsvertreter. Dein Personal braucht dringend eine Schulung in Sachen Protokoll. Merry, ich werde mit deiner Mutter über deine fürchterlichen Manieren sprechen. Wenn ich das Zuhause meines Sohns besuche, erwarte ich nicht, dass man mir sagt, ich solle mich hinsetzen und warten wie irgend so ein Bauer, der den König besuchen will.«

»Hallo, Eloisa«, sagte Vittorio gedehnt. Entschlossen durchquerte er das Zimmer, senkte den Kopf und hauchte einen beinahe nicht existenten Kuss auf die Wange seiner Mutter.

Sie zuckte zurück, erholte sich wieder und starrte ihn an. Ihre Hand flog an ihre Wange und rieb über die Haut, als hätte er dort ein Mal hinterlassen, das sie wegwischen musste. »Hör auf damit, Vittorio. Das tust du nur, um mich zu ärgern.«

»Es ist eine Geste der Zuneigung, Eloisa, den meisten Müttern gefällt das.«

Sie starrte ihn mit in die Hüften gestemmten Armen an. »Nun, ich mag es nicht, also hör auf damit.« Sie blickte an ihm vorbei zu Grace. »Es hat dir offenbar nicht gereicht, dass Teodosiu Giordano dir nachgestiegen ist, du musstest dich auch noch an meinen Sohn heranmachen. Vittorio hat mehr Geld auf dem Konto, aber ich denke, dass Giordano besser zu einem Mädchen wie dir passen würde.«

Vittorio wirbelte herum. »Teodosiu Giordano hat sich für dich interessiert?«

Grace krampfte die Finger um das Glas Erdbeerlimonade. »Er hat mich mehrere Male um ein Date gebeten, ja. Ich habe immer abgelehnt.«

»Wer's glaubt. Bist du schwanger? Hat er dich geschwängert und dann rausgeschmissen, sodass du jetzt hinter meinem Sohn her bist?«

»Giordano hat jahrelang als Vollstrecker für Miceli Saldi gearbeitet. Er ist zu einem großen Batzen Geld gekommen und schließlich ein Kredithai geworden«, erklärte Vittorio seiner Frau. »Jetzt passt alles zusammen.« Er ignorierte seine Mutter absichtlich.

»Also ist er der Mann, dem Haydon Geld schuldet«, kombinierte Grace, ohne Eloisa anzusehen. Sie weigerte sich, sich von ihr einschüchtern zu lassen.

Er platzte fast vor Stolz. Sie war großartig. Selbst mit der Schulter, die sie nicht bewegen konnte, und den Verbänden, die ihren Arm fixierten, wirkte sie majestätisch. Ihre Stimme war leise, aber bestimmt, sie war eine Frau, die aktiv wurde und mit ihm auf Augenhöhe sprach.

»Ich hätte gleich an Giordano denken müssen. Er wäre der Erste, den Haydon um Geld fragt.« Er drehte den Kopf und schenkte seiner Mutter ein Lächeln. »Danke, Eloisa. Du hast einen Teil des Mysteriums für uns gelöst. Wir mussten herausfinden, wer Haydon das Geld gegeben hat.«

Eloisa runzelte die Stirn. »Vittorio.« Ihre Stimme war schneidend.

Vittorio ignorierte sie und wandte sich wieder Grace zu.

»Wir haben über Jahre spekuliert, warum Miceli wohl erlaubt hat, dass Giordano geht und sich selbst als Kredithai etabliert.«

»Sprich gefälligst nicht mit ihr über unsere Familienangelegenheiten.« Eloisa kreischte beinahe.

Vittorio wies auf das Glas Erdbeerlimonade, und als Grace es nicht sofort ergriff, nahm er es und hielt es ihr an die Lippen. Während sie trank, strich er ihr Haar zurück, seine Fingerspitzen schwelgten in den dichten, seidigen Strähnen. »Das ist alles öffentlich«, versicherte er ihr. »Jeder kann Spekulationen über Micelis Großzügigkeit einem ehemaligen Angestellten gegenüber anstellen. Der Punkt ist, wenn du einen Mann wie Giordano abgewiesen hast, dann ist es gut möglich, dass er denkt, dich durch Spielschulden zu kriegen. Wusstest du, dass er in der Mafia ist?«

Grace schüttelte den Kopf. »Nein, ich dachte, die Mafia wäre dieser Tage mehr oder weniger verschwunden. Man hört nicht viel über sie.«

»Sie ist alles andere als verschwunden. Es gibt nur weniger offensichtliches Blutvergießen als früher. Lass uns darüber nachdenken, *bella*, und es auf einer Zeitachse einordnen.«

»Vittorio, ich *bestehe* drauf, dass du mit mir sprichst.«

Er blickte über seine Schulter und schenkte seiner Mutter ein Lächeln. »Bitte setz dich doch, Eloisa. Ich werde Merry bitten, dir etwas zu essen zu bringen, oder, wenn du möchtest, kann ich dir auch einen Drink aus der Bar einschenken. Ich kann dir fast alles machen. Gib mir nur eine Minute. Das hier ist wichtig.«

»Und ich bin es nicht?«, fauchte Eloisa. »Ich *bestehe* darauf, dass du jetzt sofort mit mir sprichst.«

Vittorio seufzte und drehte sich ganz zu ihr um. »Du hast meine volle Aufmerksamkeit, Eloisa.«

»Hör auf, mich in diesem fürchterlichen Ton anzusprechen. Ich hasse es, wie du meinen Namen sagst.«

»Ist dir Mrs. Ferraro lieber? Oder Miss Ferraro?«

»Lass den Sarkasmus, Vittorio.« Eloisa knirschte beinahe mit den Zähnen. »Du zögerst nur das Unvermeidliche hinaus. Ich habe ein paar Wörtchen mit dieser kleinen Schmarotzerin zu reden. Sie arbeitet für Katie Branscomb, obwohl ich keine Ahnung habe, wo Katie, die aus einer so guten Familie stammt, sie aufgegabelt hat.«

»Sie arbeitet nicht für Katie, Eloisa, sie ist ihre Geschäftspartnerin und Freundin, wie du sehr gut weißt. Du würdest niemals eine Firma engagieren, ohne sie zuvor gründlich zu durchleuchten. Du hast nur vorgegeben, es nicht zu wissen, weil dir das besser in den Kram gepasst hat. Grace ist meine Verlobte. Wir heiraten, ob dir das nun passt oder nicht.« Er ließ seine Stimme sehr ruhig klingen. Sehr ausgeglichen. Zwingend. »Besser, du akzeptierst diese Entscheidung, ich werde sie nämlich nicht rückgängig machen.«

»Das ist doch albern. Nur weil sie die Kriterien erfüllt …«

Hinter ihm spürte er, wie Grace erstarrte. Er war sich im Klaren, dass sie später einige Erklärungen fordern würde, die er ihr nicht geben konnte. Er beschwor sie, ruhig zu bleiben und keine Fragen zu stellen. »Du wusstest es.« Eine leise Anklage. Jeder, der ihn kannte, mit Ausnahme seiner Mutter, wäre von diesem Moment an sehr vorsichtig vorgegangen.

»Natürlich wusste ich es.« Eloisa hob ruckartig den Kopf, und ihre Augen loderten vor Zorn.

»Aber du hast nichts gesagt.«

»Weil ich wusste, dass einer von euch genau das hier tun würde. Sich ihretwegen zum Narren machen. Sie erfüllt vielleicht die Kriterien, aber sie entspricht nicht unserem Standard.«

»Ich möchte, dass du jetzt gehst, Eloisa. Grace ist meine Verlobte. Ich werde sie heiraten und eine Familie mit ihr gründen. Das allein sollte genügen, dass du ihr etwas Respekt entgegenbringst. Du beleidigst mich und meine Intelligenz, wenn du sagst, dass ich den Unterschied zwischen Realität und Fantasie nicht kenne. Da ich schon mein ganzes Leben lang mit deinem hässlichen Charakter leben muss, bin ich gegen dein Gift immun. Aber, und du hörst mir besser gut zu, ich werde nicht zulassen, dass du das Gleiche mit meiner Frau tust. Sie ist meine Wahl. Sie wird immer meine Wahl sein. Ich möchte, dass du jetzt gehst.«

»Das ist lächerlich. Du kannst mich doch nicht rauswerfen.«

»Ich bitte dich höflich, mein Haus zu verlassen und nicht zurückzukehren, bis du freundlich zu Grace sein kannst. Der Frau, die mir das Leben gerettet hat.«

Eloisa rollte mit den Augen. »Ich schätze, du bist ihr sehr dankbar. Stell ihr einen Scheck aus, aber heirate sie doch nicht. Und wenn du mir das vorhalten und damit andeuten willst, dass auch ich ihr dankbar sein sollte, dann möchte ich dich daran erinnern, dass nie jemand auf dich geschossen hätte, wenn sie nicht gewesen wäre.«

»Und ich möchte dich daran erinnern, dass, wenn du uns von ihr erzählt hättest, sie in Sicherheit gewesen und auf niemanden von uns geschossen worden wäre.« Er blickte seiner Mutter ins Gesicht. Er hatte alles gesagt, was gesagt werden musste.

Selbst Eloisa kannte ihn gut genug, um zu wissen, was dieser Blick bedeutete. Sie warf die Hände in die Luft. »Also gut. Mach dich zum Narren. Ihr Jungs wollt offenbar alle in Stefanos Fußstapfen treten. Ich habe seine tolle Francesca ewig nicht mehr zu Gesicht bekommen. Sie arbeitet nicht.

Sie vertrödelt ihre Zeit wie eine Prinzessin in ihrem Turm. Es widert mich an.«

Er trat einen Schritt auf sie zu. Er hätte kein Problem damit gehabt, sie hochzuheben und vor die Tür zu setzen, doch ein Blick in sein Gesicht reichte, damit sie sich umdrehte und aus dem Zimmer rauschte, ohne sich noch einmal umzublicken.

Vittorio drehte sich langsam zu Grace um. Sie hatte das eiskalte Glas gegen die Stirn gepresst und die Augen geschlossen. Das war ein schlechtes Zeichen. Grace konnte man nicht so leicht zum Narren halten. Sie war klug. Ihr waren die Anschuldigungen seiner Mutter sicher nicht entgangen.

Sie hob die langen Wimpern, und ihn traf ein äußerst misstrauischer Blick. Da war Schmerz in ihrer Miene, Kummer in ihren Augen. Sie hatte ihm mehr vertraut, als ihr klar gewesen war. Das stand deutlich in ihrem Gesicht geschrieben. Dieses Wissen machte ihn froh, aber er hasste die Traurigkeit, die die Enthüllungen seiner Mutter verursacht hatten.

»Grace …«

»Sag es mir einfach, Vittorio. Welche Kriterien erfülle ich?«

»Meine Mutter ist eine sehr bittere, bissige Person. Lass nicht zu, dass sie dich verletzt.«

»Eloisa Ferraro kann mich nicht verletzen, Vittorio. Du kannst es. Ich will jetzt von dir wissen, welche Kriterien ich erfülle.«

»Und wenn ich es dir nicht erklären kann?«

»Vermutlich willst du, dass ich dir blind und ohne jede Erklärung folge. Das wird nicht passieren. Ich rate dir, mir zu sagen, worauf sie angespielt hat.«

»Ich denke, egal, welche Erklärung ich dir jetzt gebe, du bist nicht offen dafür.«

Grace schwieg. Ihr Blick wanderte von seinem Gesicht zum See. Sie sah so traurig aus, dass er sie an sich ziehen und sie in seinen Armen halten wollte.

»Das stimmt. Ich glaube, mir wird gerade alles zu viel, und das mit uns geht viel zu schnell.« Ihr Blick richtete sich wieder auf ihn. »Ich glaube nicht an Märchen, Vittorio. Ich habe vorhin für ein paar Minuten zugelassen, daran zu glauben, weil ich so sehr wollte, dass das alles real ist. Du bist … besonders. Das bist du wirklich. Eine andere Frau wird sehr glücklich sein, dich in ihrem Leben zu haben.«

Sie war nicht in der Lage, den Ring abzunehmen, und er war froh darüber.

»Grace, tu das nicht. Meine Mutter ist sehr gut darin, Dinge zu sagen, von denen sie weiß, dass sie andere verletzen. Das ist ihre spezielle Gabe. Sie wollte, dass du das Gefühl bekommst, du seist nicht wichtig und ich würde dich nicht lieben. Unser Leben gehört uns, niemandem sonst. Wozu wir beide uns gemeinsam entschließen, das gehört uns allein. Ich sage dir, und das ist eine Tatsache, dass du meine Wahl bist. Ich liebe alles an dir. Ich könnte ein Dutzend deiner Eigenschaften aufzählen, wenn dich das überzeugen würde, aber du musst an mich glauben. An uns glauben. Das kann ich dir nicht geben. Du musst es fühlen.«

Sie legte den Kopf in den Nacken und sah zu ihm auf, ihre Augen trafen sich. »Ist es wahr, was sie sagt? Erfülle ich irgendein wichtiges Kriterium für dich? Etwas, das dich auf mich aufmerksam gemacht hat?«

»War der Schuss nicht Aufmerksamkeit genug?«

Sie kaufte ihm das Ablenkungsmanöver nicht ab. Sie wartete, ihr Blick fest.

Vittorio seufzte und ging vor ihr in die Hocke, bis sie auf Augenhöhe waren. »Ja, Grace, es gibt Kriterien, die alle unsere Frauen erfüllen müssen, und du tust das. War es das Erste, was mir an dir aufgefallen ist? Nicht einmal annähernd. Ich habe gesehen, wie du aus dem Kofferraum des Wagens gestürmt bist. Deine Wut hätte beinahe den Parkplatz in Flammen aufgehen lassen. Da waren zwei riesige Männer mit Waffen, Micelis Vollstrecker. Da war Haydon Phillips, der dich gegen seine Schulden eintauschen wollte. Sie alle waren dir egal. In diesem Moment warst du bereit, es mit ihnen allen aufzunehmen. Ich habe nie etwas Anziehenderes gesehen.«

»Ich lasse nicht zu, dass du ablenkst.«

»Ich versuche nicht abzulenken. Ich erzähle dir die Wahrheit. Dort auf dem Parkplatz habe ich mich in dich verliebt, obwohl ich dich gar nicht kannte. Ich habe mitgehört, dass du Kredite aufgenommen hast, um Phillips zu helfen. Zu diesem Zeitpunkt dachte ich, das sei so, weil er dein Freund war, nicht weil du Angst vor ihm hattest, aber das zeigte mir deine Loyalität. Jetzt, da ich dich kenne, bin ich mir sicher, dass du so etwas für einen Freund tun würdest. Alles, was ich über dich erfahren habe, alles, was ich an dir beobachtet habe, hat mich davon überzeugt, dass du die eine Frau für mich bist.«

»Und diese ach so wichtigen Kriterien, die mich zu einer Kandidatin für eine Heirat mit einem Ferraro machen?«

Er seufzte. »Du hörst mir nicht wirklich zu. Du willst es nicht hören, Grace. Lass uns wieder reingehen. Du siehst müde aus.«

Sie protestierte nicht, nicht einmal, als er sie hochhob, statt neben ihr zu gehen. Er brauchte das Gefühl, sie zu halten, er wollte nicht zusehen, wie sie von ihm wegdriftete. Er konnte bereits spüren, wie sie durch seine Finger schlüpfte.

9

»Ich hoffe, dass Francesca etwas bewirken kann«, vertraute Vittorio Stefano an, während sie die Penthouse-Suite in ihrem Privataufzug verließen. »Sonst verliere ich Grace.«

»Was ist passiert?«

»Eloisa. Sie hat absichtlich einige Dinge erwähnt, von denen sie wusste, dass ich sie Grace im Moment unmöglich erklären kann. Für mich wäre das nicht so schlimm, ich könnte das mit der Zeit regeln, aber Grace ist verletzt, und das macht das, was Eloisa getan hat, schlicht verwerflich.«

»Sie muss damit aufhören«, sagte Stefano. »Im Ernst, Vittorio, es wird schlimmer mit ihr, nicht besser. Wenn wir keinen Weg finden, ihr Verhalten zu unterbinden, wird sie unsere Familie zerreißen. Was hat sie zu Grace gesagt?«

»Sie hat es zu mir gesagt, während Grace zuhörte. Sie erwähnte, dass Grace die Kriterien erfüllt und dass das der einzige Grund ist, warum ich mich für sie interessiere. Meinte, dass ich Grace sonst nicht einmal angesehen hätte. Ich konnte ihr nichts von Schatten oder dem Gleiten oder irgendetwas anderem, was wir tun, erklären. Sie hat sich noch nicht voll für mich entschieden. Das könnte in einem Desaster enden.«

Stefano trat aus dem Aufzug. »Francesca ist eine echte Bereicherung für uns alle. Ich schreibe ihr und erkläre ihr, dass es ein Problem gibt. Hoffentlich erwähnt Grace es ihr gegenüber, sodass sie helfen kann, die Wogen zu glätten.«

»Eloisa wusste definitiv, dass Grace eine untrainierte Schattengleiterin ist. Ich weiß nicht, seit wann, aber sie wusste es. Ich konnte es ihr vom Gesicht ablesen, und sie hat es zugegeben.« Vittorio rieb mit der Hand über den Bartschatten an seinem Kinn. »Manchmal will ich sie einfach erwürgen. Warum macht sie uns das Leben so schwer?«

»Sie ist todunglücklich«, sagte Stefano, während sie die Lobby des Hotels durchquerten. Sie war schön, elegant und äußerst gepflegt, mit hohen Decken und Kristallkronleuchtern. Die beiden achteten nicht auf die Gäste, die urplötzlich ihre Gespräche einstellten und sie anstarrten, während sie den Flur hinunter zu den Konferenzräumen gingen. »Eloisa will, dass alle um sie herum sich genauso fühlen. Sie ist in einer kalten, gefühllosen Umgebung aufgewachsen. Es ging immer nur um die Arbeit. Sie kennt es nicht anders und glaubt, dass es so sein muss. Dass es der einzige Weg ist, sicher zu bleiben.«

»Wir brauchen Dinge, für die es sich lohnt zu leben«, meinte Vittorio.

Stefanos scharfer Blick richtete sich auf sein Gesicht. »Bislang warst du immer der Ausgeglichene unter uns.«

Vittorio zuckte die Achseln. »Ich brauche trotzdem ein Zuhause, und ohne Grace wäre es wieder ein leeres Nichts. Wände. Stille. Du kennst das.«

Stefano blieb abrupt stehen, kurz bevor sie den Konferenzraum erreichten, wo sie sich mit den Saldis trafen. »Bist du dir absolut sicher, dass Grace für dich bestimmt ist? Sie ist nicht einfach eine Frau, die passt, weil sie das Genmaterial hat, das wir brauchen? Francesca ist mein Leben. Deine Frau muss deines sein.«

»Grace ist meine Francesca«, versicherte Vittorio ihm. »Wenn ich sie verliere, erlaube ich ihnen, eine Ehe für mich zu arrangieren. Wenn sie weg ist, würde das keine Rolle mehr spielen, weil ich niemals von jemand anderem bekommen würde, was ich brauche. Ich spüre, wie die Anziehung zwischen uns mit jedem Moment in ihrer Gegenwart stärker wird. Wenn ich von ihr getrennt bin, kann ich nur noch an sie denken. Ich will, dass sie glücklich ist, und dafür werde ich alles tun, selbst wenn das bedeutet, dass ich sie gehen lassen muss.«

Stefano schüttelte den Kopf. »Lass sie nicht gehen, Vittorio. Du musst unbedingt einen Weg finden, sie glücklich zu machen, sodass sie bei dir bleiben will. Es ist nicht leicht zu verstehen, was wir tun. Jemand wie Grace, eine Frau, die von einem Mann terrorisiert wird, der jeden tötet, der ihn kränkt, ob nun gefühlt oder tatsächlich, kann unsere Art zu leben leicht missverstehen.«

»Das ist mir bewusst«, gab Vittorio zu. »Eloisa hat die Dinge zu sehr beschleunigt. Grace hat gerade erst mit der Physiotherapie begonnen, und ich hatte geplant, ihr unsere Art zu leben nach und nach näher zu bringen, und nicht mit Erklärungen herauszuplatzen und sie dazu zu zwingen, dass sie versucht, sie zu akzeptieren.«

Vittorio wusste, dass es unmöglich wäre zu erklären, was seine Familie tat. Er war als Schattengleiter geboren und trainierte, seit er zwei Jahre alt war. Es gab keinen anderen Job oder andere Interessen für ihn. Es wurde als heilige Pflicht erachtet, und kein Gleiter würde es je aufgeben, ganz egal, wie schwer es war. Es war ein einsames Leben mit vielen Regeln, gefährlich und furchterregend. Jetzt, da er Grace in seinem Leben hatte, auch wenn es nur ein paar Wochen gewesen waren, war er nicht mehr bereit, zu dieser trostlosen und einsamen Existenz zurückzukehren.

Stefano stieß die Tür auf, und die beiden Brüder betraten den riesigen Raum. »Vielleicht versuchst du, ihr Eloisa zu erklären. Grace wirkt wie ein mitfühlendes kleines Ding. Vielleicht lenkt sie das ein, zwei Tage ab.«

»Wenigstens hatten wir eine Mutter«, murrte Vittorio.

»Wenn man Eloisa so nennen kann. Grace hatte nie eine. Sie hatte eine beschissene Kindheit.« Er hasste es, dass Grace in Schrecken hatte leben müssen. Dass sie niemanden hatte, der sie tröstete, als sie noch klein war. Dass die einzige Person, die sich je für sie eingesetzt hatte, ein Serienkiller war, der ihr das Leben seitdem zur Hölle gemacht hatte.

»Du findest sicher einen Weg, das wiedergutzumachen«, sagte Stefano.

»Hast du mit Teodosiu Giordano gesprochen? Ich bin mir sicher, dass er derjenige ist, der Phillips Geld geliehen hat.«

Stefano blieb direkt hinter der Tür zum Konferenzraum stehen. »Das habe ich. Persönlich. Er ist aalglatt und vermischt gern Lügen und Wahrheit. Er hat zugegeben, dass Phillips mehr als einmal bei ihm war und sich Geld geliehen hat. Er hat auch zugegeben, Grace mehrere Male um ein Date gebeten zu haben. Er sagte, er würde es noch einmal tun, wenn er die Gelegenheit dazu bekäme. Er hatte keine Ahnung, dass sie deine Verlobte ist, aber für ihn war das die Erklärung, warum sie nicht mit ihm ausgehen wollte. Phillips ist dann mit dem verrückten Plan bei ihm aufgekreuzt, dass Grace ja seine Schulden mit Sex bezahlen könnte. Er hat ihm erklärt, dass das nicht das ist, was er wollte. Bis dahin glaube ich ihm die Geschichte. Ich bin mir allerdings nicht so sicher, dass er wirklich nichts mit dem Entführungsversuch zu tun hatte. Auf der anderen Seite blieb er während der Befragung gelassen und wirkte ein wenig zornig, dass jemand Grace so etwas antun würde. Das kam mir echt vor. Alles in allem ist er also ein Fragezeichen, und wir werden weiterhin ein Auge auf ihn haben.«

»Danke, Stefano. Ich wollte Grace nicht allein lassen, nicht jetzt, wenn sie wütend auf mich ist.«

Ricco saß mit Mariko an seiner Seite am Tisch. Das Paar blickte auf, als sie den Raum betraten. »Alles okay?«, fragte Ricco Vittorio. »Ich habe deine Lady gesehen. Sah nicht glücklich aus.«

»Eloisa.«

»War ja klar. Ich hätte es wissen müssen. Francesca kriegt das wieder hin«, sagte Ricco mit absoluter Überzeugung.

Vittorio hoffte, dass seine Brüder recht behielten. Nach der desaströsen Unterhaltung mit Eloisa hatte sie ihm gesagt, dass es schon okay für sie sei, allein in ihrem Zimmer zu schlafen, und dass sie sich Sorgen mache, wenn er die ganze Nacht neben ihr saß. Er hatte nicht protestiert, aber es gefiel ihm nicht, dass sie sie trennte. Er wusste, dass sie sich der Tatsache bewusst war, dass sie bald stark genug sein würde, um zu gehen. Das Wort *Kriterien* hing direkt zwischen ihnen.

Stefano blickte auf die Uhr. »Mariko, du bleibst in den Schatten. Wenn irgendwas schiefgeht, bist du unser Ass im Ärmel. Wir werden sie bitten, ihre Bodyguards vor der Tür zu lassen, also müssen wir dasselbe tun. Sasha, Francesca und Grace sind oben in Sicherheit, und ich habe vier Männer bei ihnen abgestellt. Giovanni ist am verletzlichsten, deshalb ist er deine erste Priorität, Mariko.«

Sie nickte ernst. »Betrachte es als erledigt.«

»Wenn man vom Teufel spricht«, sagte Ricco, als Giovanni und Taviano den Raum betraten.

»Sprecht ihr etwa schlecht über mich?«, fragte Giovanni.

»Immer doch«, sagte Stefano und schlug seinem Bruder auf die Schulter. »Sasha hat Francesca erzählt, dass sie dir bald das Blech aus dem Bein nehmen.«

Giovanni nickte. »Ich brauche noch einmal Physiotherapie, bevor ich wieder arbeiten kann, aber wenigstens ist ein Ende in Sicht. Ich habe noch gewartet mit einem OP-Termin, bis wir Grace in Sicherheit wissen.«

Vittorio warf seinem Bruder ein dankbares Lächeln zu. Ein Schattengleiter zu sein hatte viele Nachteile, aber dann war da noch immer seine Familie, die immer für ihn da war. Immer bereit zu helfen und aufeinander aufzupassen. Seine Familie war eines der größten Geschenke, die er Grace anbieten konnte.

»Ich möchte, dass du nahe bei der Tür bleibst.« Stefano zeigte auf die Geheimtür an der Wand gegenüber dem Kopfende des Tisches. Sie war schwer zu sehen, und sollte etwas schiefgehen, würde Giovanni auf seine Sportlichkeit vertrauen müssen, um die kurze Distanz zu überwinden und in Sicherheit zu tauchen. »Bist du bewaffnet?«

»Klar.« Giovanni wirkte beleidigt.

Es verstand sich von selbst, dass sie alle Waffen bei sich trugen. Die Saldis würden es nicht anders machen. Vittorio wusste, dass Stefano seinen Plan durchging wie ein General vor der Schlacht. Sein ältester Bruder plante immer alles Schritt für Schritt, vor allem wenn es um die Sicherheit der Familie ging.

»Eloisa wird ebenfalls in den Schatten auf der westlichen Seite des Raums warten. Mariko, du übernimmst den Süden. Unsere Cousins aus New York, Salvatore, Lucca und Geno, sind hier, und sie positionieren sich im Osten und im Westen. Geno wird den schnellsten Tunnel nahe Giuseppi finden und ihn umbringen, sollten sie Dummheiten machen.« Stefano blickte zur Tür. »Wenn die Dinge aus dem Ruder laufen, dann ist Val mein Ziel. Ganz egal, was ist, er darf sich Emmanuelle nicht nähern.«

Vittorio hatte den gleichen Gedanken gehabt. Val hatte seine Schwester genug verletzt. Vermutlich würde sie nie wieder einem anderen Mann vertrauen können. Er hatte sie benutzt, auf Anweisung seines Vaters, und dann auch noch vor einer anderen Frau damit geprahlt. Er hatte Emmanuelle nicht nur das Herz gebrochen, sondern sie auch noch gedemütigt. Und doch kam sie zu diesem Meeting. Mit hoch erhobenem Haupt. Eine echte Ferraro. Wenn die Saldis Blut wollten, würde sich das Blatt wenden, und Val wäre der Erste, der starb.

Ihre Cousins aus New York traten aus drei verschiedenen Schatten, jeder von ihnen trug den typischen Nadelstreifenanzug der Ferraros. Sie schüttelten sich die Hände, und Stefano blickte noch einmal auf seine Uhr.

»Salvatore, Emmanuelle sitzt direkt dort, wo du dich verbirgst. Wenn irgendetwas schiefgeht, dann bist du für sie verantwortlich. Sie ist tödlich, und sie wird sich zu uns durchkämpfen, um uns zu unterstützen, aber bring sie zunächst in die Schatten. Nach mir wird sie ihr nächstes Ziel sein. Ich zähle auf dich, dass du sie beschützt.«

»Mit meinem Leben«, sagte Salvatore.

Stefano ging noch einmal durch, wo er jeden Schattengleiter positioniert hatte, und wer ihre Zielpersonen waren.

Emmanuelle eilte in den Raum. »Es tut mir leid, dass ich so spät komme, Stefano. Ich war noch oben bei Francesca und habe Sasha letzte Instruktionen gegeben.« Sie lächelte Giovanni zu. »Auf deine Frau kann man sich selbst im Kugelhagel verlassen.«

Giovanni legte sich die Hand aufs Herz. Emmanuelle warf sich in Salvatores Arme und drückte ihn fest. Er küsste sie auf beide Wangen, und Geno tat es ihm gleich. Am Ende küsste und umarmte auch Lucca sie.

»Ich hätte wissen müssen, dass ihr drei kommen würdet«, begrüßte sie sie. »Danke.«

»Ich glaube, dass Giuseppi dumm genug ist, einen Versuch zu unternehmen, uns auszulöschen, aber man kann nie wissen«, sagte Stefano. »Irgendetwas ist da im Busch. Wir müssen einfach nur vorsichtig sein. Ich habe unsere Cousins auch bereits über alles informiert, was wir über Haydon Phillips wissen.«

»Er ist ein gruseliger kleiner Bastard«, sagte Geno. »Hast du deine Frau gut untergebracht, Vittorio?«

»Sie ist oben bei Francesca und Sasha«, sagte Vittorio. »Er hat keine Chance, da oben reinzukommen. Die Lüftungsschächte wurden gesichert, und es gibt keine Möglichkeit, den Aufzug oder den Aufzugschacht zu benutzen. Allerdings ist er schlau, und je mehr Zeit vergeht, in der er nicht an Grace herankommt, desto wahrscheinlicher wird es, dass er etwas versucht, das er sonst nicht tun würde.«

»Es scheint, als wäre er sehr geduldig«, stellte Lucca fest. »Ich habe alle Informationen gelesen, die wir bis jetzt über ihn haben, und er wartet manchmal Monate, bis er Rache nimmt.«

»Aber bisher hatte er immer Zugriff auf Grace«, wandte Salvatore ein. »Ich stimme Vittorio zu. Ich glaube, auf gewisse Art braucht er sie in seinem Leben. Er terrorisiert sie, er benutzt sie, um seine Schulden zu bezahlen, und er war eindeutig bereit, sie zu verkaufen, aber nicht für längere Zeit oder auf Dauer. Er dachte auch, er hätte Kontrolle über den Deal.«

Vittorio stimmte Salvatores Schlussfolgerungen voll zu. »Grace war die einzige Konstante in seinem Leben. Er will, dass sie zu niemandem sonst Kontakt hat. Er hat dafür gesorgt, dass sie niemandem zu nahekommen kann. Das bedeutet, dass er mit allen Mitteln versuchen wird, sie zurückzubekommen.«

»Und dabei macht er hoffentlich Fehler«, sagte Ricco.

»Die Caterer kommen«, sagte Stefano und blickte auf eine Textnachricht auf seinem Smartphone.

»Das ist unser Stichwort«, meinte Geno. »Sehr wahrscheinlich spioniert einer von ihnen für die Saldis.«

Vittorio stimmte zu. Das Catering-Unternehmen war eines der besten, eines, das sie regelmäßig engagierten. Mit Sicherheit kannte Giuseppi Saldi jede Firma, mit der die Ferraros Geschäfte machten. Da lag es nicht fern, dass er jemanden von ihnen dafür bezahlte, dass er ihm Bericht erstattete. Die Ferraros hatten immer ihre Leute in Unternehmen, die die Saldis beauftragten.

Mariko und ihre drei Cousins aus New York glitten an den ihnen zugewiesenen Stellen in die Schatten. Vittorio legte einen Arm um Emmanuelles Schultern und zog sie zu sich. »Emme, mir wäre viel leichter ums Herz, wenn du dich ihnen anschließen würdest. Du kannst uns immer noch beschützen.«

Sie stellte sich auf die Zehenspitzen und küsste ihn auf die harte Linie seines Kiefers. »Ich habe dich lieb, Vittorio. Du bist der Beste. Ihr alle. Ihr seid gut zu mir, aber diesen Fehler habe ich begangen. Ich habe mich zum Ziel für die Saldis gemacht. Ich wusste, dass ich keine Beziehung mit Valentino anfangen sollte, aber ich habe alle Warnungen ignoriert und es trotzdem getan.«

Sie rieb ihr Gesicht gegen seinen Arm und straffte die Schultern. »Ich bin eine Ferraro. Ich kann meine Fehler zugeben, egal, wie dumm sie waren. Ich war sechzehn, als ich mich in ihn verliebte. Heute bin ich älter. Wenn er über mich triumphieren will, dann lasst ihn. Ich halte zu meiner Familie, und nie habe ich ihm irgendwelche Informationen über irgendjemanden von euch oder die Familie ganz allgemein gegeben. Er hat vielleicht mein Herz, aber sein Ziel hat er nicht erreicht, also scheiß auf ihn und Giuseppi.«

Nie im Leben würde sein kleiner Wirbelwind von einer Schwester sich in den Schatten verstecken, während ihre Brüder sich den Saldis stellten. Vittorio wusste, dass es keinen Sinn hatte zu versuchen, ihren Entschluss zu ändern. Und an ihrer Stelle hätte er dasselbe getan. »Ich bin stolz auf dich, Emme.«

Sie schenkte ihm ein Lächeln und wandte sich der Tür zu, als die Caterer einer nach dem anderen den Raum betraten. Vittorio wusste, dass Emilio und Enzo jeden Angestellten, der sich dem Raum näherte, gründlich durchleuchteten. Sie hatten auch einen Hund, der anschlagen würde, wenn sich Sprengstoff auf einem der Servierwagen oder an ihren Körpern befände. Sie checkten ihre Gesichter mit einer Gesichtserkennungssoftware und glichen sie mit Haydon Phillips' Gesicht ab. Vittorio würde ihm das zutrauen.

Die Erfrischungen wurden zusammen mit kleinen Tellern und Gläsern auf dem Tisch abgestellt. Weinflaschen wurden geöffnet. Die Caterer gingen wieder. Eloisa schlüpfte in den Raum. Sie warf ihrem ältesten Sohn einen finsteren Blick zu, die Hände in die Hüften gestemmt. »Was tut Giovanni hier? Wenn es Probleme gibt, kann er unmöglich entkommen.«

»Dafür ist schon gesorgt«, sagte Stefano.

»Er sollte nicht hier sein.«

»Er ist erwachsen«, fauchte Giovanni. »Fang nicht schon vorher Ärger an.«

»Das wäre alles kein Problem, wenn deine Schwester sich nicht entschieden hätte, die …«

»Lass es!«, befahl Vittorio leise, aber bestimmt. Er trat näher, ragte über ihr auf. »Sag kein Wort gegen meine Schwester. Du hast genug Schaden angerichtet. Verschwinde oder unterstütze uns, aber halt einmal in deinem Leben den Mund, sonst werfe ich dich vor den Augen der Saldis raus.«

Irgendwo gab es eine Grenze. Eloisa hatte bereits seine Beziehung zu Grace gefährdet. Und nicht nur das, sie hätte auch verhindern können, was Grace passiert war, aber sie hatte eigenmächtig entschieden, dass sie Grace nicht als Schwiegertochter wollte. Ihr Verlangen, Emmanuelle fertigzumachen, kannte keine Grenzen. Er hatte genug von ihr, und wenn sie nicht gleich aufhörte, dann hätte er kein Problem, sie hochzuheben und direkt vor Giuseppi und seiner Familie aus dem Raum zu werfen. Keiner von seinen Brüdern würde auch nur einen Finger rühren, um ihn aufzuhalten.

Eloisa wirkte außer sich. »Wie kannst du es wagen, mich zu bedrohen. Ich bin noch immer deine Mutter, egal, wie sehr Stefano versucht, diese Rolle zu übernehmen.« Noch während sie ihm diese Worte zuzischte, wich sie zurück.

»Eloisa, deine Position ist auf der Westseite des Zimmers«, sagte Stefano und wies auf die Stelle, die er ihr zugeteilt hatte.

Der Konferenzraum war speziell auf die Bedürfnisse von Schattengleitern zugeschnitten. Zahlreiche kunstvoll an der Decke montierte Lichter warfen Schatten, die in alle Richtungen über Wände und Eingänge fielen. Ihre Mutter verschwand in den Schatten, und Vittorio schloss für einen Moment die Augen, um wieder seine Mitte zu finden. Das Adrenalin ging zurück, und er war wieder er selbst.

Stefano legte ihm eine Hand auf die Schulter, und im nächsten Moment öffnete sich die Tür, und Emilio nickte ihnen zu.

»Die Bodyguards bleiben draußen. Ihr wisst, was zu tun

ist«, sagte Stefano. »Der Ärger kann auch dort draußen anfangen. Seid auf der Hut.«

Emilio sah sie alle todernst an, als wollte er sagen: *Das sollen sie mal versuchen.*

»Bring sie rein.«

Valentino war der Erste, der den Raum betrat. Er sah sich um, nahm alles und jeden wahr, bis sein Blick bei Emmanuelle verharrte. Sie stand nicht in der Nähe einer ihrer Brüder, sondern hoch aufgerichtet mit gehobenem Kinn, beinahe majestätisch, und Vittorio war stolz auf sie. Ihm war aufgefallen, dass es Val einen Moment den Atem verschlagen hatte, aber dann wanderte sein Blick weiter zu Stefano.

»Ich vertraue dir meinen Vater an, Stefano.«

Taviano öffnete den Mund, aber Vittorio schüttelte den Kopf. Sie alle wollten dasselbe sagen. Sie hatten Val ihre Schwester anvertraut. Sie hätten ihre Beziehung verhindern sollen. Sie hatten Einwände erhoben, aber sie hatten es nicht verhindert, und dieser Mann hatte sie gebrochen.

»Ich vertraue dir meine Familie an«, antwortete Stefano. Das sagte alles und nichts aus.

Vittorio hatte Stefano immer dafür bewundert, dass er einen Raum mit seiner schieren Präsenz beherrschen konnte. Er hatte einfach nur Vals Worte aufgenommen, doch sein Ton deutete etwas ganz anderes an.

Für einen Moment schwieg Val und sah sich vorsichtig um. Er blickte sogar nach oben und durchsuchte den Raum noch einmal nach einer verborgenen Bedrohung. Er musterte Stefanos Gesicht und blickte zu Emmanuelle, als könnte sie ihm Antworten liefern.

»Schau sie nicht an«, warnte Vittorio. »Kümmere dich um dich selbst und deine Familie.« Er sprach leise und ruhig, doch jedes Wort versprach eine Drohung.

Val musterte weiterhin Emmanuelles Miene. Vittorio sah zu seiner Schwester. Er war stolz auf sie. Sie ließ sich nicht unterkriegen. Ihre Schultern blieben gestrafft, ihr Gesicht ausdruckslos, und sie blickte direkt durch Val hindurch.

Vals Blick richtete sich auf Vittorio und glitt von einem Bruder zum anderen. Er war nicht eingeschüchtert, aber er wirkte aufgebracht. Er schüttelte den Kopf und blickte dann über seine Schulter. »Alles in Ordnung.«

Es war schwer, Valentino Saldi nicht zu respektieren. Inmitten all der Feindseligkeit, die ihm von der Familie Ferraro entgegenschlug und die er sicher spüren musste, vertraute er ihnen immer noch genug, um seinen Adoptivvater hereinzurufen. Es war unverkennbar, dass er Giuseppi liebte und ihn mit aller Macht verteidigen würde, selbst wenn es zum Krieg zwischen den beiden Familien käme, aber er würde dennoch den Versuch unternehmen, es zu verhindern.

Giuseppi Saldi kam herein. Er war ein Mann Anfang sechzig und gut in Form. Sein schwarzes Haar war von attraktiven silbernen Strähnen durchzogen. Er wirkte erschöpft. Vittorio hatte ihn nie so niedergeschlagen erlebt. Kummer hüllte ihn ein wie ein Mantel. Normalerweise lächelte er, und seine dunklen Augen lachten. Doch heute war keinerlei Lachen in ihm. Er ging direkt auf Stefano zu und reichte ihm die Hand. Stefano schüttelte sie und wies auf den Konferenztisch.

»Ich möchte dir für dieses Treffen danken, Giuseppi, vor allem unter den Umständen. Wir sind alle sehr bekümmert wegen der Nachrichten über Greta. Ich hoffe, es geht ihr gut?«

Jeder wusste, dass Greta Giuseppis Leben war. Sie litt an Bauchspeicheldrüsenkrebs im vierten Endstadium, und Giuseppi verbrachte all seine Zeit mit ihr. Dass er bei diesem Treffen auftauchte, bedeutete, dass es ihm sehr wichtig war.

Giuseppi nickte mehrere Male. »Sie war sehr glücklich, Emmanuelle zu sehen.« Er drehte sich zu ihr um. »Danke, dass du sie besucht hast. Das bedeutete ihr viel.«

Emmanuelle nickte kurz. »Jeder, der Greta kennt, liebt sie.« Valentino drehte sich um und blickte von seinem Adoptivvater zu Emme. Sie würdigte ihn keines Blickes.

Giuseppi schenkte ihr ein Lächeln und wandte sich wieder Stefano zu, als sein Bruder mit seinen drei Söhnen im Schlepptau eintrat. »Kümmere dich nicht um Miceli. Er ist ein Hitzkopf.« Es war ein Versuch des Humors, den er sonst immer an den Tag legte.

Stefano schüttelte Miceli die Hand. »Genau wie Taviano. Wir werden die beiden am besten voneinander fernhalten.«

Miceli lachte. »Er sagt das schon, seit ich vier war. Jetzt bin ich sechzig, und er glaubt, dass sich diese Eigenschaft nicht verwachsen hat.«

Er wandte sich Vittorio zu. »Ehe wir mit diesem Meeting beginnen, möchte ich mich formell bei dir entschuldigen. Ich hatte keine Ahnung, dass Grace Murphy seine Verlobte ist. Niemand wusste davon. Und ich habe absolut keine Ahnung, was Ale und Lando in eurem Nachtclub wollten.«

Wie alle Schattengleiter konnte auch Vittorio Lügen hören. Miceli Saldi log. Das Bedauern in seinem Gesicht wirkte echt. Sein Ausdruck und sein Ton waren perfekt, aber er log. Vittorio vermied es tunlichst, einen seiner Brüder oder Emmanuelle anzusehen. Sie würden ihn selbst hören, diesen einen Ton, der gerade so weit nicht stimmte, um sie zu warnen, dass dieser Mann ihnen ins Gesicht log.

»Wie geht es ihr?«

»So gut, wie es einem mit einer zertrümmerten Schulter gehen kann.«

»Meinen Informationen nach arbeitet sie für diese Event-planerin. Martina engagiert die Firma für jede Charity und Party, die sie veranstaltet. Sie kennt Grace.«

»Wie geht es deiner Frau?« Das reichte als Antwort sicher aus. Sollten die Saldis über irgendwelche übernatürlichen Fähigkeiten verfügen, und das war gut möglich, dann hatte er nichts gesagt, aus dem man eine Lüge heraushören konnte. Martina Saldi war eine gute Frau. Vittorio hatte sie bei mehreren Anlässen getroffen, und sie war stets höflich zu allen. Selbst zu Eloisa, die so schroff sein konnte.

»Gut, sehr gut. Sie beklagt sich den ganzen Tag, dass unsere Söhne nicht verheiratet sind und ihre Pflicht, uns Enkel zu schenken, noch nicht erfüllt haben.« Er wies auf seine Söhne, die hinter ihm eingetreten waren.

Dario Bosco, Micelis Ältester, arbeitete meist als erster Leibwächter für seinen Cousin Valentino. Seine beiden anderen Brüder, Angelo und Tommaso, verteilten sich etwas im Raum und nahmen Positionen ein, die nicht bedrohlich wirkten, ihren Vater und Onkel aber besser schützen würden, sollte es notwendig werden.

»Unsere Mutter sagt oft das Gleiche«, sagte Stefano. »Ich glaube, Martina und Eloisa haben sich schon häufiger über Enkel unterhalten.«

»Greta hätte gern unsere Enkel gesehen«, sagte Giuseppi bekümmert und ließ sich auf einem Stuhl rechts neben dem Kopf des Tisches nieder, genau auf dem Platz, den Stefano für ihn vorgesehen hatte.

Das Oberhaupt der Saldis wirkte so bekümmert, dass er Vittorio leidtat. Jedem, der auch nur irgendetwas über die Saldi-Familie wusste, war bekannt, dass Guiseppi Saldi seine Frau liebte.

Miceli legte seinem Bruder eine Hand auf die Schulter und klopfte kurz darauf, ehe er sich neben ihm niederließ, sodass Vittorio und Taviano ihn direkt im Blick hatten. Ricco setzte sich auf den Stuhl gegenüber Giuseppi, und Giovanni ließ sich direkt gegenüber von Miceli nieder. Sein Köper wurde beinahe von einem der größeren Schatten erfasst, den der Leuchter über ihnen warf. Emmanuelle ging mit hoch erhobenem Kopf um den Tisch herum, eine Hoheit, die sich dazu herabließ, sich zwischen niederen Geschöpfen zu tummeln, und ließ sich neben Taviano nieder. Valentino setzte sich direkt ihr gegenüber, was zwei Plätze zwischen ihm und Miceli frei ließ. Micelis Söhne, Angelo und Tammaso füllten die Lücke, sodass jetzt nur noch Dario stand. Vittorio gefiel es nicht, dass Vals Cousins beinahe grinsten, wenn sie Emmanuelle ansahen, aber es schien sie nicht besonders zu stören, also sagte er nichts. Das hier war Stefanos Show.

Guiseppi nahm sich von dem Essen und goss sich einen starken Kaffee ein. Die anderen auf beiden Seiten des Tischs schlossen sich ihm sofort an. Vittorio war nicht nach Essen zumute. Guiseppi strahlte Kummer aus, aber da war noch etwas anderes, ein weiteres starkes Gefühl, das sich in den Raum geschlichen hatte. Die Anspannung in seinem Inneren wand sich, nicht in Knoten, sondern wie eine Schlange, die darauf wartete zuzuschlagen. Er konnte nicht sagen, woher die Gefahrenquelle kam, aber sie war im Raum, breitete sich über den Tisch aus und umwirbelte seine Brüder wie ein Mantel des Verderbens.

Stefano stand am Kopfende des Tischs und hielt seine Kaffeetasse in den Händen. »Danke, dass du dir die Zeit genommen hast, zu unserem Treffen zu kommen. Ich weiß, dass jede Minute, die du von Greta getrennt bist, schwer für dich ist.«

»Ich dachte, dass es wichtig ist, Stefano, dass wir alle Missverständnisse zwischen unseren beiden Familien ausräumen«, sagte Giuseppi. »Ich habe mit Greta darüber gesprochen, und sie stimmt mir zu. Wir haben vielleicht unterschiedliche Ansichten, aber wenn es nötig war, waren wir immer Verbündete.« Er spielte auf einen schrecklichen Angriff auf die Ferraro-Familie an – damals hatte er Hilfe geschickt. Aber natürlich hatte das auch damit zu tun, dass sein Sohn zu dieser Zeit auch in Gefahr gewesen war.

»Wir haben herausgefunden, dass einer unserer Mitarbeiter im Nachtclub für die Familie Saldi arbeitete. Wir haben mehrere Männer und Frauen, die seit vielen Jahren für uns arbeiten. Martin Shanks war immer ein Manager, dem wir vertraut und den wir als Freund betrachtet haben. Timothy Vane ist sein Assistent und ebenfalls ein guter Mitarbeiter.«

Während Stefano sprach, beobachtete Vittorio Miceli und Giuseppi aufmerksam. Giuseppi aß in Ruhe, hörte jedoch genau zu. Micelis Hand wanderte mehrere Male unter den Tisch, und Vittorio sah vor seinem geistigen Auge, wie einer eine Automatikpistole herauszog und die gesamte Ferraro-Familie mit Kugeln überzog. Er spürte, dass seine Brüder die gleiche Anspannung erlebten, aber niemand von ihnen ließ es sich anmerken. Mit ausdruckslosen Gesichtern bedienten sie sich an dem reichlich vorhandenen Essen und Trinken.

»Die Aufzeichnungen der Sicherheitskameras auf dem Parkplatz und im Club sind gelöscht worden, aber zum Glück haben wir Cousinen, die technisch äußerst versiert sind und wie durch ein Wunder die Videos wiederherstellen konnten.«

Vittorio wusste, dass sie die Aufnahmen aus ihrem Back-up hatten.

»Die Aufnahme zeigt deutlich Timothy Vane, der deine Angestellten, Miceli, Ale Sarto und Lando Gori, zusammen mit Haydon Phillips, von dem wir mittlerweile wissen, dass er ein Serienkiller ist, in meinen Club begleitet.«

Miceli erhob die Hand. »Ale und Lando haben ohne meine Einwilligung gehandelt. Wenn ich gewusst hätte, dass sie in Menschenhandel verwickelt sind, hätte ich sie sofort gefeuert. Es war auch für mich ein Schock. Ich habe Lando höchstpersönlich befragt. Er entschuldigte sich und bat um Vergebung, vor allem dafür, dass er den Club für das Treffen benutzt hat. Er sagt, der Grund dafür sei gewesen, dass an diesem Ort das Risiko, von einem Kollegen gesehen zu werden, am geringsten war. Dieser illoyale Assistent Vale arbeitet nicht für mich, und ich würde ihn auch nicht engagieren. Sarto und Gori haben definitiv auf eigene Faust gehandelt.«

Das war der größte Bullshit, den Vittorio je gehört hatte. Micelis Stimme klang ehrlich, aber die Lüge war zu groß, um sie mit erstklassiger Schauspielerei zu übertünchen. Vittorio beobachtete die Saldi-Söhne genau. Dario hatte sich an den Rand gesetzt, neben Val. Sein Blick ruhte auf Taviano, als hätte er sich den jüngsten Ferraro als Ziel auserkoren. Angelo behielt Giovanni im Auge. Tommasos Blick war auf Vittorio gerichtet. Das bedeutete, dass Val auf Emmanuelle angesetzt war. Das gefiel Vittorio nicht. Wenn es zu einer Schießerei mit den Saldis kam, konnte er sich nicht sicher sein, ob seine Schwester nicht doch zögern würde, auf den Auslöser zu drücken. Wenn sie das tat, würde Val sie töten. Könnte er einen Schuss auf Val abfeuern und sich direkt danach Tommaso vornehmen? Obwohl er wusste, dass Stefano für dieses Szenario vorgesorgt hatte, ging er es immer und immer wieder im Kopf durch, bis er wusste, dass er geschickt und schnell sein würde.

»Timothy Vane wurde festgenommen und wird von der Polizei befragt«, fuhr Stefano fort, seine kalten dunkelblauen Augen bohrten sich in Micelis.

Giuseppi hatte sich zur Seite gedreht und blickte seinen Bruder anklagend an. Er gab sich auch keine Mühe, seine Skepsis zu verbergen.

»Haydon Phillips ist auf freiem Fuß, und wenn die Cops beweisen können, dass Vane ihm auf irgendeine Art geholfen hat, dann landet er hinter Gittern. Ich habe Vane bereits befragt, aber er hatte nur wenig zu sagen. Er meinte, dass man Kontakt zu ihm aufgenommen habe, als er von uns eingestellt wurde. Der erste Kontakt kam über einen Mann namens Harold Jenson zustande. Ich glaube, das ist dein Angestellter, Miceli?«

Statt wütend zu reagieren, lachte Miceli leise. »Stefano, lass uns ehrlich miteinander sein, wie echte Männer. Du hast deine Leute, die für mich, Giuseppi oder eines unserer Unternehmen arbeiten. Wir haben Leute bei euch. So ist das nun mal, wir behalten uns gegenseitig im Auge, aber das war es auch schon. Wenn Vane einer der Männer ist, die Harold rekrutiert hat, dann ja, er bekommt Geld, damit er uns so viel wie möglich über die mysteriösen Ferraro-Brüder und ihre liebreizende Schwester berichtet. Das war es. Es gibt keine große Verschwörung.« Er vollführte eine dramatische Geste mit beiden Händen, ehe er nach einem Cannolo griff und einen großen Bissen nahm.

Giuseppi nickte, als hätte sein Bruder gerade alles zwischen den beiden Familien ins Reine gebracht.

Stefano seufzte. »Das mag ja stimmen, Miceli, aber Geschäfte in unserem Club abzuwickeln ist streng verboten. Das ist Ferraro-Territorium. Die Grenzen sind klar abgesteckt, und wir haben die Regeln zwischen unseren Familien vor langer Zeit festgelegt. Jeder Verstoß dagegen ist eine kriegerische Handlung. Deine Männer machen nun schon seit einer Weile Geschäfte in unserem Club. Nicht nur Ale und Lando,

Gott habe sie selig, sondern auch einige andere. Vor euch findet ihr eine Liste mit Namen. Diese Männer sind alle deine Angestellten, Miceli.«

Ehe Giuseppi das Papier zu sich ziehen konnte, schnappte Miceli es sich, zerknüllte es in seiner Hand und warf es. Das Papier landete in der Erdbeermarmelade. »Ich habe bereits gesagt, dass ich keine Geschäfte in eurem Club abwickle, und mein Wort sollte reichen!«, brüllte Miceli und lief rot an.

Stefano fixierte ihn mit kühlem Blick. Vittorio spürte, wie alles in ihm zur Ruhe kam. Er wusste genau, was er tun würde. Sein erster Schuss musste tödlich sein. Um jeden Preis, selbst wenn Stefano sich Val zuerst vornahm, würde Vittorio Val Saldi unschädlich machen, um Emme zu beschützen. Dann war Tommaso an der Reihe, damit er ihn nicht töten konnte. Und währenddessen musste er in die Schatten zurückweichen. Giovanni zu beschützen kam an dritter Stelle. Giovanni konnte nicht in die Schatten fliehen, nicht mit dem Metall in seinem Bein. Er wäre ihnen ausgeliefert. Aber ihre Back-up-Leute würden hoffentlich ihre Feinde niedermähen, ehe sie nur einen Schuss abfeuern konnten.

Micelis Gesicht lief noch roter an. »Es ist mir egal, was du denkst, Stefano …«

Giuseppi erhob sich langsam, und sein Bruder verstummte unter seinem eiskalten Blick. »Stefano, es scheint, als würde meine Familie dir eine Entschuldigung schulden. Mein Sohn hat mir versichert, dass du keine Anklage führen würdest, für die du keine Beweise hast. Wir Saldis halten unser Wort.« Er warf seinem Bruder einen weiteren kalten Blick zu. »Geschäfte in eurem Club abzuwickeln war nicht von mir genehmigt. Ich werde der Sache auf den Grund gehen, und wir werden deiner Familie eine Wiedergutmachung zahlen.«

»Giuseppi …« Miceli wollte protestieren, doch ein weiterer kalter Blick und ein Kopfschütteln seines Bruders brachten ihn zum Schweigen.

»Nein. Wenn wir etwas versprechen, wenn wir verhandeln und einen Vertrag unterzeichnen, dann tun wir das in gegenseitigem Vertrauen. Die Ferraros haben unser Wort niemals in Zweifel gestellt, und umgekehrt haben wir das auch nicht getan. Als Familienoberhaupt ist es meine Verantwortung zu wissen, was direkt vor meiner Nase passiert. Ich kann mich nur entschuldigen, Stefano, und Wiedergutmachung zahlen.«

Stefano neigte den Kopf. »Du hast dich um Greta gekümmert.«

»Es gibt keine Entschuldigung. Vielleicht sollte ich abtreten und die Geschäfte meinem Sohn übergeben.« Er sank in seinen Stuhl zurück und sah mit einem Mal älter aus, sein attraktives Gesicht von Sorgenfalten durchzogen. »Krebs kann man nicht aufhalten, Stefano. Kein Geld und keine Macht der Welt können ihn aufhalten.«

Stefano legte eine tröstende Hand auf seine Schulter. »Es tut mir leid, Giuseppi. Ich kann mir nicht vorstellen, wie es wäre, Francesca zu verlieren. Greta war immer ein leuchtender Stern für alle, die mit ihr Kontakt hatten.«

Miceli legte die Hand auf die andere Schulter seines Bruders. Vittorio kaufte ihm seine gemurmelten Mitleidsbekundungen nicht ab. Er wechselte einen Blick mit Taviano. Sein jüngerer Bruder wusste, dass Micelis Worte geheuchelt waren. Miceli war wütend, dass Giuseppi sich bei den Ferraros entschuldigt hatte. Er hatte wissentlich Geschäfte in ihrem Territorium abgewickelt, in einem ihrer Etablissements, und er hatte es mit voller Absicht getan.

»Es tut mir sehr leid, aber ich muss mit den übrigen Beweisen fortfahren«, sagte Stefano. »Ich kann dich nicht in dem Glauben lassen, dass der Nachtclub der einzige Ort ist, an dem Männer der Saldis Geschäfte abgewickelt haben. Ich will, dass das alles aufhört. Harold hat außerdem Bruno Vitale rekrutiert, damit er im Blumenladen seiner Familie Drogen verkauft. Bruno hat den Laden auch dazu benutzt, Drogen über die Post zu verschicken, und das ist eine Straftat. Wir kümmern uns um ihn, aber seine Aktivitäten haben dazu geführt, dass die beiden Männer, die ihm die Drogen bringen, angefangen haben, meine Schutzbefohlene, Nicoletta, zu belästigen und zu bedrohen.«

Darios Kopf ruckte herum, und er starrte Stefano an. »Namen«, schnappte er knapp. »Hast du irgendwelche Beweise dafür?«

»Ich mache keine Anschuldigungen ohne Beweise«, sagte Stefano. »Nicoletta hat uns davon erzählt. Sie wurde von den beiden Männern bedroht, weil sie gesehen hat, wie sie Drogen in den Laden gebracht haben und Einspruch dagegen erhoben hat. Einer von ihnen hat sie gegen die Wand gestoßen. Zum Glück wurde ihr Selbstverteidigung beigebracht, und sie konnte entkommen und Hilfe rufen.«

Vittorio warf einen kurzen Blick auf Tavianos finstere Miene. Als Grace im Krankenhaus war, hatte Vittorio von dem Angriff auf Nicoletta im Blumenladen gehört. Die Familie war hocherfreut gewesen, dass sie den Alarm in ihre Armbanduhr eingespeichert hatte. Taviano war als Erster bei ihr gewesen und hatte den Angreifer gestoppt. Später hatte Taviano bestätigt, dass er Vergeltung geübt hatte.

»Ich nehme an, dass diese beiden Männer, die dumm genug waren, deine Schutzbefohlene anzugreifen, die beiden sind, die verschwunden sind«, meinte Giuseppi trocken.

»Darüber weiß ich nichts«, sagte Stefano. »Ich war zu dieser Zeit nicht in der Stadt.«

»Nicoletta ist nicht nur Stefanos Schutzbefohlene«, sagte

233

Taviano, »sie ist auch und vor allem meine Verlobte. Es scheint so, als wäre nicht nur Vittorios Verlobte Ziel eines Angriffs gewesen, sondern auch meine.«

Dario schüttelte den Kopf. »Das ist unmöglich. Nicoletta trägt deinen Ring nicht. Es gab keine Meldung.«

»Wir lenken keine Aufmerksamkeit auf unsere Frauen, wenn wir es vermeiden können«, sagte Stefano. »Im Fokus der Medien zu stehen ist hart, wie du sehr gut weißt.«

»Was ich weiß, ist, dass du dein halbes Leben damit verbringst, Frauen auf den Seiten von Klatschblättern zu vögeln«, fauchte Dario, und seine dunklen Augen forderten Taviano heraus. »Das ist doch Bullshit.«

»Nein, Bullshit ist, dass die Saldis Geschäfte in unserem Territorium abwickeln«, wies Stefano ihn zurecht. »Und dass sie unsere Frauen bedrohen. Ich will, dass das aufhört. Wenn nicht, kann ich daraus nur schließen, dass ihr unserer Familie den Krieg erklärt.«

»Es wird aufhören«, sagte Giuseppi. »Ich will die Liste mit Namen, jeden, den ihr habt, zusammen mit den Beweisen. Ich sorge dafür, dass das aufhört. Sofort.« Er warf seinem jüngeren Bruder einen Blick zu. »Das hat unsere Familie in ein schlechtes Licht gerückt. Wir sind an unser Wort gebunden. An unsere Ehre.«

Stefano neigte den Kopf. »Ich will, dass alle Drogen aus meinem Territorium entfernt werden. Ich will dein Ehrenwort, dass keine Art von Handel, vor allem kein Menschenhandel, jemals wieder in unserem Territorium stattfindet.«

»Du hast mein Wort«, sagte Giuseppi ernst. »Ich spreche für meine Familie.«

»Ich will das Wort von jedem einzelnen Saldi im Raum«, sagte Stefano. »Genauer gesagt will ich, dass ihr es uns gegenüber laut aussprecht.«

Vittorio spürte, wie der Krieger in ihm erwachte. Er spürte, wie auch seine anderen Brüder in Bereitschaft gingen. Stefanos Forderung grenzte an Beleidigung. Er sagte praktisch, dass er nicht glaubte, dass Giuseppi für die ganze Familie sprach.

Val protestierte sofort. »Mein Vater hat sein Ehrenwort gegeben.«

»Das stimmt, aber es waren nicht Giuseppis Männer, die in mein Territorium eingedrungen sind und Drogen verkauft oder Frauen entführt haben, um sie an den Höchstbietenden zu verkaufen«, meinte Stefano kühl.

Vittorio beobachtete Val aus dem Augenwinkel, aber sein Blick ruhte weiterhin auf Tommaso. Bei Stefanos Forderung war Tommasos Blick kurz zu seinem Vater gehuscht. Miceli erhob sich würdevoll. Er neigte den Kopf vor Stefano.

»Ich übernehme die volle Verantwortung für das, was nichts anderes sein kann, als eine Meuterei unter meinen Angestellten. Ich habe Lando Gori und Ale Sarto stets vertraut. Sie gehörten beinahe zur Familie. Als meine Söhne aufs College gingen, habe ich ihnen mehr und mehr Pflichten übertragen. Jetzt sind meine Jungs wieder zu Hause, und ich habe die gemeinsame Zeit mit ihnen nachgeholt, die wir nicht hatten, als die beiden weg waren. Eindeutig gab es den fehlgeleiteten Versuch, unser Territorium auszuweiten. Vielleicht habe ich diesen Männern nicht deutlich genug gesagt, dass das Ferraro-Territorium tabu ist. Ich gebe dir mein Wort als Saldi, dass weder ich noch meine Söhne Geschäfte, Drogenoder Menschenhandel auf dem Territorium der Ferraros abwickeln werden.«

Er wirkte dramatisch und klang vollkommen ehrlich. Aber da war auch ein Unterton in seiner Stimme, der Vittorio verriet, dass er log. Stefano nickte Miceli zu, und dieser sank würdevoll in seinen Sitz zurück und verschränkte die Arme vor der Brust.

Val erhob sich. »Ich werde niemals, unter keinen Umständen, Familiengeschäfte, einschließlich Drogen- und Menschenhandel, auf dem Territorium der Ferraros abwickeln.« Er hatte den Blick weiterhin auf Emmanuelles Gesicht gerichtet. Seine Stimme war voller Ehrlichkeit.

Sie erblasste, machte sich aber nicht einmal die Mühe, die Wimpern zu heben, um ihn anzusehen.

Micelis Söhne gaben ihre Versprechen ab. Dario klang ehrlich, und Vittorio konnte keine Lüge hören, aber Angelo und Tomaso hatten den gleichen seltsamen Unterton wie ihr Vater.

Danach war Stefano äußerst ruhig und lächelte allen zu, obwohl seine Miene etwas grimmig wirkte.

Giuseppi erhob sich. »Vielen Dank für deine Geduld, Stefano. Ich möchte mich noch einmal für die Fehltritte meiner Familie entschuldigen. Ich muss jetzt zurück zu Greta, wenn du uns also bitte entschuldigst. Ich habe eine Menge zu erledigen, bevor ich meine Frau sehen kann.« Der letzte Satz klang beinahe wie eine Anklage gegen seinen Bruder. »Falls es dir nichts ausmacht, Stefano, möchte ich dich noch einmal um eine Kopie der Namensliste all derer, die an dieser Verschwörung beteiligt waren, und um die Beweise bitten.«

»Ich habe alles für dich vorbereitet«, sagte Stefano und reichte ihm eine zweite Kopie der Liste. »Ich danke dir, Giuseppi. Ich bin sehr froh, dass wir die Sache zwischen uns klären konnten.«

Val erhob sich hastig und ging zur Tür. Mit einer Hand auf dem Knauf hinderte er seinen Vater daran, den Raum zu verlassen, bis er wusste, dass auf der anderen Seite alles in Ordnung war.

»Du siehst so traurig aus.«

Francesca klang so mitfühlend, dass Grace befürchtete, gleich in Tränen auszubrechen und einer völlig Fremden all ihre Ängste zu gestehen. Sie hatte Stefano und seine Frau bei zwei ihrer Veranstaltungen gesehen, und er hatte sich stets so nah bei ihr aufgehalten und mit Argusaugen über sie gewacht, dass Grace vollkommen fasziniert von dem Paar gewesen war. Stefano war seiner Frau kaum von der Seite gewichen, und wenn, dann war sie umringt von seinen Brüdern und Schwestern. Mariko und Emmanuelle waren die ganze Zeit über in ihrer Nähe gewesen. Grace hatte sich gefragt, wie es wohl war, Teil dieser Familie zu sein und von allen so geliebt zu werden.

Francesca hatte sich halb im Bett aufgesetzt und sah atemberaubend schön aus für eine Frau, die Bettruhe halten musste. Das Zimmer war riesig und verfügte über einen Sitzbereich. Bevor Stefano nach unten in den Konferenzraum gegangen war, hatte er die Möbel so umgestellt, dass zwei sehr bequeme Sessel für Sasha und Grace bereitstanden, in denen sie sitzen konnten, während sie seiner Frau Gesellschaft leisteten.

»Es ist wie im Märchen«, gab Grace zu. Die beiden Frauen sahen sie fragend an, und sie hatte das Gefühl, ihnen eine Erklärung schuldig zu sein. Sie hatten sie freundlich begrüßt, eindeutig froh, sie zu sehen. So eine herzliche Begrüßung hatte sie nicht erwartet. »Aber es ist nicht real.«

Vittorio hatte Grace hinauf in das Penthouse des Hotels geführt, wo Stefano und Francesca lebten. Wie immer hatte seine Hand in ihrem Rücken geruht, was ihn besonders in ihr Bewusstsein rückte. Manchmal war seine Berührung so heiß, dass es sich anfühlte, als ob sie sich durch ihre Haut direkt auf ihre Knochen brannte. Sie entzog sich ihm nie, obwohl sie es gekonnt hätte. Sie tat es einfach nur nicht. Sie hatte ihm gesagt, dass er nicht in ihrem Zimmer zu schlafen brauchte, und er hatte es nicht getan, aber das bedeutete auch, dass sie nicht hatte einschlafen können und jetzt müde war. Ihre Augen brannten und waren geschwollen, weil sie den Groß-teil der Nacht geweint hatte. Alles nur wegen eines Traums. Eines Märchens.

»Was meinst du mit ›es‹?«, wollte Sasha wissen. »Was ist nicht real?«

Grace schenkte ihr ein Lächeln und bekämpfte den Drang, in Tränen auszubrechen. Sie war in ihrem Zimmer geblieben, in der Hoffnung, das Vittorio sie allein lassen würde, damit sie sich an das Leben ohne ihn gewöhnen konnte, doch als er es dann tat, war sie verzweifelt. Das ergab alles keinen Sinn.

»Ich weiß nicht, wie diese Sache zwischen mir und Vittorio passiert ist. Ich weiß es wirklich nicht. Ich bin im Kranken-haus aufgewacht und war mit einem Mann verlobt, den ich nicht kenne. Und der mich nicht kennt. Er kann unmöglich glauben, mich zu lieben, und ich hätte es besser wissen sollen, als auch nur irgendetwas davon zu glauben.«

Grace presste sich die Finger auf den Mund, um sich da-ran zu hindern, mit noch mehr herauszuplatzen. Was stimm-te nicht mit ihr? Sie verhielt sich ganz untypisch. Sie war in ihrem Zimmer geblieben und hatte sich aus Angst vor dem einen Mann versteckt, der ihr so etwas wie Freundlichkeit entgegengebracht hatte. Was dachte sie sich nur dabei? Dass ein Mann wie Vittorio Ferraro sie mit einem aufwendigen Trick hinters Licht führen wollte? Das war lächerlich. Sie wusste schlicht, dass sie eine Zurückweisung von ihm nicht ertragen könnte, deshalb war es einfacher, den ersten Vorwand zur Flucht zu nutzen. Ihre durcheinanderwirbelnden Ängste ergaben einfach keinen Sinn.

»Wenn ich darüber rede, dann werde ich zu einer Heulmaschine, und ich soll dich doch aufmuntern, Francesca«, fügte sie hinzu.

»Vittorio ist ein anständiger Mann«, sagte Francesca, ohne auf Graces Versuch, das Thema zu wechseln, einzugehen. »Entgegen dem, was du in der Presse lesen kannst, steht er zu seinem Wort. Du kannst ihm alles glauben, was er dir sagt. Wenn er sagt, dass er dich heiraten will …«

»Eloisa sagte, ich erfüllte die Kriterien, und dass das der Grund ist, warum er mich heiraten will«, platzte Grace heraus. »Sie sagte, er hätte mich sonst nicht einmal angeschaut. Als ich ihn fragte, hat er zugegeben, dass es ein Kriterium gibt und dass ich es erfülle.« Grace konnte nicht verhindern, dass sich ein herausfordernder Ton in ihre Stimme schlich.

Kurz herrschte Stille, und Sasha und Francesca wechselten einen Blick. Es war klar, dass sie wussten, wovon sie sprach.

»Hat Vittorio es nicht erklärt?«, fragte Francesca vorsichtig.

Grace schüttelte den Kopf. »Er hat sich geweigert.«

Ein weiterer langer Blick zwischen Francesca und Sasha. Grace seufzte. »Ich kann sehen, dass ihr wisst, was Eloisa meinte.«

»Grace, was es bedeutet«, Francescas Stimme war sanft, »ist, dass Vittorio sich in dich verlieben darf, weil du die Kriterien erfüllst. Ich weiß, es klingt altmodisch, aber denk einmal an die Mitglieder einer königlichen Familie. Sie haben bestimmte Pflichten, die sie durch ihre Geburt auferlegt bekommen haben, und mit ihnen kommt auch eine große Verantwortung. Sie dürfen nicht einfach irgendjemanden heiraten.«

»Ich stamme aber nicht aus einer adligen Familie«, wehrte Grace ab. »Und ich will nicht, dass ein Mann mich nur auswählt, weil ich ein bestimmtes Kriterium erfülle.«

»Glaubst du wirklich, dass Vittorio Ferraro, der jede Frau haben kann, sich für dich entscheiden würde, wenn er dich nicht lieben könnte? Denkst du wirklich, er will eine Ehe ohne Liebe?«

Als sie nicht antwortete, ergriff Sasha das Wort. »Glaubst du Stefano, dass er Francesca liebt?«

»Das ist offensichtlich für jeden, der die beiden miteinander gesehen hat.«

»Was ist mit Ricco? Liebt er Mariko?«, fragte Sasha herausfordernd.

Grace dachte an die Gelegenheiten, zu denen sie die beiden zusammen gesehen hatte. Ricco hatte sich ähnlich verhalten wie Stefano und war seiner Frau nur selten von der Seite gewichen. Er war auf sie fokussiert gewesen, wie Vittorio auf sie selbst fokussiert war. Schmetterlingsflügel begannen in ihrem Bauch zu flattern. Tief in ihr erwachte ein nagender Zweifel.

»Ja, ich glaube, dass er das tut.«

»Vermutlich hast du nie Giovanni mit mir gesehen«, meinte Sasha. »Aber ich kann dir versichern, dass er mich sehr liebt. Wenn wir zusammen sind, gilt seine Aufmerksamkeit nur mir. Es spielt keine Rolle, wie viele schöne Frauen sich ihm an den Hals werfen, er bemerkt sie nicht einmal. Und weißt du was? Auch wir erfüllen die Kriterien, die Eloisa dir gegenüber angedeutet hat.«

»Nicht mir gegenüber«, korrigierte Grace abwesend. »Sie hat es zu Vittorio gesagt, sodass ich es hören konnte.« Vittorio war wirklich ganz auf sie fokussiert. Selbst jetzt, nachdem sie ihm gesagt hatte, er solle nicht in ihrem Zimmer schlafen, tat er immer noch alles für sie.

Er hatte einen Raum mit allem eingerichtet, was sie für ihre Physiotherapie brauchte und hatte bereits die Gespräche mit den Therapeuten aufgenommen. Er brachte ihr Frühstück und versicherte sich, dass sie alles hatte, was sie wollte. Katie kam vorbei, um mit ihr die Arbeit durchzugehen. Er führte sie persönlich auf die hintere Terrasse, sodass sie die Aussicht auf den Pool und den See genießen konnten.

Er berührte sie oft. Nur ein leichtes Streifen mit den Fingern, aber jedes Mal wirbelte Hitze durch ihren Körper und verstohlene Finger des Verlangens tanzten ihr Rückgrat hinab. Manchmal wollte sie ihn mit jedem Atemzug. Manchmal war sie aufgebracht, weil sie in seinen Augen Enttäuschung und Schmerz lesen konnte. Jede Zelle ihres Körpers drängte sie, ihn zu trösten, alles zwischen ihnen in Ordnung zu bringen, aber sie wusste, dass das ihre Persönlichkeit war. Sie bemutterte gern. Stellte andere gern zufrieden.

Sie war gut, wenn es um Details ging, und ihr fiel alles an Vittorio auf. Sie wusste, dass er es nicht mochte, wenn man in seinem Haus Schuhe trug. Sie wusste, wie er seinen Kaffee trank und wann er statt Tee lieber Scotch trank. Sie erkannte, wenn er unruhig wurde und sich in seinen privaten Trainingsraum zurückziehen musste oder wenn er es bevorzugte zu meditieren. Sie sah ihm an, wenn er sich zurückhielt, sie zu küssen oder ihre Beziehung vielleicht einen Schritt zu vertiefen, aber er respektierte ihre Grenzen. Beinahe wünschte sie, er würde es nicht tun.

»Grace, es gibt vermutlich eine ganze Reihe von Frauen,

die die Kriterien ebenfalls erfüllen. Wir wissen es nicht genau. Und mich persönlich interessiert es auch nicht«, sagte Francesca unerschütterlich. »Ich gebe zu, bei mir war es zunächst ähnlich wie bei dir, ich habe mir Sorgen gemacht, dass er sich nicht meinetwegen für mich entschieden hat, dass es zu schnell geht zwischen uns, aber am Ende spielte es keine Rolle, weil er genau der Mann war, den ich mir immer gewünscht habe. Versteh mich nicht falsch, es ist nicht immer leicht, mit Ferraro-Männern zusammenzuleben. Du musst es ernst mit ihnen meinen, dich voll und ganz an sie binden. Wenn du dich für Vittorio entscheidest, dann muss er deine ganze Welt sein, denn du wirst seine sein. Und das ist nicht immer angenehm.«

Sasha nickte. Da war ein Anflug von Sorge in ihrem Blick. »Vittorio ist ein wunderbarer Mann, und er wird immer für seine Frau und seine Kinder da sein, aber wenn du ihn nicht wirklich liebst, solltest du an diesem Punkt keinen Schritt weiter gehen. Er braucht das. Eine Frau, die ihn so sehr liebt, dass sie sein Universum sein will. Und wie Francesca sagte: Das ist nicht immer ein angenehmer Zustand.«

»Das ist mir sehr bewusst«, gab Grace zu. »Ich hasse es einfach nur, dass er sich um mich kümmern muss. Wenn ich nicht so hilfsbedürftig wäre …« Sie brach ab. Was sagte sie da? Sie wollte ihn. Das war die Wahrheit. Sie wollte das Märchen, auch wenn ihr Prinz zugegebenermaßen ein wenig der dunklen Seite zugeneigt war. Ein kleiner Schauer kroch ihr Rückgrat hoch. Er hatte ihr diese Seite niemals gezeigt, aber er hatte darauf angespielt, und bis zu einem gewissen Grad war sie sich bewusst, dass sie da war.

»Hat er in irgendeiner Weise angedeutet, dass er dich nicht bei sich will oder dass er es nicht mag, sich um dich zu kümmern?«, fragte Francesca. »Ich kann mir das gar nicht vorstellen. Ich glaube, Vittorio würde sich gern um dich kümmern.«

»Das sagt er zumindest. Ich glaube, nachdem Haydon so lange Teil meines Lebens war, habe ich Angst, irgendjemandem zu vertrauen. Abgesehen von Katie, die ich zufällig im College getroffen habe, habe ich noch nie jemandem vertraut. Niemals.«

Das hatte sie tatsächlich nicht. Ihr war beigebracht worden, dass sie sich niemandem nähern durfte. Sie hatte Katie am College kennengelernt, und sie hatten beide Arbeiten über Eventplanung geschrieben. Nachdem sie das herausgefunden hatten, trafen sie sich zu einem Kaffee und sprachen über ihre Ideen. Als Haydon Widerspruch eingelegt und offene Drohungen gegen sie ausgesprochen hatte, hatte Grace ihm erklärt, dass sie keinen Ort zum Leben haben würde, wenn sie keinen Job fand, der gut bezahlte. Was wiederum bedeutete, dass auch er keinen Ort zum Leben haben würde, und danach ließ er sie in Ruhe. Katie und sie teilten sich für den Rest ihrer Zeit am College ein Zimmer im Wohnheim.

»Liebst du Vittorio?«, fragte Francesca.

Dafür war es zu früh. Es war erst … ein Monat? Fünf Wochen? Und einen Teil davon war sie gar nicht bei Bewusstsein gewesen. Es war der beste Monat ihres Lebens gewesen, trotz der Schmerzen. Sie hielt stets Ausschau nach ihm. Sie lauschte auf ihn. Jede Zelle ihres Körpers war auf ihn eingestellt. War das Liebe oder Besessenheit? Klammerte sie sich einfach nur an diesen Mann, weil sie ihn in dieser schrecklichen Zeit brauchte?

»Ich hatte noch nicht die Zeit, das herauszufinden. Er bat mich, ihm eine Chance zu geben, und ich sagte ihm, dass ich das tun würde, aber dann tauchte Eloisa auf, und ich habe das Selbstvertrauen verloren.«

Francesca seufzte. »Tappe bloß nicht in die gleiche Falle wie ich. Eloisa hat versucht, einen Keil zwischen mich und Stefano zu treiben. Sie ist gut darin, mein Selbstvertrauen zu untergraben. Ich wünschte, ich wäre mehr wie Mariko, die sie einfach ignoriert, oder wie Sasha, die sie zurechtweist. Stattdessen lasse ich zu, dass mich ihre Worte verletzen, und Stefano wird wütend.«

»Vittorio hat gedroht, sie vor die Tür zu setzen, und ich glaube, er hätte es getan.«

»Das hätte er«, sagten Francesca und Sasha gleichzeitig.

Grace musste lachen. »Ich fange an, ihn gut genug zu kennen, um zu glauben, dass er immer sagt, was er meint.«

Das Lächeln wich von Sashas Gesicht. »Ich hoffe, du vergisst das nicht. Ferraro-Männer offenbaren den Frauen, die sie lieben, wer sie wirklich sind. Ich kann mir nicht vorstellen, dass Vittorio vor dir verbergen würde, wer er ist, was er braucht und was er von seiner Frau erwartet.«

Francesca warf ihrer Schwägerin einen scharfen Blick zu und saugte dann Wasser durch einen Strohhalm, ehe sie sich in die Kissen zurücklehnte. »Habt ihr irgendeine Ahnung, wie anstrengend es ist, nichts zu tun? Ich habe mit dem Stricken angefangen, aber es war eine Katastrophe. Mir wurde gesagt, Häkeln wäre einfacher, aber ich bezweifle es. Ich bewundere Frauen, die stricken können, und habe einen Heidenrespekt vor ihnen.« Sie wies auf einen Beutel, der neben dem Bett lag.

Sasha holte das elfenbeinfarbene Garn heraus und hielt einen formlosen Klumpen hoch, der irgendein handgemachtes Etwas darstellen sollte. »Was ist das?«

»Gib das her«, sagte Francesca und versuchte es aus Sashas Hand zu schnappen.

Sasha brach in Lachen aus. »Das zeige ich den Jungs.«

»Wage es nicht! Dieser schreckliche Taviano wird es rahmen lassen und in das Zimmer meines Babys hängen, damit er mich Tag und Nacht damit quälen kann.«

Grace wollte das kameradschaftliche Verhältnis, das die Ferraros miteinander pflegten auch für sich selbst, und sie bezogen sie auch jetzt schon mit ein. Vittorio stellte ihr dieses Verhältnis in Aussicht. Fürchtete sie sich wirklich so sehr, dass sie ihm nicht einmal eine Chance geben würde – ihnen eine Chance geben würde? Sie wollte nicht so eine Frau sein, eine, die sich zu einem kleinen Ball zusammenrollte. Die sich in einer Fötushaltung unter der Decke versteckte. Hunderte Male war sie in dieser Situation gewesen, und jedes Mal hatte sie sich befohlen aufzustehen. Und wenn sie sich dieses Mal wieder aufrichtete, dann hätte sie die sehr realistische, einmalige Chance, mit dem Mann zusammen zu sein, von dem sie immer geträumt hatte.

Sie wollte jemanden, der sich so um sie kümmerte, wie Vittorio es ihr in Aussicht stellte. Jemanden, bei dem sie sicher war und der sie vor dem Schlimmsten im Leben beschützen würde. Sie war zu lange mit dem Schlimmsten konfrontiert gewesen, und sie wollte einen Puffer zwischen sich und diesen Dingen. Der Gedanke an ein aufregendes und irgendwie anderes Sexleben ließ sie heiß und feucht vor Erregung werden. Sie schämte sich nicht, sich einzugestehen, dass sie alles wollte, was er ihr anbot, und dass sie bereit war, ein wenig ihrer Freiheit dagegen einzutauschen. In ihrem Geist verlieh Vittorio ihr Flügel. Er befreite sie, sodass sie hoch fliegen konnte, dabei aber sicher war.

»Wisst ihr was?« Grace sprang aus ihrem Stuhl auf, und die ruckartige Bewegung tat ihrer Schulter nicht gut, aber es kümmerte sie nicht. »Den größten Teil meines Lebens habe ich jede Minute an Haydon gedacht. Ich hatte Angst vor ihm. Angst um jeden, mit dem ich an einem bestimmten Tag gesprochen hatte. Wenn ich im Gespräch mit einem Kunden gelacht hatte. Oder mit Angestellten der Caterer. Um jeden. Der Punkt ist, dass er in meinem Kopf immer an erster Stelle stand. In den letzten Wochen habe ich praktisch kaum an Haydon gedacht. Erst in den letzten Nächten wieder, als Vittorio nicht in meinem Zimmer geschlafen hat.«

Es kümmerte sie nicht, wie das für sie klang – ob sie glaubten, dass Vittorio und sie bereits Sex miteinander hatten. Welche Frau bei Verstand hätte bitte keinen Sex mit ihm? Sie war euphorisch. Auf seine Art, indem er ihr Handy an sich genommen, sie in einen Kokon gehüllt und die Entscheidungen darüber getroffen hatte, wer sie sehen durfte und wer nicht, hatte er ihr bereits Freiheit geschenkt. *Ich habe nicht an Haydon gedacht.* Sie hatte keine Angst gehabt. Sie vermisste die Nähe, die sie mit Vittorio gehabt hatte, bereits. »Vittorio ist immer in meinem Bewusstsein. Ich denke jede wache Minute an ihn.«

Francesca strahlte praktisch. »Das ist gut, Grace. Ich bin so froh, dass Vittorio das für dich tun konnte.«

»Ich auch.« Sie berührte ihren Arm und musste lachen. »Aua. Ich glaube, ich bin noch nicht gesund genug, um aus Stühlen hochzuspringen.«

»Vittorio wäre nicht sehr glücklich darüber«, sagte Sasha. »Der Himmel weiß, was er tun würde, wenn er dich dabei sehen würde.« Sie und Francesca wechselten einen wissenden Blick und brachen dann in Gelächter aus.

»Ich bin nicht sicher, ob ich es wissen will.« Misstrauen lag in ihrer Stimme, aber auch Erregung. Sie konnte nichts dagegen tun. Vittorio war sexuell gepolt. Er hatte angekündigt, dass es keine Bestrafungen wie in den Büchern geben würde, aber sie wusste, dass es etwas gab, das er mit ihr tun würde, wenn er nicht erfreut war, und aus irgendeinem verrückten Grund erregte sie der Gedanke.

Ein grellrotes Licht flackerte auf. Sofort verschwand das Lächeln von ihren Gesichtern. Sasha war schon auf den Beinen und holte Waffen unter dem Bett hervor. »Alles in Ordnung, Francesca, Stefano hat doch gesagt, dass das passieren kann.« Ihre Stimme, die zuvor voller Lachen und Freude gewesen war, klang jetzt geschäftsmäßig. »Grace, wir müssen in diesem Zimmer bleiben. Der Panikraum ist direkt hinter Francescas Bett. Du musst mir helfen, sie hineinzuschaffen, sollte der Alarm ein zweites Mal losgehen. Falls das passiert, will Vittorio, dass du mit Francesca in den Panikraum gehst.«

»Was ist mit dir?«, fragte Grace. Sie versuchte, ihr Herz zu beruhigen. Es war unmöglich, aber sie atmete tief durch. Wie Sasha war es ihr mit einem Mal wichtig, sich um Francesca zu kümmern.

»Ich werde mit euch beiden drinnen sein.«

»Ich komme rein«, rief die Stimme eines Mannes.

Sasha wies mit der Schrotflinte auf die Tür. »Hinter mich.«

Grace widersprach nicht. Sie war gerade zum Bett gegangen und hatte sich neben Francesca gesetzt, als die Tür aufschwang und ein Mann im Anzug eintrat, gefolgt von einem weiteren. Die beiden Männer hatten einen grimmigen Gesichtsausdruck, aber sie strahlten auch Sicherheit aus.

»Das sind Drago und Demetrio Palagonia«, flüsterte Francesca Grace zu. »Sie sind Brüder. Mit Stefano verwandt. Emilio hat sie ausgebildet, das bedeutet, dass sie sehr gut sind.« Sie war blass geworden.

Grace kannte weder Emilio noch seine Ausbildungsmethoden, aber wenn Francesca und Sasha davon so überzeugt waren, dann war sie bereit, es auch zu sein, solange Haydon nicht durch die Lüftungsschächte geschlüpft war.

»Niemand hat unsere Sicherungsvorkehrungen durchbrochen, Ladys«, sagte Demetrio. »Das ist einfach nur eine Vorsichtsmaßnahme.« Er richtete den Blick auf Grace. »Es ist vollkommen unmöglich, hier durch die Lüftungsschächte zu kriechen. Wenn es jemandem gelänge, würde er dabei den Alarm auslösen. Vermutlich wäre er tot, bevor wir ihn überhaupt erreicht hätten.«

Er führte nicht genauer aus, was den Eindringling töten würde, und Grace fragte auch nicht. Sie konnte nicht anders, sie musste sich in der Mastersuite umsehen, jedes Lüftungsgitter finden und den Abstand zum Bett abschätzen. Sie verspürte einen starken Beschützerinstinkt Francesca gegenüber, vor allem, weil sie schwanger war und ohnehin bereits gesundheitliche Probleme hatte.

Francesca wandte den Blick nicht von Demetrios Gesicht ab. »Wenn das nur eine Vorsichtsmaßnahme ist, warum wurde dann der Alarm ausgelöst?«

Vittorio hatte sich von seinem Stuhl erhoben und neben der Tür postiert. Sobald die Saldi-Männer draußen waren, würde er den Eingang blockieren, damit Emme, Giovanni und Stefano in Sicherheit waren. Ihm hatte der Blick, den Angelo und Tommaso sich zugeworfen hatten, nicht gefallen. Und Dario schien es darauf angelegt zu haben, Taviano niederzustarren, andererseits wusste jeder, dass Dario eine Schwäche für Nicoletta hatte, und als Taviano verkündet hatte, zu einer »Übereinkunft« mit Nicoletta gekommen zu sein, war ihm vor allem Feindseligkeit entgegengeschlagen.

Valentino trat als Erster durch die Tür und gab den Bodyguards seines Vaters ein Zeichen. Er trat zur Seite und winkte Giuseppi durch die Tür. Selbstbewusst trat der Mann in den geräumigen Flur, der direkt in die Lobby überging, und schüttelte aus Verärgerung über seinen Bruder weiterhin den

Kopf. Vittorio sah, wie sich hoch oben im zweiten Stock ein Schatten bewegte, und in seinem Kopf ging ein Alarm los. Er entdeckte mehrere Leute, die sich über das Geländer lehnten und auf die Leuchter zeigten. Einige stiegen die kreisförmige Treppe hinauf.

Die Treppen erinnerten an vergangene Zeiten. Die Ferraro-Hotels waren für ihre luxuriöse Ausstattung bekannt, aber auch für eine Mischung aus Eleganz und modernster Technologie. Ein Mann stand in einer Ecke zur Rechten der Treppe, von wo er einen perfekten Blick auf den Eingang zum Konferenzsaal hatte. Er hob den Arm und richtete ein Objekt direkt auf die Tür und Giuseppi.

Ohne zu zögern, stieß Vittorio Miceli zurück in den Raum und warf sich in Giuseppis Richtung, dabei rief er Valentino eine Warnung zu. Vittorio war ein großer Mann und sehr stark. Er prallte hart gegen den älteren Mann, warf ihn zu Boden und rollte mit ihm in Emilios Richtung. Schüsse erklangen, doch Emilios Knie bohrte sich in seinen Rücken, während sein Cousin sie beide abschirmte. Enzo hatte Val eine Sekunde, nachdem Vittorio Giuseppi von den Beinen gerissen hatte, nach unten gezogen.

Schreie erklangen in der Lobby. Bodyguards auf beiden Seiten richteten zuerst die Waffen aufeinander und dann die Treppe hinauf.

»Nicht schießen«, rief Stefano. »Zu viele Menschen!«

Der Schütze packte eine Frau, als sie an ihm vorbeirannte, um ihren Teenager-Sohn aus der Gefahrenzone zu scheuchen. Der Junge rannte die Treppe einige Stufen weit hinunter, dann kauerte er sich zusammen, ohne wirklich aus der Schusslinie zu sein. Emilio nahm das Knie aus Vittorios Rücken und half ihm dann auf die Beine. Der Schwung hatte sie den breiten Flur hinunter und weg von der Lobby getragen. Er spähte durch den Torbogen in die Lobby und die Stufen hinauf.

»Geht es dir gut?« Er sah den älteren Mann nicht an; er musterte die Schatten um den Schützen herum.

»Ja, ja. Das habe ich dir zu verdanken. Wo ist Valentino? Hat er einen Schuss abbekommen?«

Stefano gab den Bodyguards Anweisungen. »Sobald es sicher ist, bringt ihr Giuseppi, Miceli und ihre Söhne zurück in den Konferenzraum. Sorgt dafür, dass sich ihnen niemand nähert.« Er klopfte Giuseppi auf die Schulter, als er an ihm vorbeiging, aber er blieb nicht stehen. Er ging in die Lobby zum Fuß der Treppe und blickte hinauf.

Eine unheimliche Stille hatte sich im Hotel ausgebreitet. Aller Augen waren auf Stefano gerichtet. »Warum lässt du sie nicht einfach gehen?« In der Ferne erklangen Sirenen.

»Auf keinen Fall«, schrie der Mann mit starkem Akzent nach unten. »Wenn ich sie gehen lasse, erschießen sie mich sofort.«

»Niemand erschießt dich.«

»Das werden sie. Ich weiß zu viel. Sie sind hinter mir her, und ich habe den Auftrag nicht erfüllt.«

Während sich die ganze Aufmerksamkeit auf Stefano richtete, zog Vittorio sich in die Dunkelheit einer Ecke zurück. Seine Familie stand in den Schatten innerhalb des Konferenzraums bereit. Taviano, Emme und Giovanni standen den Saldis von Angesicht zu Angesicht gegenüber, aber sie wurden von ihrer Mutter und ihren Cousins bewacht. Um sie musste er sich keine Sorgen machen. Stefano hatte sich absichtlich in Gefahr begeben, damit Vittorio die Gelegenheit bekam, sich an eine Stelle zu begeben, von der aus er den Schützen überwältigen konnte.

Vittorio entdeckte den Schatten, den er brauchte. Er war

250

einer der dünneren, die sich blitzschnell bewegten, so schnell, dass es sich anfühlte, als würde einem der Körper in Stücke gerissen und könnte nie wieder zusammenfinden. Der Schatten, der von einem hängenden Kristall-Zweig geworfen wurde, von dem so etwas wie Eiszapfen zu tropfen schienen, erstreckte sich die Stufen hinauf und endete in einer dunklen Ecke hinter dem Schützen.

Vittorio würde einen Moment lang sichtbar sein, wenn er aus seiner Ecke auf den Schatten zutrat, doch alle Augen schienen auf das Spektakel gerichtet zu sein, das sich zwischen Stefano und dem Schützen abspielte. Plötzlich schob Emilio sich zwischen Vittorio und die anderen und verschaffte ihm so die Möglichkeit, hinter ihn zu treten. Ein Schritt. Der Tunnel erfasste ihn, saugte ihn so heftig ein, dass er das Gefühl hatte, in Stücke gerissen zu werden.

Der Schock war jedes Mal größer als erwartet, selbst für jemanden mit seiner Erfahrung. Er raste an seinem Bruder vorbei und die Treppe hinauf. Ein Junge im Teenager-Alter kauerte sechs Stufen unter dem Treppenabsatz, beinahe in direkter Sichtlinie zu dem Schützen. Er zitterte und klammerte sich an das Geländer, als wollte er jeden Moment springen. Kurz erhaschte Vittorio einen Blick auf den menschlichen Schutzschild des Schützen. Im Gesicht der Frau zeichnete sich nacktes Entsetzen ab. Sie stöhnte, und die Tränen ließen ihr Make-up verlaufen, sodass es in dunklen Linien ihr Gesicht hinunterrann.

Direkt hinter dem Schützen blieb er am Ausgang des Tunnels stehen und wartete, dass sein Körper sich wieder zusammensetzte und das schreckliche Reißen nachließ, sodass er wieder atmen konnte. Er musterte den Mann. Er war älter als erwartet. In den späten Vierzigern oder Fünfzigern. Er hatte einen sizilianischen Akzent. Was hatte er gesagt? Er wusste zu viel. Sie würden ihn erschießen. Sie brauchten diesen Mann lebendig. Sie mussten ihn befragen.

Er wartete in dem Wissen, dass Stefano den Schützen ablenken und ihm so Zeit verschaffen würde, sich in eine Position zu begeben, aus der er die Frau befreien und den Mann entwaffnen konnte.

»Ich komme jetzt rauf. Du lässt sie gehen und nimmst mich als Geisel. Das hier ist mein Hotel, und ich kann nicht zulassen, dass meine Gäste behelligt werden. Ich werde mich nicht zur Wehr setzen. Ich denke, das ist ein fairer Handel.« Stefano setzte einen Fuß auf die Treppe.

Vittorio konnte nicht anders, er musste seinen Bruder bewundern. In nur einer Sekunde hatte er den Ruf des Hotels gerettet. Jeder würde an einen Ort kommen wollen, wo der Besitzer sein Leben für seine Gäste aufs Spiel setzte.

Hinter ihm öffneten sich die Türen des Hotels, und Polizisten stürmten in die Lobby und zu Stefano. Stefano wandte ihnen mit erhobenen Händen das Gesicht zu. »Bleibt genau da stehen.«

Für einen Moment herrschte Chaos, als das Sondereinsatzkommando mit gezogenen Waffen die Lobby stürmte. Weitere Rufe und Schreie ertönten. Vittorio trat aus den Schatten und seitlich hinter den Schützen. Als er die Hand ausstreckte, um dem Mann die Waffe wegzunehmen, erklangen zwei Schüsse kurz hintereinander, und die Frau brach in den Armen des Schützen zusammen. Blut rann aus ihrer Kehle und der Mitte ihrer Stirn.

Und dann wetteiferten die Schreie mit der Lautstärke des Feuers, das die Polizei eröffnete, als sie den Schützen niederstreckte. Vittorio drehte sich um und sprang zurück in den Tunnel, als der Schütze nach hinten geworfen wurde. Der Junge wartete, während die Cops die Treppe hinaufstürmten. Einer tippte ihm auf die Schulter, und er drehte sich um und rannte offenbar unter Tränen die Treppe hinunter.

Stefano wartete am Ende des Flurs. Die Erleichterung war ihm anzusehen, als Vittorio vor ihm aus den Schatten trat. »Geht es dir gut? Wurdest du getroffen?« Er fuhr mit den Händen über die Brust seines Bruders. »Das ging ja verdammt schnell den Bach runter. Was zur Hölle ist passiert, Vittorio? Wer hat sie erschossen? Der Schuss wurde nicht hinter mir abgefeuert.«

Vittorio schüttelte den Kopf. »Ich weiß es nicht. Ich habe mich darauf konzentriert, ihm die Waffe abzunehmen, ohne dass er den Abzug drückt. Es war ein kleines Kaliber. Ich habe es kaum gehört. Für mich klang es mehr wie ein ›pop, pop‹. Der Einzige in der Nähe war der Junge. Ich denke, er war der Sohn der Frau. Sie scheuchte ihn zurück, als der Schütze sie packte. Er kauerte auf den Stufen und war vollkommen verängstigt. Wir sollten nach ihm suchen und uns versichern, dass es ihm gut geht.«

Stefano fluchte leise. »Ich habe wirklich gedacht, dass du auch getroffen wurdest. Mir ist fast das Herz stehen geblieben.« Er seufzte. »Das ist gar nicht gut, Vittorio. Die Cops werden sich in die Sache verbeißen, vor allem, wenn sie mitbekommen, dass wir hier ein Treffen mit den Saldis hatten. Wir hätten ihnen genauso gut eine Einladung schicken können, einfach noch einmal eine Untersuchung gegen uns einzuleiten.«

»Sie werden keinen von uns weglassen.«

»Sieh zu, dass Val und die anderen wieder in den Konferenzraum gehen, wo sie es bequemer haben. Es gibt Essen und Trinken. Frag nach, ob sie noch etwas brauchen. Ich sorge dafür, dass die Polizei weiß, dass Giuseppi so bald wie möglich zu seiner Frau zurückmuss.«

»Ich glaube nicht, dass sie sich sehr verständnisvoll zeigen werden.«

»Art Maverick und Jason Bradshaw sollten bald hier sein, sie sind ordentliche Männer und gute Detectives. Keiner von ihnen wird Giuseppi grundlos festhalten, wenn sie wissen, dass seine Frau im Sterben liegt.«

Vittorio wusste, dass er recht hatte. Er wollte zu Grace, aber man hatte ihn hinter dem Schützen gesehen, und die Polizei würde ihn auch unten festhalten. Stefano würde den Großteil der Ermittlungen abfangen. Als Oberhaupt der Familie und derjenige, der versucht hatte, den Schützen zu überreden, seine Geisel gehen zu lassen, würde er mit der Polizei und der Presse sprechen. Vittorio beneidete ihn nicht darum.

»Lass es uns hinter uns bringen.« Mit der Polizei und Reportern zu sprechen war etwas, das die Ferraros eben manchmal in Kauf nehmen mussten. Vittorio legte eine Hand auf die Schulter seines Bruders. »Ich werde Grace eine Textnachricht schreiben und sie wissen lassen, dass alles okay ist. Sie wird sich Sorgen machen.«

»Ich werde es Francesca wissen lassen, obwohl ich Demetrio und Drago bereits über die Situation auf dem Laufenden gehalten habe«, sagte Stefano. »Sah nicht gut aus zwischen dir und Grace.«

»Das geht schon die ganze Woche so. Wenn sie nicht bald zu mir kommt, werde ich der Sache mehr Nachdruck verleihen müssen. Sie schläft nicht, und das beeinträchtigt den Heilungsprozess ihrer Schulter. Wie immer ist es Eloisa gelungen, die Sache für mich zu versauen.«

»Ich glaube, sie hat es sich zur Lebensaufgabe gemacht, unsere Beziehungen zu ruinieren.« Stefanos Blick war über Vittorios Schulter gerichtet, und er drehte sich leicht und sah Art Maverick und seinen Partner Jason Bradshaw das

Gebäude betreten. Die beiden Detectives waren nicht nur für diese Gegend, sondern auch für Little Italy zuständig, deshalb waren sie nicht nur mit den Ferraros, sondern auch mit den Saldis vertraut.

»Ich sorge jetzt besser dafür, dass Giuseppi und Val in den Konferenzraum gehen, sofern man sie noch nicht hineingebracht hat«, sagte Vittorio. Er eilte in die kleine Nische, in die Val seinen Vater gebracht hatte, damit er sich hinsetzen konnte. Die beiden Männer waren von ihren Bodyguards umringt. »Giuseppi, Maverick und Bradshaw sind hier. Lasst uns in den Konferenzraum gehen, Stefano sorgt dafür, dass sie dich und Val zuerst befragen, damit du hier rauskannst.«

»Wisst ihr schon, wer der Schütze war? Oder warum er uns umbringen wollte?«, fragte Val, während er seinem Vater auf die Beine half.

Vittorio fiel auf, dass der alte Mann zitterte. Giuseppi war nicht so alt oder gebrechlich. War er krank? Wenn er es war, dann würden weder er noch Val es einem Ferraro gegenüber zugeben. »Ich hatte keine Zeit, in seine Brieftasche zu schauen, wenn er denn eine hatte«, sagte Vittorio. »Jemand hat diese Frau erschossen. Stefano glaubt, dass er mich treffen wollte.«

Sie begaben sich aus der Nische in den Konferenzraum. Die Tür war offen, und Miceli und seine Söhne standen beisammen und versuchten, in Erfahrung zu bringen, was passiert war, während ihre Bodyguards sie abschirmten, so gut es ging.

»Es war keiner von uns«, sagte Val beinahe herausfordernd. »Wir haben nur wenige Männer mitgebracht, und eure Bodyguards hatten unsere die ganze Zeit über im Auge.«

Miceli wich zurück, um seinen Bruder und seinen Neffen in den Raum zu lassen. Er schloss Giuseppi in seine Arme.

»Hast du dich bei dem Sturz verletzt?« Er warf Vittorio einen finsteren Blick zu. »Der Aufprall war sehr hart.«

»Er hat mir das Leben gerettet«, sagte Giuseppi. »Da bin ich mir sicher.«

»Unmöglich zu sagen, auf wen der Schütze gezielt hat«, sagte Miceli. »Es könnte jeder gewesen sein.«

Vittorio musste zugeben, dass er recht hatte, obwohl sein Bauchgefühl ihm sagte, dass das primäre Ziel Giuseppi gewesen war. »Ich stimme zu, Miceli. Ihr könnt es euch ruhig schon mal gemütlich machen. Niemand kommt hier raus, bevor nicht alle befragt wurden. Wenn jemand von euch Waffen oder etwas Illegales bei sich trägt, dann ist jetzt der richtige Zeitpunkt, es loszuwerden.«

Emmanuelle umarmte ihn fest. »Vittorio, das war ein wenig zu knapp. Viel zu knapp. Wer auch immer diese Frau erschossen hat, wollte vielleicht dich töten.«

»Mir ist nichts passiert, Liebes«, versicherte er ihr.

»Was hat Stefano sich dabei gedacht, dass er sich im Tausch gegen die Frau angeboten hat?«, fragte sie. »Er kann doch nicht solche Dinge tun. Ich hätte ihren Platz einnehmen können. Ich erwarte schließlich kein Kind.«

Val gab ein Geräusch von sich, das sie beide dazu brachte, sich nach ihm umzudrehen. Seine lebhaft grünen Augen hatten sich verengt, und er starrte Emmanuelle an. »Was für ein Bullshit, so zu denken, Emme. Nur weil du keine Kinder hast, bist du nicht entbehrlich. So etwas würde nur deine Mutter sagen.«

Giovanni schob sich mit einer fließenden Bewegung zwischen Val und Emmanuelle, die beiläufiger wirkte, als sie war. Mit dem Rücken zu Val sah er seine Schwester an. »Diese arme, unschuldige Frau, die nichts mit dem Problem zu tun hatte, das der Schütze mit einem von uns hier hatte. Oder allen von uns. Als Oberhaupt der Familie musste Stefano natürlich dieses Angebot machen. Außerdem hat es Vittorio Zeit verschafft, über unser privates Treppenhaus an den Mann heranzukommen.«

Vittorio hatte gewusst, dass früher oder später einer der Saldis fragen würde, wie es Vittorio gelungen war, in den zweiten Stock zu gelangen, ohne gesehen zu werden. Giovanni hatte diese Frage ganz beiläufig beantwortet und zudem Emmanuelle von Val abgeschirmt.

Sie würdigte Val keines Blickes und tat so, als existierte er gar nicht. »Du hast recht. Ich bin einfach in Panik geraten, als ich ihn hörte. Francesca ist im Moment so verletzlich. Sie sieht sich selbst nicht so, aber sie muss vorsichtig sein. Die Medikamente, die sie ihr geben, lassen sie Tag und Nacht zittern. Es ist verrückt.«

Sie goss sich eine Tasse Kaffee ein und wandte sich wieder an Vittorio. »Ich werde mit Grace reden und das mit Eloisa erklären.« Sie warf einen Blick in die Schatten auf der anderen Seite des Raumes, wo ihre Mutter sich verbarg. Zum Glück war der Raum groß, und Eloisa konnte sie nicht hören.

Vittorio zauste ihr das Haar. »Es gibt keine Erklärung für Eloisa, aber danke, Liebes. Ich glaube, ich rede noch einmal mit ihr. Kommendes Wochenende ist die Benefizveranstaltung. Dann müssen wir uns einig sein. Das bedeutet, dass ich nur wenige Tage Vorbereitung habe. Ich habe das Gefühl, dass Haydon Phillips vorhat, dort zuzuschlagen. Es ist die erste Gelegenheit, bei der er wirklich eine Chance hat, an sie heranzukommen.«

Während der ganzen Zeit, die Vittorio mit seinem Bruder und seiner Schwester sprach, war er sich der Saldis bewusst, die sich in einer kleinen Gruppe am anderen Ende des Raums leise unterhielten. Val warf Emmanuelle immer wieder verärgerte Blicke zu, blieb aber an der Seite seines Vaters. Irgendwo in der Nähe hielt sich Taviano auf, unauffällig, beinahe vergessen.

In den Schatten warteten Eloisa und seine Cousins, die jedem Wort, das die Saldis miteinander besprachen, lauschten. Wenn sie in irgendeiner Weise für den Angriff im Hotel der Ferraros verantwortlich waren und darüber sprachen, würden die Ferraros es wissen. Wenn nicht, konnten ihre Spekulationen Antworten liefern.

»Langsam wird es brenzlig«, sagte Giovanni. »Als wäre es nicht genug, dass wir uns Sorgen wegen Phillips machen müssen, jetzt sind da auch noch dieser Schütze und die Saldis.«

»Miceli hat gelogen, dass sich die Balken biegen«, flüsterte Emmanuelle sehr leise. »Ich glaube, dass Giuseppi ehrlich war, andererseits mochte ich ihn und Greta schon immer, also bin ich vielleicht voreingenommen. Er hat nicht sehr darauf geachtet, was um ihn herum passiert, seit Greta erkrankt ist.«

»Hat Val den Laden übernommen?«, fragte Vittorio sie direkt.

Emmanuel hob das Kinn, und zum ersten Mal sah sie zu Val hinüber. Ihre Blicke trafen sich, aber sie sah nicht weg. »Keine Ahnung. Seit ich ihn belauscht habe, wie er einer anderen Frau erzählte, dass man ihn angewiesen hat, mich dazu zu bringen, mich in ihn zu verlieben, und dass ich doch wohl nicht ernsthaft geglaubt habe, dass er ein verwöhntes Baby will, das nicht den Hauch einer Ahnung von Sex hat, hatte ich nichts mehr mit ihm zu tun.«

Vittorio erstarrte. Ganz langsam drehte er den Kopf, um den Mann anzusehen, der seiner Schwester das Herz gebrochen hatte. Die Ferraros verliebten sich nur einmal und dann voll und ganz. Und ganz unabhängig davon, wie richtig die

Entscheidung war, Valentino war Emmanuelles Wahl gewesen. Niemandem von ihnen würde es je einfallen, jemand anderem so etwas Grausames anzutun.

»Das hat er gesagt? Mit diesen Worten?«

»Vittorio«, warnte Emmanuelle. Sie legte ihm die Hand auf den Arm. »Ich habe es dir schon einmal gesagt.«

Vittorio setzte sich explosionsartig in Bewegung und stieß die Bodyguards der Saldis zur Seite, um an Valentino heranzukommen. Er war wie ein wilder, zerstörerischer Tornado. Mit seinem Training in allen Formen des waffenlosen Kampfs hatte er keine Mühe, an den Bodyguards vorbei und an Valentino heranzukommen und ihn mit Fäusten und Füßen zu traktieren, noch bevor der andere Mann die Chance hatte, eine Abwehr aufzubauen. Er presste seinen Gegner gegen die Wand und bearbeitete ihn mit der Faust, ehe Dario bei ihm war und versuchte, ihn von Val wegzuziehen. Dario wurde zurückgeschleudert, und Vittorio sah kaum in seine Richtung.

»Aufhören.« Giuseppi erhob sich. Eine beeindruckende Gestalt. Eine Stimme absoluter Autorität. »Vittorio. Val. Hört jetzt damit auf. Wir dürfen nicht gegeneinander kämpfen.«

Vittorio war sich seiner Umgebung immer bewusst, selbst wenn er gerade dabei war, einen Feind auszuschalten, aber es gab nichts, was ihn jetzt aufhalten konnte, nicht einmal Giuseppi, den er respektierte. Er wollte Val in den Boden rammen. Ihn zu einem blutigen Haufen schlagen. Er hätte nicht aufgehört, wenn Ricco nicht seine blutige Faust festgehalten hätte, bevor er sie noch einmal in das Gesicht von Giuseppis Erben rammen konnte.

»Genug jetzt, Vittorio, er hatte genug.«

»Wenn es nach mir geht, wird es niemals genug sein«, sagte Vittorio mit Verachtung in der Stimme. Er hielt Val aufrecht und rammte ihm die Faust in die Rippen.

»Vittorio, er ist es nicht wert«, sagte Emmanuelle leise und legte ihm eine Hand auf den Arm. »Hör bitte auf.«

Vittorio trat sofort zurück und ließ zu, dass Vals Körper zu Boden glitt. Ohne den gefallenen Mann noch einmal anzusehen, wandte er sich ab und nahm Emmanuelle mit sich, um zu Giuseppi zu gehen. »Verzeih, Giuseppi. Es ist eine Frage der Familienehre.«

Giuseppi musste derjenige sein, der Val befohlen hatte, Emmanuelle zu verführen, aber er wirkte verwirrt, und sein Blick wanderte zwischen Emme und seinem Sohn hin und her. Dario und Angelo knieten neben Valentino.

»Braucht ihr einen Krankenwagen?«, fragte Ricco mit neutraler Stimme.

Giovanni reichte Dario einen Eimer Eis und ein Tuch.

»Nein, wir kümmern uns darum«, fauchte Dario und warf Vittorio einen finsteren Blick über die Schulter zu, der Rache versprach.

»Siehst du, Giuseppi«, sagte Miceli leise, aber bedeutungsvoll. »Es kann keinen Frieden zwischen unseren Familien geben. Es gab keinen Grund für so einen Angriff.«

»Es gab einen Grund«, sagte Val, die Stimme rau und voller Schmerz. »Lasst es einfach gut sein.«

Vittorio war scheißegal, was die Saldis dachten und dass Val sich wie ein Mann verhalten und die Prügel eingesteckt hatte. Niemand würde Emmanuelle so behandeln, wie er es getan hatte, und ungestraft damit davonkommen. Soweit es ihn betraf, waren die Saldis der Feind, und sie würden es immer sein. Seiner Meinung nach brodelte ein Krieg zwischen ihren beiden Familien, und es gab keinen Grund, so zu tun, als wäre es nicht so.

11

Grace blickte auf Vittorios Hände hinab, als er nach ihrem Ellbogen griff, um ihr aufzuhelfen. Ihr blieb der Atem stehen. »Vittorio«, hauchte sie, erschrocken über die aufgerissene Haut und die Schwellungen an seinen Fingerknöcheln.

»Das ist nichts«, sagte er und ging darüber hinweg, dass er unverkennbar an einem Kampf beteiligt gewesen war.

Sie zuckte beinahe zusammen, weil er so kurz angebunden klang. Vittorio hatte noch nie so mit ihr gesprochen. Er war stets freundlich. Sie hatte einen Keil zwischen sie getrieben und wusste nicht, wie sie die Dinge wieder geradebiegen sollte. Und das wollte sie, vor allem nach dem Gespräch mit Sasha und Francesca.

Zahlreiche Mitglieder der Familie Ferraro waren anwesend, sogar ihre Cousins aus New York. Sie waren beeindruckend attraktive Männer, genau wie die aus Chicago. Sie vermutete, dass das auf Generationen von guten Genen zurückging. Eloisa hingegen war auffallend abwesend.

»Er hat meine Ehre verteidigt«, sagte Emmanuelle. »Ich glaube, sie waren ohnehin alle auf Ärger aus, und dann habe ich etwas gesagt, das ich nicht hätte sagen sollen ...«

»Emme! Hör auf!«, befahl Vittorio. Grace hatte ihn noch nie diesen Ton anschlagen hören. Die Art, wie er sprach, ließ alle Unterhaltungen im Raum verstummen.

»Ich muss Grace nach Hause bringen, wenn ihr mich also bitte entschuldigt, wir gehen jetzt«, fügte Vittorio hinzu.

»Ihr bleibt nicht zum Essen?«, protestierte Francesca.

»Nein, Liebes, tut mir leid.« Vittorio wurde sofort sanfter und beugte sich hinab, um Francesca einen Kuss auf die Schläfe zu hauchen.

»Wirst du Grace noch einmal zu einem Besuch vorbeibringen? Ich habe ihre Gesellschaft sehr genossen.«

»Wenn sich die Gelegenheit bietet.«

Niemand außer Grace schien sein Zögern zu bemerken. Es war nur eine Kleinigkeit, aber es war ein weiterer Schlag, der sie tief traf. Er wirkte müde und traurig. Sie suchte verzweifelt nach einer Lösung, wie sie dafür sorgen konnte, dass er besser schlief und wie sie die Traurigkeit von seinem Gesicht wischen konnte. Sie wusste, dass sie der Grund für diesen Ausdruck war. Sie hatte einfach nicht erwartet, ihn so sehr zu vermissen oder dass seine Niedergeschlagenheit sie derart belasten würde. Sie hatte das schmerzliche Bedürfnis, dafür zu sorgen, dass es ihm besser ging.

Sie verabschiedeten sich und betraten den Privataufzug. Kaum dass die Türen sich geschlossen hatten, wandte sie sich ihm zu. »Wir haben alles auf den Security-Bildschirmen in Francescas Zimmer beobachtet. Es war wirklich beängstigend. Du warst so schnell, als du Giuseppi Saldi gerettet hast. Ich war stolz auf dich, aber gleichzeitig hatte ich schreckliche Angst um dich. Als du seinen Körper mit deinem abgeschirmt hast, warst du dem Schützen vollständig ausgeliefert.«

Sie konnte nicht verhindern, dass ihre Stimme bebte und eine kleine Anklage darin lag. Sie hatte so schreckliche Angst um ihn gehabt, genau wie die anderen Frauen, deren Sorge nicht gerade zu ihrer Beruhigung beigetragen hatte. Demetrio und Drago hatten die Bildschirme abschalten wollen, aber Francesca hatte sich geweigert.

Vittorio, der so viel größer war, blickte auf sie herab, und sie fühlte sich klein und zerbrechlich. Er war insgesamt ein großer Mann, seine Brust, Arme und Beine waren muskelbepackt. Er war gut dreißig Zentimeter größer, und gegen ihn wirkte sie zerbrechlich. Seine indigofarbenen Augen musterten ihr Gesicht, und sie wand sich unter seiner genauen Betrachtung.

Die Türen des Aufzugs glitten geschmeidig zur Seite, und Emilio und Enzo erwarteten sie bereits am Privateingang zum Hotel. Das Auto stand schon bereit, und Enzo hielt ihr die Tür auf. Vittorio und Emilio sahen sich beide aufmerksam um, ehe Vittorio ihr auf das kühle Leder des Rücksitzes half. Er glitt neben sie, und Emilio schloss die Tür. Erst jetzt fiel ihr auf, dass Enzo auf dem Beifahrersitz saß, und ihr Fahrer jemand war, den sie nicht kannte.

Sie blickte nach hinten und sah, wie Emilio auf den Beifahrersitz eines zweiten Wagens kletterte. Als sie aus dem Parkplatz fuhren, wurde Grace klar, dass sie einem weiteren Wagen folgten. Das war das erste Mal. Als sie in Vittorios bestimmte Miene aufblickte, beschloss sie, keine Fragen zu stellen, bis sie zu Hause waren. Vielleicht würde er ihr keine Antwort geben. Vielleicht hatte sie ihre Chance verspielt, ein Teil von ihm zu sein, aber sie war entschlossen, dass sie es noch einmal versuchen würde, wenn sie wieder in seinem Haus waren – und nicht, weil sie seine Familie toll fand, sondern weil sie sich sicher war, dass Vittorio Ferraro der außergewöhnlichste Mann war, dem sie je begegnen würde, und dass sie es auf ewig bereuen würde, wenn sie jetzt zu feige war, dem, was sich da zwischen ihnen entwickelt hatte, eine Chance zu geben.

Sie blieb stumm und blickte auf ihre Hand hinab, diejenige, deren Finger sie überdurchschnittlich oft bewegte, einfach um zu feiern, dass sie es noch konnte. Die Physiotherapie war schmerzhaft, aber sie war froh, endlich aktiv an ihrer Heilung mitarbeiten zu können. Außerdem war in der Regel Vittorio dabei, und oft, wenn sie das Gefühl hatte, sich übergeben zu müssen, weil der Schmerz so stark war, stand er auf und rief: »Genug.« Niemand wagte es, sich ihm zu widersetzen, sodass ihre Schulter sofort mit Eis behandelt wurde und sie wieder atmen konnte, bis der Schmerz langsam nachließ.

Je länger sie dort im Auto auf dem Rückweg zu seinem Haus saß, während seine Wärme sie einhüllte und sie sich sicher fühlte, weil er sich um sie kümmerte, desto deutlicher wurde ihr bewusst, wie sehr sie das wollte. Wie viele Männer würden ihr so eine Beziehung bieten, ohne sie gänzlich kontrollieren zu wollen? Kein einziges Mal hatte Vittorio ihr das Gefühl gegeben, sie zu kontrollieren. Er gab ihr das Gefühl, die wertvollste, begehrenswerteste Frau der Welt zu sein, und dass er fest entschlossen war, auf sie aufzupassen.

Ohne darüber nachzudenken, rutschte sie näher an ihn heran und schmiegte sich unter seine Schulter. Sein Körper war immer warm, und in dem Moment, in dem sie näher rückte, legte er den Arm um ihre Schultern. Das fühlte sich gut an. Das hatte er gefühlt sehr lange nicht mehr gemacht. Sie bettete ihren Kopf auf seine Brust, ohne ihn anzusehen. Sie hatte Angst vor dem, was sie sehen könnte, wenn sie es tat. Sie wollte nicht die Maske, die er vor anderen trug. Sie wollte die echte Intimität, die er ihr gegeben hatte, den echten Vittorio, den echten Mann. Er hatte ihr diesen Mann angeboten, aber sie hatte so viel Angst gehabt, dass sie ihn zurückgewiesen hatte.

»Stimmt etwas nicht, *gattina*?«

Bei seiner zärtlichen Frage blieb ihr fast das Herz stehen. Diese Stimme hatte sie seit über einer Woche nicht mehr gehört – diese Stimme, die nur für sie allein bestimmt war und die Verlangen ihre Wirbelsäule hinuntertanzen ließ und ihr Geschlecht zu flüssigem Honig erhitzte. Er hatte sie auch nicht mehr mit diesem speziellen Kosenamen angesprochen. Bis zu diesem Moment war ihr nicht klar gewesen, wie sehr sie beides vermisst hatte.

Er berührte ihr Gesicht, und ihr wurde klar, dass es feucht war. Tränen rannen ihre Wangen hinab. Sie drehte ihr Gesicht zu seiner Brust, und er legte die Handfläche um ihren Hinterkopf und sagte nichts mehr, bis der Wagen langsamer wurde und anhielt. Diese schlichte Geste hatte sich ebenfalls intim und liebevoll angefühlt, wie er sie stumm getröstet hatte, ohne anzusprechen, dass sie weinte. Sie hasste es, sich vor seinen Bodyguards in den Mittelpunkt zu rücken. Eigentlich vor jedem – sie blieb lieber abseits des Scheinwerferlichts.

Das Haus war eine Mischung aus mehreren Architekturstilen. Die über achthundert Quadratmeter dehnten sich zu drei deutlich voneinander abgegrenzten Bereichen aus und ähnelten mehr willkommen heißenden Armen. Im Zentrum des Hauses ragte ein hoher Turm auf, und darunter befand sich ein offener Patio mit einem Steinboden und zwei Glastüren, die in ein Esszimmer und ein Wohnzimmer führten. Der Turm war umgeben von langen, schmalen Sprossenfenstern, die sich nach außen öffneten.

Verlängerte Arme oder Flügel ragten zu beiden Seiten aus dem eleganten Turm. Die Auffahrt ermöglichte es dem Familienwagen, einen Bogen zu einem geschützten Eingang am rechten Seitenflügel zu machen. Er war überdacht, aber vor allem war er geschützt, sodass niemand, auch nicht mit einem guten Fernglas oder dem Sucher eines Gewehrs, Mitglieder der Familie oder ihre Gäste erspähen konnte, wenn sie aus dem Wagen stiegen und das Haus betraten.

Sobald Emilio die Beifahrertür geöffnet hatte, war Vittorio aus dem Wagen und half ihr. Das Aussteigen war noch immer schwer für sie. Die Schwere und Steifheit ihres Arms und der Schulter machten es noch immer unmöglich, sich richtig zu bewegen. Wie immer, wenn sie irgendwohin gingen, ruhte Vittorios Hand auf ihr, in diesem Falle an ihrem Rücken. Sie spürte die Hitze seiner Handfläche, die sich durch das dünne Material ihres Shirts brannte.

Am Morgen hatte Mariko ihr geholfen, sich zu duschen und anzuziehen, aber sie wurde geschickter. Sie hatte noch immer den Arm in der Schlinge, wenn sie nicht gerade bei der Physiotherapie war, aber sich mit einer Hand anzuziehen fiel ihr langsam etwas leichter. Da war etwas mehr Mobilität in ihrer Schulter, und je mehr sie die Finger der Hand bewegte, desto besser ging es.

»Du wirkst müde, Grace. Ich werde dich in deine Suite bringen und dir ein Bad einlassen. Ich habe Merry eine Nachricht geschrieben, und sie wird ein spätes Abendessen für uns fertig haben, bis du aus der Wanne kommst.«

»Ich hatte auf eine Gelegenheit gehofft, mit dir zu reden«, gab sie zu. Es fiel ihr schwer, ihn darum zu bitten, vor allem, weil sie bei ihrer Arbeit so bestimmend sein musste. Sie wollte nichts sagen, das Vittorio noch weiter von ihr entfernen würde.

»Sehr gern, *bella*. Lass mich dein Bad einlassen, und dann kümmere ich mich um meine Hände. Ich will nicht, dass sie zu sehr anschwellen. Wir können beim Essen reden.«

Sie nickte, froh, dass sie noch etwas Zeit bekam, um sich zu überlegen, was sie sagen wollte. Sie war angespannt, und ein Bad würde ihr hoffentlich helfen, sich zu entspannen. Sie hatte eine spezielle Plastikschale, die sie um ihre Schulter und ihren Arm legen konnte, damit die Verbände und die

Schlinge nicht nass wurden. Aber allein konnte sie sie nicht anlegen.

Sie wusste, dass Vittorio ihr bereits im Krankenhaus geholfen hatte, aber dass er ihr half, wenn sie gerade nicht besonders gut aussah, war irgendwie verstörend. Er bot nicht an, eines der weiblichen Familienmitglieder oder Merry zu rufen. Sie wusste, dass er es akzeptieren würde, wenn sie seine Hilfe ablehnte, aber sie wollte nicht, dass er ging, auch wenn sie sich etwas schämte. Sie hoffte, dass dieses Opfer ihm deutlich machen würde, dass sie die Dinge zwischen ihnen wirklich in Ordnung bringen wollte.

Sie sah zu, wie Vittorio den Raum durchquerte und das elegant eingerichtete Badezimmer, das an ihr Schlafzimmer angrenzte, betrat. Der Raum war außergewöhnlich groß, mit goldenen Armaturen an dem Doppelwaschbecken und der tiefen Badewanne. Grace stand etwas hilflos daneben und sah ihm zu. Sie wusste nicht, was sie sagen oder tun sollte. Er gab Lavendel und Honigsalze ins Wasser und prüfte mit dem Handgelenk die Temperatur. Er tat solche Dinge für sie, ohne überhaupt nachzudenken.

»Grace, du weißt, dass du jedes Recht hattest zu fragen, worüber Eloisa gesprochen hat. Du hast nichts falsch gemacht. Ich will nicht, dass du denkst, dass du es hast.«

Ihr Herz schlug schneller. Er wirkte so entspannt, wie er da auf dem Rand der Wanne saß und eine Hand prüfend unter den Wasserstrahl hielt. »Ich hätte mit der Sache besser umgehen können.«

Er schenkte ihr ein schwaches Lächeln, aber es war das erste seit einer Woche, und sie wollte jubeln.

»Wir hätten beide besser mit der Sache umgehen können. Komm, ich helfe dir mit der Kleidung. Ich bringe dich in die Wanne, und dann kümmere ich mich um meine Hände. Wenn ich geduscht habe, solltest du fertig sein. Ich habe einen Knopf anbringen lassen, auf den du im Notfall drücken kannst, hier, direkt neben der Wanne. Ich komme dann sofort.«

»Genau wie die Security, zweifellos.«

Ein weiteres Lächeln, und dieses Mal flatterten Schmetterlinge in ihrem Bauch auf.

»Zweifellos«, stimmte er zu. Er trocknete sich die Hände ab und trat vor sie. Seine Finger fanden die Knöpfe ihrer Bluse. »Ich muss zugeben, ich habe herausgefunden, dass ich eifersüchtig bin und es nicht wirklich mag, wenn andere Männer deinen Körper sehen, aber wenn du in Schwierigkeiten steckst, sollten wir das beide lieber in Kauf nehmen, als zu riskieren, dass irgendetwas dir schadet.«

Bei jeder Berührung durch den dünnen Stoff wurde ihr heißer. Sie hatte Eifersucht nie für eine positive Eigenschaft gehalten, aber so, wie er das gesagt hatte, in diesem sanften, leisen Ton, der bis in ihr Innerstes vorzudringen schien, zusammen mit dem, was sie über ihn wusste, machte es ihr nichts aus. Vittorio würde sich niemals übertrieben eifersüchtig zeigen. Sie müsste schon etwas wirklich Extremes machen, unverhohlenes Flirten oder mit einem anderen Mann ausgehen, bevor er eine Reaktion zeigen würde. Dessen war sie sich sicher, deshalb konnte sie auch seinen Ton genießen, genau wie die sanfte Bewegung, mit der er ihr den Ärmel von ihrem guten Arm zog und dann, nachdem er die Schlinge abgenommen hatte, die Bluse von ihrer verletzten Schulter schob.

Sie stand nur in Jeans und ihrem Spitzen-BH vor ihm. Sie war eher dünn, und in letzter Zeit hatte sie so wenig gegessen, dass ihre Rippen zu sehen waren. Sie wusste, dass ihn das störte, denn er zeichnete stirnrunzelnd jede davon mit dem Finger nach.

»Der Arzt hat gesagt, du musst mehr essen, *gattina.* Jedes Tablett, das ich dir gebracht habe, war hinterher noch fast voll, ganz egal, was Merry gekocht hat. Gibt es etwas, das du gern isst, an das ich nicht gedacht habe?«

Ihr Puls machte einen Satz und begann dann zu hämmern. Sie versuchte, lässig zu wirken, als wäre es ganz normal für sie, von einem Mann ausgezogen zu werden. Er sah an ihr herunter, und die Masse seines glänzenden, vollen schwarzen Haars, das ein wenig wirr wirkte, war wie eine Einladung. Es führte sie in Versuchung wie der Teufel, obwohl sie wusste, dass sie brav sein sollte. Sie wollte es aber nicht sein. Sie wollte seine Berührung. Seine Küsse. Sie wollte so intim mit ihm im Schlafzimmer sein, wie sie es bei ihren Gesprächen gewesen waren.

Er blickte auf, und ihr Herz zog sich zusammen. *»Gattina?«*
Grace schob das Verlangen, die Finger in seinem Haar zu vergraben, gnadenlos beiseite und schüttelte den Kopf. »Das Essen ist wunderbar. Merry ist eine großartige Köchin. Ich hatte in letzter Zeit einfach nur wenig Appetit.«

Sein Blick richtete sich erneut auf ihre Jeans und die Aufgabe, die vor ihnen lag. Er hakte die Daumen unter den Bund und schob sie ihre Hüften hinunter, wobei er das Höschen gleich mitnahm. Sie wusste, dass es feucht war, und ihr Gesicht flammte rosig auf.

Er legte die Jeans und das Höschen zur Seite und griff hinter sie, um ihren BH zu öffnen. »Grace, wäre es nicht bequemer für dich, wenn du keinen BH tragen würdest, bis deine Schulter verheilt ist?«

Sie stand vollkommen nackt vor ihm, und als er nach unten blickte, sah sie, wie seine Brust sich unter einem schnellen Einatmen hob. Seine Augen richteten sich wieder auf ihr Gesicht. Er konnte das nackte Begehren, das sich in seine

Miene eingegraben hatte, nicht verbergen. Es verdunkelte seine indigofarbenen Augen, bis das Blau beinahe schwarz war. Er steckte ihr das Haar auf dem Kopf zusammen und trat zurück.

»Du bist so schön, du raubst mir den Atem.« Ganz plötzlich, jedoch nicht unsanft, entfernte er die Schlinge und die Orthese, die ihren Arm stützten, wenn sie nicht gerade Physiotherapie hatte.

Grace wollte das Wissen, dass er sie noch immer begehrte, eng an sich raffen. Sie mochte zu dünn sein, aber er fand sie noch immer schön und begehrenswert. Er legte ihr die Schale an und umfasste dann unerwartet ihre rechte Brust. Mit einem Daumen strich er über die Brustwarze, liebkoste sie, bis sie dachte, verrückt werden zu müssen.

»Ich bin mir nicht zu schade, dich zu verführen, um zu bekommen, was ich will«, gab er zu.

Sie sprach es nicht laut aus, aber allein seine Stimme verführte sie. Seine Hände auf ihrem Körper zu spüren war mehr als aufregend. Es war belebend. Sie wollte mehr. Sie wollte das Gefühl haben, ihm zu gehören.

»Ich bin mir nicht zu schade, es zuzulassen«, gab sie zu und riss den Blick von dem faszinierenden und ziemlich erotischen Anblick seiner Hand los, die Besitz von ihrer Brust ergriffen hatte und so lange über ihre Brustwarze strich, bis sie zu einer festen Spitze wurde.

Der Ausdruck in seinem Gesicht war besonders. Erneut war er ganz auf sie fokussiert. Auf ihren Körper. Auf die Art, wie sie auf ihn reagierte. Die Sinnlichkeit in seinen Zügen ließ einen Schauer der Erregung durch ihren Körper gehen.

»Das hier ist nicht sicher.« Er senkte langsam den Kopf und gab ihr Gelegenheit zurückzuweichen.

Sie konnte sich nicht bewegen, nicht einmal, wenn es um

ihr Leben gegangen wäre. Nie hatte sie etwas mehr gewollt. Sein Haar strich über ihre Haut. Es fühlte sich an wie eine Million Seidenfäden, die ihre Nervenenden in Aufruhr versetzten. Dann war sein Mund an ihrer linken Brust, und seine Zunge umspielte ihre Brustwarze. Sie schnappte nach Luft, als Feuer sich in ihr ausbreitete und sich tief in ihrem Körper sammelte. Sie spürte das leere Zusammenziehen ihres Geschlechts, die plötzliche Feuchte zwischen ihren Schenkeln. Zuerst saugte er sanft, doch dann begann er, ihre andere Brustwarze zwischen den Fingern zu rollen und daran zu zupfen. Sein Mund bearbeitete ihre Brust heftiger, sie spürte seine Zähne, und kleine Blitze zuckten nach unten durch ihren Körper.

Dann zupften seine Zähne an einer Brustwarze, und sein Daumen und Finger tat das Gleiche auf der anderen Seite. Sie drückte den Rücken durch, um ihm den Zugang zu erleichtern. Ihr Arm legte sich um seinen Kopf, versuchte ihn an sich ziehen. Ihre Knie wurden schwach, ihre Beine wurden zu Gummi und drohten, unter ihr nachzugeben. Ihr Körper wurde zu Feuer. Flammen rasten durch ihre Adern, und zwischen ihren Beinen wuchs ein Feuerball, der Verlangen und Hunger in jeden Teil ihres Körpers schickte, bis sie das Gefühl hatte, kein denkender Mensch mehr zu sein. Sie bestand nur noch aus Empfindung, und jedes ihrer Nervenenden war hellwach.

Sie hörte das Stöhnen, das ihr entfuhr. Hörte das Verlangen darin, das die Gefühle in ihr widerspiegelte. Noch nie im Leben hatte sich etwas so gut und zugleich so frustrierend angefühlt. Sie brauchte … mehr. Schließlich gruben ihre Finger sich doch noch in sein dichtes, seidiges Haar, sie ballte die Hand zur Faust, beanspruchte ihn ganz für sich.

Seine Zunge leckte an ihrer Brustwarze, und sie schloss

die Augen in dem Wissen, dass er sie beide aufhalten würde.

»Ich will nicht, dass es aufhört«, flüsterte sie und meinte es so.

»Ich auch nicht«, murmelte er an ihrer nackten Haut. »Das ist das Letzte, was ich will. Das sollst du wissen, Grace. Ich weiß, dass ich dich will, aber du musst dich mit deiner Angst auseinandersetzen und unsere Beziehung akzeptieren, denn wenn du dich für mich entscheidest, musst du dir darüber im Klaren sein, dass du dich mir schenkst. Dass du dich in meine Hände begibst und mir vertraust, immer das zu tun, was richtig für dich ist. Für unser Kind. Und jetzt badest du, und wir sprechen dann beim Essen.«

Widerstrebend lockerte sie die Finger in seinem Haar, damit er sich aufrichten konnte. Er erhob sich gerade weit genug, damit er ihr einen Kuss auf die Lippen hauchen konnte. Sie wusste, dass sie schmollte, aber ihr gesamter Körper stand in Flammen. Das einzig Gute war, dass auch er an der Front seiner Nadelstreifenhose eine dicke Beule hatte, die ihr verriet, dass sie mit ihrem Frust nicht allein war.

»Sag mir, was du von mir willst, Vittorio.« Auf wackeligen Beinen ging sie zum Rand der Badewanne. Die ganze Zeit über hatte er den Arm um sie gelegt. Wenn sie nach unten sah, konnte sie die Spuren sehen, die er auf ihren Brüsten hinterlassen hatte. Noch immer sprühte jedes ihrer Nervenenden Funken, die wie kleine Elektroschocks auf ihren Körper wirkten, der nach mehr verlangte. Ihre Brustwarzen waren zwei harte Zwillingserhebungen, die ihm unverhohlen zeigten, dass sie ihn wollte.

»Ich will von dir, dass du dir ganz sicher bist. Du musst ohne jeden Zweifel wissen, dass ich der Mann für dich bin.« Er hob sie offenbar mühelos an und achtete auf ihre Schulter, während er sie in die Wanne setzte. Er hielt sie weiterhin fest, bis sie in das heiße, wohltuende Wasser glitt.

Sie *liebte* die Badewanne. Duschen oder Baden hatte sie immer schnell und effizient erledigt. Sie hatte sich die ganze Zeit über verletzlich gefühlt und Angst gehabt, dass Haydon jeden Moment auftauchen und sie belästigen könnte. Das Wissen, dass er sie all die Jahre ausspioniert hatte, behagte ihr nicht, aber sie konnte nichts dagegen tun. Er liebte es, sie daran zu erinnern, dass er mühelos in jedem Haus und jeder Wohnung ein und aus gehen konnte. Oder dass er in der Lage war, sie überall auszuspionieren. Außerdem erinnerte er sie gern daran, dass er in das Haus jedes Menschen eindringen konnte, mit dem sie zu lange sprach.

»Geht das überhaupt, Vittorio? Niemand kennt die Zukunft. Vielleicht willst du mich ja eines Tages nicht mehr.«

»Das wäre unmöglich für mich. Ich weiß, dass der Beginn unserer Beziehung etwas extrem war, aber sie ist echt. Meine Gefühle für dich sind echt, und sie nehmen noch zu. Ich hoffe, dass es dir auch so geht, aber du bist die Einzige, die das herausfinden kann. Ich bin bereit zu warten. Ich bin bereit, dir so viel Zeit zu geben, wie du brauchst, aber die Wahrheit ist, dass alle Hindernisse nur in deinem Kopf existieren. Wenn du zulässt, dass du an mich glaubst, dann kümmere ich mich um uns beide. Und ich glaube ohne jeden Zweifel, dass auch du dich um uns beide kümmern wirst.«

Er schob ein Gelkissen unter ihren Kopf und ein weiteres unter ihren Arm. »Ich gehe jetzt duschen. Ich bin bald wieder zurück. Bis dahin sollte das Wasser warm bleiben.« Er strich mit der Hand über ihre Schulter und hinunter zu ihrer Brust, wo er die zarte Haut noch einmal besitzergreifend liebkoste, ehe er sich abrupt zum Gehen wandte.

Sie hatte keinen Zweifel, dass er zurück sein würde, ehe das Wasser abkühlen konnte. Sie schloss die Augen, obwohl er im Gehen das Licht im Badezimmer gedimmt hatte. Natürlich hatte er das. Er kümmerte sich um alles. Er dachte an alles. Sie hatte nie einfach so in einer Badewanne liegen und ihren Körper im heißen Wasser entspannen können, und sie würde diesen Luxus auch nirgendwo sonst haben. Sie konnte sich entspannen, weil es Vittorio gab.

Grace überlegte, welche möglichen Kriterien sie erfüllte, die andere Frauen nicht erfüllten. Francesca und Sasha hatten so getan, als wäre es keine große Sache, aber sie hatten angedeutet, dass es nicht allzu viele Frauen gab, die die Bedürfnisse der Ferraro-Männer erfüllen konnten. Hatten sie vielleicht irgendeinen eingebauten Radar, der ihnen sagte, welche Frauen im Bett mit ihnen mithalten konnten? In dem Moment, in dem sie Vittorio Ferraro das erste Mal gesehen hatte, war ihre Sexualität erwacht. Ihr ganzer Körper war mit einem Mal lebendig geworden. Jedes Nervenende und viele Muskeln, von denen sie bislang noch nicht einmal gewusst hatte.

Es kam ihr komisch vor, dass sie das Gleiche nicht auch den anderen Ferraro-Männern gegenüber empfand. Von Anfang an war es Vittorio gewesen, der ihr Interesse geweckt und schließlich ihr Herz erobert hatte. Sie hatte die Klatschzeitschriften und jeden Zeitungsartikel gelesen. Sie hatte im Internet alles über ihn in Erfahrung gebracht. Manches war purer Klatsch gewesen, doch das spielte keine Rolle. Der Drang, alles zu lesen, war einfach zu stark gewesen. Vielleicht hätte sie sogar Bilder gesammelt wie eine Stalkerin, aber dann hätte Haydon herausgefunden, dass sie sich für Vittorio interessierte, und das wollte sie nicht.

Aus den ganzen Artikeln wusste sie auch, dass die Ferraro-Männer einen extremen Sexualtrieb hatten. Das konnte nicht alles ausgedacht sein. Vielleicht musste es deshalb eine Frau sein, die ihnen darin ähnelte, damit sie nie einen Grund hatten fremdzugehen. Der Gedanke gefiel ihr nicht. Francesca konnte mit ihrer Schwangerschaft keinen Sex haben. Stefano entfernte sich nie weit von ihr. Sie konnte sich nicht vorstellen, dass er sie betrügen würde. Es ging also nicht um Sex. Beinahe wünschte sie sich, es würde um Sex gehen, denn das wäre kein Problem für sie. Nachdem die Tür einmal aufgestoßen war, hatte sie über alle möglichen Arten von Sex nachgedacht, und in jeder erotischen Fantasie war Vittorio ihr Partner gewesen.

Wenn man die Kriterien einmal beiseiteließ, was erwartete sie von einem Mann? Wenn sie ihre Fantasie einmal abstellte und wirklich versuchte, Vittorio als den zu sehen, der er wirklich war, würde sie ihn dann noch wollen? Wenn man den heißen Körper und die atemberaubenden Augen wegließ. Seine Stimme, die so sanft war, dass sie mit jedem Ton ihre Haut liebkoste. Wenn man die Tatsache wegließ, dass er der reichste Mann war, den sie kannte, was gab es an ihm, nach dem sie sich sehnte?

Sicherheit war das erste Gebot. Das wusste sie. Sie wusste, dass sie sich immer würde sicher fühlen müssen, weil sie das bislang nie getan hatte. Ebenso wie das Gefühl, dass ihr Partner so etwas wie eine Familie mit ihr haben wollte. Sie wollte die Freiheit, ihre Arbeit zu machen und ihren Träumen zu folgen und dabei die absolute Unterstützung ihres Partners. Gleichzeitig wollte sie nicht die ganze Zeit über die »Böse« sein. Das hatte sie in der Arbeit. Sie wollte zu Hause mit niemandem streiten müssen. Ihr gefiel der Gedanke, dass zu Hause ihr Mann die Führung übernehmen würde. Diese Art der Beziehung und das meiste, was sie mit sich brachte, kamen ihr verlockend vor. Sie fand die Vorstellung aufregend, aber auch ein wenig beängstigend, und das mochte sie. Sie sehnte sich nach dem Gefühl, dass der ganze

Fokus eines Mannes in einer Beziehung auf ihr lag. Manche würden sagen, dass so etwas nicht gesund war, aber für sie war es das. Sie wusste, dass sie genau das brauchte, weil sie nie jemandem etwas bedeutet hatte. Sie wollte, dass sie ihrem Mann alles bedeutete.

Die große Frage war nur ... würde sie das auch noch brauchen, wenn sie älter wurde? Wenn Haydon Phillips kein Teil ihres Lebens mehr war, würde sie dann immer noch dieselben Ansprüche an eine Beziehung haben? Sexuell definitiv – der Gedanke, dass Vittorio die Führung übernahm, war mehr als aufregend. Es gefiel ihr, wenn sich jemand um sie kümmerte. Vielleicht, weil sie das als Kind nie gehabt hatte? Möglich war es. Und was spielte der Grund schon für eine Rolle? Vielleicht war sie ja schon so geboren worden, dass sie sich wünschte, von ihrem Partner umfassend umsorgt zu werden.

Sie wusste, dass sie die Art Frau war, die sich stets um ihren Mann und ihre Kinder kümmern würde. Sie war jemand, der auf Details achtete und sehr penibel war. Sie hatte immer ihre Umgebung im Blick und wusste, was nötig war, damit Menschen sich wohlfühlen, und ihr fiel auf, wenn sie es nicht taten. Deshalb war sie so gut in ihrem Job. Und zu Hause bei den Menschen, die sie liebte, wäre sie noch besser, wenn sie die Gelegenheit bekam.

Ihre Augen flogen auf. Sie wollte die Gelegenheit, sich genauso um Vittorio Ferraro zu kümmern, wie er sich um sie kümmerte. Das bedeutete nicht, Entscheidungen zu treffen, die sie nicht treffen wollte. Oder sich dazu zu zwingen, etwas im Schlafzimmer zu verlangen. Es bedeutete, für die Dinge zu sorgen, die *ihn* glücklich machten. Ihm das zu geben, was er brauchte, um ein glückliches und erfülltes Leben zu führen. Wenn irgendjemand dazu in der Lage war, dann Grace Murphy.

»Bist du bereit, da rauszukommen, *bella*?«

Seine Stimme durchschnitt jeden Zweifel, der vielleicht noch da war. Sie wollte diese Stimme den Rest ihres Lebens hören. Sie wusste, dass er nur Augen für sie hatte. Dass dieser Ton nur ihr galt. Sie vergaß, sich zu schämen, weil sie nackt war. Sie wusste, dass er es mochte, ihren Körper anzusehen, und hatte kein Problem damit, ihm zumindest das zu geben – oder ihn in Versuchung zu führen.

»Ich bin bereit.«

»Ich habe dir Kleidung rausgelegt. Wir werden auf der hinteren Terrasse essen. Ich habe einen kleinen Tisch aufgestellt, und die Fliegengitter sind angebracht, sodass wir nicht gestört werden.« Er ließ das Wasser aus der Wanne und legte die Arme um ihre Taille.

Sie legte eine Hand auf seine Schulter. Er trug seine Alltagskleider, diesmal weiche Hosen mit einer Kordel und ein dünnes Hemd, dessen Kragen er offen trug. Wie immer zu Hause war er barfuß. Ihr Geschlecht zog sich zusammen, und dieses Mal war die Hitze, die sie durchströmte, eher wie träger Sirup, der sich langsam ausbreitete, bis sie zwischen ihren Beinen angelangte und dort wie ein glimmendes Feuer zur Ruhe kam, das nur darauf wartete, angefacht zu werden.

»Ich liebe es, dort zu sitzen und aufs Wasser hinauszusehen.« Tatsächlich war es ihr Lieblingsplatz am Abend.

Sie hielt still, während er sie abtrocknete. Er ließ sich Zeit und strich sinnlich mit dem Handtuch über ihre Brüste, nur um kurz innezuhalten und ihre Brustwarzen zu harten Spitzen zu saugen, ehe er sich nach unten vorarbeitete. Er ging in die Hocke, sodass sie sich mit einer Hand auf seiner Schulter abstützen musste, während das Handtuch zwischen ihren Beinen hin und her glitt und ein schreckliches Brennen verursachte, das nur noch zunahm, als er mit seiner Zunge an ihrem Oberschenkel nach oben glitt und dann kurz ihre Klitoris berührte. Sein Haar setzte ihre Nervenenden in Flammen, und dann stand er wieder aufrecht vor ihr.

»Du kannst ruhig weitermachen. Ich hätte kein Problem damit.«

Seine Augen musterten sie, bemerkten zufrieden ihre Gesichtsfarbe, ihren Atem, die aufrechten Brustwarzen. »Wir müssen reden, Grace.«

Sie wusste, dass sie ihn nicht würde umstimmen können, aber sie wusste auch, dass ihre Sehnsucht nach ihm im Verlauf des Abends nur noch stärker werden würde. Sie konnte nicht in seiner Nähe sein und sich nicht nach ihm sehnen. Und jetzt, nachdem sie seine Hände und seinen Mund auf ihrer Haut gespürt hatte, war dieses Gefühl noch stärker.

Auf dem Bett lag ein hauchdünnes, sehr kurzes Kleid. Sie sah ihn an, widersprach jedoch nicht, als er das ärmellose Gebilde zunächst über ihren verletzten Arm ihre Schulter hinaufschob und es ihr dann extrem zärtlich über den Kopf zog und den anderen Arm durchschob. Er musste die waldgrüne Stretch-Spitze über ihre Brüste ziehen. Sie schmiegte sich an sie wie eine zweite Haut und fühlte sich so sexy an, dass ihre Brustwarzen durch die Öffnungen des Stoffs ragten. Er schob es über ihre Rippen und zog den Stoff an ihren Hüften zurecht. Die Spitze endete direkt unter ihrem Po und bedeckte ihn gerade so.

»Ich habe alle weggeschickt«, versicherte er ihr, während er einen längeren, hauchdünnen Morgenmantel vom Bett nahm, der ihr über die Oberschenkel reichte. »Möchtest du den tragen? Mir würde es ohne besser gefallen, aber ich will nicht, dass du dich unwohl fühlst.«

Der Mantel würde nicht das Geringste verbergen, aber sie wusste, dass ihn zu tragen sie vielleicht trotzdem etwas sicherer machen würde. Vittorio überließ es ihr, aber er hatte sie wissen lassen, was er bevorzugte. Sie hatte bereits beschlossen, dass sie sich voll und ganz auf diese Beziehung einlassen würde. Sie wollte ihn glücklich machen, auf jedes kleine Detail achten, und das hier war ein sehr kleines. Sie liebte es, wie sich die dehnbare Spitze auf ihrer Haut anfühlte. Sie fühlte sich sexy darin. Aber vor allem mochte sie, wie er sie ansah.

»Ich glaube, ich brauche ihn nicht.«

Es erschreckte Grace, wie viel Genuss es ihr bereitete, seine Miene zu beobachten. Er war äußerst erfreut, und das Begehren für sie verdunkelte seine Augen mit einer dunklen, hungrigen Lust, die sie die Schenkel zusammenpressen ließ. Das Brennen zwischen ihren Beinen nahm zu.

»Wenn wir jetzt nicht gehen, wird das Essen kalt, und ich will, dass du heute Abend etwas isst.« Er trat zurück, damit sie vor ihm gehen konnte.

Sie hätte nicht gedacht, dass es sich so sinnlich anfühlen konnte, einfach nur vor einem Mann zu gehen. Es spielte keine Rolle, dass ihre Schulter noch immer schwer und unbeweglich war, sie achtete nicht einmal darauf, weil sie vollkommen auf Vittorio konzentriert war. Bei jedem Atemzug, jedem Schritt, war sie sich seiner Nähe bewusst. Er legte die Hand an ihren Rücken und verbrannte sie dort mit seiner Hitze. Der Atem entwich ihrer Lunge in einem erregten Stoß.

Seine Hand glitt weiter nach unten, über die Rundung ihres Pos, und verweilte besitzergreifend dort, sodass das tief in ihr glimmende Feuer zu Flammen explodierte. Er strich vom höchsten Punkt der Rundung zu der Vertiefung zwischen ihren Backen und dem Oberschenkel, fuhr kurz diese Linie entlang und kam dann wieder nach oben, um erneut von ihr Besitz zu ergreifen. Ihr Körper wurde feucht und heiß.

In dem von den Fliegengittern geformten Raum waren zahlreiche Kerzen entzündet, deren Licht über den kleinen Tisch tanzte. Er zog einen Stuhl mit hoher Lehne und großer Sitzfläche heraus und half ihr, Platz zu nehmen. Die Spitze rutschte beinahe vollständig ihre Hüften hinauf und legte ihren Unterkörper bloß. Sie blickte nach unten und entdeckte flüssige Tropfen in den roten Locken zwischen ihren Beinen. Wie beiläufig glitt seine Hand auf ihren Oberschenkel. Sie erstarrte mit rasendem Herzen, wich jedoch nicht zurück.

Seine Finger glitten zwischen die Locken, immer tiefer, um ihre Klit zu berühren und die Tropfen aufzunehmen. Sie konnte nicht wegsehen, gebannt von dem sinnlichen Ausdruck auf seinem Gesicht. Ihr Herz schlug so heftig, dass es drohte, ihr aus der Brust zu springen. Sie konnte tatsächlich das Blut durch ihre Klitoris pulsieren spüren. Er hob seine Finger an den Mund.

»Ich will dich bereits seit dem Moment schmecken, als ich dich aus diesem Kofferraum springen sah.« Seine Stimme war jenes tiefe, intime, heisere Grollen, das sie immer erregte, wenn sie es hörte.

Langsam und genüsslich leckte er über seine Finger, ohne auch nur ein einziges Mal den Blickkontakt zu ihr zu unterbrechen. Es war das Erotischste, was sie je gesehen hatte. Ihr ganzer Körper reagierte darauf. Sie konnte kaum atmen, heiß, erregt, gänzlich in seinem Bann.

Er glitt in den Stuhl ihr gegenüber, aber der Tisch war so klein, dass er nur die Hand auszustrecken brauchte, um sie zu berühren. »Ich hoffe, du hast Hunger. Merry hat sich selbst übertroffen. Sie weiß, dass du in letzter Zeit wenig Appetit hattest, deshalb hat sie darauf geachtet, dass alles leichte Kost ist.«

Sie hatte plötzlich Appetit, wenn auch nicht unbedingt auf Essen. Vittorio war verstummt, seine dunklen indigofarbenen Augen waren auf ihr Gesicht gerichtet. Abwartend. Sie begriff, dass er darauf wartete, dass sie etwas sagte: »Ich werde es versuchen.«

Er schenkte ihr ein kleines Lächeln und legte eine Tostada auf ihren Teller. »Die hier ist mit weißen Bohnen und Brombeersalsa, eine von Merrys Lieblingen. Kürbis mit Dukkah und Avocado-Scheiben, sehr gesund, und sie meinte, dass du sie besonders magst. Sowohl die Salsa als auch das Dukkah sind selbst gemacht. Ich bin mir sicher, du wirst sie lieben.«

Er nahm die Folie von einer kleinen Schüssel mit Salat. »Das hier ist Tempeh-Salat mit Pflaumen, gerösteten Artischockenherzen und Pak Choi. Sie hat sich heute Abend sehr viel Mühe für uns gegeben.«

Sie berührte mit der Zunge ihre Oberlippe, während er den Rotwein einschenkte. »Ich habe den Wein ausgesucht. Ich glaube, du wirst ihn mögen. Wenn nicht, können wir etwas anderes trinken. Es gibt hier einen großen Weinkeller, und wir sollten in der Lage sein, etwas für dich zu finden.«

Grace nahm ihre Gabel. Das Essen roch vorzüglich und sah sogar noch besser aus. Sie probierte einen kleinen Bissen von dem Salat und war sich dabei Vittorios Blick bewusst. Sie schenkte ihm ein peinlich berührtes Lächeln. »Willst du mich die ganze Zeit beobachten?«

»Ja, warum?«

»Es macht mich ein wenig nervös. Mir hat noch nie jemand so viel Aufmerksamkeit geschenkt.«

»Ich mag es, dich anzusehen, vor allem jetzt, in dieser Wäsche. Ich wusste, dass dir die Farbe besonders gut stehen würde. Das Kerzenlicht spielt perfekt auf deinen Brüsten, bringt deine Haut zum Leuchten und wirft Flammen in dein Haar.«

Als er das so sagte, als spräche er über etwas Alltägliches wie das Wetter und nicht über ihren Körper, wurde ihr wieder heiß. Er klang, als würde er Fakten aufzählen, als würde er einen wunderschönen Kunstgegenstand betrachten und keine Person aus Fleisch und Blut.

»Du solltest dich daran gewöhnen, dass ich dich die ganze Zeit ansehen werde, *gattina*, denn ich beabsichtige, das so oft wie nur möglich zu tun.«

»Wirklich?« Sie brachte die gekrächzte Frage kaum heraus. Ihre Stimme klang nicht wie ihre.

Er nickte langsam. »Allein zu wissen, dass du hier in meinem Zuhause bist, macht mich glücklich, aber zu wissen, dass ich deinen Körper jederzeit ansehen kann, wenn ich dich darum bitte, und zu wissen, dass du mich dich ansehen lässt, erregt mich. Daran zu denken bereitet mir großes Vergnügen.« Er nahm zwei weitere Bissen, während sie ihn etwas hilflos anstarrte. »Du würdest mich doch lassen, nicht wahr, Grace?«

Sie wusste, dass sie es tun würde. Sie wusste, dass es sie genauso erregen würde, ihm das zu geben, was er wollte. Es lag Macht darin, so sehr gewollt zu werden, wie Vittorio es tat. Sie nickte. »Ja.« Ihre Stimme war sehr leise, aber zu ihrer Überraschung klang sie unverhohlen erotisch. Sie fühlte sich unendlich sexy, wie sie ihm jetzt gegenübersaß, obwohl sie sich ihr ganzes Leben lang kein einziges Mal so gefühlt hatte. Sie wusste, dass er sie so empfinden ließ, weil er sie so sah.

»Der Gedanke, einen Raum zu betreten, in dem du nackt auf mich wartest, gefällt mir. Einfach nur still wartest.« Er sah sich um. »In diesem Haus geht es vor allem um Ruhe und Frieden. Ich mag es still. Ich meditiere oft. Meditierst du?«

»Ich habe es versucht. Ich dachte, es würde mir helfen, besser mit dem Stress wegen Haydon zurechtzukommen. Ich habe versucht, es mit Büchern zu lernen.«

»Ich stehe grundsätzlich früh auf.« Sein Blick glitt über sie, verweilte auf ihren Brüsten und wanderte dann tiefer. Die gläserne Tischplatte erlaubte ihm, auf die grüne Spitze zu blicken, die zu ihren Hüften hinaufgerutscht war.

Unwillkürlich kniff sie mit brennenden Wangen die Schenkel zusammen. Ihr Körper war feucht vor Verlangen, und bei all dem Kerzenlicht, das über sie tanzte, würde ihm das unmöglich entgehen.

»Nicht, Grace. Nimm die Beine auseinander.« Er sprach in dem leisen Tonfall, der sie so berührte, aber es war mehr ein Befehl als eine Feststellung.

Sie stellte fest, dass sie gehorchte, und im gleichen Moment zog sich ihr Geschlecht heiß zusammen, und noch mehr Flüssigkeit glitt über ihre Oberschenkel.

»So wunderschön. Ich könnte dich zum Frühstück, Mittagessen und Abendessen verspeisen. Du hast ein Verlangen in mir geweckt, das nie mehr verschwinden wird.« Er beugte sich über den kleinen Tisch. »Ich würde dich zu gern noch einmal kosten, *bella*.«

Sie erstarrte, unsicher, was er von ihr wollte. Er gab ihr auch keinen Hinweis, sondern hob einfach sein Weinglas an seinen großartigen Mund, der mittlerweile ihre Fantasien bestimmte und trank von der roten Flüssigkeit, während sein Blick weiterhin auf ihr Gesicht gerichtet war.

Mehr als alles andere wollte Grace jede seiner Erwartungen erfüllen, denn jeder Blick, jede Geste, jedes Wort war so erotisch, dass sie von Sekunde zu Sekunde erregter wurde. Sie wollte sich schön und begehrenswert fühlen, aber es war mehr als das. Er gab ihr das Gefühl, dass sie ihm gehörte.

Dass jeder Teil von ihr ihm gehörte. Sie hatte immer etwas anderes und Komplexeres gewollt, als die meisten Leute in ihrer Beziehung hatten, aber sie hatte nie gewusst, was es war. Nun wusste sie es.

Vittorio fragte nicht noch einmal. Er blieb stumm, aber er setzte das Glas ab und sah sie weiterhin an. Sehr langsam legte Grace ihre Gabel nieder und begegnete seinem Blick. Sie hob die Hand an ihren Hals und spürte ihren Puls wie wild schlagen. Ihre Fingerspitzen wanderten ihren Körper hinab, zwischen den Rundungen ihrer Brüste hindurch zu ihrem Bauch, wo sie abwesend ihren Bauchnabel umkreisten.

Die Hitze in seinen Augen loderte auf. Schwelte. Seine Lust war stark und ungezähmt. Sein Blick folgte der Bewegung ihrer Hand, während sie über die grüne Spitze glitt und dann zwischen die feuchten, roten Locken. Er wartete. Regungslos. Weil sie wusste, dass ihm das gefallen würde, rieb sie wagemutig über ihre Klit und drang mit der Fingerspitze in die feuchte Hitze ein.

Ihr Atem stockte, als elektrische Stöße durch jedes Nervenende rasten. Ihm stockte ebenfalls der Atem, und sie sah, wie seine Miene sich verdunkelte. Er sah aus wie die Sünde selbst – der Teufel, der sie in Versuchung führte, wenn sie ihr Bestes tat, ihn zu verführen.

»Mach weiter, Grace, für mich.« Seine Stimme war etwas heiser, aber so befehlend wie immer.

Sie schob den Finger tiefer hinein und drehte ihn dann, um sicherzugehen, dass er ganz in ihre flüssige Hitze eingehüllt war. Langsam zog sie ihn heraus und bot ihn ihm an. Die Feuchtigkeit glitzerte, während das Kerzenlicht darübertanzte.

»*Mia bella ragazza, sei cosi coraggiosa*, ich hätte es nie für möglich gehalten, dich zu finden.« Er umfasste ihr Handgelenk, um ihren Arm zu stabilisieren. »Um ehrlich zu sein, dachte ich, dass es auf dieser Welt keine Frau für mich gibt. Du könntest nicht perfekter sein.« Er beugte sich zu ihr, nahm die Spitze ihres Fingers zwischen die Lippen und hielt ihren Blick, während er ihn tiefer in die feuchte Höhle seines Mundes saugte.

Ihr blieb beinahe das Herz stehen. Sie fürchtete, ganz plötzlich in Flammen aufzugehen.

Er ließ sich in seinen Stuhl zurücksinken und griff erneut zu seiner Gabel. »Du musst etwas essen, *gattina,* und wir müssen wirklich reden.«

12

Vittorio beobachtete, wie Lust und Frustration gleichermaßen in Grace' Blick traten. Er lehnte sich über den Tisch, um ihr die Gabel aus der Hand zu nehmen, während sie einfach nur dasaß und ihn ansah, ein wenig weggetreten und so hinreißend, wie man nur sein konnte. Er spießte etwas von ihrem Teller auf die Gabel und hielt sie ihr vor den Mund, bis sie ihn öffnete. Sie bemühte sich für ihn.

Vor Jahren hatte er sich damit abgefunden, dass er niemals das Leben haben würde, das er sich wünschte und das er brauchte. Er würde seine Pflicht als Schattengleiter erfüllen und in einer Ehe ohne Liebe treu sein. Es war eine Sache der Ehre. Er hatte feste Regeln, nach denen er lebte, und er würde sie nicht brechen, nur weil er nicht glücklich war.

Aber jetzt gab es Grace. Ein unerwartetes Geschenk. Sie war so viel mehr als das, was er sich vorzustellen oder zu träumen gewagt hatte. Sie war mutig und schön. Intelligent und stark. Er wollte eine Frau, die ihn auch intellektuell stimulieren konnte. Eine, die seinen Haushalt führen und auf alle Einzelheiten achten konnte. Er wollte auch eine Frau, die bereit war, sich in ihrem Zuhause seiner Führung zu unterwerfen, ihm die Kontrolle zu überlassen. Er hätte nicht gedacht, dass es so eine Frau überhaupt gab.

»Ehe wir unsere Beziehung vertiefen, Grace, würde ich gern ein paar Dinge klarstellen. Ich will nicht, dass du denkst, dass ich die Dinge in meinem Zuhause kontrolliere, einfach nur, weil ich es kann. Es gibt Dinge, von denen ich herausgefunden habe, dass ich sie brauche, um wirklich zu funktionieren. Es geht nicht darum, dir meinen Willen aufzuzwingen. Es geht darum, in einer Umgebung zu leben, mit der ich umgehen kann, sodass ich meine Arbeit erledigen und unbeschadet aus ihr herausgehen kann.«

Allein ihr so viel zu verraten konnte ihn in Schwierigkeiten bringen. Er rieb über den leichten Bartschatten an seinem Kinn. Egal, wie oft er sich rasierte, er war immer da. Ihr Blick folgte der Bewegung seiner Finger, doch sie nahm einen weiteren Bissen von ihrer Tostada. Er wollte nicht, dass sie ihm zu viele Fragen über seine Arbeit stellte, aber wie die meisten Menschen ging sie wohl einfach davon aus, dass er sich um die vielen Geschäfte seiner Familie kümmern musste.

Aber es war nun einmal so, dass er praktisch ein Auftragsmörder war. Schattengleiter sorgten für Gerechtigkeit, aber am Ende des Tages lautete ihr Auftrag noch immer, jemanden zu töten – und das taten sie auch. Sie trafen Sicherheitsvorkehrungen, mehrfache sogar, um sicherzugehen, dass ihnen keine Fehler unterliefen, aber obwohl sie wussten, dass ihr jeweiliges Ziel schreckliche Verbrechen begangen hatte und straflos davongekommen war, mussten sie dennoch mit der Tatsache leben, dass sie Menschen töteten. Wieder und wieder. Sie mussten sich vom Rest der Welt absondern. Sie mussten eine Lüge leben.

»Ich brauche eine bestimmte Balance in meinem Leben. Mir wäre es am liebsten, wenn meine Frau meinen Lebensstil mit mir teilen wollen würde. Ich würde sie gern so viel wie möglich an meiner Seite haben. Ich bin kein Mann, der es müde wird, mit seiner Frau zusammen zu sein. Für mich gibt es kein ›Zuviel‹. Wenn ich am Morgen aufstehe, um zu meditieren, dann brauche ich es, dass meine Frau mit mir meditiert. Ich will, dass sie mit mir frühstückt. Sport macht, wenn ich es tue.«

Grace sah nicht erschrocken aus, wie er es befürchtet hatte. Sie hörte zu, und er konnte sehen, dass sie über alles nachdachte, was er zu ihr sagte. Er fühlte sich ein wenig, als würde er den Atem anhalten. Er wusste bereits, dass sie in sexueller Hinsicht perfekt zu ihm passte. Das hatte sie ihm gerade bewiesen. Sie saß dort und trug, worum er sie gebeten hatte, und gab ihm alles, was er wollte, ohne es zu hinterfragen. Es war ganz natürlich, als wäre sie für ihn gemacht. Und jetzt verlangte er noch mehr von ihr. Er konnte sich nicht vorstellen, dass eine Frau mit jemandem mit seinen Bedürfnissen zusammen sein wollte, und trotzdem ergriff sie nicht die Flucht.

»Anders gesagt, du hättest gern, dass wir alles zusammen tun.«

Er nahm einen weiteren Bissen, ehe er antwortete. »So viel wie nur möglich, ja.« Er schmeckte die Tostada kaum, dabei mochte er Brombeer-Salsa besonders gern. Jahre der Übung ermöglichten es ihm, einen neutralen Gesichtsausdruck zu wahren. Obwohl er nervös war, merkte man es ihm nicht an. Wenn jemand seinen Puls gemessen hätte, wäre er gleichmäßig gewesen. Er klang vollkommen neutral, und doch war es eine der wichtigsten Unterhaltungen seines Lebens.

Sie nickte. »Ich muss zugeben, dass ich mir auch eine enge Beziehung wünsche. Ich hätte nicht gedacht, dass Männer und Frauen wirklich viel Zeit miteinander verbringen wollen, wenn sie einmal eine Partnerschaft eingegangen sind. Die Leute, mit denen ich gesprochen habe, scheinen zu denken, dass sie sich mehr zu sagen haben, wenn sie jeder ihren eigenen Weg gehen.«

»Das ist möglich, aber für mich würde das nicht funktionieren. Ich hoffe, für dich auch nicht.«

»Und wenn wir Kinder haben und ich müde bin, weil ich die ganze Nacht wach war?«

»Dann sind *wir* müde. Du sollst dich nicht allein um unsere Kinder kümmern. Natürlich wird sich mit der Zeit einiges verändern, aber dann sprechen wir darüber und kümmern uns um die Unstimmigkeiten, wenn sie auftreten.«

Sie lächelte und probierte den Salat. »Merry ist großartig.«

»Das ist sie«, stimmte er zu. »Es ist wichtig, dass du wirklich über das, was ich von dir möchte, nachdenkst, bevor du dich für mich entscheidest. Ich würde dich lieber jetzt als später verlieren, wenn wir so stark miteinander verbunden sind, dass eine Trennung ein Albtraum wäre. Ich glaube nicht an Scheidung. Das kommt in meiner Familie einfach nicht vor. Wenn wir einen Schwur leisten, dann bedeutet er etwas. Die Konsequenzen wären … schlimm.« Er wusste, dass sie wie die meisten Menschen denken würde, dass er damit meinte, dass sie ihre Besitztümer aufteilen und Sorgerecht für die Kinder, die sie vielleicht haben würden, regeln mussten.

»Ich würde mich niemals auf eine Beziehung einlassen und dabei im Hinterkopf haben, dass ich ja leicht wieder raus kann«, erklärte Grace und legte ihre Gabel auf den Tisch, um ihr Weinglas zur Hand zu nehmen. Ihre Hand bebte ein wenig, als sie das Glas an die Lippen hob.

»Wenn wir allein in diesem Haus sind, und das werden wir die meiste Zeit sein, dann würde ich erwarten, dass meine Frau tut, was ich sage.« Er beobachtete sie aufmerksam.

Sie blinzelte. Sah ihn an. »In welcher Hinsicht?«

»In jeder Hinsicht. Wenn ich zu dir sage, dass du dich mit mir im Garten treffen und dabei nichts als den knappen

Morgenmantel, der auf deinem Bett liegt, tragen sollst, dann würde ich erwarten, dass du das tust.«

Ihre Haut nahm einen rosigen Ton an, und sie presste die Schenkel zusammen. Es war eine subtile Reaktion, aber eine, auf die er gehofft hatte. Sie reagierte auf die beste nur mögliche Weise. Die Vorstellung löste bei ihr nicht das Bedürfnis aus, über Gleichberechtigung zu sprechen, sondern sie erschien ihr verführerisch. Er widerstand dem Drang, sie hochzuheben und zu küssen, bis es ihnen beiden den Atem verschlug. Er wusste, dass das ihr gegenüber nicht fair wäre. Seine Art zu leben wäre kein vorübergehender Zustand, sie würde ein Leben lang andauern.

»Was du dir überlegen musst, Grace, ist, ob du es auch brauchst, so zu leben. Bevor du dich für mich entscheidest, musst du ganz tief in dir drin, da, wo es zählt, wissen, dass das etwas ist, das dich sexuell und auf jede andere Weise befriedigen wird. Es mag vielleicht zunächst aufregend klingen, aber der Reiz geht schnell verloren. Manchmal wird es sich einseitig anfühlen. Du wirst nicht immer einer Meinung mit mir sein. Oder die Dinge tun wollen, die ich von dir verlange.«

Sie stellte ihr Glas ab. Er sah, dass sie mehr als die Hälfte getrunken hatte. »Ich könnte Angst haben.«

Ihre Stimme bebte, und Vittorio wollte sie auf seinen Schoß heben und trösten, aber er zwang sich, dort zu bleiben, wo er war. »Ich gehe davon aus. Aber ich würde auch erwarten, dass du mir vertraust und mit mir sprichst. Du musst mir sagen, dass du Angst hast. Du musst mir sagen, wenn du etwas, das wir tun, nicht magst. Damit eine Beziehung zwischen uns funktionieren kann, muss ich zu jeder Zeit wissen, wie du dich fühlst.«

Sie nickte und sah ihn direkt an. Er mochte es, dass sie ihm ihre ganze Aufmerksamkeit schenkte, wenn es nötig war.

»Das heißt nicht, dass wir etwas nicht tun werden, nur dass wir mehr darüber sprechen und dass wir die Dinge langsam angehen, bis du keine Angst mehr hast.«

»Was passiert, wenn ich etwas nicht tue, was du von mir verlangst?«

»Dann wäre ich sehr enttäuscht.«

Ihre Wimpern hoben sich, und sie blickte ihm direkt in die Augen. Sein Herz machte einen Sprung. Er sah in ihren Augen, dass ihr der Gedanke, dass er enttäuscht sein könnte, nicht gefiel. Er musste einen Weg finden, dafür zu sorgen, dass sie ihn immer auf diese Weise ansehen würde.

»Also keine Peitschen.«

»Ich würde dir niemals auf irgendeine Weise wehtun. Meine Frau ist die Person, die ich mehr als irgendjemanden sonst respektiere, und ich würde niemals wollen, dass ihr ein Leid geschieht.« Das war sein Ernst, aber den Teil mit den Peitschen verneinte er bewusst nicht.

Vittorio war kein Mann, der es jemals genießen würde, Tränen in den Augen seiner Frau zu sehen – in Grace' Augen. Er war bereits weit über den Punkt hinaus, an dem er sich nur für sie interessierte oder begann, sich in sie zu verlieben. Er hatte sie jetzt sechs Wochen um sich gehabt, und er wusste bereits, dass er sein Leben mit ihr verbringen wollte. Er stellte es ihr frei, sich gegen ihn zu entscheiden, solange es noch möglich war, aber es fiel ihm nicht leicht. Wenn er sich selbst zuhörte, wie er über seine Bedürfnisse sprach, hatte er das Gefühl, selbstsüchtig zu sein, und er befürchtete, dass die Dinge, die ihm wichtig waren, sie abschrecken würden. Vor allem, weil er nicht erklären konnte, warum er Gehorsam und absolute Kontrolle in seinem Haus brauchte, um nicht den Verstand zu verlieren.

»Das ist gut.« Sie trank ihren Wein aus, stellte das Glas ab und nahm die Gabel zur Hand, um den Salat auf ihrem Teller herumzuschieben.

Das Tempeh war eindeutig nicht nach ihrem Geschmack, und er nahm sich vor, Merry anzuweisen, es ihr nicht wieder zu servieren.

»Dass ich meiner Frau nicht wehtun möchte, bedeutet aber nicht automatisch, dass es keine Peitschen geben wird.« Er gab seiner Stimme einen neckenden Klang und achtete genau auf ihre Reaktion.

Sie setzte sich auf. »Vittorio, ich stehe überhaupt nicht auf Schmerzen.«

»Das ist gut, denn wie ich bereits sagte, stehe auch ich nicht darauf, meiner Frau Schmerzen zuzufügen. Ich will dir Lust bereiten und dich nicht quälen. Manchmal, *gattina,* kann ein Spiel sehr sexy sein.«

Sie schwieg einen Moment und entspannte sich dann sichtlich. »An diesem Punkt muss ich dir wohl vertrauen.«

Ihre Antwort gefiel ihm. Er trank einen Schluck von seinem Wein und fragte sich, was er getan hatte, damit das Universum ihm ein derartiges Geschenk machte.

»Was ist mit dir, Grace? Ich würde gern hören, was du in einer Beziehung brauchst.«

»Ich will das Gefühl haben, geliebt zu werden«, sagte sie, ohne zu zögern. »Ich will mir sicher sein, dass mein Mann mich liebt und nicht anderen Frauen hinterhersieht, wenn ich nicht bei ihm bin. Du bist sehr reich und es gewohnt, dass Frauen sich dir an den Hals werfen. Du bist mit unzähligen atemberaubenden Frauen ausgegangen. Ich bin mir nicht sicher, ob ich mit ihnen mithalten kann. Ich habe nicht gerade viel Erfahrung.«

Er lehnte sich in seinem Stuhl zurück und studierte ihre Miene. Sie war nervös bei der Aussicht, Sex mit ihm zu haben, und trotzdem hatte sie angezogen, worum er sie gebeten hatte. Und als er etwas äußerst Sexuelles von ihr verlangt hatte, bei dem die meisten Frauen gezögert hätten, hatte sie den Mut gehabt, es zu tun. Sie hatte ausgiebig über seine Ankündigung, Peitschen im Schlafzimmer verwenden zu wollen, nachgedacht, und ihm dann vertraut. Er wollte ihr schönes Gesicht in beide Hände nehmen und sie besinnungslos küssen.

»Du bist von Natur aus so sinnlich, *bella,* dass du dir keine Gedanken um deine Unerfahrenheit zu machen brauchst. Hast du nicht zugehört? Ich will im Bett die Führung übernehmen, und das bedeutet, dass dein Mangel an Erfahrung ein Vorteil ist. So kann ich dir beibringen, was ich mag und will. Und ich verspreche dir, dass ich dir im Gegenzug alles geben werde, was du dir nur wünschen kannst.«

Sie rieb über die Schlinge an ihrem Arm, wie sie es immer tat, wenn das Gewicht ihrer verletzten Schulter sie ermüdete.

»Möchtest du Nachtisch? Merry hat extra für dich ihre berühmte Himbeer-Zitronen-Tarte gemacht.« Er führte sie bewusst in Versuchung, obwohl sie langsam müde wurde. Er wollte, dass sie zu Kräften kam und schneller wieder gesund wurde. Der Arzt hatte gemeint, dass sie zusätzliche Kalorien brauchte, damit sie bei den enormen Anstrengungen der Physiotherapie nicht noch mehr an Gewicht verlor.

Sie nickte. »Und Kaffee?«

Er schüttelte den Kopf. »Dann wärst du die ganze Nacht wach. Du musst schlafen.«

Sie senkte den Kopf. »Seit ich dich gebeten habe, nicht mehr in meinem Zimmer zu bleiben, habe ich nicht viel geschlafen.«

Er wartete ab und gab ihr bewusst keine Antwort. Er hatte gewusst, dass sie nicht schlief. Selbst der Arzt hatte es erwähnt, weil er sich Sorgen machte, dass sie zu erschöpft war. Kurz herrscht Stille, und endlich hob sie den Kopf.

»Warum hast du es mir nicht gesagt?« Er sprach leise, legte seine Enttäuschung in seinen Tonfall. »Deine Gesundheit ist das Wichtigste, Grace. Das weißt du.«

»Ja, ich weiß. Ich war nur sehr verwirrt wegen dem, was deine Mutter gesagt hat. Ich war verletzt«, gab sie zu.

»Das tut mir leid, aber du hättest mir sagen sollen, dass du mich im Zimmer brauchst, damit du schlafen kannst.« Er nahm ihre Teller und legte sie in eine kleine Wanne, die Merry ihm für das Geschirr gegeben hatte. Sie hatte nur wenig von dem Salat gegessen, aber immerhin die Hälfte der Tostada. »Und nur damit du es weißt, die Kriterien, auf die meine Mutter angespielt hat, sind eine Kleinigkeit, verglichen mit den Anforderungen, die ich dir gerade dargelegt habe. Und wie ich bereits sagte, gehört Treue zu den Grundregeln, nach denen ich lebe. Ich würde niemals einer Frau einen Schwur leisten und ihn dann brechen. Sag mir, was du sonst noch brauchst, um glücklich zu sein.«

»Ich will eine Beziehung, in der mein Mann mein bester Freund ist. Er soll der Erste sein, dem ich etwas erzählen möchte, derjenige, mit dem ich am liebsten zusammen bin.«

Er lächelte ihr aufmunternd zu. »Da bin ich voll und ganz auf deiner Linie.«

»Ich will Kinder, und ich will, dass mein Mann ihnen wirklich ein Vater ist und seinen Beitrag leistet, sie großzuziehen. Das ist wirklich eine zwingende Voraussetzung für mich, weil ich selbst das nie hatte. Meine Kinder sollen immer spüren, dass sie geliebt werden und dass sie uns wichtig sind.«

Vittorio nickte ernst. »Ich stimme zu einhundert Prozent zu. Ich hatte keine tollen Eltern. Weder meine Mutter noch mein Vater haben sich wirklich für uns interessiert.«

Sie wirkte ein wenig erschrocken. »Vittorio. Du und deine Geschwister, ihr steht euch so nahe. Ich wusste, dass es ein Problem mit deiner Mutter gibt, aber auch mit deinem Vater?«

Er zuckte die Achseln. »Wir hatten Stefano.«

»Aber er ist nur ein paar Jahre älter als ihr anderen.«

»Er hat seine Rolle sehr ernst genommen. Sprich weiter, *gattina.* Was brauchst du sonst noch? Du sollst mir alles erzählen können.«

Sie holte tief Luft. Dabei hoben sich ihre Brüste und zogen seine Aufmerksamkeit auf sich. Er hatte es geflissentlich vermieden, sie zu genau anzusehen, wie sie da saß, verletzlich und sexy. Er wollte sie mit jeder Zelle seines Körpers, aber sie richtete ständig ein verheerendes Durcheinander in seinem Kopf an.

»Ich will arbeiten. Ich liebe, was ich tue, und ich bin gut darin.«

Das hatte sie ihm gegenüber schon einmal erwähnt, also sagte er nichts dazu.

»Die Abläufe in deinem Haushalt kann ich gern beibehalten, weil ich weiß, dass sie dir wichtig sind, und alles, was du brauchst, wäre auch wichtig für mich«, fügte sie hinzu.

»Warum?«, hakte er nach. Er wusste, dass er viel von ihr verlangte, indem er sie drängte, ihm mehr von sich preiszugeben, aber er hatte es auch riskiert, ihr offen von seinen Bedürfnissen zu erzählen. Nur wenige Frauen würde das, was er von ihr verlangt hatte, glücklich machen. »Ich weiß, dass es Mut braucht, sich selbst ins Auge zu blicken und den eigenen Bedürfnissen auf den Grund zu gehen, aber das hier sind wir. Unsere Beziehung, die niemanden etwas angeht. Ich werde mich immer um dich kümmern, Grace. Immer. Jedes deiner Geheimnisse ist mein Geheimnis. Wenn ich dir etwas erzähle, vertraue ich darauf, dass du es für dich behältst. Wir sitzen in einem Boot. Ich bin schon jetzt unglaublich stolz auf dich, dass du so weit mit mir gegangen bist.«

Er wusste, dass es unangenehm und unheimlich war, seinen Panzer abzulegen und seine dunkelsten Geheimnisse zu enthüllen. Sogar beängstigend. Sie hob das Kinn, und sein Herz machte einen Satz. Sein Schwanz reagierte ähnlich unter dem Stoff seiner Hose. Es war gut, dass sie locker saß, denn er war hart, und seine Erektion pulsierte drängend.

»Es gefällt mir, dich zufriedenzustellen, und ich mag es ganz und gar nicht, wenn ich dich enttäusche. Das ist das schrecklichste Gefühl überhaupt«, gab sie leise zu.

Sein Herz machte einen Sprung. Auch wenn zuvor nichts zwischen ihnen vorgefallen wäre, hätte allein dieses Geständnis ausgereicht, um ihm zu sagen, dass sie die richtige Frau für ihn war.

»Wenn ich mit dir zusammen bin, stelle ich fest, dass ich dich glücklich machen will. Wenn ich nicht bei dir bin, denke ich darüber nach, wie ich dich glücklich machen könnte. Ich versuche, bis in die Details herauszufinden, wie du dein Zuhause am liebsten hast, deine Kleider, deinen Kaffee. Kleine Dinge. Nur damit ich sie weiß und dafür sorgen kann, dass alles so ist, wie du es magst. Bis jetzt hast du immer alles für mich getan, aber ich will die Gelegenheit, auch etwas für dich zu tun.«

Ein Lächeln erschien auf seinem Gesicht, ehe er die Chance hatte, es zurückzuhalten. Volle Strahlkraft. Ein echtes Lächeln. Er konnte es nicht verhindern. Sie war großartig und zu gut, um wahr zu sein.

»Ich mag es, Dinge für dich zu tun, Grace. Ich werde diese Dinge weiterhin für dich tun und noch viele mehr. Bereitet dir das Unbehagen?«

Sie schüttelte den Kopf und wandte ihre Aufmerksamkeit der Kreation aus Zitronen und Himbeeren zu, die Merry für sie gebacken hatte.

»Ich bevorzuge verbale Antworten, *bella*«, erinnerte er sie. »Das mag dir im Moment unwichtig vorkommen, aber später, wenn wir Sex haben, muss ich hören können, dass alles, was wir tun, in Ordnung für dich ist.«

Sie hob den Kopf, und das innere Feuer ließ ihre Brüste rosig werden. Ihre Brustwarzen bohrten sich durch die Spitze und zogen seine Aufmerksamkeit auf sich.

»Alles, was wir tun?«, wiederholte sie schwach.

»Ja. Wir werden die Dinge tun, die ich tun möchte. Die Dinge, die ich von dir verlange. Du hast mir noch nicht gesagt, was du im Schlafzimmer von mir brauchst. Hier, in unserem Zuhause. Ich muss deine Bedürfnisse kennen, um sie erfüllen zu können.«

Die rötliche Färbung vertiefte sich noch. Sie atmete tief ein und hob das Kinn. »Ich brauche, dass du mir sagst, was ich tun soll. Denn aus irgendeinem Grund erregt mich das mehr, als ich es je für möglich gehalten hätte. Wenn du mir sagst, was du im oder außerhalb des Schlafzimmers brauchst, fühle ich mich sicherer und mächtiger. Dann weiß ich, was ich tun muss, um dich zu befriedigen, und ich will dir genau das geben.«

Sie hätte ihm keine perfektere Antwort geben können. Vittorio konnte kaum atmen, so dringend war das Bedürfnis, sie in die Arme zu schließen. Sie zu spüren und zu wissen, dass sie ihn auf genau die Art wollte, wie er sie wollte.

Sie atmete noch einmal tief durch. »Wir mögen zueinander passen, aber das ist mir nicht genug. Ich will geliebt werden. Richtig, von Herzen geliebt. Ich will, dass mein Mann sich so sehr in mich verliebt, dass er rettungslos verloren ist. Ich will diesen Mann mit derselben Intensität und Leidenschaft lieben.« Sie blickte ihm direkt in die Augen. »Ich will alles oder nichts, denn zu Kompromissen bin ich nicht bereit.«

Er beugte sich zu ihr. »Grace, es gibt einiges, was ich nach den letzten Wochen mit dir über dich weiß. Du hast ein starkes Selbstvertrauen, und du kennst dich selbst sehr gut. Ich habe darauf vertraut, dass du weißt, was du brauchst, und es mir sagst, weil du ziemlich genau weißt, wer du bist und wo deine Stärken und Schwächen liegen. Du hast mir Hoffnung gegeben, als ich keine mehr hatte. Als ich dich mit Katie sprechen gehört habe, wurde mir klar, dass du dir der Bedürfnisse anderer Menschen bewusst bist und hart dafür arbeitest, dass diese Bedürfnisse auch garantiert erfüllt werden. Du bist ein Fels in der Brandung und hast trotz der Situation mit Phillips deinen Seelenfrieden bewahrt, und das ist ein verdammtes Wunder.«

Er griff über den Tisch hinweg nach ihrer Hand, und sein Daumen strich über den Ring, den er ihr an den Finger gesteckt hatte. »Ich will, dass du mich heiratest. Ich will nicht, dass du wieder gehst.«

Sie atmete tief durch. »Dass wir zueinander passen, bedeutet nicht, dass du …«

»Stopp.« Er setzte sich auf und ließ sie dabei los. Sein Befehl war barscher, als er es beabsichtigt hatte. Er bemühte sich, einen sanfteren Ton anzuschlagen. »Ein Mann wie ich könnte niemals nach so kurzer Zeit all diese Dinge über dich wissen, und doch weiß ich sie, denn all die Eigenschaften, die ich gerade beschrieben habe, treffen zu hundert Prozent auf dich zu, nicht wahr?«

Sie nickte, und er fuhr fort: »Nachdem ich auf der ganzen Welt nach einer Frau mit diesen Eigenschaften gesucht habe, ist es doch recht wahrscheinlich, dass ich, wenn ich sie gefunden habe, bereits in sie verliebt bin.«

Sie blinzelte mit ihren langen, fedrigen Wimpern. »Bist du das?«

»Das bin ich. Bist du fertig mit deinem Dessert?«

Sie blickte auf ihren Teller. Sie hatte den größten Teil ihres Stücks gegessen. »Ja. Ich werde langsam müde, und ich will nicht müde sein.« Mit der unverletzten Hand rieb sie über ihren Oberschenkel, hin und zurück.

Sofort stand er auf und ging um den Tisch herum, um ihr aus dem Stuhl zu helfen. Jetzt, da er ihr so nahe war, stellte er fest, dass er sich keinen weiteren Augenblick mehr zurückhalten konnte, das zu tun, was er während des Essens schon zahlreiche Male hatte tun wollen. Er umschloss ihr kleines Gesicht mit seinen großen Händen und beugte sich hinab, um sie zu küssen.

Er ergriff Besitz von ihr. Seine Zunge fand Einlass, und er glitt hinein, übernahm die Kontrolle und küsste sie genau so, wie er es wollte. Beanspruchte sie für sich. Er küsste sie hart, verlangend und besitzergreifend. Er wollte, dass sie seine Form der Liebe spürte. Vollständig. Ehrfurchtsvoll. Sinnlich. All diese Dinge vermischten sich. Feuer breitete sich heiß und flüssig in seinen Adern aus und sammelte sich zwischen seinen Beinen. Sein Schwanz schrie nach Erleichterung, stellte seine eigenen dringenden Forderungen, so hart und angeschwollen, dass er nicht sicher war, ob er noch einen Schritt gehen konnte. Er zwang sich, den Kopf zu heben, und freute sich, als ihr Mund seinem hinterherjagte. Er ließ die Hand ihren Körper hinab und zwischen ihre Beine gleiten, wo er zu seiner noch größeren Freude ihre feuchte, einladende Hitze vorfand. Sie würde alles davon brauchen, um ihn in sich aufnehmen zu können.

»Wir gehen jetzt zurück in dein Zimmer, Grace, aber nur bis der Arzt sagt, dass du die Schlinge zur Unterstützung deines Arms nicht mehr brauchst. Noch eine Woche, dann bringen wir deine Sachen ins Hauptschlafzimmer.«

Grace nickte. In ihrem Blick sah er noch immer etwas Sorge, aber das konnte er ihr nicht verübeln. Er verlangte eine ganze Menge von ihr, und dabei hatte er ihr noch nicht einmal erzählt, dass er ein Schattengleiter war, und was das für sie beide bedeuten könnte, wenn etwas zwischen ihnen schiefging.

Sie wandte sich zur Tür, blickte jedoch über die Schulter zu ihm zurück. »Wir können das Geschirr nicht einfach hier draußen lassen.«

Er blies die Kerzen aus und schenkte ihr dann seine volle Aufmerksamkeit. »Dafür habe ich bereits vorgesorgt.«

»Natürlich hast du das.« Sie schenkte ihm ein Lächeln und ging vor ihm zur Tür.

Er griff um sie herum und legte die Hand auf den Türgriff. Er senkte den Kopf und biss sie leicht in die empfindliche Stelle zwischen Schulter und Hals. »Du hättest wissen müssen, dass ich für dieses Detail bereits vorgesorgt habe, *gattina*.«

Sie stieß einen kleinen erschrockenen Schrei aus, als sie den Schmerz spürte, und erschauderte dann, als er die Bissstelle mit seiner Zunge beruhigte. »Normalerweise regle ich solche Dinge, und ich muss mich erst daran gewöhnen, dass du das für mich übernehmen willst.«

Er küsste sie auf das Mal, das er auf ihrer Haut hinterlassen hatte. »Es wird etwas dauern, aber wir bekommen das hin. Vertrauen kommt mit der Zeit, nicht auf einmal. Das erwarte ich gar nicht.«

Vittorio hatte lange gebraucht, um seinen dominanten Zug zu akzeptieren, und was dieser für seine Suche nach einer Partnerin bedeutete. Er wollte nicht herrisch sein oder seiner Frau und seinen Kindern in irgendeiner Weise schaden. Er nahm sich die Zeit herauszufinden, was er brauchte, damit sein Leben friedlich und in Balance blieb, und um Mitgefühl und Demut zu entwickeln. Er mochte dominant sein, aber nicht tyrannisch.

Er hatte gelernt, klar und gut zu kommunizieren und ein aufmerksamer, aufgeschlossener Zuhörer zu werden, der stets versuchte, alle Lösungswege für eine Situation in Betracht zu ziehen, ehe er seinen Willen durchsetzte. Seine Stimme war eine Gabe, die er einsetzen konnte, wenn sie gebraucht wurde, und sie half, in heiklen Situationen zu überzeugen und zu beschwichtigen. Er hoffte, dass sie ihm bei ihren Kindern hilfreich sein würde. Er wusste, dass es wichtig war, dass er mit Grace ebenso ehrlich war, wie er es von ihr erwartete. Wenn er es nicht war, wie konnte er es dann von ihr verlangen?

Er war stolz darauf, wer er war, weil er sich die Zeit genommen hatte, seinen Geist genauso wie seinen Körper zu trainieren. Er lebte nach strengen Regeln, und ganz oben auf seiner Liste stand Loyalität. Wenn seine Frau sich und ihr Wohlergehen in seine Hände legte, dann nahm er das ernst, und er wusste, was für ein Geschenk sie ihm damit machte. Er würde ihr Vertrauen nicht durch Maßlosigkeit missbrauchen.

Er war sich sehr bewusst, dass Grace ihm noch immer entgleiten konnte. Sie wollte ihn und das Leben, das er ihr anbot, aber er konnte sehen, dass da ein Teil von ihr war, den sie zurückhielt. Auch das hatte er erwartet. Sie war eine kluge Frau, und sie würde sich ihm nicht gänzlich anvertrauen, nur weil er sie in Versuchung führte. Er liebte das an ihr, denn es bedeutete, dass wenn sie sich ihm letztlich unterwarf, er es sich verdient hatte. Außerdem würden dann die Chancen besser stehen, dass er sie halten konnte, nachdem er ihr gestanden hatte, dass er ein Schattengleiter war und was das für sie beide bedeutete.

Er glitt mit der Hand von ihrem Schulterblatt hinunter zur Rundung ihres Pos und ließ sie dort verweilen, sodass Grace sich seiner extrem bewusst wurde. Er spürte ihre Reaktion, während sie zurück in ihr Zimmer ging, das leichte Beben ihres Körpers, das winzige Zittern in ihrer Atmung.

»Hättest du ein Problem damit, dich nur in solcher Kleidung durchs Haus zu bewegen?« Er trat bewusst näher an sie heran, ließ sie seine Hitze spüren.

Sie schüttelte den Kopf. Er blieb stumm, und sie warf ihm einen bangen Blick zu. Er sah sie an. Wartete.

»Nein. Ich müsste mich daran gewöhnen, und ich würde nicht wollen, dass jemand außer uns beiden im Haus ist.«

Diese Erklärung kam etwas überhastet aus ihrem Mund. Sie ging weiter, damit er ihr Gesicht nicht sehen konnte, aber wieder mal konnte er das langsame Erröten sehen, das ihren ganzen Körper erfasste. Die Art, wie sie Farbe annahm, wenn sie ihn ansah, fand er sowohl sexy als auch hinreißend. Der Anblick allein stellte überraschende Dinge mit seinem Körper an. Er strich liebevoll über ihre linke Wange.

Als er um sie herumgriff, um die Tür zu öffnen, presste er seinen Körper eng gegen ihren, damit sie die Härte seines Schwanzes spüren konnte und wusste, dass er sie genauso wollte, wie sie ihn wollte. »Wenn ich von dir verlange, dass du etwas für mich anziehst, dann wirst du mir vertrauen müssen, dass ich auf dich aufpasse, Grace, ganz egal, ob jemand im Haus ist oder nicht.«

Ihr Atem stockte, und sie sah ihn über die Schulter an. Er strich von ihrem Nacken hinunter zur Rundung ihres Pos, aber sie protestierte nicht.

»Es wird oft vorkommen, dass ich so etwas wie Handschellen oder Seil benutze. Mir gefällt der Gedanke, dass du mir hilflos ausgeliefert bist und ich dir einen Orgasmus nach dem anderen beschere. Ich habe mir das oft vorgestellt.« Er machte dieses Geständnis dicht an ihrem Ohr, seine Lippen streiften ihre Haut, sein Atem war warm. »Erregt dich das, oder macht es dir Angst?«

Er öffnete die Tür und schob sie mit seinem Körper hinein. Ihr Beben nahm zu, und ihre Farbe wechselte von rosig zu einem wunderschönen Rotton.

»Beides.« Ihre Stimme zittere.

»*Mia bella gattina, sei cosi coraggioso*«, murmelte er bewundernd, als er hinter sie kam und sanft ihren Arm aus der Schlinge schob. »Ich bin ein sehr glücklicher Mann. Nur sehr wenige Frauen hätten den Mut, mir gegenüber so ehrlich zu sein. Wenn wir nicht ehrlich zueinander sind, kann ich dir nicht alles geben, was du willst oder brauchst.« Er griff nach der elastischen Spitze, raffte den Stoff mit den Händen und zog ihn langsam über ihre Hüften und ihren Brustkorb nach oben.

Ihr Atem ging jetzt in schnellen, erwartungsvollen Stößen. Sie war da, wo er sie wollte, aber er musste sie noch höher hinauftreiben. Ihr schweres Atmen ließ seinen Schwanz pochen und schmerzen. Es war ihre Begleitmusik zu seiner Verführung. Sie gab ihm mehr, als er von seinem ersten Mal mit ihr hatte erwarten können. Sie war voll und ganz auf ihn fokussiert, jede seiner Bewegungen, wie er ging, seine bloßen Füße, sein Atem, und das heizte sein Verlangen nur noch mehr an.

»Entspann dich für mich«, wies er sie an, während er das knappe Kleid noch höher zog. »Ich werde es erst über deinen guten Arm ziehen und dann vorsichtig über deine verletzte

Schulter schieben. Wenn ich es dir ausgezogen habe, gehst du ins Bad und machst dich fertig fürs Bett. Kleider wirst du keine brauchen.«

Grace stand einen Moment da und sah aus, als wollte sie die Hände heben, um die roten Locken zwischen ihren Beinen zu verdecken. Sie widerstand dem Drang, und er beugte sich zu ihr hinunter, um ihr einen Kuss auf die Lippen zu hauchen. Sie hatte seinetwegen widerstanden.

»Dich anzusehen bereitet mir unendliches Vergnügen.« Das war die Wahrheit. »Ich werde das sehr oft tun.«

Sie lächelte, aber es war nur ein kleines Lächeln, als wäre sie noch nicht ganz überzeugt, aber er wusste, dass das nur eine Frage der Zeit war.

Er drehte sie um in Richtung Badezimmer. »Ich sehe dich gern laufen.« Sie verstand den Hinweis und ging durch das Zimmer zum Bad. Er konnte die Augen nicht von ihr nehmen. Sie war faszinierend. Sinnlich. Sie war sich dessen nicht bewusst, und das machte sie umso verführerischer.

Er ließ die Lichter aus, die Vorhänge jedoch weit offen. Der Blick auf den See war atemberaubend, und auf seiner Oberfläche spiegelte sich das Mondlicht, ehe es durch die hohen Fenster strömte. Er wollte seine Frau sehen können, um jederzeit in der Lage zu sein zu beurteilen, wie sie sich fühlte.

Er zog die Decken zurück, schüttete sich ihre Medikamente in die Hand und wartete auf ihre Rückkehr. Als sie wiederkam, legte er ihre Hand zurück in die Schlinge und hielt ihr die Pillen hin.

»Ich habe heute Abend Wein getrunken.«

Er hatte mit ihrem Arzt gesprochen, der ihm versichert hatte, dass ein Glas Wein ihr nichts ausmachen würde. Sie nahm mittlerweile hauptsächlich Entzündungshemmer und keine Schmerzmittel mehr. Die Mischung würde ihr nicht schaden. Er sagte nichts und hielt weiter die Pillen in seiner ausgestreckten Hand.

Grace nahm sie. »Du hast bereits mit dem Arzt gesprochen, nicht wahr?«

»Würde ich es je riskieren, dir zu schaden?«, gab er zurück.

Sie lächelte ihm zu. »Es fasziniert mich, dass du bereit bist, dich wirklich um jedes kleine Detail zu kümmern. Wenn ich von der Arbeit komme, bin ich so erschöpft, dass ich ehrlich vergesse, mich um mich selbst zu kümmern. In den letzten Wochen habe ich das alles dir überlassen, und du hast mich nicht einmal enttäuscht. Tatsächlich kümmerst du dich besser um mich als ich selbst.« Sie spülte die Pillen mit einem Glas Wasser hinunter, das er auf ihren Nachttisch gestellt hatte.

Vittorio nahm ihr das Glas ab und wies auf das Bett. Sie verzog das Gesicht und zögerte.

»Es ist irgendwie seltsam, jetzt ins Bett zu steigen. Es vor dir zu tun ist mir sehr peinlich.«

Er runzelte die Stirn, wusste nicht, was sie meinte. »Seit mehr als einer Woche bestehst du darauf, ohne Hilfe ins Bett zu steigen. Ich war immer im Zimmer, ich saß einfach nur da drüben. Jeden Abend habe ich dich gefragt, ob du Hilfe brauchst, und du hast sehr klar gesagt, dass du sie nicht willst.«

Für einen Mann wie ihn war es die Hölle gewesen mitanzusehen, wie sie kämpfte. Und nicht nur das, er hatte nie damit hinter dem Berg gehalten, was für eine Art Mann er war und welche Bedürfnisse er hatte. Indem sie seine Hilfe zurückgewiesen hatte, hatte sie ihn als Mann zurückgewiesen.

Sie sah ihn an, als hätte jemand sie geschlagen. Ihre Augen leuchteten auf, und ihr Gesicht lief rot an. Sie trat einen Schritt auf ihn zu. »Vittorio.« Sie legte die Hand an sein

Gesicht. Es war das erste Mal, dass sie ihn so intim berührte, mit so viel Zuneigung in der Berührung. »Ich wollte dich damit nicht verletzen. Ich fand es falsch, um Hilfe zu bitten, während ich so verwirrt und unsicher war und nicht wusste, ob du mich wirklich willst.«

»Warum sollte ich dich nicht wollen, Grace?« Er wollte nicht, dass sie sich wieder zurückzog. Die Spitzen ihrer Brüste befanden sich nur ein kurzes Stück über seinem Schwanz, und er wollte, dass diese fünf Zentimeter zwischen ihnen verschwanden, damit er sich an sie pressen konnte.

»Denk daran, wo ich arbeite, Vittorio. Ich bin eine Event-Planerin. Deine Familie engagiert mich, um Veranstaltungen für sie zu organisieren. Wir bewegen uns in vollkommen verschiedenen Kreisen. Du datest Filmstars, und ich schleppe einen Serienkiller mit mir herum.«

Sie versuchte zu scherzen, aber es gefiel ihm nicht.

»Ich weiß, dass du nicht denkst, ich sei etwas Besseres als du.«

Sie ließ die Hand zurück an ihre Seite fallen und senkte den Kopf.

Er umfasste ihr Kinn. »Versteck dich nicht vor mir. Das ist Teil unserer Regeln. Wir sind ehrlich zueinander, selbst wenn es wehtut. Habe ich nicht recht, wenn ich sage, dass du ein gesundes Selbstvertrauen hast?«

Sie presste die Lippen zusammen. Für einen Moment sah er so etwas wie Belustigung in ihren Augen aufblitzen. »Offenbar zu gesund. Ich habe dich für einen verwöhnten Playboy mit zu viel Geld gehalten. Ich habe dich irgendwie in die Kategorie ›extrem attraktiv aber vollkommen nichtsnutzig‹ gesteckt.«

Seine Augenbrauen hoben sich. Er wollte lachen. »Nichtsnutzig?«, wiederholte er.

»Nicht so schlimm wie einige deiner Brüder«, fügte sie hastig hinzu.

Er lachte. Sie war unbezahlbar. »*Einige?* Welche meiner Brüder sind denn nützlicher als die anderen?«

Sie lachte ebenfalls. »Ich sehe schon, was auch immer ich sage, ich handle mir noch mehr Ärger ein. Ich bin gerade sehr dankbar, dass du nicht so sehr auf Peitschen stehst.«

»Meine Hand fragt sich allerdings gerade, wie sich wohl dein hübscher kleiner Hintern unter ihr anfühlen mag. Und vergiss nicht, *gattina*, ich mag es, wenn du errötest. Rot steht dir.«

»Das tut es definitiv nicht. Ich bin von Natur aus rothaarig, und wir tragen niemals Rot. Das beißt sich.«

Er umfasste ihre Taille mit beiden Händen und hob sie aufs Bett. »Setz dich mal für eine Minute hierhin und sag mir, warum heute ins Bett zu steigen für dich anders ist als gestern.«

Er schlüpfte aus seinem Hemd und legte es sorgfältig über einen der beiden Stühle vor dem langen, in die Wand eingelassenen Kamin.

»Ich bin nackt.«

Er ließ seinen Blick demonstrativ über ihren Körper wandern. Ihre Brüste hoben und senkten sich bei jedem Atemzug. Sie wirkte verletzlich und erregt, so perfekt, dass er sein Begehren kaum bezähmen konnte, und er war ein äußerst disziplinierter und kontrollierter Mann. »Du bist nackt. Das ist mir auch gerade aufgefallen.«

Sie lachte, und der Klang ihres Lachens tanzte über seinen Körper wie die Berührung von Fingern. Sein Schwanz fühlte sich an, als müsste er in tausend Stücke zerspringen. Es kümmerte ihn nicht. Es war das großartigste Gefühl der Welt, eines, das er so nie bei irgendeinem anderen Menschen gehabt hatte. Mit ihr war alles neu und anders. Das lange

Warten und die Sorge, dass er niemals jemanden haben würde, der zu ihm passte, waren es wert gewesen.

»Und du bist es nicht.«

»Tatsächlich, sieht ganz so aus.« Er legte die Hand auf die Vorderseite seiner Hose und rieb über die pralle Länge seines brennenden Schwanzes. Die Hitze war enorm, und sein Verlangen wuchs mit jeder Sekunde, die er mit ihr verbrachte. Und doch nahm er sich die Zeit, spielerisch mit ihr zu sein. Er wollte, dass sie angespannt war, feucht und voller Verlangen, aber er wollte nicht, dass sie Angst hatte. Manchmal konnte ein wenig Furcht den Genuss steigern, aber nicht dieses Mal. Heute Nacht würde er sich Zeit nehmen und sie lieben. Er hatte es ernst gemeint, als er gesagt hatte, dass er sie niemals verletzt oder mit Tränen in den Augen sehen wollte. Er wusste, dass niemals ein sehr langer Zeitraum war, aber er würde dennoch sein Bestes geben, dieses Versprechen einzuhalten.

Sie lachte, wie er es erwartet hatte. »Du hast einen sehr schönen Körper, Vittorio. Du bist mir bei jeder Veranstaltung aufgefallen, die du besucht hast. Ich konnte nicht anders, ich musste dich einfach ansehen. Du hattest vermutlich eine ganze Menge Stalkerinnen, und ich bin mir ziemlich sicher, dass ich dazuzähle.«

Das gefiel ihm. Das gefiel ihm verdammt gut. »Ich bin dir aufgefallen.«

Sie rollte mit den Augen. »Im Ernst? Du fällst jeder Frau auf. Vermutlich sogar jedem Mann, sogar denen, die hetero sind. So gut siehst du aus.«

»Aber du hast dir die größte Mühe gegeben, mir aus dem Weg zu gehen.«

»Verwöhntes, nichtsnutziges Bürschchen, erinnerst du dich? Ich hatte Fantasien, Hunderte davon. Ich konnte es nicht riskieren, dass du auch nur eine meiner Illusionen zerstörst.«

Er trat dicht ans Bett. »Öffne die Beine für mich.«

Sie gehorchte, und er trat zwischen ihre Schenkel. »Was ging sonst noch meine Familie oder mich betreffend bei diesen Events vor, ohne dass ich davon gewusst hätte?«

»Du willst, dass ich dich in Event-Planer-Geheimnisse einweihe?« Ihre Stimme klang belustigt, aber er konnte ein Zögern heraushören. Sie befürchtete, dass ihm nicht gefallen könnte, was sie sagte.

Er strich mit der Fingerspitze von ihrem Schlüsselbein zu ihrer Brust, wo er sie hin und her bewegte. »Es gibt keine Geheimnisse zwischen uns.«

»Du hast Geheimnisse.«

Es war eine Herausforderung. Grace war mehr als nur intelligent. Sie hatte eine schnelle Auffassungsgabe. »Ja, aber ich beabsichtige, dich in jedes davon einzuweihen. Wo liegt das Problem, mir von den Dingen zu erzählen, die mit mir zu tun haben?«

Er hielt den Blick auf ihr Gesicht gerichtet. Bereit, sie auf die nächste Stufe zu führen. Es mochte so aussehen, als neckten sie sich gegenseitig, aber im Grunde umkreisten sie sich, und es war wichtig, dass sie die nächste Stufe erreichte, indem sie ihm Dinge anvertraute, die sie ihm sonst nicht erzählen würde.

»Ich will nicht, dass du böse auf Katie bist. Ich bin diejenige, die all die respektlosen Spitznamen für manche unserer Kunden erfindet.«

Er schwieg, und Enttäuschung machte sich in ihm breit. Sie hatten diesen Punkt noch nicht erreicht, und er wusste besser als jeder andere, dass Geduld der Schlüssel war, wenn es darum ging, dass sie ihm voll und ganz vertrauen sollte.

Er schüttelte den Kopf, ärgerlich auf sich selbst, dass er versuchte, sie über eine Grenze zu drängen, die sie selbst nicht überschreiten wollte.

»Vittorio.« Sie flüsterte seinen Namen, und es lag Schmerz in ihrer Stimme.

Sie mochte es nicht, ihn zu enttäuschen, und sie wusste, dass sie es getan hatte. Er beugte sich zu ihr hinab und gab ihr einen kurzen Kuss auf den Mund. Das allein fühlte sich an, als ob sie ihm ein großes Geschenk gemacht hätte. Vielleicht vertraute sie ihm noch nicht gänzlich, aber er war ihr eindeutig wichtig genug, dass es sie bekümmerte, wenn er nicht zufrieden oder enttäuscht war.

»Nicht so schlimm, *gattina*, das kommt alles mit der Zeit. Wir schaffen das.« Er war sich sicher, dass sie es schaffen würden.

»Doch, es ist schlimm.« Grace' heftige Reaktion überraschte ihn. »Es ist mir peinlich, dass ich bei der Arbeit manchmal auch kindisch bin. Ich will, dass du siehst, dass ich professionell bin. Ich liebe, was ich tue, und ich bin wirklich gut darin.«

»Ich habe dir und Katie die ganze letzte Woche zugehört. Ich weiß, dass du professionell bist.«

Sie senkte den Kopf erneut, und das Herz wurde ihm schwer. Er mochte es nicht, wenn sie von sich selbst enttäuscht war, obwohl sie sich Mühe gab – richtig Mühe gab. Er beschwor sie innerlich fortzufahren. Das hier war ein wichtiger Moment in ihrer Beziehung, auch wenn sie ihn nicht als solchen erkannte. Er war geduldig und sagte nichts. Wartete ab. Er konzentrierte sich auf das Heben und Senken ihrer Brüste. Ihre Haut war weich, sehr blass, und sie leuchtete beinahe im Mondlicht, das sich über den See ergoss und durch die Fensterfront floss.

Sie berührte ihre Lippe mit der Zunge und sah dann zu

ihm auf, begegnete seinem Blick. »Ich sollte dir genug vertrauen, um zu wissen, dass du nicht so kleinlich bist und dich an unserer Firma oder Katie rächen würdest, weil ich gern kindische Spielchen veranstalte.«

Vittorio war überglücklich, dass sie ihm das gestand. Sie wusste noch nicht, ob er ihr das Spiel, das ihn betraf, übel nehmen würde, aber sie wollte ihm so weit vertrauen. Ihre Arbeit war ihr wichtig. Sie war das Einzige, was Haydon Phillips ihr nicht hatte nehmen können, und sie war erfolgreich. Sie wollte nicht, dass er auf ihre Arbeit herabschaute, ihr schadete oder schlecht von ihr und ihrem Job dachte.

»Wenn wir schwierige Kunden haben, denke ich mir Namen für sie aus und bilde Abkürzungen, um uns beide zum Lachen zu bringen.«

Er konnte sich ein Lächeln nicht verkneifen. Sie legte dieses Geständnis ab, als hätte sie eine schreckliche Sünde begangen. »Ich verstehe. Und, bezeichnet eine dieser Abkürzungen mich?«

»VNRB.«

Er wusste sofort, was sie meinte. »Verwöhntes, nichtsnutziges reiches Bürschchen«, übersetzte er. Das war nicht so schlimm, dass es erklären würde, warum sie es ihm nicht hatte sagen wollen. Er ließ sich noch einmal ihre Worte durch den Kopf gehen. *Wenn wir schwierige Kunden haben.* Er war bei keiner der Charity-Veranstaltungen »schwierig« gewesen. Sie hatte ein Spiel erfunden, um sich ein wenig zu trösten, wenn schwierige Kunden eklig zu ihr oder Katie waren. »Und wie hast du meine Mutter genannt?«

Sie seufzte. Ihre Finger vergruben sich in das Laken. Er konnte sich nicht beherrschen. Er griff nach ihrer Hand und legte sie auf seinen Oberschenkel, um ihr etwas Mut zu machen.

»Sie lief unter BOZADTEDH.« Sie ratterte die Buchstaben so schnell herunter, dass es schien, als hätte sie sie oft verwendet.

Er hob eine Augenbraue. »Das ist ein ziemlicher Rattenschwanz.«

»Mit deiner Mutter zu arbeiten ist nicht leicht. Sie verdiente einen Namen, der dem Ausmaß von Verachtung, Sarkasmus und Bissigkeit, das sie aufbringen kann, gerecht wurde. Es war nötig, damit wir darüber lachen konnten.«

Er hörte die Entschuldigung in ihrem Tonfall. Und das war ganz und gar nicht das, was er von ihr wollte.

»Du wirst meinen Schwägerinnen deinen speziellen Namen beibringen müssen. Manchmal brauchen sie einen humorvollen Weg, um mit ihr klarzukommen. Wofür steht es?«

»Biestige Oberzicke aus den tiefsten Eingeweiden der Hölle.« Sie blickte schnell zu ihm auf, als erwartete sie, dass er wütend sein würde.

Vittorio konnte sich nicht zurückhalten, er begann lauthals zu lachen. »Ich empfinde einen gesunden Respekt für meine Mutter, aber niemand erreicht ihr Level, wenn es darum geht, in einer beliebigen Situation mit beliebigen Beteiligten eine bestimmte Menge an Gift zu spucken. Sehr einfallsreich und treffend.«

Er umfasste ihr Gesicht mit beiden Händen und küsste sie. Er beeilte sich nicht, sondern ließ sich von ihrem Feuer verzehren.

13

Grace zu küssen stellte seine Welt auf den Kopf. Nachdem er einmal damit angefangen hatte, wollte er nie wieder aufhören. Sie schmeckte wie loderndes Feuer, heiß, scharf und doch süß, ein überwältigendes Gefühl, das ihn auf einen dunklen Pfad führte, nach dem er sich sehnte. Niemandem war es je so sehr gelungen, ihn die harte Realität seines Lebens nahezu vergessen zu lassen – bis er Grace gefunden hatte.

Tag und Nacht bestimmte sie seine Gedanken. Er studierte sie mit der gleichen Konzentration, die er auch bei seinem Training an den Tag legte. Er wusste so viel über sie, wie er nach diesen wenigen Wochen mit ihr überhaupt nur wissen konnte. Jeder Gesichtsausdruck. Wie sie sich bewegte, wenn sie müde war. Gewohnheiten, die Rückschlüsse auf ihre Stimmung erlaubten. Er wusste, wie sie ihren Kaffee und ihren Tee mochte. Es gab einen speziellen Ausdruck, der sich auf ihr Gesicht schlich, wenn sie etwas nicht mochte, jedoch entschlossen war, es durchzuziehen.

Er küsste sie sanft, ohne zu fordern, entschlossen, es langsam anzugehen, aber trotz all seiner Entschlossenheit und seiner Disziplin war es ihm unmöglich, den Kuss nicht zu vertiefen. Sie löste in ihm eine Sucht aus, ein Verlangen, das er niemals überwinden würde. Die Art, wie sie sich ihm unterwarf, war das beste Gefühl der Welt. Sie gab sich ihm vollkommen hin. Leidenschaft strömte durch ihn hindurch, bis sein Puls in seinen Ohren donnerte und in seinem Schwanz pochte. Niemals hatte er sich lebendiger gefühlt, niemals hatte er seine Frau mehr gebraucht, nicht einmal in den Momenten, wenn er nach einer Mission aus den Schatten trat, während das Adrenalin durch seinen ganzen Körper pulsierte.

Beinahe vom ersten Moment an, als sie in einem Wirbel von Wut und Feuer und voller Zorn auf ihren Ziehbruder aus dem Kofferraum gesprungen war, hatte Vittorio gewusst, dass die Leidenschaft in ihr wild und explosiv sein würde.

Er schob sie nach unten auf die Matratze, sodass sie auf dem Rücken lag, während ihre Beine noch über den Rand hingen, und die ganze Zeit über wollte sein Mund den ihren nicht verlassen. Er küsste sie immer wieder, lange, berauschende Küsse, er wollte sie in sich aufnehmen, sie verschlingen, mehr von ihrer Hingabe. Immer mehr. Unterdessen begannen seine Hände langsam ihren Körper zu erkunden.

Sie war exquisit. Ihre Haut fühlte sich weich unter seinen Fingern an. Er spreizte sie weit, damit er so viel wie nur möglich von ihr spüren konnte. Er ging langsam vor, ganz egal, was sein Körper wollte. Er schwelgte in ihr, nahm das Gefühl ihrer Unterwerfung in sich auf, die ganze Erfahrung mit ihr. Das Heben und Senken ihrer Brüste. Wie sie aussahen, verlockende Zwillingshügel, deren Rundung seinen Blick auf sich zog, als er den Kopf hob, um ihren Körper zu betrachten.

Er liebte es, sie unter sich zu haben, ihm ausgeliefert, wie ihr Körper offen für ihn war. Seine Hände glitten besitzergreifend über sie hinweg und ließen sie wissen, wem sie gehörte. Grace war pure Eleganz mit einem feinen Knochenbau und einem kleinen, zierlichen Brustkorb. Ihre Hüften weiteten sich passend zu der süßen Silhouette ihrer Brüste. Er fuhr jede Linie ihres Körpers nach, jede Rundung, prägte sie sich ein, nahm sich die Zeit, jeden Zentimeter von ihr zu genießen.

Grace reagierte stark auf ihn. Sie zitterte. Stöhnte. Jedes Geräusch heizte seine Leidenschaft noch mehr an. Ihre Brustwarzen hatten sich aufgerichtet, sodass er der Versuchung nicht widerstehen konnte und seine Zunge darüberschnellen ließ, ehe er daran zupfte und sie umspielte, nur um ihre leisen Schreie zu hören. Er verbrachte einige Zeit mit ihren Brüsten, registrierte jedes Erschauern ihres Körpers, jedes Aufbäumen ihrer Hüften. Er wollte wissen, was sie mochte und was nicht. Jede empfindliche Stelle, die ihr Lust bescherte. Er wollte, dass ihr erstes Mal perfekt für sie war. Hier ging es darum, Grace zu lieben und ihr zu zeigen, was er für sie empfand.

Grace blickte in Vittorios unglaublich attraktives Gesicht. Da war nichts Sanftes oder Feminines an ihm, nicht einmal die langen Wimpern, die seine seltsam blauen Augen einrahmten. Er war vollkommen maskulin, und doch gelang es ihm dabei, kein grober Klotz zu sein. Sie wusste, sich ihm zu unterwerfen, bedeutete, ihm alles zu geben. Er hatte ihr sehr deutlich gesagt, was er sich in einer Beziehung wünschte, und dass er von ihr erwartete, nach seinen Regeln zu leben.

Eine Million Schmetterlinge flatterten in ihr auf, als er in diesem samtenen Ton mit ihr sprach. Sie sehnte sich nach dem Leben, das er ihr anbot. Sie liebte ihre Arbeit, und sie hatte einen Sinn für Details. Traumhochzeiten und märchenhafte Partys zu planen und damit die Fantasien anderer Menschen wahr zu machen war der perfekte Job für sie. Sie brauchte es, andere glücklich zu machen, und sie achtete peinlich genau darauf, dass jedes Detail perfekt und passend war. Sie sagten ihr, was sie wollten, und sie fand den besten Weg, ihnen ihr Traumevent zu ermöglichen.

Erst zu Hause, als sie mit sich allein war, wie sie es ihr

ganzes Leben lang gewesen war, hatte sie sich verloren gefühlt. Ohne Sinn im Leben. Ohne einen Fokus. Ohne eine Mitte, durch die sie Ausgleich finden konnte. Und jetzt bot ihr dieser Mann, Vittorio Ferraro, dieser großartige, sinnliche, intelligente Mann, genau das an. Er wusste genau, was sie brauchte – und wollte.

Grace vergrub die Finger in dem dichten Haar, das ihm in die Stirn fiel. Sie liebte es, dass sie sein Haar berühren konnte. Sie hatte sich immer vorgestellt, wie es sein würde. Wenn sie einatmete, dann war da dieser flüchtige maskuline Duft, der eine Anziehung auf sie ausübte. Er war schwach, aber da, Gewürze und Hölzer, etwas, das sie nur schwer beschreiben konnte, aber sie wusste, dass sie ihn blind unter hundert Männern in einem Raum wiedererkennen würde.

Seine Hand lag auf ihrem nackten Bauch, die Finger weit gespreizt, seine Fingerspitzen berührten die Unterseite ihrer Brüste und ließen ihren dem Atem stocken. Es gab kein Entkommen vor ihm. Er wusste, was er mit ihr anstellte. Er küsste sie, und mehr brauchte ihr Körper nicht, um weich und nachgiebig zu werden, mit seinem zu verschmelzen, voller Verlangen, ihn in sich zu spüren.

Seine Finger bewegten sich auf ihrem Bauch hin und her, hypnotisierende Liebkosungen, die ihre Furcht linderten und sie gleichzeitig stark erregten. Ihre Finger gruben sich in sein Haar, als er sie auf den Bauchnabel küsste und dann seine Zunge kreisen ließ. Sie schnappte nach Luft, und ihre Hüften ruckten unfreiwillig nach oben, als seine Zähne über ihre Haut schabten und dann sanft zubissen, sodass sie einen leichten Schmerz verspürte.

»Hörst du mir zu, *gattina*?«

»Ja.« Sie hörte ihn, aber sie brachte das Wort kaum heraus. Flammen loderten an den Stellen, wo sein Mund sie berührte, über ihre Haut. Sie war ganz auf ihn konzentriert, wie er sich nach unten küsste, leckte und biss, bis er zu den roten Locken kam, die ihren Venushügel bedeckten.

»Vittorio«, stöhnte sie.

»Lieg still, *bella*. Wir müssen vorsichtig sein mit deiner Schulter. Wenn du dich weiter so windest, muss ich dich vielleicht bestrafen.«

Grace konnte nicht aufhören, sich zu winden, nicht wenn sie seinen heißen Atem zwischen ihren Beinen spürte. Er ergriff jedes ihrer Beine hinter dem Knie und zog es zurück, bis er sie mit den Armen hielt, aber die Hände frei hatte. Er glitt vom Bett, sodass sein Kopf zwischen ihren Beinen war. Er drehte sich zur Seite, leckte ihren Schenkel hinauf und verursachte ihr damit ein Gefühl, das sie nach Luft schnappen ließ. Finger des Begehrens tanzten ihre Schenkel hinauf und hinunter. Ihre Hüften ruckten erneut nach oben, als sein heißer Atem ihr Geschlecht einhüllte.

Es war zu viel, und er hatte noch nicht einmal begonnen. »Du hast gesagt, du würdest mich nicht bestrafen«, brachte sie keuchend hervor, während ihr ganzer Körper vor Verlangen bebte.

»Da habe ich mich eventuell versprochen.« Seine Zunge leckte über ihren Eingang, nahm flüssige Hitze auf und trieb sie die Wand hinauf.

Sie schrie auf und vergrub ihre Finger noch fester in seinem Haar. Nichts, *nichts* hatte sich je so gut angefühlt. »Handschellen sind also erlaubt …« Sie war kaum in der Lage, die Worte hervorzustoßen, denn die Luft weigerte sich, durch ihre Lunge zu fließen.

»Und Seile. Ich beschäftige mich nun schon seit einigen Jahren damit, und vor Kurzem habe ich von meinem Bruder die Kunst des Shibari gelernt. Er nutzt diese Fähigkeit hauptsächlich für seine Kunst, während ich …« Er ließ den Satz unbeendet, um sie ein wenig herauszufordern.

Sie lachte, weil er ihr das Gefühl gab, sein Ein und Alles zu sein. Sein Mund. Seine Hände. Diese Augen, die über ihren Körper glitten und dann auf ihrem Gesicht zur Ruhe kamen, als er seine spielerische, aber durchaus wahre Aussage tätigte. Ihr Lachen wurde zu einem Keuchen, als er sich mit Lippen, Zähnen und Zunge ihren anderen Oberschenkel hinaufarbeitete. Jeder leichte Biss ließ Blitze durch ihren Blutkreislauf jagen.

Sie konnte nicht denken. Ganz und gar nicht. Es war unmöglich. Ihre Welt war mit einem Mal ganz auf Vittorio beschränkt. Seine Hände hielten mühelos ihre Schenkel geöffnet und ermöglichten ihm so vollen Zugang zu ihr, und sein Mund fühlte sich mit einem Mal wie ausgetrocknet an. Es war genau so, wie er angekündet hatte – sie war sein Dessert. Ihr Körper reagierte auf eine Art, die ihr völlig fremd war, zog sich unter enormem Druck immer enger und enger zusammen.

»Vittorio.« Sie stöhnte seinen Namen, ohne zu wissen, ob sie wollte, dass er aufhörte oder weitermachte, doch das Lachen war ihr vergangen. Ein dunkles Schaudern kroch ihr Rückgrat hinauf. Er hatte gesagt, dass er sie zum Dessert verspeisen würde, und er hatte es so gemeint. Sie wusste auch, dass es ernst gemeint war, als er über Seile und Handschellen gesprochen hatte.

Grace' Körper erschauderte, irgendwo zwischen Erregung und der Furcht vor dem Unbekannten. Kleine Flammen leckten an ihren Schenkeln, an all den Stellen, an denen seine Haut die ihre berührte, als ob er ein Inferno ausgelöst hätte, und sie mit ihm zusammen in Flammen aufging. Tief in sich fühlte sie ihren Herzschlag. Pulsierend. Voller Sehnsucht.

Hitze breitete sich von ihrem Inneren nach außen aus. Und die ganze Zeit über baute sich der Druck mehr und mehr auf. Ihr Inneres zog sich noch enger zusammen. Schwoll an.

Überall, wo Vittorio ihre Haut berührte, hinterließ er pulsierende Hitze, kleine elektrische Funken, die knisterten und knackten. Sie war noch nie so empfindlich gewesen. Er berührte ihre Brüste, aber sie spürte, wie der Druck durch ihren ganzen Körper wanderte, sodass ihre Brustwarzen steif wurden und schmerzten. Ihre Brüste pulsierten im Takt mit dem Herzschlag tief in ihr. Die Gefühle drohten sie zu überwältigen. Sie schluchzte seinen Namen. Er brach aus ihr heraus wie ein Amulett, das sie beschützen würde.

»Lass los, *bella*. Entspann dich und lass los.«

Seine Stimme war samtweich. Tief. Einnehmend. Es war unmöglich, ihr nicht zu gehorchen. Die Hitze explodierte in ihr. Sie spürte, wie die ansteigende Welle irgendwo ganz tief begann und dann wie eine Feuersbrunst durch ihren Körper jagte, sie überflutete, sie vollkommen vereinnahmte. Das Gefühl überwältigte sie, raste durch sie hindurch wie ein Güterzug. Sie bog den Rücken durch. Verkrampfte die Zehen. Ein Schrei entwich ihrer Kehle, und sie hatte keine Chance, den Laut zurückzuhalten. Ihr Körper pulsierte, lebendig, erschüttert, ein Gefühl, das ihre wildesten Träume übertraf.

Vittorio küsste die Innenseite ihrer Schenkel und rieb das Gesicht an jedem, wobei sein Bartschatten ein leichtes Brennen hinterließ. Langsam erhob er sich, den Blick auf ihr Gesicht gerichtet, während er seine Hose öffnete und sie fallen ließ. Mit einer Hand umfasste er seinen Schwanz, als ihre Wimpern sich hoben. Ihre Augen wurden groß, und der Atem entwich ihr in einem kleinen Stoß.

»Nimmst du die Pille, Grace?« Er hasste es, dass er sie das überhaupt fragte. Es war ihm egal, ob sie schwanger wurde, aber sie hatten noch nicht über dieses Thema gesprochen. Er hatte ihr noch nicht gesagt, dass er früher oder später ein Kind würde haben wollen. Er wollte nicht, dass sie das Gefühl hatte, dass er sie nur heiratete, weil sie ihm den Schattengleiter geben konnte, den der Rest seiner Welt verlangte.

»Ja.«

»Ich will kein Kondom benutzen. Ich hatte nie ungeschützten Verkehr mit irgendjemandem. Außerdem lasse ich mich regelmäßig testen, um sicherzugehen, dass ich gesund bin. Das letzte Mal war kurz nachdem wir uns getroffen haben, und ich habe eine Bescheinigung dafür.« Er hasste es, dass er erwähnen musste, mit anderen Frauen zusammen gewesen zu sein. »Sag mir, wenn du dich ohne Schutz nicht wohlfühlst.«

»Es ist in Ordnung.«

Er konnte kaum atmen. Er hatte nicht erwartet, sich so anders zu fühlen. Alles war anders mit Grace. Ihr absolutes Vertrauen und ihr Glaube an ihn. Wie ihre Haut sich anfühlte. Ihr Geruch. Ihre Schreie. Er stellte fest, dass er sie mehr wollte, als er jemals jemanden gewollt hatte. Ihr Körper war heiß, und in dem Moment, in dem er die Spitze seines Schwanzes in sie drückte, war er umgeben von heißem, flüssigem Feuer, das sich um ihn herum zusammenzog und ihn noch tiefer in jenes feurige Paradies zog, während es gleichzeitig gegen ihn ankämpfte.

»*Gattina*, entspann dich.«

Sie war so eng, dass er nicht wusste, ob er sich in ihr bewegen konnte. Er konnte ihren Herzschlag direkt an seinem Schwanz spüren. Oder vielleicht war es sein eigener, pulsierend und pochend. Das Gefühl, in ihr zu sein, war Himmel und Hölle zugleich. Das erste Mal in seinem Leben blickte er auf ihr Gesicht hinab, dieses einzigartige, wunderschöne Gesicht, und empfand überwältigende Liebe. Es war ein allumfassendes Gefühl, und es steigerte seine Empfindungen noch, während er unerbittlich immer tiefer vorstieß und dabei spürte, wie ihr Kanal seinen Schwanz quetschte. Seidene Hitze schloss sich eng um ihn, würgte ihn. Eine Million heiße Zungen rieben an ihm.

Vittorio warf den Kopf zurück, aber nicht so weit, dass er den Augenkontakt zu ihr verlor. Seine Hände legten sich auf ihre Hüften, während ihr Körper sich ihm langsam und widerstrebend öffnete. Sie wand sich ein wenig, und er entdeckte das leichte Glänzen von Tränen.

»Entspann dich für mich, *gattina*. Sprich mit mir. Ich muss wissen, wie du dich fühlst.«

»Es brennt. Spannt.« Sie keuchte bei dieser Erklärung.

Er hatte sich sanft, aber beständig immer weiter in sie geschoben. Er hielt sofort inne, um ihrem Körper die Gelegenheit zu geben, sich an seine Größe zu gewöhnen. »Das wird vergehen. Anfangs wird es etwas unangenehm sein, aber es wird besser, sobald du dich an mich gewöhnt hast.«

Das Warten war schwer für ihn. Das Gefühl war so perfekt. Siedend heiß. Eng. Der pochende Puls, der eine Million Flammen wie Blitzschläge durch seinen Körper flackern ließ. Er atmete tief durch, um das Bedürfnis, sich tief in sie zu rammen, zurückzuhalten, doch seine Finger verkrampften sich um ihre Hüften, hielten sie dort fest, während sie sich bewegte. Sich wand. Und noch zu der steigenden Lust in ihm beitrug.

»Alles okay.«

Nie hatte er zwei Worte mehr hören wollen. Trotzdem musterte er noch einmal ihr Gesicht und wartete, bis die Anspannung zurückging. »Das ist mein Mädchen.«

Nie hatte sie schöner ausgesehen als jetzt, da ihre Haut einen sanften Roséton angenommen hatte. Ihre Brüste hoben und senkten sich, und jede Bewegung ließ einen Ruck durch sie gehen, sodass sie einladend wippten und seine Aufmerksamkeit auf sich zogen. Er konnte sehen, wie ihre Bauchmuskeln und Oberschenkel sich mit jedem Zentimeter, den er sich tiefer schob, anspannten.

Er würde sein Eindringen nicht weiter hinauszögern. Er wartete, bis sie ausatmete, dann drang er tief ein, durchstieß die dünne Barriere und beanspruchte ihren Körper für sich.

Grace schrie auf, als Schmerz sie durchzuckte. Instinktiv versuchte sie, von ihm wegzukommen, obwohl sie es erwartet hatte.

»Grace.«

Diese Stimme. Eindringlich. Verführerisch. Unmöglich zu ignorieren. Sie öffnete die Augen und blickte hinauf in sein Gesicht. Er sah aus wie die Sünde selbst. Der Teufel, der sie in Versuchung führte. Da war dunkles Begehren in seinen Augen, in seinen Gesichtszügen, aber da war auch noch etwas anderes, eine andere Emotion, die ihren Körper dazu veranlasste, sich für ihn zu entspannen. Je mehr sie sich entspannte, desto geringer wurde der Schmerz.

»Lieg einfach nur still und atme mit mir.«

»Es ist vorbei. Alles okay.« Ihr Körper war bereits wieder dabei, auf ihn zu reagieren. Es war unmöglich, die Hitze nicht zu spüren. Den Herzschlag, den sie miteinander teilten. Sie wollte, dass er sich bewegte. Sie brauchte das. Die Sehnsucht in ihr stieg bereits wieder an, der Druck zog sich immer enger und enger zusammen, einfach nur weil sie sein Gesicht gesehen hatte.

»Heb die Beine. Schling sie um meine Hüften.«

Sie mochte es, wenn er ihr sagte, was sie tun sollte. Das war so viel einfacher, als es selbst herauszufinden. Sie wollte die Empfindungen, die er ihr schenken konnte, und sie wollte ihm etwas ähnlich Schönes oder noch mehr zurückgeben. Sie brauchte ihn, damit er ihr Anweisungen gab, wenn sie nicht wirklich eine Ahnung hatte, was sie tun sollte. Er ließ die Hand von ihrer Hüfte und ihren Schenkel hinunter zu ihrem Knie wandern und schob ihr Bein nach oben. Sie folgte mit dem anderen Bein und verschränkte die Knöchel, sodass sie ihn nun vollends umschloss.

Er stieß noch einmal zu, drang noch tiefer in sie ein. Sie hatte nicht gewusst, dass man sich so ausgefüllt fühlen konnte. So perfekt. Während sie seinen Blick erwiderte, spürte sie, wie er sich zurückzog. Sie wollte nicht, dass er es tat, aber dann stieß er wieder in sie, durch ihre angespannten Muskeln, und die Reibung an ihren empfindlichen Nervensträngen jagte Feuerblitze durch ihren Körper. Sie schrie erneut auf, unfähig, stumm zu bleiben. Er lächelte ihr zu und sah verführerischer aus als jemals zuvor. Sie kümmerte sich nicht darum, sie wollte alles, was er ihr geben konnte.

Vittorio begann sich in Grace zu bewegen, ein harter Stoß folgte auf den anderen. Dabei beobachtete er sie aufmerksam, sah, wie sich etwas aufbaute, wie die Spannung in ihr mit jedem Stoß zunahm und sie immer näher und näher an ihren Höhepunkt trug. Er trieb sie bewusst nicht bis zur Spitze. Er bewegte sich weiter in ihr. Ließ sich nur ein klein wenig gehen, genug, dass sein Körper spüren konnte, wie sie sich noch enger um ihn zusammenzog wie eine Schraubzwinge, ihn mit dieser heißen Seide umgab, seinen Schwanz einhüllte und quetschte, bis er das Gefühl hatte, dass ihm die Spitze abfallen müsste.

Kleine Laute drangen aus ihrer Kehle, die lauter und lauter wurden, je länger er in sie hineinstieß, sie mit jedem Mal noch mehr auf die Probe stellte. Aus den Lauten wurden lustvolle Schluchzer. Ihre Nägel gruben sich in das Betttuch, das sie mit den Fäusten gepackt hatte. Er wünschte, er könnte diese Nägel in seinem Rücken spüren. Er liebte ihren Anblick, wie ihre Brüste bei jedem Ruck bebten. Wie ihr zierlicher Körper sich wand. Ihre Augen weit aufgerissen. Weggetreten. Dunkel von ihrem eigenen Begehren. Ihr offener Mund und ihr keuchender Atem. Der Anblick allein reichte aus, um ihn beinahe kommen zu lassen.

Er stand über ihr, die Hände auf ihren Hüften, und seine Beine trugen zu jedem kraftvollen Stoß bei. Feuer zog sich über seinen Rücken, tobte in seinem Bauch und raste seine Beine hinab. Ihr Körper packte seinen Schwanz wie eine Faust. Drückte zu. Molk ihn. Siedend heiß. Der Atem entwich ihm explosionsartig, und er trieb sie zu ihrem Höhepunkt. Für einen Moment unterbrach ihr Körper das brutale Melken seines Schwanzes, und dann traf ihn der Feuerball, eine gigantische Welle reiner Flammen, die durch ihn hindurchjagte, durch sie hindurchjagte und sie beide mitriss. Sein Schwanz zuckte heftig, wieder und wieder, während sie sich um ihn herum zusammenzog. Die Hitze war beinahe zu extrem, doch sie trug zu der unglaublichen wilden Schönheit des Moments bei.

»Das ist das verdammte Paradies«, flüsterte er und ließ zu, dass er mit ihr zu seinem Höhepunkt getragen wurde.

Er wurde hinausgeschleudert an einen Ort, an dem er noch nie zuvor gewesen war. Da waren nur Grace und die Leidenschaft, die ihn durchspülte. Jede Zelle in seinem Körper war lebendig. Jedes Nervenende stand in Flammen. Der Klang ihrer Schreie war wie Musik in seinem Kopf, die ihr Crescendo erreichte, als er sich in sie ergoss.

Die ganze Zeit über hielt er ihren Blick fest, zwang sie, bei ihm zu bleiben. Ihn anzusehen. Er wollte sehen, wie sich diese bestimmte Schönheit auf ihrem Gesicht ausbreitete.

Er wollte, dass sie wusste, wer ihr dieses euphorische Gefühl verlieh. Er wollte, dass sie wusste, wer er war – ihr Mann. Ihr Geliebter. Der Mann, dem sie vertraute, sich immer um sie zu kümmern, immer hinter ihr zu stehen und ihr alles zu geben.

Ihr Blick wanderte über sein Gesicht. Ein wenig schockiert. Ziemlich weggetreten. Unglaublich sexy. Sie wusste es. Er sah es dort. Er war ihr Ein und Alles, so, wie er es brauchte. Da war so viel mehr, aber eine Beziehung wie ihre musste sich langsam und aus echtem Vertrauen entwickeln. Nach und nach würde er ihr kleine Dinge zeigen, um zu sehen, was ihr gefiel und was nicht, womit sie leben konnte und womit nicht. Er wusste, dass er sich gerade auf das Abenteuer seines Lebens begab, verstärkt durch die Endorphine, die durch seinen Körper pulsierten.

Vittorio fühlte seine Beine zu Gummi werden, und langsam erlaubte er es seinem Körper, wiederstrebend aus ihr zu gleiten. Er war noch immer leicht hart, und die Bewegung löste eine weitere massive Eruption in ihr aus, sodass ihr Körper für einen kurzen Moment seinen packte, sich weigerte, ihn loszulassen und seinen empfindlichsten Körperteil quetschte. Erneut war er im Paradies.

Vittorio brach über ihr zusammen, schwelgte im Beben und Zucken seines Körpers und gab ihr sein Sperma bis zum letzten Tropfen. Die heiße Flüssigkeit löste ein regelrechtes Nachbeben in ihrem Körper aus, sodass sie ihn erneut umklammerte und das Gefühl, im Paradies zu sein, noch verlängerte. Er war vorsichtig gewesen, sogar sanft, und doch war er härter gekommen als je zuvor in seinem Leben.

Er presste seinen Körper dichter an ihren, ließ sie sein volles Gewicht spüren, sonnte sich in dem Gefühl ihres kleinen Körpers unter seinem viel größeren. Das Gefühl von Eroberung und Besitz in Verbindung mit Liebe war eine berauschende Mischung. All diese Eigenschaften saßen tief in ihm, und sie akzeptierte sie, ohne ihn dafür zu verurteilen. Wie konnte er sie nicht lieben?

Er küsste ihre Augenlider und zog eine Spur aus Küssen über ihre Wange bis zu ihrem Mundwinkel. Seine Zunge spielte am Saum ihrer Lippen, bis sie sie öffnete, und er fing ihren Atem auf und schluckte ihn. Ihre Brüste hoben und senkten sich unter dem Gewicht seiner Brust, aber sie küsste ihn zurück und schlang einen Arm um seinen Hals, während sie die andere Hand einfach an seinen Rippen ruhen ließ.

Er ließ sich Zeit und küsste sie ausgiebig. Küsste sie hart. Ging von sanft zu rau über. Er ließ sie sein Gewicht noch länger spüren, drückte ihre weichen Brüste gegen seine Brust und ließ seine Hüfte in ihrer ruhen. Sie wehrte ihn nicht ab, versuchte nicht, unter ihm herauszukommen, obwohl sie nur schlecht Luft bekam. Sie entspannte sich unter ihm, und ihr Körper schien mit seinem zu verschmelzen. Er hob den Kopf, um ihr Gesicht mit den Händen zu umschließen, sah, wie sie ein wenig nach Atem rang, aber dennoch entschlossen Luft einsog. Sie hatte sich ihm geschenkt, und sie tat es noch immer. Widerstrebend hob er seinen Körper von ihrem, sodass sie richtig atmen konnte.

Er war extrem vorsichtig mit ihrer Schulter gewesen, hatte darauf geachtet, sein Gewicht von diesem Arm fernzuhalten, doch er verengte trotzdem die Augen und achtete genau darauf, ob sie Schmerzen hatte. Als er keine Anzeichen dafür erkennen konnte, küsste er ihren Hals, reizte sie mit den Zähnen, schabte ein wenig mit ihnen hin und her, ehe er zubiss. Sie schrie leise auf, und sofort beruhigte er die Stelle mit der Zunge. »Du bist perfekt, Grace.«

Mit leuchtenden Augen sah sie ihn an. Der weggetretene, ein wenig erschrockene Ausdruck verschwand langsam. »Das hatte nichts mit mir und alles mit dir zu tun. Ich hatte keine Ahnung, dass ich mich so fühlen könnte.«

Er küsste sich bis zu ihrer Kehle hinunter und dann über die Rundung ihrer rechten Brust. »Das war nur der Anfang, *bella*.« Er leckte über die obere Rundung, küsste sie dort. »Es gibt noch so viel mehr, das ich dir zeigen muss.«

Seine Zähne kratzten über die einladende Rundung. Er beobachtete ihren Gesichtsausdruck. Spürte, wie ihre Brust sich erwartungsvoll hob und senkte. Sie wusste es. Sie wartete darauf. Hielt den Atem an. Sie brauchte es. Er schob eine Hand zwischen ihre Beine und biss sanft zu. Sie drückte den Rücken durch und reckte ihre Brüste empor, als würde sie sie ihm darbieten. Heiße Flüssigkeit sickerte aus ihrem Körper und auf seine Finger. Ihre Hüften bäumten sich auf. Er leckte über das Mal, das er hinterlassen hatte.

»Ich kann nicht glauben, dass sich etwas so gut anfühlen kann«, flüsterte sie.

»Da ist noch so viel mehr«, sagte er noch einmal. »Lass uns in die Wanne gehen. Ich will nicht, dass du wund wirst.«

»Können wir raus in den Whirlpool, wenn ich mich ein wenig gewaschen habe?«

Sie blickte etwas kläglich auf das Blut und das Sperma, das auf ihren Schenkeln verschmiert war. »Ich wollte ihn ausprobieren, seit ich ihn das erste Mal gesehen habe. Ich liebe die Vorstellung, nachts rauszugehen und unter den Sternen darin zu sitzen.«

Er überlegte, wie erschöpft sie wohl war. Keine Chance, dass er die Hände von ihr lassen konnte, wenn er mit ihr im Whirlpool saß. Es war vermutlich das Beste, sie zu warnen. »Liebes, wenn wir jetzt in den Whirlpool gehen, dann werde ich dir den Verstand rausvögeln. Keine Chance, dass ich die Hände von dir lassen kann.«

Sie schenkte ihm ein Sirenenlächeln. »Das hoffe ich doch.«

Sie war bei seiner derben Wortwahl nicht mal zusammengezuckt. Er liebte es, dass sie ihn so sein ließ, wie er war. Wenn überhaupt, dann ließ seine Wortwahl noch mehr Hitze in ihrem Körper aufsteigen. Ihr Atem hatte sich wieder beschleunigt. Er liebte sie mehr, als Worte ausdrücken konnten.

Vittorio glitt vom Bett. »Bleib einfach hier.«

»Ich bin ziemlich eingesaut.«

»Ich liebe es, wie du daliegst, mit gespreizten Beinen, während dir eine Mischung von uns beiden die Schenkel hinunterrinnt. Du bist heiß wie die Sünde. Vor allem mag ich es zu sehen, dass ich dein Einziger bin. Ich hätte gern, dass das so bleibt. Ich hatte keine Ahnung, dass ich so primitiv sein kann, aber plötzlich bin ich es.«

Sie legte den unverletzten Arm über ihre Augen. »Ich kann nicht glauben, was du alles zu mir sagst.«

Er drehte sich um, eine Hand an der Badezimmertür. Für einen Moment stand ihm das Herz still.

»Oder wie ich mich dabei fühle«, fuhr sie fort, ohne ihn anzusehen. »Jetzt will ich dich sofort wieder in mir, nur weil du das gesagt hast.«

»Das wird früher passieren, als du denkst.« Er befeuchtete ein Tuch mit warmem Wasser, und nachdem er sich selbst abgeduscht hatte, brachte er es zu ihr. »Lieg still und lass mich das machen.«

»Ich kann das selbst machen.« Sie wollte sich aufsetzen.

Vittorio legte ihr sanft eine Hand auf die Brust. »Ich möchte dich säubern. Später zeige ich dir, wie ich gern hätte, dass du mich säuberst.«

Wieder wandte er den Blick nicht von ihrem Gesicht ab. Sie blickte keine Sekunde weg. »Ich werde so viel von dir verlangen, Grace, ich muss das Gefühl haben, dass ich dir ebenso viel zurückgebe oder sogar mehr.« Es war ein Geständnis, nicht mehr und nicht weniger. Er bemühte sich, sehr zärtlich zu sein, während er die Spuren ihrer Unschuld wegwischte.

»Ich wüsste nicht, wie du mehr verlangen könntest, als du mir bereits gegeben hast.«

»Ich will von dir Vertrauen in allen Lebenslagen. Das allein ist jeden Preis wert. Ich werde im Bett Dinge von dir verlangen, die dir vielleicht zunächst Angst machen, aber das ist der Moment, an dem Vertrauen ins Spiel kommt. Du musst dir bewusst sein, dass ich dich jedes Mal etwas höher tragen werde, aber niemals so weit, dass du nicht damit umgehen kannst. Ich werde außerdem mit dir über ein paar Dinge reden müssen, die die Geschäfte der Ferraros betreffen, und du wirst sie akzeptieren und niemals mit jemand anderem als Mitgliedern des engsten Familienkreises darüber sprechen dürfen.« Er musterte ihr Gesicht.

Im Bett konnte er ihr ihr Vertrauen zehnfach zurückzahlen. Aber er hatte Angst, dass sie nicht mit dem Wissen umgehen konnte, was er wirklich für seine Familie tat. Sein Schatten und ihrer hatten sich verbunden, obwohl er versucht hatte, sie auseinanderzuhalten. Wobei er sich ehrlich gesagt keine übermäßige Mühe gegeben hatte. Er wusste, dass es schlimme Konsequenzen haben würde, wenn sie ihn zurückwies. Sie würde einfach alles vergessen und glauben, dass er sie nur zu seiner Verlobten erklärt hatte, damit er die Rechnungen bezahlen und sich um sie kümmern konnte, bis sie wieder gesund war, und dann würden sie sich trennen. Er würde alles verlieren – einschließlich seiner Fähigkeit, durch die Schatten zu gleiten.

Er griff nach ihrer Hand und half ihr, sich aufzusetzen. Sofort strich sie mit der Hand über seinen Bauch, als hätte sie nur darauf gewartet, ihn zu berühren. Ihre Finger verharrten tief, und sein Schwanz reagierte mit einem heftigen Zucken, ließ sie sehen, wie sehr er es mochte, von ihr berührt zu werden.

»Ich mag es, dir zu gehören, Vittorio. Mir ist klar, dass es nicht immer einfach sein wird. Ich kann manchmal in deinem Gesicht lesen, dass du hin und wieder auf deinem Willen bestehen wirst und dass mir das vielleicht nicht gefallen wird.«

Er nickte, sich ihres heißen Atems über der empfindlichen Spitze seines Schwanzes extrem bewusst. Sie setzte sich auf das Bett, die Schenkel noch immer weit gespreizt, sodass er dazwischen stand. Wenn sie den Kopf hob, war ihr Mund genau dort, wo er sein sollte. Ohne darüber nachzudenken, trat er noch näher, sodass er ihr direkt zugewandt war. Sofort senkte sie den Blick auf seinen Schwanz, und ihre Augen weiteten sich.

Ihre Hände legten sich um seine Hoden, und alle Luft entwich seiner Lunge. Zunächst strich ihr Daumen darüber, dann folgten ihre Fingerspitzen unendlich sanft. »Ich hatte keine Ahnung, dass du hier so weich bist.«

»Es gefällt mir, dass ich der einzige Mann bin, den du je intim berührt hast, Grace.« Er ließ eine Hand auf ihrem Kopf ruhen, vorsichtig darauf bedacht, keinen Druck auszuüben, egal, wie sehr er es wollte. Die Berührung ihrer Finger an seinen Hoden ließ seinen Schwanz erneut steif werden. »Wenn du so weitermachst, schaffen wir es nicht mehr in den Whirlpool.«

»Wirklich?«

Ihre Zunge glitt heraus und leckte über ihre Lippen. Er musste ein Stöhnen unterdrücken. Sie war sexy, ohne sich

Mühe geben zu müssen. Ihr Blick wanderte von seinem Schwanz zu seinen Augen.

»Was würden wir denn stattdessen tun? Es muss schon etwas ganz Besonderes sein, damit ich eine Nacht im Whirlpool unter dem Sternenhimmel dafür sausen lasse.«

Ihr spielerischer Ton und der Ausdruck wachsender Lust waren so sinnlich wie ihre gerötete Haut und die Berührungen ihrer Finger. Er schloss seine Hand um die ihre und drückte sanft zu, zeigte ihr, wie sie seine Hoden rollen und verwöhnen konnte. Dann nahm er ihre Finger und rieb über seinen Schaft, eher er sie an der Basis zu einer Faust formte und sie auf und ab schob, während er fest zudrückte.

»Ich will hierbleiben und dir beibringen, wie du mir den Schwanz lutschst, so, wie ich es mag. Dein Mund wäre eng und heiß, und deine Zunge würde tanzen, bis ich so geil wäre, dass ich ihn herausziehen müsste, um dich noch einmal zu nehmen.«

»Warum würdest du ihn herausziehen müssen?«

Ihre Hand fiel in den Rhythmus, den er ihr gezeigt hatte, und er ließ sie los. Sie zögerte und zauderte nicht. Ihr Blick war auf seinen Schwanz gerichtet, während sie ihn bearbeitete.

Er grub die Finger in ihr Haar, schloss sie zur Faust und zog ein wenig, bis sie zu ihm aufsah. »Du bist noch nicht bereit zu schlucken, das kommt mit der Zeit. Ich will, dass du alles, was wir zusammen tun, genießen kannst. Ich finde es wunderbar, wenn du mir einen bläst, aber nur, wenn du es gern tust. Wenn du keinen Spaß daran hast, *bella*, macht es auch mir kein Vergnügen.«

»Das spielt keine Rolle, ich werde es lieben, weil ich weiß, dass du dich dabei großartig fühlst.«

Sein Herz drohte ihm aus der Brust zu springen, so heftig pochte es. Sie meinte es so. Er konnte Lügen hören. Alle Schattengleiter waren in der Lage, Lügen zu hören, und das war ihr absoluter Ernst.

»Darf ich mitentscheiden, was ich gern tun würde?«

Es schnürte ihm beinahe die Kehle zu. »Ja.«

»Dann würde ich gern hierbleiben und sehen, wie viel von dir ich in meinen Mund bekomme. Du bist wirklich ein wenig einschüchternd, aber auch schön. Ich habe Männer da nie besonders schön gefunden, bis ich dich gesehen habe.«

Rote Seide ergoss sich zu jeder Seite seiner Faust, feurige Kaskaden ihres langen Haars, perfekt, um sie etwas zu lenken.

»Setz deine Zunge ein. Egal, ob schnell oder langsam, mach dir keine Sorgen, dass du etwas falsch machen könntest. Erkunde einfach nur. Dein Körper gehört mir. Ich will spielen. Ich will dich lieben. Ich will dich so hart vögeln, bis wir beide nicht mehr atmen können. Ich hoffe, dass du an einen Punkt kommst, an dem du genauso für mich empfindest. Mein Körper gehört nur dir. Alles davon. Du kannst ihn erkunden, so viel du willst. Ich hoffe, dass du genauso wenig die Finger von mir lassen kannst wie ich von dir.«

Grace schien ihn beim Wort zu nehmen. Sie ließ seinen Schaft los und umfasste seine Hüften, um ihn näher zu sich zu ziehen. Als er direkt am Bett stand, beugte sie sich vor, um seinen Bauch zu küssen. Ihre Hände strichen über seinen Brustkorb, ihre Finger fuhren seine Bauchmuskeln nach. Er stellte fest, dass er den Atem anhielt. Gespannt wartete. Sie war von Natur aus sinnlich, obwohl er ihr ansah, dass sie nicht ahnte, dass sie es war. Sie zog eine Spur federleichter Küsse seinen Bauch hinab, und er sog scharf den Atem ein, als eine ihrer Hände erneut seine Hoden umfasste und sie sehr zärtlich massierte.

Sie bewegte sich tiefer, und ihr Atem erhitzte die Spitze seines Schwanzes. Ihr Kopf senkte sich, und alles in ihm erstarrte. Sie leckte seine Hoden hinauf, Finger und Mund im Gleichklang, bis sie einen davon in die Hitze ihres Mundes saugte. Feuer jagte sein Rückgrat hinauf. Sein ganzer Körper zuckte. Ihre Finger glitten weiter nach hinten und massierten seinen Damm mit etwas festeren Strichen. Mehrere Male leckte sie über ihre Finger, während sie weiterhin seine Hoden bearbeitete.

Sein Schwanz zuckte erwartungsvoll, wurde länger, dicker, bis er noch einschüchternder war. Er murmelte ihr aufmunternd zu, die Hände erneut in ihrem Haar vergraben. Er musste sich an etwas festhalten, um nicht zu explodieren. Er atmete tief durch und konzentrierte sich darauf, seine Beine nicht zu Gummi werden zu lassen.

Sie legte die Faust um die Basis seines Schwanzes. Eng. Er wartete. Zählte seine Herzschläge. Erneut spürte er ihren Atem. Ihre Zunge schnellte heraus und kostete die Tropfen der Flüssigkeit, die aus der Spitze perlten. Sie hielt seinen Schwanz dicht an ihren Mund, blickte zu ihm auf und lächelte. Sie war so nah, dass ihre Lippen seinen Schaft berührten und einen Blitzschlag direkt durch seinen Unterleib jagten. Er brauchte seine ganze Beherrschung, um ihren Kopf nicht auf seinen Schwanz zu zwingen. Nie in seinem Leben hatte er einen Blowjob mehr gewollt als genau in diesem Moment, und sie hatte seinen Schwanz kaum berührt.

»Ich glaube nicht, dass du dir Sorgen machen musst, dass ich nicht auf meine Kosten komme.« Grace leckte seinen Schaft hinauf, als wäre er eine Eistüte. Ihre Zunge verharrte an der empfindlichen Stelle unter dem breiten Kopf. Versuchsweise leckte sie noch einmal. »Ich mag deinen Geschmack. Er ist anders. Salzig, aber gut.«

Auch dieses Mal spielte sie nicht mit ihm. Ihr Ton verriet ihm, dass sie die Wahrheit sagte. Er konnte sich nicht helfen. Er verstärkte den Griff in ihrem Haar und zog ihren Kopf die kurze Distanz heran. »Dann fängst du besser an, bevor ich mich noch blamiere.«

Sie öffnete den Mund und schloss ihn um die empfindliche Spitze, und ihr Lachen vibrierte durch ihn hindurch. Das Gefühl war beinahe zu gut, um wahr zu sein. Sein gesamter Körper bebte, und er musste seine ganze Disziplin aufbringen, um sie nicht zu zwingen, mehr von ihm aufzunehmen.

Ihre Zunge begann einen langsamen Tanz, als würde sie ihn beim Wort nehmen und ihn erforschen. Experimentieren. Sie saugte heftig und leckte dann wieder seinen Schaft hinauf und hinunter und widmete sich noch einmal jener empfindlichen Stelle. Eine Hand wanderte von seinen Hoden zu der Innenseite seiner Oberschenkel und strich erneut über seinen Damm. Bei diesem Angriff auf seine Sinne spannte sich sein ganzer Körper an, dabei hatte sie kaum etwas getan.

»Sieh mich an.« Der Befehl klang eher wie ein Knurren.

Ihre langen Wimpern hoben sich, und ihre grünen Augen blickten in seine.

»Ich will, dass du so viel du kannst von mir in den Mund nimmst und saugst. Benutz deine Zunge.« Er sprach durch zusammengebissene Zähne. Wenn sie nicht bald loslegte, würde er wirklich die Kontrolle verlieren.

Sein Leben war von Disziplin bestimmt. Nichts hatte seine Disziplin je so in Gefahr gebracht wie sie. Sie war vollkommen unerfahren und hatte keine wirkliche Ahnung, was sie tat, aber ihre Instinkte waren perfekt. Kleine Schweißperlen brachen ihm auf der Stirn aus. Seine Hüften bewegten sich ohne Unterlass. Sein Körper schrie vor Verlangen.

»Sieh mich weiter an. Ich will deine Lippen um meinen Schwanz sehen. Das ist so unfassbar sexy.« Das war es. Alles an ihr war sexy.

Sie gehorchte und öffnete langsam die Lippen, um ihn in den Mund zu nehmen. Er ließ sie machen, spürte das Saugen, wie sie ihn eng umschloss. Ihre Lippen wurden gedehnt, mussten sich seiner Größe anpassen. Sie konnte nicht viel aufnehmen, doch ihre Hand bearbeitete ihn, und jedes enge Gleiten jagte Flammen seinen Schwanz hinauf. Dann saugte sie so intensiv, dass er glaubte, ihm müsste die Spitze seines Schwanzes abfallen. Ihre Zunge übernahm, tanzte, umspielte den Kopf und dann die Stelle darunter. Dann leckte sie, befeuchtete ihn und begann von Neuem.

Er hatte keine Chance, noch länger durchzuhalten. Nicht die geringste. Er war schon erledigt gewesen, als ihre Hand seinen Körper nur berührt hatte. Sie war keine Expertin, wenn es darum ging, ihm einen zu blasen, aber das musste sie auch nicht sein. Sie war Grace. *Seine* Grace. Er konnte in ihren leuchtenden Augen sehen, dass sie das hier genoss. Sie gab es ihm, indem sie sich ihm schenkte. Alles, was sie tat, tat sie für ihn. Das heftige Saugen und das Spiel ihrer Zunge.

Mit mehr Bedauern, als sie sich jemals vorstellen könnte, zerrte er an ihrem Haar und zog sie von sich. »Wir müssen hier aufhören, *gattina*.«

»Nein!«, rief sie, und er konnte in ihren Augen sehen, dass sie seinen Befehl ablehnte. Sie zog einen Schmollmund.

Er hatte diesen Ausdruck noch nie bei ihr gesehen und wollte ihn ihr vom Gesicht küssen. »Doch. Wenn ich sage, dass es genug ist, *bella*, dann habe ich einen Grund dafür. Steh auf und dreh dich um. Normalerweise würde ich dich auf Händen und Knien haben wollen, aber wir müssen vorsichtig mit deiner Schulter und deinem Arm sein. Deshalb legst du dich jetzt auf den Bauch, Beine außerhalb des Betts.«

Sie gehorchte bereitwillig, und er beugte sich über sie, um sicherzugehen, dass ihr Arm bequem lag. Ihre Füße erreichten nicht ganz den Boden, wenn ihre Hüften auf der Bettkante lagen. Das gefiel ihm. Es verlieh ihm weitaus mehr Kontrolle. Er legte die Hand auf den unteren Teil ihres Rückens, um sie festzuhalten, dann führte er seinen sehr nassen und heißen Schwanz an ihren feuchten Eingang. Als er in sie eindrang, war er nicht annähernd so vorsichtig wie beim ersten Mal. Er stieß einfach zwischen die widerstrebenden Falten, ein hartes Eindringen, und die Flammen vereinnahmten ihn, während ihr Körper protestierte und versuchte, ihn aus diesem siedend heißen Paradies zu stoßen.

Grace schluchzte seinen Namen, und er hörte nicht auf. Ihre wunderbaren Schreie trieben ihn an, die verzweifelte Lust in ihr glich beinahe seiner eigenen. Er legte die Finger um ihre Hüften und benutzte seine ganze Kraft, um ihren kleineren Körper auf seinen eigenen zu ziehen, während er mit den Hüften nach vorne stieß. Wieder und wieder. Er schloss die Augen und warf den Kopf zurück, schwelgte in der Tatsache, dass er tiefer eindringen konnte, dass er sie ausfüllte, sie dehnte, ihr dieses Brennen gab, das alles war, was sie wollen konnte.

Ihr Körper verengte sich um ihn herum, krampfte sich beinahe brutal um seinen Schwanz, sodass die Reibung zunahm, wenn er in sie stieß und sie beide in unglaubliche Höhen trug. Er hatte keine Ahnung, wie oft er sie beide an einen Punkt kurz vor dem Höhepunkt trieb, doch als er sie endlich kommen ließ, war ihr Stöhnen zu Schreien geworden, und ihr Körper katapultierte ihn an einen Ort, der beinahe das Paradies war. Für einen Moment verweilte er dort, während

Flammen über seinen Körper züngelten und sich um seinen Schwanz herum zu einer Feuersbrunst konzentrierten.

Vittorio schnappte nach Luft, doch die Empfindungen in seinem Körper waren es wert, nicht atmen zu können. Er ließ sich auf sie fallen, und als er wieder dazu in der Lage war, küsste er sie in den Nacken und arbeitete sich dann an ihrer Wirbelsäule nach unten vor. Sie bewegte sich nicht.

»Ich glaube, für heute sind wir fertig, *gattina*.«

»Kein Whirlpool?« Ihre Stimme klang gedämpft.

»Bett. Kein Whirlpool. Und ich schlafe bei dir.« Er wartete auf ihre Antwort. Er würde bei ihr schlafen, und wenn es nötig war, würde er die Energie aufbringen, sie zu überzeugen.

»Okay.«

Ihre leise Zustimmung brachte ihr noch mehr Küsse ein. Dann säuberte er sie beide, hüllte sie in die Decken und schmiegte seinen Körper an den ihren. Sie schlief sofort ein, und er folgte ihr kurz darauf.

14

»Bitte entschuldige, Grace«, sagte Vittorio und hauchte einen Kuss auf ihre Fingerknöchel. »Bitte mach mit deiner Physiotherapie weiter, während ich nachsehe, in was für eine Krise meine Familie dieses Mal reingeraten ist.« Er legte Belustigung in seine Stimme, obwohl er nicht mal ansatzweise belustigt war.

Grace sah ihn blinzelnd an, und Misstrauen lag in ihrem Ausdruck. Es war schrecklich, dass er sie nicht anlügen konnte, vor allem jetzt, da alle Ferraros sich sicher waren, dass sich ein Krieg zusammenbraute. Schlimm genug, dass sie sich mit einem gerissenen Serienkiller herumschlagen mussten, jetzt waren da auch noch die Sorgen wegen einer Familie, deren Geschichte von Gewalt durchzogen war.

»Alles wird gut«, versicherte er ihr, ehe sie Protest einlegen konnte. Er warf einen vielsagenden Blick in Richtung Physiotherapeut und war sich sicher, dass Grace den stummen Hinweis verstehen und keine Fragen stellen würde, solange sich ein Fremder im Raum befand.

Sie nickte, und er küsste sie, einfach nur, weil er es liebte, dass sie seinem Willen folgte, auch wenn es ihr nicht gefiel.

»Bitte passen Sie auf, dass sie sich nicht überanstrengt«, warnte er den Therapeuten. »Es gibt keinen Grund, sie so hart ranzunehmen, dass sie hinterher Schmerzen hat.« Er gab seiner Stimme einen warnenden Unterton. Niemand wollte ihm in die Quere kommen. Seine geliebte Grace mochte ihn für den nettesten Mann auf dem Planeten halten, aber der Rest der Welt ließ in seiner Gegenwart weitaus mehr Vorsicht walten.

Vittorio schloss die Tür und eilte sofort den Flur hinunter und in den Raum, den Merry für das Treffen mit seiner Familie vorbereitet hatte. Giovanni musste fahren, aber alle anderen reisten durch die Schatten, selbst Eloisa, und das war nie ein gutes Zeichen.

Er begrüßte zuerst seine Mutter, einfach nur aus dem Respekt heraus, dass sie ihn geboren hatte, aber es war ein kühles Willkommen. Er konnte nicht anders. Stefano war mit zehn mehr Elternteil für sie gewesen, als sie es jemals war. Nach den Problemen mit Grace, die sie ihm – mit voller Absicht, da war er sicher – eingehandelt hatte, war er nicht besonders gut auf sie zu sprechen. Er griff nach der Hand seines Bruders und ließ sich von Stefano in seine übliche Umarmung schließen.

»Danke, dass ihr hergekommen seid und ich Grace nicht herumscheuchen musste.«

Eloisa rollte die Augen. »Gibt es eigentlich keine unabhängigen Frauen mehr? Hat sie so eine Angst, dich zu verlieren, dass sie nicht einen Tag ohne dich sein kann? Das wird ein Problem, Vittorio. Du hast wichtige Arbeit und kannst dich durch nichts ablenken lassen.«

»Ich möchte meine Frau immer nah bei mir haben, Eloisa«, antwortete Vittorio. »Das ist meine Vorliebe, und sie versteht das und handelt entsprechend. Zum Glück bin ich erwachsen und kann mir aussuchen, wie ich mein Leben leben möchte, ohne dass ich irgendjemandes Erlaubnis bräuchte.«

Sie zuckte zusammen. »Vor allem nicht deine«, schwang in dem Gesagten mit. Stefanos Stimme war voller Autorität, aber Vittorio hatte schon früh gemerkt, dass er eine Gabe besaß. Seine Stimme konnte zwingend sein oder befehlend, und alle im Raum reagierten darauf. Er konnte andere beruhigen, erregen oder wütend machen, nur durch seinen Ton. Er legte einen Tadel in seine Stimme, dunkel und bedrohlich, um ihr klarzumachen, dass sie besser aufhörte, ehe er es ihr in einer Weise heimzahlte, die ihr nicht gefallen würde.

»Du wirst sie wirklich heiraten, nicht wahr?« Eloisa wechselte die Taktik.

»Das werde ich definitiv.«

»Obwohl ein Serienkiller es auf deine Familie abgesehen hat.«

Stefano seufzte. »Willst du damit sagen, dass es Grace' Schuld ist, dass Phillips ein Irrer ist, der uns alle ins Visier genommen hat?«

»Natürlich nicht«, fauchte Eloisa. »Aber sie hat ihn direkt zu uns geführt.«

»Das ist doch gut«, mischte Taviano sich ein. »Zu wem sollte man so einen Mann besser führen als zu uns? Wir sind Schattengleiter, und es ist unsere Pflicht, diejenigen der Gerechtigkeit zuzuführen, an die das Gesetz nicht herankommt.«

Eloisa drehte sich mit einem verärgerten Zischen zu ihm um. »Du hast dich ganz schön rargemacht. Ich habe dich in den letzten Tagen Dutzende Male angerufen. Du hattest nicht einmal die Freundlichkeit zurückzurufen.«

Taviano sah Stefano an. Vittorio konnte ihm den unsicheren Blick, den er seinem älteren Bruder zuwarf, nicht verdenken. Eloisa war eine Nervensäge, aber sie war ihre Mutter, und Stefano erwartete, dass sie das respektierten. Außerdem war auch sie eine Schattengleiterin, und allein das bedeutete, dass sie Respekt verdiente. Sie würde sich nicht nach all den

Jahren besinnen und ihnen eine richtige Mutter sein, und niemand von ihnen hätte das akzeptiert. Dennoch erwartete Stefano, dass sie ihre Anrufe annahmen und ihre Tiraden so gut es ging ertrugen.

Stefano warf Taviano einen harten Blick zu, einen, der besagte, dass sie nach dem Treffen ein Vieraugengespräch führen würden. Taviano akzeptierte es mit einem Nicken, denn niemand von ihnen würde je Stefano gegenüber respektlos sein.

»Es tut mir leid, Eloisa«, sagte Taviano. »Ich bin nach Los Angeles geflogen, um mich dort um Geschäfte zu kümmern und unsere Familie bei einem Treffen in New York zu repräsentieren, bei dem es um die Internetfirma ging, die wir überlegen zu kaufen. Ich hätte mir jedoch sofort die Zeit nehmen müssen.«

Vittorio wusste, dass Tavianos Worte nicht so sehr Eloisa als mehr Stefano galten. Sie alle, einschließlich Taviano, wussten, dass das als Entschuldigung ausreichen würde.

»Bei dem Treffen mit den Saldis hast du vor der ganzen Versammlung deine Verlobung mit Nicoletta herausposaunt. Das ist unmöglich. Das Mädchen ist …« Eloisa suchte nach einem passenden Wort.

»Vorsicht«, warnte Taviano. »Sie gehört mir. Das muss dir nicht gefallen, und du brauchst meine Entscheidung nicht gutheißen, aber sie ist die Meine, und ich werde sie mit allem, was ich habe, verteidigen.«

Eloisa warf die Hände in die Luft. »Seid ihr denn alle verrückt geworden? Ich verstehe ja, dass ihr nur wenig Auswahl habt, doch eine arrangierte Ehe mit einer Frau aus einer guten Familie ist immer noch besser als im Bodensatz zu fischen. Wenigstens hat Sasha eine gute Herkunft. Ihr Stammbaum ist den Schattengleitern von großem Nutzen. Und

Mariko ist äußerst nützlich. Ihre Vorfahren, zumindest die auf der Seite ihres Vaters, waren einige der größten Schattengleiter in der Geschichte. Selbst Francesca ist noch besser als die Wahl, die du und dein Bruder getroffen habt. Es ist, als wärt ihr Kinder, die absichtlich ihre Mama ärgern wollen, weil sie sie nicht leiden können. Denkt daran, dass ihr diese Frauen ein Leben lang am Hals habt.«

»Es tut mir leid, dass du meine Wahl nicht gutheißt, Eloisa«, sagte Vittorio. »Aber sie wird meine Frau und damit auch ein Mitglied der Familie. Ich erwarte von dir, ihr mit Respekt zu begegnen. Du musst sie nicht mögen und brauchst auch deine zukünftigen Enkel nicht zu besuchen, aber wenn du in Grace' Nähe bist, dann möchte ich, dass sie das Gefühl hat, dass du weißt, dass sie zur Familie gehört. Außerdem erwarte ich deine volle Unterstützung für ihr Unternehmen.«

»*Ihr* Unternehmen?« Eloisa spuckte die Worte praktisch aus. »Ich glaube, es gibt einen Grund, warum es KB Events heißt. Katie Branscomb ist das Gesicht des Unternehmens. Grace ist lediglich eine äußerst austauschbare Partnerin und nicht einmal eine besonders gute, wie ich Katie mehr als einmal gesagt habe.«

»Nein, Eloisa«, sagte Vittorio leise und unglaublich ruhig. Er wusste, dass jeder aus der Familie die Lüge in ihrer Stimme hören konnte. Auch Eloisa musste das wissen. »Es gibt einen Grund, warum Grace vollwertige Partnerin ist. Katie ist das Gesicht des Unternehmens, sie hält schwierigen Kunden das Händchen und redet mit ihnen, während Grace sich um all die kleinen Details kümmert. Grace ist diejenige, die dafür sorgt, dass jedes Event perfekt ist. Ich bin überrascht, dass du das nicht weißt. Grace hat alle vor Haydon Phillips geschützt, indem sie sich im Hintergrund hielt, aber ich muss schon sagen, wenn selbst du das nicht mitbekommen hast, wo du doch normalerweise alles in Erfahrung bringst, dann bedeutet das, dass Grace sich extrem gut angestellt hat.« Das war zum Teil ein Kompliment, zum Teil aber auch nicht.

Eloisa blickte finster drein. »Das kann ich kaum glauben.« Ihre Stimme klang giftig.

»Du weißt sehr gut, dass sie eine vollwertige Partnerin ist, Eloisa«, fuhr Stefano sie an. »Du stellst Nachforschungen über jeden an. Keine Chance, dass du nicht davon wusstest.«

»Genau das«, bestätigte Vittorio.

Eloisa zeigte keine Reue, und offenbar hatte sie auch keine Lust, die Gründe für ihre Lüge preiszugeben, also schüttelte sie den Kopf und wandte ihre Aufmerksamkeit ihrem jüngsten Sohn zu. »Wann hast du Nicoletta Gomez um ihre Hand gebeten? Sie ist zu jung für dich.«

»Sie ist alt genug.«

Vittorio fiel auf, dass Taviano der Frage seiner Mutter auswich, und er ahnte etwas. Taviano hatte Nicoletta gar nicht gebeten, ihn zu heiraten. Er hatte verkündet, dass sie verlobt waren, und es hatte Wahrheit in seiner Stimme gelegen, weil er beabsichtigte, sie zu heiraten, nicht weil sie wirklich verlobt waren. Er griff ein, ehe seine Mutter zu demselben Schluss kam.

»Stefano, was ist passiert, dass du uns zusammengerufen hast?«

Stefano blickte auf die Uhr. »Giovanni ist gleich da, und sobald er hier ist, fangen wir an. Es gab einige beunruhigende Entwicklungen zwischen den Saldis und unserer Familie.«

Vittorio trat näher an seine Schwester heran. Emmanuelle saß in einem der großen Stühle mit den breiten Lehnen und hatte die Beine im Schneidersitz angezogen, etwas, das Eloisa hasste, und für das sie ihre Tochter oft tadelte. Emmanuelle wirkte jung und wehrlos. Traurig und sehr verletzlich. Er fühlte mit ihr, und sein Beschützerinstinkt meldete sich mit voller Kraft.

Bei Stefanos Worten wandte Eloisa sich sofort ihrer Tochter zu, und in ihrer Miene konnte man eine ganze Armada von Vorwürfen lesen.

»Nicht.« Vittorio legte in Stefanos Gegenwart nur selten absolute Autorität in seine Stimme. »Ich bin über einen entspannten Zustand lange hinaus. Lass es einfach.« Das war eine Warnung, die sie verstehen würde.

Emilio öffnete die Tür, um Giovanni in den Raum zu lassen. Er schloss sie hinter ihm, und zweifellos postierte er sich danach auf der anderen Seite, um sicherzugehen, dass sie nicht gestört wurden.

Giovanni begrüßte die Anwesenden. »Was gibt es?«

Stefano deutete einladend auf einen Stuhl. Der Raum war mit bequemen Sitzmöbeln eingerichtet, die um einen Tisch mit Erfrischungen gruppiert waren. Giovanni warf sich in den letzten noch freien Stuhl.

»Wir ihr wisst, habe ich Giuseppi eine Liste mit Namen von Angestellten in unserem Territorium gegeben, die im Verdacht stehen, für seine Familie zu arbeiten. Als wir diese Leute befragen wollten, waren sie verschwunden. Bruno Vitali ist heute Morgen ermordet aufgefunden worden. Seine Leiche war in einen Teppich aus seiner Wohnung eingewickelt und ist in einer Mülltonne ganz in der Nähe entsorgt worden.«

Die Runde schnappte nach Luft. Eloisa erhob sich halb. »Ich sollte zu Theresa gehen. Sie muss außer sich sein. Hat man es ihr schon gesagt?«

Stefano nickte. »Ja. Art Maverick und Jason Bradshaw haben den Fall übernommen und mich angerufen, obwohl ich die Nachricht natürlich schon bekommen hatte, als er gefunden wurde. Sie wissen, dass unsere Familie sich um Signora Vitale kümmert. Emmanuelle, Sasha und ich sind mit ihnen zu ihr gegangen, um sie zu informieren. Wie erwartet, war sie am Boden zerstört. Sasha ist jetzt bei ihr.« Er sah seinen Bruder an. »Sasha wusste nicht, was vor sich ging, bis wir dort ankamen.«

Giovanni nickte. »Sie erzählte mir, dass sie etwas mit dir zu erledigen hat. Ich wusste, dass sie bei dir sicher ist, also habe ich nicht weiter gefragt.«

»Ich habe Tomas und Cosimo bei ihnen gelassen. Mit Phillips auf freiem Fuß will ich nichts riskieren.«

»Bruno war Theresas letzter lebender Verwandter hier«, sagte Eloisa. »Sie hat Cousins und Cousinen in Sizilien, aber niemanden in den Staaten. Bruno war so jung.«

»Er war bereit, für die Saldis zu arbeiten, Eloisa.« Stefanos Stimme war sanft. »Er hat unsere Familie für Geld verraten.«

»Aber ihn zu töten, wo doch seine Großmutter niemanden sonst hat …« Eloisa beendete den Satz nicht und blickte auf ihre Hände hinab. »Ganz egal, was wir tun, wie lange wir unsere Leben der Aufgabe verschreiben, Mörder und Vergewaltiger zu bekämpfen, es gibt immer noch mehr.«

Vittorio wandte seiner Mutter seine volle Aufmerksamkeit zu. Sie klang so müde. Ausgelaugt traf es besser, als wäre ihre Erschöpfung nicht nur körperlicher Natur, sondern auch mentaler und emotionaler. Er konnte sie verstehen. Sie lebten in den Schatten, gaben ihr Leben auf, um zu trainieren, zu töten und ohne viel Hoffnung einsam zu leben. Sie hatten alles Geld der Welt, und nach außen wirkten sie wie die verwöhnten, nichtsnutzigen Playboys, die Grace und ihre Partnerin in ihnen gesehen hatten. Aber in Wirklichkeit lebten sie Leben, die von extremer Disziplin bestimmt waren.

Eloisas Leben war hart gewesen. Sie hatte keine liebevolle Ehe gehabt, niemand hatte sich um sie gekümmert, und jetzt lehnte sie jegliche Form der Zuwendung ab, selbst wenn sie von ihren Kindern kam. Wenn überhaupt, unternahm sie alles, um sie noch weiter von sich zu stoßen. Keiner von ihnen wusste, warum, aber gerade die beiden, die das meiste Mitgefühl mit ihr hatten, Emmanuelle und Francesca, behandelte sie am schlechtesten. Er mochte Bedauern verspüren, aber nicht auf die Art, wie Grace es tun würde. Er würde Grace niemals erlauben, sich in dieselbe Position zu begeben, in der Francesca war, nur um von Eloisa in Stücke gerissen zu werden. Er konnte Eloisa bedauern und sogar verstehen, aber Grace würde sich ihr nicht nähern.

»Hat die Polizei einen Hinweis, wer den Jungen getötet hat?«, fragte Ricco.

»Nein, und wir haben im Moment auch keinen. Onkel Alfeo und Tante Rachele ermitteln in dem Fall.« Alfeo und Rachele Greco waren in Wirklichkeit der Cousin und die Cousine ihrer Mutter, aber so genau nahmen sie es mit den Verwandtschaftsbezeichnungen nicht. Sie nannten das ältere Paar einfach Onkel und Tante. »Wir werden es herausfinden.«

»Ihr wisst, dass die Saldis dahinterstecken, nicht wahr?«, sagte Eloisa und starrte Emmanuelle an, als wäre ihre Tochter irgendwie verantwortlich.

»Nein, Eloisa, das wissen wir nicht.« Es war Stefano, der antwortete. »Es sieht schlecht aus, aber bevor wir nicht alle Indizien haben und ich mir die Sache ansehen kann, werde ich unsere Familie nicht in einen Krieg ziehen lassen. Und du wirst das auch nicht tun.«

»Theresa wird zu uns kommen, und sie hat jedes Recht dazu. Ihr Enkel stand unter unserem Schutz.« Eloisa gab ein ersticktes Geräusch von sich, bei dem sie sich alle aufrichteten. Sie hustete, um den erschreckenden Klang einer emotionalen Regung zu überdenken.

Emmanuelle bewegte sich, als wollte sie aufstehen und zu ihrer Mutter gehen, doch Vittorio hielt sie mit einer Hand auf der Schulter zurück.

»Er stand unter unserem Schutz, ja«, bestätigte Stefano. »Wir haben mehr als einmal mit ihm wegen des Verkaufs von Drogen auf unserem Territorium gesprochen. Wir haben ihm auf Theresas Bitten hin sogar einige Lektionen erteilt. Er hat versucht, Nicoletta in die Sache reinzuziehen, aber das hat nicht geklappt. Bruno hat sich aus freiem Willen auf Geschäfte mit jemand anderem eingelassen, und er wurde ermordet, damit er nicht mit uns redet oder weil er ein doppeltes Spiel mit ihnen getrieben hat. Dazu war er fähig, er hatte nur wenige Skrupel.«

»Das bedeutet nicht, dass er nicht einer der Unseren war«, beharrte Eloisa.

Stefano nickte. »Deshalb stellen wir Untersuchungen an, Eloisa.«

»Jemand muss sich um sie kümmern. Trotz all seiner Sünden hat Bruno sie doch immer gepflegt«, sagte Emmanuelle.

»Die Laconis, denen der Hauswarenladen gehört, übernehmen das. Ihre Tochter Angelina ist Krankenpflegerin, und ich habe sie gebeten, sich erst einmal um Theresa zu kümmern. Unsere Familie wird für ihre Pflege bezahlen. Ich habe Angelina gebeten, eine weitere Krankenpflegerin zu finden, die helfen kann, sich rund um die Uhr um sie zu kümmern. Die Laconis haben außerdem einen Sohn, Pace, der auf die Highschool geht. Er wird Anita Laconi helfen, das Fior A Bizeffe erst einmal weiterzuführen. Theresa braucht die Einnahmen, und die Laconis können etwas zusätzliches

Geld gebrauchen. Möglicherweise werden wir den Laden für Theresa verkaufen und das Geld überweisen.«

»Wir besuchen sie abwechselnd«, sagte Vittorio. »Kümmern uns um die Vorbereitungen für seine Beerdigung. Ich kann mit ihr reden, wenn du möchtest, Stefano.«

»Ich erledige das«, sagte Eloisa. »Sie ist seit mehr als vierzig Jahren meine Freundin. Sie war eine der ersten Personen, zu der meine Mutter mich auf einen Besuch mitgenommen hat.« Ihre Stimme brach, und sie schüttelte den Kopf.

»Leider ist Bruno nicht das einzige Opfer«, fuhr Stefano fort und überspielte so die unerwartete Emotionalität seiner Mutter. »Zweifellos hat man sich hier gleich mehrerer Angestellter auf einmal entledigt. Auf keinen Fall ist es ein Zufall, dass Bruno und drei andere verschwinden und man einen Tag später ihre Leichen findet.«

»Wer?«, fragte Ricco.

Eloisa warf ihm einen scharfen Blick zu. »Wo ist Mariko? Sie ist eine Schattengleiterin und sollte hier sein. Sie mag eine Frau sein, aber sie ist mindestens ebenso gut wie alle anderen und verdient einen Platz hier. Ich denke, dass sie sich das Recht, eine Ferraro zu sein, verdient hat.«

Ricco beugte sich zu seiner Mutter. »Ich stimme dir hundertprozentig zu, Eloisa. Danke, dass du meine Frau als vollwertiges Mitglied dieser Familie anerkennst. Das sehen wir anderen nicht anders. Sie passt auf Francesca auf.«

»Natürlich. Es herrscht Krieg, und wo ist deine Frau, Stefano? Man würde doch annehmen, sie wäre hier, statt zu Hause herumzulung…«

»*Genug jetzt.*« Stefano erhob sich, das Gesicht vor Wut verzerrt. »Sie ist *genau* da, wo sie hingehört. Zu Hause, wo sie um das Leben unseres Kindes kämpft. Du wirst kein einziges Wort mehr gegen die Frau sagen, die ich liebe und mit allem, was ich habe, respektiere. Sie hat mein Leben lebenswert gemacht. Es tut mir leid, dass deines es nicht war und dass deine Kinder nichts gegen deine Einsamkeit tun konnten, aber du hast zugelassen, dass eine verbitterte, gemeine Frau aus dir geworden ist, die jeden angreift, der dir auch nur das kleinste Mitgefühl entgegenbringt. Einmal in deinem verdammten Leben wirst du mir jetzt zuhören. Wenn du noch einmal ein schlechtes Wort über meine Frau verlierst, dann werde ich dich aus dieser Familie verbannen. Du wirst unser Territorium verlassen, und niemand wird deinen Namen je wieder erwähnen. Wenn du glaubst, dass ich dazu nicht fähig bin, dann kannst du mich gern auf die Probe stellen.«

Emmanuelle wurde blass und schüttelte den Kopf, und wieder hielt Vittorio sie davon ab aufzuspringen.

Für mehrere Sekunden wurde es vollkommen still im Raum. Vittorio wandte den Blick nicht von seinem ältesten Bruder ab. Stefano hatte mehr als ein Kind verloren, und jetzt, da Francesca um das Leben eines weiteren kämpfte, war nicht mit ihm zu spaßen. Die Familie hatte aktuell einen Schattengleiter weniger, und sie alle waren erschöpft, und jeder wusste, dass das nicht gut für Schattengleiter war. Und jetzt blickten sie einem Krieg gegen eine etablierte kriminelle Familie ins Auge, eine, mit der sie eigentlich einen Waffenstillstand geschlossen hatten, selbst wenn es zeitweise ein wackeliger Bund war. Stefano war für sie alle verantwortlich, und der Druck, der auf ihm lastete, war enorm.

»Es tut mir sehr leid, Stefano. Ich hatte keine Ahnung, dass Francesca schwanger ist oder dass sie Probleme hat. Ich glaube, dass zur Liebe Härte gehört, und manchmal schieße ich übers Ziel hinaus. Ich habe um mich geschlagen, weil ich mir wegen Theresa solche Sorgen mache, und ich kann nicht gut mit Gefühlen umgehen. Ich werde nichts mehr über Francesca sagen.«

Vittorio fiel auf, dass sie nicht versprach, die anderen Frauen in Ruhe zu lassen, aber die Entschuldigung seiner Mutter war an sich schon so schockierend, dass er nichts dazu sagte. Erneut herrschte gebannte Stille.

Stefano ließ sich auf einen Stuhl sinken. »Ich nehme deine Entschuldigung an, Eloisa, und ich werde sie an Francesca weitergeben. Bis dahin sollten wir uns wieder um die Arbeit kümmern. Es gibt drei weitere Leichen, die alle etwa um die gleiche Zeit an verschiedenen Orten aufgefunden wurden. Jede war in eine Mülltonne hinter einem unserer Gebäude gestopft. Bruno war der Erste, den man gefunden hat, er war hinter Petrovs Pizzeria. Benito hat ihn entdeckt und mich angerufen und die Polizei informiert. Man hat seine Leiche geschändet.«

»Du meinst, er wurde gefoltert«, stellte Eloisa klar.

»Das auch. Sie wollten ein Exempel statuieren. Deshalb wurde er auch einen Tag nach seinem Verschwinden gefunden. Sie haben sich Zeit mit ihm gelassen.« Stefanos Stimme war grimmig. »Sie haben Körperteile entfernt und sie an andere Stellen gestopft. Es wäre ein schrecklicher Anblick für Theresa oder eine der Bedienungen in der Pizzeria gewesen.«

»Wer noch?«, wollte Ricco wissen.

»Timothy Vane. Wir haben ihn vor ein paar Jahren angestellt. Er wurde unter Martin Shanks zum stellvertretenden Geschäftsführer befördert. Auch Vanes Leiche wurde in einen Teppich eingewickelt in einem Müllcontainer gefunden. Man hat ihn ebenfalls gefoltert und Gliedmaßen abgetrennt. Er war derjenige, der die Vollstrecker der Saldis in den Club gelassen hat, ohne uns zu informieren. Er hat den

Bedienungen, Barkeepern und Sicherheitsleuten gegenüber behauptet, dass wir es erlaubt hätten. Er hat Martin Shanks etwas in seinen Drink getan, das ihn krank gemacht hat, sodass er an dem Abend nach Hause gehen musste. Und das war nicht das erste Mal.«

»Wie lange hat er ohne unser Wissen für die Saldis gearbeitet? Haben wir irgendeine Ahnung, was die zeitlichen Dimensionen angeht?«, fragte Vittorio.

»Wir untersuchen ihn noch. Er hat sein zusätzliches Einkommen etwas achtlos ausgegeben, sodass wir ziemlich bald die nötigen Informationen haben sollten. Das geht nur uns etwas an, wir geben nichts davon an die Polizei weiter. Unsere offizielle Antwort ist, dass wir keine Ahnung haben, was los ist, aber vermuten, dass es etwas mit Grace' Entführung zu tun hat, weil die drei, von denen wir wissen, im Club gearbeitet haben.«

»Die Cops wissen, dass wir im Hotel ein Meeting mit den Saldis hatten«, merkte Taviano an.

Stefano zuckte die Achseln. »Ein Treffen unter alten Freunden. Nicht mehr. Der zweite Mann, der im Club angestellt war und für die Saldis arbeitete, war ein Sicherheitsmann namens Ezra Banks. Er ist derjenige, der die Aufzeichnungen unserer Kameras gelöscht hat. Vittorios Anwesenheit hat ihn zu Tode erschreckt, und glücklicherweise wusste er nichts von unserem Sicherheits-Back-up.«

»Wie ist seine Geschichte mit uns?«, fragte Ricco.

»Er hat drei Jahre für uns gearbeitet. Vane hat ihn uns vorgestellt.«

»Wie lange hat er für die Saldis gearbeitet?«, fragte Taviano.

»Wenn ich raten sollte?«, sagte Stefano. »Die ganze Zeit über. Rigina hat ihn im Zusammenhang mit Manipulationen der Kameras entdeckt. Sie hat seine Schichten zwei Jahre zurückverfolgt. Im letzten Jahr wurden die Kameras während seiner Schicht sechsmal manipuliert und viermal in diesem Jahr. Wir vermuten stark, dass er jedes Mal, wenn das vorkam, jemanden aus der Saldi-Familie in den Laden gelassen hat. Er wurde im Container hinter Masci's gefunden. Zum Glück hat Pietro ihn entdeckt und mich angerufen, bevor er die Polizei informiert hat. Ezra wurde das Gleiche angetan, er wurde gefoltert, zerstückelt, und dann wurden Körperteile an den falschen Stellen untergebracht.«

Emmanuelles Kehle entfloh ein kleiner Laut, und Vittorio setzte sich wie beiläufig auf die Lehne ihres Sessels und legte einen Arm um ihre Schultern, während er seine Mutter anstarrte und sie herausforderte, etwas Abfälliges zu sagen, doch sie blickte nicht einmal auf.

»Der Teppich stammte übrigens von Puglia's House of Design, dem Einrichtungsladen von Luciu, Lola und Merci. Man hat bei ihnen eingebrochen und vier Teppiche gestohlen. Brunos Teppich stammte aus seiner Wohnung. Vanes und Banks waren beide jeweils in einen von Puglia's eingewickelt.«

»War die dritte Leiche auch jemand aus dem Club?«, fragte Vittorio.

Stefano seufzte. »Vittorio, du hast selbst gesagt, dass es mindestens drei Angestellte brauchte, um das Ding zu drehen, und offenbar hattest du recht. Vane, Banks und leider auch Clay Pierson. Ich weiß nicht, warum gerade Letzterer sich so sehr nach Verrat anfühlt.«

»Weil es einer ist«, meinte Vittorio. Er ließ seine Stimme beruhigend klingen.

Stefano zuckte die Achseln. »Man hat ihm eine Menge Geld geboten. Rigina zufolge waren Vane und Pierson jedes

Mal beide im Dienst, wenn Banks die Aufzeichnungen manipuliert hat. Die Untersuchungen sind noch nicht abgeschlossen, und sie durchleuchten im Moment jeden Angestellten, aber wir haben Beweise gefunden, dass jeder von ihnen sich zu irgendeinem Zeitpunkt mit Harold Jenson, Micelis *consigliere*, getroffen hat. Als wir ihn befragt haben, meinte Jenson, dass es sich einfach nur um zwanglose Treffen gehandelt habe, aber nichts, das Jenson tut, ist zwanglos.«

»Wo hat man Pierson gefunden?«, fragte Giovanni.

»Bernardo hat ihn im Müllcontainer hinter Giordanos Metzgerei gefunden. Ich bin froh, dass er zuerst zum Müll rausgegangen ist und nicht Claretta. Diese Leichen sind in schrecklichem Zustand.«

»Aber sie haben noch einen vierten Teppich gestohlen«, sagte Vittorio. »Ein weiterer Mitarbeiter, von dem wir nichts wissen, oder als Warnung für uns?«

»Ich würde ja sagen, die Leichen in den Containern hinter unseren Gebäuden sind Warnung genug«, sagte Taviano. »Ich bin so froh, dass ich Lucia, Amo und Nicoletta nach Italien geschickt habe. Habt ihr den Müll hinter Lucia's Treasures durchsucht?«

»Lucia und Amo sind in Italien?« In Eloisas Stimme schwang eindeutig Erleichterung mit.

Emmanuelle beugte sich dicht an Vittorios Ohr. »Manchmal habe ich das Gefühl, die Menschen in unserem Territorium sind ihr wichtiger als ihre eigenen Kinder.«

Vittorio küsste sie auf den Kopf, und sie tat ihm leid. Ihr Herz musste restlos gebrochen sein. Irgendwo tief drin hatte sie sicherlich gehofft, dass die Saldis sich nicht auf einen offenen Krieg mit den Ferraros vorbereiteten. »Manchmal scheint es so, Süße. Aber du sollst wissen, dass du sehr geliebt wirst.«

»Ich weiß«, sagte Emmanuelle.

»Wir durchsuchen weiterhin alle Container nach weiteren fehlenden Angestellten aus den Lokalen oder Geschäften in unserem Territorium«, fuhr Stefano fort.

»Ist es möglich, dass sie zwei Drogen-Dealer in einem so kleinen Gebiet hatten?«, fragte Vittorio. »Sicherlich einen im Club, und Bruno natürlich.«

»Mit was sollten sie sonst dealen?«, fragte Ricco.

»Sicherlich nicht mit Waffen«, sagte Giovanni. »Wem sollten sie die schon sonst verkaufen als unserer Familie?«

»Sie wollten Grace«, sagte Eloisa. »Menschenhandel? Direkt vor unserer Nase? Würden sie das wagen?«

Vittorio nutzte die folgende Stille, um nachzudenken. »Sie haben den Club für ihr schmutziges Geschäft genutzt, und das war sicherlich Absicht. Vielleicht wirklich Menschenhandel.«

»Ist irgendjemand von unseren Jungs oder Mädchen verschwunden?«, fragte Eloisa. »Wenn ja, wer stellt die Nachforschungen an?«

»Ja«, sagte Emmanuelle. »Zwei der Mädchen aus der örtlichen Highschool. Sie waren mit Nicoletta befreundet und trafen sich manchmal mit ihr im Blumenladen.«

Vittorios Blick streifte zufällig Taviano. Seine Miene verhärtete sich merklich. Eben hatte er noch jung ausgesehen, aber jetzt wirkte er wie ein gefährlicher, tödlicher und ziemlich angepisster Mann.

»Zwei Freundinnen von Nicoletta sind verschwunden, und du hast mir nichts davon gesagt?«, fauchte Taviano. »Was zur Hölle, Emme?«

»Es waren Zwillingsschwestern. Eva und Marta Giboli«, fuhr Emme fort. »Ihre Mutter, Rita, hat mich gebeten, ihr Verschwinden stillschweigend zu untersuchen. Sie dachte, sie seien von zu Hause weggelaufen. Ihr Vater lebt in der Toskana, und sie haben ihn noch nie getroffen, aber wann immer sie von ihnen verlangte, im Haushalt mitzuhelfen, drohten sie ihr an, dass sie gehen und bei ihm leben würden. Sie hatte Angst, dass sie ihre Drohung wahr gemacht haben.«

»Und du hast es nicht für nötig befunden, mir etwas davon zu erzählen?«, wiederholte Taviano und starrte sie an. »Nicoletta ist ein Teufelsbraten. Besteht nicht die Gefahr, dass sie dem Beispiel ihrer Freundinnen folgt und ebenfalls ausreißt?«

Emmanuelle seufzte. »Ernsthaft, Taviano, ich habe den Anruf erst gestern bekommen und mit den Ermittlungen begonnen. Ich konnte noch nicht mit Nicoletta sprechen, weil sie in Italien ist. Rita hat sich bis gestern Abend nicht getraut, mich anzurufen. Sie fürchtete, dass ihre Freunde sie für eine schlechte Mutter halten könnten, wenn sie erfahren, dass die Mädchen ausgerissen sind, um bei ihrem Vater zu leben.«

»Ach, zur Hölle«, fauchte Eloisa. »Ich wollte die Frau schon immer ohrfeigen. Sie hat keinen Funken Verstand. Wie lange sind die Mädchen schon weg?«

»Fast zwei Wochen.«

»Hat sie mit ihrem Vater gesprochen?«

Emmanuelle schüttelte den Kopf. »Sie weigert sich, mit ihm zu sprechen, aber sie ist sich sicher, dass die Mädchen bei ihm sind. Sie will, dass ich Kontakt zu ihm aufnehme. Ich habe versucht, ihn anzurufen, aber es hat niemand abgenommen.«

Stefano blickte finster drein. »Das ist Wahnsinn. Sie wartet fast zwei Wochen, bevor sie jemandem davon erzählt, und weigert sich, ihren Ex zu fragen, ob die Mädchen bei ihm sind. Was zur Hölle stimmt nicht mit der Frau?«

»Ich habe keine Ahnung«, sagte Emmanuelle.

»Setz sofort die Grecos auf die Sache an. Ich will noch im

Laufe der nächsten Stunde eine Antwort. Wenn sie nicht bei ihrem Vater, sondern entführt worden sind, dann liegt die Chance, dass wir sie sicher zurückholen können, bei nahezu null.«

Ricco unterdrückte ein Fluchen. »Vielleicht braucht sie Erziehungsunterricht, oder noch besser, wenn die Mädchen sicher bei ihrem Vater sind, sollten sie dort bleiben.«

»Ich denke, das sehen wir alle so«, sagte Eloisa.

Vittorio verkniff sich einen Kommentar, wie ironisch es war, dass Eloisa wütend auf Rita war, obwohl selbst er zugeben musste, dass ihre Mutter zwar nicht liebevoll gewesen war, aber immerhin auf ihre Ausbildung geachtet hatte. Und wenn jemand von ihnen verschwunden wäre, hätte sie sofort nach ihnen gesucht.

»Ich habe den Grecos alle Informationen weitergeleitet«, sagte Giovanni. »Sie kümmern sich darum.«

Vittorio lehnte sich auf seinem eigenen Stuhl zurück und achtete nicht auf Eloisas Augenrollen. Seine Mutter war der Meinung, dass sie alle Emmanuelle verwöhnten. Er war der Meinung, dass Emmanuelle noch nie verwöhnt gewesen war, obwohl ihre Brüder sie liebten und versuchten, sie bei jeder Gelegenheit zu beschützen. Sicherlich würde sie Hilfe brauchen, Val Saldi aus dem Weg zu gehen. Er hatte nicht den Eindruck gehabt, dass der Mann aufgeben wollte.

»Wir müssen entweder die Leiche in dem fehlenden Teppich finden oder in Erfahrung bringen, wo sie als Nächstes zuschlagen werden.«

»Sie könnten den anderen Teppich auch nur gestohlen haben, um mit uns zu spielen«, gab Taviano zu bedenken.

»Oder sie wollten ihn für Brunos Leiche verwenden, aber dann war es einfacher, gleich den aus seiner Wohnung zu nehmen«, meinte Emmanuelle.

Stefano sah sich im Zimmer um. »Hat Merry Kaffee gemacht?«

»Hinter dir«, sagte Vittorio und wies auf die Kaffeemaschine.

»Ich kümmere mich darum«, bot Emmanuelle an und sprang auf.

»Danke, Liebes«, sagte Stefano. »Ich lasse jeden Container in unserem Territorium untersuchen. Gibt es noch weitere Verdächtige, die mit den Saldis in Kontakt stehen könnten?«

Er wandte sich zu seiner Schwester um. »Du hast am meisten Kontakt mit allen, Emmanuelle.«

»Francesca hat die Besuche übernommen und repräsentiert unsere Familie auch in den meisten Komitees. Hast du sie gefragt?« Emmanuelle stellte erst eine Tasse Kaffee vor ihm und dann eine vor ihrer Mutter ab, ehe sie ging, um mehr zu holen.

»Noch nicht. Es ging ihr nicht gut in den letzten Wochen, und ich weiß, dass du sie mit Sasha vertreten hast, damit Sasha diese Pflichten für Francesca übernehmen kann.«

»Ehrlich gesagt«, Emmanuelle stellte die Tassen vor Ricco und Giovanni ab, »war ich so damit beschäftigt, mich an jedes Detail jeder Familie zu erinnern, damit ich sie an Sasha weitergeben konnte, dass ich nicht so aufmerksam war, wie ich es hätte sein müssen.«

Eloisa gab ein übertrieben lautes Seufzen von sich.

Emmanuelle biss die Zähne zusammen, während sie Vittorio seinen Kaffee reichte und eine weitere Tasse vor Taviano abstellte. Vittorio zwinkerte ihr zu. Sie brachte ein schwaches Grinsen zustande und wandte sich ab, um sich selbst einen Kaffee zu holen.

»Ich werde Francesca fragen«, sagte Stefano. »Aber du solltest dir die Zeit nehmen und noch einmal jeden dieser

Besuche Revue passieren lassen. Weil du sie so gut kennst, ist es sehr wahrscheinlich, dass dir an einzelnen Personen das ein oder andere Detail auffällt, das dir nicht ganz richtig vorkommt. Ganz egal, wie lächerlich es sein mag, erzähl mir davon.«

»Das werde ich«, sagte sie sofort.

»Wir sollten die Möglichkeit in Betracht ziehen, dass Miceli Saldo eine Machtergreifung vorbereitet. Giuseppi war in den letzten Monaten sehr mit der Krankheit seiner Frau beschäftigt und hat sich so angreifbar für eine feindliche Übernahme gemacht.«

»Es wäre doch auch möglich, dass sein eigener Sohn hinter der Sache steckt und er die Schuld auf Miceli schiebt«, merkte Eloisa mit einem vielsagenden Blick auf Emmanuelle an. »Das ist das Problem, wenn jemand, der Macht und Verantwortung hat, sich unbedingt verlieben muss. Es ist selbstsüchtig.«

»Auch diese Möglichkeit besteht«, sagte Vittorio, noch ehe Stefano Eloisa zurechtweisen konnte. »Wir müssen jede Möglichkeit in Betracht ziehen, egal, wie abwegig sie zu sein scheint.«

»Das sehe ich auch so«, sagte Stefano. »Vielleicht führt auch eine dritte Partei die beiden Brüder an der Nase herum.« Stefano wandte sich Vittorio zu. »Wie steht es mit deiner Beziehung zu Grace? Wie schreitet ihre Genesung voran?«

»Sie macht Physiotherapie für Arm und Schulter. Der Doc sagt, dass sie schnellere Fortschritte macht, als er gehofft hatte, es geht ihr körperlich also schon viel besser.«

»Und eure Beziehung?«

Vittorio wusste, dass Stefano wissen wollte, ob die Gefahr bestand, dass Grace ihn zurückwies. »Die Tatsache, dass

Eloisa versehentlich in ihrem Beisein erwähnt hat, dass wir alle Frauen brauchen, die bestimmte Kriterien erfüllen, hat mich ein wenig zurückgeworfen. Sie hat Fragen gestellt, die ich ihr nicht sofort beantworten konnte.« Er achtete darauf, eine ausdruckslose Miene zu wahren, auch wenn ihm nach einem schadenfrohen Grinsen war. Eloisa machte Fehler, und sie würde es hassen, dass sie in ihrem Bestreben, Grace zu verletzen, ihre Spitzen unbedacht gewählt hatte.

Stefano bedachte seine Mutter mit einem kühlen Blick. »Du hast ernsthaft eine Anspielung gegenüber jemandem, der nicht zur Familie gehört, gemacht, die uns in Gefahr bringen könnte?«

Eloisa nickte. »Ja. Ich entschuldige mich bei euch allen für das Versehen.«

Stefano klopfte mit den Fingern auf den Tisch. »Warst du seit Phillips Tod mal beim Arzt?«

Eloisa bedachte ihn mit dem finstersten ihrer Blicke. »Ich glaube nicht, dass das dich oder irgendjemanden sonst an diesem Tisch etwas angeht.«

Stefano beugte sich zu ihr und durchbohrte sie mit seinem Blick. »Hier geht es ums Geschäft, und wenn du anfängst, Fehler zu machen, wenn irgendjemand von uns anfängt, Fehler zu machen, dann könnte das alle Schattengleiter in Gefahr bringen. Darüber müssen wir sprechen, und das weißt du. Du wärst die Erste, die das fordert, Eloisa. Du hast ein Trauma erlebt. Wir alle haben das. Das wird Nachwirkungen für uns alle haben. Wir trainieren unseren Körper und unseren Geist, aber Gefühle sind unberechenbar. Geh zum Arzt. Und ich will einen Bericht. Das ist wichtig. Wenn du psychologische Betreuung brauchst, dann nimm sie in Anspruch. Wir haben eine Schattengleiterin, die Psychologin ist. Sie hat vor einigen Monaten ihre Praxis eröffnet, wie du sehr gut weißt.«

Mehrere Sekunden lang erwiderte Eloisa seinen Blick herausfordernd. Vittorio hatte Mitleid mit ihr. Nach Jahren an der Spitze der Familie von ihrem eigenen Sohn herumkommandiert zu werden war vermutlich äußerst demütigend für sie. Aber Eloisa wusste, dass er recht hatte, und nickte.

»Fahr fort, Vittorio.«

»Ich habe noch nicht mit ihr über das gesprochen, was wir tun, aber sobald ich glaube, dass sie es verkraften kann, werde ich es tun.«

»Es muss bald sein«, warnte Stefano ihn. »Ihr habt so viel Zeit miteinander verbracht, dass es womöglich schon zu spät ist.«

Als er Eloisa scharf einatmen hörte, blickte Vittorio ihr ins Gesicht. Zum ersten Mal sah sie älter aus. Eloisa war eine schöne Frau und wirkte weitaus jünger, als sie war. Er wusste, dass es bereits zu spät war. Er hatte die Verbindung ihrer Schatten gesehen.

»Eine letzte Sache«, fuhr Stefano fort. »Das Opfer im Hotel, Mrs. Lanie Kandar, reiste allein. Sie hat keine Kinder. Ihr Ehemann wurde vor zehn Jahren bei einem Jagdunfall getötet, und sie hat nicht noch einmal geheiratet. Keine anderen Kinder. Sie lebt und reist von dem Geld, das die Versicherung ihres Mannes nach seinem Tod ausgezahlt hat. Sie hat keine Feinde, von denen wir wissen.«

Vittorio war sich sicher gewesen, dass sie nichts in der Vergangenheit der Frau finden würden, das erklären würde, warum sie erschossen worden war, aber das mit dem Jungen überraschte ihn. »Wenn der Junge nicht ihr Sohn war, zu wem gehörte er dann?«

»Das ist eine gute Frage. Die Untersuchungen ergaben, dass die Kugel, die Mrs. Kandar tötete, nicht von einem der anwesenden Polizisten abgefeuert wurde. Auch niemand von uns hat geschossen. Die Saldis waren alle im Konferenzraum, zumindest dachten wir das. Wenn sich weitere im Hotel verborgen haben, dann haben die Überwachungskameras sie nicht erfasst.«

Vittorio trommelte mit den Fingern auf die Lehne seines Stuhls.

»Hör auf damit«, zischte Eloisa zwischen zusammengebissenen Zähnen hervor. »Das ist eine schreckliche Angewohnheit, die du von deinem Bruder übernommen hast. Sie geht mir auf die Nerven, und ich kann nicht denken dabei.«

Vittorio hörte sofort auf, warf seiner Mutter jedoch einen besorgten Blick zu. Eloisa war immer angespannt gewesen, doch in den letzten Monaten schien es schlimmer zu werden.

»Hat die Polizei den Jungen vernommen? Er ist dem Schützen näher gekommen, als irgendjemand sonst, vielleicht hat er etwas gesehen.« Als Stefano den Kopf schüttelte, wusste Vittorio sofort die Antwort. »Die Polizei hat den Jungen nicht finden können, nicht wahr?«

Stefano schüttelte den Kopf. »Hast du eine Vermutung?«

»Er war klein, aber aus der Nähe sah er älter aus. Haydon Phillips nimmt verschiedene Persönlichkeiten an. Es könnte er gewesen sein.«

»Und er arbeitet für die Saldis? Nie im Leben«, sagte Eloisa. »Er hat ihre Vollstrecker gefoltert. Sie würden ihn sofort töten, wenn sie ihn auch nur zu Gesicht bekämen.«

»Er arbeitet für sich selbst«, sagte Stefano. »Er konnte nichts von dem Treffen zwischen uns und den Saldis wissen. Niemand wusste davon.«

»Es sei denn, er hört sie ab. Ich fange an, ihm alles zuzutrauen«, sagte Vittorio. »Andererseits ist es besorgniserregend, dass er auf dem Weg in den zweiten Stock war, statt vor dem Konferenzraum zu warten oder zu versuchen, an einen von uns heranzukommen. Was wollte er da? Vor allem, wenn er nichts vom Treffen zwischen den Familien wusste.«

Stefano reichte sein Handy an Giovanni weiter. »Ich fahre jetzt nach Hause. Vittorio, tu dein Bestes, die Sache mit Grace zu einem Abschluss zu bringen. Hol sie an Bord.«

Vittorio versuchte, nicht zu lachen. Das war typisch Stefano.

Emmanuelle rollte die Augen. »Sie ist kein Unternehmensvorstand, Stefano, sie ist ein Mensch.«

»Genau das. Eine Frau. Er hat einen gewissen Ruf.«

»Der mir im Moment eher schadet als nützt.«

»Ich glaube an dich. Ich fahre nach Hause. Ricco, du richtest ein Telefonat mit der Security im Hotel ein. Ich will, dass sie das alles komplett neu organisieren. Ich will Kontrollen auf jedem Stockwerk. Lasst uns herausfinden, was Haydon wollte.«

»Wir wissen doch gar nicht, ob er es war«, merkte Eloisa an. »Wir sollten nicht riskieren, uns von ihm ablenken und zu Fehlern verleiten zu lassen.«

»Wir müssen davon ausgehen, dass es Haydon war«, sagte Taviano. »Er ist ein gerissener kleiner Bastard, und er will einen von uns, damit er Grace beweisen kann, dass er in der Lage ist, sie und alle, die ihr wichtig sind, zu kriegen. Er terrorisiert sie seit ihrer Kindheit, hält sie klein. Keine Chance, dass er sie vom Haken lässt.«

»Das ist alles ein Spiel für ihn«, sagte Giovanni. »Er glaubt, er sei der schlauste Mann im Raum.«

»Vielleicht ist er das auch«, sagte Vittorio. »Aber das heißt nicht, dass er gegen uns alle gemeinsam gewinnen kann.«

15

Grace legte den Kopf zurück und blickte hinauf zu der Sternenexplosion über ihr. Am klaren Nachthimmel strahlten die Sterne wie funkelnde Diamanten. Um sie herum erhoben sich kleine Dampfschwaden aus dem Whirlpool und schwebten träge um sie herum. Ihre Schulter schmerzte, nachdem sie einige Runden im Pool geschwommen war, um sie zu kräftigen, doch es war ein befriedigendes Gefühl zu wissen, dass sie nun aktiv mithelfen konnte, den Schaden zu reparieren.

Vittorio griff nach ihrem Fuß, legte ihn auf seinen Schoß und begann, ihre Fußsohle und die Zehen zu massieren, was sie noch mehr entspannte. Seine Art, sie zu berühren, lockerte ihren ganzen Körper augenblicklich. Er hatte sie Dutzende Male geliebt. Sobald er konnte, schickte er seine Angestellten weg, und er genoss es, sie auszuziehen oder sie in schönen, eleganten, aber transparenten Dessous zu sehen. Sie hatte sehr schnell begriffen, dass er ihren Körper gern betrachtete.

»Wenn ich schwanger werde, dann werde ich nicht mehr so aussehen wie jetzt, das weißt du, oder?« Die Worte waren ausgesprochen, noch bevor sie sich besinnen konnte.

Seine langen Finger fuhren fort, sie zu massieren, und es breitete sich Stille aus. Sie sah vorsichtig auf und blickte ihm in die Augen. Jedes Mal, wenn sie Blickkontakt mit ihm herstellte, war da dieser kurze Moment, in dem sie das Gefühl hatte, gefangen zu sein. Sie wusste, ganz egal, wie lange sie zusammen sein würden, wie viele Jahre vergehen würden, jedes Mal, wenn sie ihn ansah, würde sie das gleiche aufregende Gefühl verspüren, als würde ihr Magen einen langsamen Salto schlagen.

»Wie kommst du darauf?«

Sein Tonfall war komplett neutral. Sie war dabei zu erkennen, dass Vittorio sich nie wirklich aus der Ruhe bringen ließ. Er war immer entspannt. Immer geerdet. Er sprach in diesem leisen, tiefen Ton, in dem eine absolute Befehlsgewalt lag, aber er erhob niemals die Stimme.

Sie reagierte mit etwas, von dem sie hoffte, dass es aussah wie ein beiläufiges Schulterzucken. »Ich habe nur gerade daran gedacht, wie gern du meinen Körper ansiehst. Sobald Merry aus dem Haus ist, möchtest du, dass ich mich ausziehe oder irgendein durchsichtiges, aber unglaublich schönes Outfit anziehe.«

»Stört dich das?«

Vittorio legte den Kopf schräg, und das Haar fiel ihm in die Stirn. Immer wenn er das tat, überkam sie das Verlangen, die verirrten Strähnen zurückzustreichen. Sie gab dem Verlangen nach. Er berührte sie häufig und an intimen Stellen. Beim Gehen hatte er stets eine Hand auf ihrer Hüfte oder in ihrem Rücken, manchmal sogar auf einer Pobacke. Bislang war sie noch nicht mutig genug gewesen, ihren Besitzansprüchen Ausdruck zu verleihen, indem sie ihn bewusst berührte, es sei denn, sie hatten Sex. Im Moment fühlte sie sich sehr wagemutig, als sie die Hand ausstreckte und mit den Fingerspitzen sein Haar zurückstrich.

Er hob den Kopf und fing ihren Finger mit dem Mund ein, saugte daran. Ihr Magen machte einen Sprung. Rumorte. Tief in ihr explodierte Hitze. Ihr Geschlecht zog sich zusammen. Sie würde nie genug von ihm bekommen können. *Niemals.* Er war der verführerischste, atemberaubendste Mann der Welt, und sie konnte noch immer nicht glauben, dass er ihr gehörte. Sie wartete förmlich darauf, das sich herausstellte, dass alles nur ein Traum war.

Seine Zunge wand sich um ihren Finger, als er ihn aus dem Mund zog. »Die Frage verlangt eine Antwort, *gattina.*«

Sie musste sich bemühen, sich überhaupt an die Frage zu erinnern, so leicht fiel es ihm, sie alles vergessen zu lassen. »Ich mag es, dass du mich ansehen möchtest«, gab sie zu. Sie mochte es wirklich, aber sie musste sich erst daran gewöhnen. »Ich habe mich nie schön gefunden. Ich schätze, wie die meisten anderen Frauen sehe ich jeden meiner Makel, deshalb war es mir erst einmal unangenehm.« Sie fühlte sich noch immer etwas unwohl, vor allem, wenn er ihr etwas hinlegte – wie heute Nacht –, das sie als ein wenig gewagt betrachtete. Dennoch, es spielte keine Rolle. Wenn er wollte, dass sie es trug, würde sie es tragen, weil sie es liebte, den Ausdruck zu sehen, der dann auf sein Gesicht trat. Stolz. Anerkennung. Leidenschaft. Er wirkte besitzergreifend und sah sie an, als wäre sie die schönste Frau der Welt.

»Du hast Makel?«

Sie lachte … »Wenn du sie nicht siehst, werde ich dich ganz bestimmt nicht darauf aufmerksam machen.« Obwohl sie sich das kaum vorstellen konnte, da er jedes Detail von ihr kannte.

»Ich mag es, wenn du etwas trägst, das ich für dich gekauft habe. Vor allem heute Nacht bedeutet es mir sehr viel. Ich weiß, dass du dich etwas überwinden musstest, es anzuziehen, aber du bist so sexy darin, dass es mir den Atem verschlagen hat. Danke, dass du den Versuch gewagt hast.«

Sie hörte die Ehrlichkeit in seiner Stimme, und das machte sein Kompliment unglaublich wertvoll für sie. Sie hatte das Gefühl, dass sie nicht annähernd genug zu ihrer Beziehung beitrug. Immer war er es, der ihr etwas gab. Seit dem Treffen mit seiner Familie vor einigen Tagen lächelte er merklich seltener, und obwohl sie nicht wusste, was ihn bekümmerte, hatte sie sich große Mühe gegeben. Aber bislang war es ihr nicht gelungen, ihn aufzuheitern. Sich dazu zu überwinden, Dessous zu tragen, erschien ihr wie ein kleines Opfer, wenn sie ihm damit etwas zurückgeben und eine Freude bereiten konnte.

Sie blickte auf den kleinen Tisch, wo das Leder-Outfit säuberlich gefaltet lag und darauf wartete, dass sie es wieder anlegte, sobald sie aus dem Whirlpool stieg. Sie war ihre Bahnen nackt geschwommen, und auch im Whirlpool trug sie keine Kleider. Vittorio hätte sich in einem Nudisten-Camp sicher wohlgefühlt, und er sorgte dafür, dass sie ihm darin zunehmend ähnlicher wurde.

»Ich mag es, dir zu geben, worum du mich bittest«, gab Grace zu. »Auch wenn es nicht viel ist.«

»Zum Thema Schwangerschaft, Grace: Du weißt, dass ich Kinder möchte. Eine eigene Familie ist sehr wichtig für mich. Sollte es jedoch so sein, dass du Probleme hast, wie Francesca, oder keine Kinder bekommen kannst, dann würde ich mein Leben lieber kinderlos mit dir verbringen als mit jemandem, für den ich nichts empfinde. Keine Sorge, ich werde deinen schwangeren Körper ebenso lieben wie die Veränderungen danach.«

»Und wenn ich stark zunehme?«

Er zuckte die Achseln. »Wenn es dich stört, dann können wir gemeinsam schwimmen gehen. Was auch immer du brauchst, um glücklich zu sein. Wenn du das Gewicht wieder loswerden willst, dann sage ich Merry, dass sie Gerichte kochen soll, die dabei helfen, und trainiere mit dir.«

Sie glaubte ihm. »Ich habe das Gefühl, du bist so perfekt, Vittorio, dass du unmöglich real sein kannst.«

»Niemand ist perfekt, Grace, vor allem nicht ich. Ich bin ein Ferraro, schon vergessen? Unsere Leben sind vollkommen anders, als die Leute glauben.« Seine Stimme war leise. Faszinierend. Beinahe traurig.

Grace wusste, dass es die Wahrheit war. Vittorio war ganz auf sie fokussiert. Sie hätte nie geglaubt, dass er in der Lage war, mit nur einer Frau zusammmen zu sein, nicht mit seinem schlimmen Ruf. Sie hatte lächerlich viele Klatschgeschichten über ihn gelesen, und er war ganz und gar nicht so wie in diesen Artikeln. Er war nicht wild und auch kein Partylöwe. Die meiste Zeit wirkte er extrem ernst, und er war ihr vollkommen ergeben.

»Etwas stimmt nicht, Vittorio. Warum willst du es mir nicht erzählen?«, bot sie ihm an und hoffte, er würde ihr sagen, was bei dem Familientreffen vorgefallen war und ihn so bekümmert hatte.

»Nicht hier drin. Wir trocknen uns besser ab und gehen hinein. Ich könnte einen Drink gebrauchen.«

Das erschreckte sie. Alarmierte sie. Vittorio trank hin und wieder einen Scotch, aber eher selten. Er hatte ein Glas Wein zum Abendessen, aber das war es. Er neigte eher dazu, Alkohol zu meiden.

Kaum dass er ihren Fuß losließ, erhob sie sich. Was auch immer nicht stimmte, sie war entschlossen, ihm zu helfen. Wasser strömte ihren Körper hinab und bahnte sich in kleinen Rinnsalen einen Weg über ihre Haut. Tropfen blieben an den Spitzen ihrer Brüste hängen und verharrten einen Moment dort, wo sie Vittorios Blick anzogen. Er beugte sich nach unten und leckte an ihrer Brustwarze, was einen elektrischen Schock durch sie hindurchjagte, der an ihrem Nippel begann und direkt zu ihrer Klit führte. Er stieg als Erster aus dem Pool und legte dann beide Hände an ihre Taille und hob sie heraus. Als er sie auf die Füße stellte, leckte er auch über ihre linke Brust und saugte für einen Moment, ließ seinen Zähnen und seiner Zunge freien Lauf, sodass Spuren auf ihrer hellen Haut zurückblieben.

Grace stand, während er ihren Körper abtrocknete. Nach jeder Dusche und jedem Bad trocknete er sie ab, seine Hände waren sanft, aber erregend, während das Handtuch über jede ihrer Kurven glitt und jede Zelle und jedes Nervenende in ihrem Körper in Brand setzte, bis sie das Gefühl hatte, sterben zu müssen, wenn sie ihn nicht haben konnte.

Er reichte ihr das kleine Dreieck, das praktisch aus nichts als verflochtenem Leder bestand. Der String verschwand zwischen ihren Pobacken, und das winzige Dreieck war an den Stellen, wo es verflochten war, teilweise offen, sodass es ihre roten Locken eher hervorhob als verbarg. Das schwarze Lederkorsett hatte keine Cups, lediglich ineinander verwobene Lederbänder an der Front und Riemen und Schnallen hinten und um ihren Hals.

Vittorio schnallte ihr das Korsett um und griff dann um sie herum, um seine Hände um ihre Brüste zu legen, die aus den beiden Öffnungen hervorragten. Er zupfte und knetete ihre Brustwarzen, bis sie für ihn strammstanden. Sie fühlte sich schwach und schamlos, ihr ganzer Körper sehnte sich nach seinem. Sofort wurde sie feucht. Blut pulsierte durch ihre Klitoris und sammelte sich tief unten. Ihre Haut hatte sich gerötet, und ihr Atem ging schwer.

Vittorio war immer verführerisch, aber er sorgte dafür, dass sie sich auch so fühlte. Wenn er sie ansah, fühlte sie sich schön. Das Gefühl war ungewohnt, aber sie wollte, dass es blieb. Mit ihm war sie sich jede Sekunde ihres Körpers bewusst, der Tatsache, dass er männlich und sie weiblich war.

Gemeinsam gingen sie hinein und durch den großen Flur in das erste Wohnzimmer. Der Blick auf den See war wunderschön. An drei Seiten des runden Turms gab es gläserne Schiebetüren, damit sie nach allen Seiten hinausblicken und sehen konnten, wie weit sich das Wasser erstreckte.

Mit einer Fernbedienung entzündete Vittorio den Kamin und wies auf einen der tiefen, bequem wirkenden Sessel. Sie ließ sich hineinsinken und hätte beinahe aufgeseufzt. Sie hatte das Gefühl, dass sie Monate hier leben könnte, ohne zu wissen, wie die Möbelstücke arrangiert waren und wofür jeder Raum genutzt wurde. Immer wieder entdeckte sie neue Dinge, fast als befände sie sich auf einem großen Abenteuer.

»Dieses Haus ist so unglaublich, aber die Art, wie du es eingerichtet hast, macht es erst richtig besonders.« Das Haus war filigran und komplex mit seiner Mischung aus Stilen, dem Turm und dem Patio im Inneren und den Flügeln, die sich in beide Richtungen erstreckten. Drinnen bevorzugte Vittorio minimalistisches, manchmal beinahe kühles Design, aber die Einrichtung passte dazu und war stets unglaublich bequem, mit Sitzmöbeln, in die sie sich fallen lassen konnte und aus denen sie nie wieder aufstehen wollte.

»Ich bin froh, dass es dir gefällt. Darauf habe ich gehofft.«

»Wie sollte es nicht?« Sie wischte die roten Haarsträhnen weg, die ihr ins Gesicht fielen. Wann immer sie ein Bad nahm oder im Whirlpool saß, fixierte sie es in einem Knoten auf ihrem Kopf, aber es löste sich bereits wieder.

Als sie die Hand zu ihrem Haar hob, hoben und senkten sich auch ihre Brüste und zogen sofort seine Aufmerksamkeit auf sich. Grace hielt den Atem an, beobachtete seine Augen, sah, wie der Feuerschein sein Gesicht umschmeichelte. Er wirkte ruhelos. Sie beugte sich zu ihm nach vorne, ohne darauf zu achten, dass auch ihre Brüste nach vorne schwangen.

»Vittorio, ich sehe doch, dass etwas nicht stimmt. Bitte sag es mir einfach. Wenn du deine Meinung geändert hast, dann, das muss ich zugeben, wird es mir das Herz brechen, aber es klar und deutlich zu sagen ist besser, als wenn ich es mir zusammenreimen muss.«

Vittorio lehnte sich in seinem Sessel zurück und legte die Fingerspitzen aneinander. »Wie kommst du darauf, Grace? Wie kannst du das auch nur für eine Minute denken? Du solltest mehr Vertrauen in dich selbst haben. Sicherlich habe ich dir doch gezeigt, wie wichtig du mir bist.«

Die Enttäuschung in seiner Stimme und seiner Miene ließen unerwartet Tränen in ihren Augen brennen. Sein Kommentar war nicht direkt eine Zurechtweisung, aber er hatte recht, und es schmerzte wie ein Peitschenhieb. Natürlich war er enttäuscht, wo er doch die ganze Zeit über nichts anderes getan hatte, als ihr zu zeigen, wie wichtig sie für ihn war. Es verging kein Moment, den sie zusammen verbrachten, in dem er sie nicht berührte, sie küsste oder ihr sagte, wie unglaublich sie war.

Er hatte sehr deutlich gemacht, dass er ihren Job respektierte. Er war stets freundlich zu Katie und ließ sie in Ruhe ihre Arbeit machen, nachdem er sicher war, dass sie mit Erfrischungen versorgt waren. Das Midnight-Madness-Event nahte mit großen Schritten, und es wurde stressig. Grace musste sich um unzählige Kleinigkeiten kümmern, wie bei jedem kleineren oder größeren Event. Egal, wie beschäftigt Vittorio war – obwohl sie nicht so genau wusste, was er in seinem Büro tat –, sorgte er immer dafür, dass sie und ihr Gast alle Annehmlichkeiten hatten.

»Grace?«, wollte Vittorio wissen. »Sag mir, woher diese Unsicherheit kommt.«

Er verdiente eine Antwort, sie war sich einfach nur nicht sicher, ob sie ihm eine eindeutige geben konnte. »Es tut mir leid, Vittorio. Du bist definitiv nicht der Grund. Eben, als wir vom Whirlpool hierher gegangen sind, habe ich mir noch gedacht, dass du mir das Gefühl gibst, unglaublich weiblich und sexy zu sein.«

»Du *bist* sehr weiblich und sexy.« Seine Stimme war dunkel vor Lust. »Du bist zudem schlau und intelligent. Du bist stark. Du bist der Inbegriff einer Frau, und ich weiß, dass ich mich glücklich schätzen kann, dich zu haben. Ich möchte, dass du irgendwann so weit bist, dass dir das ebenfalls bewusst ist.«

Sie nickte und wusste, dass es ihm nicht gefallen würde, dass sie nicht laut antwortete. Vittorio wollte, dass sie ihre Gedanken aussprach, damit sie sich nicht missverstehen konnten. Er verlangte nicht viel von ihr, und ihm zu antworten hätte ihr nicht so schwerfallen sollen – aber sie verstand oft selbst nicht, warum sie sich so in sich zurückzog.

»Grace.«

Ein Wort. Ihr Name. Allein durch seinen Ton sagte er vieles aus. Immer leise. Immer gedämpft, aber doch mit so viel Bedeutung aufgeladen. Dieses Mal war es eine klare Warnung.

»Die meiste Zeit fühle ich mich stark und deiner würdig. Wirklich. Du gibst mir ständig Selbstvertrauen und zeigst mir, dass ich dir wichtig bin.«

»Ich zeige dir, dass du der Mittelpunkt meiner Welt bist, Grace, weil du genau das bist. Mir gefällt nicht, dass du das hinterfragst, weil das bedeutet, dass ich irgendetwas falsch mache.«

Entsetzt schüttelte Grace den Kopf. »Vittorio, nein. Es liegt nicht an dir. Jeden Tag, an dem ich aufwache, staune ich, dass ich überhaupt einschlafen konnte. Das ist dein Verdienst. Ich kann mich nicht erinnern, wann ich mich das letzte Mal sicher gefühlt habe, und auch das hast du mir gegeben. Ich habe ein Leben voller Schrecken geführt, und jetzt fühle ich mich ein wenig wie im Paradies. Glaub mir, ich würde dich oder unser Leben hier niemals als selbstverständlich sehen.«

Für einen Moment zog sie den Kopf ein, ängstlich, wie er den Rest dessen, was sie zu sagen hatte, aufnehmen würde. »Ein Teil von mir wird immer das kleine Mädchen sein, das niemand haben wollte. Weder meine Eltern noch meine Großeltern oder Pflegefamilien. Niemand wollte mich adoptieren, nachdem ich aus meiner ersten Familie kam, in der der Vater bei einem Autounfall ums Leben kam und die Mutter Alkoholikerin wurde.« Sie war noch klein gewesen, aber sie erinnerte sich an den Schmerz, aus der Familie gerissen und in ein anderes Zuhause geschickt zu werden. Es war furchterregend gewesen und hatte ihr das Herz gebrochen, und sie hatte das Gefühl gehabt, dass etwas mit ihr nicht stimmen musste, weil niemand sie wollte.

Er regte sich, kniete sich zwischen ihren Beinen auf den dicken Wollteppich. Seine Finger glitten in ihren Nacken, und er küsste sie so sanft, dass Tränen in ihren Augen standen, als er den Kopf wieder anhob.

Sie liebte ihn. Mehr als alles andere liebte sie ihn. Sie wusste nicht, wann es passiert war, aber sie wusste, wie. Er war so gut zu ihr, es war unmöglich, ihn nicht zu lieben. Wenn er sie berührte, wie er es jetzt tat, wenn sie seine Hände auf ihrem Körper spürte, seine liebkosenden Finger, die ihr Sicherheit gaben und sie wissen ließen, dass sie nicht nur geliebt, sondern auch begehrt wurde, dann konnte sie nicht anders als sich Hals über Kopf in ihn zu verlieben.

Seine Arme schlangen sich um ihre Taille, und er legte den Kopf in ihren Schoß, als wäre er derjenige, der Trost brauchte, und mittlerweile hatte sie das Gefühl, dass es wirklich so war. Ihr Herz schmolz dahin, und sie vergrub die Finger in seinem Haar. Er machte ihr fast ein bisschen Angst. Was konnte so schlimm sein, dass er es ihr nicht erzählen wollte? Sie strich durch sein Haar, streichelte über seine Schläfe und wartete ab. Sie wusste, dass er es ihr letztendlich erzählen würde, also blieb sie stumm und genoss es einfach, dass sie ihn so berühren konnte, wie sie es gerade tat.

Nach einigen Minuten setzte er sich zurück und blickte zu ihr auf. »Ich will, dass du weißt, dass ich dich liebe. Ich liebe dich nicht nur, Grace, ich brauche dich. Ich weiß, dass dir nicht klar ist, wie sehr, aber ich kann dir versichern, dass ich dich weitaus mehr brauche, als du mich je brauchen oder wollen könntest. Ich will, dass du das im Kopf behältst.«

Sie atmete tief ein und wieder aus, plötzlich war sie besorgt. Es war ihm ernst. Er stand auf, ging durch den Raum, sein Körper vollkommen durchtrainiert. Vollkommen nackt. Er fühlte sich wohl in seinem Körper, und er hatte auch allen Grund dazu. Sie sah, dass er praktisch vergessen hatte, dass er keine Kleider trug. Anders als sie selbst brauchte er sie nicht als Rüstung.

Vittorio ging zu der kleinen Bar auf der anderen Seite des Raums, gegenüber dem Kamin. »Willst du einen Drink?«

Er goss Scotch in ein Kristallglas. Ihr fiel auf, dass er kein Eis hineingab. Die bernsteinfarbene Flüssigkeit wirbelte im Glas, als er es an die Lippen setzte. Er erschreckte sie etwas, als er den Inhalt leerte.

»Wasser bitte.« Sie hatte das Gefühl, dass es nicht gut wäre, wenn sie tranken, zumindest nicht, falls Vittorio so weitermachte. Ihr Inneres krampfte sich immer mehr zusammen, und die Anspannung ließ sie sich wünschen, sie würde etwas anderes tragen als ihre sexy Dessous.

Er gab ihr ein Glas und ging zurück zur Bar. »Was hast du über meine Familie gehört?«

Jetzt bewegten sie sich auf sehr gefährlichem Terrain. Jeder kannte die Familie Ferraro. Sie schienen ihr ganzes Leben in Klatschblättern auszubreiten. Ihre Exzesse waren legendär. Sie berührte die Unterlippe mit der Zunge und rieb die Hände über ihre Oberschenkel. »Es gibt Gerüchte«, fuhr sie fort. »Aber deine Familie ist berühmt, Vittorio, und gleichzeitig geheimnisvoll. Die Leute erfinden Dinge, weil sie euch entweder schaden oder Anteil an eurem Ruhm haben wollen.«

»Du hattest bereits Gelegenheit, etwas Zeit mit meiner Familie zu verbringen.«

Es war das erste Mal, dass sie eine Spur Bitterkeit aus seiner Stimme heraushörte. Er leerte den Scotch in seinem Glas und goss sich noch mehr ein.

»Du solltest mittlerweile deine eigene Meinung zu diesen Gerüchten haben.«

»Du musst schon genauer werden. Welches der zehntausend Gerüchte meinst du?« Sie wollte diese Unterhaltung nicht führen. Ihr Herz raste ohnehin bereits. Sie wünschte, sie hätte nicht zugestimmt, nach drinnen zu gehen. Am See hatte eine kühle Brise geweht. Sie befeuchtete sich noch einmal die Lippen. »Kann ich die Tür öffnen?«

Er musterte sie von oben bis unten, und sein Blick verharrte auf ihren nackten Brüsten. »Ich will nicht, dass dir kalt wird, Grace. Es würde deiner Schulter nicht guttun.«

»Ich werde mich mit der Seite zum Feuer drehen«, versprach sie. »Ich mag den Lufthauch auf meinem Körper.«

»Ich mag ihn auch auf deinem Körper.« Er trat um sie herum und ging zu der Glasfront. Dabei streckte er die Hand aus und strich über ihre linke Brust, und seine Finger zupften an ihrer Brustwarze, als er sich an ihr vorbeischob.

Grace durchzuckte es bis hinunter in die Zehenspitzen. Eine einzige Berührung von ihm reichte bereits aus, lediglich seine Finger, die ihre Brustwarze berührten. Sein Blick wanderte tiefer und verharrte auf dem kleinen Lederdreieck, durch das man ihre roten Locken sah. Sofort wurde sie feucht.

Er zog das Glas der Schiebetür zur Seite und ließ die Nacht ins Zimmer. Sie atmete tief durch, sog sie in ihre Lunge und hoffte, dass die Luft dafür sorgen würde, dass ihr Kopf wieder klar genug wurde, damit sie zuhören konnte, was er zu sagen hatte.

»Lass uns nicht dieses Spielchen spielen, *bella*. Jeder weiß, dass die Saldis eine Familie von Kriminellen sind. Sie vererben das vom Vater an den Sohn.«

Sie sah zu, wie er ruhelos im Raum auf und ab schritt, ehe er wieder zur Bar ging, um sich einen weiteren Drink einzugießen. Sie öffnete den Mund, um zu protestieren, doch dann überlegte sie es sich noch einmal und blieb stumm.

Vittorio presste sich das Glas an die Stirn. »Unsere Familie wird von den gleichen Gerüchten verfolgt. Tatsächlich werden wir regelmäßig von der Polizei durchleuchtet. Der Vorfall im Hotel wird wohl eine neuerliche Untersuchung nach sich ziehen.«

Sie hätte das, was passiert war – eine Frau, die erschossen wurde –, wohl kaum einen Vorfall genannt. Das kam ihr etwas respektlos vor, obwohl sie nicht genau wusste, wie sie den Tod benennen würde. Wieder blieb sie stumm und betrachtete ihn fasziniert, während er auf und ab lief, das Kristallglas an die Stirn gepresst, mit fließenden Bewegungen wie ein Tiger, eingesperrt und ruhelos.

»Leute kommen zu uns, zu unserer Familie. Seit Hunderten von Jahren, damit wir gegen Familien wie die Saldis kämpfen. Wenn sie keine Gerechtigkeit erlangen können oder bedroht werden, dann bitten sie um eine Audienz mit Personen, die wir das Empfangskomitee nennen.«

Sie runzelte die Stirn. So etwas hatte sie nicht erwartet. »Das Empfangskomitee?«, wiederholte sie das Wort, weil sie spürte, dass es wichtig war.

»Was ich dir jetzt erzähle, Grace, darf die Familie nicht verlassen. Wir sind aneinander gebunden. Du gehörst jetzt zu uns, und du musst es wissen, aber niemand sonst darf davon erfahren, nicht deine engste Freundin oder deine Geschäftspartnerin. Niemand. Die Dinge, die ich dir erzähle, dürfen diesen Raum nicht verlassen. Wenn ich sage, dass es bei der Geheimhaltung unseres Familiengeheimnisses um Leben und Tod geht, dann übertreibe ich nicht.«

Katie war ihre einzige Freundin, und sie standen sich nicht so nahe. Selbst jetzt noch wagte Grace es nicht, eine engere Freundschaft mit ihr einzugehen, obwohl Vittorio sie bewachen ließ und die Familie sie im Hotel Ferraro untergebracht hatte, damit Haydon nicht an sie herankam. Sie wusste es besser. Haydon war geduldig, und irgendwann wurden seine potenziellen Opfer unvorsichtig, und von da an war es nur noch eine Frage der Zeit.

Grace nickte. Sie verengte die Augen, als er einen kleinen Schluck von dem Scotch nahm. Sie wusste nicht genug über Alkohol, um sagen zu können, ob er viel oder wenig trank, aber es war mehr, als sie ihn jemals hatte trinken sehen.

»Erinnerst du dich an die ›Kriterien‹, die meine Mutter erwähnte und die dich so aufgebracht haben?«

»Natürlich.« Sie war noch immer etwas aufgebracht. Eine Frau wollte nicht denken, dass ein Mann sie nicht einmal ansehen würde, wenn sie einen bestimmten Standard, den seine Familie aufgestellt hatte, nicht erfüllte.

»Ist dir jemals dein Schatten aufgefallen?«

Sie setzte sich auf. Natürlich war ihr ihr Schatten aufgefallen. Er war seltsam. Er war schon immer seltsam gewesen, und im Laufe der Zeit hatte sie sich daran gewöhnt. Anders als bei anderen hatte ihr Schatten so etwas wie Arme, seltsame Anhängsel, die überall herausragten. Wie Tentakel. Ein Oktopus. Diese Fühler tasteten nach anderen Schatten, um sich mit ihnen zu verbinden. Manchmal, wenn das passierte, war sie beinahe in der Lage, die Gefühle der anderen Person wahrzunehmen. Die meiste Zeit war es nichts. Manchmal konnte sie Lügen hören. Immer wenn es bei Vittorio passierte, reagierte ihr ganzer Körper darauf. Reagierte *heftig* darauf, eine Welle begieriger Lust, die so stark war, dass es sie erschütterte.

»Ja«, flüsterte sie, weil er eindeutig eine gesprochene Antwort wollte, und ihre Stimme einfach nicht lauter werden wollte.

»Ist dir aufgefallen, dass mein Schatten genau wie deiner ist? Und wie der von Stefano, allen meinen Brüdern und von Emmanuelle?«

Ihr war nur Vittorios Schatten aufgefallen. Sie hatte nicht auf den seiner Brüder geachtet. Sie war froh gewesen, mit ihrem seltsamen Schatten nicht allein zu sein, hatte sich aber nicht viel dabei gedacht. Sie betrachtete ihn jetzt, verursacht von den Flammen, die im Kamin tanzten. Ihr Schatten und Vittorios waren verbunden. Mehr als verbunden. Die Ausbuchtungen waren so miteinander verschmolzen, dass es wie ein Schatten und nicht zwei aussah.

»Ja.« Sie wünschte, er würde einfach sagen, was er sagen musste, aber sie konnte nicht anders, sie musste auf die Schatten an der Wand gegenüber starren.

»Wenn ich oder jemand anderes dich anlügt, kannst du dann die Lüge heraushören?«

Grace runzelte die Stirn und rieb sich über die Nasenwurzel. »Meistens. Ich bin mir nicht sicher, aber da ist so etwas wie eine Warnleuchte, wenn ich glaube, eine Lüge zu hören.«

»Ich kann Lügen hören. Meine Familienmitglieder können es. Das Empfangskomitee besteht meistens aus älteren Angehörigen, die Lügen hören können. Wenn sie dem Empfangskomitee beitreten, dann sind sie meistens geübt darin, den Unterschied zwischen Wahrheit und Lüge zu erkennen.«

»Ich verstehe nicht.« Sie runzelte die Stirn und fragte sich, worauf er mit dieser Enthüllung hinauswollte. Beinahe erwartete sie, er würde ihr gestehen, dass die Ferraros in kriminelle Machenschaften verwickelt waren wie die Saldis. Oder dass er für die Geschäfte der Familie um den Globus reiste, um im Vorstand von Banken oder Hotels zu sitzen, und dass sie allein zu Hause hocken würde. Sie war auf beinahe alles vorbereitet, aber nicht auf die Richtung, in die das hier ging.

»Wenn du zu uns kämst und um ein Treffen bitten würdest, weil du Hilfe brauchst, würdest du zuerst von zwei Personen des Empfangskomitees begrüßt werden. Sie würden dir Tee oder Kaffee servieren und sich ein wenig mit dir unterhalten. Einfach nur ein bisschen Small Talk.«

Sie wusste sofort, warum. Eine Unterhaltung über das Wetter, den Job, einfach nur Alltäglichkeiten, würde es dem Zuhörer ermöglichen, den Rhythmus einer Stimme zu erkennen. Wie jemand atmete. Den Herzschlag. Das würde helfen zu erkennen, wenn sie plötzlich logen.

»Danach würde man dich fragen, warum du gekommen bist. Und du würdest ihnen dein Problem schildern. Das kann etwas vollkommen Simples wie eine verlorene Tasche sein bis hin zu etwas wie deine Situation mit Haydon. Du würdest ihnen von deinem ersten Treffen mit Haydon Phillips erzählen und von allem, was danach passiert ist. Du würdest ihnen von deinem Verdacht berichten – dass er ein Serienmörder ist, du aber keine Beweise hast. Du würdest angeben, was immer du hast, Namen, Daten, Orte. Und dann würdest du ihnen davon erzählen, wie er dich terrorisiert hat und dass er auf den Dachböden anderer Menschen lebt und unschuldige Familien ausspioniert.«

Sie hatte Schwierigkeiten zu atmen. Worauf wollte er hinaus? Sie stellte fest, dass sie extrem angespannt war, aber sie konnte sich nicht entspannen, egal, wie sehr sie sich dazu anhielt. Vielleicht lag es daran, dass zum ersten Mal in ihrer Beziehung auch er angespannt war. Er wandte den Blick nicht ab, während er sprach, aber ab und zu nippte er am Scotch.

Sie hatte sich ein wenig in Little Italy aufgehalten und manchmal auch im Territorium der Ferraros, aber das Einzige, was sie darüber gehört hatte, war, dass es wenig Kriminalität gab und dass es gefährlich war, einem Ferraro in die Quere zu kommen. Alles andere hatte sie aus den Nachrichten oder Klatschblättern.

»Am Ende des Gesprächs würde das Empfangskomitee dir nicht sagen, ob sie den Auftrag annehmen oder nicht, sondern sich einfach erheben, um dir zu verstehen zu geben, dass das Meeting zu Ende ist und sie sich bei dir melden werden. Es würde nur wenig gesprochen werden, weil immer die Gefahr besteht, dass jemand versucht, das Gespräch aufzuzeichnen oder vielleicht ein Undercover-Cop versucht, sich einzuschleichen. Wir sind sehr vorsichtig. Handys sind in dem Gesprächsraum nicht gestattet, obwohl er eingerichtet ist wie ein gemütliches Wohnzimmer.«

Trotz allem wurde sie neugierig. »Was passiert dann?«

»Das Empfangskomitee entscheidet, ob der Hilfesuchende

die Wahrheit sagt oder das, was er oder sie dafür hält, und wenn sie der Meinung sind, dass an der Sache etwas dran ist, dann wird die Anfrage mit allen Details an zwei Ermittlerteams weitergeleitet. Ein Team ermittelt das oder die Verbrechen. Und wenn es nötig ist, rufen sie ein weiteres Team hinzu, das für alles zuständig ist, was mit dem Internet zu tun hat. Das zweite Team durchleuchtet den Hilfesuchenden. Bevor nicht beide Teams und das Empfangskomitee zufrieden sind, fasst niemand den Fall an.«

Privatermittler? Und sie unterstützten die Detectives der Polizei bei der Arbeit? Sie konnte sich nicht vorstellen, dass die mondäne Familie Ferraro in die Gosse oder irgendwelche dunklen Gassen eintauchte. Sie runzelte die Stirn und versuchte, ihre Fantasie im Zaum zu halten.

»Die Ermittler gehören ebenfalls zur Familie. Auch sie können Lügen hören. Wer zum Empfangskomitee gehören oder ein Ermittler unserer Familie sein will, der muss diese Fähigkeit mitbringen, aber sie können auch mithilfe ihrer Stimmen Menschen dazu bringen, mit ihnen zu sprechen. Diejenigen, die sie zu dem Verbrechen befragen, werden feststellen, dass sie den Ermittlern so viel wie nur möglich erzählen wollen. Beide Teams lassen sich Zeit und ermitteln gründlich. Niemand will einen Fehler riskieren. Manchmal werden Fälle abgelehnt, weil sich eine Person nicht ganz sicher ist, und alle Parteien, die beiden Teams und das Empfangskomitee müssen einer Meinung sein, dass das oder die Verbrechen tatsächlich stattgefunden haben und dass jemandem Unrecht geschehen ist.«

»Du hast auch die Fähigkeit, andere dazu zu bringen, dass sie tun, was du willst, nicht wahr?« Seine Stimme. Diese schöne, unwiderstehliche Stimme. Schwarzer Samt. Magisch. Er befriedete einen ganzen Raum. Er konnte jeden beruhigen.

»Ich habe eine Fähigkeit. Sie ist etwas anders als die der Ermittler, aber ja, ›überzeugen‹ ist vielleicht eine passende Beschreibung. Ich sehe es als Energie, und ich dämpfe meine und gebe ihr eine hoffentlich beruhigende Wirkung in einer schlimmen Situation. Ich will sie entschärfen.«

Grace erhob sich und ging zur offenen Tür, damit der Luftzug über ihre plötzlich erhitzte Haut streichen konnte. Er hatte sie dazu überredet, das Lederkorsett zu tragen. Ihn zu heiraten. Sich in seine Obhut zu begeben. Sie hatte die gewagten Dessous für ihn tragen wollen, etwas, das sie niemals selbst in Betracht gezogen hätte.

Vittorio kam zu ihr, sein Körper dicht an ihrem Rücken, seine Arme legten sich um sie. Sie griff nach oben, nahm ihm das beinahe leere Glas Scotch aus der Hand und stürzte den Inhalt hinunter, wobei sie sich beinahe verschluckte, als das Brennen ihre Kehle hinabglitt, um in ihrem Bauch zum Ruhen zu kommen. Er barg das Gesicht an ihrem Hals, seine Zähne schabten sanft über ihre Haut, seine Lippen glitten über ihren Puls, während seine Hände das weiche Gewicht ihrer Brüste umfassten.

»Woran denkst du?«

»Dass du sehr gut darin bist, mich mit dieser Stimme zu überzeugen. Du sprichst mit mir, und ich würde beinahe alles tun, um dich zufriedenzustellen.«

»Liegt das an meiner Stimme oder an dem, was du für mich fühlst?«

War da Enttäuschung in seiner Stimme? Verletztheit? Ihr Inneres verkrampfte sich protestierend. Sie legte den Kopf zurück an seine Brust, ließ zu, dass er ihre Brüste anhob und mit den Daumen sanft über ihre Brustwarzen strich. Es schien eine direkte Verbindung von ihnen zu ihrem Geschlecht zu geben, denn jeder Strich jagte feurige Pfeile durch ihren Körper, die in ihren Adern brodelten und ihr Blut heiß werden ließen. Ihm gelang das so mühelos.

»Ich glaube, dass es an dem liegt, was ich für dich fühle. Ich mag es, dich glücklich zu machen. Du machst mich glücklich, und ich gebe gern etwas davon zurück.« Es war mehr als das. Sie liebte es, ihm etwas zurückzugeben. Sie wusste, dass sie dazu neigte, es den Leuten recht machen zu wollen. Zu geben lag in ihrer Natur, und sie war mit sich im Reinen. Diese Eigenschaft machte sie sehr, sehr gut in ihrem Job. Sie hoffte, dass es sie auch zu einer sehr guten Partnerin machen würde. »Aber deine Stimme hat eine Wirkung auf mich.«

Sie drehte sich in seinen Armen um und sah zu ihm auf. »Erzähl mir den Rest. Es ist sehr interessant.« Sie hatte keine Ahnung, worauf er mit alldem hinauswollte. Sie glaubte weiterhin keine Sekunde daran, dass seine Familie der Polizei bei Ermittlungen half. Sie hatte die Ferraros mit den Detectives gesehen, und es bestand eine sehr wackelige Allianz zwischen den beiden. Er zögerte und presste dann seine Stirn gegen ihre und sah ihr in die Augen. »Wenn du all diese Dinge erst einmal weißt, dann hast du dich voll und ganz für mich entschieden. Scheidung gibt es für uns nicht. Niemals. Wir tun es einfach nicht, nicht ohne schwerwiegende Folgen für uns beide. Darüber musst du dir im Klaren sein, Grace.«

Sie wusste nicht, wie sie sich über irgendetwas im Klaren sein sollte, wenn er es ihr nicht sagte, aber sie hatte auch nicht vor, ihn zu verlassen, also nickte sie. Vittorio ließ die Arme sinken und richtete sich plötzlich auf. Er trat auf die Terrasse hinaus und blickte zu den Sternen hinauf, als könnte er dort die Antwort auf die Frage finden, ob er ihr weiter vertrauen sollte. Abrupt wirbelte er herum und kam auf sie zu, während sie vor ihm zurückwich. Er sah aus wie ein Tiger, der zum Sprung auf seine Beute ansetzte.

Vittorio nahm sie bei der Hand und zog sie zurück zu ihrem Stuhl. Sie setzte sich auf seine stumme Aufforderung hin und blickte erwartungsvoll zu ihm auf.

»Wenn alle einer Meinung sind und jeder Fehler ausgeschlossen ist, dann werden die Berichte an Menschen weitergegeben, die man in unseren Familien als Gleiter bezeichnet. Als Schattengleiter.«

Es war die Art, wie er es sagte, oder vielleicht auch der Name selbst, der ihr den Atem stocken ließ, aber was immer es auch war, sie hatte plötzlich Angst.

»In den Schatten gibt es Portale. Hast du dich jemals in einem Schatten versteckt und festgestellt, dass dich offenbar niemand sehen konnte? Ist dir das je passiert?«

Das war es. Mehr als einmal. Es war ein seltsames Gefühl gewesen, eines, das ihr nicht gefallen hatte, als würde sie auseinandergerissen, als würde ihre Brust weggezerrt und ihr Körper in Moleküle zerschmettert, die sich in den Schatten verteilten. Es war ein seltsames Gefühl, das sie nicht recht beschreiben konnte, aber jedes Mal, wenn es passierte, schienen andere direkt an ihr vorbeizulaufen und nicht zu bemerken, dass sie dort stand. Einmal wäre Haydon beinahe mit ihr zusammengestoßen.

Sie befeuchtete ihre Lippen und nickte langsam, weil er auf eine Antwort wartete. Sie antwortete ihm stets ehrlich, so lautete ihre Abmachung. Sie würden ehrlich miteinander sein, selbst wenn es schwer war. »Das kam vor. Aber ich weiß nicht, was du mit einem Portal meinst.«

»Wir nennen die Tunnel Portale, weil die Schatten selbst uns von einem Ort zu einem anderen tragen können.«

Sofort schüttelte Grace den Kopf. »Das ist physikalisch unmöglich.«

»Und doch haben wir es getan. Wir können in einen

Schatten treten und an einem Ende des Hauses verschwinden und am anderen wieder auftauchen. Mein Bruder Giovanni wurde angeschossen, und man hat ihm Schrauben und Metallplatten eingesetzt wie bei deiner Schulter. Deshalb kann er jetzt nicht durch die Schatten gleiten, sodass er mit dem Auto kommen muss. Die anderen wollen nicht, dass irgendjemand, vor allem nicht Haydon, weiß, dass sie ihr Haus verlassen haben, deshalb nutzen sie die Schatten. Es ist nötig, damit er, falls er uns beobachtet, glaubt, wir würden alle unserem Tagesgeschäft nachgehen.«

Sie starrte ihn an, versuchte zu ändern, was er ihr gerade gesagt oder wie sie es verstanden hatte. Sie hatte ihn bestimmt einfach missverstanden. »Du willst mir sagen, dass du und deine Familie in der Lage sind, durch einen Schatten von einem Ende des Hauses zum anderen zu reisen? Also dass ihr nicht in den Schatten geht, sondern hineintretet, unsichtbar werdet und in einem anderen Raum wieder herauskommt?«

»Genau das. Wir trainieren, seit wir zwei Jahre alt sind. Es ist nicht einfach. Die Kraft der Energie in den Schatten fühlt sich an wie ein starker Magnet, der den Körper auseinanderreißt. Es fühlt sich an, als würde man zerfallen. Haut, Knochen, Blut, die Zellen selbst. Kein schönes Gefühl.«

Sie wusste, wovon er sprach. »Ihr könnt das wirklich?«

Er nickte langsam. »Ich weiß, es klingt irre, aber ich tue es ständig. Ich kann in den Schatten treten, den der Kamin wirft.« Er wies auf die Wand, wo ein Schatten tanzte, der bis zur anderen Seite des Raums reichte. »Wenn ich das tue, wird er mich zu der Stelle bei der Tür tragen, wo er auf Licht trifft.«

Sie wusste, dass er es ihr vorführen würde, und war nicht sicher, wie sie das fand. Wenn er das wirklich tun konnte, dann war es unendlich cool, und sie wollte es auch können.

»Wenn das stimmt und du es mir beibringen könntest, dann könnte ich vielleicht endlich Beweise gegen Haydon finden, die ausreichen, damit er verhaftet und verurteilt wird.«

»Ein Mann wie Haydon Phillips würde nicht im Gefängnis bleiben, und das weißt du, Grace«, sagte Vittorio sanft. »Er ist zu gut in dem, was er tut. Der Mann kann sich als jedermann ausgeben, und er ist schwer zu fassen. Ich habe die Ermittlungsberichte über ihn gelesen, und wir haben so ziemlich alles, was man kriegen kann, von dem Moment, als er das erste Mal in eine Pflegefamilie kam, bis zu dem Tag, als er auf dich schoss.«

Sie blickte zu ihm auf, das Licht des Feuers tanzte über ihr Gesicht. Als sie nach unten blickte, war sie überrascht, die Schatten über ihre nackten Brüste flackern zu sehen. Sie hatte beinahe vergessen, wie wenig sie anhatte. »Er sagte, seine Eltern hätten ihn geliebt, wären aber zu arm gewesen, um ihn zu behalten.«

»Er hat dich angelogen. Das weißt du, *cara,* weil du diese Lügen gehört hast.«

Sie zuckte bei der Zärtlichkeit in seiner Stimme zusammen. Sie hatte die Lügen gehört, auch als Kind, aber irgendetwas hatte sie schon damals davon abgehalten, Haydon damit zu konfrontieren. Sie hatte sich für ihn eingesetzt, als ihr Pflegevater ihn zum ersten Mal verprügelte. Er war erschrocken gewesen, aber danach schien er sie ehrlich beschützen zu wollen. Eine Zeit lang war er für sie ihre einzige Familie. Lange hatte das allerdings nicht angehalten.

»Du hast Nachforschungen über uns angestellt. Uns beide?«

»So laufen die Dinge bei uns. Mir war es vollkommen egal, was wir über dich herausgefunden haben, Grace. Du gehörst zu mir, und das habe ich von Anfang an klargestellt.«

»Selbst deiner Mutter gegenüber.«

»Vor allem Eloisa gegenüber. Du bist in der Lage, Kinder zu bekommen, die durch die Schatten gleiten können. Darüber hat sie gesprochen. Das ist ihr wichtig. Ich will Kinder, aber wenn wir keine bekommen können, werden wir ein gutes Leben ohne sie haben.«

Sie hörte die Wahrheit in seiner Stimme und musterte sein Gesicht. Er war noch immer nervös. Das konnte sie in seinen Augen sehen. Er hatte ihr noch nichts erzählt, das den Ausdruck auf seinem Gesicht erklären würde. Mehr als einmal hatte er erwähnt, dass es, sobald sie wusste, was er, was seine Familie tat, kein Zurück mehr gab und die Konsequenzen für sie beide schrecklich wären – zumindest hatte sie ihn so verstanden.

»Wirst du es mir zeigen?« Sie forderte ihn dazu auf, weil sie sich plötzlich sicher war, dass er ihr die absolute Wahrheit erzählte, aber dass das, was er ihr noch nicht erzählt hatte, sie erschüttern würde. Sie war sich sicher.

Ohne Zögern trat Vittorio in den größten der Schatten. Weil ihre eigenen Schatten so verbunden waren, spürte sie den Ruck. Das Gefühl, sich aufzulösen. Vittorio verschwand vollständig und tauchte draußen auf der Terrasse wieder auf.

Grace musste lächeln und dann lachen. »Das ist so cool, Vittorio. Ich wünschte, ich hätte gewusst, wie man das macht. Dann hätte ich Haydon entfliehen und mein Leben wirklich leben können. Ich finde es toll, dass du das tun kannst. Dass unsere Kinder das werden tun können.«

Er kam wieder herein, sein Ausdruck noch immer nervös. »Es ist kein einfaches Leben, *bella.*«

Sie hörte die Warnung in seinen Worten und zwang sich, ihm weiter zuzuhören. »Wenn ihr also die Berichte eurer Ermittler bekommt, Vittorio, und jeder übereinstimmt, dass der

Hilfesuchende nicht lügt, warum bekommt dann ein Schattengleiter die Ergebnisse der Ermittlungen?«

»Ein Schattengleiter wird als die wichtigste Person in der Familie angesehen. Wenn ich Familie sage, meine ich Familie im weiteren Sinne. All die Geschäfte, die Banken, die Juweliere, die Hotels und Casinos werden von Ferraros betrieben. Unsere Familie erstreckt sich über mehrere Staaten. Dafür gibt es einen Grund. Gleiter werden als so wichtig erachtet, dass sie sich, obwohl sie in jeder Form von Selbstverteidigung ausgebildet sind, nur mit Bodyguards durch eine Stadt bewegen dürfen.«

»Und du bist ein Schattengleiter. Genauso wie Stefano, Ricco, alle deine Brüder und Emmanuelle. Deshalb habt ihr alle Bodyguards.«

Er nickte und sank auf den Boden zu ihren Füßen. Er schob ihre Beine auseinander, damit er dazwischen sitzen konnte. Seine Hand bewegte sich langsam ihr rechtes Bein hinauf, über ihren Knöchel, den Unterschenkel, die Rückseite ihres Knies, um dann ihren Oberschenkel hinaufzugleiten.

Sie schnappte nach Luft, als die Empfindungen sie überkamen. Sie wollte sich auf das konzentrieren, worüber sie sprachen, und sie wusste, dass er sie unglaublich leicht verwirren konnte. »Du darfst mich nicht ablenken, Vittorio. Es gibt da noch immer etwas, das du mir nicht sagst, und du solltest es hinter dich bringen.« Sie blickte hinunter in sein Gesicht. So atemberaubend. Es waren nicht nur seine schönen, äußerst männlichen Züge, es war auch sein Inneres. »Ich liebe dich. Es gibt nichts, was du mir sagen könntest, das etwas daran ändern würde.«

Sein Blick traf den ihren, und es lag eine Art skeptische Herausforderung darin. »Und wenn ich dir jetzt sage, dass Schattengleiter im Prinzip so etwas wie Auftragsmörder sind?«

16

Vittorio fluchte leise. Was für ein Volltrottel er war, einfach so mit der Wahrheit herauszuplatzen, nachdem er bis hierhin so vorsichtig gewesen war und jedes Wort sorgfältig ausgewählt hatte, damit sie es verstehen würde. Er hätte einfach sagen können, dass ein Schattengleiter für Gerechtigkeit sorgte, aber nein, er musste hingehen und es als das bezeichnen, was es im Kern war. Er tötete Menschen. Da gab es kein Drumherumreden. Seine Cousins in New York oder Los Angeles riefen ihn, und er tat seine Pflicht. Er tötete einen Kriminellen, an den das Gesetz nicht herankam.

Er wandte den Blick nicht von ihrem Gesicht ab. Sie sah weiter auf ihn herab, ohne zu blinzeln. Ihre grünen Augen waren geweitet, und sie wirkte so entsetzt, dass er ihr den Ausdruck vom Gesicht küssen wollte. Ihr rotes Haar glitt langsam aus dem unordentlichen Knoten, zu dem sie es gern in der Badewanne oder im Whirlpool zusammenfasste. Ihre Brüste hoben und senkten sich, verrieten, wie aufgewühlt sie war. Schließlich schüttelte sie den Kopf.

»Das kann nicht wahr sein, Vittorio. Ich glaube dir nicht.«

»Warum glaubst du mir nicht? Du hast alles andere geglaubt, was ich dir erzählt habe, und du kannst Lügen hören. Klinge ich, als würde ich lügen?« Er bemühte sich, nicht bitter zu klingen.

Er hatte sich mit seinem Leben abgefunden. Er war als Gleiter geboren. Und er war ein verdammt guter Gleiter. Er war schnell und sorgte für Gerechtigkeit, ohne dass der Kriminelle Schmerz verspürte – selbst wenn er es seiner Meinung nach vielleicht verdiente. Er war stets in der Lage, seine Emotionen zu kontrollieren. Manchmal hatte er Albträume von den Dingen, die er in den Berichten las oder die er beobachtete, aber er unternahm nie etwas, bis er nicht vollkommen sicher war, dass der Kriminelle die Verbrechen tatsächlich begangen hatte. Und doch empfand er Bitterkeit, wenn er daran dachte, dass ihr Leben nur aus Pflichten bestand, und die einzige Sache, die sie für sich wollten, möglicherweise gehen und alles mit sich nehmen könnte.

Er atmete tief durch und schüttelte noch einmal den Kopf. »Schatz, ich glaube, du musst langsamer machen. Du hast so viel ausgelassen, und ich verstehe nicht ganz, was du sagst. Ich kenne deinen Charakter, und ich irre mich nicht. Ich kann mich nicht irren. Ich habe dir absolutes Vertrauen geschenkt. Ich habe mich in deine Hände begeben. Ich muss an dich glauben.«

Er hatte sie erschüttert. Ihren Glauben an sich selbst erschüttert. Ihren Glauben an ihn erschüttert, aber sie war entschlossen abzuwarten, sich alles anzuhören.

Er rieb über ihr Bein, weil er sie berühren musste, die Verbindung zu ihr bewahren musste. »Du hast recht, *vita mia*. Ich habe einen großen Sprung gemacht. Ich riskiere alles, indem ich dir von meiner Familie erzähle. Ich kann mich nicht erinnern, schon einmal solchen Mist gebaut zu haben, dabei müsste ich dir eigentlich alles ganz ruhig und langsam erklären.«

Sie beugte sich zu ihm. »Fang noch einmal bei den Schattengleitern an. Ihr bekommt also einen Bericht, der besagt, dass Haydon Phillips definitiv ein Serienkiller ist. Was tut ihr dann?«

»Stefano bekommt den Bericht. Er ist das Oberhaupt der Familie.«

»Nicht Eloisa?«

Er schüttelte den Kopf. »Stefano hat sie vor einigen Jahren ersetzt. Sie war … schwierig. Schattengleiter müssen dem Oberhaupt der Familie absolut vertrauen können, denn es hat das letzte Wort. Bei allem. Wir alle unterstehen Stefano, das bedeutet, dass er eine riesige Bürde trägt. Er ist für unsere Sicherheit verantwortlich. Für unsere Reputation. Er muss dafür sorgen, dass diese Berichte in jedem Punkt richtig sind. Die Ermittlungen laufen übrigens auch nach der Übergabe des Berichts noch weiter.«

Vittorio strich weiter über ihr Bein. Ihre Haut war weich. Sie war nicht vor ihm zurückgewichen, und er brauchte sie jetzt. Er brauchte es, dass sie ihn akzeptierte, trotz der Wahrheit, mit der er wie ein Irrer herausgeplatzt war. Seine Finger tanzten ihr Bein hinauf zu dem schmalen Lederstreifen über ihrem Geschlecht. Während er nach den richtigen Worten suchte, strich er über die dichten roten Locken zwischen dem Gewebe, das den kleinen Streifen an Ort und Stelle hielt.

»Ich liebe dich, Grace.« Das hatte er ihr gezeigt. Er hatte es angedeutet. Er war sich nicht sicher, ob er die Worte je ausgesprochen hatte, aber er wusste, dass es ihm ernst war. Er hoffte, dass sie es auch wusste. Er berührte sie voller Liebe. Er blickte sie voller Liebe an, das wusste er, weil jedes Mal, wenn er sie ansah, sein Herz dahinschmolz oder eng in der Brust wurde oder einfach nur schmerzte vor lauter Liebe für sie.

Ihre grünen Augen lösten sich nicht von seinem Gesicht. »Ich liebe dich auch. Wirklich. Aber wir müssen darüber sprechen. Ich will, dass wir langsamer machen und auf Eloisa zurückkommen. Ich bin keine übertriebene Feministin, aber ich glaube an Gleichberechtigung. Eloisa ist eure Mutter, und ganz egal, wie schwierig sie ist, damit ist sie doch immer noch das Oberhaupt der Familie, oder?«

Seine instinktive Reaktion war Widerspruch, aber er war es gewohnt, sich Zeit zu nehmen, ehe er reagierte, und ihm wurde klar, dass sie dachte, dass Eloisa nicht das Oberhaupt der Familie war, weil sie eine Frau war. Er schüttelte den Kopf. »Eine Frau kann problemlos das Oberhaupt einer Familie von Schattengleitern sein, aber für diese Position braucht man sowohl Mitgefühl als auch Weisheit. Eloisa kennt nur die Pflicht. Unsere Leben sind von Pflicht bestimmt. Egal, wie krank oder schwach wir sind oder wie unwillig. Sie erwartet, dass jeder Gleiter und jede Gleiterin sich einbringt, ganz egal, was in seinem oder ihrem Leben passiert.«

Vittorio fuhr fort, die weiche Innenseite ihres Schenkels zu streicheln, und stellte fest, dass er zum ersten Mal in seinem Leben die Verbindung zu einer Frau brauchte. Er hatte nie ein Verlangen verspürt, das an Verzweiflung grenzte, bis er mit der Gefahr konfrontiert wurde, Grace zu verlieren. Er hatte immer seine Familie gehabt, seine Brüder und Schwestern, und sie hatten sich schon immer so nahegestanden, dass er, als er noch jünger war, nicht geglaubt hatte, jemals jemand anderen zu brauchen. Die Einsamkeit hatte ihn eines Besseren belehrt. Grace hatte diese leeren Räume mit Leben erfüllt, seine Einsamkeit durch Lachen und Gespräche ersetzt. Sie hatte ihm den Sinn gegeben, den er hier in seinem Zuhause brauchte, um seine innere Balance in einer Welt aus strikten Pflichten zu wahren.

»Ich hatte einen jüngeren Bruder, Ettore, der nur elf Monate nach Emmanuelle geboren wurde. Von Geburt an hatte er Atemwegsprobleme, die sich noch verschlimmerten, als er älter wurde. Er war immer schwächer, obwohl er sich so sehr bemühte, mit dem harten Training Schritt zu halten. Wir alle haben im Alter von zwei begonnen. Von diesem Moment an wird unser Leben von unserer Ausbildung bestimmt. Für Ettore wurde es zu einem Albtraum, in dem er ständig angeschrien wurde und nicht in der Lage war, etwas so einfaches wie Atmen zu tun. Je schlimmer seine Atemprobleme wurden, desto mehr verlangte man ihm ab, um ihn stärker zu machen. Ganz egal, was wir anderen sagten oder taten, von ihm wurde erwartet, dass er Schritt halten konnte.«

Er bemerkte gar nicht, dass seine Finger sich wie eine Schraubzwinge um ihren Schenkel geschlossen hatten. Sie zuckte nicht einmal. Er ließ sie sofort los, als es ihm auffiel. »Es tut mir leid, *mia amore*, die Erinnerungen machen mir zu schaffen. Uns allen.«

Ihre Finger glitten in sein Haar, ihre Berührung war beruhigend. »Du hast mir nicht wehgetan.«

Er war ein sehr starker Mann. Er hoffte, dass sie die Wahrheit sagte, und rieb über die Druckstellen in ihrer Haut. »Ettores Leben war ein Albtraum. Nichts, was er tat, war je gut genug. Wir versuchten ihn zu schützen, aber wir mussten in allem perfekt sein. Immer. Wenn man Eloisas hoch angesetzte Standards nicht erfüllen konnte, dann war das Leben die Hölle. Ettore lebte in der Hölle.«

»Was ist mit eurem Vater? Konnte er sie nicht aufhalten?«

»Phillip waren wir alle egal. Er war kein Schattengleiter, also nicht in dem Sinne, dass er für Gerechtigkeit sorgte. Er war nicht trainiert. Es war eine arrangierte Ehe, und die beiden haben kaum miteinander gesprochen. Er hat sich nie um uns gekümmert, und er hätte Eloisa niemals davon abgehalten, uns zu Schattengleitern auszubilden. Stefano hat sich um uns gekümmert. Er war nicht so viel älter, aber er war unsere Mutter und unser Vater in einem.«

»Das erklärt eine Menge über ihn«, murmelte Grace.

»Stefano versuchte, Eloisa zu erklären, dass Ettore kein Schattengleiter sein konnte, dass sein Körper den Strapazen nicht gewachsen war. Auseinandergerissen zu werden kann schon für einen normalen Gleiter zu brutal sein, aber Eloisa bestand darauf. Keines ihrer Kinder würde weniger als perfekt sein. Sie schickte ihn in die Schatten, als er gerade sechzehn war. Stefano war nicht da, um sie aufzuhalten.«

Er schloss die Augen, als Erinnerungen an jenen schrecklichen Tag ihn überspülten. Ihm die Kehle zuschnürten. Er wandte den Kopf ab, weil er nicht wollte, dass sie sah, dass Ettores Verlust noch immer eine offene Wunde war, die niemals heilen würde, egal, wie viel Zeit verging. »Stefano hat seine Leiche herausgeholt, und wir haben ihn begraben. Von da an übernahm er das Oberhaupt. Er war immer wie ein Elternteil für uns gewesen, und wir hatten alle den Glauben an Eloisas Führung verloren. Sie war so darauf fixiert, den anderen Gleiterfamilien zu zeigen, dass wir perfekt sind, dass sie Ettores Leben riskiert hat.«

»Es tut mir so leid«, murmelte Grace. »Wirklich. Ich verstehe jetzt die Beziehungen in eurer Familie viel besser. Selbst nachdem ich dich dabei gesehen habe, fällt es mir schwer zu glauben, dass jemand durch die Schatten reisen kann. Es war einfacher zu glauben, als ich dir nur zugehört habe. Es ist eindeutig ein wichtiger Teil deines Lebens, und offenbar gibt es noch andere Familien außer deiner, die dazu in der Lage sind.«

»Mariko kommt aus Japan. Ihre Familie väterlicherseits waren legendäre Schattengleiter. Mittlerweile sind sie alle tot, aber sie ist eine starke Schattengleiterin.«

Die Trauer, die ihn befallen hatte, ließ nun etwas nach, und er wandte sich ihr wieder zu. »Ich weiß, dass Eloisa harsch ist und kalt wie Eis sein kann. Sie zerlegt die Leute und muss das auch mit dir getan haben, als du versucht hast, mit ihr zu arbeiten, aber sie bewahrt sich das Beste für unsere Arbeit auf.«

Sie legte die Hand an sein Gesicht und beugte sich hinunter. Er küsste sie. Ihr Mund war alles, was er brauchte. Heiß und wild. Verführerisch. Jener flüchtige, unglaubliche Geschmack, nach dem er so süchtig war. Sie versetzte ihn sofort in eine Welt der Empfindungen und Gefühle, wo jede Zelle seines Körpers zum Leben erwachte. Funken sprühten zwischen ihnen, kleine Stromschläge, die über seine Haut knisterten und ihn in Flammen hüllten. Dunkle, erotische Bilder erfüllten seinen Geist, als ihr Geschmack seinen Mund erfüllte. Hitze breitete sich in seinem Körper aus, Feuer raste seine Wirbelsäule hinunter und tobte wie ein Inferno in seinem Bauch. Sie umschloss sein Gesicht weiter sanft mit den Händen. Er zog sie einfach aus dem Sessel zu ihm auf den Boden und küsste sie wieder und wieder. Sie war … eine Erlösung. Alles Gute. Sie erleuchtete einen Raum, wie sie sein Leben erleuchtete.

Grace tat, was sie immer tat, wenn er sie küsste – sie gab sich ihm hin. Kapitulierte voll und ganz. Seine Hände glitten über ihren Körper, beanspruchten alles für sich, was er berührte, und sie drückte ihren Rücken durch und gewährte ihm ungehinderten Zugang zu allem, was er erobert hatte. Sie nahm Sorge und Ärger von ihm und ersetzte sie durch Akzeptanz und Liebe.

Vittorio küsste eine Spur ihre Kehle hinab bis zur Rundung ihrer Brüste, ehe er den Kopf hob. »Ich weiß nicht, was ich ohne dich tun würde.«

Grace schmiegte sich an ihn wie das Kätzchen, das er oft

als Kosenamen für sie verwendete. Er liebte es, wenn sie das tat, wenn sie ganz nah bei ihm blieb.

»Erzähl mir, was passiert, wenn Stefano die Berichte über den Kriminellen und den Hilfesuchenden bekommt«, drängte sie.

Er wusste, dass es wichtig war, dass sie jedes Detail kannte. Sie musste seine Art zu leben akzeptieren, sonst würde er sie aufgeben müssen. Ihre Schatten waren bereits ineinander verschlungen, so sehr, dass er wusste, wenn sie ihn nicht akzeptierte, würden sie sie lösen müssen, und er würde nie wieder ein Gleiter sein können. Sie würde sich nicht an ihn oder ihre Beziehung erinnern. Das hier war der gefährlichste Moment überhaupt für ihn, aber Vittorio blieb keine Wahl. Er hielt sie weiter in seinen Armen, drückte sie an sich, als könnte er sie so halten.

»Stefano würde die Berichte an unsere Cousins in New York oder Los Angeles weiterleiten. Wir haben es uns zur Regel gemacht, nicht in unseren eigenen Städten zu arbeiten. Es darf keine Spuren geben, die zu unserer Familie führen. Das ist zum Schutze aller. Natürlich funktioniert das nicht immer, aber meistens passen wir auf, dass nichts Persönliches im Spiel ist.«

»Ich verstehe immer noch nicht ganz.«

»Wenn wir nach New York gerufen werden, steigen zwei von uns äußerst öffentlichkeitswirksam in einen Privatjet. Ein dritter wird durch die Schatten gleiten, sodass es keine Beweise gibt, dass er oder sie jemals die Stadt verlassen hat. Die beiden, die gesehen werden, sorgen dafür, dass sie ausgiebig von Paparazzi abgelichtet werden. Unsere Cousins treffen uns am Flughafen und bringen uns in irgendeinen Club, in dem wir unter den Augen der Medien die ganze Nacht feiern. Weitere Bilder. Bilder mit den Cousins.«

»Ihr schafft euch Alibis.« Grace rieb das Gesicht an seiner Brust und presste dann das Ohr an sein Herz. »Deshalb seid ihr ständig in der Presse, ihr wollt gesehen werden.«

»Genau. Niemand würde uns je verdächtigen, und wenn doch, dann sind wir für alle sichtbar. Haben nichts zu verbergen. Das funktioniert sehr gut.«

Grace blieb sehr lange stumm und starrte ins Feuer. Sie lehnte sich an seine Brust, und ihr Kopf ruhte auf den ausgeprägten Muskeln, während ihr seidiges Haar über seine Haut glitt. Es war unmöglich für seinen Schwanz, nicht auf sie zu reagieren, wenn sie bereits nackt war und nur etwas Leder und Spitze am Leib hatte. Ihr Hintern war nackt, und seine Erektion fand sofort den Weg zwischen ihren Pobacken, ruhte dort, während seine Arme sie umschlossen, die Hände unter ihren Brüsten.

»Wenn ich wegen Haydon zu euch gekommen wäre, was wäre dann mit ihm passiert?«

»Nachdem wir sicher sein konnten, dass er tatsächlich ein Serienkiller ist und das Gesetz nicht an ihn herankommt, würden wir ihn aufspüren, und ein Gleiter aus New York oder Los Angeles würde durch die Schatten zu ihm reisen. Er würde ihn niemals zu Gesicht bekommen oder wissen, dass er da ist. Der Gleiter wendet eine Technik an, mit der er ihm sauber das Genick bricht, es gibt kein Leiden. Deshalb ist es wichtig, dass es nichts Persönliches ist, sofern das möglich ist. Bei dem Besuch soll es um Gerechtigkeit gehen, nicht um Rache.«

Sein Herz raste. Dies war der Moment, in dem er sie verlieren könnte. Er war sich bewusst, wie reglos sie war. Sie bewegte sich nicht. Seine Hände umschlossen ihre Brüste, und doch war er kaum in der Lage, das Heben und Senken des sanften Gewichts zu spüren. Er sagte nichts. Noch nicht. Sie musste über das nachdenken, was er gesagt hatte. Es abwägen. Eine Entscheidung treffen. Wenn sie gegen ihn ausfiel, wenn sie das, was er war, mit dem verglich, was Haydon war – und das war möglich –, dann würde er versuchen, sich zu verteidigen.

Er schloss die Augen und ließ das Kinn auf ihrem Haar ruhen, während er sehr bewusst atmete, um in Balance zu bleiben. Er verlangte so viel von Grace. Jedes Mal, wenn er sich umdrehte, verlangte er etwas mehr von ihr, und das, obwohl ihre Beziehung noch so frisch war. Er hatte keine Wahl, sonst hätte er damit gewartet, aber sie konnte ihn nicht heiraten und ein vollwertiger Teil der Familie werden, bevor sie nicht akzeptiert hatte, was er war. Er konnte die Tatsache, dass er als Schattengleiter geboren war, nicht ändern. Schlimmer noch, wenn sie ihn akzeptierte und einwilligte, ihn zu heiraten, dann würde er ihr noch immer sagen müssen, dass ihre Kinder zu Gleitern ausgebildet würden. Er würde es ihr nicht übel nehmen, wenn sie dieses Leben nicht für ihre Kinder wollte.

»Wenn ich von deiner Familie gewusst hätte und dass ihr die Möglichkeit habt, ihn aufzuhalten, dann hätte ich viele Leben retten können.«

Ihre Stimme brach ihm das Herz. Er schloss sie enger in seine Arme, obwohl er es nicht verhindern konnte, dass ihn Erleichterung durchströmte. »Grace, du wusstest nichts von uns, und du bist in keiner Weise verantwortlich für die Leben, die Haydon Phillips beendet hat. Du hast dein Bestes getan, alle um dich herum zu schützen, und dafür deine Lebensqualität geopfert.« Er hauchte Küsse auf ihr Haar und ihre Schläfe.

»Ich weiß nicht, ob es richtig ist oder nicht«, überlegte sie, »die Gerechtigkeit in die eigenen Hände zu nehmen. Im Grunde ist es Selbstjustiz, aber …« Sie beendete den Satz nicht. »Ich weiß wirklich nicht, ob es falsch ist. Selbst wenn die Cops Haydon verdächtigen, wie sollen sie Beweise finden? Er ist so gerissen und kann sich als jedermann ausgeben. Er spielt seine Rollen so perfekt. Wie wollen sie ihn überhaupt finden? Ich habe versucht, ihn über Stadtteile oder Coffee Shops auszufragen oder über irgendetwas anderes, das mir einen Hinweis geben könnte, wo er ist, aber ich habe es nie auch nur annähernd geschafft, etwas aus ihm herauszubekommen. Er hat mehr als ein Haus, in dem er lebt, mehr als eine Familie. Es ist so unheimlich, und ich mache mir ständig Sorgen um die Kinder in diesen Häusern.«

»Sucht er sich immer Häuser mit Kindern aus?«

»Ja. Wenn es einen Jungen im Teenageralter gibt, dann mache ich mir wirklich Sorgen. Manchmal reichen schon Kleinigkeiten aus, um seinen Zorn zu wecken. Dwayne Mueller, der leibliche Sohn unserer schrecklichen Pflegefamilie, hat uns fürchterliche Dinge angetan. Wenn ein Junge Haydon in irgendeiner Weise an ihn erinnert, dann bin ich mir sicher, dass er ihm etwas antun würde. Vermutlich würde es schon ausreichen, dass er sich mit seinen Geschwistern streitet, wie Kinder es nun einmal tun.«

Vittorio spürte, wie sie ein kleiner Schauer durchrann, und er drückte die Nase in ihre Halsbeuge, um sie zu trösten.

»Es würde mich nicht besonders treffen zu erfahren, dass Haydon tot ist. Aber es könnte mich erschrecken, dass du es warst, der ihn getötet hat.«

Er schloss die Augen. »Warum?«

»Mir gefällt der Gedanke nicht, dass du etwas tust, das gefährlich ist, und durch die Schatten zu gleiten ist definitiv gefährlich und riskant. Und du musst mit dem leben, was du tust. Einen anderen Menschen zu töten ist sicher nicht einfach, egal, ob es eine persönliche Sache ist oder nicht.«

Er hörte ihr an, dass sie sich die Dinge noch immer durch den Kopf gehen ließ und zu entscheiden versuchte, ob das, was er tat, falsch oder richtig war. Er hätte ihr sagen können, dass es auf diese Frage keine Antwort gab, aber sie musste selbst zu diesem Schluss kommen. Wenigstens verdammte sie ihn nicht sofort. Sie hatte ihn nicht mit Haydon verglichen, und das war seine größte Angst gewesen.

Sie griff nach hinten und legte eine Hand in seinen Nacken. »Du machst mir etwas Angst, Vittorio. Du führst ein schwieriges Leben, von dem niemand weiß. Die Leute denken Sachen über dich, die nicht wahr und auch nicht besonders schmeichelhaft sind.«

»Mir ist egal, was die Leute denken. Wir wurden von klein auf so erzogen, dass wir wussten, dass unsere Leben uns nicht allein gehören. Wir gehören der Familie. Vor hundert Jahren wurde unsere Familie beinahe ausgelöscht, und die wenigen Überlebenden waren in alle Winde zerstreut und mussten das Land verlassen, um zu überleben. Wir achten darauf, dass sich niemals alle Schattengleiter öffentlich an einem Ort aufhalten und immer noch jemand am Leben ist, um die Toten zu rächen, sollte der Feind beschließen, uns erneut auslöschen zu wollen. Wir lernen, dass das unsere Pflicht ist, und wir nehmen die Verantwortung an.«

Sie drehte den Kopf, um ihn über die Schulter anzusehen. Ihre Züge waren weich vor Liebe. Da waren Bewunderung und Respekt in ihrem Blick. Das Herz zog sich ihm heftig in der Brust zusammen, und in seinem Bauch rumorte es. Sein Schwanz zuckte heftig, schmerzte vor Verlangen. Er löste sich von ihr und legte sie auf den dicken Teppich vor dem Kamin, wobei er auf ihre Schulter achtete.

»Bleib bei mir, Grace. Sein mein. Ganz und gar. Vollständig.« Er ließ die Hand von ihrer Kehle, zwischen ihren Brüsten hindurch, ihren Bauch hinunter zu den roten Locken wandern. »Ich will nicht länger allein sein, und du bist mein Ein und Alles. Sag Ja.«

Er beugte den Kopf hinunter und ergriff stürmisch Besitz von ihrem Mund. Er ließ alle Zärtlichkeit fahren. Ihm war nicht nach Zärtlichkeit. Er wusste, dass er gewonnen hatte. Er wusste es. Grace war zu mitfühlend, um sich ihm nicht zu schenken. Sie liebte ihn bereits. Sie würde ihn niemals verlassen, nicht, wenn sie wusste, dass er dann allein sein würde. Nicht, wenn sie wusste, dass seine Mutter und sein Vater kalt und unbarmherzig gewesen waren. Oder dass er einen jüngeren Bruder verloren hatte. Grace würde es niemals über sich bringen, ihn zu verlassen.

Er schmeckte den Triumph ihrer Unterwerfung. Hitze strömte durch seine Adern und tobte wie ein Feuerball in seinem Bauch. Er nahm alles, was sie ihm anbot, und verlangte noch mehr. Sie gab ihm mehr, ihre Zunge lieferte sich einen Zweikampf mit der seinen, ihre Flammen vermischten sich mit seinen, bis beide so explosiv waren, dass er befürchtete, dass sie gleich hier im Wohnzimmer ein Feuer entfachen würden.

Er küsste eine Bahn über ihr Kinn, griff dann nach der Schnalle in ihrem Nacken und löste sie langsam, während sein Blick besitzergreifend über ihr Gesicht glitt. »Du bist so schön, *gattina,* du bist ein verdammtes Wunder.« Er beugte sich hinab, um leicht in ihr Kinn zu beißen, und benutzte die Zunge, um den Schmerz zu lindern, als sich ihre Augen weiteten. »Du hast mir noch keine Antwort gegeben.«

Sie befeuchtete ihre Lippen, sodass sie im Feuerschein glänzten, während er die Riemen hinter ihrem Hals hervorzog.

»Ich weiß nicht, was ich denken soll, Vittorio.«

Auf ihrem Gesicht zeigte sich ein bezauberndes Stirnrunzeln, dass er sofort wegküsste, wie er es immer gewollt hatte. Als er sich wieder von ihr löste, damit sie Luft holen konnte, wirkte sie verwirrt. Ein wenig weggetreten. Ganz und gar sein. Sie mochte es nicht ausgesprochen haben, aber ihr stand die Kapitulation ins Gesicht geschrieben. Er zog sie sanft in eine sitzende Position und griff um sie herum, um das Korsett zu öffnen. Es wurde nur von zwei Schnallen gehalten, und er musste nicht hinsehen, um sie mit geschickten Fingern zu öffnen. Er zupfte an dem Kleidungsstück, bis es sich löste, ehe er sie wieder auf den Teppich sinken ließ.

»Sag mir, dass du bei mir bleiben wirst, Grace. Gib mir dein Wort«, murmelte er an ihrer rechten Brust, und dann fiel er über sie her und bearbeitete dabei mit der Hand die linke Brust. Während er mit dem Mund eher grob vorging, Zähne und Zunge einsetzte und heftig saugte, waren seine Finger zärtlich. Wenn seine Finger ihre Brustwarze rollten, daran zupften, sie kniffen oder ihre Brust kneteten, wurde sein Mund sanfter. Er wechselte stetig den Rhythmus, damit sie sich an nichts davon gewöhnen konnte. Sie hatte die Füße flach am Boden, die Knie aufgestellt, und ihre Hüften bäumten sich wild auf.

»Vittorio.« Nur sein Name. Ein Stöhnen.

»Sag es, *bella*. Sag, dass du mir gehörst und immer mir gehören wirst. Leg einen heiligen Schwur ab, damit ich weiß, dass du ihn niemals brechen wirst.«

Er küsste das Tal zwischen ihren Brüsten, und sein ausgeprägter Bartschatten hinterließ eine rote Spur, als er damit über die empfindliche Haut kratzte. Er drehte den Kopf, kniff sie mit den Zähnen und leckte dann darüber, folgte der unteren Rundung ihrer Brüste, um dort seinen Besitz zu markieren.

»Ich kann nicht denken, wenn du das tust.«

»Was tue ich denn?« Er küsste sich zu ihrem verführerischen kleinen Bauchnabel hinab, ließ seine Zunge dort kreisen und vereinnahmte dann jeden Zentimeter ihres Bauchs und ihres Brustkorbs. Er rieb mit dem Kinn tiefer, zeichnete ihre Haut und setzte dann seine Zähne ein, leichte Bisse, die sie feucht vor Lust werden ließen. »Du sprichst nicht mit mir, und ich höre dich keine Worte aussprechen.«

Ihr Atem kam in abgehackten Stößen. Sein Schwanz tobte. Er brauchte nur wenige Sekunden, um die Kordeln ihres Lederhöschens zu öffnen und es ihr vom Leib zu zerren, sodass sie vollkommen nackt war. Erneut strich Vittorio von ihrer Kehle bis zwischen ihre Beine. »Du bist unfassbar heiß, Frau. Und gerade bist du wunderschön.«

Zu sehen, wie erregt sie war und wie sehr sie ihn wollte, war erotischer als alles andere. Wenn sein Schwanz in ihrem Mund war, dann hatte sie den gleichen Gesichtsausdruck. Verehrung. Liebe. Lust. Sie war auf sündige Weise sinnlich. Er kam auf sie zu, ergriff ihre Beine in den Kniekehlen und schob sie nach oben, bis sie beinahe neben ihren Ohren waren, sodass sie nun vollkommen entblößt unter ihm lag.

»Ich wünschte, du könntest dich gerade selbst sehen.« Er senkte den Kopf und ließ die Zunge durch ihr feuchtes Fleisch gleiten, sammelte den Nektar auf, nach dem er so süchtig war.

Ihr Körper erbebte, und sie schnappte nach Luft. Er hob den Kopf. »Ich habe noch nicht gehört, was ich hören wollte.«

»Ich kann nicht klar denken. Du machst es mir schwer.«

Er lächelte sie durchtrieben an und senkte erneut den Kopf. Ein Stöhnen entfloh ihr, und er spürte, wie ihre Bauchmuskeln unter seiner Handfläche arbeiteten. Lächelnd ging er zum Angriff über, saugte, zögerte hinaus, was er wirklich wollte, und als sie aufschrie, legte er die Zunge flach und leckte, bis sie beinahe schluchzte. Er änderte die Taktik und ließ seine Zungenspitze so lange hart gegen ihre Klit schnellen, bis sie kurz vor der Explosion stand. Er ließ von ihr ab und rieb sein Gesicht an der Innenseite ihrer Schenkel trocken.

»Vittorio.« Sie heulte seinen Namen.

»Ich höre, *mia vida*.« Er pustete auf ihre glänzenden Locken und dann noch etwas tiefer.

»Du weißt doch, dass ich bei dir bleibe.«

»Das magst du vielleicht in der Vergangenheit gesagt haben, aber da war kein Schwur. Ich will einen Schwur hören.« Er senkte den Kopf und begann von Neuem.

Er liebte es, wie sie schmeckte, aber auch, wie empfindlich sie war und wie stark sie auf ihn reagierte. Innerhalb weniger Minuten stöhnte sie seinen Namen, die Finger in seinem Haar, bettelnd. Er liebte die Verzweiflung in ihrer Stimme. Er war nie so spielerisch mit einer Frau gewesen, aber mit Grace war es, als ob sie alle Zeit der Welt hätten, sich miteinander zu vergnügen. Sie gab ihm das Gefühl, dass er spielerisch sein konnte. Dass er sie necken durfte. Dass er jeden Zentimeter ihres Körpers genießen durfte.

»Ich liebe dich, Grace«, flüsterte er an ihrem Bauch, weil er die Wahrheit nicht länger zurückhalten konnte. Das Gefühl war überwältigend und so mächtig, dass es überlief, sodass er keine andere Wahl hatte, als es ihr zu sagen. »Ich werde nie aufhören, dich zu lieben.«

Sie wurde ganz ruhig, ihre Hüften regten sich nicht, und ihre Augen wurden groß, während sie ihn musterte. »Ich will nicht, dass du jemals aufhörst, Vittorio. Egal, was kommt, ich bleibe so lange bei dir, wie du mich willst. Wir stehen alles gemeinsam durch.«

Er betrachtete sie, nahm sie in sich auf, und dann konnte er nichts mehr sehen, weil seine Augen brannten. Er ließ ihre Beine auf den Boden sinken und beugte sich über sie. Seine Lippen fanden ihren Mund, teilten ihren Geschmack mit ihr. Halb glaubte er, sie würde sich wegdrehen, aber das tat sie nicht. Sie küsste ihn, langsam und sinnlich, wie er es von ihr brauchte, und entzündete damit hundert Explosionen in seinem Bauch, während sie ihm absolute Liebe vermittelte.

»Ich will dich auf Händen und Knien, *gattina*.«

Ihre Augen suchten seine, dann setzte sie sich in Bewegung, rollte sich gehorsam mit dem Gesicht zum Kamin herum. Er rieb über ihre Pobacken, liebte es, wie sie aussah und sich anfühlte. Seine Hand wanderte in ihren Nacken und drückte ihren Kopf sehr sanft nach unten.

»Ich werde dich hart und schnell nehmen. Ich werde nicht sanft sein. Du musst auf deine Schulter achten, Grace, deshalb geh ganz nach unten und verlagere das Gewicht auf deine heile Schulter.«

Sie drehte den Kopf und sah ihn an, doch sie senkte den Oberkörper ab, bis sie auf den Ellbogen ruhte und das Gewicht größtenteils von ihrem guten Arm getragen wurde. Er rieb erneut über ihren Hintern, glitt mit dem Finger über die Ritze zwischen ihren Backen und beugte sich dann vor, um seine Zähne einzusetzen, bis sie leise aufschrie und seiner Hand entgegenkam.

Er kniete sich hinter sie, sein Schwanz war schwer in seiner Hand. Er würde nicht annähernd so lange durchhalten, wie er wollte. Nicht, wenn der Feuerschein so über ihren Körper tanzte. Nicht, wenn sie vor ihm kniete und sich ihm auf diese Weise präsentierte. Er presste die dicke, breite Spitze seines Schwanzes in die glühende Hitze, die ihn erwartete. Sie schnappte nach Luft, und er sah auf ihr Gesicht hinab.

Sie blickte ihn mit ihren grünen Augen an, die von diesen langen, fedrigen Wimpern umrahmt waren. Da war ein Ausdruck in ihnen, dessen er niemals müde werden würde – ein Ausdruck, der ihm sagte, dass sie ihm voll und ganz gehörte. Während er in ihr Gesicht blickte, rammte er sich in sie hinein, stieß durch ihre engen Falten, um sich so tief wie nur möglich in ihr zu vergraben. Eine Feuerspur drohte seinen Schwanz in feurige Flammen zu hüllen, als sie sich um ihn schloss, ihn quetschte und würgte.

Die Luft entwich ihm. Er hörte ihren kleinen Aufschrei, der abbrach, als sie nach Luft schnappte. Er packte ihre Hüfte mit beiden Händen und begann sich zu bewegen. Hart. Schnell. Wie er es ihr versprochen hatte. Jedes Mal ging er tief. Die siedende Hitze war beinahe zu viel für ihn. Sie war so eng, dass er sich nicht sicher war, ob er Lust oder Schmerzen spürte. Es spielte keine Rolle, denn es war eine perfekte Kombination. Er konnte nicht aufhören. Er wollte genau hier bleiben, wo das Feuer ihn reinwusch.

Es war zu gut. Das wusste er, obwohl er versuchte, möglichst lange in ihr zu sein. Jedes bisschen Disziplin schien durch die Türen in die Nacht hinaus zu verfliegen, während er wieder und wieder in sie hineinstieß, sie hart ritt und nicht wollte, dass es jemals vorbei war. Er fühlte, wie ihre Muskeln sich um ihn verengten, und dann spürte er sie um sich herum arbeiten.

»Nein.« Er stöhnte es, wusste, dass sie ihn mit sich reißen würde. Er stand zu kurz davor. Es gab kein Zurück mehr.

Der Atem entwich ihr keuchend, und die Welle wurde größer und mächtiger, sie erfasste ihn, umspülte ihn, bis ihr Körper förmlich zu einem Schraubstock wurde. Sie verbrannte ihn mit einer seidenen Faust, die nicht loslassen wollte, sondern immer nur noch enger wurde, bis er jeden ihrer Herzschläge an seinem Schwanz spürte. Blut donnerte in seinen Ohren. Tobte durch seine Adern. Jagte durch seinen Bauch, um sich dann in seinem Schritt zu sammeln, sodass sein Höhepunkt in den Zehen startete und dann nach oben raste und ihn vollkommen vereinnahmte. Ihn zerstörte. Ihn tötete. Er fühlte, wie sein Schwanz wild im Takt mit dem rhythmischen Zusammenziehen ihres siedend heißen Kanals zuckte. Wieder und wieder trafen heiße Spritzer ihre inneren Wände, überzogen sie, lösten heftigere Schockwellen aus.

Die Explosion erfasst sie beide und brachte sie zum Siedepunkt. Er hielt sie fest, sein Schwanz bebte, sein Körper zitterte, während ihrer um ihn herum pulsierte. Ihre Schreie waren ein sanfter Kontrast zu seinem gutturalen und sehr rauen Ausstoßen ihres Namens. Grace. Seine Frau.

Er hatte die Geistesgegenwart, ihre Beine gerade zu ziehen, sodass sie flach auf dem Bauch lag, als er auf ihr zusammenbrach, noch immer pulsierend, noch immer in ihr vergraben. Sie ertrug sein Gewicht, obwohl der Boden unter dem Teppich nicht nachgab.

Seine Lungen weigerten sich, Luft aufzunehmen, während ihr Körper ihn weiterhin molk. Die Lust überflutete ihn. Verharrte. Sein Herz schlug zu laut. Zu schnell. In seinem Kopf herrschte Chaos. Seine Welt war auf diese eine Frau zusammengeschrumpft, auf ihre Körper, die ebenso miteinander verbunden waren wie ihre Schatten. Sie teilten diesen Moment. Ritten diese Welle reiner Leidenschaft gemeinsam.

Der Nachtwind kam über den See, stahl sich durch die offene Glastür auf ihre Körper. Umspielte seinen Hintern und Rücken. Glitt über seinen Kopf, um sein Haar zu zausen.

Sie lag sehr still, umklammerte ihn noch immer. Erst nach und nach begannen ihre Muskeln, den tödlichen Griff um seinen Schwanz zu lockern. Er hatte keine Energie, sich zu bewegen. Selbst die kleinste ihrer Bewegungen jagte Schauer durch sie beide.

»Wenn du nicht so schwer wärst, könnte ich glatt einschlafen.« Ihre Stimme klang gedämpft und ein wenig atemlos.

»Wenn ich ein Gentleman wäre, würde ich versuchen, mich zu bewegen, aber das bin ich nicht. Und ich kann nicht.« Er nutzte den wenigen Atem, um sich aus ihr zurückzuziehen und sich dabei zur Seite zu rollen, damit sie von seinem Gewicht befreit wurde. Sie hatte ihn nicht darum gebeten und sich auch nicht wirklich beschwert – er wusste, dass Grace ihn so lange auf sich hätte liegen lassen, bis sie wirklich nicht mehr hätte atmen können.

Er legte sich neben ihr auf den Rücken und blickte zur Decke hinauf. »Du bist ein verdammtes Wunder, *gattina*.« Er konnte ihr das nicht oft genug sagen.

»Das waren wir beide, also würde ich eher sagen, dass du das Wunder bist. Ich weiß nicht, was ich tue, erinnerst du dich?« Sie rollte sich dicht neben ihm auf den Rücken, sodass sich ihre Oberschenkel berührten. Ihr rotes Haar sah im Feuerschein aus wie flüssige Seide. Ihr Körper war von einem leichten Schweißfilm bedeckt, und jeder ihrer Atemzüge war eine Verführung zur Sünde.

Er legte sich den Arm über die Augen. Es war dunkel, das einzige Licht rührte vom Feuerschein des Kamins, der über sie tanzte, und vom Mond, der sich auf der Wasseroberfläche des Sees spiegelte.

»Das meinte ich nicht, Grace.« Er zwang sich, sich auf die Seite zu rollen und den Kopf auf einen Arm zu stützen. »Du willst bei mir bleiben, selbst nachdem du weißt, was meine Familie tut.«

Sie blickte zur Seite, begegnete seinem Blick, drehte aber den Kopf nicht. »Ich liebe dich. Ich denke, das wusstest du, bevor du es mir erzählt hast. Du hättest es nicht tun müssen. Du hättest es geheim halten können. Es ist nicht so, als würden besonders viele Menschen glauben, dass du durch die Schatten reisen kannst. Ich weiß immer noch nicht, wie das gehen soll.«

»Ich hatte keine Wahl.« Er konnte nicht anders, er musste sie berühren. Er legte die Handfläche auf ihren Bauch, genau über ihrem Bauchnabel, wo er hoffte, dass einmal ihr Kind ruhen würde. »Wenn unsere Schatten sich zu eng miteinander verbinden, hat das Konsequenzen. Wir haben viel Zeit miteinander verbracht, und ich habe meine Gefühle niemals verborgen. Ich habe es nicht einmal versucht.« Das Geständnis sprudelte aus ihm heraus.

»Welche Konsequenzen?«

»Wenn wir unsere Schatten auseinanderreißen würden, könnte ich kein Schattengleiter mehr sein. Ich bin als Gleiter geboren und wurde mein ganzes Leben dafür ausgebildet, das ist, wer ich bin. Abgesehen davon, dich zu verlieren, wäre es das Schlimmste, was mir passieren könnte. Du könntest dich nicht erinnern, dass wir jemals eine Beziehung hatten. Du würdest denken, dass wir nur zusammen waren, damit ich dir wegen dem Schuss auf dem Parkplatz unseres Nachtclubs helfen konnte.«

Sie wurde still. Er war daran gewöhnt, dass sie sich Zeit nahm, bevor sie antwortete, aber er war sehr auf sie eingestimmt, deshalb fiel ihm auf, dass die Anspannung in ihr angewachsen war. Er atmete weiter. Konzentrierte sich auf die Luft, die seine Lunge füllte und dann wieder entwich. Er hielt sein Energielevel niedrig, so wenig bedrohlich wie möglich. Keine Furcht. Keinen Zorn. Nur atmen. Dieses Mantra wiederholte er im Kopf. Sie hatte gesagt, sie würde bleiben, und Grace Murphy war keine Frau, die ihr Wort brach.

»Du führst ein schwieriges Leben, Vittorio.«

»Das stimmt wahrscheinlich. Aber ich kenne kein anderes, deshalb fühlt es sich für mich nicht so schwierig an, Grace.« Er drehte ihren Kopf zu sich, zwang sie, ihn anzusehen. »Ich schwöre dir, dass du glücklich mit mir sein wirst. Ich bin noch immer der Mann, in den du dich verliebt hast. Wir haben miteinander geredet, erinnerst du dich? Ich weiß, was du magst, und du weißt, was ich bevorzuge. Wir passen zusammen. Du wirst in meiner Familie glücklich sein. Sie werden dich mit offenen Armen aufnehmen. Eloisa wird sich zurückhalten. Sie mault uns alle an, aber sie ist auch unglaublich loyal.«

»Ich mache mir keine Sorgen wegen Eloisa, Vittorio. Ich mache mir Sorgen um dich.«

Er beugte sich hinunter, um ihr einen Kuss auf den Mund zu hauchen, weil er gesehen hatte, dass ihre Lippen leicht zitterten. »Ich bin ziemlich gut in dem, was ich tue.«

»Du lebst die ganze Zeit über auf Messers Schneide. Du jagst und tötest Kriminelle.«

»Ich führe sie der Gerechtigkeit zu, wenn niemand sonst dazu in der Lage ist.«

»Ganz egal, in welche Worte man es verpackt, es ist wahr. Es ist auch irgendwie aufregend. Lässt den Adrenalinpegel in die Höhe schießen, oder?«

Er musterte ihr Gesicht, als er nickte. »Ja. Es ist ein Adrenalinrausch. Es dauert eine Weile, bis man wieder runterkommt, und ich warne dich schon mal vor, dass das Adrenalin direkt in meinen Schwanz wandert. Wenn ich zu dir nach Hause komme, werde ich ein, zwei Tage durchgehend Sex haben wollen. Das ist eine Tatsache.«

»Adrenalinrausch und danach tagelang heißer Sex, so ist das also.« Sie drehte den Kopf wieder so, dass sie zur Decke blickte.

»Sprich mit mir, *bella*. Du musst mir sagen, wenn du ein Problem hast. Das haben wir einander versprochen.«

»Ich habe gesehen, was du alles getan hast. Skydiving. Autorennen fahren. Flugzeuge fliegen. Bergsteigen. Segeln. Das wird wieder und wieder in den Zeitschriften über dich berichtet. Ich habe sie alle gelesen, jeden Artikel über dich, und ich habe mir die Bilder angesehen. Das ist der Beweis, dass diese Artikel nicht erfunden waren. Du machst wirklich all diesen Adrenalinjunkie-Kram.«

»Das tue ich.«

»Ich nicht.«

»Das hast du nicht getan«, korrigierte er sie. »Du wirst es tun.«

»Ich wüsste nicht, wie. Ich hätte unglaubliche Angst. Ich bin ein langweiliger Mensch, Vittorio, und in weniger als einem Monat würdest du dich mit mir zu Tode langweilen.«

»Das war die ganze Zeit über deine Sorge, oder?« Er rieb über ihren Bauch, und die Muskeln flossen wie Seide unter ihrer Haut.

»Du musst doch zugeben, dass ich aus gutem Grund besorgt bin.«

»Du hast bereits zugestimmt, dass du ausprobieren wirst, was ich im Bett von dir will. Manche dieser Dinge machen dir natürlich Angst, aber du vertraust mir, dass ich dafür sorge, dass du dich gut fühlst, nicht wahr?«

»Das ist was anderes.«

»Vertrauen ist Vertrauen, Grace. Wenn du mir deinen Körper anvertraust, wenn wir Sex haben, dann ist es kein weiter Weg dahin, dass du mir auch vertraust, mich hier im Haus um dich zu kümmern, oder? Das tust du doch bereits.«

Sie nickte zögerlich, als fürchtete sie, in eine Falle gelockt zu werden.

»Und von da ist es kein weiter Weg, mir zu vertrauen, dass ich mich auch außerhalb des Hauses um dich kümmere. Ich will, dass du lernst, wie man ein Flugzeug fliegt. Wie man auf einen Berg steigt. Taucht. Ich will meine Welt mit dir teilen, die ganze. Du musst mir vertrauen, dass ich es langsam angehe und Rücksicht auf dich nehme und dir nur Dinge zeige, von denen ich weiß, dass sie dir gefallen werden.«

Vittorio rollte sich auf sie. Er umschloss ihr Gesicht mit beiden Händen, damit er ihr in die Augen sehen konnte. »Du bist meine Welt. Du. Du bist mein Leben. Glaubst du ernsthaft, ich würde dich in eine gefährliche Situation bringen, über die ich keine Kontrolle habe? Du würdest ordentlich ausgebildet werden, bevor du etwas ausprobieren dürftest. Ich würde immer bei dir sein. Ich würde nicht riskieren, dich zu verlieren. Ich will, dass wir gemeinsam Abenteuer erleben. Lerne, mir voll und ganz zu vertrauen, Grace, damit du sicher sein kannst, dass dir in meiner Gegenwart keine Gefahr droht. Geht das?«

Ihr Blick glitt über sein Gesicht. Sie schluckte. Hart. Sein Herz zog sich zusammen. Seine Frau. Sie würde ihm nachgeben. Um ihm eine Freude zu machen. Weil sie ihm gehörte, weil er sich um sie kümmern durfte und weil sie wusste, dass er ihr Vertrauen mehr brauchte als alles andere. Vertrauen war eng mit Liebe verknüpft. Je mehr er spürte, wie sehr sie an ihn glaubte und ihm vertraute, desto sicherer war er sich, dass sie ihn liebte.

Sie nickte sehr langsam. »Ich werde ausprobieren, was immer du möchtest, weil ich weiß, dass ich dir damit eine Freude mache, und das ist mir wichtig.«

Er küsste sie sanft. »Ich danke dir, Grace«, murmelte er, als er schließlich den Kopf hob. Sie küsste ihn ohne Zögern zurück, obwohl sie flach atmete und er wusste, dass er sein Gewicht von ihr nehmen musste.

»Ich bin sehr müde, Vittorio. Ich muss ins Bett. Ich habe das Gefühl, dass ich sehr viel Schlaf brauchen werde, um mit dir mitzuhalten.«

Er spürte, wie Glück ihn durchflutete, und erlaubte sich, es auszukosten. Glück war nicht Teil seines Lebens gewesen. Er mochte seine Familie, aber er hatte sich nicht vollständig gefühlt. Ganz. Und er war nicht glücklich gewesen.

»Ich werde dich waschen, *gattina,* und dann trage ich dich ins Bett.« Er liebte dieses kleine Ritual nach dem Sex, und er wusste, je öfter er es tun würde, desto selbstverständlicher würde es für sie werden. Er küsste sie noch einmal und erhob sich.

17

Vittorio erhielt Stefanos Mitteilung, als er gerade mit Grace dicht an seiner Seite aus dem Physiotherapie-Raum kam. Sie hatten vorgehabt, gemeinsam schwimmen zu gehen, weil der Arzt gemeint hatte, das sei sehr gut für ihre Schulter und sie ohnehin bereits süchtig danach war. Midnight Madness nahte mit großen Schritten, und sie strengte sich an, um bis dahin in möglichst guter Form zu sein.

»Was ist?«, fragte Grace und sah ihn unter dem langen Schleier ihrer Wimpern an.

Er drückte sie enger an sich. »Mein Bruder. Die Familie ist auf dem Weg für ein weiteres schnelles Meeting.« Das war die Wahrheit, aber nicht die ganze. Er war sich nicht sicher, wie er es ihr beibringen sollte. Sie hatte akzeptiert, was seine Familie tat, sie hatte sogar akzeptiert, dass er ein Schatten-gleiter war, aber darüber zu sprechen, dass man Auftrags-morde erledigte – ob nun für die Gerechtigkeit oder nicht –, und dann tatsächlich einen Auftrag auszuführen, das waren zwei verschiedene Dinge.

Sie blickte weiter zu ihm auf, während sie den Flur hinunter zu ihrem Zimmer gingen. »Es geht um Haydon, nicht wahr?«

»Ich weiß es nicht sicher.« Das stimmte, aber sein Bauch-gefühl sagte ihm, dass es so war, und es hatte ihn bislang nur selten getrogen. »Vermutlich«, gab er zu. »Ich erzähle es dir, wenn ich es genauer weiß.«

In ihrem Zimmer angekommen, schloss er die Tür und drehte sich zu ihr um, um ihr Gesicht mit den Händen zu umschließen. »Es ist beinahe vorbei, Grace. Wir schnappen ihn, und dann ist seine Schreckensherrschaft zu Ende. Du kannst in Frieden leben.«

Ihr Blick wanderte eine gefühlte Ewigkeit über sein Gesicht. Er stellte fest, dass er den Atem anhielt. Sie hob den verletzten Arm und strich über seinen Bartschatten, etwas, das Verlangen seinen Rücken hinabtanzen ließ, als könnte er die intime Berührung am ganzen Körper spüren.

»Ich lebe bereits jetzt in Frieden, Vittorio. Das habe ich dir zu verdanken. Wenn ich hier bin, kann ich frei atmen. Bei dir fühle ich mich sicher. Ich weiß, dass er da draußen ist, aber je mehr Zeit ich mit dir verbringe, desto mehr habe ich das Gefühl, in Sicherheit zu sein.«

Er schlang die Arme um sie und zog sie eng an seinen Körper. »Ich werde heute deine Kleider in das Hauptschlafzimmer bringen lassen. Merry hat veranlasst, dass drei Frauen, denen wir vertrauen können, kommen und das für uns erledigen.«

Erschrecken tauchte ihre Augen in dunkles Smaragdgrün. »Moment.« Sie hob eine Hand abwehrend an die Kehle.

Er lächelte zu ihr hinunter. »Ich schlafe jetzt schon eine ganze Weile in deinem Bett, *gattina*. Warum hast du ein Problem damit?«

Sie befeuchtete sich die Lippen mit der Zungenspitze. »Es ist mein Reich.«

Er warf den Kopf zurück und lachte. »Du meinst, wenn du sauer auf mich bist, kannst du mich einfach aus dem Schlafzimmer werfen?« Vittorio wandte den Blick nicht von ihrem ab. Seine schöne Frau. Sie erfüllte seine Welt mit Licht.

»Na ja«, sagte sie zögerlich und nickte schließlich langsam. »Das ist mir durchaus in den Sinn gekommen.«

»*Bella*, du bist unbezahlbar.« Lachen stieg in ihm auf, und er unterdrückte es nicht. Er war es nicht gewohnt, glücklich zu sein, und es fühlte sich gut an, sich darin zu aalen. Sie würde die beste Mutter sein, die beste Partnerin. Sie würde ihren Kindern eine Kindheit voller Lachen und Spaß geben.

Sie starrte ihn an. »Es ist nicht lustig, dass ich diesen Raum für mich brauche, damit ich dich rauswerfen kann.« Sie trat einen Schritt zurück und sah sich in dem großen Zimmer um.

»Lustig ist nur, dass du denkst, dass du mich dazu bringen könntest zu gehen. Ich bin doppelt so groß wie du. Größe spielt in solchen Situationen eine Rolle«, konnte er sich nicht verkneifen zu sagen.

Sie zog eine schnippische Grimasse. »Ich würde dich bitten, ein Gentleman zu sein und zu gehen.«

»*Gattina.*« Seine Stimme war sehr sanft. »Wir haben schon darüber gesprochen, was für eine Art Mann ich bin. Du kannst mich nicht aus dem Schlafzimmer werfen. Wenn du wütend auf mich bist, reden wir darüber. Ich glaube, es geht hier mehr darum, dass du einen Ort für dich willst, kein eigenes Schlafzimmer. Du hast kein Problem damit, die Nächte mit mir zu verbringen und so zu schlafen, wie wir es tun.«

Sein Körper war immer so dicht an ihrem, das nicht einmal ein Blatt Papier dazwischengepasst hätte. Er mochte es so. Er wollte jeden Zentimeter ihrer weichen Haut spüren. Es gefiel ihm, in der Lage zu sein, ihre Brüste zu streicheln oder daran zu saugen, sein Mund hungrig auf ihrem, seine Finger in ihr, um zu spüren, wie sie ihn erwartungsvoll willkommen hieß. Er liebte es, aufzuwachen und ihren Mund auf seinem Schwanz zu spüren und wie ihre Haare über seine Schenkel glitten. Das würde er nicht aufgeben.

Und abgesehen davon, dass er so viel Zeit wie möglich mit ihr verbringen wollte, war es auch leichter für ihn, sie zu beschützen, wenn sie sich im gleichen Raum aufhielten. Wenn Haydon je einen Weg fand, seine Sicherheitsvorkehrungen zu umgehen, dann wäre noch immer er da, um den Mann von Grace fernzuhalten. Allein deshalb war es wichtig, dass sie sich ein Schlafzimmer teilten.

Sie legte die Hand auf den Bettpfosten. »Ich denke, das trifft teilweise zu. Ich will nachts bei dir schlafen, aber mir gefällt auch der Gedanke, mein eigenes Reich zu haben.«

Er hörte, dass sie die Diskussion nicht gern fortführte. »Ich habe einen Raum für dich einrichten lassen. Du brauchst eindeutig ein Büro hier im Haus. Es verfügt auch über ein privates Bad und ein Wohnzimmer. Dort kannst du dann in Ruhe mit Katie über bevorstehende Veranstaltungen sprechen. Telefon und Internet sind schnell und verlässlich. Und keine Sorge, ich habe es nicht in irgendeiner bizarren Farbe streichen lassen. Vielleicht hätte ich gleich sagen sollen, dass das Telefonsystem eingerichtet ist, aber alles andere dir überlassen bleibt. Ich dachte, dass es dir vielleicht Spaß machen könnte, die Inneneinrichtung ganz nach deinem Geschmack zu planen.«

Sie strahlte ihn praktisch an. »Ich wollte schon immer ein Büro. Das wird alles so viel einfacher machen, und zu wissen, dass Haydon nicht rein kann, um in meinen Unterlagen über Kunden und Zulieferer zu schnüffeln, ist so eine Erleichterung für mich. Danke, dass du daran gedacht hast.«

Er liebte es, sie glücklich zu machen. Er würde zehn Büros in seinem Haus einrichten, wenn er dafür genau dieses Lächeln von ihr bekäme. Aber da war noch immer etwas, das sie beschäftigte und das sie ihm nicht sagen wollte, und das konnte er nicht zulassen. Er musste es wissen, wenn etwas sie beunruhigte.

»Ich würde gern wissen, warum du so zögerlich bist bei dem Gedanken, das Hauptschlafzimmer mit mir zu teilen.« Das war eine Aussage. »Sag es mir, Grace.« Das war ein Befehl.

Sie zog eine kleine Grimasse. »Weil du damit alle Macht bekommst. Alles in dem Zimmer schreit förmlich deinen Namen. Es passen praktisch zwei Zimmer hinein, und es ist riesig. Die Farben sind alle deine, und irgendwie … einschüchternd. Das Bett sieht aus, als würdest du mich wirklich daran fesseln wollen, obwohl ich mich im Haus umgesehen habe, und keinen Kerker entdecken konnte, also bin ich hoffentlich sicher.« Sie endete mit einem nervösen Lachen.

Er trat näher und zwang sie, zu ihm aufzusehen. Er legte seinen Finger unter ihr Kinn, damit sie ihm direkt in die Augen blicken musste. »Nur damit du es weißt, du bist nie vollkommen sicher vor irgendetwas Sexuellem, das ich von dir verlange. Ob ich dich fessle oder nicht, das bleibt ganz mir überlassen, egal, wo wir sind.« Er hauchte ihr einen Kuss auf die Lippen und lächelte dabei, denn ihre Augen waren groß geworden, etwas erschrocken, aber auch von einer dunklen Lust und unverkennbarer Erwartung erfüllt. »Es spielt keine Rolle, in welchem Raum wir uns befinden. Ich will, dass du mit mir das Hauptschlafzimmer teilst. Immer. Wir räumen noch heute deine Sachen um.« Er wartete ab. Musterte ihr Gesicht.

Sie nickte langsam. »Ich fange besser an, bevor ich zum Schwimmen gehe.«

»Erstens: Du wirst keinen Finger rühren. Ich habe das Personal angewiesen, sofort anzufangen, sobald wir den Raum verlassen haben. Zweitens: Du wirst nicht schwimmen gehen, solange ich nicht mitgehen kann. Ich riskiere nicht, dass dir etwas passiert, wenn du allein im Wasser bist.«

Ein Proteststurm glitt über ihr Gesicht, und ihre Augen wurden unheilvoll dunkel. »*Erstens:* Mir passiert nichts, wenn ich meine Bahnen schwimme. Ich schwimme langsam, wie der Arzt es verordnet hat. Ich brauche keinen Babysitter im Pool. Bevor ich hier war, bist du da allein im Pool geschwommen?«

Sie hatte das Kinn gereckt, und er konnte nicht widerstehen, er beugte sich zu ihr hinunter und biss zärtlich hinein, bis sie einen kleinen Schrei von sich gab. »Es spielt keine Rolle, was ich getan oder nicht getan habe, *gattina*. Wichtig ist nur, was ich für dich will, und das ist vor allem deine Sicherheit. Du schwimmst nicht allein. Das ist eine Regel, von der ich erwarte, dass du sie einhältst.«

Sie wirkte, als würde sie gleich eine Rebellion starten. Er schlang den Arm um ihre Taille, zog sie eng an sich und hielt sie dort fest. Er presste den Mund hart auf ihren. Er war nicht sanft, genoss es, küsste sie, bis sie nicht mehr atmen konnte. Bis er nicht mehr atmen konnte. Bis er sicher war, dass Luft gar nicht mehr so wichtig war. Er liebte es, sie zu küssen.

An irgendeinem Punkt war er süchtig nach ihr geworden – nach dem brüllenden Feuer in seinem Bauch, sobald sein Mund ihren berührte, die Flammen, die wie ein flüssiges Inferno durch seine Adern tobten, wenn er sie küsste. Seine Frau, die ihn zurückküsste, war ein Wunder. Sie fühlte sich in seinen Armen an wie eine lebendige Flamme. Er verlor sich in der Magie, die Grace war.

Widerstrebend hob er den Kopf, als seine Uhr vibrierte und ihn darüber informierte, dass seine Familie gerade ankam. Sie hatten vereinbart, durch die Schatten zu kommen, sodass Haydon nicht wusste, wo sie sich aufhielten. Lediglich Giovanni musste das Auto benutzen. Mariko nutzte die Schatten, um ins Hotel zu gelangen und bei Francesca zu bleiben. Seine Familie traf sich stets in demselben Konferenzraum, der auf den umzäunten Kräutergarten hinauswies. Glyzinien in Violett und Weiß rankten sich überall den Zaun hinauf und verbargen den Raum mit seinen Glaswänden noch mehr vor der Welt draußen.

»Ich hätte gern, dass du dich hinaus auf die Terrasse setzt und über die perfekte Hochzeit für uns nachdenkst. Was ist deine Traumhochzeit? Hast du schon eine Vorstellung? Weißt du schon, was du willst? Jetzt wäre eine gute Gelegenheit, die Details aufzuschreiben.«

Er drehte sie zur Tür. Sie wurde blass, als sie zu ihm aufsah. Er schob sie mit sich hinaus in den Flur. Die Sache mit seiner Familie musste dringend sein, wenn sie so kurzfristig zusammengerufen wurden.

»Du bist zu schnell, Vittorio. Du solltest es nicht übereilen. Wir lernen uns doch gerade erst kennen. Wir können nicht so schnell heiraten.«

Sie klang atemlos. Erschrocken. Ängstlich. Er beschloss, die Sache mit der Angst anzusprechen. »Grace, du musst dich daran gewöhnen, mir zu vertrauen. Du trägst meinen Ring am Finger. Du hast mir ein Versprechen gegeben. Wir leben bereits seit einigen Monaten zusammen. Ein wenig mehr sogar. Du weißt, dass du mich liebst, und du weißt, dass ich dich liebe. Ich werde mit dem Heiraten nicht warten. Es gibt keinen Grund, es nicht so bald wie möglich zu tun. Gibt es noch einen anderen Grund zu warten, abgesehen von Haydon Phillips, den wir finden und aus deinem Leben entfernen werden?«

»Haydon ist ein *riesiger* Grund, Vittorio. Wir können auf

keinen Fall eine Hochzeitszeremonie haben, bevor er nicht in Haft sitzt oder tot ist. Du hast keine Ahnung, wie gefährlich und krank er ist.«

»Ich weiß es. Ich habe es mir zur Aufgabe gemacht, darüber Bescheid zu wissen. Ich habe jeden Bericht über jeden Tod gelesen, von dem du vermutet hast, dass er damit zu tun hatte. An diesem Punkt weiß ich mehr über ihn, als er über sich selbst. Meine Ermittler haben Zeitachsen erstellt und mithilfe der Bilder auf deinem Handy seine Bewegungsmuster nachvollzogen. Sie können ihn exakt am Tatort von drei der Opfer lokalisieren, zu genau der Zeit, als der Mord stattfand. Irgendwann, vor gut einem Jahr, hat er angefangen etwas an der Kamera zu machen, damit es schwerer wird, ihn zu verfolgen.«

»Vermutlich hat er herausgefunden, dass man über die Fotos herausfinden konnte, wo er sich aufhält. So ist er. Er braucht keine formale Ausbildung. Er war schon immer schlau, er mochte es nur einfach nicht, wenn irgendjemand, Lehrer eingeschlossen, ihm sagen wollte, was er zu tun hatte.«

Er strich ihren Arm hinunter und nahm ihre Hand. »Lass uns gehen. Je früher wir das hinter uns bringen, desto früher können wir schwimmen gehen.« Er führte sie hinaus. »Merry wird dir ein paar Erfrischungen bringen. Die drei Frauen bringen deine Sachen ins das Hauptschlafzimmer. Du brauchst nur noch deine perfekte Traumhochzeit zu planen.«

Es standen bereits eine Kanne Erdbeerlimonade, ein Eimer Eis und ein hohes Glas bereit, wie er es Merry zuvor via Textnachricht gesagt hatte. Daneben lag Grace' iPad mit dem Planungsprogramm darauf. Sie glitt in den Stuhl, ohne ihm noch einmal zu widersprechen.

»Es wird sicher nicht lange dauern.« Vittorio küsste sie

noch einmal und ließ sich dabei Zeit. Er konnte sich bei allem anderen in seinem Leben beeilen, aber er würde niemals den Fehler machen, sich zu beeilen, wenn es um Zeit mit Grace ging. Sie war zu wichtig, und alles andere konnte warten. Seine Uhr vibrierte ungeduldig, um ihm mitzuteilen, dass sein älterer Bruder auf ihn wartete, aber er ignorierte es.

Erst beim dritten Mal hob er den Kopf. »Ich liebe dich sehr, Grace Murphy.« Sein Daumen glitt über die kleine Vertiefung an ihrem Kinn. »Heirate mich schnell.«

Sie nickte langsam und wirkte dabei ein bisschen weggetreten. »Das werde ich, aber du schummelst, indem du mich küsst. Ich kann nicht klar denken.«

Ihm fiel es auch nicht ganz leicht. Vor allem sein Körper stellte dringende Forderungen, die er aber der Umstände wegen ignorieren musste. Erneut vibrierte seine Uhr, und dieses Mal kam es ihm vor, als wollte sie seinen ganzen Arm schütteln. Giovanni musste angekommen sein. Er war so damit beschäftigt gewesen, seine Frau zu küssen, dass er das Auto gar nicht bemerkt hatte.

»Du bist die Expertin hier, *bella*. Plane uns einen unvergesslichen Tag. Ich hätte nie gedacht, mich einmal auf meine Hochzeit zu freuen, also mach es zu einem traumhaften Tag für uns beide.«

»Männer sind selten sehr begeistert von Hochzeiten, die für Frauen das Nonplusultra darstellen.«

Er liebte die Belustigung in ihrer Stimme so sehr, dass er ihr einen Kuss auf die Lider hauchte. »Dieser Mann hier ist es.« Alles für seine Frau. Er wollte, dass es für sie das »Nonplusultra« war. »Emilio und Enzo werden in der Nähe sein, während ich bei dem Meeting bin. Ihre Schwester Enrica ist auch da, falls du etwas brauchst.«

Er bevorzugte es, selbst bei ihr zu sein, aber er hatte drei der besten und erfahrensten Bodyguards ihrer Familie, die auf sie aufpassen würden, während er bei seinem Meeting war. Er eilte den Flur hinunter und betrat den Konferenzraum. Seine Familie hatte sich bereits um den Tisch versammelt.

»Ich nehme an, etwas ist passiert«, begrüßte er sie.

Stefano wies auf den letzten noch leeren Stuhl. »Die Grecos glauben, das Haus gefunden zu haben, in dem Haydon Phillips sich aufhält«, erklärte er ohne Umschweife. »Wir sind dabei herauszufinden, wo sich die Familie aufhält, damit es sicher ist, wenn wir uns Phillips vornehmen. Am helllichten Tag wird er uns weniger erwarten.«

Vittorios Puls machte einen Satz. Der Gedanke, dass Grace nach all den Jahren des Schreckens frei sein könnte, war berauschend.

»Ehe wir uns ganz auf Phillips konzentrieren: Die beiden vermissten Mädchen, Eva und Marta Giboli, sind tatsächlich bei ihrem Vater. Sie haben ihn vom Flughafen aus angerufen, und er hat sie abgeholt und ist mit ihnen zurück in die Toskana geflogen. Sie wollen bei ihm bleiben. Eloisa, ich hätte gern, dass du der Mutter die Neuigkeiten überbringst und ihr zu verstehen gibst, dass es besser wäre, die Mädchen bei ihm zu lassen. Sie sind alt genug, um eine Entscheidung zu treffen, und sollte sie darauf bestehen, das Auswärtige Amt einzuschalten, um sie zurückzuholen, kann sie sich darauf einstellen, dass unsere Familie aussagen wird, dass sie mehr als zwei Wochen gewartet hat, bis sie etwas unternommen und um unsere Hilfe gebeten hat.«

»Das übermittle ich ihr sehr gern«, stimmte Eloisa zu.

Vittorio warf seiner Mutter einen kurzen Blick zu. Sie sah ausgeruhter aus, als er sie in Wochen gesehen hatte. Sie wirkte immer jung, zu jung, um so viele Kinder zu haben, wie sie geboren hatte. Stefano hatte versucht, sie zu überreden, sich ganz aus dem Schattengleiten zurückzuziehen. Ab und zu übernahm sie noch immer einen Auftrag, vor allem, weil sie nach Giovannis Verletzung einer weniger waren.

Stefano nickte und fuhr fort: »Ihr kennt sicher alle John Balboni, den Besitzer des örtlichen Eisenwarenladens. Er und Suzette hatten ein paar Probleme, den Laden am Laufen zu halten, und die Tatsache, dass er bei dem Angriff auf unsere Familie angeschossen wurde, hat es nicht gerade besser gemacht, obwohl wir die Rechnungen übernommen haben. Aber erst vor Kurzem wurden wir darüber informiert, wie schlecht es wirklich um sie steht. Wir haben nach Lösungen gesucht, aber am Ende konnten wir keine andere finden, als ihnen noch mehr Geld zu leihen. Sie schulden der Familie ohnehin bereits Dreihunderttausend.«

»Johns und Suzettes Laden gibt es schon seit über dreißig Jahren«, sagte Ricco. »So lange, wie ich auf der Welt bin.«

»Deshalb haben wir auch ewig versucht, ihn am Leben zu halten«, sagte Stefano. »Johns Leiche wurde heute Morgen im Container hinter Fior A Bizzeffe gefunden.«

»Nein«, flüsterte Eloisa. »Nicht John. Arme Suzette.« Sie erhob sich halb, als wollte sie sofort zu der Frau eilen.

»Sasha ist bei ihr. Das ist definitiv eine Feuertaufe für sie«, sagte Giovanni kopfschüttelnd. »Ich habe zwei Bodyguards bei ihr gelassen, aber ich habe kein gutes Gefühl bei der Sache. Da kommt etwas Schlimmes auf uns zu.«

»Das ist doch Wahnsinn«, sagte Ricco. »John? Warum John?«

»Die Balbonis hatten sehr schlechte Geschäftspraktiken«, sagte Taviano. »Ich habe mir zwei Mal ihre Bücher zusammen mit John angesehen, und er bestellte ständig doppelt so viele Waren, wie er brauchte. Er meinte, dass er nicht wolle, dass ihm etwas ausgeht, aber am Ende musste er buchstäblich ein weiteres Lager mieten, damit alles Platz hatte, und dann vergaß er die Sachen. Meiner Meinung nach hatte er ein echtes Problem. Er konnte nicht aufhören, Sachen zu bestellen, die er nicht brauchte. Fast so wie ein Messie. Nichts, was ich gesagt habe, konnte ihn davon abbringen. Suzette hat es verstanden, aber John schien nicht klar zu sein, dass er den Laden in den Ruin trieb.«

»Und das machte John zum perfekten Ziel für die Saldis«, sagte Stefano. »Zweifellos haben sie bei unseren Leuten nach Schwachstellen gesucht.«

»Es sei denn, jemand hat ihnen davon erzählt«, meine Eloisa. »Ihnen während einer scheinbar harmlosen Unterhaltung Details verraten.« Ihr Blick wanderte zu der ausdruckslosen Miene ihrer Tochter.

»Wenn das der Fall sein sollte«, meinte Vittorio nonchalant, als hätte er den Blick, den seine Mutter Emmanuelle zugeworfen hatte, nicht gesehen, »dann haben sie diese Information sehr wahrscheinlich in der Metzgerei bekommen, wenn Val Saldi oder seine Männer an Giordano lieferten. Bernardo liebt Klatsch. Er plaudert gern mit den Lieferanten, aber meistens sind es nur harmlose Unterhaltungen. Er würde niemals absichtlich Informationen weitergeben, vor allem, wenn sie einen Freund in Gefahr bringen könnten, und John war ein sehr guter Freund von ihm.«

»Ich stimme zu. Die Informationen haben sie sehr wahrscheinlich aus der Metzgerei«, sagte Stefano. »Die Sache ist die: John wurde in einen Teppich eingewickelt gefunden, und er ist genauso gefoltert worden wie die anderen. Eine Nachricht an alle, die für die Saldis arbeiten, die Klappe zu halten. Er wurde erst nach den anderen geschnappt. Sie haben einen weiteren Teppich gestohlen, aber John wurde zu der Zeit, als die anderen ermordet wurden, nicht vermisst. Er und Suzette waren da, als man die Müllcontainer durchsucht hat.«

»Hast du mit jemandem gesprochen, der sie gesehen haben könnte?«

Stefano schüttelte den Kopf. »Ich habe die Ermittlungen Renato und Romano übergeben.«

Vittorio war sich der Tatsache bewusst, dass seine beiden Cousins Stimmen hatten, die als die mächtigsten innerhalb der Familie galten, wenn es darum ging, andere dazu zu bringen, ihnen die Wahrheit zu sagen, sich an jedes Detail zu erinnern und diese Informationen auch an die Brüder weitergeben zu *wollen*.

»Was ist mit den Kameras?«, wollte Giovanni wissen.

»Rigina sieht sie sich gerade alle an«, sagte Taviano. »Wir stellen sicher, dass alle Kameras in den Straßen jederzeit laufen. Vielleicht haben wir Glück und finden etwas. Die unter den Dachvorsprüngen der Läden schienen nicht manipuliert worden zu sein.«

Die zusätzlichen Kameras unter dem Dachvorsprung von Läden an der Straße waren Tavianos Idee gewesen. Er hatte ein Händchen für Technik.

»Das heißt …«, hakte Vittorio nach.

»Die Kameras, die alle Eigentümer vor und hinter ihrem Laden anbringen und instandhalten müssen, sind die ganze Straße entlang manipuliert worden. Jemandem war bekannt, dass es diese Kameras gab, er wusste aber nichts von unseren«, erklärte Taviano.

»Ich kann nicht glauben, dass Suzette nichts von dem wusste, was John getan hat«, sagte Eloisa. »Sie und John haben sich immer alles erzählt. Ich kann mit ihr reden. Wir sind seit vielen Jahren befreundet.«

Vittorio konnte sich nicht vorstellen, dass seine Mutter mit irgendjemandem befreundet war, und schon gar nicht über Jahre. Er sah nicht zu seiner Schwester, die die ganze Zeit über stumm geblieben war. John war derjenige gewesen, der Emmanuelle geholfen hatte, den Umgang mit Hammer und Nägeln zu lernen, als sie sich selbst Regale für ihr Schlafzimmer bauen wollte. Natürlich hatte sie Ärger bekommen. Ihre Eltern hatten sie nicht für ihre Leistung gelobt, das hatten Stefano und ihre übrigen Brüder übernommen.

Vittorio wünschte, er würde näher bei Emmanuelle sitzen, aber da er so spät gekommen war, war nur noch der Stuhl gegenüber Stefano frei gewesen. Das bedeutete, dass Emmanuelle jetzt zwischen Taviano und Giovanni, aber genau gegenüber von Eloisa saß. Wenn Eloisa aufgebracht war, hackte sie immer auf ihrer Tochter herum.

»Ich habe Emme geschickt, damit sie mit ihr spricht«, sagte Stefano. »Sie konnte einiges herausfinden, aber Suzette hat die Männer, die mit John gesprochen haben, nie gesehen. Sie wusste, dass es sie gab, und sie hat zugegeben, mit ihm gemeinsam beschlossen zu haben, die Lieferungen zu übernehmen.«

Eloisa blickte Stefano finster an. »Du hast Emmanuelle zu Suzette geschickt, ohne zuerst mit mir zu sprechen. John und Suzette waren viele Jahre meine Freunde. Das war meine Zuständigkeit.«

»Nein, das war sie nicht. Du denkst nicht klar, und genau deshalb habe ich dich nicht geschickt, Eloisa«, sagte Stefano. »Emmanuelle ist die Sache mit Fingerspitzengefühl angegangen, auch wenn ich persönlich Suzette gern geschüttelt hätte. Sie dachte, es sei kein Verrat, für die Saldis zu arbeiten, weil sie keine Informationen über uns verlangten.«

»Wohin wurden die Lieferungen gebracht?«, fragte Vittorio, bevor Eloisa wieder zum Angriff auf Emmanuelle übergehen konnte, wie sie es eindeutig vorhatte.

»Suzette schwört, dass sie es nicht weiß. Sie wurden John nach Ladenschluss gebracht, und er hat sie dann übernommen. Sie meinte, wir könnten dem GPS des Wagens folgen. Es war immer an. John mochte technische Spielereien. Rosina hat die Daten heruntergeladen, ehe der Wagen der Polizei übergeben wurde«, sagte Stefano.

»Sie hat keine Ahnung, was sich in den Paketen befand?«, fragte Ricco.

»Nein, John hat sich um alles gekümmert.« Emmanuelle sprach zum ersten Mal. Ihre Stimme war angespannt, und sie sah niemanden an. »Suzette wollte nichts darüber wissen. Sie wollte das Geld, deshalb hat sie sich eingeredet, dass sie nichts Falsches tun. Sie behauptet, dass sie nie gedacht hätte etwas Verbotenes zu tun oder uns zu verraten. Sie konnte nicht einmal sicher sagen, dass es wirklich jemand von den Saldis war, der John aufgesucht hat. Sie hat nichts gesehen oder gehört, weil sie nicht dabei war. John hat ihr nur davon erzählt, es basiert also alles auf Hörensagen.«

Eloisa gab einen kehligen Laut von sich. Sie taxierte ihre Tochter. »Du hast Suzette befragt, und das ist es, was du herausgefunden hast?«

»Ja, Eloisa, das ist, was ich erfahren und was ich daraus geschlossen habe. Suzette hat zugegeben, dass sie das Geld wollte und John angehalten hat zu tun, was sie von ihm verlangten. Sie wollte nicht wissen, worum es ging, aber sie wollte, dass er es tat.«

»Das ist doch lächerlich. Welche Frau will bitte nicht wissen, was ihr Mann tut? Oh, Moment, meine eigene Tochter, die eine Affäre mit dem Feind hatte. Was dachtest du, dass Valentino Saldi von dir wollte, Emmanuelle? Dachtest du wirklich, dass er dich *liebt*?« Eloisas Stimme war höhnisch. »Weil du die anderen Frauen, die in seinem Leben ein und aus gingen, nicht bemerkt hast? Denn ich habe sie bemerkt, und wenn ich mich richtig erinnere, habe ich dich sogar darauf hingewiesen.«

»Eloisa.« Stefanos Stimme war eine einzige Warnung.

»Nein, lass sie ruhig«, sagte Emmanuelle. »Besser, sie spuckt ihren ganzen Hass und ihr ganzes Gift gegen mich als gegen jemand anderen. Wenn sie alles rausgelassen hat, hilft ihr das vielleicht, zu einem ansatzweise anständigen Menschen zu werden.« Sie hob das Kinn, als sie sich ihrer Mutter zuwandte. »Du hast mich auf diese Frauen hingewiesen, vielen Dank, Eloisa, und ja, ich dachte, dass Val mich liebt. Das war ein Fehler. Aber zu keinem Zeitpunkt habe ich unsere Familie verraten. Und es kümmert mich nicht, ob du mir glaubst oder nicht, ich lege lediglich Stefano gegenüber Rechenschaft ab.«

Eloisa öffnete den Mund zu einer Entgegnung, ihre Miene war von Missbilligung verzerrt, und die plötzliche Gegenwehr ihrer Tochter hatte sie tiefrot anlaufen lassen.

Vittorio ging dazwischen. »Es reicht, Eloisa. Emmanuelle hat nichts Falsches getan. Sie hat es dir noch nie recht machen können …«

»Weil ihr sie alle *verhätschelt*«, brüllte Eloisa beinahe. Sie hatte die Hände auf dem Tisch zu zwei Fäusten geballt. »Wie soll sie stark genug werden, um da draußen zu überleben, wenn ihr immer dafür sorgt, dass sie weich fällt?«

»Keine Sorge, Eloisa«, sagte Emmanuelle sehr leise. »Ich bin wieder und wieder gefallen. Ich bin jedes Mal wieder aufgestanden und werde es auch weiterhin tun. In erster Linie bin ich eine Ferraro und werde es immer sein. Ich bereue nicht, Val geliebt zu haben. Ich glaube nicht, dass es falsch ist, jemanden zu lieben. Er hat einen Fehler gemacht, nicht ich. Sein Verlust. Ich komme schon klar. Aber ich habe niemals etwas getan oder gesagt, das zu Johns Tod hätte führen können.« Sie machte eine ganz klare Aussage daraus.

Bevor Eloisa ihr antworten konnte, wechselte Vittorio das Thema. »Bis die Auswertung der GPS-Daten von Johns Wagen abgeschlossen ist, treten wir auf der Stelle. Was unternehmen wir wegen Haydon Phillips?«

»Die Grecos haben mithilfe der Fotos den Ort ermittelt, an dem Phillips sich aufhielt, als er sie aufgenommen hat. In den Metadaten sind immer auch Breiten- und Längengrad gespeichert«, antwortete Stefano sofort. »Offenbar hat er zwar die Standortermittlung abgestellt, sich aber nicht die Mühe gemacht die GPS-Funktion in den Dateieigenschaften zu deaktivieren.«

Vittorio runzelte die Stirn. »Das ergibt keinen Sinn. Er hat die Standortermittlung deaktiviert, damit niemand sehen konnte, wo er das Foto gemacht hat, es aber versäumt, dafür zu sorgen, dass das GPS in den Eigenschaften deaktiviert war? Phillips ist gründlich. Ich kann mir nicht vorstellen, dass er so etwas übersieht.«

»Nicht jeder weiß alles über Digitalkameras«, meinte Taviano. »Wir sind nur immer auf dem aktuellen Stand, weil wir es sein müssen.«

Er hatte recht. Es war einfach nur so ein unwahrscheinlicher Glücksfall. Andererseits wusste Vittorio, dass es meistens so ein Glücksfall war, der dazu führte, dass Serienmörder gefasst wurden. Die Ermittler konnten ewig über Indizien grübeln, aber am Ende war es die eine Sache, die der Killer nicht bedacht hatte, die ihm zum Verhängnis wurde.

»Das Haus gehört einem Mann namens Byron Fields. Er ist Anwalt für die Beta Corporation, ein Unternehmen, mit dem wir manchmal zusammenarbeiten. Es ist klein, aber sehr gut. Sie sammeln Daten über andere Unternehmen und verkaufen sie an Interessenten, nachdem ihr Auftraggeber ihren Bericht für neunzig Tage hatte.«

»Sie tanzen also quasi auf zwei Hochzeiten«, merkte Eloisa mit einem verächtlichen Schniefen an.

»Oder sie haben einfach ein kluges Geschäftsmodell. Manchmal kauft ein Unternehmen die Informationen selbst zurück, wenn es sieht, dass sie angeboten werden«, sagte Giovanni. »Die Beta Corporation hat in den letzten Jahren gutes Geld verdient. Sie haben sich auf dem Aktienmarkt gut geschlagen. Ihre Ermittler sind sehr gut darin, Geheimnisse aufzuspüren.«

»Was ist der Plan?«, fragte Vittorio. Er wollte sofort dorthin stürmen und noch vor Ablauf der Nacht die Sache mit Phillips ein für alle Mal beenden.

»Byrons Frau ist Lehrerin und gerade bei der Arbeit. Genau wie er. Sie haben drei Kinder. Seine älteste Tochter ist in der Middle School und gerade in ihrem Klassenzimmer. Der Junge ist in der Grundschule und ebenfalls im Unterricht. Die Jüngste ist drei und in der Vorschule. Bis Mittag ist sie mit einer Babysitterin zu Hause, die sie dann in ihre Schule bringt. Bis drei wird die Babysitterin keines der Kinder abholen, und danach setzt sie sie bei diversen Nachmittagsaktivitäten ab.«

»Es spielt keine Rolle, ob die Familie im Haus ist oder nicht«, meinte Vittorio. »Wir betreten ständig Häuser, in denen Menschen sind. Ich kann jetzt los und die Sache zu Ende bringen.«

»Das stimmt«, sagte Stefano, »aber wir müssen sicher sein, dass er auch da ist. Einen Block entfernt vom Haus der Fields haben wir Raimondo mit einem liegen gebliebenen Auto stehen. Die Motorhaube ist offen, und er arbeitet selbst daran.«

»Raimondo?«, fragte Eloisa.

Vittorio seufzte. Ihre Bodyguards waren alle Verwandte. Enge Verwandte. Es war typisch Eloisa, ihre Namen nicht zu kennen. »Raimondo Abatangelo. Er ist der kleine Bruder von Tomas und Cosimo. Guter Junge. Passend für die Rolle. Richtiges Alter.«

Sie schenkte ihm einen entnervten Blick und warf die Hände in die Luft, als ob das nicht genug Information für sie wäre. Er wusste es besser, aber er schnappte selten nach Eloisas Ködern.

»Raimondo hat uns benachrichtigt, dass ein scheinbar obdachloser Mann das Haus betreten hat, nachdem er gewartet hatte, bis die Babysitterin weggefahren war. Raimondo ist immer noch da und behält das Haus im Auge, um sicherzugehen, dass er nicht wieder rauskommt, aber es gibt da ein Problem. Der ›Obachlose‹ hatte einen Schlüssel. Er betrat das Haus von einem eingezäunten Garten aus, wo es weniger wahrscheinlich war, dass jemand von den Nachbarn ihn sieht. Der Hund bellte, aber anscheinend ist er irgendwo angebunden.«

»Ist das normal? Dass der Hund in einem eingezäunten Garten angebunden ist?«, fragte Ricco.

»Hunde sind geniale Ausbrecher«, sagte Giovanni. »Sie buddeln sich einfach ein Loch.«

Eloisa schauderte. Sie hatte ihren Kindern nie erlaubt, Haustiere zu halten. »Wie willst du die Sache angehen?«

»Vittorio kümmert sich um Phillips«, sagte Stefano. »Wir sorgen dafür, dass die Familie wegbleibt. Wenn es aus irgendeinem Grund so aussehen sollte, als ob sie nach Hause kommen, während Vittorio drin ist, werden wir schnell für eine Verzögerung sorgen. Taviano wird Vittorio Rückendeckung geben, einfach aus Sicherheitsgründen.«

»Wir können nicht einen toten Mann in jemandes Zuhause rumliegen lassen«, sagte Eloisa.

»Wir werden ihn dort lassen und dann in ein oder zwei Tagen der Polizei einen anonymen Tipp geben. Jeder von uns muss irgendwo gesehen werden. Sie werden uns mit Sicherheit überprüfen, nachdem Phillips über Grace mit uns in Beziehung steht«, sagte Stefano.

Eloisa rollte die Augen, aber sie verkniff sich eine beißende Bemerkung, während alle sich erhoben, um zu gehen. Sie reiste durch die Schatten zurück nach Hause, und dann brachte Henry, ihr Chauffeur, sie mit zwei Bodyguards in die Innenstadt, damit sie shoppen gehen konnte.

Giovanni war der Einzige mit einem Fahrzeug, und er schlenderte zu seinem Auto, als hätte er alle Zeit der Welt. Sasha war bei Suzette, also fuhr er direkt zum Zuhause der Balbonis und betrat das Haus vor den Augen der Polizei über die drei Ziegelstufen.

Stefano brach als Erster nach Hause auf und setzte sich mit seinen Bodyguards ins Auto, um in die Stadt gefahren zu werden. Er stellte sicher, dass das Fenster unten war und man sein Gesicht an jeder Ampel sehen konnte. Er betrat das Gebäude gegenüber von Beta Corporations.

Die anderen taten es ihm einer nach dem anderen gleich, sie alle stiegen in Autos und fuhren zu einem Ort nahe einer der Schulen, wo die Mutter und ihre Kinder sich aufhielten. Die Mitglieder der Familie Ferraro mussten gesehen werden.

Vittorio ging zu Grace. »Ich werde eine Weile weg sein, *mi amore*. Ich bin so bald wie möglich wieder zurück. Falls jemand nach mir fragt, möchte ich, dass man ihm mitteilt, dass ich nicht verfügbar bin, weil ich gerade ein wichtiges Telefonat führe, aber dass ich danach gern mit ihnen sprechen werde.«

Sie blickte mit ihren klaren, viel zu klugen Augen zu ihm auf. »Erwartest du Gesellschaft?«

»Nicht wirklich, aber alles ist möglich.« Er wartete ab. Sie würde Teil seiner Welt sein, und das bedeutete ständige Geheimhaltung. Sie durfte niemandem erzählen, was sie von ihm erfuhr. Vertrauen war von Gegenseitigkeit bestimmt, und er traute ihr mit seinem Leben und den Leben seiner Familie.

Grace war es gewohnt, Geheimnisse zu bewahren, und nickte langsam. »Pass auf dich auf, Vittorio, ja?«

»Immer.« Er beugte sich zu ihr und küsste sie sanft.

Grace küsste ihn zurück, kapitulierte sofort, gab ihm alles, was er sich nur wünschen konnte. Er schmeckte Leidenschaft, aber noch viel wichtiger: Er schmeckte Liebe.

Er wandte sich ab und ging in sein Zimmer, um seine Alltagskleidung auszuziehen, obwohl auch sie aus dem gleichen Material wie die Anzüge gemacht war. Kein Ferraro würde sich jemals mit Alltagsklamotten in der Öffentlichkeit sehen lassen. Er nahm den ersten geeigneten Schatten, der ihn direkt in die Stadt trug. Der Tunnel war schnell, und er konnte kaum die diversen Abzweigungen ausmachen, in die er eintauchen musste, um sein Ziel zu erreichen.

Er musste eine Weile kleinere Schatten nehmen, wechselte von einem zum anderen, bis er erneut einen großen fand, der ihn in die Vorstadt trug. Die Adresse führte ihn in den hübscheren Teil der Stadt. Es war eine geschlossene Wohnanlage, was Vittorio angesichts der Tatsache, dass eine der Familien unwissentlich einen Serienmörder auf ihrem Dachboden beherbergte, etwas absurd fand. Riginas und Rosinas Bericht zufolge, den Stefano ihnen auf ihre Wegwerf-Handys geschickt hatte, waren einige Bilder in anderen Häusern in der gleichen kleinen Anlage aufgenommen worden. Die

Anwohner dachten, hinter dem Tor sicherer zu sein, aber sie waren es nicht.

Etwas die Straße hinunter entdeckte er Raimondo. Er hatte keine Ahnung, wie der junge Mann es durch die Tore geschafft hatte, aber er war von den Besten ausgebildet worden. Für jeden ihrer Bodyguards wäre es ein Leichtes, einen nachvollziehbaren Grund für seine Anwesenheit zu finden, sollte die Polizei Fragen stellen.

Vittorio stand auf der anderen Straßenseite und sah sich jeden Schatten an, der zum Haus führte. Der Hund hatte sich niedergelassen und war sehr still. Er wollte nicht riskieren, ihn aufzuscheuchen. Auch wenn das Tier ihn eigentlich nicht sehen konnte, war es manchmal so, dass Hunde sie vorbeigleiten spürten und begannen, wild oder sogar ängstlich zu bellen.

Es gab mehrere Schatten, die zum Vordereingang führten. Er konnte nicht riskieren, gesehen zu werden, deshalb musste er dafür sorgen, dass der Schatten, den er wählte, ihn direkt ins Haus führen würde. Die Jalousien waren unten, sodass man nicht hineinsehen konnte. Von der anderen Straßenseite aus, im Ausgang des Tunnels, konnte er nichts von dem hören, was im Haus vor sich ging.

Er traf eine Entscheidung, atmete tief durch und trat in den größten Schatten, der von einem Baum im Vorgarten geworfen wurde. Sofort wurde er in Stücke gerissen. Das Gefühl des dunklen Zylinders, der sich beim Hindurchgleiten unter seinen Füßen und über seinem Kopf drehte, trug noch zu seiner Übelkeit bei.

Er schoss durch den Tunnel, so schnell, dass es schwer war, etwas zu erkennen. Von klein auf hatten sie ihre Wahrnehmung unter Umständen geschult, die Schwindelgefühle auslösten. Ein Blick reichte aus, damit ihre Gehirne speichern und auswerten konnten, wo sie sich befanden und was sie vor sich sahen. Gerade noch war er auf der anderen Straßenseite, dann über dem Rasen, die Seite der Veranda hinauf zur Vordertür und schließlich im Haus. Der Schatten endete abrupt, und er musste so schnell bremsen, dass er beinahe auf den Boden des Wohnzimmers gestürzt wäre.

Vittorio wartete, bis sein Körper sich an den Stillstand nach dem wilden Ritt gewöhnt hatte. Er lauschte einen Moment. Im Haus war es unheimlich still.

Einmal hörte er ein Knarren, aber es kam nicht von oben, wo es herkommen sollte. Das Geräusch klang, als käme es von hinter dem Haus. Möglicherweise bewegte Phillips sich auch ganz wie zu Hause durch die Räume, jetzt da die Familie weg war.

Vittorio trat in einen Schatten, der vom Wohnzimmer in den Flur führte. Der Tunnel, der von einer nicht gelöschten Deckenlampe, die ihm den Weg leuchtete, stammte, reichte beinahe bis zur Rückseite des Hauses. Er glitt so weit wie möglich durch diesen Schatten und nahm dann einen, der ihn in die Küche führte. Der Raum war leer, aber er konnte einen der Zugänge zum Dachboden sehen. In die Decke über ihm war eine Falltür eingebaut. Die Umrisse wurden geschickt von der Deckenbemalung verborgen.

Vittorio nahm sich Zeit, um sicherzugehen, dass Phillips wirklich auf dem Dachboden und nicht irgendwo sonst im Haus war. Er hatte sich bereits eine Stelle ausgesucht, durch die er in den Dachboden eindringen wollte, und sie lag nicht im Haus. Er zog sich zurück, ging zurück zur Vorderseite und glitt um das Haus herum zu einem seitlichen Stück Garten, fern von dem Hund und dem Kräutergarten. Ein Baum warf einen perfekten Schatten, der die Seite des Hauses hinauf zu einem großen Gitter führte, durch das der Dachboden gelüftet wurde. Ohne zu zögern, glitt er direkt nach oben und in den großen Raum.

Phillips hatte sich hier häuslich eingerichtet. Es gab Möbel, übermäßig gepolsterte Stühle und ein niedriges Sofa, das schon bessere Tage gesehen hatte. Auf dem Boden waren Essensverpackungen verstreut, und in einer halb offenen Kühlbox waren Lebensmittel zu sehen. Volle und leere Wasserflaschen standen neben dem Sofa. Darauf lag Phillips mit dem Rücken zu Vittorio, beinahe in Embryonalhaltung zusammengekauert.

Vittorio trat aus einem Schatten heraus und in einen kleineren, der ihn näher zu dem schlafenden Serienkiller führte. Dieser in Lumpen gehüllte Mann hatte mehrere Menschen getötet, nachdem er sie zuerst gefoltert hatte. Er hatte Grace' Leben tiefgehend beeinträchtigt und sie bewusst terrorisiert. Vittorio stand in dem Schatten und hörte die Geräusche der Welt draußen, die vorbeifahrenden Autos. Einen Rasenmäher. Die Welt drehte sich weiter, aber hier im Dachboden hatte sich die Zeit verlangsamt.

Er musterte Phillips. Er bewegte sich nicht im Geringsten. Keinen Muskel. Kein ruheloses Umdrehen im Schlaf. Seltsam, wo er doch erst wenige Minuten vor Vittorios Ankunft hier angekommen war. Und doch schlief er bereits. Tief und fest. Vittorio trat vor, wollte aus dem Schatten heraus, doch dann lief ihm ein alarmierender Schauer über den Rücken, und er blieb stocksteif stehen und musterte den Körper vor ihm aufmerksam.

Die Leiche. Phillips war tot. Die Lumpen um ihn herum hoben und senkten sich nicht im Rhythmus seines Atmens. Nichts war zu hören. Vittorio sah sich aufmerksam auf dem Dachboden um. Niemand sonst war hier, da war er sich sicher. Er war allein mit der Leiche. Er nahm einen Schatten, der ihn noch näher zu Phillips bringen würde. Gewohnheitsmäßig trat er nicht aus dem Schatten heraus, weil er keine Spuren seiner Anwesenheit hinterlassen wollte.

Er kam so nah wie möglich, blieb jedoch im Verborgenen, nahm sich Zeit, den Körper zu untersuchen. Er beugte sich darüber. Phillips Gesicht war alt, sein Kinn von grauen und schwarzen Stoppeln bedeckt. Seine Haut war von tiefen Furchen durchzogen. Falten. Seine Nase war groß und fleckig von zu viel Alkohol. Vittorios Herz machte einen Satz. Dieser Mann war eindeutig nicht Haydon Phillips. Und nicht nur das, er war gerade erst verstorben.

Haydon Phillips hatte gewusst, dass die Fotos, die er Grace geschickt hatte, sie zu seinem Versteck führen würden. Er war sich sicher gewesen, dass die Polizei ihn auf dem Dachboden der Fields finden würde, deshalb hatte er einen Obdachlosen ins Haus gelockt und ihn getötet, damit die Polizei ihn fand, wenn sie hier ankam. Er hatte keine Ahnung, dass es die Ferraros waren, die ihm auf der Spur waren.

Er war nur Minuten vor Vittorio hier gewesen, hatte auf den Obdachlosen gewartet, ihn auf den Dachboden gelockt und schnell getötet. Vittorio roch eine Mischung aus Blut und Alkohol. Er beugte sich näher heran und sah sofort, dass sich Blut unter dem Opfer gesammelt hatte und in die Kissen des Sofas sickerte. Ihm war die Kehle durchgeschnitten worden. Zwischen seinem rechten Ärmel und der Sofalehne war etwas, das aussah wie ein Stück Papier oder ein Foto. Vittorio zögerte einen Moment, dann griff er nach dem Gegenstand, weil er Handschuhe anhatte.

Als er ihn umdrehte, machte sein Herz einen Satz. Das Foto zeigte das Innere des Hotels der Ferraros. Es war im Foyer des Penthouse aufgenommen worden. Stefanos Penthouse. Haydon Phillips war in Stefanos Zuhause gewesen.

18

»Mir gefällt das nicht«, sagte Vittorio zum zehnten Mal zu Emilio. »Hier sind zu viele Leute, und wir haben keine Möglichkeit, alle im Auge zu behalten.«

Emilio sah ihn mit kühlen Augen an. »Mein schlimmster Albtraum«, gab er zu. »Es gefällt mir nicht, dass Stefano darauf bestanden hat, dass ich die Familie hier schütze, während er mit Francesca im Hotel auf dem Präsentierteller sitzt. Sie kann sich nicht schnell bewegen. Ich bezweifle, dass sie einer Flucht zustimmen würde. Und wo ist es schon sicher? Der kleine Bastard scheint in der Lage zu sein, überall reinzukommen, ohne erwischt zu werden.«

Vittorio sah sich langsam um. Midnight Madness, Mitternachtswahnsinn, schien ihm der passende Name für diese Veranstaltung zu sein. Der riesige Ballsaal war dekoriert, als würde das Event unter freiem Himmel stattfinden. Die Decke war mit Sternen übersät, mitternachtsblaue Stoffbahnen bedeckten die Wände und waren im oberen Teil ebenfalls mit Sternen verziert, die funkelten wie Juwelen am Nachthimmel.

Die Türen standen offen, damit die Gäste hinaus auf die riesige Terrasse konnten, wo das Essen und die Getränke aufgebaut waren. Drinnen und Draußen gingen fließend ineinander über, und die Musik war an beiden Orten zu hören, ohne zu aufdringlich zu sein. Vittorio wusste, dass Grace mehrmals mit der Band gesprochen hatte, bis sie genau das bekommen hatte, was sie wollte.

Paare tanzten unter den künstlichen Sternen, deren Licht funkelte. Er wusste nicht genau, wie Grace und Katie es geschafft hatten, aber das Dekor war elegant und wunderschön, mit Eisskulpturen und fließenden Wasserfällen, die von dem gleichen Licht beleuchtet waren wie die Sterne und sich in Wasserbecken ergossen.

Die Veranstaltung was in vollem Gange. Vittorio kannte die meisten der Gäste, Stars aus Film und Fernsehen und mächtige Politiker. Auch einige der Saldis waren da. Natürlich hatte man sie eingeladen. Midnight Madness war eine alljährliche Benefizveranstaltung, bei der jedes Mal mehrere Millionen Dollar eingespielt wurden. Auch Teodosiu Giordano war da, aber er hatte nur kurz Hallo gesagt und war dann mit der Lady, die er mitgebracht hatte, hinfort geschwebt. Eloisa hätte niemals wichtige Geldgeber übergangen, allerdings hatten Giuseppi und Greta aufgrund von Gretas Erkrankung nicht kommen können.

Seiner Frau dabei zuzusehen, wie sie hinter den Kulissen arbeitete, damit für ihre Gäste alle Abläufe perfekt waren, war eine Offenbarung. Grace verschwendete keine Zeit. Sie war immer höflich. Immer. Sie begann mit einem Lächeln, aber wenn die Dinge nicht *genau* so liefen, wie sie es verlangt hatte, wurden sie schnell unter ihren aufmerksamen Augen erledigt. Sie kümmerte sich um Dutzende kleiner Dinge für ihre Gäste, stellte sicher, dass ihre Namenskärtchen auf dem richtigen Tisch waren und sie neben den Personen saßen, die sie besonders mochten. Sie hatte ein Auge für sich anbahnenden Ärger und schob ihm einen Riegel vor, bevor die Lage außer Kontrolle geraten konnte.

»Ich habe jetzt schon mehrere Male bei Stefano nachgefragt«, fuhr Emilio fort. »Er sagt, alles ist gut und meint, dass er nicht glaubt, dass Phillips wirklich in seinem Zuhause war.«

Da war ein besorgter Unterton in seiner Stimme, etwas, das ganz untypisch für Emilio war. »Ich habe die Sicherheitsvorkehrungen im Hotel persönlich überprüft. Wenn es ihm gelungen ist reinzukommen, und das Foto stammt definitiv aus Stefanos Foyer, ist er viel gerissener als ich. Ich habe keine Ahnung, wie er es angestellt hat.«

»Sie achten ganz besonders auf alles, das Phillips in die Lüftungsschächte leiten und das sie einatmen könnten«, antwortete Vittorio. Er hielt den Blick auf Grace gerichtet, die sich angeregt mit dem Caterer unterhielt. Zweimal schlug sie ihm mit der Hand auf die Schulter und lachte, und der Klang kam ihm noch schöner vor als die Musik im Hintergrund. »Er denkt, dass Phillips eines der Zimmermädchen bestochen hat, damit sie das Foto für ihn macht. Stefano ermittelt noch, aber das klingt plausibel, wenn man unsere Sicherheitsvorkehrungen bedenkt.«

»Das hier ist der perfekte Ort für Phillips, um zuzuschlagen, das Risiko ist viel geringer. Ich traue es ihm durchaus zu, Stefano und Francesca im Penthouse anzugreifen, aber das ist gefährlicher für ihn, vor allem nachdem er uns gewarnt hat. Und warum *sollte* er uns vorher warnen?«, fragte Emilio. »Er lässt sich in die Karten schauen. Warum? Nur damit er damit angeben kann, wie schlau er ist? Nein, nein, der schleimige Bastard führt etwas im Schilde.«

»Das denke ich auch«, sagte Vittorio und runzelte die Stirn, als Grace etwas näher zu dem Caterer trat. Es war offensichtlich, dass die beiden sich gut kannten. Er war nicht daran gewöhnt, ihre Gesellschaft mit jemandem zu teilen, schon gar nicht mit einem anderen Mann. Er war nie besonders eifersüchtig gewesen. Er fand das keine besonders ansprechende Charaktereigenschaft. Seiner Meinung nach sagte Eifersucht aus, dass man seinem Partner nicht vertraute.

Sie sagte auch aus, dass die Person, die sie empfand, ein geringes Selbstbewusstsein hatte. Er war ein selbstbewusster Mann, aber wenn er ehrlich war? Es gefiel ihm nicht, dass seine Frau so nahe bei diesem Mann stand, der das Essen und die Getränke gebracht hatte.

Vittorio begann auf Grace und den Caterer zuzugehen. »Haydon Phillips ist ein kluger Mann. Er ist außerdem clever und gerissen. Er würde uns nicht ohne Grund provozieren. Er hat das Bild für uns dortgelassen, nicht für die Polizei.«

»Wie konnte er wissen, dass du das Foto sofort sehen würdest? Ich meine, die Cops hätten es auch erst einmal zurückgehalten und es dir gar nicht zeigen können«, wandte Emilio ein. »Warum ging er davon aus, dass du die Nachricht auch bekommen würdest, was auch immer er damit sagen will?«

»Er hat den Mord anonym angezeigt. Er hat sogar einen fremden Wagen in der Siedlung gemeldet und das Nummernschild von Raimondos Truck durchgegeben. Zum Glück hatte Raimondo einen guten Grund, dort zu sein. Seine Mutter kennt eine der Frauen, die dort wohnen, und sie hatte angerufen und gefragt, ob jemand von uns bei der Gartenarbeit helfen könnte. Sie konnte sich den Preis, den der Gärtner verlangte, nicht leisten. Raimondo meinte, dass der Gärtner die Alten in der Siedlung abgezockt hat.«

Ein Muskel an Vittorios Kinn zuckte. Er hasste es, wenn jemand sich an Alten bereicherte. »Ich sorge dafür, dass der Gärtner das nicht noch mal tut.« Er würde dem Mann persönlich einen Besuch abstatten, und beim ersten Mal wäre es ein ganz freundliches Gespräch. Er würde ihm klarmachen, dass, sollte er noch einmal kommen müssen, ein zweites Gespräch nicht so freundlich ausfallen würde.

Er musterte die Tanzpaare, die an ihm vorbeiwirbelten.

Er kannte sie alle und nickte mehrere Male jemandem zu, während er an Grace' Seite trat. Dort angekommen legte er ihr einen Arm um die Taille, zog sie unter seine Schulter und drehte sie dabei zu sich, um seinen Mund auf den ihren zu pressen. Es war ihm egal, dass sie perfektes Make-up und Lippenstift trug. Er küsste sie, als wäre sie sein Eigentum. Hart. Heiß. Besitzergreifend. Sie wehrte sich nicht. Sie gab sich ihm hin. Und im gleichen Moment spürte er, wie ihr Zauber ihn umfing, und er ließ den Kuss sanfter werden.

Als er schließlich den Kopf hob, wusste er nicht, wer benommener war, er oder Grace. So oder so hatte der Kuss seinen Zweck erfüllt. Alle, die sie beobachtet hatten, wussten jetzt, dass sie ihm gehörte. Er war eigentlich nicht der Typ Mann, der sich einer Frau gegenüber besitzergreifend verhielt, nicht so, wie er es jetzt mit Grace tat.

»Vittorio, das ist Rene Bisset. Er ist einer der besten Köche Chicagos.«

Rene ergriff ihre Hand und küsste sie. »Einer der Besten? Ich bin *der* Beste. Lassen Sie sich nicht von ihr täuschen. Sie versucht nur, mein Ego daran zu hindern, den Preis in die Höhe zu treiben.«

»Aber nur, weil dein Essen großartig ist und du dich mit deinen Preisen oft aus dem Rennen für meine Events schießt, obwohl du immer meine erste Wahl bist.«

Vittorio streckte die Hand aus und nahm Rene mit ausgesuchter Sanftheit ihre Finger aus der Hand, um dann sehr bewusst ihre Handfläche auf sein Herz zu pressen. »Das Essen ist ausgezeichnet. Es wäre sehr schade, in Zukunft auf Sie verzichten zu müssen.« Sein Ton deutete noch mehr an als seine Worte.

Der Franzose nahm Haltung an, ein Grinsen auf dem Gesicht. »Ich sehe den Ring. Er hat mich geblendet.« Erneut griff er nach ihrer Hand und musterte dieses Mal den Ring. »Atemberaubend. Der passende Ring für unser Mädchen.«

Vittorio konnte nicht anders, Bissets Unverfrorenheit brachte ihn zum Lächeln. »Ist alles so, wie du es wolltest, Grace?«

»Natürlich. Rene enttäuscht mich nie.« Grace streichelte das Ego das Caterers noch etwas mehr.

Bisset strahlte. Ohne wirklich zu wissen, warum, biss Vittorio die Zähne zusammen. Rene erinnerte ihn an einen gerissenen Hai, der seine Frau umkreiste. Vittorio schenkte ihm ein charmantes Lächeln und beugte sich nach unten, um Grace in die Augen zu blicken.

»Bist du hier fertig, *mia vida*? Vielleicht hast du dann etwas Zeit, mit deinem Mann zu tanzen.«

Grace rieb über seine Brust unter dem perfekten Smoking. Dem mit den dünnen Streifen. Nur wenige trugen dieses Design – meistens nur die Ferraro-Brüder und Emmanuelle. Heute Nacht trug seine Schwester ein wunderschönes Abendkleid von einem der führenden Designer. Es war aus einem speziellen Stoff gemacht, und das Schwarz war von den gleichen dünnen Streifen durchzogen. Das Kleid schmiegte sich an ihren Körper, und der Stoff bewegte sich bei jedem ihrer Schritte, als wäre er lebendig.

Vittorio konnte Emmanuelle in der Ferne sehen, wie sie die Runde machte, wie er es auch hätte tun sollen, um mit allen zu sprechen, die über ein dickes Bankkonto verfügten, in der Hoffnung, dass sie ihre Scheckbücher öffnen und für die gute Sache spenden würden. Er wartete Graces Antwort nicht ab, sondern drehte sie zu der Menge, die sich zwischen den Tischen drängte und auf dem Weg zu den Tanzflächen war oder gerade zurückkam.

Im Ballsaal tanzte beinahe jedes Paar. Einige standen am Rand und sahen zu, aber die meisten nahmen die Gelegenheit wahr, miteinander zu tanzen. Die Musik war lebhaft, aber bewusst romantisch gehalten und verführte jeden, der sie hörte, dazu, auf die Beine zu kommen. Es war, als hätte Grace eine Art Zauber in das Dekor und die Musik gewebt, denn die Nacht hatte etwas Magisches, während er mit ihr durch die Menge und hinaus auf die Terrasse zu seinem Bruder Taviano ging.

Eine blonde populäre Schauspielerin stand bei Taviano. Er hatte einen Arm um ihre Taille gelegt und beugte sich oft zu ihr hinunter, um zu hören, was sie ihm sagen wollte. Die beiden lachten oft und natürlich. Sie sahen aus wie ein Paar, das sich gut kannte.

»Anne Marquis sieht heute Abend atemberaubend aus«, sagte Grace. Sie winkte mehreren anderen Paaren zu, murmelte Begrüßungen und rief sie bei ihren Namen.

Er hätte wissen müssen, dass seine Frau die Identität jedes Gasts ihres Events kannte. Es war ihre Veranstaltung und ihre Gästeliste. Sie musste sie gute hundert Mal durchgegangen sein. Zudem lud Eloisa jedes Mal nur die absolute Elite ein, damit ihre Benefizveranstaltung viel Geld einspielte, und das beschränkte die Gästeliste.

»Unsere Familie mochte Anne schon immer«, sagte Vittorio, als sie sich dem anderen Paar näherten. Sie wurden mehrere Male aufgehalten, und er wusste, dass es daran lag, dass jeder sehen wollte, ob es wirklich wahr war – dass er mit Grace Murphy verlobt war. »Eine sehr gute Freundin.«

»Ich bin froh, dass Taviano sie begleitet. Sie sehen sehr gut zusammen aus.«

Vittorio sah sich auf der Terrasse um, weil er wissen wollte, ob Annes Ex-Mann da war. Sie hatte ihn so sehr geliebt, und als er fremdgegangen war, hatte sie das beinahe zerstört. Sie hatte Emmanuelle angerufen, die dann zu ihr nach Hause gegangen war und alle Tabletten entfernt hatte, damit sie in ihrem Kummer nichts Unbedachtes anstellte. Danach hatten sie zwei volle Nächte geredet. Als Anne eingeschlafen war, hatte Emmanuelle über sie gewacht, Anrufe entgegengenommen und sie an ihren Agenten weitergeleitet.

Ihr Ex-Mann, Moritz Mischer, der Besitzer eines bekannten Weinguts, hatte ein hübsches Mädchen am Arm. Die junge Frau konnte nicht mit Anne mithalten. Sie trug ein Kleid mit einem V-Ausschnitt, der bis zum Nabel reichte. Der Rücken war ähnlich geschnitten, dort reichte die Öffnung bis über ihr Steißbein. Dünne Stoffstreifen hielten hier die Bahnen wie bei einer Leiter zusammen. Ihr Lachen war zu laut, und sie klammerte sich an Mischer, während sie Anne giftige Blicke zuwarf.

Anne würdigte sie keines Blickes. Sie schien ganz in ihrer Unterhaltung mit Taviano aufzugehen. Emmanuelle hatte sich einen Weg zu dem Paar gebahnt, und die beiden Frauen umarmten sich. Mit Befriedigung stellte Vittorio fest, dass Mischer die Augen nicht von seiner Ex lassen konnte, die atemberaubend elegant wie immer aussah.

Candy Chardonnay war das Model, dass Mischers Winzerei für Werbung und Plakate angeheuert hatte. Zum Start ihrer Karriere als Pornodarstellerin hatte sie ihren Namen ganz offiziell zu Candy Chardonnay ändern lassen. Moritz hatte ziemlich viel Zeit mit ihr verbracht, und sie hatte ihm allerlei Gefälligkeiten versprochen, die er auch gern angenommen hatte. Zu seinem Pech hatte Candy auch dafür gesorgt, dass Anne auf einem sehr öffentlichen Weg davon Wind bekam. Ganz zufällig war ein Fotograf dabei gewesen, als Anne die Tür geöffnet und Candy auf den Knien mit dem Kopf in Mischers Schoß vorgefunden hatte. Sie hatte aufgeblickt und für die Kameras gelächelt, ein prägnanter Kontrast zu Annes Kummer und Entsetzen und Mischers erschrockener Miene. Dieser Kontrast stellte sicher, dass das Foto in jedem Klatschblatt auftauchte.

Mischer wusste nicht, dass Candy dahintersteckte, aber die Ferraros hatten auf Annes Bitte hin Nachforschungen angestellt. Rigina und ihre Schwester hatten in Erfahrung gebracht, dass Candy die Paparazzi angerufen und ihnen eine äußerst delikate Story über Anne und ihren Mann versprochen hatte. Dann hatte sie Anne anonym kontaktiert und ihr gesagt, dass sie zum Weingut kommen müsse, weil Mischer verletzt sei. Anne war sofort hingeeilt.

Vittorio schob Grace geübt durch die Menge auf seinen Bruder und Anne zu, während er weiterhin jedes mögliche Versteck überprüfte und die Caterer in ihren Uniformen musterte, die Tabletts zwischen den Gästen hindurchbalancierten und ihnen Horsd'œuvres anboten. Nicht einer davon stieß mit Grace zusammen. Vittorio schützte ihre Schulter die ganze Zeit über.

»Wie fühlst du dich, *gattina*? Ich habe gesehen, dass du ein paar Dinge getragen hast, die schwerer waren als die fünf Pfund, die der Arzt dir erlaubt hat.«

Sie nickte. »Das ist mir im letzten Moment auch aufgefallen. Ich bin daran gewöhnt, die Dinge zu erledigen, ohne ständig um Hilfe zu bitten.«

Er legte seine Hand in ihren Nacken und lächelte nonchalant einem Senator und seiner Frau zu. Er beugte sich hinunter, um sich ganz auf seine Frau zu konzentrieren, seine Haltung war beschützend und zeigte Freunden und Familie, wer ihm am wichtigsten war. »Ich werde dir jetzt keinen Vortrag halten, dass du auf den Arzt hören musst, weil du dich eindeutig bemühst. Aber ich habe gesehen, dass Eloisa dich zur Seite genommen und etwas zu dir gesagt hat. Du hast ihr nicht geantwortet, aber ich konnte erkennen, dass sie dich zur Schnecke gemacht hat.«

Grace blickte zu ihm auf, ihre Miene war wachsam. »Das hier ist mein Unternehmen, Vittorio. Wir hatten vereinbart, dass ich mich darum allein kümmere. Deine Mutter hat meine Firma engagiert, diese Veranstaltung zu organisieren, und wir schmücken uns damit, dem Kunden stets das zu liefern, was er will. Sie wollte eine Pflanze namens *Lotus berthelotii*, auch bekannt als Kanarischer Hornklee, auf jedem der Tische und an den Spalieren haben. Es ist eine wunderschöne Blume, die für ihre Blüten bekannt ist, die wie Papageienschnäbel geformt sind. Wir haben sie natürlich lange vor der Zeit bestellt, aber bei der Maschine, mit der die Pflanzen eingeflogen wurden, fiel ein Triebwerk aus, und es musste eine Notlandung einlegen. Es bestand keine Chance, sie rechtzeitig herzubringen, also haben wir sie durch eine andere, ähnlich schöne Blume ersetzt.«

Vittorio sah sich um. Überall waren Blumen. Sie waren wunderschön und verströmten einen leichten, flüchtigen Duft, der subtil war, aber zur romantischen Atmosphäre des Abends beitrug. Die Blumen waren blau-grün gefärbt, und lange Ranken hingen von Spalieren und der Decke des Ballsaals und sorgten für eine tropische Atmosphäre. In der Mitte jedes Tisches befand sich ein Wasserbehälter, in dem die Blumen zusammen mit Kerzen schwammen.

»Der Jadewein wächst auf den Philippinen und ist mehr eine Kletterpflanze als eine Blume, aber seine Färbung, die beinahe türkis ist, ist selten und wunderschön. Es war sehr schwer, ihn einfliegen zu lassen, aber ich habe Beziehungen, und für dieses besondere Event haben wir es möglich gemacht. Katie weiß, wie man Kunden so etwas schmackhaft macht. Allerdings hat der kanarische Hornklee eine andere Farbe. Und offenbar war es die Farbe und nicht die Seltenheit, die deiner Mutter wichtig war. Als wir erfuhren, dass das mit dem Hornklee nicht klappt, haben wir versucht, deine Mutter zu kontaktieren, aber sie hat nicht zurückgerufen, obwohl wir ihr sagten, dass es ein Notfall sei.«

Er ließ die Finger über ihre zarte Haut gleiten, weil es ihm unmöglich war, sie nicht zu berühren. Sie trug die Haare hochgesteckt, eine rote Flamme, die so filigran war, dass er sich danach sehnte, eine Haarnadel nach der anderen herauszunehmen und zuzusehen, wie die Strähnen um sie herum fielen. Er hatte ihr Kleid ausgewählt, und sie hatte kurz protestiert, aber es war schön, und sie wusste, dass sie atemberaubend darin aussehen würde. Das schlichte Unterkleid war aus einem Stoff, der von den Archambaults in Frankreich hergestellt worden war, Cousins der berühmten Schattengleiter. Das Grün passte perfekt zu ihren Augen und ließ sie strahlen und leuchten. Wie bei den Anzügen der Schattengleiter schien der Stoff lebendig zu sein und mit jedem Schritt zu atmen, den es sich an ihre Kurven schmiegte. Zugleich war er aber auch leicht und dehnbar.

Das durchsichtige Überkleid war mit weißen Rosen bestickt und weitete sich zum Boden hin zu einer Fischschwanzform. Das grüne Unterkleid war tief ausgeschnitten, aber das durchsichtige Überkleid hatte einen runden Kragen und lange Ärmel. Die eng anliegende Silhouette war atemberaubend, und das Unterkleid bildete einen perfekten Kontrast zu der bestickten Spitze. Über den Rosen waren winzige schimmernde Diamanten verteilt, die das Licht einfingen und das Kleid Funken sprühen ließen, die zu dem Feuer in ihrem Haar passten. Vittorio wusste, dass Grace das Kleid nie angefasst hätte, hätte sie den Preis gekannt, aber er wusste auch, dass es perfekt für sie war. Für ihn war sie die schönste Frau im Raum. Sie wirkte sexy und elegant, genau wie er es sich vorgestellt hatte, als er Skizzen des Kleides gesehen hatte.

Er umschloss ihr Gesicht mit den Händen, rahmte ihre Schönheit ein. »Ich schätze es, dass du glaubst, dass es dein Job ist, Eloisas Bullshit auszuhalten, aber das ist er nicht. Das hier ist nicht allein ihre Veranstaltung. Es ist eine gemeinschaftliche Anstrengung der ganzen Familie. Sie ist vielleicht diejenige, die mit den Planern spricht, aber sie kann ihnen nicht ohne das Votum der ganzen Familie kündigen. Wenn du dir deshalb Sorgen machst …« Sein Daumen glitt über die kleine Vertiefung in ihrem Kinn.

Sie schüttelte den Kopf. »Eloisa lebt für diese Events. Sie genießt sie, jeden Schritt der Planung bis hin zum finalen Abend. Sie hat eine Vision, und in der Regel ist es eine, die wunderschön und auch erfolgreich ist. Wir helfen vielleicht, hier und da noch ein wenig zu feilen, aber sie weiß genauer, was sie will als jeder andere Kunde. Jedes Event war besser als das davor und hat noch mehr Geld für den guten Zweck eingebracht. Wenn ich dafür aushalten muss, dass sie mir eine Strafpredigt wegen Blumen hält, die hier sein hätten sollen, kann ich damit leben.«

Er beugte sich zu ihr, um ihr einen Kuss auf den Mund zu hauchen, und das Herz in der Brust wurde ihm eng. »Ich weiß, dass du damit leben kannst, aber ich nicht. Du gehörst zu mir. Du bist meine Frau und bald schon meine Ehefrau. Ich will nicht, dass sie meine Schwester schikaniert, und genauso will ich nicht, dass sie dich schikaniert.«

»Deine Mutter macht ihrem Ärger Luft, wenn ihr etwas nicht passt. Sie ist nicht besonders gut in Zurückhaltung. Es ist offensichtlich, dass sie nur wenige Freunde hat und niemanden, mit dem sie reden kann, wenn sie nicht versteht, was um sie herum passiert. Ihr alle seid jetzt erwachsen …«

»Sieh sie nicht als die zurückgelassene Mutter, nachdem der Nachwuchs das Nest verlassen hat.« Er nahm abrupt die Hände von ihrem Gesicht und richtete sich auf. Sein Mund war hart, und seine Augen warnten sie, dass es Dinge gab, die er nicht akzeptieren würde. Dass Eloisa sie schikanierte, gehörte dazu. »Sie wollte niemals Kinder, und als sie sie hatte, kümmerte sie sich nicht um sie. Sie hat das ihrem ältesten Sohn überlassen, als er kaum im schulfähigen Alter war. Eloisa sieht uns nicht als Kinder.«

»Vielleicht nicht, Vittorio, aber als ihr älter wurdet, hat sie mit euch interagiert. Sie hatte jemandem, mit dem sie reden konnte.«

»Den sie kritisieren konnte«, berichtigte er sie.

Sie lächelte und schob die Hand in seine. »Vielleicht ist das ihre Art zu reden. Egal, solange es das Geschäftliche betrifft, müssen wir uns wohl damit abfinden, verschiedener Meinung zu sein.«

Vittorio musste jetzt seine eigenen Worte schlucken. Er hätte niemals diese Vereinbarung mit ihr treffen sollen. Er hätte einfach nur verkünden sollen, dass er alle Entscheidungen traf. Jetzt hatte er keine Handhabe, obwohl er wusste, wie schlimm Eloisa werden konnte. Sasha musste sich nicht mit ihrer ständigen Kritik herumschlagen, dafür aber Emmanuelle, was Eloisa nur ermutigte, bei jeder sich bietenden Gelegenheit über ihre Tochter herzufallen und sie in Stücke zu reißen. Das Gleiche tat sie bei Francesca. Sie hatte es auch bei Mariko versucht, aber nicht oft, sie respektierte sie zu sehr als Gleiterin. Und jetzt hatte sie Grace, auf der sie herumhacken konnte, aber Vittorio würde das nicht zulassen.

»Ich warne dich nur einmal, Grace. Ich mag nichts zu sagen haben, wenn es um dein Unternehmen geht. Mir gefällt das nicht, aber ich habe es dir versprochen, und ich halte meine Versprechen. Aber wenn sie dich bei einer anderen Gelegenheit angreift, werde ich derjenige sein, der die Dinge regelt. Und ich erwarte, dass du mir sofort erzählst, wann immer etwas passiert.« Er hielt ihren Blick fest, bis sie widerstrebend zustimmte.

Sie kamen bei Emmanuelle, Taviano und Anne an. Vittorio stellte Grace sofort Anne vor. Anne streckte die Hand aus, und Grace nahm sie. »Es freut mich sehr, Sie kennenzulernen. Vittorio hat mir schon so viel von Ihnen erzählt.«

»Nichts davon entspricht der Wahrheit«, erklärte Anne mit einem breiten Lächeln. »Sie dürfen kein Wort von dem, was er sagt, glauben.« Sie beugte sich vor, um Küsschen auf Vittorios Wangen zu hauchen.

Vittorio konnte den Kummer in ihren Augen sehen. »Habt ihr schon getanzt?«

»Wir hatten es gerade vor«, meinte Taviano. »Würdet ihr euch uns gern anschließen?«

Ein sehr attraktiver Mann in der Nähe lächelte Emmanuelle an. »Tanzt du mit mir, Emme?« Er war hochgewachsen, hatte dunkles Haar und dunkelbraune Augen.

Vittorio versuchte ihn einzuordnen. Er sah aus, als wäre er ein paar Jahre älter als Emme. »Vielleicht wollen Sie mir sagen, wer Sie sind, bevor sie meine Schwester irgendwohin mitnehmen?«

Der Mann wandte sich ihm zu. »Ich bin Elie Archambault. Ich war beim Militär in der gleichen Einheit wie Demetrio und Drago. Mein Vater ist Franzose, meine Mutter Amerikanerin. Er ist vor einigen Jahren gestorben, und sie hat mich mit in die Staaten genommen.«

Vittorio erinnerte sich, dass einer der berühmten Archambault-Schattengleiter vor einigen Jahren an Krebs gestorben war.

»Mein Vater war für meine Mutter die Welt. Als er nicht mehr da war, war sie so bekümmert, dass ich mit ihr gekommen bin«, fügte Elie hinzu, als bräuchte Vittorio weitere Informationen. »Sie starb, als ich achtzehn war. Ich ging zum Militär und hatte dort eine gute Karriere, aber dann wurde ich verletzt und musste gehen. Ich brauchte einen Job, also schlug Demetrio mir vor, hierherzukommen und mich von Emilio zum Bodyguard ausbilden zu lassen.« Er klang beinahe gelangweilt, als hätte er seine Geschichte bereits mehrere Male erzählt, und Vittorio war sich sicher, dass das der Fall war.

Elie hatte seine trauernde Mutter in ihre Heimat begleitet, statt sie nach dem Tod ihres Mannes allein zu lassen. Dafür mochte Vittorio ihn gleich etwas mehr.

»Du hättest das auch einfach alles mir erzählen können und nicht meinem Bruder«, meinte Emmanuelle. Das Misstrauen stand ihr ins Gesicht geschrieben, als ob sie dachte, dass man Elie angewiesen hatte, sie zum Tanzen aufzufordern.

Elies kühle, dunkle Augen musterten sie. »Dein Bruder hat mich gefragt, nicht du.« Er drehte sich auf dem Absatz um und machte einen Schritt.

»Warte.« Emmanuelle musste mehrere Schritte machen, um ihm hinterherzukommen. »Ich würde sehr gern mit dir tanzen. Das hätte ich sofort sagen sollen, aber du hast mich überrumpelt.«

Elie drehte sich langsam wieder zu ihr um, und seine dunklen Augen musterten sie erneut. »Du siehst schön aus. Irgendwie königlich. Ich weiß nicht, warum du überrascht bist, dass ein Mann mit dir tanzen will.«

»Weißt du von dem, was heute Abend passieren könnte?«, fragte Vittorio.

»Emilio hat uns alle in Kenntnis gesetzt. Ich habe gerade Pause. Ich hätte sie nicht gefragt, wäre ich im Dienst gewesen.«

Aus dem Augenwinkel sah er, wie Emmanuelle aufatmete. Sie entspannte sich sichtlich bei Elies Erklärung. Vittorio umfasste Grace' Hand fester und bedeutete Elie und Emmanuelle, in den Ballsaal vorauszugehen. Die Musik hatte zu einem langsameren, träumerischeren Stück gewechselt, und kaum dass die drei Paare auf dem Parkett waren, wirbelte Vittorio Grace in seine Arme. Er hatte sich so danach gesehnt, sie zu halten.

»Ich sollte eigentlich arbeiten«, erinnerte sie ihn, ihre Stimme dumpf an seiner Brust.

»Du solltest dafür sorgen, dass dein Mann glücklich ist, und genau das ist er in diesem Moment.« Vittorio zog sie noch enger an sich, presste ihre Körper zusammen, sodass sie in perfekter Harmonie über das Parkett flogen.

Wenn er in der Lage gewesen wäre, sich zu verlieren, solange ihm oder jemandem, den er liebte, Gefahr drohte, dann wäre es in diesem Moment gewesen. Die Musik, die Sterne über ihnen, die duftenden türkisfarbenen Blumen, all das trug zur vollkommenen Magie des Moments bei. Er hob für einen Moment den Kopf, um sich zwischen den anderen tanzenden Paaren umzusehen. Die Eventplanerinnen hatten den perfekten Moment für alle geschaffen und ihnen die Gelegenheit verschafft, ein romantisches Zwischenspiel mit jemandem zu genießen, den sie hofften, besser kennenlernen zu dürfen, oder mit jemandem, den sie liebten.

Grace fühlte sich perfekt an ihm an. Ihr Körper bewegte sich unter dem Kleid, ein sinnliches Gleiten, das ein glimmendes Feuer in seinem Unterleib entfachte und dafür sorgte, dass sich langsam Hitze durch seine Adern ausbreitete. Ihre Schritte waren perfekt auf die seinen abgestimmt, aber er wollte den Zauber um sie herum nicht brechen, indem er sie fragte, ob sie je Tanzstunden genommen hatte. Irgendwo hatte sie es gelernt.

Er sah seine Schwester mit Elie sprechen, der darauf achtete, dass niemand mit ihr zusammenstieß. Zum ersten Mal seit langer Zeit wirkte Emmanuelle entspannt und vielleicht noch nicht glücklich, aber definitiv interessiert an dem, was Elie ihr erzählte. Das war gut. Er fragte sich, ob er Grace vorschlagen sollte, Elie an Emmanuelles Tisch zu setzen. Er sah nicht aus wie ein Bodyguard. Er war groß und schlank statt kräftig, aber Demetrius hätte ihm niemals einen Job bei Gallo Security vorgeschlagen, wenn er nicht überzeugt gewesen wäre, dass der Mann auf dem Niveau arbeiten konnte, dass Emilio verlangte. Sein Vater oder jemand aus der Archambault-Familie musste ihm beigebracht haben, ein Schattengleiter zu sein. Sie waren berühmte Gleiter.

Vittorio ließ die Hand Grace' Rücken hinuntergleiten. Seine Handfläche lag heiß auf dem dünnen Stoff ihres Kleids. Er wollte ihre Haut so dringend berühren, dass er das Verlangen förmlich schmeckte. Sein Schwanz stieß hart gegen ihren Körper, ließ sie wissen, welche Wirkung sie auf ihn hatte. Sie schien einfach nur mit ihm zu verschmelzen, ihr Körper weich und fließend, gab sich ihm hin wie vorhin, als sie ihn geküsst hatte, oder wenn sie mit ihm schlief.

Er wirbelte sie herum, sodass sie in einem dunkleren Teil des Raums landeten und seine Hand über ihren verführerischen Hintern gleiten konnte. Er legte die Hand darum und presste sie dichter an sich. »Du machst mich glücklich, Grace. Schlicht und einfach. Ich habe das noch nie zuvor gefühlt.«

Sie blickte zu ihm auf. »Du machst mich auch sehr glücklich.«

Ein Paar näherte sich ihnen, und Vittorio drehte Grace zur Seite und sah sich um, um zu sehen, wer ihnen so unnötig nahe gekommen war. Zu seiner Überraschung tanzte Eloisa mit einem Mann, der seit Jahren für die Familie arbeitete. Henry Watson hielt sie in seinen Armen, und ihre Schritte waren perfekt synchron, als tanzten sie schon seit Jahren zusammen. Er hatte seine Mutter noch nie tanzen sehen. Sein Vater, Phillip, hatte bei verschiedenen Veranstaltungen für den guten Zweck getanzt, aber niemals mit seiner Mutter. Vittorio warf Taviano einen Blick zu, um zu sehen, ob auch er diesen historischen Moment beobachtete. Grace und Katie mussten wirklich Magie gewirkt haben, wenn es Eloisa für einige Runden auf das Parkett und in die Arme eines Mannes gelockt hatte.

Taviano grinste ihm zu und nickte leicht nach links. Vittorio rieb das Kinn auf Grace' Kopf und wandte dann den Blick in die Richtung, die sein Bruder ihm gewiesen hatte. Moritz Mischer tanzte mit Candy. Sie rieb schamlos ihren Körper an ihm, ließ die Hände an seinem auf- und abgleiten, während sie sich gemeinsam über das Parkett bewegten. Er wirkte ziemlich unangenehm berührt. Ihr Lachen war laut, und in Vittorios Ohren klang es aufgesetzt, als wüsste sie, dass Anne in der Nähe war.

Taviano drehte Anne so, dass sie das Paar nicht mehr sah. Seine Hände führten ihre sanft an sein Herz, und während sie mit perfekten, eleganten Schritten über die Tanzfläche glitten, beugte er den Kopf zu ihr und flüsterte ihr etwas ins Ohr. Sie sahen aus wie ein verliebtes Paar.

»Ihr Ferraros wisst definitiv, wie man dem Publikum eine Show bietet«, sagte Grace. »Anne ist Schauspielerin, also habe ich erwartet, dass sie aussehen wird, als wäre sie total in deinen Bruder vernarrt, aber er spielt seine Rolle perfekt.« Sie warf ihm einen schiefen Blick zu, als ob sie dachte, dass auch er schauspielerte.

Vittorio beugte sich zu ihr und küsste sie. »Ihr Ex ist mit der lauten, sehr betrunkenen Frau in Lila zusammen. Sie sind da drüben, kommen jetzt aber näher«, flüsterte er dicht an ihrem Ohr.

Grace drehte den Kopf, und er wirbelte sie herum, damit sie besser sehen konnte. Candy taumelte betrunken in ihren High Heels und hielt sich am Revers von Mischers Jackett fest.

»Ich kann nicht glauben, dass er Anne gegen diese Frau ausgetauscht hat.« Grace war an Annes Stelle empört.

»Er wirkt nicht sehr glücklich. Tatsächlich sieht es so aus, als würde er Anne und Taviano mehr Aufmerksamkeit schenken als seiner Begleitung.«

»Er ist ein lächerlicher Mann, der nicht erkannt und geschätzt hat, was er hatte. Anne und Taviano sitzen am Ferraro-Tisch. Ich hoffe, dass ihr euch alle um sie kümmert.«

Grace wollte Candy und Mischer noch einen finsteren Blick zuwerfen, doch Vittorio wirbelte sie erneut herum und verbiss sich ein Lachen. Er wusste, dass seine Frau eine kleine Stange Dynamit war, wenn sie erst in Fahrt kam. Er hatte sie wütend gesehen.

»Wir kümmern uns ganz sicher um sie«, versicherte er ihr.

»Das Ziel der Sache mit Taviano ist nicht, ihren Ex eifersüchtig zu machen, oder? Sie will ihn hoffentlich nicht zurück?«

Vittorio blickte hinunter und sah die Sorge und den Zorn in Grace' Gesicht. Sein Herz wurde von diesem seltsamen schmelzenden Gefühl erfasst, das er so oft in ihrer Gegenwart hatte. »Du kannst ein ziemlich wildes kleines Ding sein, wenn es sein muss. Ich sehe dich als mein wunderschönes Kätzchen, aber dann stößt du ein Brüllen aus, und ich muss meine Einschätzung ändern. Heißt das, wenn ich den Fehler machen sollte zuzulassen, dass eine andere Frau mich in Versuchung führt …«

»Wenn du mich betrügst, Vittorio. Nenn die Dinge beim Namen. Deinen Schwur brichst. Einen Mangel an Selbstkontrolle zeigst. Es lässt einen Mann billig wirken. Mir ist klar, dass Männer in einer Position wie deiner, Männer mit Geld und Macht, es immer wieder mit Frauen zu tun haben, die sich ihnen an den Hals werfen, aber wenn ein Mann einen Schwur geleistet und einer Frau versprochen hat, sie mehr zu lieben und zu respektieren als alle anderen, und er sie dann betrügt, ist er wertlos. Vollkommen wertlos. Es zeigt, dass er kein richtiger Mann ist. Deshalb: Nein, ich würde dich nicht zurücknehmen. Ich brauche keinen Mann, der sich um mich kümmert. Ich habe mich den größten Teil meines Lebens selbst um mich und meine emotionalen Bedürfnisse gekümmert. Ich würde dich verlassen, weil du für immer in meinem Ansehen gesunken wärst.«

Er liebte ihren schnippischen Tonfall. Sie meinte jedes Wort, wie sie es sagte.

»Mein Mann könnte in beruflicher Hinsicht scheitern, und ich würde ihn niemals verlassen. Aber das? Fremdgehen? Das sagt aus, dass er nicht viel wert ist und weder sich selbst noch mich respektiert. Da lebe ich lieber allein. Ich kann mich selbst versorgen und mit meiner Arbeit glücklich und zufrieden sein.«

Er beugte den Kopf, um die Lippen an ihr Ohr zu pressen. »Was wäre mit Sex?« Seine Stimme war bewusst sinnlich, und seine Lippen streiften ihre Ohrmuschel bei jedem Wort. Grace erschauderte in seinen Armen.

»Es gibt wirklich tolles Spielzeug, das eine *ganze Menge* ersetzen kann, Vittorio. Wenn du also darüber nachdenkst, mir fremdzugehen, dann stell dich schon mal darauf ein, dass ich dich durch den besten Freund einer Frau ersetzen werde.«

»Ich dachte, das wären Diamanten.« Er wirbelte sie herum, sorgte dafür, dass sie Taviano und Anne vor Moritz und Candy abschirmten.

Moritz versuchte eindeutig, zu Anne zu kommen. Und Candy wurde immer lauter, je näher sie ihr kamen. Henry schob Eloisa direkt zwischen die Paare und sorgte damit für ein weiteres Hindernis, das Mischers Plan vereitelte. Dann kamen auch noch Elie und Emmanuelle. Und die ganze Zeit über hatte Taviano den Kopf dicht bei Annes, als ob sie eine intime Unterhaltung führten und nichts von dem Drama mitbekämen, das sich auf der Tanzfläche abspielte.

Vittorio spürte, dass ihn jemand beobachtete und drehte den Kopf, nur um Valentino Saldis wütendem Blick zu begegnen. Der Mann war fuchsteufelswild. Er starrte erst Vittorio an, dann Emmanuelle. Val versuchte nicht, sich ihnen zu nähern, was gut war. Vittorio wollte keine öffentliche Auseinandersetzung, aber es war unverkennbar, dass der Saldi-Erbe sehr wütend war, Emmanuelle und Elie so miteinander tanzen zu sehen.

Elie machte keinen Hehl aus seinem Interesse für die Prinzessin der Ferraros. Sie war klug, schön, elegant, sinnlich und äußerst tödlich. Emmanuelle tanzte sehr oft auf Veranstaltungen wie dieser, aber nie schmiegte sie sich an einen Mann oder blickte in sein Gesicht auf, als hätte sie alles um sich herum vergessen. Sie lachte über etwas, das Elie sagte, und Vittorio wusste, dass es ein ehrliches Lachen war. Emmanuelle lachte nur selten. Wie die meisten von ihnen, aber er wusste genau, wann sie schauspielerte, und jetzt tat sie es nicht. Zum ersten Mal, seit sie Val im Alter von sechzehn begegnet war, schien sie ernsthaft an einem anderen Mann interessiert zu sein.

»Mir gefällt nicht, wie Val Emmanuelle ansieht«, sagte Grace leise. »Es ist zu spät, die Sitzordnung zu ändern. Eloisa wollte immer, dass die Saldis an einem Tisch links von den Ferraros sitzen. Daran wurde nie etwas geändert.«

Vittorio fluchte leise. »Sicher, dass du die Sitzordnung nicht mehr ändern kannst?«

»Es tut mir leid, Schatz, aber die Leute setzen sich bereits hin. Das Essen wird serviert, und die Versteigerung startet. Ich wünschte, ich hätte davon gewusst.«

»Meine Mutter wusste davon.« Verdammte Eloisa mit ihren Spielchen. Sie wollte Emmanuelle zeigen, was passierte, wenn man zuließ, dass man sich in die falsche Person verliebte. Vittorio wusste, dass sie das Risiko, Val mit Emmanuelle sprechen zu lassen, nicht eingehen durften. Val hatte Fähigkeiten. Die anderen mochten das nicht anerkennen, aber Vittorio wusste, dass der Saldi-Erbe eine Stimme hatte, die seiner ähnlich war. Er konnte Menschen damit einwickeln und überzeugen. Und Emmanuelle war besonders anfällig für diese Stimme.

Vittorio wusste, dass sie Emmanuelle verlieren könnten. Sie würde niemals ihre Familie verraten, und sie hatte zu viel Stolz, um zu Val zurückgekrochen zu kommen, aber wenn sie zu dem Schluss käme, dass sie in ihrem ganzen Leben niemals einen anderen lieben könnte, bestand die Gefahr, dass sie sich das Leben nahm.

Sie waren täglich mit Gewalt konfrontiert. Es war nie einfach, aufzustehen und sich dem zu stellen, was sie taten, wenn sie allein waren. Sie neigten alle zu einem wilden Lebensstil, um gegen die Leere anzukämpfen, die sie aufzufressen drohte. Emmanuelle war sensibel. Mitfühlend. Sie war eine Romantikerin. Wenn Valentino sie nicht in Ruhe ließ und ihr erlaubte, einen anderen guten Mann zu finden, dann, das wusste Vittorio, würde ihre geliebte Emmanuelle die Dinge selbst in die Hand nehmen.

»Das ist schlecht«, sagte Vittorio laut.

»Ich könnte Elie zu ihnen setzen. Würde das Emmanuelle stören?«, fragte Grace. »Ich denke, er ist die Art Mann, den man zur Seite nehmen und ihm erklären kann, dass ihr Ex direkt am Nebentisch sitzt. Dann könnte er Emmanuelles Platz einnehmen, und wir würden sie einen Platz weiter setzen. Es wäre schwieriger für ihn, über Elie hinweg mit ihr zu sprechen.«

Er mochte diesen Plan. Emmanuelle würde er vielleicht nicht gefallen, aber Elie würde es tun. Er war Angestellter der Ferraros, ob er es nun wusste oder nicht. Alle Geschäfte waren letztlich unter dem Dach der Ferraros.

»Lass uns das tun«, stimmte er zu.

Grace wollte sich von ihm lösen, aber er hielt sie fest. »Warte bis zum Ende des Songs. Ich werde uns nahe zu Emme und Elie bringen, damit wir ihnen erklären können, was du tust. Danach gehst du und erledigst es.«

Sie nickte. »Keine Sorge. Ich muss einfach nur kurz in die Küche und ein Namensschild auf unser schickes goldenes und silbernes Papier drucken lassen. Gib mir fünf Minuten.«

Vittorio warf Valentino noch einen scharfen Blick zu. Der Mann blickte noch immer wütend in Emmanuelles Richtung. Er legte es eindeutig darauf an, dass sie aufblickte und ihn entdeckte. Auch Vals Cousin und Bodyguard Dario, der neben ihm stand, beobachtete das Pärchen. Er war unverkennbar ebenfalls verärgert, aber sein Blick galt Taviano.

Grace sah in die gleiche Richtung. »Der Mann neben ihm schein ziemlich wütend auf Taviano zu sein.«

Es überraschte Vittorio nicht, dass ihr das auffiel. Sie hatte ihr Leben lang aufmerksam sein müssen, aus Angst, dass Haydon Phillips jeden Moment auftauchen und ihre Welt zerstören könnte.

»Das ist Dario Bosco, Vals Cousin. Er ist Micelis Sohn, allerdings hat Miceli seine Mutter niemals geheiratet. Er fungiert oft als Bodyguard für Val, obwohl auch er ein potenzieller Erbe des Saldi-Imperiums ist. Er hat eine Schwäche für Nicoletta. Taviano hat ihm gesagt, er solle sich von ihr fernhalten, weil er mit Nick verlobt sei.«

Sie hob die Augenbrauen. »Ist er das?«

»Noch nicht, aber das wird er.«

»Ich liebe diese Events einfach«, sagte Grace. »All das Drama … wie im Film. Ich sollte Romane schreiben.«

»Einen Enthüllungsbericht über die Familie Ferraro«, sagte Vittorio, obwohl er nicht wirklich belustigt war. Zu viele Jahre hatten sich Paparazzi in sein Leben gedrängt und versucht, sich jedes ihrer Familiengeheimnisse zu erschleichen.

»Nicht deine Familie. Ihr seid noch nicht mal annähernd so verrückt wie andere.«

Er hörte die Wahrheit in Graces Stimme, und sofort war er interessiert, sah sich um, als ob er gleich den Verrücktesten in ihren Kreisen entdecken könnte.

Ihr Lachen hätte ihn aufheitern sollen, aber die Knoten in seinem Bauch zogen sich enger zusammen. Weiteten sich aus. Die Musik wurde leiser, und er entließ Grace widerwillig aus seinen Armen. Er hätte sie gern immer an seiner Seite gehabt, aber wenn das nicht möglich war, hatten mehrere ihrer Bodyguards zu jeder Zeit ein Auge auf sie. Dennoch schrieb er ihnen schnell eine Textnachricht, um sicherzugehen, dass sie ab jetzt die Frau, die er liebte, bewachten.

Er machte sich auf den Weg zu Emmanuelle und Elie, die am Rand der Tanzfläche standen und sich leise unterhielten.

»Ich unterbreche euch nur ungern«, sagte er, als sie beide zu ihm aufblickten.

»Wo ist Grace?«, fragte Emmanuelle sofort und sah sich im Raum um.

Vittorio wusste genau, in welchem Moment sie Val und Dario am Eingang zum Ballsaal entdeckte. Nach einem kurzen Blick sah sie ihrem Bruder direkt ins Gesicht. »Du bist wegen ihnen hier.«

»Grace und Katie wussten nicht, dass sie die Sitzordnung hätten ändern sollen.«

Emmanuelle blickte finster drein. »Ich habe Eloisa extra daran erinnert.«

»Sie hat es nicht weitergegeben.«

Emmanuelle blickte auf ihre Füße hinunter. Vittorio hoffte, dass sie selbst eine Lösung vorschlagen würde. Er wollte sie nicht unter Druck setzen, nicht, wenn sie wirklich an Elie interessiert war. Denn wenn sie das war und Vittorio Elie zwang, neben ihr zu sitzen, dann wäre sie steif und unnahbar.

»Verzeihung«, sagte Elie. »Ich weiß nicht, was los ist, aber wenn ich irgendwie helfen kann, würde ich das gern tun. Und wenn ihr lieber unter vier Augen sprechen wollt …« Er deutete an, dass er bereit war zu gehen.

Emmanuelle nahm die Hand nicht aus seiner Armbeuge. Sie atmete tief durch und blickte zu ihm auf. »Ich weiß, dass das feige ist, aber es würde mich sehr freuen, wenn du beim Essen mit uns am Tisch sitzt. Ich bin mir sicher, Emilio würde es erlauben. Vittorio kann ihn fragen.«

Elie wandte den Blick nicht von Emmanuelles Gesicht ab. »Und der Grund?«

Es gefiel Vittorio, dass er nicht einfach so zustimmte. Er war kein Mann, der sich herumschubsen ließ. Emmanuelle brauchte definitiv jemanden, der stark war.

»Ich bin seit Jahren immer mal wieder mit Val Saldi zusammen. Erst vor Kurzem habe ich mit ihm Schluss gemacht, nachdem ich einige sehr verstörende Dinge herausgefunden hatte. Ich weiß, dass es die Wahrheit war, Klatsch nehme ich nicht ernst. Wie dem auch sei, er versucht ständig, mir etwas zu erklären, aber ich will seine Erklärungen nicht hören. Wenn du lieber nicht in diesen Schlamassel hineingezogen werden willst, könnte ich das verstehen.«

Elie blieb für einen Moment stumm und musterte Emmanuelles Gesicht. Vittorio wusste, was der Bodyguard sah. Seine Schwester war schön. Im Moment wirkte sie sehr verletzlich, beinahe zerbrechlich. Er konnte sich keinen Mann vorstellen, der die Gelegenheit verstreichen lassen würde, ihr zu helfen.

»Es wäre mir ein Vergnügen, mit dir zu essen, Emmanuelle«, sagte Elie. »Lass uns zu unseren Plätzen gehen.«

19

Vittorio bestand darauf, dass Grace neben ihm an der eleganten Tafel mit der an den tropischen Regenwald erinnernden Tischdekoration in der Mitte saß, in die auch die türkisfarbenen Blumen von den Philippinen eingearbeitet waren. Grace fühlte sich nicht ganz wohl dabei und hatte mehrmals versucht, aus der Sache rauszukommen. Es war ihr erster wirklicher Streit gewesen, und am Ende gab es keinen Kompromiss: Er wollte, dass Grace am Tisch seiner Familie saß, und sie fügte sich seinem Wunsch.

Er verstand sie. Sie arbeitete. Es war einer der größten Aufträge von KB Events. Grace setzte sich in der Regel nicht zu Kunden, mit denen sie arbeitete. Sie sorgte hinter den Kulissen dafür, dass alles glattlief. Er wollte jedoch, dass jedem unmissverständlich klar war, dass sie zu ihm gehörte. Sie war in jeder Hinsicht eine Ferraro, und alle – vor allem seine Mutter – mussten ihr zu jeder Zeit den gebotenen Respekt zollen, sonst bekämen sie es mit ihm zu tun. Egal, wie sie argumentierte, er weigerte sich nachzugeben, weil er wusste, dass sie in schrecklicher Gefahr schwebte. Ihm war klar, dass sie nicht lange bleiben konnte, aber selbst ein paar Minuten würden ausreichen, um die nötige Botschaft an alle zu senden. Und er plante, bei ihr zu sein, wenn sie arbeitete.

Unter dem Schutz der Spitzentischdecke legte er eine Hand auf ihren Oberschenkel. Sie sah zu ihm auf und berührte nervös die Oberlippe mit der Zungenspitze und biss sich dann auf die Unterlippe. Er beugte sich zu ihr und hauchte ihr einen ermutigenden Kuss auf die Lippen. Er liebte ihren Mund und war versucht, sie so zu küssen, wie er wollte, aber da sie ja im Prinzip im Dienst war, musste er sich etwas zurückhalten.

Er rieb durch die Spitze und das Unterkleid über ihren Oberschenkel, spürte die Hitze ihrer Haut und wie die Muskeln unter dem Stoff zuckten und bebten. »Gute Lösung, *gattina*. Vielen Dank. Ich will, dass Emmanuelle so viel Spaß wie möglich hat.«

Sie hatte Elie Archambault reibungslos in die Tischordnung integriert, sein Name stand auf dem eleganten folierten Papier, als wäre er schon immer da gewesen. Fünf Paare saßen an dem Tisch, und sie hatte Eloisas und Henrys Platzkarten ans Ende des Tisches, direkt neben dem Saldi-Tisch versetzt und Emmanuelle und Elie dafür die beiden Plätze gegenüber von Grace und Vittorio gegeben. Anne und Taviano saßen Sasha und Giovanni gegenüber.

»Perfekte Platzordnung. Gefällt mir sehr gut.«

»Eloisa ist sehr penibel, wenn es darum geht, wo sie sitzt«, sagte Grace und sah aus wie die Unschuld in Person. »Aber unter den Umständen wusste ich, dass sie ihrer Tochter würde helfen wollen, also habe ich ihren Platz gegen Emmanuelles getauscht.«

Als ob sie es gehört hätte, blickte seine Schwester auf und schickte Grace einen Luftkuss. Eloisa und Henry kamen hinter Emmanuelle und Elie. Vittorio fiel auf, dass seine Mutter und Henry sich bei den Händen hielten. Sie blickte finster drein, als sie die Namen sah, die in die goldenen Platzkarten eingraviert waren. Ihre Miene wurde noch finsterer, als sie über den Tisch zu Grace blickte. Vittorio erwiderte den Blick seiner Mutter und forderte sie heraus, aus der Änderung ein öffentliches Spektakel zu machen. Henry sagte etwas und zog an ihrer Hand. Sie ging mit ihm zu den beiden freien Stühlen am Ende des Tisches.

Stimmengewirr umspülte sie. Giovanni und Sasha unterhielten sich mit Emmanuelle und Elie, während Taviano und Anne eine lebhafte Unterhaltung mit Eloisa und Henry begannen.

»Ich habe das Gefühl, dass das ganze Event den Bach runtergeht, weil ich hier sitze, statt alles aus der Ferne zu überwachen«, murmelte Grace ein wenig rebellisch.

»Nur Geduld. Du hast extra drei Leute angeheuert, damit sie Kate jetzt unterstützen können. Du hast dein Handy neben dir. In ein paar Minuten kannst du los und jedes Detail der Versteigerung überprüfen.«

Sie blickte auf die Uhr und nickte.

Er nahm ihre Hand, stellte fest, dass sie zitterte und presste sie auf seinen Oberschenkel, weit oben, nahe seinem Schwanz, der bereits auf die Nähe zu ihr reagierte. Er rieb mit dem Daumen über ihren Handrücken.

»Ich liebe es, dir bei der Arbeit zuzusehen, Grace. Ich finde das, was du tust, wichtig, und du bist sehr gut darin. Aber am Ende bist du meine Frau, und wenn wir ein Event besuchen, egal, ob deines oder das von jemand anderem, wirst du an meiner Seite sein und ich an deiner. So oder so sind wir zusammen. Es macht mir nichts aus, mit dir zu gehen, wenn du deine Kontrollrunde drehst.«

Er beschönigte nicht, was er von ihr wollte. Er hatte sie gewarnt, wie er war. Sie hatte davon gewusst, noch bevor sie sich entschieden hatte, ihm eine Chance zu geben. Er würde das Sagen haben, was bestimmte Dinge anging. Das hier war eine große Sache. Er hatte gesagt, dass er sich aus ihrer

Arbeit heraushalten würde, und das tat er, aber bei einem großen Event wie diesem hier würde er an ihrer Seite sein.

»Ich weiß, dass dir das sehr wichtig ist, Vittorio, sonst würdest du nicht so viel Druck machen. Ich mache dieses Zugeständnis, weil ich will, dass du glücklich bist.«

Sie legte die Hand auf seine Wange. »Und das ist mir wichtig.«

Ihr Daumen glitt über seine Lippen, und er saugte ihn in seinen Mund, umspielte ihn mit der Zunge. Sie errötete.

»Vittorio.« Seine Mutter sagte seinen Namen auf eine Weise, die ein Tadel sein konnte, vielleicht wollte sie aber auch nur seine Aufmerksamkeit erregen.

Er ließ sich noch einen Moment Zeit, um mit den Zähnen über Grace' Daumen zu schaben und dabei zuzusehen, wie sie noch mehr errötete. Er schob ihre Hand höher seinen Oberschenkel hinauf, sodass ihre Fingerspitzen seinen pochenden Schwanz berührten, einfach nur, weil er die Farbe mochte, die in ihr Gesicht stieg.

»Ja, Eloisa? Ich habe leider nicht mitbekommen, was du gesagt hast, aber wenn es um die Dekorationen geht, sie sind wirklich wunderschön. Mehr als schön. Es fühlt sich an wie im Märchenland. Ich liebe vor allem die Jadereben. Die Farbe ist außergewöhnlich, und es ist einfach genial, wie sie von der Decke hängen.« Er wandte sich wieder Grace zu: »War das deine Idee, *bella*?«

»Ich finde die Blumen auch toll«, sagte Emmanuelle. »Eloisa, hast du sie ausgesucht? Sie wählt immer die Blumen aus, Vittorio. Ihre Ideen sind so gut, sie sollte Designerin werden.«

Das Kompliment war ehrlich gemeint. Emmanuelle hatte keine Ahnung, dass es Probleme mit den Blumen gegeben hatte.

»Eloisa wollte immer Designerin werden«, sagte Henry. »Sie war schon immer unglaublich gut in diesen Dingen. Natürlich war es dir nie erlaubt.«

»Henry.« Eloisas Tonfall war anders. Beinahe eine Verwarnung, aber nicht ganz.

Kellnerinnen stellten Teller mit Essen vor den Gästen ab. Eloisa wartete, bis sie wieder weg waren. »Ursprünglich wollte ich Kanarischen Hornklee haben, aber bei dem Flugzeug ist ein Triebwerk ausgefallen. Grace hat den Jadewein als Ersatz gewählt, und die Farbe ist wirklich außergewöhnlich. Ich hätte keine bessere Wahl treffen können. Sie hat genug Events für uns organisiert, um meinen Geschmack zu kennen.«

Grace errötete erneut, aber Vittorio war sich nicht sicher, ob es am Kompliment seiner Mutter lag oder daran, dass er kurz ihre Hand ergriffen, an ihrem Finger geknabbert und sie dann wieder unter den Tisch gezogen hatte, um sie auf die brennende Mächtigkeit seiner beachtlichen Erektion zu legen. Kaum dass Grace ihn berührte, zuckte sein Schwanz.

Er nahm seine Gabel auf. Das Essen bei den Events, die KB organisierten, war immer erstklassig. »Gibt es etwas unter den Sachen für die Versteigerung, das dir besonders gefällt, Grace?«

Sie warf ihm einen tadelnden Blick zu, zog jedoch ihre Hand nicht weg. Sie griff ebenfalls nach ihrer Gabel. Sie hatte eine Menge Übung darin, mit ihrer schlechteren Hand zu essen, deshalb gelang ihr das reibungslos. Sie setzte zu einer Antwort an, doch dann schloss sie abrupt den Mund und presste die Lippen zusammen. Er lachte. Sie zahlte es ihm heim, indem sie über seinen schmerzenden Schwanz streichelte.

Aus dem Augenwinkel sah er, wie Emmanuelles Blick zu dem Tisch der Saldis wanderte. Seine Schwester sah sofort wieder weg, und sie errötete ein wenig, als könnte sie es nicht verhindern. Elie griff nach ihrer Hand und begann, abwesend mit ihren Fingern zu spielen.

Vittorio blickte direkt zu Val hinüber und hoffte, ihm einen warnenden Blick zuwerfen zu können. Val beobachtete, wie Elies Finger über Emmes glitten, und sein Ausdruck war beinahe schmerzerfüllt. Er begann sich zu erheben, doch die Frau neben ihm legte ihm die Hand auf den Arm und beugte sich zu ihm, sodass ihre Brust auf seinem Arm ruhte, während sie ihm etwas ins Ohr flüsterte. Val wandte sich ihr nicht zu, er beobachtete weiterhin Emmanuelle und Elie, und jetzt war da auch Wut in seinem Blick.

Elie übertrieb nicht. Er küsste Emmanuelle nicht oder tat so, als wären sie Liebende, nein, er tat so, als wäre er ein Mann, der sehr interessiert an seiner weiblichen Begleitung war. Val tat nichts dergleichen mit der Frau an seiner Seite. Er benahm sich wie der eifersüchtige Ex-Lover, der seine Frau nicht kampflos aufgeben wollte – und das bereitete Vittorio Sorge.

Er warf seinen Brüdern einen Blick zu. Ihnen allen war Vals Ausdruck aufgefallen. Normalerweise setzte Valentino Saldi eine ausdruckslose Maske auf, und selbst in Krisensituationen wirkte er gelassen. Er war kein Mann, der Emotionen zeigte, aber er machte keinen Hehl daraus, dass es ihm nicht mochte, einen anderen Mann bei Emmanuelle zu sehen, und es kümmerte ihn nicht, wer ihn beobachtete.

Es braute sich Ärger zusammen, und sie alle mussten darauf vorbereitet sein. Grace hatte sich erhoben und kümmerte sich um allerlei Kleinigkeiten. Vittorio blieb an ihrer Seite, sagte jedoch nichts, sondern sah ihr beim Arbeiten zu und bewunderte es, wie es ihr gelang, jedes aufkommende Problem zu lösen.

Während des Essens und der Versteigerung, bei der Vittorio eine Unmenge Geld ausgab, erreichten ihn fortwährend Nachrichten. Niemand hatte Haydon Phillips gesehen. Ricco und Mariko waren im Penthouse bei Francesca und Stefano, und ihre Cousins waren bei ihnen. Lucca, Gino und Salvatore waren wie immer ihrem Ruf gefolgt. Obwohl sie alle ausgebildete Schattengleiter waren und ausreichend in der Lage sein sollten, Francesca zu beschützen, behagte es Vittorio nicht, dass er nicht auch dort war.

Wenn Haydon wirklich hinter Grace her gewesen wäre, hätte er bereits zugeschlagen. Grace hatte die ersten Stunden damit verbracht, zwischen Küche, Ballsaal und Terrasse hin und her zu laufen, um sich zu versichern, dass alles perfekt war. Zwar waren immer Bodyguards in der Nähe gewesen, aber nicht immer hatte sie dabei eine direkte Begleitung gehabt. Erst als sie ihm zu verstehen gegeben hatte, dass der Großteil ihrer Arbeit erledigt war, hatte Vittorio sich ihr angeschlossen.

Während der ganzen Zeit hatte niemand jemanden gesehen, der auch nur annähernd Phillips hätte sein können. Obwohl er froh war, dass Phillips Grace' Veranstaltung ferngeblieben war, bedeutete das auch, dass die Wahrscheinlichkeit, dass er Francesca angreifen würde, gestiegen war. Das hieß aber nicht, dass sie bei Midnight Madness weniger aufmerksam sein würden; tatsächlich wollte Vittorio, dass die Security noch wachsamer war.

Nach dem Essen und der Auktion wurde wieder getanzt. Grace blickte auf ihr Handy und flüsterte Vittorio zu, dass sie sich kurz mit Katie besprechen müsse. Sie musste sich versichern, dass in der Küche alles glatt lief. Er wollte sich ihr gerade anschließen, als hinter ihm Unruhe entstand. Er packte sie am Arm, um sie am Gehen zu hindern und wandte sich um.

Gerade als Elie sich von Emmanuelle entfernte, um Emilio zu fragen, wo er ihn haben wollte, kam Val Saldi hinter Emmanuelle. Grace war das Hauptziel, und Vittorio wollte, dass die Bodyguards sich vor allem auf sie konzentrierten, doch Phillips hatte deutlich gemacht, dass er jeden töten würde, der ihr half oder mit ihr befreundet war. Als Chef der Security hatte Emilio eine andere Meinung zu dem Thema. Ihre erste Priorität waren stets Schattengleiter. Vittorio und seine Familie standen auf seiner Liste an erster Stelle.

Val packte Emmanuelle am Arm und zwang sie, stehen zu bleiben. »Ich will mit dir sprechen.«

»Keine Chance.« Emmanuelle hob das Kinn und zog leicht an ihrem Arm, weil sie keine Szene machen wollte, indem sie ihn wegriss. »Lass mich los, Val. Ich habe mich deutlich ausgedrückt.«

»Es geht nicht mehr allein um uns«, zischte er. »Siehst du denn nicht, was hier passiert?«

Vittorio ließ Grace los, aber er blickte zu Eloisa. Sie nickte und folgte Grace, die zur Küche eilte. »Valentino, lass sie los.«

Taviano zog Anne sanft zur Seite. Giovanni tat das Gleiche mit Sasha. Sasha legte den Arm um Annes Taille. Die beiden Frauen traten zurück, um den Männern mehr Raum zu geben, während Vals Bodyguards sich in Position begaben, um ihren Boss zu schützen.

Val achtete nicht auf Vittorio, sein Blick war auf Emmanuelles Gesicht gerichtet. »Ich bitte nur um ein paar Minuten deiner Zeit, um eine Chance, den Krieg zwischen unseren Familien zu beenden.«

Emmanuelle hob die Hand, um ihre Brüder zurückzuhalten. »Das wird das *Einzige* sein, worüber wir sprechen, Val«, legte sie fest.

Sie entfernte sich ein paar Schritte von ihren Brüdern, warf ihnen jedoch einen Blick zu, um sich zu versichern, dass sie in der Nähe waren, sollte sie sie brauchen.

»Wir hatten nichts mit diesen Morden zu tun, Emme. Nichts. Giuseppi wollte selbst kommen und es dir sagen, aber Mom – Greta – geht es schlechter. Sobald ich mit dir gesprochen habe, gehe ich wieder zurück, aber es ist wichtig, dass du das weißt und uns glaubst, dass wir keinen Krieg anfangen wollen. Wir wissen nicht mehr als ihr darüber, wer diese Morde begangen hat.«

»Das mit Greta tut mir leid. Ich weiß, dass sie dir eine wundervolle Mutter war, Val«, sagte Emmanuelle ehrlich. »Was die Leichen angeht, die wir in unseren Containern gefunden haben, jeder von ihnen war unser Freund. Bruno? Bruno Vitale? Seine Großmutter ist jetzt allein. Er war noch ein halbes Kind.«

»Genau das meine ich, Emme. Giuseppi nimmt keine Kinder ins Visier. Und sie werden auch nicht gefoltert, in Teppiche gerollt und in Müllcontainern entsorgt. Ich weiß nicht, wer das tut, aber dieser Jemand will einen Krieg zwischen unseren Familien.«

»Sie haben alle für deine Familie gearbeitet«, sagte sie leise. Sie blickte noch einmal über ihre Schulter, um sich zu versichern, dass ihre Brüder da waren. Erst in diesem Moment schien ihr aufzufallen, dass er ihren Arm nicht losgelassen hatte. Sie trat einen Schritt zurück. »Stefano hat deiner Familie die Liste und die Beweise gegeben.«

Val zog sie näher zu sich. »Hör auf damit. Mach mich nicht noch wütender, als ich ohnehin schon bin. Das hier ist wichtig. Ja, vielleicht haben sie für uns gearbeitet. Wir haben Leute bei euch, ihr habt Leute bei uns, wir alle tun es, deshalb töten wir auch niemanden, wenn er erwischt wird. Sie wissen nichts. So funktionieren diese Dinge. Das weißt du, Emme.«

Sie schwieg einen Moment und versuchte nicht mehr, sich loszumachen. Val gelang es, sie beinahe an sich zu ziehen. Vittorio trat einen Schritt auf sie zu. Seine Brüder folgten ihm. Dario trat direkt vor Taviano und hielt ihn zurück. Vittorio gab Taviano mit seinem unberechenbaren Temperament ein Zeichen, sich zurückzuhalten.

Val hatte recht. Die Sache war zu wichtig, um die Unterhaltung zu unterbrechen, bevor sie alle gehört hatten, was er zu sagen hatte. Er hatte ein gutes Argument gebracht. Niemand der Leute, die für die Ferraros oder in der Umgebung arbeiteten und Geld von den Saldis nahmen, hatte Zugang zu Informationen, die das kriminelle Imperium der Saldis betrafen. Keiner. Warum waren sie dann ermordet worden? Und warum gefoltert? Wenn es nicht die Saldis waren, die einen Krieg anzetteln wollten, wer dann?

»Da hast du recht«, gab Emmanuelle zu. »Ich weiß, dass du sofort zurück zu Giuseppi und Greta musst. Ich werde Stefano berichten, was du mir gesagt hast, und er wird dich kontaktieren.«

Sie wandte sich zum Gehen, doch Val verstärkte seinen Griff um ihr Handgelenk. »Ich bin noch nicht fertig, Prinzessin. Du hast etwas gehört, das nicht für deine Ohren bestimmt war, und du weigerst dich, es mich erklären zu lassen.«

Emmanuelle wurde blass. »Lass mich sofort los, Valentino. Verlass dich nicht auf die Tatsache, dass ich es nicht mag, öffentlich eine Szene zu machen. Ich will nicht in deiner Nähe sein. Du hattest deinen Spaß. Du hast deine Anweisungen befolgt und warst ein verdammt guter Verführer. Aber ich habe es dir natürlich auch nicht besonders schwer gemacht. Ich war sechzehn. Ich hätte zulassen sollen, dass meine Familie dich tötet.«

»Geht es dir jetzt besser? Wir erreichen nichts, wenn du mir nicht zuhörst. Der Mann, mit dem du zusammen warst, wird dir niemals etwas bedeuten, und das weißt du. Ich will, dass du dich mit mir triffst, nur wir beide …«

Emmanuelle sah über ihre Schulter, und ihr Blick flehte ihre Brüder an, ihr zu helfen. Vittorio würde diesen Blick im Leben nicht vergessen. Emmanuelle liebte Valentino Saldi so sehr, dass sie fürchtete, ihm seine Bitte nicht abschlagen zu können, trotz der Dinge, die sie ihn sagen gehört hatte – dass er sie nicht liebte, nicht wollte, dass er sie nur auf Anweisung seines Vaters verführt hatte.

Vittorio war sofort in Bewegung und mähte den Bodyguard, der sich ihm in den Weg stellte, nieder. Nichts und niemand konnte ihn daran hindern, seiner Schwester zu Hilfe zu kommen.

Grace betrat die Küche und fand vollkommenes Chaos vor. Rene Bisset brüllte zwei der Kellner an und wechselte dabei ständig zwischen Englisch und Französisch hin und her. Die beiden Angestellten behaupteten steif und fest, nicht für all das zerbrochene Geschirr verantwortlich zu sein. Die Fenster waren zerborsten, und überall waren Essen und die Scherben Hunderter Teller verteilt. Die Arbeitsflächen, Wände und Böden waren nicht verschont geblieben.

»Rene, beruhige dich«, sagte Grace leise und ruhig. »Hier sieht es aus wie auf einem Schlachtfeld. Ich bezweifle, dass die beiden daran schuld sind.«

»Hier ist niemand sonst«, beharrte Rene. »Ich war nur einen Moment weg.« Er warf die Hände in die Luft und machte mehrere Gesten, deren Sinn ihr verschlossen blieb. »Vielleicht fünf Minuten. Ich hatte ein wichtiges Telefonat. Fünf Minuten, und als ich zurückkam, fand ich diesen Raum vollkommen verwüstet und all mein Geschirr in Scherben vor. Alles.« Er stieß eine zerbrochene Schüssel an und starrte erst die Kellner und dann sie an. »Die Musik ist so laut, dass ich mich kaum selbst denken hören kann, da habe ich nicht mitbekommen, dass jemand alles zerbrochen hat.«

Die beiden Kellner hoben die Hände, aber sie sahen dabei nicht Rene oder Grace an, sondern über ihre Schulter zu Eloisa. Grace drehte sich halb um, und in diesem Moment schrie Eloisa auf und stürzte zu Boden. Blut tränkte ihr Haar und sammelte sich unter ihrem Kopf zu einer Lache. Ihre Leibwächter waren nirgendwo zu sehen. Hatte Emilio sie abgezogen, damit sie die Schattengleiter schützen, oder hatte Haydon Phillips es auf sie abgesehen gehabt und sie bereits ausgeschaltet?

»Haydon?« Grace starrte in das Gesicht, das ihr so vertraut war und doch so anders aussah, dass sie ihn fast nicht erkannte. Er trug Anzug und Krawatte, einen kurzen, gepflegten Bart mit Schnurrbart. Er passte perfekt zu dem elitären Publikum aus reichen Sponsoren und Wohltätern des Ferraro-Fundraisers.

»Nicht Haydon. Emerson Caldwell. Eloisa Ferraros Assistentin hat mich höchstpersönlich auf die Gästeliste gesetzt. Da ich gerade erst aus Kalifornien gekommen war, kannte ich nicht viele Leute hier, und sie war so nett, mir zu ermöglichen, Freunde zu finden – und das habe ich auch. Jeder an dem Tisch, dem ich zugeteilt war, war sehr nett zu mir.«

Wie beiläufig zielte er mit der Waffe auf einen der Kellner und drückte ab. Dem anderen schoss er ins gleiche Knie wie dem ersten. Obwohl er einen Schalldämpfer benutzte, hoffte sie, dass einer der Bodyguards nahe genug war, um die kurz hintereinander abgefeuerten Schüsse über die laute Musik und die Gespräche im Ballsaal und auf der Terrasse gehört zu haben. Sie hatte Angst um sie.

Die beiden Männer gingen schreiend zu Boden, doch als Haydon den Kopf schüttelte, hörten sie auf. Einer presste die Hand auf den Mund, damit kein Geräusch mehr herauskommen konnte. Grace blickte auf Eloisa hinunter. Sie bewegte sich leicht, aber Grace wollte nicht ihre Aufmerksamkeit erregen, indem sie sich bückte und nachsah, wie schlimm die Kopfwunde war. Sie verlagerte ihre Position etwas, um sich zwischen Haydon und die anderen zu schieben.

Haydon lachte hart. »Du musst immer die Heldin spielen, nicht, Grace? Komm schon, wir jagen den Laden in die Luft. Ich habe uns einen Wagen organisiert. Sie werden uns niemals finden.«

Ihr schlimmster Albtraum. »Dieses Mal werde ich nicht mit dir gehen, Haydon. Du hast versucht, mich zu verkaufen.« Sie wusste nicht, was sie sagen sollte, um ihn abzulenken, aber sie musste Vittorio die Zeit verschaffen, die er brauchte, um zu ihr zu kommen. Sie wusste, dass er kommen würde, und sie glaubte fest daran, dass sein Training ihn dazu befähigen würde, die Situation unter Kontrolle zu bekommen.

Auf ihre Worte hin drehte Haydon sich um und schoss auf Rene. Dieses Mal traf die Kugel seine Brust, und er fiel keuchend zu Boden. Haydon lächelte ihr zu. »Ich habe niemanden getötet, Gracie. Das sollte dich glücklich machen. Nun, mit Ausnahme von Mama Ferraro. Sie wird sterben. Ich hasse diesen Bastard. Er kann dich mir nicht vorenthalten.«

Er kam näher und versuchte sich an ihr vorbeizuschieben, um besser auf Eloisa zielen zu können. Grace sah, dass ihre Augen offen waren und sie alles hörte, was Haydon sagte.

»Wenn du willst, dass ich mit dir gehe, musst du Eloisa in Ruhe lassen. Du wirst sie am Leben lassen. Ich meine es ernst, Haydon. Meinetwegen erschieß mich, aber ich werde nicht gehen.«

»Der gute Rene braucht einen Arzt, Gracie. Willst du, dass er stirbt? Ich kann dafür sorgen.«

Grace verschränkte die Arme vor der Brust. Der Verlobungsring an ihrem Finger fühlte sich an wie ein Talisman. Sie presste ihn an die Brust. Sie hatte nicht die Ausbildung, die Vittorio oder seine Familienmitglieder hatten, aber sie war stur. Und Haydon wusste das.

»Wenn du auch nur einen von ihnen tötest, Haydon, bleiben wir genau hier. Ich bleibe bei ihnen.« Sie wusste, dass erst wenige Minuten vergangen waren, vielleicht drei, obwohl es sich für sie wie Stunden anfühlte. Sie konnte hören, wie das Geschrei draußen lauter wurde, und der Mut begann sie zu verlassen. Niemand würde es hören, wenn Haydon sie alle erschoss.

Er fluchte wieder und wieder, beschimpfte sie, trat einen Schritt auf sie zu und hob die Waffe, als würde er sie damit schlagen, wie er es bei Eloisa getan hatte.

»Warum gehst du nicht einfach allein?« Sie riskierte Schläge oder erschossen zu werden, um Zeit zu gewinnen. Vittorio würde kommen. Sie wusste, dass er kommen würde. Sie vertraute voll und ganz darauf. Dieses Mantra wiederholte sie wieder und wieder. Mittlerweile war sie davon überzeugt, dass Haydon sich zuerst die Leibwachen vorgenommen hatte, die Eloisa und sie im Auge behalten hatten. Sie wusste nur nicht, wie er es angestellt hatte.

Haydon wirkte ehrlich verwirrt. Er wies mit der Waffe auf die Tür. »Wir gehen immer zusammen. Wir sind ein Team. Los, schnell, Gracie.«

Sie ging in die Richtung, die er ihr gewiesen hatte, und Haydon wandte sich ab, um ihr zu folgen. Eloisa sprang auf und stürzte sich auf ihn, versuchte ihm das Genick auf die typische Art der Ferraros zu brechen. Haydon jedoch wirbelte herum, bevor sie ihn töten konnte. Renes Augen waren groß geworden, und er hatte den Atem angehalten, nachdem er zuvor die ganze Zeit über gestöhnt hatte. Diese kleine Veränderung hatte ausgereicht, um Phillips zu alarmieren.

Er schmetterte Eloisa die Waffe ins Gesicht und trat zurück, um abzudrücken. Grace sprang auf seinen Rücken und kratzte mit den Fingernägeln über seine Augen. Er schrie, und aus der Pistole lösten sich mehrere Schüsse, als wäre sein Finger auf dem Auslöser hängen geblieben. Er rannte rückwärts und schmetterte Grace gegen die Wand. Sie traf mit dem Kopf auf einen Schrank, und Schmerz explodierte in ihr.

Eloisa rannte auf Haydon zu, als dieser ausholte, um Grace nach hinten gegen die verletzte Schulter zu schlagen. Sie warf sich im letzten Moment zu Boden, umklammerte Haydons Beine mit ihren und rollte sich herum, um ihn zu Boden zu bringen. Haydon beugte sich taumelnd nach vorne und warf Grace auf Eloisa. Er erholte sich genug, um Eloisa hart zwischen die Rippen zu treten. Er zielte mit der Pistole auf sie und drückte mehrere Male ab, aber nichts passierte. Grace zwang sich, sich ihm zu stellen. Vier Minuten. Wo waren die Bodyguards? Vittorio? Seine Brüder?

Haydon packte sie bei den Haaren und begann sie zur Tür zu zerren. Dabei nahm er eine kleine Fernbedienung aus der Tasche und drückte auf einen grünen Kopf. Eine Reihe von

478

Explosionen erschütterte die Küche, und Flammen krochen die Wände und Schränke hinauf.

Haydon benutzte ihre komplizierte Hochsteckfrisur, um sie hinter sich herzuzerren, sodass sie keine Wahl hatte, als ihm stolpernd zu folgen. Mit beiden Händen versuchte sie, seine Hände wegzuschieben, doch er bewegte sich so schnell, dass sie stolperte und fiel. Im gleichen Moment kam Eloisa aus dem Nichts und trat aus einem Schatten hinter Haydon. Blut rann ihr Gesicht hinunter und in ihre Augen. Es sah nicht so aus, als könnte sie etwas sehen oder sich auch nur auf den Beinen halten.

»Renn weg, Grace!«, rief Eloisa, als sie sich auf Haydon stürzte. »Raus hier.«

Haydon hatte noch immer die Pistole in der Hand, als er sich ihr zuwandte, und er benutzte sie wie einen Baseballschläger, als er blind auf sie einschlug. Er traf Eloisa an beinahe der gleichen Stelle wie beim ersten Mal. Sie stürzte hart, ihr Körper fiel in sich zusammen wie eine Lumpenpuppe. Sie versuchte nicht einmal, ihren Sturz abzufangen, was Grace verriet, dass sie bewusstlos oder sogar tot war.

Haydon wandte seine Aufmerksamkeit wieder Grace zu. Sie hatte bereits mehrere Schritte zwischen sie gebracht. Sehr langsam bückte sie sich, wobei sie ihn nicht aus den Augen ließ, und löste die Schnallen ihrer High Heels. Sie stieg aus den Schuhen.

»Du kannst mich jagen, Haydon, und vielleicht kriegst du mich auch, aber mittlerweile sind alle in der Küche, um das Feuer zu löschen.« *Zeit gewinnen, Zeit gewinnen, Zeit gewinnen.* Vittorio würde kommen.

»Zuerst müssen sie sich um die Wachen kümmern, die ich im Garten zurückgelassen habe. Dann müssen sie die Tür eintreten. Danach müssen sie dem Koch und den beiden

Idioten helfen, die für ihn arbeiten.« Es lag spöttisches Lachen in seiner Stimme.

»Grace!« Das war Vittorio, und Erleichterung durchspülte sie.

»Hier drin! Er ist hier, und er hat Eloisa verletzt.«

Haydon schlug sie hart. Ihre Wange schien zu explodieren, und die Beine gaben unter ihr nach. Er packte sie am Kinn. »Ich werde wiederkommen, und ich werde sie alle töten.« Und dann war er verschwunden.

Die Nacht selbst schien ihn zu verschlucken, ihn zu schützen, ihm ein Versteck zu bieten, wenn niemand sonst es konnte. Sirenen waren in der Ferne zu hören, aber wenn die Polizei jetzt kam, war es zu spät. Haydon war wieder mal entkommen.

»*Amore mio,* Grace.« Vittorio kauerte sich neben sie. Sein Herz raste, als er ihr Blut und Tränen aus dem Gesicht wischte. Lediglich vier Männer hatten ein Auge auf Grace und Eloisa gehabt. Alle waren bewusstlos oder kamen gerade wieder zu sich. Keiner davon gehörte zu ihren primären Leibwachen. Er würde Emilio umbringen, weil er ihre erfahrensten Bodyguards zum Schutz der Gleiter eingeteilt hatte. Er hätte wissen müssen, dass Emilio so etwas tun würde. Sein Job war in erster Linie, die Schattengleiter zu schützen. Eloisa wollte dieses Privileg nicht länger. Sie gehörte mittlerweile zum Empfangskomitee und hatte den Job als Gleiterin aufgegeben, es sei denn, sie brauchten dringend jemanden. Deshalb hatten sich die Bodyguards auch nicht so sehr um sie gesorgt.

»Er ist entkommen.«

Seine Hände glitten über sie, registrierten jedes Zusammenzucken. »Nicht unbedingt. Ich will, dass du dich nicht bewegst. Versuch nicht, aufzustehen. Ich sehe nach Eloisa.«

»Ich muss wissen, dass es ihr gut geht, Vittorio. Sie hat mich mehr als einmal gerettet.«

Das wäre typisch seine Mutter. Sie beschwerte sich ständig über die Frauen, die sie sich ausgesucht hatten, aber sie würde sie alle mit ihrem Leben beschützen. Wenn es nötig war, würde sie sich opfern. Er kniete sich neben sie und untersuchte behutsam die Kopfwunde. Sie war tief, und es strömte Blut heraus. Sie hatten bereits Krankenwagen für die Verletzten in der Küche gerufen. Er schrieb den anderen eine Textnachricht. Er musste auf die Jagd gehen, und das konnte er nicht, bis seine Brüder und seine Schwester für Grace und Eloisa da waren.

Taviano und Emmanuelle kamen beinahe sofort. Emmanuelle eilte mit einem kleinen Schrei zu Eloisa. Taviano stand da und wartete, bis Vittorio ihm Anweisungen gegeben hatte, aber sein Blick ruhte auf dem Körper seiner Mutter.

»Lebt sie noch?«

»Ja. Sie muss ins Krankenhaus. Ich habe Stefano geschrieben. Er wird dort zu euch stoßen. Ich will, dass du die ganze Zeit über bei Grace bleibst. Ganz egal, wie viel Druck sie dir machen, weiche nicht von ihrer Seite.«

Taviano nickte. »Erfolgreiche Jagd!«

»Ich werde ihn nicht verfehlen.«

Er erhob sich und hauchte dabei einen Kuss auf die Wange seiner Schwester. »Sie ist stark, Emme. Sie schafft das.«

Vittorio ging zu Grace und kauerte sich neben sie. »Taviano wird bei dir sein. Ich suche nach Haydon.«

»Er ist gefährlich, Vittorio. Vielleicht kommt er zurück, um dich zu kriegen. Das wäre typisch für ihn.«

Vittorio küsste sie sanft und gab dabei auf ihre Verletzungen Acht. Als er sich erhob, sah er sich um und sah Emilio und Enzo auf sich zukommen. Er trat in den nächsten

Schatten. Er schluckte ihn, riss seinen Körper brutal auseinander, zerrte an ihm, aber er kontrollierte das Gleiten und zwang seine Augen, nach Zeichen für Haydons Verbleib zu suchen.

Haydon musste direkt durch das vordere Tor hinausgegangen sein. Das Gelände war eingezäunt. Es war ein verschnörkelter schmiedeeiserner Zaun, von dem Spitzen in den Himmel ragten, wie umflochtene Speere. Er konnte schwache Lichtspuren sehen, als ob der Mann Fußabdrücke hinterlassen hätte. Es waren schwache blassblaue Lichtkügelchen, die jeder Mensch hinterließ, und aus den Schatten heraus konnte man sie sehen. Die Schatten hatten einen Effekt, der war, als würde man durch eine Wärmebildkamera blicken.

Haydons Spuren waren einzigartig wie die jedes Individuums. Vittorio wusste, dass er immer in der Lage sein würde, sie zu erkennen. Die Wärmebilder verschwanden schnell, deshalb musste er dem Killer dringend auf den Fersen bleiben. Manchmal, wenn sie Glück hatten, hinterließ eine Person auch Hautzellen, die man als Beweise verwenden konnte, dass sie an einem bestimmten Ort waren, aber in den schnelleren Tunneln waren sie schwerer zu erkennen.

Vittorio wechselte von einem Schatten in den nächsten, folgte Haydon, der die Straße hinunterrannte, die auf den Highway führte. Haydon war langsamer geworden, das konnte Vittorio an der Länge seiner Schritte sehen. Er ging von einem geparkten Auto an der Straße zum nächsten und hielt eindeutig Ausschau nach einem, das er stehlen konnte.

Vittorio wählte bewusst einen kleineren Schatten. Sie waren schneller, setzten dem Körper aber mehr zu, rissen ihn auseinander und schleuderten ihn ans Ende der Straße, wo die blauen Lichtspuren offenbar zu verschwinden schienen. Er sah ein schwaches Bild, das andeutete, dass ein Körper in einem Fahrzeug sich um die Ecke bewegte. Er folgte ihm, sprang von einem Schatten zum nächsten, fand mehrere, die ihn beinahe neben dem Auto hertrugen, sodass er sicher sein konnte, dem richtigen Mann zu folgen.

Haydon Phillips fuhr mit halsbrecherischer Geschwindigkeit. Er war eindeutig wütend, vorbei war es mit seinen kühlen und kontrollierten Spielchen. Er war von Grace abhängig. Sie war im Prinzip seine Familie. Er brauchte sie, und in seiner kranken Fantasie war sie ein Teil seiner Welt. Sie unterstützte ihn, wie sie sich gegenseitig unterstützt hatten, als sie noch Kinder waren. Er mochte wütend auf sie werden, aber in seiner Vorstellung waren es letztlich sie beide gegen den Rest der Welt.

Er fuhr zu schnell und zu achtlos, fädelte sich durch den Verkehr. Vittorio versuchte zweimal, einen Schatten zu finden, der ihn direkt in das Fahrzeug bringen würde, aber selbst unter den hellsten Straßenlaternen und mit den schnellsten Tunneln war es unmöglich. Er konnte nichts tun, als mit ihm Schritt zu halten.

Mit schwerem Herzen sah Vittorio zu, wie das Unvermeidliche passierte. Zunächst war die Sirene kaum zu hören, ein waberndes Geräusch, das er in dem schnellen Schatten, durch den er glitt, nur als dumpfes *Wop Wop Wop* wahrnahm. Die roten und blauen Lichter schnitten durch die Dunkelheit der Nacht, als der Polizeiwagen sich zwischen den Autos auf der Straße hindurchschob, um sich an Haydons gestohlenes Vehikel zu heften.

Es gab keine Möglichkeit, wie er die Polizisten hätte warnen können, dass der Mann, den sie rauswinkten, ein äußerst verzweifelter Serienmörder war. Haydon blickte in den Rückspiegel, fluchte und spuckte aus, dann kurbelte er mehrere Male am Lenkrad. Er verlangsamte den Wagen und begann an den Rand der Straße zu fahren. Das Polizeiauto hinter ihm bremste ebenfalls ab und zog auf die langsamere Spur hinüber, um wieder direkt hinter Haydons Auto zu kommen.

Plötzlich beschleunigte Haydon und nahm die erstbeste Ausfahrt. Der Wagen schlingerte und raste die lang gestreckte Kurve entlang, die ihn wieder in einen Bereich mit dichterem Verkehr führte. Vittorio war gezwungen, aus dem kleinen Schatten zu treten und einen anderen in die Gegenrichtung zu nehmen. Das Polizeiauto folgte, aber jetzt lagen sie etwas zurück.

Haydon bog ab, sodass er für ein paar Sekunden aus dem Blickfeld des Streifenwagens geriet. Er trat auf die Bremsen, öffnete die Tür und sprang in die mit hohem Gras bewachsene abfallende Böschung. Das Auto fuhr in schnellem Tempo weiter, das noch zunahm, als es den Hügel hinunter auf den Verkehr zuraste.

Er lag auf dem Bauch im Gras, als der Polizeiwagen mit heulenden Sirenen um die Kurve kam. Sobald der Wagen vorüber war, war Haydon wieder auf den Beinen und rannte auf die Gebäude in den Ausläufern der Vorstadt zu. Die Häuser waren klein, mit gepflegten Gärten und gemeinsamen Zäunen. Haydon gelang es, über die niedrigen Zäune hinwegzuspringen, ohne langsamer zu werden.

Vittorio konnte nicht anders, als ihn zu bewundern. Er hielt sich eindeutig in Form. Er konnte sich jede Rolle aussuchen und sie perfekt spielen. Er hatte mit einigen der gerissensten Geschäftsleute auf dem Planeten bei einer Benefizveranstaltung zu Abend gegessen, und doch hatte niemand seine Verkleidung durchschaut. Er hatte sich vier ausgebildeten Leibwächtern genähert und war ihnen offenbar glaubhaft in seiner Rolle erschienen. Einer nach dem anderen hatte er sie unschädlich gemacht. Er hatte die Polizei überlistet, und jetzt war er dabei, sich in sein übliches Loch zu verkriechen – jemandes Zuhause.

Hunde bellten in der Nachbarschaft und versuchten verzweifelt, ihre Eigentümer auf die Gefahr hinzuweisen, die sich ihnen näherte. Jemand schrie von seiner Veranda, sie sollten gefälligst still sein. Das Bellen eines Hundes endete abrupt. Er jaulte kurz, dann herrschte Stille.

Vittorio trat in einen Schatten, der ihn zum Rand des eingezäunten Gartens trug, in dem der Hund gerade aufgehört hatte zu bellen. Haydon war über das Tier gebeugt, plötzlich ließ er es jedoch ins Gras fallen, richtete sich langsam auf und sah sich um. Mondlicht schien auf sein Gesicht und tauchte es in ein blasses Grau. In diesem Moment sah er aus wie das reine Böse. Als er sich versichert hatte, dass niemand da war, zeigte er dem Streifenwagen, der nun langsam die Straße auf und ab fuhr, den Stinkefinger und ging selbstbewusst auf das Haus zu. Er war unverkennbar auf der Suche nach einer Stelle, durch die er eindringen konnte.

Vittorio konnte sehen, dass das Haus einen sehr speziellen Dachboden hatte. Das fiel auf, weil das Gebäude zwar klein und gedrungen war, jedoch über seine Nachbarn aufragte, als wäre es zweieinhalb Stockwerke hoch. Haydon war geduldig und blickte hinauf zu den Lüftungsschächten, statt sich umzusehen. Jetzt war er sich sicher, einen Unterschlupf gefunden zu haben, wo er sich aufhalten konnte, während die Cops die Gegend nach ihm absuchten und gar nicht auf die Idee kamen, in dem netten Zuhause eines Anwohners zu suchen.

Vittorio erlaubte es Haydon, halb in den Lüftungsschacht zu klettern, ehe er einen Schatten wählte, der von einer Straßenlampe die Seite des Hauses hinaufgeworfen wurde. Haydon wähnte sich in Sicherheit, auch wenn die Schatten der Bäume unheimlich schwankten und die Äste schwarz erschienen, während sie sich wie hölzerne Arme reckten und nach Opfern suchten. Einer dieser Schatten hatte einen Ausläufer, der den kletternden Haydon berührte.

Vittorio glitt durch den Schatten, der von der Straßenlampe geworfen wurde, und im letzten Moment, bevor dieser abrupt zu einem Ende kam, sprang er in den des Baumes. Der Wind hatte zugenommen und heulte jetzt. Die Äste stießen zusammen und sägten am Dach des Hauses. Haydon sah nicht, wie der Tod sich ihm näherte. Er schlich sich an ihn heran, wiegte sich im grimmigen Lied, das die Äste an der Hauswand spielten.

Vittorio hatte nie in seinem Leben der Tod sein wollen, ein Mann, der einem anderen nach dem Leben trachtete. Er hatte sein Leben damit verbracht, sein Temperament zu zügeln und es durch Gelassenheit zu ersetzen. Doch jetzt erfasste ihn unerwartet Wut. Der Anblick von Grace' tränenüberströmtem, blutigem Gesicht hatte sich wie ein Krebsgeschwür in seinem Magen festgesetzt. Der geschundene Körper seiner Mutter, zusammengekrümmt am Boden, war genug, um ihn die Beherrschung verlieren zu lassen.

Ihm war beigebracht worden, nichts Persönliches in seine Arbeit kommen zu lassen. Aber wie konnte das hier nicht persönlich sein? Aber das war nicht ihre Art. Das war nicht *seine* Art. Haydon Phillips war eine Anomalie, ein Mann, der entweder zum Killer geboren war oder zu einem gemacht wurde, und er würde seine gerechte Strafe erhalten. So musste es sein, sonst würde Vittorio alles verraten, wofür er stand.

Vittorio atmete tief durch und verdrängte jegliche persönliche Emotion. Er durfte nicht an das denken, was dieser Mann angerichtet hatte, wie viele er gefoltert und getötet hatte. Er durfte nicht daran denken, wie er Grace terrorisiert hatte.

Grace. Seine geliebte Frau. Vittorio liebte sie mit allem, was er in sich hatte. Er rief sich dieses Gefühl ins Bewusstsein, hüllte sich darin ein. In ihren Duft. In den Klang ihres Lachens, in das unerwartete Geschenk, das ihm Glück gegeben hatte. Er atmete all den Zorn und alle Gefühle weg und hüllte sich in Grace ein, und alles in ihm kam zur Ruhe, und er hatte wieder vollständige Kontrolle über sich.

Hände reckten sich aus den Schatten nach Haydon Phillips wie die Äste, die nach der Seite des Hauses griffen. Ein Herzschlag. Haydon griff nach der nächsten Spalte im Mauerwerk, legte die Fingerspitzen hinein. Die Schatten bewegten sich um ihn, und mit dem Ast kam der Schatten des Mannes – des Todes. Haydon erzitterte und hielt einen Moment inne, wischte sich mit dem Ärmel den Schweiß von der Stirn.

Plötzlich wurde sein Kopf eingefangen und eisern festgehalten. Es war, als würde sich plötzlich eine unnachgiebige Schraubzwinge um ihn schließen. Instinktiv warf er sich nach hinten, stieß sich vom Haus ab. Die Schraubzwinge wurde enger, zwei Arme aus Stahl um seinen Kopf. Da war ein schreckliches Reißen, ein kurzer Schmerz, und dann war alles vorbei.

Vittorio ließ die Leiche fallen und landete in der Hocke. Einen Moment stand er da und blickte auf den Mann hinab, der so viele Leben beendet hatte. Er wirkte klein und jämmerlich, wie er da neben der Leiche des Hundes lag. Vittorio verspürte kein Mitleid. Er war müde. Er wollte einfach nur zurück zu Grace. Und zu seiner Familie.

»Der Gerechtigkeit ist Genüge getan«, sagte er leise und trat in einen langen Schatten.

20

Lange stand Vittorio da und blickte auf die Frau hinunter, die sein Leben von Grund auf verändert hatte. Sie hatte sich in der Mitte des Bettes zusammengerollt und schlief. Sie in dieser Position zu sehen, die sie kleiner und zu einem weniger leicht zu treffenden Ziel machte, brach ihm fast das Herz. Sie war zu viele Male das Ziel gewesen, und er war entschlossen, das zu ändern. In ihrer Kindheit hatten Owen und Becca Mueller sie misshandelt und geschlagen. Haydon vollendete ihre Arbeit, indem er sie noch jahrelang terrorisierte.

Vittorio zog die Decke zurück, um sich ihren Körper genauer anzusehen. Die Blutergüsse verblassten langsam. Zuvor hatten sie sich stark von ihrer hellen Haut abgehoben. Die Zeit hatte sich um die körperlichen Spuren gekümmert. Er war fest entschlossen, dass er sich um den emotionalen Tribut kümmern würde, den die ganze Geschichte ihr abgefordert hatte.

Kühle Luft strich über ihre nackte Haut und ließ ein leichtes Zittern durch sie gehen, und er war nicht überrascht, als sich ihre Lider hoben und sie ihn schläfrig anblinzelte. Er wartete, zählte seine Herzschläge. Ihr Lächeln war langsam, aber es breitete sich über ihr Gesicht aus, erreichte ihre Augen, brachte ihm Sonnenschein. Sie schien von innen heraus zu strahlen.

»Du bist zu Hause.« Sie setzte sich auf und griff nach der Decke. Er bauschte das weiche Material in der Faust, weigerte sich, es loszulassen, und gab ihr auf diese Weise stumm zu verstehen, dass er nicht wollte, dass sie sich bedeckte, damit er ihren nackten Körper noch etwas betrachten konnte. Es dauerte einen Moment, ehe sie losließ, aber sie zog die Beine an. Er ließ es ihr für den Moment durchgehen.

»Stefano wollte abschließend noch ein paar Dinge besprechen, einfach nur, damit alle Details geklärt sind. Art Maverick und Jason Bradshaw sind heute vorbeigekommen und wollten mit ihm reden. Sie haben keine Fortschritte gemacht, was den oder die Mörder der in den Containern gefundenen Leichen angeht. Sie meinten, dass jede Spur sie in eine Sackgasse geführt hat, und solange es keine neuen Entwicklungen gibt, haben sie keine Chance herauszufinden, warum sie getötet wurden und wer es getan hat.«

Vittorio legte sanft die Hand auf ihren Oberschenkel und drückte leicht zu, um ihr zu verstehen zu geben, dass sie die Knie senken sollte. Sie blickte zu ihm auf und gehorchte. Sofort reagierte sein Schwanz, und heißes Blut schoss ihm durch den Unterleib. Sie hatte so ein schönes Gesicht. Er strich mit dem Daumen über ihre Lippen und pochte einen Moment lang leicht darauf, fasziniert von ihrem Schwung und davon, wie voll sie waren.

»Stefano sagte, dass die Detectives glauben, dass unsere Familie mehr weiß, als wir ihnen verraten, aber wenn das so wäre, würden wir die Killer selbst jagen.« Er schlüpfte aus seinem Jackett, löste die Krawatte und legte beides über eine Stuhllehne. Er kam zurück zum Bett. Zufrieden stellte er fest, dass sie sich nicht vom Fleck bewegt hatte. Langsam lernte sie, was er mochte.

»Hat deine Familie weitere Informationen?«

Er hob das weiche Gewicht ihrer Brust mit der Hand an, während sein Daumen immer wieder über ihre empfindliche

Brustwarze glitt. Bei jedem merklichen Beben, das sie durchlief, flutete Hitze seinen Körper. Er ließ ihren Blick nicht los.

»Abgesehen davon, dass wir uns sicher sind, dass die Saldis ihre Finger im Spiel haben, nein, leider nicht.« Widerstrebend musste er die Hand zurückziehen, um sein Hemd aufzuknöpfen. »Wir haben keine Beweise, dass sie damit zu tun haben, und wir wissen auch nicht, warum sie einen Krieg anfangen wollen. Wir müssen einfach wachsam bleiben.«

»Hat Valentino euch nicht davon überzeugt, dass seine Familie mit den Morden nichts zu tun hat? Emmanuelle meinte, dass er sehr ehrlich klang, und sie kann Lügen hören.«

»Emmanuelle ist bis über beide Ohren in ihn verliebt. Das ist sie schon, seit sie sechzehn war. Der Bastard hat sie verführt, als sie fast noch ein Kind war. Das sollte dir Aufschluss über seinen Charakter geben.« Seine Stimme war gelassen, als er ihr das erzählte. Schon vor langer Zeit hatte er gelernt, das berühmte Ferraro-Temperament im Zaum zu halten, indem er meditiert und den einen Ort in sich gefunden hatte, der ruhig war und wo Frieden herrschte. Seine Frau gefunden zu haben half mehr als alles andere.

»Was ist passiert? Wenn er sie ansieht, sehe ich Liebe in seinen Augen.«

Vittorio schlüpfte aus dem Hemd und legte es sorgfältig über das Jackett, ehe er sich wieder ihr zuwandte. Sie wusste bereits, wie er ihr Zimmer und das Haus haben wollte und stellte sicher, dass alles bereit und ordentlich war. Grace sah auf seine Brust. Auf die Muskeln, die sich über seinen Körper zogen. Begierig nahm sie ihn in sich auf. Es war eindeutig, dass sie seinen Körper bewunderte. Das tat sie jedes Mal, als wäre sie immer wieder geschockt und überwältigt von dem, was sie sah.

»Es gibt Männer, die sind unfähig, treu zu sein. Sie halten Lust für Liebe. Emme meinte, sie hat gehört, wie Val einer Frau erzählte, dass er Emmanuelle auf Anordnung verführt hat, um möglichst viele Informationen aus ihr herauszubekommen, und dass sie ihm nichts bedeutet. Sie war am Boden zerstört.«

»Das ist mehr als schrecklich. Es würde mich zerstören, wenn ich dich je so etwas sagen hören würde.« Der Blick ihrer grünen Augen glitt über sein Gesicht, als wollte sie sich versichern.

Er legte sein Handy und eine flache Schmuckschatulle neben der Lampe auf den Nachttisch. »Du weißt, dass das nie passieren wird.«

»Wie geht es deiner Mutter?«

»Wie du weißt, war Eloisa die letzten Wochen zu Hause. Henry lebt noch immer im Haus und kümmert sich um sie. Emme hat versucht, zu ihr zu gehen, aber Eloisa hat sich klar ausgedrückt, dass sie nicht will, dass ihre Tochter oder jemand von uns sie pflegt. Stefano hat darauf bestanden, mit ihrem Arzt zu reden. Er meint, dass die Heilung gut voranschreitet, die Gehirnerschütterung jedoch ziemlich schlimm war und es deshalb noch eine Weile dauern wird.«

»Vermutlich will sie keinesfalls verletzlich wirken«, merkte Grace an. »Deshalb will sie nicht, dass ihre Kinder ihr helfen.«

Daran hatte er noch gar nicht gedacht. Er griff nach der Gürtelschnalle. »Ich denke, es war sehr schlau von mir, dich zu finden, Grace. Keiner von uns hätte etwas anderes angenommen, als dass sie einfach stur ist, obwohl wir alle keine Kinder mehr sind. Ich werde es Emmanuelle sagen, sie fühlt sich immer von Eloisa zurückgewiesen.«

»Geht es dir auch so?« Grace' Blick folgte seinen Händen,

als er den Gürtel öffnete und den verdeckten Reißverschluss seiner speziell angefertigten Hose herunterzog.

»Es ist mir ziemlich egal, ob Eloisa mich zurückweist.« Es war die traurige Wahrheit. Er hatte schon vor langer Zeit akzeptiert, dass seine Mutter niemals eine Mom sein würde, die sie mit frisch gebackenen Keksen begrüßen und fragen würde, wie ihr Tag war. Er brauchte sie nicht auf die Art, auf die Emmanuelle sie offenbar brauchte. Er hatte Stefano, und sein älterer Bruder war die einzige Elternfigur, die er jemals brauchen würde. »Es würde mir allerdings sehr viel ausmachen, wenn du mich zurückweisen würdest.«

Er schlüpfte aus seiner Hose und der Unterwäsche und beobachtete dabei ihr Gesicht. Wie sie hastig einatmete, als sie seinen Schwanz sah, das Heben und Senken ihrer Brüste, als ihr Atem etwas unregelmäßig vor Erregung wurde. Er liebte es, wie stark sie auf ihn reagierte. Er musste sie gar nicht anfassen, damit sie feucht vor Verlangen wurde. Er ließ sich Zeit, seine Kleidung über den Stuhl zu legen und zu ihr zurückzukehren.

»Ich habe nicht die Absicht, dich jemals zurückzuweisen«, sagte Grace überzeugt.

»Wie sieht es mit der Hochzeitsplanung aus? Du hast nichts von dem erzählt, was du mit Katie bei Francesca und den anderen im Penthouse besprochen hast.« Er klopfte auf eine Seite des Bettes. »Leg dich quer über das Bett, *gattina*, den Kopf genau hierhin.«

Sie drehte sich gehorsam mit dem Rücken zu ihm, streckte die Beine aus und legte sich hin, bis sie zu ihm aufblickte. »Wir kommen gut voran. Ich dachte, wir könnten alles beim Frühstück besprechen, und du sagst mir, was du magst und was du gern geändert hättest.«

Vittorio hatte bestimmt, dass sie über alle wichtigen Dinge

beim Frühstück und dann noch einmal nach dem Abendessen sprachen. Ihn interessierte, wo sie gerade stand, und er machte sich gern einen Eindruck von ihrem Befinden. War sie glücklich? Wollte oder brauchte sie etwas? Hatte er alles gesehen und erledigt, was hier im Haus für sie getan werden musste? Er hörte gern zu, wenn sie von ihrem Tag und ihrer Arbeit erzählte.

»Rück näher an die Bettkante, sodass dein Kopf über den Rand hängt.« Er nahm den Deckel von der Schmuckdose und vergrub die Finger in der seidigen Masse ihres roten Haars, das sich wie ein Wasserfall Richtung Boden ergoss, Seine Finger massierten ihre Kopfhaut, aber sein Blick ruhte auf ihren weichen Brüsten, die vor ihm aufragten.

Er beugte sich hinab und schnippte gegen ihre Brustwarze, dann zog er daran und rollte sie zwischen den Fingern. Sie wand sich, ihre Hüften bäumten sich etwas auf. »Du reagierst immer so stark auf mich, Grace. Bist du bereit, etwas Neues auszuprobieren? Etwas anderes? Etwas, das sehr sexy ist?« Er sprach gedämpft, verführerisch. Ein Tonfall, der von Sünde und Leidenschaft erzählte.

Ihr Blick sprang von seinem Schwanz, der sich nur wenige Zentimeter von ihrem Gesicht entfernt befand, zu seinen Augen. Verweilte da. Ganz langsam nickte sie. Er lächelte anerkennend.

»Mia bella ragazza, sei sempre cosi corraggiosa per me«, murmelte er. Sie war mutig, und er war stolz auf sie. »Ich werde dich ein wenig aus deiner Komfortzone stoßen«, warnte er sie wie schon in den anderen Nächten, wenn er dachte, dass sie bereit war, ihm ein wenig mehr zu vertrauen.

Sie schluckte, und er beobachtete die Bewegung an ihrer Kehle mit Befriedigung. Ein Teil ihrer Erregung rührte von der Furcht vor dem Unbekannten. Er beugte sich über sie und leckte an ihrer Brustwarze, während er mit Daumen und Zeigefinger an der anderen spielte, daran zupfte und drehte. Sein Mund auf ihrer Brust war heiß, und er nutzte Zähne und Zunge, um ihre Brustwarze sanft zu reizen, bis sie straff war. Er zog die funkelnde Kette aus dem samtenen Bett der Schmuckdose und hielt sie hoch, damit sie sie sehen konnte.

Sie war exquisit. Atemberaubend. Die winzigen Glieder aus verwobenem Platin wirkten silbern und golden. An jedem Ende befanden sich Klemmen, von denen Diamanten hingen. Der dreifache Strang der verwobenen Kette hing tief und schwang frei.

Er hob den Mund von ihrer Brust und schob die Klemme über ihre Brustwarze. Der plötzliche Schmerz ließ sie nach Luft schnappen. Die Diamanten fielen über die Rundung ihrer Brüste, und die Ketten glitten über ihre Haut zu ihrer Kehle. Er widmete sich mit dem Mund ihrer anderen Brust, während seine Hand ihren Bauch hinunter zwischen ihre Beine wanderte. Er strich über ihre Klitoris. Schnippte dagegen. Seine Zähne schabten über ihre Brustwarze, dann befestigte er die zweite Klemme, richtete sich auf und musterte sie aufmerksam.

»Ich glaube, sie sind noch nicht stramm genug.«

»Ich denke schon«, sagte sie schnell.

Er konnte sehen, dass sie nicht sicher war, dass die Klammern so fest zudrückten, wie sie es bei seinen Fingern mochte. Er wollte sie leicht über diesen Punkt hinausbringen. Er beugte sich hinunter, zog jede Klemme noch einmal etwas an und beobachtete sie dabei. Als ihre Augen sich weiteten und ihre Nasenflügel sich blähten, verringerte er den Druck wieder etwas und lächelte sie an. Er umkreiste ihre Klitoris, neckte sie und zupfte daran, dann schob er einen Finger in ihre feuchte Hitze und krümmte ihn, um über ihren G-Punkt zu reiben. Ihr Körper nahm eine rosige Färbung an, und seine Finger wurden in noch mehr Flüssigkeit getränkt.

»Perfekt, *gattina*. Du siehst wunderschön aus. Öffne den Mund.«

Sie blickte ihm in die Augen und gehorchte, und er schob seinen Finger hinein.

»Du schmeckst so gut, *bella*. Dieses eine Mal teile ich mit dir, aber erwarte nicht, dass ich das häufiger tue, und auch nur, weil du so verdammt sexy aussiehst.«

Er zog den Finger heraus, erhob sich und wies sie an, sich leicht zu drehen und Kopf und Schultern vom Bett anzuheben. Ihre Brüste schwankten und schaukelten, während sie gezwungen war, den Rücken durchzudrücken. Die dreifache Kette und die Diamanten fielen nach unten und baumelten. Sie schrie auf, als das Gewicht an ihren Nippeln und Brüsten zog. Er konnte es gar nicht erwarten, mit dieser Kette zu spielen, aber zuvor wollte er ihren Mund um sich spüren. Sie wurde immer besser und besser darin, die Länge und den Umfang seines Schwanzes in sich aufzunehmen.

»Stell die Füße auf die Matratze, Knie aufgestellt, Beine auseinander.«

Sie gehorchte, und als er sich nicht regte und nichts sagte, nahm sie die Beine noch weiter auseinander. Er belohnte sie, indem er sich über sie beugte und die Tröpfchen in ihren roten Locken aufleckte, ehe er sich erneut erhob.

In dieser Position konnte sie ihre Hände nicht benutzen. Er schloss die Faust um die Wurzel seines Schwanzes und führte den breiten Kopf in ihren Mund. Mit einer Hand hielt er sie weiterhin am Haar fest, während er den empfindlichen Kopf über ihre Lippen rieb und darauf wartete, dass sie den Mund öffnete. Sie leckte leicht und gehorchte dann.

Er schob seinen Schwanz in diesen heißen, feuchten Kessel. Ihm stockte der Atem, als sie ihn tief aufnahm, während ihre Zunge über ihn strich. Sie konnte Dinge mit ihrer Zunge anstellen, die er noch nie zuvor erlebt hatte. Er hatte sie immer ermutigt, alles auszuprobieren, was sie wollte, und das tat sie auch. Sie hatte sich Zeit genommen, sich mit jedem Zentimeter seines Schwanzes vertraut zu machen. Die Adern und das Vorhautbändchen, die kleine v-förmige Stelle, die ihn in den Wahnsinn trieb, wenn sie sich die Zeit nahm, ihre Zunge dagegenschnellen zu lassen und sie zu reizen.

Dieses Mal schob er sich tiefer hinein, während ihr Blick an seinem hing. Absolutes Vertrauen stand in ihm, und in dieser Position brauchte sie das auch.

»So ist es gut, *gattina*. Siehst du, wie viel einfacher es in dieser Position ist?«

Sie hatte ihm einmal beim Abendessen alle möglichen Fragen gestellt, was er bei einem Blowjob mochte. Nie zuvor hatte eine Frau ihn das gefragt. Nicht ein einziges Mal. Sie hatten ihm einen geblasen, aber es hatte sich eher wie Pflichterfüllung angefühlt als wie der Wunsch, ihm eine Freude zu machen. Grace war seine Lust wichtig. Sie hatten ehrlich darüber gesprochen, wie er sich fühlte, wenn sie kniete und zu ihm aufblickte. Wie er sich fühlte, wenn sie für ihn schluckte. Wie es sich anfühlte zu wissen, dass sie lernen wollte, ihn vollständig aufzunehmen, obwohl sie es schon unheimlich fand, nur darüber zu reden.

Es kümmerte ihn nicht, ob sie es jemals schaffen würde, die Tatsache, dass seine Lust so wichtig für sie war, ließ ihn sich noch mehr in sie verlieben. Wenn er aufwachte, dachte er an sie, und sie war das Letzte, woran er dachte, bevor er einschlief. Er tat, was er konnte, damit sie glücklich und gesund war. Sobald sie gelernt hatte, wie er sein Zuhause haben wollte, hatte er es ihr überlassen, die Dinge zu regeln.

Jeden Morgen, wenn er aufwachte, spürte er ihren Mund auf sich. Am meisten begeisterte ihn, dass sie ihn aufweckte, noch bevor sein Wecker klingelte, um ihm zu sagen, dass es Zeit für seine Meditation war. Sie duschten gemeinsam und knieten dann nebeinander in seinem Meditationszimmer. Sie wurde langsam richtig gut darin.

Seit ihrer Unterhaltung über seine Vorlieben bei einem Blowjob hatte sie darauf bestanden, jeden Tag zu üben. Sie kannte auch keine Scheu. Das Deepthroat-Training machte ihr Angst, aber sie wollte es, und er kam ihrem Wunsch nach. Er hätte aufgehört, wenn er allein Lust daraus gewonnen hätte, aber sie war immer feucht vor Verlangen, wenn sie fertig waren.

Der Schmuck glitt über ihre Haut und hing zur Seite hinunter, zog an ihren Brustwarzen und sandte kleine Feuerspuren aus, die direkt zu ihrer Klitoris rasten. Das wusste er, weil er sehen konnte, dass ihr Körper bei jeder Bewegung zuckte.

Er hatte das absichtlich getan, damit sie abgelenkt genug war, dass er sich tiefer in ihren Mund schieben konnte. Ihre Lippen spannten sich um ihn, ein Anblick, der unglaublich sexy war, und er stieß leicht mit den Hüften zu. Sie konnte nicht atmen, obwohl sie versuchte, für ihn durch die Nase Luft zu holen. Er verharrte an diesem Punkt, und als es aussah, als würde sie anfangen, gegen ihn anzukämpfen, griff er nach unten und zog leicht an der Kette zwischen ihren Brüsten.

Erneut durchzuckte es ihren Körper. Sie schnappte nach Luft. Er glitt tiefer hinein und hielt erneut einige Herzschläge lang inne, ehe er sich zurückzog, damit sie zu Atem kommen konnte. »Gutes Mädchen. Du hast es fast geschafft«, lobte er sie. Das war auch eine Sache, von der er herausgefunden hatte, dass sie sie mochte. Sie wollte, dass er mit ihr sprach. Manchmal Dirty Talk, und er kam dem gern nach. Manchmal zärtliche Worte, und auch das bereitete ihm keine Mühe, weil er jedes Wort so meinte, wie er es sagte. Er tat es vor allem, wenn sie sich an neue Dinge wagte, sie mochte den Klang seiner Stimme, wenn er ihr Anweisungen gab oder sie ermunterte, und auch das gab er ihr.

Er stieß erneut tief hinein. »Schluck mich runter, *gattina*.« Er beugte sich über sie und schob sich dieses Mal noch etwas tiefer hinein. Er ließ sie los, um ihre Beine weiter auseinanderzuschieben. Er leckte über die feuchte Hitze der Innenseite ihrer Oberschenkel, und dann umkreiste und neckte er ihre Klitoris mit der Zunge. Als er sich über sie beugte, glitt sein Schwanz tiefer in ihren Mund, und ihre Kehle zog sich um ihn zusammen, bis er das Gefühl hatte, ihm müsste vor Lust der Kopf explodieren. Gleichzeitig benutzte er Mund, Zähne und Zunge, um in ihr zu schwelgen, sie zu verschlingen wie das Dessert, als das er sie gern bezeichnete.

Sie wand sich unter ihm, und plötzlich spürte er ihre Hände an der Brust, die ihn erinnerten, dass sie nicht atmen konnte. Er wusste es besser. Er wusste genau, wie lange sie ihn nehmen konnte, bevor sie Luft holen musste, deshalb ließ er sich Zeit, sich aufzurichten und sich aus ihrem Mund zurückzuziehen.

Er hob sie in eine sitzende Position. »Auf alle viere, Grace.« Es gab keinen erotischeren Anblick, als seine Frau, die auf Händen und Knien über das Bett krabbelte und ihm ihr schönes und äußerst sinnliches Hinterteil präsentierte.

Ihre Brüste fielen nach unten, und das Gewicht der Ketten und Diamanten ließ sie nach Luft schnappen.

»Fühlt sich das gut an, *gattina*?« Er rieb über ihren Hintern, seine Finger kneteten sie. »Sag mir, wie sich das anfühlt.«

»Wie Feuer, das sich direkt von meinen Brustwarzen zu meiner Klitoris zieht.« Sie drückte den Rücken durch und wackelte mit den Hüften, um ihn herauszufordern.

Mit einer Hand liebkoste er ihre Klitoris, und seine Finger fanden ihren feuchten Eingang. Mit der anderen Hand schlug er auf ihren Hintern, und dann sah er zu, wie sich ein roter Abdruck auf ihrer hellen Haut bildete. Sie ruckte nach vorne, ihre Brüste schwangen und mit ihnen die Diamanten und die dreifache Kette. Sie schrie auf, und eine neue Flut Flüssigkeit tränkte seine Finger.

»Das gefällt dir.« Es war eine Feststellung. Noch ehe sie antworten konnte, ersetzte er die Finger durch seinen Mund.

Grace stöhnte und stieß nach hinten, bettelte nach mehr. Er nahm den Mund weg, kniete sich hin und presste seinen Schwanz hinein. Er ließ sich Zeit, machte ganz langsam, während das Feuer sie beide verzehrte. Sie war so eng, und ihre siedend heiße Scheide packte ihn wie eine Faust aus reiner Seide.

»Vittorio.« Sie sagte seinen Namen voller Verlangen.

Er lachte. »Du bist so fordernd.«

Er griff nach der Kette und zog daran. Ihr Atem erzeugte dieses zischende Geräusch, das er so liebte, und er schlug ihr auf den Po, während er zustieß und ihre engen Muskeln zwang, ihn aufzunehmen. Als sie ihn voll aufgenommen hatte und er gegen ihren Muttermund stieß, zog er sich wieder zurück und begann Geschwindigkeit aufzunehmen. Er warf den Kopf zurück, gab sich ganz seinem Verlangen hin, ließ zu, dass er die Kontrolle verlor und wieder und wieder hart und tief in sie stieß, während es sich anfühlte, als würden Flammen von seinen Zehen aufsteigen und seinen gesamten Körper einhüllen.

Er erkannte an ihrem Atem und daran, dass ihr Körper sich wie eine Schraubzwinge um ihn schloss, dass sie mit ihm die Kontrolle verlor. »Kommst du gleich, *bella?*«

Das tat sie. Ihr Atem kam in schweren, schnellen Stößen. Sie ruckte ebenso heftig mit den Hüften nach hinten, wie er in sie stieß. Der Rhythmus war perfekt. Er wollte für keinen von ihnen beiden, dass es endete.

»Ja. Ja!« Sie flüsterte, keuchte ihre Kapitulation.

Ein letztes Mal griff er nach der Kette und zog daran. Ein Schlag auf ihren Hintern sandte Feuer über ihre Nervenenden und stieß sie über den Rand. Ihr Körper verengte sich so sehr, dass er fürchtete, sein Schwanz würde es nicht überleben. Ihre Muskeln packten ihn, überzogen ihn mit Feuer, quetschten ihn und pressten auch noch den letzten Tropfen Sperma aus ihm heraus. Sein Höhepunkt war wie eine heftige Explosion, brutal, aber schön, in sich perfekt.

Sie fiel auf die Ellbogen, und ihr ganzer Körper bebte vor Lust. Er ließ sich auf sie fallen, achtete aber darauf, dass sein Gewicht sie nicht auf die Matratze drückte. Als er wieder atmen konnte, streichelte er zärtlich über ihre Pobacken. »Dreh dich um, *gattina,* damit ich dir die Klemmen abnehmen kann.«

Er half ihr mit den Händen an ihrer Taille, rollte sie unter sich herum. Er beugte sich über sie, um Besitz von ihrem Mund zu ergreifen. »Es wird brennen wie Feuer, Grace, aber ich bin für dich da.« Ganz vorsichtig nahm er die Klemme von ihrer Brustwarze und ersetzte sie durch seinen Mund, linderte das Brennen mit seiner Zunge.

Sie hielt sich an ihm fest, ihr Puls raste, und ihr Blick war an seinen geheftet, als ob er ihr über alles hinweghelfen könnte. Ein Nachbeben durchlief sie, und ihr Inneres packte und molk seinen erschöpften Schwanz. Das Gefühl war unglaublich.

»Schlimm?«, fragte er, weil er es wissen musste. Es hatte sich nicht so angefühlt. Weitere heiße Flüssigkeit badete seinen Schwanz, verbrühte ihn.

Sie schüttelte den Kopf. »Es war besser, als dein Mund da war, und zusammen mit den ziemlich erschreckenden Nebenwirkungen ist das wohl ein eindeutiges Nein.«

Er zögerte nicht, sondern entfernte die zweite Klemme und linderte den brennenden Schmerz mit seinem Mund. Erneut die heiße Explosion um seinen Schwanz, ihr Körper, der sich in Wellen verkrampfte und auf das Feuer an ihren Brustwarzen reagierte.

Er küsste sich zu ihrem Mund hinauf und verweilte dort. »Ich liebe dich so sehr, Grace.« Manchmal war das Gefühl überwältigend. Jedes Mal, wenn sie ihn berührte, ihn küsste, sich ihm hingab, unterwarf sie sich ihm vollkommen. Sie vertraute ihm genug, um über alles mit ihm zu sprechen. Das brauchte er von ihr, und sie gab es ihm.

Er liebte es, etwas für sie zu tun, aber sie nahm nicht nur. Sie kümmerte sich um jedes seiner Bedürfnisse, stellte sicher, dass alles, was er in seinem Zuhause brauchte, erfüllt war. Er wusste nicht, wie sie es anstellte, wenn sie an manchen Tagen länger arbeitete und anderer Leute Hochzeiten und Partys plante. Es waren keine kleinen Partys. KB Events organisierte Großveranstaltungen. Als bekannt wurde, dass Grace seine Verlobte war, wurden sie derart mit Aufträgen überschüttet, dass sie gar nicht alles abarbeiten konnten.

Er säuberte sie beide vorsichtig und legte den Schmuck zurück in das Kästchen. Sie rollte sich auf die Seite und stützte den Kopf auf die Hand. »Ist das echt? Also Diamanten und Gold?«

»Würde ich mich für dich mit weniger zufriedengeben?« Er legte die Dose in ein Schränkchen, wo er eine kleine Auswahl an Toys und Schmuck aufbewahrte, die er irgendwann mit ihr ausprobieren wollte.

»Ich habe es nur gute fünfzehn Minuten getragen. Du kannst doch nicht so viel Geld für etwas ausgeben, dass ich nur so kurz tragen werde.«

»Du wirst es länger tragen.«

Ihre Augenbrauen schossen in die Höhe, aber er wurde mit diesem Erröten ihres ganzen Körpers belohnt, das ihm sagte, dass sie interessiert war.

»Gefällt dir der Gedanke?«

»Es fühlt sich sehr sexy an. Und mir gefällt, wie deine Augen aufleuchten«, gab sie zu.

Typisch Grace, vollkommen ehrlich. »Es ist sexy«, sagte er. »Es ist sexy, weil ich dich bitte, etwas für mich auszuprobieren, und du es tust. Wenn du daliegst und Diamanten und Gold über deinen Körper fallen, will ich dich auffressen.« Er reichte ihr eine Flasche kaltes Wasser. »Trink das. Du brauchst Flüssigkeit.«

Das sagte er oft zu ihr. Sie meditierte mit ihm. Sie trainierte. Sie hatte angefangen zu laufen, obwohl sie definitiv keine große Freude daran hatte, es war die Aktivität, die sie am wenigsten mochte. Sie schwammen zusammen. Und oft hatten sie mehrmals am Tag Sex. Sie beschwerte sich nie. Die meiste Zeit schien sie sich darauf zu freuen, ihn bei seinen Workouts zu begleiten. Er brachte ihr das Autofahren bei, sowohl offensiv als auch defensiv. Das waren Stunden, die sie besonders mochte, obwohl sie ziemlich oft gemeinsam auf dem Rücksitz endeten.

»Ich freue mich schon, morgen von unseren Hochzeitsplänen zu hören, *bella*.« Er glitt aufs Bett, und sie rollte sich herum, um Kopf und Brust auf seinen Schoß zu betten. Ihr seidiges Haar glitt über seine nackten Schenkel, und er streichelte ihr über den Hinterkopf.

»Ich freue mich schon, dir alles zu erzählen, Vittorio. Ich möchte sicher sein, dass du zumindest mit allem einverstanden bist und dich damit wohlfühlst.« Sie malte kleine Kreise auf seinen Bauch, und ihr Kinn ruhte in seinem Schoß, als sie mit ihren grünen Augen zu ihm aufblickte.

Sein Herz machte einen Satz, als er einen tiefen Schluck Wasser trank und sie aufforderte, es ihm gleichzutun. Sie stemmte sich leicht hoch und legte den Kopf in den Nacken, um das Wasser ihre Kehle hinunterrinnen zu lassen. Dabei hoben sich ihre Brüste, und er konnte nicht anders, er musste sie in seinen Handflächen wiegen und den Daumen über ihre Brustwarzen gleiten lassen. Sie zuckte zusammen, und er konnte sehen, wie ein lustvoller Schauer ihren Körper durchlief, über ihre Pobacken bis zur Rückseite ihrer Oberschenkel.

»Tut es weh?«

Sie schüttelte den Kopf. »Nein, es fühlt sich toll an.« Sie reichte ihm die Wasserflasche und legte den Kopf wieder in seinen Schoß. Mit beiden Händen streichelte sie über seine linke Hüfte.

»Ich hätte nie gedacht, mich einmal so zu fühlen, Vittorio, so sicher und behütet.«

»Geliebt, Grace. Voll und ganz geliebt«, korrigierte er sie.

Das Kreisen ihrer Hände machte ihn verrückt, aber er ließ sie, weil es sie beruhigte, auf ihm zu liegen und die Hände über seinen Körper gleiten zu lassen. Sie hatte ihm gesagt, dass es sich für sie dann anfühlte, als gehörte er ihr voll und ganz. Ihre Berührungen wurden zunehmend mutiger, ganz ohne dass er sie dazu aufforderte. Genau wie jetzt. Er zuckte zusammen, als ihre Zunge über seinen Oberschenkel leckte und dann seinen Schaft hinauf.

»Wie fühlt sich das an?«

»Wie ein Kätzchen, das mich mit einer samtenen Zunge leckt«, neckte er sie.

»Gut?«

»Sehr gut. Aber wenn du so weitermachst, bist du besser auf die Konsequenzen vorbereitet.«

»*Mmm*«, brummte sie über seinem Schaft und atmete warme Luft über die Spitze. »Was wären denn die Konsequenzen?«

Er rieb über ihren Rücken und glitt tiefer, um ihre Pobacken zu kneten. Sie öffnete die Beine und leckte erneut über seinen Schwanz, wobei sie dieses Mal die Zunge einrollte, und sie gegen das kleine V unter dem breiten Kopf schnellen ließ.

»Wenn du das Monster schon wecken musst, dann musst du es auch besänftigen. Und du wirst jeden Tropfen schlucken. Bis ganz unten dieses Mal.«

Sie wand sich erneut, und ihre Hüften ruckten etwas. »Ich weiß nicht, Vittorio. Das ist keine große Drohung, weil ich es wirklich gern versuchen würde.«

Er nahm einen weiteren Schluck und hielt dabei ihren Blick fest. »Nein, *gattina*. Ich sagte, du wirst es tun, nicht es versuchen. Wenn du es diesmal nicht schaffst, hat das Konsequenzen.«

Ihre Augen wurden groß, und sie stemmte sich auf den Ellbogen hoch. Er konnte sofort sehen, dass sie interessiert war, und sein ganzer Körper reagierte darauf, ungeachtet der Tatsache, dass er gerade erst gekommen war. Sein Schwanz zuckte. Sie liebte Spiele. »Welche wären das?«

»Ich werde dich so lange lecken, wie ich will, ohne dich kommen zu lassen. Es liegt ganz bei mir, ob ich dir einen Höhepunkt erlaube.«

Es war eine gute Drohung. Sie hatte keine Vorstellung, was er mit ihr tun würde. Er würde sich Zeit lassen, den Druck immer mehr aufbauen, und kurz bevor sie ins Bett ging, würde sie die Explosion der Explosionen erleben.

Sie wandte sich um, senkte den Kopf und hatte den Mund bereits wieder auf seinem Schaft. »Klingt wie eine faire Herausforderung.«

Er lehnte sich mit der Wasserflasche an den Lippen zurück. Sie würde ihn umbringen, aber er würde glücklich sterben. Und nicht einmal durch den fantastischen Sex. Oder die Spiele. Sondern einfach nur, weil sie Grace war. Sie gab ihm alles, was er sich jemals wünschen konnte, und er schwor sich, dass er das niemals als selbstverständlich nehmen würde. Sie blickte voller Liebe zu ihm auf, und er wünschte sich, dass sie niemals damit aufhören würde.

DANKSAGUNG

Bei jedem Buch gibt es unglaublich viele Menschen, die ein Dankeschön verdienen, und dieses ist keine Ausnahme. Brian, vielen Dank, dass du mich herausgefordert hast, schneller und besser zu schreiben. Domini, wie immer war dein Lektorat unersetzlich. Sheila, vielen Dank, dass du meine Notizen an einer Stelle gesammelt hast, als ich nach dem Computercrash fürchtete, wahnsinnig zu werden, weil alles überall verteilt war. Katie, vielen Dank für die vielen Informationen zum Thema Eventmanagement. Ich hatte ja keine Ahnung, wie schwierig das alles wirklich ist. Cheryl und Denise, was würde ich nur ohne euch tun?

Werkverzeichnis der im Heyne Verlag von Christine Feehan erschienenen Titel

Werkverzeichnis

Werkverzeichnis

1. Die Drake-Schwestern

Dämmerung des Herzens

(Magic in the Wind/The Twilight before Christmas)

Als Sarah den menschenscheuen Damon trifft, fühlt sie sich auf seltsame Weise zu ihm hingezogen. Doch er wird von schwer bewaffneten Männern verfolgt. Sarah kann zwar die Zukunft voraussehen, sie ist aber auf die magische Hilfe von Kate und ihren anderen Schwestern angewiesen, um die schattenhaften Wesen abzuwehren, die sie und ihre Familie bedrohen. Als Kate und ihr Jugendfreund Matt die alte Mühle von Sea Haven betreten, öffnet sich eine gefährliche Kluft im Erdboden.

Zauber der Wellen

(Oceans of Fire)

Abbey ist die dritte der sieben zauberkräftigen Drake-Schwestern. Sie kann die Menschen dazu bringen, die Wahrheit zu sagen. Abbey hatte Aleksandr, ihre große Liebe, vor Jahren verlassen, da sie sich von ihm verraten fühlte. Jetzt bittet er sie erneut um ihre Hilfe. Widerstrebend arbeitet sie mit ihm zusammen und gerät dabei in höchste Gefahr. Aleksandr kämpft um ihr Leben und um ihre Liebe.

Gezeiten der Sehnsucht

(Dangerous Tides)

Libby, die Heilerin unter den magischen Drake-Schwestern, schenkt dem reichen und unnahbaren Tyson nach einem Unglück das Leben wieder. Als er sich in seine Retterin verliebt, geraten die beiden immer wieder in lebensbedrohliche Situationen. Libby kann zwar einen schweren Unfall mithilfe ihrer Schwestern verhindern, aber dann kommt es zu einem offenen Mordanschlag. Wer steckt hinter diesen Angriffen auf Libby und Tyson?

Magie des Windes

(Safe Harbour)

Endlich scheint auch für Hannah, das schöne und erfolgreiche Model, das private Glück zum Greifen nah zu sein. Doch jetzt muss sie um ihr Leben fürchten: Bei einer Modenschau wird sie von einem Unbekannten mit einem Messer attackiert und schwer verletzt. Wenig später kommt es zu einem zweiten Mordversuch. Können die Schwestern Hannahs Leben retten?

Gesang des Meeres
(Turbulent Sea)

Die betörende Joley besitzt die magische Gabe, Menschen durch Gesang in ihren Bann zu ziehen. So wurde sie über Nacht zu einer der begehrtesten Rocksängerinnen des Showbusiness. Doch der Erfolg schafft ihr auch viele Feinde: Plötzlich muss sie um ihr Leben bangen, und nur der geheimnisvolle Bodyguard Ilja Prakenskij kann sie retten. Joley verfällt dem bedrohlich attraktiven Mann – doch ist sie in seinen Armen wirklich sicher?

Sturm der Gefühle
(Hidden Currents)

Elle, die jüngste und geheimnisvollste der Drake-Schwestern, vereint in sich die magischen Gaben aller sieben Frauen, um sie wiederum an ihre sieben Töchter weiterzugeben. Allerdings verlässt ihr Traummann Jackson sie, da er sich dieser Aufgabe nicht gewachsen fühlt. Doch dann wird Elle von dem attraktiven, intelligenten und telepathisch begabten Milliardär Stavros gekidnappt. Stavros hat sich immer genommen, was er haben wollte. Wird er Elle wieder freigeben?

2. Die Sea-Haven-Saga

Gebieterin des Wassers
(Water Bound)

Lev Prakenskij hat die Erinnerung an sein bisheriges Leben verloren, als er von der Taucherin Rikki aus dem stürmischen Ozean gerettet wird. Die Herkunft seiner unzähligen Narben gibt Rätsel auf. Aber auch Rikki hat ein Geheimnis – und sie muss sich bald eine wachsende Zuneigung zu dem Unbekannten eingestehen. Doch die Liebenden werden sehr schnell von ihrer Vergangenheit eingeholt.

Hüterin der Seele
(Spirit Bound)

Seit Jahren wartet Judith, die Künstlerin unter den »Schwestern im Herzen«, auf den Mann, dem sie sich durch geheimnisvolle Bande verbunden weiß. Als Stefan Prakenskij nach Sea Haven kommt, fühlt sie ein Feuer in sich wie nie zuvor. Stefan ist gefährlich und leidenschaftlich, aber da taucht ein weiterer Mann auf, den Judith nicht abweisen kann. Nur einer der beiden wird den Kampf um ihre Liebe überleben.

Herrin des Windes
(Air Bound)

Airiana wurde als Kind in ein geheimes Trai-
ningscamp gesteckt, weil die US-Regierung
ihre übersinnlichen Fähigkeiten für eigene
Zwecke einsetzen wollte. Jahre später kann
sie fliehen, gerät jedoch kurz darauf in die
Fänge einer Verbrecherclique und wird auf
ein Schiff auf hoher See verschleppt. Ihre
einzige Chance zu entkommen ist Maxim
Prakenskij, der seine Gründe hat, Airiana zu
helfen. Er ist jedoch nicht bereit, sich ihr zu
öffnen, auch nicht, als die Leidenschaft zwischen ihnen immer heftiger wird.

Wächterin der Erde
(Earth Bound)

Gavril Prakenskij ist Auftragskiller. Er tötet
schnell, effizient und erbarmungslos. Schwäche oder Gefühle kennt er nicht. Verführung
gehört für ihn zum Geschäft. Doch alles än-
dert sich, als er die scheue Lexi erblickt. Er
kann fühlen, dass sie für ihn bestimmt ist. In
ihrem Inneren ebenso verletzt wie er, teilt
sie den Wunsch nach einem Neuanfang.
Doch dann wird Lexi von den Schatten ihrer Vergangenheit eingeholt.

Geliebte des Feuers

(Fire Bound)

Lissas flammenfarbenes Haar ist nicht das einzig Feurige an ihr. Die begabte Glaskünstlerin und »Schwester im Herzen« trägt eine brennende Kraft in ihrem Innern, die ebenso zerstörerisch wie schöpferisch sein kann. Ihre Kunstfertigkeit bringt sie bis nach Italien, während Lissas eigentliche Mission im Verborgenen bleibt: Rache. Zwischen ihr und dem russischen Geheimagenten Casimir Prakenskij entzündet sich eine leidenschaftliche Liebe, aber dunkle Geheimnisse aus der Vergangenheit bedrohen ihre gemeinsame Zukunft.

Tänzerin des Lichts

(Bound Together)

Mit Viktor fühlt sich Blythe zum ersten Mal in ihrem Leben richtig lebendig. Solch eine Leidenschaft und Liebe hatte sie nicht für möglich gehalten. Doch Viktor verschwindet plötzlich, ohne ein einziges Wort, und für Blythe bricht eine Welt zusammen. Nach fünf Jahren kehrt er zurück - doch kann sie sich wieder auf ihn einlassen? Noch bevor sie eine Entscheidung trifft, sieht sie sich einer tödlichen Gefahr gegenüber.

3. Die Schattengänger

Jägerin der Dunkelheit
(Shadow Game)

Dr. Whitney soll aus den Schattengängern eine Truppe Elitesolda-
ten machen, doch das geheime Experiment geht schief, und etliche
der Männer kommen auf mysteriöse Weise ums Leben. Ihr Anführer, Captain Ryland Miller, ahnt, dass er das nächste Opfer sein
wird. Millers letzte Hoffnung ist Whitneys junge, geniale Tochter
Lily. Von der ersten Sekunde an sind sie wie voneinander gebannt –
was keiner weiß: Auch Lily trägt übersinnliche Fähigkeiten in sich.

Spiel der Dämmerung
(Mind Game)

Fast ihr ganzes Leben hat die übersinnlich begabte Dahlia Le Blanc
in der Abgeschiedenheit der Sümpfe Louisianas verbracht, doch als
eines Tages bei einem ihrer Geheimeinsätze etwas schiefläuft, ist es
damit vorbei, denn jetzt ist ihr ein Killerkommando auf den Fersen.
Retten kann sie nur noch der geheimnisvolle Schattengänger Ni-
colas Trevane. Gemeinsam machen sie sich an die Verfolgung ihrer
Feinde und entdecken dabei eine feurige Leidenschaft.

Tänzerin der Nacht

(Night Game)

Raoul »Gator« Fontenot, Mitglied der Schattengänger, kehrt zurück in seine Heimatstadt, um Iris »Flame« Johnson zu finden, die einst von Dr. Whitney zu Versuchen auserwählt wurde. Als Teenager entkam sie dem wahnsinnigen Wissenschaftler und ist seitdem auf der Flucht. Als Gator Flame zufällig trifft, folgt er ihr und rettet sie aus einer gefährlichen Lage. Mit ihren vereinten übersinnlichen Fähigkeiten machen sie sich schließlich auf, das mysteriöse Verschwinden einer jungen Sängerin aufzuklären.

Schattenschwestern

(Conspiracy Game)

Die junge Briony Jenkins ist nicht nur eine äußerst begabte Trapezkünstlerin, sie hat außerdem starke übersinnliche Fähigkeiten: Sie kann die Gefühle ihrer Mitmenschen spüren. Auf der Tournee ihrer Trapeztruppe in Afrika läuft sie dem Schattengänger Jack Norton in die Arme, der sie, selbst gerade erst einem Gefangenenlager entkommen, vor einer Rebellentruppe rettet. Die übersinnliche Anziehungskraft zwischen den beiden hat weitreichende Folgen und bringt nicht nur Briony in große Gefahr.

Düstere Sehnsucht

(Deadly Game)

Von klein auf wurde die übersinnlich begabte Mari Smith in Dr. Whitneys Labor festgehalten und zur Elitesoldatin ausgebildet. Dabei hat sie die Methoden des wahnsinnigen Wissenschaftlers nie infrage gestellt. Als sie bei einem Einsatz dem charismatischen Schattengänger Ken Norton in die Hände fällt, wird sie von ihrer Leidenschaft überwältigt. Mari beginnt zu begreifen, dass es auch ein Leben außerhalb der Kaserne gibt. Doch zuvor muss sie ihre Leidensgenossinnen aus Dr. Whitneys Klauen befreien.

Fesseln der Nacht
(Predatory Game)

Als der ehemalige Navy-Offizier Jess Calhoun, an Körper und Seele von seiner dunklen Vergangenheit als Schattengänger gezeichnet, die geheimnisvolle Saber Wynter bei sich aufnimmt, steht sein Leben plötzlich kopf: nicht nur, dass er sich der erotischen Ausstrahlung der jungen Frau nicht entziehen kann, sie schwebt auch noch in großer Gefahr. Während Saber den Kampf gegen die Dämonen ihrer Vergangenheit zu verlieren droht, muss Jess alles daransetzen, die Frau zu retten, die er liebt.

Magisches Spiel
(Murder Game)

Der Schattengänger Kaden Montague wird mit einer heiklen Mission betraut: Zwei gegnerische Gruppen liefern sich ein makaberes Wettrennen quer durch das ganze Land und hinterlassen dabei eine Spur von Leichen. Die Täter: angeblich Schattengänger. Nur Kaden ist in der Lage, die Wahrheit herauszufinden und dem mörderischen Spiel ein Ende zu bereiten, doch dazu benötigt er die Hilfe des talentierten Mediums Tansy Meadows, deren erotischer Ausstrahlung Kaden vom ersten Augenblick an verfällt ...

Schicksalsbund

(Street Game)

Bei einem Routineeinsatz hat der kampferprobte Mack McKinley plötzlich ein schlechtes Gefühl. Sein Sonderkommando scheint in einen Hinterhalt geraten zu sein. Dann steht Mack unerwartet Jamie gegenüber, der Frau, der einst seine ganze Leidenschaft galt. Schon ein Blick aus Jamies Augen kann die Welt eines Mannes in ihren Grundfesten erschüttern. Vor Jahren hatten sie und Mack eine Beziehung, die so flüchtig wie elektrisierend war. Von einem auf den anderen Tag verschwand sie spurlos.

Im Bann des Jägers

(Ruthless Game)

Rose Patterson ist auf der Flucht vor einem Wahnsinnigen, der all ihre Gedanken und Albträume beherrscht. Und schlimmer noch: Er will nicht nur sie, sondern auch das ungeborene Kind, das sie unter ihrem Herzen trägt. In ihrer Verzweiflung weiß Rose kaum noch, wem sie trauen kann. Bis sie Kane Cannon wiedertrifft, ihren einstigen Schattengänger-Gefährten – und Vater ihres Kindes. Die Leidenschaft, die sie miteinander verband, entflammt rasch wieder. Kane würde für Rose alles opfern, sogar sein Leben.

Spiel der Finsternis

(Samurai Game)

Als ein gefährlicher Diktator die Macht an sich reißen will, sehen sich die in alle Winde zerstreuten Schattengänger mit ihrer bislang schwierigsten Aufgabe konfrontiert: Sie müssen ihn ausschalten und erwählen zwei aus ihrer Mitte, die gleichermaßen von Leidenschaft und Rachegelüsten getrieben sind. Zwei, die nichts mehr zu verlieren haben – außer ihrem Leben und ihrer Liebe zueinander.

Geliebte der Dunkelheit
(Viper Game)

Schattengänger Wyatt Fontenot ist ein Mann von geradezu tödlicher Schnelligkeit und Präzision. Ein Mann, den die verführerische Pepper gerade dringend an ihrer Seite braucht, denn die drei kleinen Mädchen, die sich in ihrer Obhut befinden, schweben in höchster Gefahr. Kann Wyatt Pepper und ihren Schützlingen helfen? Und können Wyatt und Pepper der ebenso magischen wie verbotenen Anziehungskraft, die sie aufeinander ausüben, widerstehen?

Im Bann der Jägerin
(Spider Game)

Die betörend schöne Cayenne ist eine geradezu tödliche Falle für jeden Mann – im wahrsten Sinne des Wortes, denn ihr Kuss ist tödlich wie der einer Spinne. Auf der Flucht vor dem gefährlichen Wissenschaftler Dr. Whitney begegnet Cayenne dem attraktiven Schattengänger Trap Dawkins, der verspricht, sie vor ihren Feinden zu beschützen. Doch kann sich Trap auch selbst schützen vor Cayennes ebenso unwiderstehlicher wie fataler Anziehungskraft?

Tänzerin im Schatten
(Power Game)

Als die schöne Spionin Bella von einem unglaublichen Verrat erfährt, bricht sie mit Dr. Whitney und flieht in die Bayous, um die dort lebenden Schattengänger zu warnen. Einer von ihnen ist der attraktive Arzt Ezekiel, und als sich die beiden das erste Mal begegnen, fliegen augenblicklich Funken. Endlich fühlt sich Bella nicht mehr nur wegen ihrer besonderen Kräfte begehrt. Doch dann schlagen die Feinde zu, und Bella droht Ezekiel für immer zu verlieren.

Geliebte Feindin
(Covert Game)

Als die weltweit führende IT-Expertin und Spionin Zara Hightower einem chinesischen Verbrechersyndikat in die Hände fällt, bekommt der attraktive Schattengänger Gino Mazza den Auftrag, sie zu befreien. Dass Zara bildschön ist und Gino sie vom ersten Augenblick an heiß begehrt, macht seine Mission nicht einfacher. Zumal er nicht weiß, ob Zara wirklich nur ein hilfloses Opfer ist oder ihn geradewegs in eine tödliche Falle lockt …

Gefährliches Glück

(Toxic Game)

Als der charismatische Schattengänger Dr. Draden Freeman bei einem Einsatz im indonesischen Dschungel einem gefährlichen Virus ausgesetzt wird, bittet er seine Kameraden, ihn zum Sterben zurückzulassen. Dann taucht wie aus dem Nichts die atemberaubend schöne Shylah Cosmos auf. Sie ist fest entschlossen, Dradens Leben zu retten, auch wenn sie sich dadurch selbst in Gefahr bringt. Für Shylah und Draden beginnt ein tödlicher Kampf um ihr Leben und ihre zarte Liebe ...

4. Die Leopardenmenschen

Wilde Magie
(Fever)

Die schöne Rachael Lospostros ist auf der Flucht vor ihrer eigenen Vergangenheit und hofft, in den grünen Tiefen des Dschungels Schutz zu finden. Dort stößt sie auf Rio Santana, einen wilden Eingeborenen, der sie jedoch für einen Feind hält. Im Kampf wird Rachael schwer verletzt, aber anstatt sie zu töten, pflegt Rio die sinnliche Fremde hingebungsvoll gesund.

Magisches Feuer
(Burning Wild)

Der Milliardär Jake hat eine schwere Kindheit hinter sich: Nachdem er die Erwartungen seiner Eltern, seine magischen Fähigkeiten zu nutzen, nicht erfüllen kann, vereinsamt er zunehmend. Was seine Eltern jedoch nicht wissen: Jake verbirgt seine Gabe bewusst vor ihnen. Als es zu einem dramatischen Autounfall kommt und er der schönen Emma begegnet, verfällt er der jungen Witwe und öffnet zum ersten Mal einer anderen Person sein Herz …

Wildes Begehren
(Wild Fire)

Der charismatische Leopardenmensch Conner Vega kehrt in den Regenwald Panamas zurück, um der skrupellosen Drogenbaronin Imelda Cortez das Handwerk zu legen. Doch die verführerische

Verbrecherin ist nicht die einzige Herausforderung, die im Dickicht des Dschungels wartet, denn Conner trifft Isabeau Chandler wieder – die Frau, die er einst schmählich betrog.

Feuer der Wildnis

(Savage Nature)

Ein düsteres Geheimnis liegt über Sarias Familie: Ihre Brüder durchstreifen nachts als »Geisterkatzen« die Sümpfe von Louisiana. Und auch Sarias eigene Verwandlung steht kurz bevor – doch davon will Saria nichts wissen. Erst als sie Drake begegnet, kann sie ihr Erbe nicht mehr länger leugnen. Denn er erkennt sofort die Gestaltwandlerin in ihr – und die ihm bestimmte Gefährtin.

Dunkle Liebe

(Leopard's Prey)

Der Cop Remy Boudreaux liebt seinen Job, noch mehr liebt Remy allerdings die Bayous, die üppig wuchernde Sumpflandschaft rund um New Orleans. Nur hier kann er dem Leoparden in sich ungehindert freien Lauf lassen. Während einer Ermittlung begegnet er eines Abends der geheimnisvollen Jazzsängerin Bijou, einer Frau von geradezu betörender Sinnlichkeit. Remy erkennt sofort die Gestaltwandlerin in ihr – und seine Seelenverwandte.

Geliebte Jägerin

(Cat's Lair)

Als Kind wurde die junge Gestaltwandlerin Cat Benoit von dem gefährlichen Psychopathen Rafe Cordeau gefangen gehalten. Jahre später gelingt ihr die Flucht, und sie kann sich in Texas ein neues Leben aufbauen. Dort begegnet sie auch dem unverschämt attraktiven Ridley Cromer, und aus anfänglicher Freundschaft wird schnell feurige Leidenschaft. Doch wie lange kann sie ihre neue Liebe vor Rafe geheim halten?

5. Shadows

Stefano
(Shadow Rider)

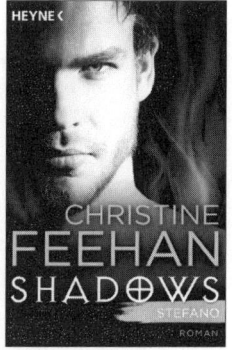

Stefano Ferraro ist verdammt attraktiv, verdammt reich und verdammt mächtig – und er hat ein magisches Geheimnis: Er kann mit den Schatten verschmelzen und Licht und Dunkelheit seinem Willen unterwerfen. Ziemlich praktisch, wenn man der Boss eines der einflussreichsten Familienclans Chicagos ist! Als Stefano eines Tages der ebenso schönen wie temperamentvollen Francesca Cappello begegnet, ist ihm sofort klar, dass er diese Frau zu der Seinen machen muss. Francesca jedoch hat ihren eigenen Kopf und ist nicht gewillt, Stefanos Verführungskünsten so einfach zu erliegen …

Ricco

(Shadow Reaper)

Der Milliardär und Playboy Ricco kennt kein anderes Leben als das eines Schattengleiters: Als Mitglied des mächtigen Ferraro-Clans kann er Licht und Dunkelheit seinem Willen unterwerfen. Als sein ungestümes Temperament und düstere Geheimnisse aus der Vergangenheit nicht nur ihn, sondern seine ganze Familie in Gefahr bringen, muss er handeln. Und die Frau finden, die ihn retten kann – seine einzig wahre Liebe ...

Giovanni

(Shadow Keeper)

Frauen, Partys, Skandale – das ist die Welt von Schattengleiter Giovanni Ferraro. Doch tief in seinem Inneren fühlt er sich einsam und leer. Bis er eines Tages in einem Nachtclub die hübsche Sasha von einem lästigen Verehrer befreit. Sasha ist fasziniert von Giovannis düsterer Schönheit und seiner gefährlichen Ausstrahlung, und schon bald sind die beiden gefangen in einem betörenden Spiel aus Lust und Verführung ...

Vittorio

(Shadow Warrior)

Schattengleiter Vittorio Ferraro würde für seine Geschwister alles tun, Loyalität gegenüber seiner Familie hat für ihn oberste Priorität. Und doch wünscht er sich nichts sehnlicher, als selbst die Frau fürs Leben zu finden. Als er Grace Murphy begegnet, kann er sein Glück kaum fassen: Sie ist nicht nur betörend schön und wahnsinnig klug, sondern selbst auch eine Schattengleiterin. Doch Grace' Bruder ist ein Psychopath, und als seine Schwester sich in Vittorio verliebt, gerät der gesamte Ferraro-Clan in sein Visier …